Zeiten
des
Sturms

Zeiten
des
Sturms

폭풍의 시간

넬레 노이하우스 장편소설

전은경 옮김

북로드

∞

이 책은 소설입니다. 이 이야기는 허구이며, 모든 등장인물과 줄거리는 제가 만들어낸 것입니다. 살아 있거나 이미 사망한 사람들과의 닮은 점은 우연이며 제가 의도한 바가 아닙니다. 이는 제가 소설에서 언급한 현대사의 사건에 특히 해당합니다.

코로나 위기에도 용감하게 견디며 탁월한 아이디어와

훌륭한 실행력으로 사람들이 계속 책을 읽을 수 있게 해준

출판 관계자와 서점 직원들에게 이 책을 바칩니다. 고맙습니다!

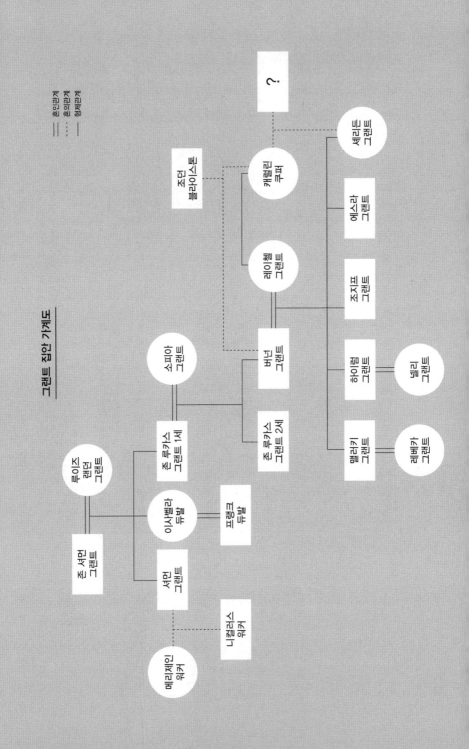

그랜트 집안 가계도

존 블라이스톤

?

세라트 그랜트 · 에스라 그랜트 · 조지프 그랜트 · 하이럼 그랜트 · 맬러카이 그랜트 · 레베카 그랜트 · 넬리 그랜트

캐럴린 루퍼 · 레이첼 그랜트 · 버넌 그랜트

소피아 그랜트 · 존 루카스 그랜트 1세 · 존 루카스 그랜트 2세

루이즈 랜던 그랜트 · 이사벨라 뒤발 · 프랭크 뒤발 · 존 셔먼 그랜트 · 서먼 그랜트

메리제인 워커 · 니컬러스 워커

혼인관계
혼외관계
형제관계

차 례

매사추세츠

이제 그 추억이 나를 괴롭히려고 돌아와
저주처럼 나를 괴롭힌다네.

브루스 스프링스틴, 〈더 리버〉

록브리지

대낮인데도 도무지 환하지 않고 음울한 1월 어느 날이었다. 낮게 드리운 구름에서 이른 아침부터 눈이 내리기 시작하여 뉴잉글랜드의 작은 도시 록브리지를 그림책에서 볼 수 있는 목가적인 겨울 풍경으로 바꾸어놓았다. 내가 자란 중서부에서 눈은 절대 조용하고 평화롭게 내리는 법이 없었고, 서쪽에서부터 격렬한 눈보라로 시작해 대평원으로 몰려와 모든 것을 묻어버렸다. 영하 20도 이하로 내려가는 일도 드물지 않았고 눈보라는 유리창과 문을 뒤흔들며 굶주린 늑대 무리처럼 울부짖었다. 우리는 며칠씩이나 외부세계와 단절되는 일이 흔했다. 아주 어릴 때의 내 겨울 기억에는 눈과 폭풍이 송전선을 망가뜨려 전기가 끊어지는 바람에 디젤 발전기가 윙윙대는 소리가 늘 함께했다.

나는 셰비 카프리스 트렁크에서 손빗자루를 꺼내 앞과 옆 유리창 눈을 쓸었다. 그런 다음 차 문을 열고 탄 뒤 심호흡을 몇 번 했다. 방금 힘겨운 두 시간을 보냈다. 예비 시어머니 모니크 서튼이 자기 집 점심식사에 초대했는데, 나는 그 초대를 거절할 적당한 핑

곗거리를 찾지 못했던 것이다. 처음 만났을 때 이미 나는 우리 둘이 잘 지내지 못하리라는 걸 알아차렸다. 허세 섞인 상류층 억양과 오만, 폴에 대한 장악욕 등 그녀의 모든 것이 내 비위에 맞지 않았다. 어쩌면 다른 여자가 아들에게 자기보다 더 많은 영향력을 끼칠지도 모른다는 생각을 견디지 못한 나머지 나를 거만하게 대한 것일 수도 있다. 성인이 된 다섯 자녀의 삶에, 그들이 부탁하지 않아도 끼어드는 걸 당연한 권리라고 여겼고, 검버섯이 핀 손아귀에 가정을 다스리는 채찍을 단단하게 틀어쥐고 있어 아무도 그녀에게 저항할 엄두를 내지 않았다. 나에 대한 그 사람의 의구심을 어느 정도는 이해할 수 있었다. 중서부 출신으로 돈도, 직업도 없는 스물한 살짜리인 내가 록브리지에 나타난 지 8주 만에 폴이 청혼했다. 내 마음대로 할 수 있었다면 나는 아마 그 자리에서 당장 결혼했을 것이다. 하지만 모니크 서튼은 이 계획에 격렬하게 반대했고 성공을 거두었다. 그녀는 남들 눈에 자기 아들이 나와 결혼을 '해야 하는' 것처럼 보이는 건 싫다고 말했다. 내 양엄마 레이첼 그랜트가 굉장히 보수적인 감리교 신자였듯이 모니크는 철저한 가톨릭 신자였고, 그래서 내가 가톨릭으로 개종해야 한다는 게 그녀가 내건 결혼 조건이었다. 나는 자기 어머니에게 동의하는 폴이 약간 낯설게 느껴졌다. 하지만 감리교회나 가톨릭 성당, 아니면 불교 사찰 중 어디에서 결혼하든 사실 아무 상관도 없었기 때문에 나는 상당히 경솔하게 이 조건에 동의했다.

그러나 가톨릭 신부에게서 교리문답을 공부하고 세례증서와 출생증명서를 제출해야 한다는 건 미처 예상하지 못했다. 두 서류는 분명히 윌로크릭 농장 어느 장의 먼지 뒤덮인 서류철에 들어 있을 테지만, 오래전부터 가족과 관계를 끊고 지냈으니 그걸 어떻게 손에 넣어야 할지 도무지 방법이 떠오르지 않았다.

나는 한숨을 내쉬며 차에 시동을 걸고 출발했다. 웨딩드레스를 처음으로 입어보기 위해 3시 반에 메인스트리트에 있는 유니스 로댕의 양장점에 예약이 되어 있었다. 폴의 어머니와 점심을 먹고 난 뒤 아무것도 흥미가 일지 않아 양장점에 가는 대신 집에 가서 욕조에나 누워 있을까 하고 잠간 고민했다. 하지만 8주 후에 결혼하니 얼른 드레스 가봉을 해치우리라 마음먹었다. 골목길에 주차한 후에 목을 잔뜩 움츠린 채 눈보라를 뚫고 작은 상점들을 지나 메인스트리트 방향으로 갔다. 양장점 유리문을 열고 따뜻한 실내로 들어서는데 문에 매달린 종이 울렸다. 재단사가 미리 얘기한 대로 이날 오후 손님은 나밖에 없었다. 내 웨딩드레스는 록브리지 전체의 화젯거리였고 결혼식 당일까지는 나 말고 아무도 봐서는 안 되니까. 나선형 계단으로 이어지는 위층에서 재봉틀이 달그락거리는 소리가 들려왔다.

"쿠퍼 양, 안녕하세요! 금방 내려갈게요!" 위에서 로댕 부인이 소리쳤다.

"저 시간 많아요. 로댕 부인, 그러니 서둘지 마세요." 나는 모자와 장갑을 벗고 가게 문 옆의 빈 옷걸이에 외투를 걸었다.

"몇 분밖에 안 걸려요!" 위에서 다시 목소리가 들렸다. "아, 아주 많이 놀라실 거예요!"

"기대할게요!" 나는 전시실의 편안한 의자에 앉아, 협탁에 놓인 많은 패션 잡지 가운데 한 권을 들고 별 관심 없이 넘겨봤다.

내가 5개월 전에 록브리지에 처음 발을 디뎠을 때, 폴 서튼은 마치 백마 탄 왕자처럼 보였다. 그때 나는 돈도 직업도 없었고, 있는 거라고는 복수심에 들끓어 내 뒤를 바짝 쫓는 포주와 미국 전역에서 유명한, 아니 악명 높은 내 이름뿐이었다. 갖은 실망과 증오와 경멸을 겪은 후에 사랑과 보호를 받고 싶다는 내 갈망은 무척 강렬했고, 폴 서튼은 보호자로 지극히 적합해 보였다. 그는 배려심이 깊고 예측 가능했으며 올바른 사람이었고, 세상을 그늘 없이 보기를 좋아했다. 난 그가 나에게 첫눈에 반한 걸 알게 되자마자 우리 둘이 어울리는지 생각하지도 않은 채 거리낌 없이 그에게 마음을 줬다. 개인 병원을 소유하고 지위가 탄탄한 외과 의사 폴은 나보다 열여섯 살 많고 록브리지에 단단하게 뿌리를 내린 반면, 돈도 없이 고향을 떠나온 나는 운명의 장난에 의해 버크셔 힐스의 이 작은 동네로 밀려온 사람이었다. 폴이 모든 록브리지 주민들의 호기심 어린 눈앞에서 내 환심을 사려고 펼쳐 보인 고풍스러운 행동에 난 우쭐했고 뭔가 대단한 사람이 된 듯한 기분이었다. 수년 동안 정처 없이 떠돌며 외로움과 결핍을 겪은 끝에 맞게 된 몇 주는 흥분하여 뭔가에 취한 느낌이었지만, 얼마 지나지 않아 이 새로운 자극에 무뎌지기 시작하고 기사 갑옷의 반짝임이 일상 속에서는 현저하게 빛을 잃어간다는 사실을 깨달았다. 지금까지는 내가 잘못된 길을 가고 있다는 걸 스스로 인정할 마음의 준비가 되지 않았지만, 내면의 소리가 던진 회의적인 질문에 대한 확실한 답을 오늘 점심 때 얻었다. 그랬다, 내 삶은 폴의 병원에서 일하면서 사회적 프로젝트에 참가하고, 그의 아이를 낳고, 매주 일요일에 성당에 가고, 그 뒤엔 그의 어머니 집에서 점심을 먹는 일을 통해서는 성취되지도 행복하지도 않을 터였다!

이메일 주소를 삭제하고, 가족과 연락을 끊고, 내 꿈을 부정함으로써 과거를 잊고 새로운 삶을 시작할 수 있으리라는 생각은 순진한 믿음이었다. 내가 아주 좋아하는 책 가운데 《바람과 함께 사라지다》의 한 구절이 불현듯 떠올랐다. '돈 걱정을 더는 하지 않아도 되고, 타라가 안전하고, 앞날이 걱정 없는'이라는 구절이었다. 내가 지금 스칼렛처럼 잘 알지도 못하고 사랑하지도 않는 남자와 결혼하려고 한다는 사실을 깨닫고 소스라치게 놀랐다! 내 상황이 그 정도로 위급했던가? 하지만 나는 폴을 '좋아'했다. 그는 내 평생의 사랑이라고 믿었던 호레이쇼 버넷과는 달리, 나를 절대 실망시키지 않을 터였다. 그럼에도 결혼이라는 생각은 부담감을 불러일으켰다. 이런 불쾌한 기분은 어디서 오는 걸까? 왜 밤마다 호레이쇼 꿈을 꾸는 거지? 아침에 일어나면 내 영혼은 다른 남자를 향한 그리움으로 눈물을 흘렸고, 폴을 속이고 마치 바람이라도 피운 것처럼 하루 종일 양심의 가책을 느꼈다. 쫓아버리려고 애쓰면 애쓸수록 과거의 망령은 더 집요하게 나를 쫓아다니는 것 같았다.

폴과 나의 약혼이 알려진 뒤로 나는 거의 하룻밤 사이에 록브리지 전체의 최대 관심사가 됐다. 발걸음을 옮길 때마다 감시자들의 눈길이 나를 따라오며 평가했다. 록브리지 절반이 폴 집안 재산이었고, 이곳 주민이라면 거의 누구나 직접 또는 간접적으로 서튼 집안을 위해서 일했다. 이 가문은 청소년과 실직자, 가난한 연금생활자들을 위한 지원 프로젝트를 만들었고, 폴은 자기 병원에서 사회적 약자들을 무료로 치료했다. 약혼한 뒤로 몇 주 동안 나는 밀려드는 초대의 홍수에 완전히 잠겨버렸다. 모두 무시하고 싶었지만 이를 악물고 완전히 낯선 사람들과의 지루한 시간을 견뎌냈다. 나는 성격상 외톨이라서 타인의 도를 넘은 친절과 무분별한 질문이 지나치게 격의 없고 불편하다고 느꼈다.

잡지를 다시 원래 자리로 돌려놓고, 잠시 눈을 감고 유니스가 얼른 일을 끝내기를 바랐다. 이토록 드물게 조용한 때면 제멋대로 떠오르는 생각들이 나를 두렵게 만들었다.

자리에서 벌떡 일어나 초조하게 이리저리 오갔다. 작은 가게 양쪽의 긴 옷걸이에 줄지어 전시된 드레스들을 별 관심도 없이 대충 살펴봤다. 그냥 가버릴까 잠깐 고민했다.

위층에서 드디어 재봉틀 소리가 멎었다. 목제 나선형 계단이 삐걱대는 소리가 들리더니 돌리 파튼 헤어스타일에 얼굴에는 1파운드쯤 화장품을 바른 가냘픈 50대 여성 유니스가 구름처럼 새하얀 새틴 드레스를 팔에 걸치고 나타났다.

"자, 아가씨 이제 봅시다!" 유니스의 얼굴은 이제 다가올 상황에 대한 기대로 환하게 빛났다. "이리 오세요. 탈의실로 가죠."

나는 감동받은 척하면서 유니스를 따라가, 탈의실에서 속옷만 남기고 다 벗은 다음 피팅룸에서 그녀의 도움을 받으며 드레스를 입고 얌전하게 발 받침대에 올라섰다. 힘겹게 억지로 미소를 지으며 내 안에서 날뛰는 저항감을 들키지 않으려고 애썼다. 유니스는 손목에 맨 바늘꽂이에서 핀을 몇 개 뽑아들고, 줄여야 할 곳에 재빠른 손놀림으로 핀을 꽂기 시작했다. 바스락거리는 뻣뻣한 새틴이 너무 불편해서 소름이 돋았다.

"아직 거울 보면 안 돼요." 유니스가 몇 번이고 종알거렸다. "내가 보라고 하면 보세요."

나는 말없이 고개를 끄덕이고는 밝은 재색 양탄자 바닥만 노려봤다. 작은 공간에 떠도는 냄새 때문에 속이 메슥거렸다. 커피 향기와 들큼한 룸 스프레이 냄새와 땀 냄새가 뒤섞여 있었다.

"자, 끝났어요!" 유니스가 몸을 일으키고 한 걸음 뒤로 물러섰다. 그러고는 자랑스럽게 얼굴을 빛내며 과장된 몸짓으로 거울 쪽을 가리켰다. "어때요? 마음에 들어요? 상상했던 대로인가요?"

나는 고개를 들었다. 거울 속의 내 모습에 충격을 받았다. 살이 빠졌다는 건 물론 알고 있었다. 몇 주 전부터 입맛이 거의 없었다. 하지만 이렇게 끔찍한 모습일 거라고는 미처 예상하지 못했다. 어깨 관절과 쇄골이 툭 튀어나오고 팔뚝은 열 살짜리의 것처럼 보였다. 나는 하얀 드레스를 입은 바짝 마른 거울 속의 사람을 최면에 걸린 듯 빤히 노려봤다. 지금 엄청난 실수를 하기 직전이라는 인식이 불현듯 밀려왔다. 피가 귀에서 윙윙 소리를 내고 공황상태에 빠져 목덜미가 따끔거렸다.

"아, 이럴 수가……." 난 나지막하게 중얼거리며 고개를 돌렸다. 드레스를 입은 내 모습을 더는 견딜 수 없었다. "이거 벗는 거 도와줘요. 지금 당장!"

"하지만 아직……." 유니스가 입을 열었다.

"아니, 싫어요!" 나는 고함을 지르며 발 받침대에서 내려와 드레스를 찢었다. "싫어! 싫어요! 싫다고요!"

재단사는 입을 벌린 채 멍하니 나를 바라봤다. 내가 헐떡이는 소리와 천이 찢어지는 소리만 들렸다. 드디어 옷을 다 벗고 자유로워졌다. 재단사는 누더기가 된 5천 달러짜리 웨딩드레스를 죽은 흰 동물처럼 손에 든 채 그대로 서 있었다. 내가 탈의실로 달려 들어가 훌쩍거리며 옷을 입는데 유니스가 누군가와 통화하는 소리가 들렸다. 내가 웨딩드레스를 찢었다는 걸 그녀가 누구에게 설명하든 아무 관심도 없었다. 물론 이 소문은 순식간에 퍼져서 폴의 귀에까지 들어갈 터였다. 록브리지는 내가 자란 촌구석과 조금도 다르지 않았다.

나는 옷걸이에서 외투를 낚아챈 다음 가방을 들고 인사도 하지 않은 채 가게에서 도망쳤다. 날이 어두워지고 눈은 이미 그쳤다.

거리는 텅 비었고 이따금 자동차가 메인스트리트를 따라서 기어 갔다. 나는 눈물을 억눌렀다. 들뜬 기분에 폴의 청혼을 받아들였을 때, 나는 그와의 결혼이 어떤 결과를 가져올지 전혀 생각하지 않았다. 새장에 갇히게 됐다는 사실을 깨닫자 절망이 밀려왔다. 금으로 만든 새장이긴 했지만 어쨌든 새장은 새장이었다. 오로지 친절만 베푼 폴이 엄청난 망신을 당하지 않게 하면서 내가 이 상황을 벗어날 방법이 뭘까? 그냥 차에 올라서 집으로, 네브래스카로 달려가야 하나? 눈물이 앞을 가려 비틀거리며 어두운 거리를 걸어 내 차로 가면서 가방을 뒤져 차 열쇠를 찾았다.

내 셰비 바로 앞에 주차된, 유리창을 틴팅한 검은색 에스유브이 차량을 알아보지 못했다. 이런 차는 여기서 자주 눈에 띄었다. 뉴욕이나 보스턴의 수많은 시민들이 특히 겨울에 거리에 눈이 쌓이면 그린마운틴스에서 주말을 보내려고 거창한 사륜구동 에스유브이 차량이나 밴으로 이곳으로 자주 왔다. 나는 그 차량 주인이 배려라고는 없이 내 차 바로 앞에 딱 붙여 주차한 바람에 카프리스를 빼는 게 애먹게 된 상황에 조금 짜증이 났을 따름이었다. 극도로 흥분한 상태가 아니었더라면 조지아 번호판이 눈에 띄었을 것이다. 그랬더라면 도망치거나 도움을 요청할 기회가 있었을지도 모른다. 그러나 나는 어둠 속에서 소리 없이 다가온 기습공격에 순식간에 당해버렸다. 누군가 뒤에서 내 머리에 두건을 씌우고 목에 끈을 조였다. 나는 너무 놀라 숨조차 쉴 수 없었다. 외투와 가방을 눈 쌓인 바닥에 떨어뜨리고 목에 손을 대려 했지만, 우악스러운 손이 내 손목을 잡고 묶었다. 자동차 문이 열리는 소리가 들리고 누군가 나를 거칠게 자동차 뒷좌석에 밀어 넣었다. 바로 내 옆에 누군가 앉더니 내 상체에 안전벨트를 두르고 버클을 채웠다. 자동차

문이 닫혔다. 시동이 걸리고 차가 가볍게 떨었다. 12기통 모터가 부르릉거리는 소리가 들리고 차가 움직이는 게 느껴졌다. 나는 너무 놀라 몸이 마비된 듯했다. 경악이 온몸을 휩쓸었다.

'세상에, 내가 납치된 거로구나!' 이 생각이 머리를 스쳤다. 시내를 떠나 국도에 들어섰을 때 자동차 속도가 빨라지는 게 느껴졌다. 운전사가 너무 심하게 액셀을 밟는 바람에 눈 덮인 차도에서 바퀴들이 돌아가 무거운 차가 위태롭게 옆으로 흔들렸다. 그러다가 다시 제대로 돌아왔다. 아무도 입을 열지 않았다. 차는 몇 킬로미터를 직진하다가 속도가 느려지더니 각도를 크게 꺾어 우회전했다. 비포장도로를 잠시 덜컹거리고 가다가 급경사를 올라간 후에 드디어 멈췄다. 시동이 꺼졌다. 누군가 내 머리에서 두건을 벗겼다.

"캐롤-린, 안녕? 다시 만나서 반가워." 귀에 익은 목소리가 말했다. "아니면 '셰리든 그랜트'라고 불러주는 게 더 나을까?"

내 심장박동이 멎었다. 시선을 오른쪽으로 돌리자 이던 뒤부아의 새파란 눈동자가 바로 눈에 들어왔다.

샌 후안 바티스타, 캘리포니아

마커스 골드스타인은 우비 주머니에 손을 깊숙이 묻은 채 텅 빈 해변을 저벅저벅 걸었다. 그는 개들과 함께하는 긴 아침 산책을 좋아했다. 여름보다는 지금처럼 파랗고 차분한 1월이 더 마음에 들었다. 흥분한 잿빛 물과 수백만 년 전부터 바닷가에 와서 요란하게 부딪쳤다가 다시 물러가는 파도의 똑같은 리듬은 어딘지 관조적인 면을 지니고 있었다. 공기는 안개와 물거품에 젖어 축축했고, 그와 개들만 제외하면 드넓은 이곳에서 유일한 생명체는 부딪치는 파도의 철썩이는 소리를 넘어서며 이따금 탄식하듯 비명을 지르는 갈매기 두어 마리가 전부였다. 마커스는 발걸음을 멈추고 서쪽 태평양 너머를 빤히 바라봤다. 바다는 낮게 드리운 구름보다 약간 더 짙은 잿빛이었다.

'생일 진심으로 축하한다.' 쓸쓸함이 살짝 섞인 생각을 하다가 말도 안 된다는 듯 고개를 내저었다. 예순이라니. 못 믿겠군. 이런 날이 오리라고 생각하지도, 바라지도 않았던 시절도 있었다. 물에 떠내려온 나무토막을 두고 흥겹게 다투는 개들을 바라보며, 지금까지 지나온 '십'으로 끝나는 나이의 생일들을 떠올렸다. 30세 생일 파티는 뉴욕에서 열렸는데, 그걸 파티라고 부를 수 있을지 의문이긴 했다. 그는 고용주 EMI가 어떤 신생 밴드의 사인회를 위해 빌린 나이트클럽에서 이른 아침까지 밤새 술을 마셨고, 그러느라 태미가 헬스키친에 있는 그녀의 자그마한 집에서 사랑을 가득 담아 준비한 파티를 놓쳐버렸다. 40세 생일 파티는 세 번째 아내 자밀라와 이혼한 지 6주 만에 대형 범선을 빌려 카리브해 어딘가에서 치렀다. 그날 저녁에 엄청나게 마신 술 덕분에 파티에 대해서는 흐릿한 기억만 남았고, 그래서 오히려 다행이었다. 이 무렵 그의 경력은 제대로 속도가 붙었지만 자랑스럽게 느낄 만한 거라고는 사실 그게 다였다. 사생활은 대재난이었고, 이제 더 추락할 데는 없다고 생각할 때면 언제나 그게 바닥이 아니었다는 게 밝혀졌다. 태미를 제외하면 여자를 보는 눈이 완벽하게 젬병이었고, 실수를 깨달았을 때는 이미 너무 늦어서 결론적으로 수천만 달러의 손실을 봤다. 10년 전인 50세 생일 파티는 햄프턴스에 위치한 자신의 전원주택에서 5백 명쯤의 손님과 함께 치렀는데, 그때는 지금보다 30킬로그램쯤 체중이 더 나갔다. 그로부터 사흘 후에 첫 번째 심근경색을, 2주 후에는 그보다 더 심각한 두 번째 심근경색을 겪었다. 그때 네 번째 아내인 비비안과의 이혼이 이미 진행 중이었고, 비비안이 슬픔을 당한 백만장자 과부 역할을 열심히 연습하는 동안 그는 몸을 회복했다. 병이 낫자마자 음반회사인 스톤 골드 레코드를 매각하고 캘리포니아로 이사했다. 이제 8년째 혼자 살면서 그는 샌프란시스코에서 남쪽으로 60킬로미터쯤 떨어진 샌 그레고리오 스테이트 비치 위쪽 해변 주택, 아니면 로스앤젤레스의 노스 비버리 파크 전원주택, 아니면 콜로라도의 별장에서 지냈다. 실리콘 밸리의 흥미로운 스타트업 회사들에 돈을 투자했고, 필름 스튜디오의 대주주였으며, 아주 유명한 영화배우 몇몇과 계약을 맺고 있는 골드스타인 크리에이티브 아티스트 에이전시의 공동 소유주였다. 이미 오래전부터 더 이상 일할 필요는 없었지만 이따금 새로운 도전을 하고 싶었으므로 기회가 있을 때면 재정 위기에 처한 음악과 영화 분야 기업의 분쟁 중재인이나 자문위원으로 일하기도 했다. 세월이 흐르면서 그는 기업을 조각내는 대신 보존하려는 야망을 지닌 탁월한 해결사라는 명성을 얻었다. 그래서 이틀 전에 캘리포니아 엔터테인먼트&뮤직 코퍼레이션(CEMC) 감독위원회 회장 더글러스 해먼드가 도움을 요청했을 때 조금 망설였다. 한때 이 분야의 거물이었던 CEMC가 몇 년 사이에 인수 후보자가 된 것은 공공연한 사실이었다. 비틀거리는 거인이 드디어 쓰러져서 탐욕스러운 사모펀드 회사들이 이 콘체른의 알짜 조각을 낚아채기를 모두 기다리고 있었다.

"자네 목록에서 내 이름이 몇 번째인가?" 마커스가 물었다.

"마커스, 첫 번째라네." 해먼드가 놀라울 만큼 솔직하게 대답하고는 한숨을 내쉬었다. "게다가 유일하지."

마커스는 14일간의 유예기간과 최근 10년 동안의 대차대조표와 업무보고서를 무제한 열람할 권리를 요청했다. 그런 다음 오랜 친구이자 동반자이며 지금은 메릴 린치 재무이사인 필 매클로플린에게 전화하여, 혹시 캘리포니아에서 모험해볼 의향이 있는지 물었다. 내일부터 그들은 낙오된 음반 콘체른을 구할 수 있는지 아니면 손도 대지 않는 게 현명한지 결정하기 위해 숫자를 살피고 분석할 터였다.

마커스는 휘파람을 불어 개들을 부르고 가파른 나무 계단을 올라 미래주의 양식의 유리 주사위 모양 자택에 이르렀다. 사방을 둘러봐도 주변에 이웃은 없었다. 이는 인구밀도 높은 캘리포니아에서 굉장한 사치였으며 엄청난 비용이 드는 일이었다. 테라스에 도착한 그는 82개의 층계를 오르고도 숨이 전혀 가쁘지 않다는 사실에 만족했다.

"60이라." 그가 중얼거렸다. "그게 뭐 어때. 나이는 숫자에 불과해."

록브리지

내 심장이 대장간 쇠망치 같은 힘으로 다시 뛰기 시작했다. 마음이 놓여 안도의 한숨을 내쉬다가 안심할 이유가 전혀 없다는 걸 깨닫고는 기절할 듯 놀랐다. 머리카락을 반들반들하게 모두 밀고 테 없는 안경을 쓴 채 싸늘한 새파란 눈동자로 나를 노려보는 이 남자는 친구와는 거리가 멀었다. 지난 몇 달 동안 서배너에서 일어난 일을 머릿속에서 완전히 몰아냈는데, 이제 라이스버로 홀에서 겪은 악몽이 순식간에 되살아나 두려움에 속이 메슥거렸다.

"안녕, 이던." 난 이렇게 대답했지만 목소리가 떨리는 걸 막을 수는 없었다.

과거가 내 발목을 잡았다. 캐롤-린 쿠퍼라는 이름으로 살면서, 내 보스이자 애인이었던 이던 뒤부아의 말에 따르면 그에게 25만 달러를 빚진 과거가. 나는 폴에게 서배너 이야기를 한마디도 하지 않았다. 그래서 그는 내가 잔인한 포주의 애인이었고, 함께 사는 동거인이자 친구였던 키이라가 이던이 고용한 깡패가 나를 홍등가로 끌고 가려고 할 때 그의 목을 그은 덕분에 끔찍한 운명에서 도망칠 수 있었다는 사실을 알지 못했다. 이던은 내 흔적을 쫓아 나를 찾아냈다. 난 이제 그의 손아귀에 들어갔다.

아까 나를 습격했고 지금 내 왼쪽에 앉아 있는 놈은 루스코였다. 보통은 서배너 시내에 있는 이던의 홍등가 서던 크로스에서 문지기로 일했다. 짧게 깎은 머리카락과 두 눈 사이 간격이 좁은 우락부락한 놈이었다. 이 추위에도 티셔츠만 입고 있었다. 근육질인 아래팔은 교도소에서 새긴 문신으로 가득해서, 흐릿한 자동차 실내 조명 불빛 아래서 보면 마치 푸른색 긴 팔 셔츠를 안에 받쳐 입은 것 같았다. 나는 피아니스트로 일하던 '낙원의 맛'이라는 바에서 그를 알게 됐다.

"안녕, 루스코." 나는 그에게도 인사했다.

"안녕, 캐롤-린." 그가 껌을 씹으며 표정 변화 없이 대꾸했다.

운전석에 앉은 아프로 아메리칸의 이름은 캘빈이었다. 적어도 키 2미터에 체중 150킬로그램은 나가는 거인으로 전직 풋볼 선수였다. 거친 일을 담당해서 무슨 짓이든 하는 이던의 부하였다. 키이라를 비롯해서 서던 크로스에서 돈을 벌던 젊은 여성들은 미키와 루스코보다 그를 훨씬 더 두려워했다.

"어이, 캐롤-린과 둘이 할 이야기가 있어." 이던이 나에게서 눈을 떼지 않고 명령했다. 그 말에 캘빈과 루스코가 차에서 내렸다. 차가 공회전을 하느라 웅웅거리고 난방은 최고 온도로 작동했다. 맥박이 망치질하듯 귀에서 뛰고 공포로 식은땀이 흘렀다. 트렁크 열리는 소리가 들렸다. 금속끼리 부딪치는 소리가 나더니 트렁크가 다시 닫혔다.

"당신, 여기서 뭐 하는 거야?" 나는 무서워하는 기미를 보이지 않으려고 애썼다.

이던은 미소를 지었지만 눈에서는 분노가 번쩍였다.

"넌 서배너를 떠나면서 나한테 작별인사도 안 할 정도로 버릇이 없었어." 그는 비단결처럼 부드러운 목소리로 말했다. "그리고 옛 친구 이던에게 빚이 있다는 걸 잊어버린 모양이야. 그런데 약혼자를 아주 잘 낚았더군."

"난 당신한테 빚진 거 하나도 없어."

케이블 타이가 손목을 아프게 파고들었다. 땀이 눈으로 들어갔지만 팔이 안전벨트 아래에 고정되어 있어서 손을 댈 수 없었다.

"흠, 내 생각은 달라." 이던이 느긋하게 다리를 꼬고 나를 빤히 바라봤다. "그런데 내가 널 어떻게 찾아냈는지 궁금하지 않아?"

"안 궁금해." 당연히 너무나 궁금했지만 난 이렇게 대꾸했다.

"그래도 말해주지." 이던이 사악한 미소를 지으며 말을 이었다. "네가 얼마나 멍청한지 알려주겠다는 말이야."

도마뱀을 닮은 머리형과 차가운 무색 속눈썹에 둘러싸인 눈 때문에 그는 파충류처럼 보였다. 내가 어떻게 이런 남자를 한때 사랑했을까? 친절하고 교양 있는 겉모습 뒤에 뭐가 숨어 있었는지 왜 바로 알아채지 못했을까?

이던은 둘둘 말린 잡지를 꺼내 반듯하게 펴서 내 눈앞에 내밀었다. 12월에 폴의 모교 하버드대학교 자선행사에서 찍힌 폴과 내 사진. 나는 침을 꿀꺽 삼켰다. 우리 둘이 공식적으로 모습을 드러낸 첫 번째 행사였다.

"폴 엘리스 서튼 박사와 아름다운 약혼녀 셰리든 그랜트 양." 이던이 우리 이름을 경멸하듯 강조하며 사진 설명을 읽었다. "이게 너를 찾는 일을 아주 편하게 해줬지! 내 지성을 거의 무시하는 거나 마찬가지였어."

그가 옆자리를 더듬더니 사진 몇 장을 꺼냈다. 폴과 내가 록브리지 크리스마스 마켓에 있는 모습, 팔짱을 낀 채 올버니의 어느 레스토랑을 나서는 모습, 블랙 라이언 인 앞에서 다른 사람들과 이야기하는 모습, 게다가 호숫가에 있는 폴의 집 사진도 있었다. 아주 먼 거리에서 망원렌즈로 찍은 사진이라서 부분적으로 뭉개지고 상당히 흐릿했지만, 우리라는 건 의심할 여지 없이 알아볼 수 있었다. 누군가 우리 둘을 미행하여 숨어서 지켜봤다고 생각하자 속이 다시 메슥거렸다.

"넌 너무 멍청해서 낡은 고물차 이전 신고도 했더군. 널 찾아내는 건 우스울 만큼 간단했어." 이던은 사진들을 아무렇지도 않게 발치로 떨어뜨렸다. "록브리지라니……. 정말 빌어먹을 촌구석이네. 너 정말 이런 촌놈과 결혼하려고 할 만큼 절망했어? 왜? 그 남자가 돈이 많아서? 이 동네 유지라서? 네가 원하는 게 그런 거야? 의사 삼촌에게 촌구석 난쟁이들을 잔뜩 낳아주고 엉덩이가 투실투실한 촌년 엄마가 되려고?"

잔인하고 경멸스러운 그의 말은 의구심 가득한 내 열린 상처에 정확하게 꽂혔다. 그런 생각을 스스로 하는 것과 다른 사람의 입으로 듣는 것은 전혀 달랐다. 나는 이던 뒤부아를 향한 것만큼 격렬한 혐오를 느껴본 적이 일찍이 없었다. 공황상태에 빠져 서배너에서 도망친 후에, 그의 부하들이 나를 찾아내어 억지로 조지아로 끌고 가서 라이스버로 홀에 가둘지도 모른다는 공포감에 몇 주 동안이나 차에서 잠을 잤다.

"매일 밤 그 남자가 올라타냐? 혹시 벌써 임신한 거 아니야?" 이던은 밉살스럽게 낄낄대며 거칠게 내 배를 움켜쥐었다. "그게 너처럼 어리고 교활한 창녀들이 사용하는 수법이지."

"이던, 이러지 마." 나는 그의 말을 끊었다. 공포로 떨려왔지만 약점을 보이지 말아야 했다. "당신은 이제 나를 찾아냈어. 내가 모든 걸 너무 쉽게 생각했지. 당신은 나에게 화가 났어. 그래서 이제 어떻게 할 거야?"

"내가 '화가' 났다고?" 이던은 눈썹을 치켜세우더니 경멸하는 웃음을 터뜨렸다. "어이, 아가씨, 그건 정확하게 맞는 표현이 아니야."

그가 번개처럼 내 머리카락을 잡고 머리를 자기 쪽으로 끌어당겼다. 나는 고통의 비명을 억누르다가 그의 눈에 드러난 분노를 보고 소름이 끼쳤다.

"네가 한 짓은 내 권위를 무너뜨려서 사업에 지장을 준단 말이야." 그가 내 귀에 대고 쉿소리를 냈다. "너를 그냥 내버려두면 다른 창녀들이 나를 향한 존경심을 잃어. 어이 아가씨, 기억이 나는지 모르겠지만 우린 증인들 앞에서 악수로 계약을 맺었어. 난 너에게 많은 돈을 투자했지. 넌 25만 달러의 빚이 있고 거기에 이자랑 너를 찾느라 든 비용도 더해야 해. 이 사악한 창녀야."

"난 당신이 준 '선물'을 하나도 가지고 오지 않았어." 내가 반박했다. "그리고 방세도 냈고."

나는 손목을 움직이다가 케이블 타이가 약간 느슨해진 걸 알아챘다. 맞물려 있는 플라스틱 머리 부분을 오른손 엄지와 검지로 더듬었다. 손톱을 이용해 아래쪽으로 눌러보려 했지만 장치가 너무 정교했고 손가락이 자꾸 떨리는 바람에 계속 미끄러졌다.

"내가 쑤시는 걸 네가 얼마나 좋아했는지 의사 삼촌에게 말했어?" 이던의 침방울이 내 얼굴에 튀었다.

"아니, 안 했어." 나는 목소리를 낮췄다. "이유를 말해주지. 마약을 먹고 자기 친구이자 앨라배마주 상원의원인 찰스 매닝에게 성폭행을 당하게 한 포주에게 속을 만큼 내가 바보였다는 걸 그 사람이 알면 난 죽고 싶을 정도로 창피할 테니까."

나는 그의 공격을 미리 알아채지 못했다. 내 머리가 뒤로 날아갔다. 그가 왼손 약지에 낀 인장반지 때문에 입술이 터졌다. 피 맛이 났다. 그러나 나는 케이블 타이의 아주 작은 플라스틱 머리 부위를 눌러 족쇄를 푸는 데 성공했다.

"네가 용감한 건지 아니면 그냥 너무 바보라서 지금 상황을 파악 못 하는 건지 알 수 없군."

이던이 입술을 일자 모양으로 꽉 다물었다.

우리는 서로 노려봤다.

"난 당신을 정말 사랑했어." 내가 속삭였다. "당신이 나를 낯선 남자들에게 성폭행 당하게 하는 걸 믿을 수 없었다고."

"아이고, 감동이다!" 이던이 비웃었다. "눈물이 날 지경이야!"

"당신이 나를 사랑한다고, 우린 서로의 것이라고 말했잖아!" 앞 유리를 본 나는 루스코와 캘빈이 전조등 불빛 속에서 뭘 하는지 깨닫고 공포로 위장이 쪼그라들었다. 둘은 구덩이를 파는 중이었다.

"내가 얼마나 많은 여자들에게 그 말을 했는지 알아? 언젠가 뒤부아 부인이 될 거라고 믿는다면 너희는 너무 순진한 거야." 이던이 경멸의 웃음을 터뜨리고는 내 머리카락을 놓아줬다. 그의 목소리가 싸늘하게 사업적으로 변했다.

"네가 이 촌구석에서 썩고 싶다면 그거야 네 마음이지. 하지만 난 너에게 투자한 돈을 돌려받아야겠어. 세 가지 가능성이 있지. 네 의사 삼촌에게 빌려달라고 부탁해. 하지만 그러려면 내 이야기와 우리가 함께 경험한 아름다운 일들에 대해 그에게 설명해야겠지. 아니면 네가 서배너로 돌아올 수도 있어. 몇 년 일하면 빚을 다

갚을 데고, 그 후에는 네 마음대로 해."

"세 번째 가능성은 뭐야?" 나는 캘빈이 꽂아둔 시동열쇠를 흘끗 보며 물었다. 안전벨트를 푸는 데 성공한다면 아마 운전석으로 기어가서 차에 시동을 걸 수도 있을 것 같았다.

"흠, 내가 이 일을 아무 일도 아니라는 듯 그냥 무시할 순 없다는 걸 네가 이해해야 해." 이던이 수다를 떠는 어투로 말을 이었다. "네가 벌인 일이 소문이 났어. 그러니 다른 애들이 그런 바보 같은 생각을 하기 전에 내가 본보기를 보여야 한단 말이야. 그건 그렇고, 네 친구인 금발 창녀가 네가 도망치는 걸 도왔다고 자발적으로 다 불었어. 캘빈이 개랑 재미를 보기 전에."

얼음처럼 싸늘한 손이 내 심장을 움켜쥐었다. 키이라! 아, 세상에!

"키이라를…… 어떻게 했어?" 나는 떨리는 목소리로 물었다.

"키이라, 그렇군. 그 창녀 이름이 그랬지." 이던이 다시 서류가방을 뒤졌다. 나는 그가 관심을 다른 데로 돌린 기회를 이용해야 한다는 사실을 깨달았다. 케이블 타이를 쓸어내리고 왼손을 안전벨트 쥠쇠로 살그머니 가져가는 동안 심장이 터질 듯이 두방망이질했다. 나에게 남은 유일한 마지막 기회였다. 이던은 나를 죽이기로 이미 오래전에 결심했으니까. 다양한 가능성이라는 수다는 루스코와 캘빈이 무덤을 다 팔 때까지 그저 시간을 보내려는 수작에 불과했다.

'이때다!' 나는 앞으로 몸을 던지며 무릎으로 가운데 콘솔 위를 미끄러졌다. 어찌어찌 운전석까지 가서 다리를 아래로 밀어 넣는 데 성공했다. 아직 안전벨트에 묶여 있는 이던이 뭐라고 고함을 질렀지만 나는 뒤돌아보지 않고 시동을 거는 데만 집중했다. 변속 레버를 P에서 D로 막 바꾸려는데 왼쪽 뒷문이 벌컥 열렸다. 나는 가슴속에서 날뛰는 공포를 무시하고 액셀을 힘차게 밟았다. 모터가 포효하며 엄청난 무게의 차량이 앞으로 덜컹 하고 움직였다. 차 안으로 들어오려던 루스코가 눈밭으로 날아갔다. 이던이 계속 고함을 질렀지만 원심력 때문에 내가 있는 앞쪽으로 넘어오지 못했다. 눈부시게 푸른 제논 전조등 불빛에 어떤 형체가 불쑥 바로 앞에 나타났다. 캘빈이 양팔로 삽을 치켜들고 나를 멈추려는 듯했지만, 설령 내가 원했다 해도 이 무거운 자동차를 눈길에 세울 순 없었고 옆으로 비껴갈 수도 없었다. 그의 검은 얼굴에서 크게 치켜뜬 흰자가 보이더니 바로 둔탁한 소리가 들려왔다. 캘빈이 사라졌다.

"이 빌어먹을 계집애야, 완전히 미쳤어?" 이던이 갈라진 목소리로 외쳤다. "당장 세워!"

나는 그에게 신경 쓰지 않았다. 제멋대로 움직이려는 핸들을 양손으로 꽉 움켜쥐고 점점 더 속도를 높였다. 내비게이터는 눈길을 헤치며 날뛰는 말처럼 울퉁불퉁한 바닥에서 튀었고, 내가 좌석에서 위로 뛰어오르는 바람에 발이 두 번이나 액셀에서 미끄러졌다. 눈 덮인 나무들이 숲속 빈터를 하얀 벽처럼 에워싸고 있었다. 나는 좀 전에 우리가 지나온 게 분명한 틈새를 마침내 발견하고 미끄러지는 자동차를 아까 그 차선으로 몰았다. 양손에 통증이 느껴지고 어깨는 긴장한 나머지 경련이 일었다. 내가 앉은 좌석 제일 앞쪽은 캘빈의 긴 다리에 맞춰져 있었지만 좌석 위치를 옮기거나 안전벨트를 맬 시간이 없었다. 속도계가 50킬로미터를 넘어갔다. 급경사로 내려가는 이런 숲길을 이 속도로 달리는 건 자살행위였지만 이던이 나를 제압하는 것을 무슨 수를 써서라도 막아야 했다. 나는 이를 악물고 좁은 내리막 숲길로 링컨을 몰았다. 이던은 구석에 몰린 쥐처럼 쉴 새 없이 비명을 질렀다. 뒤쪽을 흘끔 돌아보니 여전히 자리에 앉은 채 문손잡이를 움켜쥐고 있는 그가 눈에 들어왔다. 겁쟁이 같으니라고. 그는 절대로 손에 더러운 걸 묻히지 않았다. 지저분한 일은 모두 다른 사람에게 해결하게 했다.

"세워, 캐롤-린!" 이던이 소리쳤다. 그의 목소리에 묻어나는 선명한 공포에 내 마음이 약간 차분해졌다. "우리 뭐든지 이야기할 수 있어!"

드디어 도로에 도착했다. 난 브레이크를 세차게 밟고 핸들을 다급하게 오른쪽으로 꺾었다. 차가 좌우로 흔들리다가 가드레일을 길게 스쳤다. 금속끼리 부딪치자 날카로운 소음과 함께 불꽃이 어둠 속에서 튀며 비처럼 쏟아졌다. 나는 재빨리 차를 다시 제어하여 위로 향하는 곡선도로를 따라 달렸다. 왼손을 더듬어 좌석 위치 조정기를 찾아내어 의자를 앞으로 끌어당겼다. 그런 다음 안전벨트도 찾아서 맸다. 지금 여기가 어디인지 전혀 알 수 없었다. 곁눈질을 해보니 뭔가 움직이고 있었다. 분필처럼 허연 이던의 얼굴이 앞좌석 사이로 나타났다. 그가 핸들을 잡으려고 했다. 나는 주먹으로 그의 손을 마구 내리쳤다.

"세워!" 이던이 숨을 헐떡이며 말했다. "당장!"

나는 내 오른쪽 다리를 액셀에서 떼어내려는 그를 막았다. 4백 미터쯤을 그렇게 필사적으로 몸부림치며 가다 보니 서서히 힘이 빠졌다. 불현듯 차도에서 전조등을 노려보며 서 있는 고라니가 눈에 들어왔다. 온몸에 소름이 돋았다. 나는 이던의 팔을 놓고 양손으로 핸들을 움켜쥐고 온 힘을 다해 브레이크를 밟았다. 그러나 차는 내 말을 듣지 않고 한 바퀴 돌더니 사출기에서 발사되듯 도로에서 튕겨 나갔다. 몇 초 동안 무중력상태였다. 모터가 시끄럽게 울고, 눈앞에는 나무줄기들뿐이었다. 이윽고 금속판이 터지는 굉음과 나무 부러지는 소리가 들렸고, 유리가 산산조각이 났다. 차가 심하게 덜컹거리는 바람에 앞으로 몸이 쏠렸다. 귀가 찢어질 듯 큰 소리가 나더니 뭔가 내 얼굴과 상체에 와서 부딪쳤다. 갑자기 주위가 조용해지고 캄캄해졌다.

벤진 냄새가 풍겨왔다. 다리가 아팠다. 뭔가 따뜻하고 끈적끈적한 게 얼굴로 흘러내렸다. 피! 바람이 주변 나무를 스치는 소리 말고는 아무것도 들리지 않았다. 눈을 뜨고 몽롱하게 주위를 둘러봤다. 내 두뇌는 이것이 무슨 상황인지 이해하지 못한 채, 핸들에 축 늘어져 있는 에어백과 사방에 떨어진 유리조각과 차 안으로 불어 들어오는 눈발을 그저 멍하니 바라보기만 했다. 보닛이 사라지고, 나무와 심하게 부딪힌 충격 때문에 모터 본체가 뜯겨졌다. 뭔가 검은 물체가 차 안에 솟아 있었다. 조수석이 있던 자리에 쭉 뻗은 나무줄기가 꽂혀 있었다. 오른손을 간신히 들어 나무를 만져봤다. 손가락에 닿는 나무의 감촉이 거칠고 더할 나위 없이 생생했다. 한참 동안 꼼짝도 하지 않고 그대로 앉아, 무슨 일이 벌어졌는지 기억하려고 애썼다. 폴의 어머니 집에서 점심식사. 웨딩드레스 가봉. 이던과 그의 고릴라들! 숲을 미친 듯이 질주하던 일. 도로 한가운데 서 있던 고라니! 세상에, 사고가 났구나! 내가 몇 분이나 의식을 잃고 있었던 거지? 이던은 어디 있을까? 연기 냄새가 나고 불길이 보였다. 아마 연료관이 망가져 뜨거운 촉매 컨버터에서 벤진이 떨어지는 모양이었다. 연료 탱크가 폭발하기 전에 차에서 나가야 했다. 위기의 순간 차분하게 이성을 차리는 능력이 살면서 도움이 되는 게 이번이 처음은 아니었다.

"침착하자, 셰리든." 꿈틀대는 공포를 억누르기 위해 나는 이렇게 중얼거렸다. 추위 때문에 손가락이 얼어붙을 지경이었지만 죔쇠를 열고 안전벨트를 푸는 데 성공했다. 왼쪽 어깨로 운전석 문을 열어 보려 했으나 꿈쩍도 하지 않았다. 차 안에 연기가 차서 눈이 따가웠다. 그 순간 뒤에서 신음소리가 들려와 깜짝 놀라 몸을 돌렸다.

"도와줘." 이던이 그르렁거리는 목소리로 말했다. "도와줘, 제발."

어렵사리 고개를 돌린 나는 불길이 비추는 덕분에 무슨 일이 일어났는지 볼 수 있었다. 이던이 나무줄기와 좌석들 사이에 끼어 있었다. 안경을 잃어버린 그는 무기력하고 약해 보였다.

"서…… 서랍에…… 권총이 있어." 그가 나지막이 중얼거렸다. "나를 쏘아줘. 부탁이야. 타죽고…… 싶지 않아."

나는 두려움에 잠식되고 힘에 부쳐 숨을 헐떡이며 핸들에서 몸을 돌렸다. 그러고서 운전석과 뒷좌석의 나무줄기 사이로 비집고 들어갔다. 이던이 나에게 저지른 온갖 악행에도 불구하고 그를 산 채로 불에 타죽게 할 수는 없었다. 그의 겨드랑이 아래로 손을 넣고 온 힘을 다해 잡아당겼다. 그는 통증으로 신음했다. 연기 때문에 눈에서 눈물이 흘러내렸다.

"당신도 같이 힘을 써야 해!" 나는 숨을 헐떡이며 필사적으로 내뱉었다. "나 혼자서는 못 해!"

"안…… 돼. 다리에 감각이 없어." 이던이 쉰 목소리로 중얼거렸다. 본능이 불붙은 자동차에서 당장 탈출해 가능한 한 멀리 도망치라고 고함을 질렀지만, 나는 기침을 하며 나무줄기를 더듬었다. 그러고는 나를 죽이려던 남자 위에 네 발로 버티고 엎드려, 등으로 나무줄기를 밀어냈다. 움직였다! 나는 이던의 왼쪽 다리를, 그러고서 드디어 오른쪽 다리를 나무 아래에서 꺼냈다. 왼쪽 문을 열고서

축 늘어진 이던을 발로 바깥으로 밀어냈다. 그런 다음 그를 따라 차 바깥으로 뛰어내렸다. 발이 바닥에 닿았지만 바로 그다음 순간 아무것도 없는 허공이었다. 머리를 뭔가 딱딱한 것에 부딪히고 급경사로 추락하여 눈과 나뭇잎 위로 구르다가 단단한 나무줄기가 거칠게 제동을 걸어준 덕에 멈췄다. 온몸이 군데군데 안 아픈 곳이 없었다. 머리가 윙윙거리고 모든 것이 두 겹으로 겹쳐 보였다. 나는 필사적으로 숨을 몰아쉬었다. 몽롱한 상태가 나아지고 빙빙 도는 머릿속 회전목마가 멈출 때까지 꼼짝도 하지 않고 누워 있었다. 그러고는 조심스럽게 팔다리를 만져봤다. 최소한 부러진 데는 없는 것 같았다.

"이던?" 내 입에선 까마귀 같은 소리가 나왔다.

50미터 위쪽, 망가진 링컨의 벤진 탱크에서 갑자기 화염이 솟구쳤다. 나는 가까스로 상체를 일으켜 나무줄기에 기댔다. 타오르는 자동차의 불길이 밤을 환하게 밝히고 오렌지색 화염이 하얀 눈에 비쳤다. 내가 있는 곳은 급경사 언덕의 발치였다. 바위와 나무들이 눈 위로 솟아 있었다. 나는 추락하면서 바위에 부딪히지 않은 게 얼마나 큰 행운이었는지 비로소 깨달았다. 이던은 나보다 20미터쯤 위쪽에 누워 있었다. 바위에 걸려 추락을 멈춘 모양이었다. 신음하며 일단 무릎을 꿇었다가 일어서는 와중에 다리가 휘청거려 나무를 붙잡아야 했다. 왼쪽 눈썹 위의 찢어진 상처에서 피가 흘러내려 얼굴을 적셨다. 숨을 쉴 때마다 몸의 왼쪽 모든 부위에 통증이 전해졌고, 청바지 왼쪽 가랑이가 찢어지고 피에 젖었지만 어떻게든 찻길까지 올라가야 했다. 이곳 버크셔 힐스에는 퓨마나 불곰은 없었지만 흑곰과 몇 킬로미터 떨어진 곳에서도 피 냄새를 맡는 코요테가 있었다. 록브리지에는 깊은 숲에서 길을 잃고 헤매다가 곰에게 잡아먹히거나 몇 년 후에 뼈만 남은 시신으로 발견되었다는 사람들에 대해 수많은 소문이 돌았다. 나는 기침을 하고 숨을 헐떡이며 힘겹게 올라갔다. 몇 분 후에 이던이 있는 곳에 도착했다. 눈을 감고 있는 그의 코에서 피가 흘러나왔다. 목에 손가락 두 개를 대어보니 불규칙한 맥박이 느껴졌다. 그를 위해 내가 할 수 있는 일은 없었으므로 빽빽한 관목들을 헤치며 계속 올라갔다. 넘어진 나무들을 기어오르고, 눈 덮인 나뭇잎들 아래에 음흉한 마름쇠들처럼 숨어 있는 나무뿌리에 몇 번이나 걸려 비틀거렸다. 나뭇가지에 얼굴이 긁히고 왼쪽 다리에 끔찍한 고통이 느껴졌다. 숨이차고 옆구리 통증이 심해 나무에 기대선 채 왼쪽 다리에 힘을 빼고 횡격막을 손으로 눌렀다. 그때 위쪽 비스듬히, 가스가 차 있는 내비게이터 탱크에서 둔탁한 소리를 내며 두 번째 폭발이 일어났다. 나는 몸을 숙이며 양팔로 머리를 가렸다. 불타는 금속 조각들이 유산탄처럼 날아가 쉭쉭 소리를 내며 눈밭에 떨어졌다. 나는 잠시 기다렸다가 몸을 끌며 계속 걸어가 드디어 도로에 도착했다. 이가 딱딱 맞부딪치고 몸이 부르르 떨려, 한 발 한 발 온 힘을 짜내어 걸었다. 방향 감각과 시간 감각이 모두 사라졌다. 부츠가 흠뻑 젖어 납처럼 무거웠다. 신발 바닥이 미끄러워 걸음을 옮길 때마다 넘어질 듯했다. 걸음을 멈추어서는 절대 안 되었다. 움직이지 않으면 순식간에 저체온증에 걸린다. 추위는 신경섬유 말단을 마비시켜 사람들은 몸이 얼어붙는 걸 느끼지 못하고, 잠이 들면 다시는 깨어나지 못한다.

눈이 또 내리기 시작했다. 도로에 자동차는 한 대도 없었다. 나는 계속 걸었다. 몇 번이고 미끄러져 눈밭에 넘어져 힘겹게 몸을 일으켰다. 피와 눈에 푹 젖은 청바지가 피부에 얼어붙어 갑옷처럼 딱딱해졌다. 이를 악물고 계속 걸었다. 바로 도움을 받지 않으면 이던은 얼어 죽을 것이다! 희망이 거의 바닥날 때 멀리서 천천히 다가오는 붉고 파란 경광등이 보였다. 나는 팔을 축 늘어뜨린 채 눈을 깜박이며 경광등을 바라봤다. 흰색과 은색 칠을 하고 클라크스빌 경찰청의 약자인 CPD가 쓰인 크라운 빅토리아가 내 옆에 멈춰 섰다. 차 안에서 한 남자가 내렸다. 검은 재킷에서 보안관의 별이 반짝였다. 그가 손전등을 꺼내더니 내 얼굴을 바로 비췄다.

"아가씨, 괜찮으십니까?" 그가 걱정스러운 목소리로 물었다.

나는 눈을 질끈 감고 양팔로 상체를 감싸 안았다. 괜찮냐고? 아니, 절대 안 괜찮다.

"아가씨, 내 목소리 들려요?" 까무잡잡한 피부에 칠흑처럼 새까만 머리칼을 짧게 자르고 콧수염을 기른 땅딸막한 40대 중반 경찰이 손전등을 아래로 내리고 조심스럽게 다가왔다. "클라크스빌 경찰청의 코로나토 보안관입니다. 전화를 받았어요. 누군가 폭발음을 들었다고 하는데요. 무슨 일이 일어난 겁니까?"

"머…… 머리가 아파요." 나는 더듬거리며 대답했다. "저기…… 도로에 고라니가 있었는데…… 제때 브레이크를 밟지 못했어요."

"차에 당신 말고 다른 사람이 또 있었나요?" 보안관은 걱정스러운 눈빛과 동정하는 목소리로 물었다. 갑자기 어지럽고 다리가 꺾어졌다. 보안관이 재빨리 내 겨드랑이 아래로 손을 넣어 부축했다.

"이리 오세요. 일단 차에 타세요." 그가 순찰차 조수석 문을 열고 내가 차에 오르는 걸 도왔다. 나는 피범벅인 내 손을 노려보다가 보안관의 얼굴을 다시 바라봤다. 눈빛이 친근해 보였다.

"남자 한 명이 더 타고 있었어요." 나는 나지막하게 중얼거렸다. "그 사람을…… 바깥으로 끌어냈어요. 탱크가…… 폭발하기 전에."

잠시 후 나는 순찰차 조수석에 앉아 담요를 두르고 보안관이 준 무균 거즈로 이마 상처를 누르고 있었다. 차에서 커피와 담배 냄새가 났다. 모터가 공회전하느라 덜덜거리고 최대로 올린 난방 덕분에 편안할 만큼 따뜻한 공기가 다리에 전해졌음에도 나는 여전히 온몸을 떨고 있었다.

보안관은 사고 장소까지 운전해 가서 차에서 내린 다음, 손전등으로 숲을 비췄다. 그가 돌아오자 얼음 같은 냉기도 차 안에 함께 들어왔다. 낡은 완충장치가 그의 체중 때문에 살짝 내려앉았다. 그는 무전기를 들고 지금 클라크스빌 앞쪽으로 5킬로미터 떨어진 매사추세츠 8번 노스 지점 사고현장에 있다고, 차량 화재 사고인데 어쩌면 인명피해도 있을 것이라고 본부에 알렸다.

"동원할 수 있는 최대 인원이 필요합니다." 그가 말했다. "소방차와 구급차 두 대도요."

그런 다음 그가 나에게 몸을 돌렸다. 귀에 솜뭉치가 들어 있는 것처럼 그의 목소리가 멀고 흐릿하게 들렸다.

"아가씨, 이름이 뭔가요? 주소는? 누구에게 연락할까요?"

나는 기억하려고 애썼지만 만화경을 보듯이 머릿속에서 혼란스러운 장면들만 번쩍거렸다. 깨진 기억들이 이리저리 돌아다니다가 흐릿한 장면으로 이어지고 다시 조각조각 흩어졌다. 차갑고 불편하게 살갗에 닿는 하얀 웨딩드레스를 입어봤다. 가게에서 뛰쳐나와 울음을 터뜨렸다. 도대체 왜?

"서두르지 않아도 됩니다." 보안관이 친절한 목소리로 말했다. "지금 따뜻한가요? 문제가 있으면 내가 바로 저 앞에 있으니 알려주세요. 아셨죠?"

나는 힘없이 고개를 끄덕였다. 그가 휴대전화를 귀에 대고 차에서 내렸다. 지친 내 몸의 긴장이 약간 풀렸다. 몸이 떨리면서도 땀이 났다.

눈을 다시 떠보니 도로가 온통 사람들과 자동차로 가득했다. 경광등이 번쩍였다. 전조등 때문에 사고현장이 대낮처럼 환했다. 나는 순찰차에 혼자 앉아 있었다. 무전기가 나지막하게 바스락거리는 소리를 냈다. 알아듣지 못하는 여러 목소리가 들렸다. 가운데 콘솔 위쪽 고정 장치에 GPS 지도가 표시된 노트북이 펼쳐져 있었다. 미들턴과 클라크스빌 사이 어딘가에서 파란 점이 깜박였다. 록브리지 북쪽 50킬로미터쯤에 있는 지점으로, 버몬트주의 경계에서 겨우 몇 킬로미터 떨어진 곳이었다. 빨갛게 반짝이는 계기판 시계에 시선이 갔다. 자정에서 10분이 지난 시각이었다. 이던은 아직 살아 있을까? 루스코와 캘빈은 어떻게 됐지? 몸이 서서히 따뜻해지자 온기와 함께 피로가 몰려왔다. 머리를 옆 유리창에 기대려고 했지만 몸이 심하게 떨려서 숨을 제대로 쉴 수 없었다. 온몸의 근육이 욱신거렸다.

보안관이 오렌지색 제복을 입은 구급대원 두 명과 함께 돌아왔다. 둘은 나를 조심스럽게 차에서 부축하여 내리고 들것에 눕힌 후에 바스락거리는 포일을 덮어줬다. 이마 뒤쪽에 맥박이 뛰는 것처럼 둔탁한 통증이 느껴졌다. 내 얼굴 주변이 어두워졌다.

"보안관님." 나는 낮은 목소리로 중얼거렸다. "숲 어딘가에 남자 두 명이 더 있어요. 그중 한 명은 아마 죽었을 거예요."

"숲 어디죠?"

"산으로 올라가는 빈터예요. 여기서 몇 킬로미터 도로를 따라 내려가서 가드레일이 있는 곳이에요."

코로나토 보안관은 무선 통신을 한 후에, 사람들에게 부상자 또는 사망자를 수색하라고 지시했다.

나는 벨트를 매고 구급차로 들려 올라갔다. 어떤 여성이 내 위로 몸을 숙였다. 30대 중반쯤으로 보이는, 마르고 친근한 인상의 짧은 금발이었다.

"안녕하세요." 그녀는 안타깝다는 표정으로 나를 내려다보며 말을 걸었다. "응급의학과 차일즈 박사예요. 몸 상태가 어떤가요?"

"모르겠어요." 내가 중얼거렸다. "머리가 아파요."

차일즈 박사는 손전등으로 내 양쪽 눈을 들여다봤다. 그다음 왼쪽 팔오금에서 따끔한 느낌이 들었다.

"이제 윌리엄스버그 병원으로 이동합니다. 전화 연락할 사람이 있나요?"

나는 박사를 빤히 바라봤다. 누군가에게 내가 잘 있다고 말해야 하는데 그 사람 이름이 떠오르지 않았다.

"당신 이름을 이야기해주시겠어요?" 금발의 응급의사가 말했다. "생년월일은요? 아니면 전화번호는요?"

박사가 내 얼굴을 뚫어지게 내려다봤다.

나는 정신을 집중하려 했지만 또렷한 생각을 해내기가 힘들었다. 어지럽고 비참한 느낌이었으며, 이 밤이 지나면 이제 그 무엇도 예전 같지 않으리라는 예감이 강하게 다가왔다.

"폴." 나는 나지막한 소리로 속삭였다. "록브리지 폴 서튼. 그에게 전화해주시겠어요?"

"그 서튼 박사님 말인가요?" 차일즈 박사가 놀라 되물었다.

"네, 약혼자예요." 불현듯 극심한 피로감이 몰려왔다. "내 이름은 셰리든…… 쿠퍼예요."

눈이 감겼다. 구급차 문이 닫히고 차가 서서히 움직이기 시작했다. 차일즈 박사가 뭔가 말했지만 나는 알아듣지 못했다. 그 대신 누군가 내 이름을 부르는 소리가 들려왔다.

셰리든, 집으로 돌아와! 집으로 와!

'지금 가는 중이야.' 나는 생각했다.

정신이 몸에서 분리됐다. 통증과 불안이 사라지고 갑자기 따뜻하고 아름다운 행복감이 밀려와 기쁜 마음에 울고 싶을 정도였다. 내가 내 몸의 몇 미터 위쪽에 떠 있는 듯했다. 구급차에 누워 있는 나를 내려다봤다. 머리카락이 젖어서 짙게 변했고, 하얀 피부에 빨간 피가 반짝였다. 나는 유리관 속의 백설공주처럼 평화롭게 조용히 누워 있었다.

∞

눈을 떠보니 병원이고, 침대 옆에 어떤 남자가 앉아 있던 적이 예전에도 있었다. 그때는 아버지였다. 이번에는 폴이 의자에 앉아 양손으로 턱을 괴고 나를 바라보고 있었다. 눈 밑에 보라색 그늘이 진 그의 슬픈 얼굴을 보니 마음이 아팠다. 그를 향한 내 마음에서 단순한 친밀감을 넘어서는 뭔가가 느껴지지 않을까 기다려봤지만 허사였다.

유리창 너머가 어두컴컴했다. 지금 몇 시나 됐을까?

"폴." 나는 쉰 목소리로 속삭였다.

그가 고개를 획 들더니 자리에서 벌떡 일어나 침대로 다가왔다. "셰리든! 좀 어때?"

"잘 모르겠어." 나는 힘없이 대답했다. "괜찮은 것 같아. 여기가 어디지?"

코에 호스가 끼워져 있어서 말하기가 힘들었다.

"내 병원이야." 폴은 의자를 침대 옆으로 당겨와 앉아 내 왼손을 유리 다루듯 조심스럽게 잡았다. "당신, 사고를 당했어. 기억나?"

사고라고?

기억하려고 애를 썼다. 서로 아무 맥락 없어 보이는 조각난 기억들이 머릿속에서 번쩍였다. 어둠 속의 미친 듯한 질주. 도로 한가운데 서 있던 고라니. 벤진 냄새. 폭발. '이던 뒤부아!' 보닛 앞에 있던, 놀라서 눈을 크게 뜬 캘빈. 화재! 내 머리에 씌운 두건……. 나는 놀라서 숨을 헐떡였다.

"그래, 됐어. 됐어." 폴이 나를 안심시켰다. 그가 몸을 앞으로 숙이고 부드럽게 내 뺨을 쓰다듬었다.

"내가 왜 여기 있지?" 내 질문에 그가 대답했다.

"당신, 심각한 뇌진탕이었어."

나는 헛기침을 했다. 목이 칼칼하게 느껴졌다. "고라니가 있었어. 브레이크를 밟으려 했는데 너무 미끄러워서……."

폴이 침대 옆의 이동식 소형 장에서 컵과 빨대를 꺼내어 내 입술에 대주었다. 고맙게도 미지근한 물을 몇 모금 마실 수 있었다.

"내 얼굴은 어떻게 됐어?"

"찢어진 상처만 좀 있어." 그는 미소를 지으려고 했지만 힘들어 보였다. "걱정하지 마. 아문 뒤에는 흉터가 하나도 남지 않을 테니까."

우리는 잠시 입을 다물었다. 폴이 내 손을 쓰다듬었다.

"좀 더 자." 그의 목소리가 갈라졌다. "내가 여기서 당신을 지킬게."

"고마워." 내가 속삭였다. "당신이 날 위해 해준 일들, 모두 고마워."

"당연한데 무슨 소리." 폴이 눈을 들었다. 피로와 걱정에 얼굴이 말이 아니었다. 의연하고 강한 이 사람의 모습이 나를 놀라게 했다. 여전히 멍한 상태여서 명확한 생각을 하기는 어려웠지만, 나는 그의 사랑과 보살핌을 받을 자격이 없다는 막연한 생각이 의식을 스치며 마음을 흔들었다.

∞

며칠 더 지나면서 나는 서서히 뇌진탕에서 회복되었다. 몸에 있던 멍과 눌린 상처, 깊게 찢어진 왼쪽 허벅지와 얼굴 상처도 모두 나았다. 사건에 대한 기억도 부분적으로 돌아왔지만, 폴은 나를 서둘러 신문하려는 경찰을 좀 더 오래 막아냈다. 그는 하루에도 몇 번씩 나에게 들렀다. 그러나 우리 둘 다 무슨 말을 나누어야 할지 알 수 없었다. 나는 그에게 사건에 대해 대강 설명했지만 아직도 나누지 못한 괴로운 이야기가 남아 있었다. 폴이 나를 걱정하고 신경 쓸수록 내 기분은 점점 더 비참해졌다. 이렇게 지속할 수는 없었다. 네브래스카와 니컬러스, 메리제인 아줌마와 레베카 새언니, 오빠들과 아버지, 내 말 웨이사이더를 향한 그리움으로 마음이 아려왔다. 예전처럼 지금도 밤마다 꿈에 나타나는 호레이쇼 역시 그리웠다. 부당한 일이었다. 폴을 이렇게 계속 잡아두는 건 부당했다. 그에게 최소한 뭔가 갚아야 할 것이 있다면 바로 솔직함이었다.

어느 저녁 늦은 시간에 그가 병실로 들어와 등 뒤로 문을 닫았다. 그러고는 아무 말 없이 침대 옆 문병객 의자에 앉았다. 그를 보는 순간 양심의 가책이 밀려와 거의 쓸려가버릴 듯했다. 수술실에서 긴 하루를 보낸 폴은 무척 지쳐 보였다. 내 옆에 있는 대신 집에 돌아가 쉬어야 했다.

"내일 경찰과 지방검찰이 온다는군." 그가 입을 열었다. "내가 더는 막을 수 없었어."

"괜찮아."

우리 둘의 시선이 부딪쳤다. 그는 하고 싶은 말이 있었고, 나는 그게 뭔지 짐작했다.

"그…… 사람들 말이야. 당신을 납치했던 사람들." 망설이던 폴이 입을 열었다.

"당신이…… 알던 사람들이야?"

내가 아니라고 대답하기를 폴이 얼마나 원하는지 그의 표정에서 알아챘지만 실망시킬 수밖에 없었다. 솔직해져야 할 때가 왔다. 그래서 대답했다.

"응."

"경찰이 그들 셋의 신원을 모두 지문으로 확인했어. 조지아에서 왔는데, 한 명은 전과가 많더군."

"그 사람들, 어떻게 됐지?" 심장이 마구 뛰었다. "아직 살아 있어?"

"한 명은 숲속 빈터에서 죽은 채로 발견됐어." 폴이 대답했다. "자동차에 치였다더군. 다른 한 명은 가벼운 부상만 입었지. 경찰은 그가 3년 전에 탈옥했다는 사실을 알아냈고, 그러니 그곳으로 돌아가겠지. 세 번째 남자는 사고 때 척추가 여러 번 부러져서 전문병원으로 이송됐어."

내가 느끼는 감정은 안도감뿐이었다. 인간의 탈을 쓴 괴물 캘빈은 죽었고 그의 시신은 어딘가 냉동고에 들어 있을 터였다. 루스코는 교도소로 돌아갈 테고. 이제 아무도 그들을 두려워할 필요가 없게 되었다.

"셰리든, 그런 사람들을 어떻게 알게 됐지?" 폴이 물었다.

나는 며칠 내내 그에게 어떻게 설명해야 할지 고민했지만 어디서부터 말을 꺼내야 할지 알 수 없었다.

"말하자면 길어." 그래서 대답을 회피하며 말했다.

"나 시간 많아."

"알았어." 나는 조심스럽게 몸을 일으켜 앉았다. "양오빠가 살인 광란을 일으키고 난 후에 나는 플로리다로 갔어. 그 일이 사람들 기억에서 사라질 때까지 기다리려고 했지."

"그건 당신이 이미 설명했어." 폴이 말했다.

"2년이 지나니 지겨워졌어. 그래서 코네티컷에 사시는 이사벨라 고모할머니에게 가서 한동안 지내려고 했지. 거기서 어쩌면 뒤늦게라도 고등학교 졸업을 할 수도 있을 테고 말이야. 거기로 가는 길에 조지아의 어떤 모텔에 묵었는데, 돈이 한 푼도 없어서 일자리를 구했어. 그곳의 사업주이던 뒤부아가 서배너의 자기 바에서 연주할 피아니스트를 구한다고 했어."

나는 잠시 쉬었다가 말을 이었다.

"그 일은 괜찮았어. 난 피아노를 치고 노래를 할 줄 알고, 내 자작곡을 연습할 수도 있었으니까. 그리고 팁도 상당히 많았어. 다른 여자 세 명과 함께 사는 어떤 집에 방 하나를 세냈는데, 그 세 사람은 이던 뒤부아의 일을 하면서 학비를 버는 대학생들이었어. 이던 뒤부아는 모텔뿐 아니라 클럽 몇 군데와 바, 그리고 애틀랜타와 서배너에 있는…… 홍등가 주인이었어. 9개월 동안은 모든 게 좋았지. 그런데 어느 날 저녁…… 뒤부아가 나를 자기 집으로 오라고 했어."

폴의 얼굴이 새하얗게 질렸다. 나는 이던을 사랑했고, 게다가 그와 결혼하기를 바랐다는 말은 차마 할 수 없었다.

"그 사람은 손님이 있었어. 앨라배마주 상원의원이었지. 뒤부아는 그에게 뭔가 호의를 베풀기로 약속했다고 말했어. 내가……."

"그만!" 폴이 내 말을 다급하게 막았다. "알고 싶지 않아! 제발 더는 말하지 마!" 그가 억눌린 목소리로 말했다. "혼자 알고 있어야 하는 일도 있는 법이야. 정직은 이따금 거짓말보다 더 많은 것을 망치기도 해." 그는 의자에서 벌떡 일어나 창가로 다가가 선 채 바깥 어둠을 내다보았다.

"미안한데, 내 이야기를 들어야 해." 나는 그의 등에 대고 말했다. "내일 경찰에게도 똑같은 이야기를 해야 할 테니까. 유니스 로댕의 가게에서 나왔을 때, 나를 납치한 사람이 이던 뒤부아였어. 그는 내가 당신과 찍은 사진을 잡지에서 보고 부하들을 록브리지로 보내서 정말로 내가 맞는지 확인하게 했어. 그러고는 고릴라 같은 부하 두 명과 함께 직접 찾아온 거야."

폴이 다시 나에게로 돌아섰다. 그의 표정에서 보이던 불편한 심기는 경악으로 바뀌어 있었다. 자신의 이상적인 세상에 나로 인해 사악함이 침입했다는 걸 깨달은 것이다.

"그들은 숨어서 나를 기다리고 있었어. 뒤에서 내 머리에 두건을 씌우고 차에 밀어 넣고는 숲으로 달렸어. 이던은 내가 아무 말도 없이 그냥 도망쳤기 때문에 화가 나 있었지. 나를 다른 이들의 본보기로 삼으려고 했어."

폴은 팔짱을 낀 채 창가에 서 있었다. 나는 그를 바라보지 않고 억양 없는 목소리로 설명을 이어갔다.

"깡패 캘빈과 루스코는 숲속 빈터에서 구덩이를 팠어. 내 무덤이었지. 이던 뒤부아가 무슨 짓을 할 수 있는 사람인지 알고 있었어. 직접 겪었으니까." 나는 온몸에 소름이 끼쳤다. "상원의원 사건 다음 날, 그는 나를 데려오라며 부하 미키를 보냈어. 난 이 상황에서 절대 빠져나올 수 없다는 사실을 깨달았지. 마약을 사용해서 내가 말을 듣게 만들었을 테니까. 난 저항했어. 함께 살던 키이라가 나를 도와주려 했지만 미키가 그녀를 폭행하고, 나를 욕조에서 거의 익사시킬 뻔했지. 난 죽음의 공포를 느꼈어. 키이라가 부엌칼로 그의 목을 베고, 내가 차에 짐을 싣고 도망치는 걸 도와줬어. 지금 아마…… 키이라도 죽었을 거야. 나를…… 도와줬으니까."

폴은 의자에 털썩 주저앉아 양손으로 얼굴을 문질렀다. 더는 견디지 못하는 표정이었지만 나는 그를 달리 도울 수 없었다.

"나는 공포로 반쯤 미친 상태였어. 고모할머니가 유럽 여행 중이라서 차에서 잠을 자야 했지. 그러다가 돈이 떨어졌어. 어딘가에서 일자리를 구할 엄두를 내지 못했으니까. 집으로도 돌아갈 수 없었어. 그래서 록브리지에 도착했을 때는 완전히 빈털터리였지."

폴이 이 모든 걸 소화하기에는 시간이 좀 필요했다.

"사고는 어쩌다가 난 거지?" 그가 물었다.

"이던은 부하들에게 내 무덤을 파게 했어. 나는 그가 잠깐 한눈을 팔 때 운전석으로 기어갔지. 시동열쇠가 꽂혀 있고 모터가 여전히 돌아가는 상태였거든. 부하 중 한 명이 길을 막았을 때 난 피할 수가 없어서 그를 차로 치고 말았어."

"당신이 쳤다고?" 폴은 완전히 정신이 나갔다. 자리에서 벌떡 일어나더니 우리에 갇힌 호랑이처럼 좁은 병실을 이리저리 오갔다.

"어쩔 수 없었어! 그 사람이 나를 죽이려고 했으니까." 나는 그를 재차 깨우쳐줬다. 내가 설명을 이어가는 동안 폴은 돌처럼 굳은 얼굴로 귀를 기울였다.

"당신이 그 범죄자의 목숨을 구해줬군." 폴이 말했다. "그가 당신에게 끔찍한 짓을 저질렀는데도 말이지. 이유가 뭐야?"

나는 아무 말 없이 어깨를 으쓱했다. "당신이라면 그를 살아 있는 채로 불에 타죽게 내버려뒀겠어?"

"아니. 나…… 난 모르겠다." 폴은 양팔을 들어 올리고 고개를 젓더니 낭패감과 혐오가 뒤섞인 표정으로 나를 바라봤다. "당신은 지금 이 일이 자기랑 전혀 관계가 없다는 듯이 설명하고 있어! 얼마나 뻔뻔한지 어이가 없군."

"내가 뻔뻔하다고?" 나는 믿을 수 없어 나직한 소리로 중얼거렸다.

"그런 말이 아니야!" 그가 재빨리 대답하며 자기 말을 번복했다. "아니, 어쩌면 그럴지도 모르지. 그래, 난 그렇게 생각해! 셰리든, 당신 태도는…… 정상이 아니라고! 아, 세상에. 어떻게 생각해야 할지 모르겠어! 당신은 납치당했어. 그리고 한 사람을 죽였고! 심각한 자동차 사고를 당했어. 그런데 왜…… 왜 울지 않는 거지?"

그 순간 나는 우리 둘이 왜 절대로 함께할 수 없는지 명확하게 깨닫고 힘이 빠졌다. 폴 서튼의 현실은 록브리지의 작은 세계였다. 부유하고 사랑이 넘치는 가정에서 태어났고, 살면서 늘 행운이 따랐다. 실패한 첫 번째 결혼 말고는 이렇다 할 풍속 위반이 없었다. 죽음의 공포를 느낀 적도, 사이코패스의 잔혹한 눈을 마주한 적도 결코 없었다. 굶은 적도, 도망쳐야 했던 적도, 누군가 그의 뜻에 반해 폭력을 가한 적도, 그에 대해 나쁜 말을 한 사람도 없었다. 폴은 36년 내내 인생의 양지에서 살았고, 그래서 내가 싸워야 하는 그늘을 볼 수도, 이해할 수도 없었다. 그는 순진하고 올바른 사람이었다. 나와는 완전히 반대였다.

"날 믿어줘. 나도 이런 일을 겪지 않았더라면 얼마나 좋았을까 생각해." 목소리가 씁쓸해지는 건 어쩔 수 없었다. "나를 사랑하고 지원해주는 부모님 슬하에서, 평화로운 소도시 어딘가에서 친절한 이웃들과 귀여운 강아지와 인근에 계시는 푸근한 조부모님과 함께 살았더라면 좋았겠지. 고등학교를 졸업하고 멋진 대학교에서 공부했더라면. 난 학교 성적이 좋았어. 평범한 여자아이들처럼 친구들이 있기를 늘 바랐지. 하지만 드디어 모든 게 잘되어간다고 믿을 때면 뭔가 일이 벌어졌고, 내 삶은 또다시 엉망진창 폐허가 됐어. 그런데 그거 알아? 그럴 때 내가 '울었더라도' 아무런 도움은 되지 않았을 거야!"

폴은 놀란 표정으로 나를 빤히 바라봤다.

"셰리든…… 미안해." 그가 주저하며 말했다. "내가 생각이 없었어. 당신 마음을 아프게 하려던 건 아니야."

"아니, 내가 미안하지." 나는 고개를 저었다. "내 잘못이니까. 당신에게 솔직해야 했는데, 멍청하게도 그냥 새로 시작할 수 있을 거라고 믿었어. 여기서 당신과 함께."

불현듯 무거운 피로감이 밀려왔다. 더는 말하고 싶지도, 변명하고 싶지도 않았다. 그냥 이불을 머리끝까지 올리고 잠을 자고 싶었다. 내일이나 경찰을 생각하고 싶지 않았다. 모든 걸 잊고, 내일 아침에 일어나면 그저 다 사라질 악몽에 불과했으면 좋겠다고 생각했다. 한동안 폴의 목소리가 들리지 않아 나는 그가 나가버렸다고 생각했다.

"셰리든." 그의 목소리에, 반쯤 잠이 들어 있던 나는 화들짝 놀랐다.

"응?"

"니컬러스가 누구지?"

"그걸 왜 물어?" 깜짝 놀란 내가 되물었다.

"당신이…… 당신이…… 자면서 그 이름을 계속 불렀어."

나는 입술을 깨물었다. 폴이 그걸 듣고 어떤 느낌이었을까?

"니컬러스는 메리제인 아줌마와 내 양아버지의 큰아버지인 셔먼 그랜트의 아들이야. 성공을 거둔 로데오 선수였지. 상황이 아주 안 좋을 때 내 편을 들어준 유일한 사람이었어."

"그 사람이…… 당신 남자친구였나?"

"아니, 아니야!" 나는 고개를 저었다. "니컬러스는 거의 우리 아버지만큼이나 나이가 많아. 나는 열여섯 살 때 그를 좋아한 적이 있긴 하지만 어떻게 해볼 수 없었어. 니컬러스는 동성애자니까."

폴의 눈에 안도감이 스쳤다. 내가 열에 들떠 니컬러스의 이름만 부르고 호레이쇼 버넷을 말하지 않은 게 어쩌나 다행인지.

∞

매사추세츠주 경찰청 형사 두 명이 토요일 아침 9시 정각에 검사와 함께 들어왔다. 이던은 나를 납치했다고 이미 자백했고, 내가 파손되고 불타는 자동차에서 자기를 꺼내 목숨을 구해줬다는 진술도 했다. 나는 두 형사와 검사에게 이던 뒤부아를 어떻게 알게 되었고 그가 왜 나를 납치했는지 짤막하게 설명했다. 내 부상과 이던의 자백은 내 진술을 뒷받침했고, 게다가 경찰은 숲속 빈터에서 구덩이와 삽도 발견했다. 나는 이던 뒤부아가 키이라 제닝스에 대해 한 말을 알리고, 그녀가 내 도주를 도왔기 때문에 이던이 아마 살해를 지시했을 거라고 말했다. 경찰 중 한 명이 수첩에 뭔가 끼

52

적였다. 검사는 나를 우발적 살인이나 과실치사나 중대한 상해 혐의로 기소하지 않기로 결정했다. 그의 의견에 따르면 내 행동은 명백한 정당방위였기 때문이다. 경찰들도 고개를 끄덕였고, 그렇게 이 일은 마무리됐다. 신문은 한 시간 만에 끝났다. 혹시 이던 뒤부아가 감금과 협박 행위 때문에 재판을 받게 된다면 나는 증인으로 조서에 서명하고 내 주소를 쓰게 될 터였다. 악몽은 지나갔다.

폴이 경찰들과 검사를 배웅했다. 몇 분 후에 돌아온 그는 문을 닫고 나에게 다가왔다. 그러고는 침대 옆 의자에 앉아 나를 빤히 바라봤다.

"폴, 미안해." 내가 손을 내밀었지만 그는 잡지 않았다.

"셰리든, 나도 마찬가지야." 그가 싸늘하게 말했다. "나도 유감스럽다."

"무슨 일이 벌어졌는지 사람들이 알아? 당신 가족은?"

"당연히 알지." 그가 일어나서 창가로 다가가 창턱에 기대섰다. "누구나 알아. 그리고 당신이 웨딩드레스를 찢고 울면서 가게를 뛰쳐나간 것도 다들 알지. 왜 그랬어?"

나는 아랫입술을 깨물며 내 손을 내려다봤다.

"나…… 나도 모르겠어. 왜 그랬는지." 나는 나지막하게 중얼거렸다.

"더 할 말은 없고?" 폴이 조용하게 물었지만, 나는 그 목소리에서 그가 얼마나 큰 상처를 받았는지 알 수 있었다. 고개를 들어 그를 바라봤다. 나를 거부하는 표정이었다.

"지난 24시간 동안 당신에 대해 알아낸 사실에 따르면, 당신은 그동안 나를 별로 신뢰하지 않은 모양이야." 그가 말했다. "그리고 당신과 결혼하는 실수를 저지르기 전에 그놈들이 이곳에 온 걸 나도 기뻐해야 할 것 같다."

그의 말 한마디 한마디가 내 뺨을 때리는 것처럼 느껴졌다. 나는 이게 우리 사이의 마지막 대화라는 걸 어렴풋이 깨달았다. 이제 다 끝났다.

"당신 상태가 아주 안 좋았을 때, 난 당신이 좋아하는 음악을 병원으로 가지고 오려고 했어." 폴이 말을 이었다. "그러다가 우연히 〈록 유어 라이프〉라는 시디를 발견했지. 그래서 들어봤어."

"정말?" 나도 모르게 미소가 지어졌다.

"당신에게 음악적 재능이 있다는 건 알고 있었지만 그걸 듣고서야 얼마나 대단한지 알게 됐어. 음악이 당신에게 얼마나 중요한지 왜 한 번도 말하지 않았어?" 폴이 물었다. "우리가 언젠가 그 이야기를 했을 때, 당신은 노래 따위는 이제 아무 의미도 없다는 듯이 말했잖아. 왜 그랬지?"

나는 우리가 그레이록 산 정상에서 현란한 색깔로 빛나는 가을 숲에 감탄하던 황금 같은 10월의 어느 날을 떠올렸다. 그 아름다운 날에 나는 너무 기분이 좋아서 팔을 활짝 벌리고 R. 켈리의 〈아이 빌리브 아이 캔 플라이〉를 노래했다. 내 목소리에 감탄한 폴에게 나는 한때 가수를 꿈꾼 적이 있다고 말했다. 폴이 전처가 자기 옆에 있는 삶보다 본인의 이력을 더 중요하게 여겼기 때문에 첫 번째 결혼생활이 깨졌다고 말한 직후였다. 그래서 나는 내 꿈이 정신 나간 짓이었다고 말했다.

"프랜시스 때문이었어." 내가 대답했다.

"뭐?" 폴은 눈썹을 치켜뜨며 무슨 뜻이냐는 표정으로 나를 빤히 바라봤다. "내 전처 때문이라니? 그 사람이 무슨 상관이지?"

"나…… 나는 당신이 전처와 겪은 일을 언젠가 나랑 겪지 않기를 바랐으니까."

폴은 믿지 못하겠다는 듯 나를 바라봤다.

"혹시 나 때문에 당신 가족과 연락을 모두 끊고 우리 결혼식에도 초대하지 않으려고 했던 거야?"

"으음, 그랬지. 당신은 내가 예전 생활에 대해 뭔가 이야기하면 언제나 짜증이 난 반응을 보였어. 그래서…… 연락하지 않는 게 좋겠다고 생각했지." 나는 터져 나오려는 눈물을 억눌렀다. "하지만 그때부터…… 집 생각이 머리를 떠나지 않아. 내 말 생각도 나고. 모두 어떻게 지내는지, 조카들이 얼마나 컸는지도 궁금해. 내가 마지막으로 본 아버지의 모습은 혼수상태였어."

폴은 깊은 한숨을 내쉬었다.

"당신 이야기를 들었을 때, 나는 당신 가족이 당신을 잔인하게 방치했다는 느낌을 받았어. 그래서 분노했지. 하지만 내가 당신에게 가족과 연락하지 말라고 요구한 적은 한 번도 없는데! 당신은 끔찍한 일을 겪었고, 나는 당신을 도우며 옆에 있으려고 했어."

나는 그의 반응에서 완전히 잘못된 결론을 냈던 것이었다. 그와 대화를 나누는 대신 버림받은 사람의 역할을 스스로 맡은 것이었다.

"당신이야 사실 그랬지." 나는 부끄러운 나머지 목소리도 크게 낼 수 없었다. "이 모든 게 내 잘못이야. 당신에게 솔직하지 않았기 때문이야."

"그래, 그랬지." 폴이 대답했다. "하지만 나도 당신이 겪은 일을 과소평가했어……. 그 살인 광란과 그 결과로 여론에서 당신에 대해 떠들었던 말들. 그때 당신은 열여덟 살도 채 되지 않았잖아. 이 모든 일이 심각한 트라우마로 남았을 거야."

그가 양팔을 가슴 앞으로 모아 팔짱을 꼈다.

"요새 며칠 동안 생각을 아주 많이 했어. 당신에 대해, 나에 대해, 우리에 대해서. 나는 당신이 빵집 뒤쪽 사무실에서 눈을 뜨고 나를 쳐다보던 그 순간 사랑에 빠졌지. 하지만 나는 예전과 똑같은 실수를 한 거야. 모든 걸 '내' 관점에서 봤으니까. 결혼하자고 너무 일찍 당신을 몰아붙였어. 서로를 천천히 알아가고 일상을 함께 나눴더라면 좋았을 텐데. 난 당신에게 가톨릭으로 개종하고 온갖 초대를 승낙하라고 강요했지. 이 모든 게 당신에게 부담이 된다는 걸 알았어야 했는데. 게다가 우리 어머니가 끼어들어 당신이 전혀 원하지 않던 방식의 결혼식을 계획하는 걸 그냥 내버려뒀어. 당신이 이제 겨우 스물한 살이고, 어쩌면 나와는 완전히 다른 꿈을 가지고 있을지도 모른다는 생각은 전혀 하지 않았지. '내' 삶에 맞추는 것, 그리고 당신 자신의 길을 찾는 게 아니라 이곳 모든 사람의 기대를 충족시킨다는 것이 당신에게 어떤 느낌일지도 고민하지 않았어."

폴은 생각에 잠긴 얼굴로 나를 가만히 바라봤다.

"우리 사이가…… 끝났다는 말을 하고 싶은 거야?"

새된 내 목소리에 짜증이 났지만 달리 어쩔 수 없었다.

"당신이 원하면서도 도무지 입을 떼지 못하는 말을 내가 해주는 게 아닌가?" 그가 역공을 가해왔다. "당신은 웨딩드레스를 찢었어. 몇 주째 거의 뭘 먹지도 않았고. 몇 시간이고 창가에 앉아서 호수만 노려봤지. 피아노를 치지도 않았어. 병원 일은 재미없어했고. 우린 연말 이후로 잠자리를 하지 않았어. 당신은 행복한 신부라는 인상을 주지 않아."

그의 입가에 서글픈 미소가 스쳤다. "셰리든, 그거 알아? 함께 행복해지려면 서로 보완하고, 비슷한 목표와 꿈이 있어야 해. 난 이곳에 내 자리와 일과 가족이 있어. 내 직업은 내 소명이고, 난 내가 하는 일을 사랑해. 그리고 내 선조들처럼 언젠가 이곳 공동묘지에 묻히겠지. 하지만 당신이 아무리 애를 써도 내 세계가 당신의 세계 가 되는 일은 없을 거야. 당신은 이곳에서 불행해지겠지." 폴의 표 정이 부드러워졌다. "당신은 마치…… 너무나 아름다운 초록 눈의 유니콘 같아. 예기치 않게 내 삶에 나타나서 나를 행복하게 해주고 매혹시킨 유니콘. 내가 어떻게 당신 같은 존재를 포획해서 진정한 운명을 거부하라고 강요할 수 있을까?"

나는 눈물이 솟았다. 양손에 얼굴을 묻고 흐느꼈다. 폴의 무게에 눌린 매트리스가 내려앉았다. 그는 나에게 팔을 두르고 자기 쪽으 로 끌어당겼다.

"난 당신이 여기서 행복하지 않다는 걸 느끼고 있어." 폴이 부드 럽게 말을 이었다. "당신이 믿는 사람들에게 돌아가. 당신이 겪은 모든 일을 극복하도록 도울 수 있는 사람들에게. 나는 그것에 적합 하지 않아. 그러니 이렇게 조언하고 싶어. 집으로 돌아가. 당신 사 람들에게로. 이게 향수병을 치료할 유일한 약이야."

향수병! 폴이 그 단어를 말한 순간 나는 그의 말이 옳다는 걸 깨 달았다. 내내 알고 있었지만 나 자신에게 허용하지 않던 생각이었 다. 마음이 가벼워져서 현기증이 났다. 나는 폴의 목에 팔을 감고 얼굴을 그의 가슴에 대고 더는 눈물이 나오지 않을 때까지 울었다. 이렇게 현명하고, 선량하고, 관대한 사람과 내가 서로 어울리지 않 는다는 사실이 슬펐다.

밤늦게까지 이야기를 나누면서 우리는 우리 둘 사이가 달라졌 다는 걸 느꼈다. 희한하게도 이 시간 동안 우리는 지난 다섯 달보 다 더 가까워졌다. 나는 폴에게 우리 가족인 아버지, 맬러키와 조 와 하이럼 오빠, 레베카와 넬리 새언니와 메리제인 아줌마와 존 화이드호스 아저씨와 니컬러스 워커 이야기를 했다. 이들을 얼마나 그리워했는지, 다시 만나길 얼마나 고대했는지 나는 그제야 제대로 느꼈다. 말을 마쳤을 때는 자정이 훌쩍 넘은 시각이었다. 폴은 이날 밤 내 옆에 머물렀다. 우리는 좁은 병원 침대에서 몸을 꼭 붙인 채 누워 있었고, 어느 순간 폴이 잠들었다. 그의 고른 숨소리에 귀를 기울이면서 내 생각은 2천 킬로미터 서쪽으로 날아갔다. '집으로!' 농장으로 돌아가면 과연 어떨까? 4년 동안 한 번도 찾지 않고, 11월부터는 연락도 하지 않았는데 여전히 환영해줄까? 깊은 한숨이 새어 나왔다. 환영받든 말든 상관없었다. 진실을 말하자면 가족이 아니라 호레이쇼가 문제였다. 그가 내 심장에 매어둔 족쇄에서 해방되려면 그를 만나 이야기를 나눠야 했다.

  의학적 관점에서 내가 퇴원하지 못할 이유는 없었지만 폴은 집에 가자고 강요하지 않았다. 자기 어머니와 누이들, 친구들과 만나서 우리가 결혼하지 않으리라고 말하는 것이 나를 얼마나 소름 끼치게 할지 알고 있었으니까. 내가 집으로 돌아가기로 결정한 후로 폴은 처음 만날 때처럼 다시 느긋해졌다. 나는 지난 몇 달이 나에게만 힘든 게 아니었다는 사실을 깨달았다. 어쩌면 그에게도 더 나은 결정이었을 것이다. 어떤 남자가 나 같은 과거를 지닌 여자를 원할까? 내가 그에게 모든 이야기를 털어놓은 것은 아니지만 역시 다 털어놓지 않는 게 나았다.
  창밖이 어두워지고 저녁식사도 이미 오래전에 끝내 그릇도 치워졌을 때 병실 문을 노크하는 소리가 들렸다.
  "네?" 내가 소리쳤다.
  문이 열렸다. 어떤 남자가 병실에 들어와 어두컴컴한 실내에 섰다. 복도의 밝은 불빛이 그의 얼굴에 그림자를 드리워 처음에는 누군지 알아보지 못했다. 그가 문을 닫자 통이 좁은 색 바랜 청바지와 카우보이 부츠와 낡은 가죽 재킷이 눈에 들어왔다. 나는 몸을 일으키고 남자를 멍하니 바라봤다. 그도 특유의 연파랑 눈동자로 내 눈빛을 받았다. 사흘 정도 깎지 않은 수염이 마르고 각진 얼굴의 턱과 뺨을 뒤덮었다. 가늘고 하얀 흉터가 관자놀이에서 오른쪽 뺨을 거쳐 윗입술까지 이어져 있었다. 이게 꿈인가?

"셰리든, 안녕?" 남자가 말했다.

"니컬러스 아저씨!" 나는 어리둥절해져 숨이 막혔다.

"우리의 중요한 순간은 늘 병원에서 일어나는 것 같구나." 니컬러스 워커가 미소를 지으며 말했다.

나는 이불을 옆으로 젖히고 침대에서 벌떡 일어나 활짝 벌린 그의 품으로 날아갔다. 니컬러스가 나를 꼭 껴안았고, 나는 행복하고 기뻐서 눈물을 흘렸다. 5년 전 1월 어느 날, 그가 내 병실에서 작별 인사를 하고 내 삶에서 사라진 이후로 나는 이 순간을 줄곧 꿈꿔왔다. 내 인생에서 가장 어둡던 시기에 내 편에 서 있던 이 사람을 다시는 만나지 못하리라고 생각한 순간도 있었다. 그런데 이렇게 이 병실에서, 살아 있는 그를 만나다니, 이루 말로 표현할 수 없는 감격이었다. 열광적인 재회의 기쁨이 어느 정도 가라앉은 후에 우리는 침대 가장자리에 앉아서 손을 마주 잡고 서로 얼굴을 바라봤다. 니컬러스의 눈빛에는 온기와 애정이 깃들어 있었고, 나는 그의 존재만으로도 실로 오랜만에 보호받는다는 기분과 안전을 느꼈다.

"셰리든, 아주 많이 보고 싶었다." 니컬러스가 손을 놓고 내 뺨을 부드럽게 쓰다듬었다.

"나도요." 내가 속삭였다. 내 모습이 어떨지 그제야 생각났다. 창백하고, 바짝 마르고, 사방으로 뻗치고 감지 않아 지지분한 미리카락. "죄송해요. 내 꼴이 엉망이죠."

"아니, 그렇지 않아. 아주 아름답다."

나는 당황하여 시선을 돌리고 물었다.

"여긴 어떻게 오셨어요?"

"엊그제 아침을 먹는데, 어머니가 네가 집에 돌아올 거라고 하더군." 그가 미소를 지었다. "우리 어머니가 어떤지는 너도 알잖아."

"그럼요, 알지요."

오글랄라 수족의 혈통이 섞인, 니컬러스의 어머니 메리제인은 예지 능력을 지니고 있었다. 이따금 지나가듯 뭔가 말하면 얼마 후에 그 일이 실제로 일어났다. "그리고 두어 시간 후에 네 약혼자가 버넌에게 전화했어." 니컬러스가 말을 이었다.

"폴이 아버지에게 전화했다고요?" 나는 깜짝 놀랐다.

"그래, 약혼자가 널 많이 걱정했다더라. 네가 향수병을 앓는다고 했대. 버넌은 이제 오래 여행할 수 없어서 나더러 널 데려오라고 부탁했지. 흠, 그래서 내가 비행기를 타고 여기로 온 거야. 좀 전에 폴이 올버니 공항으로 나를 마중 나왔다."

나는 입술을 꼭 다물었다. 뜨거운 눈물이 다시 솟구쳤다. 폴이 정말 사심 없이 오로지 나를 생각한다는 것에 고마운 마음이 밀려들었고, 니컬러스가 나를 집으로 데리고 가려고 이곳에 왔다는 사실이 너무도 기뻤다. 나는 이제 혼자가 아니었다.

"짐을 싸고 옷을 갈아입는 게 어때?" 니컬러스가 말했다. "폴이 8시에 우리를 데리러 올 거야."

"그러고요?"

"폴의 집에서 하룻밤 묵고, 내일 아침에 집으로 가는 거지."

"정말요? 비행기를 타고요?"

"네 차를 타고. 내가 예전에 너에게 했던 약속을 지키는 게 어떨까 하는데." 니컬러스가 말했다. "우리 이번에는 시간이 아주 많잖아. 안 그래?"

캔자스시티로 가던 끔찍한 길을 떠올린 나는 침을 꿀꺽 삼켰다. 니컬러스도 잊지 않은 모양이었다.

"좋은 생각이네요." 나는 몸을 떨면서도 히죽 웃었다. "서두를게요."

"아래에서 기다릴게." 니컬러스가 침대에서 일어나 나에게 윙크했다. "아가씨, 금방 만나자."

문이 닫히자 나는 열에 들뜬 듯 흥분에 휩싸였다. 욕실로 달려가 땀에 젖은 환자복을 재빨리 벗고 샤워를 하고 머리도 감았다. 그런 다음 깨끗한 옷으로 갈아입고 머리카락을 말린 후에 옷장에 있던 내용물을 여행 가방에 넣었다. 그러고는 초조하게 방을 이리저리 거닐었다. 드디어 복도에서 발소리가 들려왔다. 문이 열리고 문간에 폴이 나타났다. 평상복을 입은 그는 낯빛이 창백했지만 침착한 표정이었다. 우리는 말없이 마주 보고 섰다. 나는 폴이 내 인생에 등장했다가 별 흔적을 남기지 않고 다시 사라지는 사람들 가운데 한 명이라는 사실을 깨달았다. 나는 조심스럽게 손을 그의 팔에 얹고 속삭였다.

"폴, 아버지에게 전화해줘서 고마워. 당신이 날 위해 한 모든 일도 고맙고."

그는 수수께끼 같은 표정으로 나를 바라봤다. 갈색 눈에 눈물이 반짝였지만 침착해지려고 애쓰다가 말없이 나를 안았다.

"셰리든, 당신이 그리울 거야." 그가 쉰 목소리로 속삭였다. "가끔 소식 주겠어?"

"물론이지." 나도 눈물을 억누르며 대답했다.

"몸조심하겠다고 약속해줘." 그가 잠긴 목소리로 말했다.

"약속할게." 내가 대답했다.

∞

록브리지에서 보내는 마지막 밤이었다. 나는 눈을 붙일 수 없었다. 호레이쇼와의 재회가 이렇게 가까워지자 어서 이곳을 떠나고 싶어 조바심이 났다. 그와 마주 서면 어떨지 상상해봤다. 우리가 우연히 만난다면 어떨까. 어쩌면 레베카 새언니와 교회에 가서 그냥 미소만 지어 보이고, 내가 뒤끝이 없다는 것을 보여주는 게 낫지 않을까. 그에게 무슨 말을 할지 고민하다가 그 말을 머릿속에서 내몰고 다시 고민했다. 그의 부드러운 잿빛 눈동자가 반짝이는 모습, 그리고 그가 나에게 무슨 대답을 할지 상상했다. 어쩌면 나를 안아줄 수도 있지 않을까. 아주 잠깐 그냥 오누이처럼. 우린 모든 오해를 해명하고 친구가 되어 헤어질 거야. 그러면 내 상처가 드디어 아물겠지. 나는 호레이쇼 버넷과의 시간이 짧은 낭만적 탈선에 불과했다고 나 자신을 설득하려 했지만 내면에 세워진 보호벽은 잘게 부서졌다. 그의 옆에서 느꼈던 위로와 안도감을 향한 그리움이 그가 나를 배신한 아픈 기억과 겹쳤다. 그는 가끔이라도 나를 생각했을까? 교회에서 첫 키스를 한 추억은 기억하고 있을까? 낙원만에는 혹시 다시 가봤을까?

그러다가 어느 순간 잠이 들었다. 잠에서 깼을 때 나이트테이블의 디지털 계기판은 5시 5분을 가리켰다. 나는 잠든 폴의 따뜻한 몸에 마지막으로 기대려고 돌아누웠지만 침대 반쪽은 이미 차갑게 텅 비어 있었다. 한참 전에 일어난 게 분명했다. 나는 침대에서 빠져나와 계단을 살그머니 내려갔다.

"폴?" 작은 목소리로 그를 부르고 귀를 기울여봤지만 집은 완벽하게 고요했다. 아무것도 움직이지 않았다. 부엌 레인지후드 조명만 켜져 있을 뿐, 집 전체가 어두웠다. 그때 레인지의 세란 글라스에 놓인 크림색 봉투가 눈에 들어왔다. 나는 떨리는 손으로 봉투를 열고 편지를 펼쳤다.

사랑하는 셰리든, 당신이 작별을 얼마나 싫어하는지 잘 알아. 나도 마찬가지야. 그래서 작별의 순간을 피하고 싶어.

내 목구멍이 좁아지며 폴의 우아한 글씨가 눈앞에서 흐릿해졌다.

나는 당신을 내 삶으로 인도한 운명에 영원히 감사하며 지낼 거야. 당신은 탁월한 재능을 지닌 특별한 사람이야. 당신에게 필요한 사람은 내가 아니라는 사실을 우리 둘 모두 알고 있어. 당신의 삶이 편안하기를, 당신이 꿈꾸며 찾으려는 모든 것을 이루길 바라. 당신에게 행운과 기쁨과 성공이 함께하기를, 그리고 무엇보다도 만족하기를, 당신이 사랑받는 자리를 발견하기를 빌어. 몸조심해. 사랑을 보내며, 폴.

눈물 한 줄기가 뺨으로 흘러내렸다. 인생에서 낯익은 것을 남겨둔 채 알지 못하는 미래를 향해 첫걸음을 떼는 것보다 어려운 일은 그리 많지 않을 것이다. 나는 손등으로 뺨의 눈물을 훔치고 침실로 돌아가 옷을 갈아입은 뒤 침대를 정리했다. 폴은 나를 위해 너무나 많은 일을 했는데, 나는 그의 관대함에 조금도 보답할 수 없었다. 하지만 어쩌면…… 나는 숨이 멎었다. 그에게 선물할 것이 있었다. 〈록 유어 라이프〉 시디는 단 한 장밖에 남지 않았다. 신성한 보물이자 내 소유물 중에서 가장 값진 물건이었고, 내 모든 꿈과 희망의 정수였다. 폴은 이 선물이 얼마나 소중한지 알 터였다. 나는 가방 깊은 곳을 뒤져 시디를 꺼내서 레인지에 올려두고 심호흡을 했다. 이곳에 두는 게 옳다는 느낌이 들었다.

슬픔과 안도감이 뒤섞인 기분으로 지하차고로 내려갔다. 그곳에서 이미 나를 기다리고 있는 니컬러스를 보고도 별로 놀라지 않았다. 그는 내 차 셰비 카프리스 스테이션 왜건 흙받기에 기대 담배를 피우고 있었다.

"잘 잤어요?" 내가 인사했다.

"응, 잘 잤니?" 그가 내 인사에 화답하고 담배를 껐다. "출발할까?"

"그래요." 나는 고개를 끄덕이고 문 옆의 스위치를 눌렀다. 차고 문이 거의 아무 소리도 없이 위로 올라갔다. 니컬러스는 운전석에, 나는 조수석에 자리를 잡았다. 그가 시동을 걸고, 우리는 광전 감지기를 지나 어둠 속으로 나갔다. 뒤에서 차고 문이 다시 내려왔다.

하늘이 아직 새까맣고, 얼음처럼 차갑고 맑은 아침이었다. 북극 냉기가 안개를 얼리고, 나무와 덤불과 풀을 환상적인 겨울왕국으로 바꾸어놓았다. 좁은 도로 왼쪽에 폴 소유 농장의 하얀 나무 울타리가 나타났다. 소 외양간 유리창 뒤편에서 전등불이 환하게 빛났다. 폴이 저곳에서 우리를 기다린 걸까? 아니면 바로 병원으로 갔을까?

"오늘 아침에 폴 만났어요?" 내가 물었다.

"그래, 같이 커피를 마셨지. 그가 이 낡은 차에 겨울 타이어와 엔진오일을 갈아줬다. 친절하기도 하지. 안 그러니?"

"맞아요. 전형적인 폴의 모습이에요." 나는 한숨을 내쉬었다.

"두 사람, 왜 잘 안 됐어?" 니컬러스가 물었다. "폴은 좋은 사람이고, 너를 아주 많이 좋아하는 것 같던데."

"우린 어울리지 않아요. 폴은 나랑 비교할 때 너무…… 반듯한 사람이에요."

계기판 초록 불빛에 니컬러스가 눈썹을 치켜뜨는 게 비쳤다.

"너무 반듯하다고? 그게 무슨 뜻이지?"

"아저씨가 언젠가 나한테 했던 말인데요. 살다 보면 그늘이 많이 모여 드리우게 된다고 했잖아요."

"그래, 기억난다." 그가 고개를 끄덕였다.

"그때는 그게 무슨 뜻인지 몰랐어요. 당시에 내 삶의 유일한 그늘은 레이첼 이모였거든요. 학교를 졸업하기만 하면 온 세상이 활짝 열릴 거라고 믿었죠. 하지만 그 후에…… 온갖 일이 벌어졌어요."

니컬러스는 아무 말도 하지 않았고, 나도 한동안 입을 열지 않았다.

"폴은 이런 그늘을 볼 수 없어요." 내가 말을 이었다. "그의 삶은 모든 게 질서가 잡혀 있고, 어두운 과거의 비밀도 없어요."

나는 다시 입을 다물고, 어째서 내 마음의 반쪽은 필사적으로 안락함과 집과 사랑받기를 원하면서 다른 반쪽은 그와 똑같은 정도로 필사적으로 그 모든 것에서 떠나기를 원하는지 곰곰이 생각했다. 나는 어디가 잘못된 걸까?

니컬러스는 첫 번째 교차로에서 왼쪽으로 차를 꺾어 웨스트 데일 로드로 들어섰다. 우리는 눈 덮인 빽빽한 숲을 지나서 주간고속도로로 이어지는 차도에 도착했다.

"왜 언제나 나에게 맞지 않는 남자를 사랑하는지 모르겠어요." 나는 슬픔에 잠겨 말했다. "나를 함부로 다루거나 나에게 관심이 없는 사람을 말이에요. 왜 폴을 사랑하지 못할까요? 그 사람은 날 위해 모든 것을 베풀었고, 사랑과 선물과 배려를 쏟아부었어요. 그래요, 날 완전히 숭배했지요. 폴은 현명하고, 교양 있고, 부유하고, 선한 사람이에요."

"그런데도 서로 어울리지 않는 일도 가끔 있어." 니컬러스가 간단하게 말했다. "사랑은 강요할 수 없으니까."

"아저씨 말이 맞아요. 그리고 과거를 그냥 다 잊고 새롭게 시작할 수도 없어요. 더는 생각하지 않는 바로 그 순간에 다시 나타나서 발목을 잡거든요." 니컬러스를 5년 동안 못 봤다는 느낌이 들지 않았다. 다시 만난 순간부터 예전처럼 친근한 신뢰감이 흘렀다. 그가 작별을 고했을 때 나는 심장이 부서지는 느낌이었지만 그 일을 마음에 담아두지는 않았다. 매디슨 병원에서의 그날 오후에 니컬러스는 자신이 동성애자라고 고백했고 그 사실에 나는 충격을 받았지만, 이를 통해 우리가 함께한 모든 일은 더 큰 의미를 갖게 됐다. 그가 나를 위해 했던 모든 일이 다른 속셈이 있어서가 아니라 그냥 나를 한 사람으로서 좋아해서 한 것이라는 뜻이 되니까. 니컬러스는 나의 가장 끔찍한 비밀을 알고 있었지만 그 일로 나를 혐오하지 않았다. 나 역시 그가 전과가 있고 예전에 알코올중독자였다는 것에 개의치 않았다. 나와 마찬가지로 니컬러스도 페어필드에서 지옥 같은 유년기와 청소년기를 보냈다. 1950년대에 편협한 감리교 신자들로 가득한 새장에서 자란 인디언 혼혈 여인의 혼외자는 외톨이가 됐다. 그는 열여섯 살에 페어필드를 떠나, 나중에 미국에서 가장 뛰어난 로데오 선수로 성공을 거뒀지만 끔찍한 일도 많이 겪었다. 젊은 시절 연루되었던 한 싸움질에서 어떤 남자가 사망하는 바람에, 교도소 아니면 군대에 가야 하는 선택의 기로에 섰다. 5년 동안 베트남전쟁에 참가하여 훈장을 무더기로 받았지만, 그 후에도 어느 한곳에 정착하지 못하고 미국과 유럽을 정처없이 떠돌았다. 나는 그것을 완벽한 자유라고 여겼지만 그는 뿌리가 없었다고, 어딘가에 소속되고 싶었다고 말했다. 이제 나는 그것이 무슨 뜻인지 이해하게 됐다.

우리는 한동안 말없이 어두컴컴한 아침을 달렸다. 이렇게 이른 일요일 아침에는 차가 거의 다니지 않았다. 매사추세츠주 경계 바로 뒤쪽 케이넌에서 90번 주간고속도로로 웨스트로 들어섰다. 니컬러스는 속도계를 시속 110킬로미터로 맞추고 옆 유리창을 조금 내린 후에 물었다.

"담배 피워도 될까?"

"그럼요." 나는 히죽 웃으며 대답했다. "내가 불을 붙여도 된다면요."

그도 웃으며 담뱃갑과 라이터를 건넸다. 나는 담배에 불을 붙이고 맛있게 연기를 한 모금 마시고는 니컬러스에게 건넸다. 그 순간 내가 얼마나 변했는지 확연하게 깨달았다! 페어필드를 거의 벗어나본 적 없는 열여섯 살짜리였던 내가 어느덧 이토록 많이 성장했다. 록브리지와 버크셔 힐스의 빽빽한 숲에서 풍겨오는 답답한 속박에서 멀어지면 멀어질수록 타인의 요구로 숨 막히던 두려운 느낌도 사라졌다. 그 대신 다른 걱정이 슬그머니 끼어들었다. 세월이 흐르면서 내가 윌로크릭 농장에서 겪었던 모든 나쁜 기억은 사라지고, 아름다운 추억이 슬픈 현실을 뒤덮었다. 니컬러스는 아버지가 꽤 많이 회복되어 긴고 말힐 수 있으며, 나와의 재회를 무척 즐겁게 기대하고 있다고 했다. 양아버지를 마지막으로 봤을 때 의사들의 진단은 그다지 낙관적이지 않았다. 사람들이 나를 위로하느라 다르게 얘기하긴 했지만 나는 그 모든 게 내 잘못이라는 사실을 잘 알고 있었다. 판도라의 상자를 열어 주변 사람들에게 불행을 몰고 온 사람은 바로 나였다.

출발한 지 한 시간쯤 지나자 날이 밝아왔다. 처음에 회청색이던 동쪽 하늘이 심홍색으로 변하더니 분홍색 햇살 띠가 지평선에 나타났다. 허드슨강을 막 건너자 해가 떠올라 강물을 붉은 기운이 도는 황금색으로 바꾸었다. 시러큐스 인근 휴게소에서 잠깐 쉬면서 가득 주유하고 샌드위치와 생수 여섯 병, 콜라, 담배와 과자를 차에 채웠다.

"집에 가는 거, 좋아?" 니컬러스가 물었다.

"흠, 그렇죠. 하지만 좀 이상한 느낌도 들어요."

"무슨 뜻이야?" 그가 나를 흘낏 바라봤다.

"너무 오랫동안 안 갔으니까요."

"나는 집에 12년 동안 안 간 적도 있어."

"하지만 아저씨 때문에 살인 광란을 일으킨 사람은 없잖아요."

"어이!" 니컬러스가 나에게로 몸을 돌렸다. "너 때문에 그런 걸 일으킨 사람도 없어!"

"아뇨, 있었어요." 나는 우울하게 반박했다. "내가 엄마 일기장을 찾지 않았더라면 결과는 달랐을 거예요."

"아니야." 니컬러스가 고개를 저었다. "레이첼이 시부모님을 살해하지 않았더라면, 자기 동생에게서 갓난아기를 빼앗지 않았더라면, 그랬더라면 결과가 달라졌겠지."

"흐음, 글쎄요." 나는 희미하게 미소 지으며 발을 계기판에 올렸다. 아스팔트가 염화칼슘 때문에 심하게 빛이 바래서 겨울 햇살에 거의 하얗게 보일 정도였다.

"셰리든, 네가 뭔가에 책임이 있다고 생각하는 사람은 아무도 없어. 모두 네가 돌아오는 걸 반긴다고!"

나는 배시시 웃음이 나왔다.

"그리고 두어 명은 네가 일기장을 발견한 걸 엄청나게 고마워하고 있어." 니컬러스가 덧붙였다.

"아, 그래요? 도대체 누가요?" 내가 물었다.

"조던 블라이스톤 기억나?"

"링컨에서 온 형사잖아요." 나는 고개를 끄덕였다. "그럼요, 기억나죠. 아주 안 좋은 기억이긴 하지만."

"왜?"

"아유, 말하자면 길어요." 나는 대답을 회피했다. "그 사람이 일기장과 무슨 상관이 있어요?"

"많지." 니컬러스가 도로를 정면으로 바라봤다. 그의 입가에 미소가 걸려 있었다. "그건 그렇고, 그 사람이 너에게 이메일을 썼어. 레베카가 추수감사절에 네 이메일 주소를 그에게 줬거든."

"뭐라고요?" 도무지 무슨 말인지 이해하지 못했다. "아니, 왜요? 그리고 난 그 사람에게서 이메일 못 받았어요."

"유감이군." 니컬러스가 혼자 싱긋 웃었다. 문득 추수감사절 하루 이틀 전에 이메일 계정을 지우고 휴대폰 전화를 바꾼 게 기억났다. 그런데 블라이스톤 형사가 왜 나에게 이메일을 썼지? 그 사람은 당시 내가 크리스토퍼 핀치에 대해 진술하지 않고, 교활한 그의 애인 시드니 윌슨의 휴대폰과 돈을 훔쳐서 도망쳤기 때문에 나에게 화가 많이 나 있었잖아. 지난 몇 년 동안 정기적으로 이메일을 보낸 레베카 새언니 덕분에 나는 블라이스톤 형사가 혐오스러운 양엄마를 법정에 세웠으며, 양엄마가 거기서 시부모님 살해 죄목으로 사형선고를 받았다는 걸 알고 있었다. 나는 그 형사에게 내 의혹을 말했고, 그는 끈질기게 물고 늘어져 증거를 충분히 모았다. 당장 이메일 계정을 다시 활성화하고 싶었지만 노트북이 여행 가방에 들어 있고, 보나마나 배터리가 방전됐을 터였다.

"자, 너무 약 올리지 말아요." 나는 니컬러스를 재촉했다.

"좋아. 작년 여름에 레이첼에 대한 소송이 진행되는 동안 조던의 아버지가 중병에 걸렸어. 상당히 공격적인 형태의 백혈병이었지. 골수 기증이 필요해서 조던이 검사를 받았어. 그런데 그가 아버지와 혈연관계가 아니라는 결과가 나온 거야. 두 여동생과도 아니었고."

나는 조던 블라이스톤의 동생, 나를 지독하게 불쾌하게 대해 전혀 호감이 안 가던 빨강머리 의사 파멜라를 떠올렸다. 짙은 색 머리칼의 잘생긴 형사와 매력이라고는 전혀 없는 그 여자가 너무 닮지 않아 의아했던 기억도 났다.

"조던은 자기 친부모가 누구인지 알아내려고 온갖 수단과 방법을 다 동원했어." 니컬러스가 말을 이었다. "그러다가 어머니인 줄 알고 있던 사람의 언니를 캐나다에서 찾아냈지. 그분은 조던이 갓난아기일 때 버려졌다고 알려줬어. 1965년 2월 15일에서 16일로 넘어가는 날 밤에."

내 발이 계기판에서 미끄러졌다. 입을 벌린 채 멍하니 니컬러스를 노려봤다. 내 머릿속에서 이 정보들이 빈자리에 들어가는 퍼즐 조각처럼 맞춰졌다.

"말도 안 돼!" 나는 당황하여 중얼거렸다.

"아니, 말이 돼." 니컬러스가 미소를 지었다. "조던 블라이스 톤은 버넌과 네 어머니 캐럴린의 잃어버린 아들이야. 네 오빠라 는 얘기야."

나는 이 소식에 완전히 압도당해 몇 초간 전신이 마비된 것만 같았다. 머릿속 한 귀퉁이에서 뭔가 번쩍하더니, 조던 블라이스톤 을 텔레비전에서 처음 봤을 때 아버지로 잠깐 착각했던 기억이 떠 올랐다. 하지만 온갖 사건들이 마구 밀려와서 그 생각을 더 파고들 수 없었다.

우리는 한동안 아무 말도 하지 않았고, 나는 이 소식의 여파를 이해하려고 애썼다. '오빠가 있었어!' 나와 피를 나눈 사람이, 같은 유전자를 가진 사람이 이 세상에 있다니! 아니, 절반의 유전자야. 나는 얼른 고쳐 생각했다. 나와 달리 조던 블라이스톤은 아버지가 누군지 알았다. 반면 나는 친아버지가 누군지, 그가 나에게 어떤 유전자를 남겼는지 알지 못했다.

"조던은 네가 어디 있는지 알아내려고 몇 년이나 노력했어." 니 컬러스가 말했다. "자기 탓이라며 힘들어했지."

"왜요?" 나는 깜짝 놀랐다.

"자기가 다 잘못했다고 하더군. 당시에 상당히 교활한 애인이 있 었는데, 그 사람 집에 널 데려다줬다고 말이야. 그래서 모든 게 잘 못되고 네가 자기랑 이야기하기 전에 사라졌다고."

링컨에서 겪은 일이 되살아났다. "아, 그럼 지금은 시드니랑 연 인 관계가 아니에요?"

"응. 이미 오래전부터 아니야." 니컬러스가 왼쪽 방향지시등을 켜고 화물차를 앞질렀다. 그의 목소리에는 나를 집중하게 만드는 뭔가 특이한 게 있었다. 니컬러스가 어떻게 조던 블라이스톤에 대해 이렇게 자세히 아는지 궁금했다. 시드니 윌슨의 말이, 그녀의 의심이 떠올랐다. 조던과 시드니가 서로를 어떻게 대했는지, 그들이 집을 따로 가지고 있었다는 사실도. 나는 그 순간 모든 걸 알아챘다.

"어머나, 세상에. 니컬러스 아저씨! 아저씨와 조던이 그럼?" 그것은 질문이라기보다 확언이었다.

"그래." 니컬러스가 미소를 지었다. "조던과 내가."

로스앤젤레스

마커스 골드스타인과 필 매클로플린은 열흘 동안 CEMC의 대차대조표를 평가하고 떠도는 소문을 조사하고 모든 수치와 사실을 종합해본 결과, 이 일에서 손을 떼는 게 훨씬 낫다는 결론에 이르렀다. CEMC는 파산 직전이었다. 그러나 마커스는 자신의 탁월한 경력에서 아직 함께 일해보지 않은 이 유일한 콘체른을 개혁하는 임무에 매력을 느꼈다. 종일 아무것도 안 하기에는 자신이 아직 너무 젊다고 느꼈다. 그는 자기가 전문지식뿐 아니라 이 일에 필요한 배짱과 냉혹함도 갖추고 있으니 이 헤라클레스의 과제를 해낼 수 있으리라고 믿었다. 지금까지의 대표는 빠른 이익만 중시했지 앞을 예측하는 기업정책이 없었고, 쇼핑 중독과 자문에 대한 저항과 과대망상이 뒤섞인 불운한 상태에서 십여 개의 소규모 음반회사와 텔레비전과 라디오 방송국과 영화와 음악 제작사를 닥치는 대로 사들여, CEMC를 전 세계에 걸쳐 9,500명이 넘는 직원들을 고용한 경직된 거인으로 부풀렸다. 모든 사업 분야, 특히 아티스트 앤드 레퍼토리(A&R, 신인 아티스트 발굴, 레코드 기획 및 제작 총괄을 말함—옮긴이) 분야에서 투자를 잘못하여 억대의 손실을 입었다. 지난해의 끔찍한 매출액이 알려지자 CEMC에 대한 시장의 신뢰는 심각하게 동요했다. 여름에 열린 주주총회에서 낙관은 찾아볼 수 없었다. 그러나 마커스는 지금처럼 음악 시장 전체가 변화하는 시점에 CEMC에 숨은 잠재력이 있음을 알아봤다. 그에게는 냅스터나 기타 등등에도 불구하고 음반회사가 계속 흑자를 낼 구체적인 아이디어가 몇 가지 있었다. 그중 한 가지는 아티스트 전격 지원과 마케팅, 앞으로 음반회사가 아티스트의 모든 활동에서 이윤을 함께 얻는 '360도 거래'였다.

그다음 사흘 동안 필과 마커스는 콘체른의 개혁과 구조와 통합을 구상했고, 마커스는 유예기간 14일 마지막 날에 더글러스 해먼드에게 기획안과 자신의 조건을 보냈다. CEMC의 감독위원회는 아무런 불평도 하지 않고 마커스가 최고경영자와 대표로서 몇몇 임원진 해고까지 포함하여 모든 결정을 자유롭게 하겠다는 조건까지도 받아들였다. 오늘 정오에 새너제이에 있는 그의 사무실에서 해먼드와 감독위원회, 변호사들과 만나 계약서에 서명할 예정이었다. 계약서 서명이라는 속보가 언론에 알려지자마자 주가는 순식간에 오를 터였다. 이와 별개로 마커스 골드스타인은 새로운 도전에 대한 기대가 컸다. 의심할 여지 없이 오늘날 음악 세계에서 가장 막중한 임무였다.

서쪽으로 가는 길에

니컬러스는 조던과 자기가 어떻게 만났는지 이야기했다. 나는 니컬러스를 위해서뿐 아니라 아들이 항상 외톨이에 떠돌이로 남을까 봐 걱정하는 메리제인 아줌마 때문에라도 이 사실이 반갑기 그지없었다. 이제 그는 윌로크릭 농장이 편안해진 듯했다. 조던은 예전과 마찬가지로 링컨에 살면서 그곳에서 일하고 있지만, 주말이면 곧잘 페어필드로 왔으므로 아버지가 무척 기뻐한다고 했다. 니컬러스는 맬러키 오빠가 운영하면서부터 농장이 얼마나 달라졌는지, 분위기가 얼마나 좋은지 설명했다. 니컬러스의 아버지인 셔먼 그랜트가 50년 전에 초석을 놓고 아버지와 할아버지가 늘려놓은 많은 재산 덕분에 농장의 삶은 안락해졌다. 레이첼 이모는 우리가 언제나 궁핍해서 뭐든지 아껴야 한다는 듯 행동했지만, 맬러키 오빠와 레베카 새언니는 모든 건물을 최신식으로 전면 수리하고 새로운 농기계들을 사들였으며, 목련 저택 옆에 말과 다른 동물들이 지낼 새 우리와 울타리를 두른 사육장을 지었다.

"레베카는 윌로크릭과 페어필드 전체를 위해 진정한 복덩이야."

니컬러스가 말했다. "정말 보기 드문 여성이지."

"맞아요, 정말 그래요." 나는 새언니가 레이첼 이모와 벤턴 보안관에게 용감하게 맞서고, 에스라 오빠가 살인 광란을 일으킨 후 비상사태 때 가족 중 유일하게 평정심을 유지하던 모습을 떠올렸다. 새언니가 마지막 이메일에 답장하지 않은 나를 용서해주길 바랐다.

"페어필드는 일레인 패글러가 보안관으로 뽑힌 후에 어차피 모든 게 달라졌어." 니컬러스가 설명을 이어갔다.

"벤턴 보안관은 어떻게 됐어요?" 내가 물었다. 니컬러스의 이복누이 도로시와 결혼한 벤턴 보안관은 나를 지독히도 싫어했다.

"매디슨의 한 요양원에서 근근이 목숨을 부지하고 있어. 그 빌어먹을 놈은 뇌졸중 두어 번과 심근경색 한 번을 겪고 살아남았지." 니컬러스가 툴툴거렸다. "반신불수가 됐고 말을 하지 못한다더군." 그 사악한 남자가 옥수수죽과 메이플 시럽으로 살찌운 몸뚱이로 이제 아무도 괴롭히지 못한다고 생각하니 나는 뭔가 보상받은 느낌이었다. 친구들과 낡은 방앗간에서 음악을 듣다가 잡혔을 때 그가 우리를 어떻게 다루었는지 나는 잊지 않고 있었다. 그는 내 첫사랑 제리 브래니건을 페어필드에서 쫓아냈고, 에스라 오빠가 우리 가족을 상대로 대학살을 벌인 후에 나에 대한 온갖 거짓말을 퍼뜨렸다.

"받아야 할 벌을 받았네요." 내가 말했다.

우리는 주 경계를 넘어갔다. 뉴욕주를 떠나 펜실베이니아 북쪽 끝을 지나고, 이리호에서 몇 킬로미터 떨어진 곳에서 주 경계를 또 넘어 오하이오로 들어섰다. 그러는 사이 나는 잠을 좀 자고 일어나, 니컬러스가 잠깐 눈을 붙이게 운전을 교대했다. 라디오에서 컨트리 뮤직을 내보내는 방송이 나왔다. 조던 블라이스톤에 대해 생각할수록 점점 커지는 걱정만 없었더라면 나는 아마 행복했을 것이다. 내 이부오빠는 단순히 순찰을 도는 경찰이 아니라, 네브래스카주 경찰 살인사건 전담반 팀장이었다. 그의 업무는 살인사건 수사였다. 일상적인 범죄가 아니라 이른바 미제사건이라고 불리는, 몇 년 또는 몇십 년 전에 일어났음에도 아직 해결되지 않은 사건들이 그의 담당이었다. 내가 5년 전 핼러윈에 했던 일, 니컬러스가 나를 도왔던 그 일을 그가 알아내면 어떻게 될까?

"조던에게 '그 일'을 말했어요?" 니컬러스가 다시 깨자 나는 물었다.

"아니."

"말해야 하지 않을까요?"

"그러기에는 좀 늦었잖아." 니컬러스가 고개를 저었다.

"하지만 그 일이 언젠가 드러나면 어떡하죠? 아버지랑 아저씨랑 나랑 다 알았다는 게 밝혀지면요."

"우리 셋이 모두 입을 다물고 있는데 어떻게 밝혀지겠어?" 니컬러스가 나를 빤히 바라봤다.

"그렇긴 하지요." 나는 고개를 끄덕였다.

우리를 종일 따라온 태양이 지평선에 뭉게뭉게 일어나는 두툼한 구름 뒤로 사라졌다. 우리는 이미 예보된 악천후 전선으로 곧장 들어갔다.

"조던을 신뢰하지 않아요?"

니컬러스가 이마를 찡그리며 대답했다.

"신뢰와는 상관없어. 조던은 경찰이니 그 사건에 대해 들으면 수사를 해야 해. 우리가 말하면 그는 양심의 갈등을 느낄 테지. 자기 가족 문제라고 그냥 내버려둘 수는 없을 테니까. 조던은 내가 너를 도왔고, 버넌이 모두 알고 있다는 걸 밝혀낼 거야."

"모든 게 망가지겠군요."

"그래. 네가 원하는 게 그거야?"

"아니요, 당연히 아니지요."

"조던이 누구인지 알기 전에도 그런 생각을 해본 적이 있니?" 니컬러스가 물었다.

나는 잠시 생각하고는 고개를 저었다.

"아니요."

"우리가 그에게 말을 한다고 해서 누구한테 무슨 소용이 있겠어?"

"아무에게도 도움 안 되지요." 나는 어쩔 수 없이 인정했다.

"내가 그때 너에게 당장 경찰서에 가라고 했는데 네가 싫다고 했어." 니컬러스가 내 기억을 상기시켰다. "난 네가 그 일을 모두 잊으려고 한다는 걸 이해했기 때문에 네 말을 받아들였어. 그러니 그대로 두는 게 낫다. 알겠니?"

"알겠어요." 나도 동의했다. "아저씨가 옳아요."

낮게 드리운 구름으로부터 눈이 내리기 시작했다. 우리 뒤편의 동쪽은 이미 어두웠다. 눈이 따갑고, 하품이 나고, 목덜미가 아팠다. 아홉 시간째 이동 중이었다. 8백 킬로미터를 이미 지나왔고 앞으로 아직 1천2백 킬로미터가 남아 있었지만 나는 페어필드에 어서 가고 싶어 마음이 급했다. 다음 휴게소에서 차를 세우고 나가 잠깐 다리운동을 하고는 니컬러스가 다시 운전대를 잡았다. 나는 담요에 몸을 감싸고 옆 유리창에 머리를 기댔다. 차 안은 일정한 간격으로 부르릉거리는 모터 소리, 와이퍼 움직이는 소리, 쏴쏴 하는 주행풍 소리 말고는 조용하기만 했다. 우리 둘 다 입을 다물고 각자 생각에 잠겼다.

인디애나 게리 바로 앞에서 주간고속도로가 나뉘었다. 우리는 65번 도로와 94번 도로를 잠깐 달렸다. 헤이즐 크레스트 부근에서 샌프란시스코 방향으로 넘어가는 80번 웨스트와 이어지는 도로였다. 눈발이 거세지고, 돌풍이 찻길에 눈보라를 날렸다. 우리 앞의 화물차가 위태롭게 흔들렸다.

"쉬어야겠다." 요금소를 통과한 후에 니컬러스가 말했다. "어디 가서 뭐 좀 먹고 하룻밤 묵을 모텔을 찾아보자."

"좋아요." 나는 하품을 하며 동의했다.

우리는 다음 나들목에서 주간고속도로를 빠져나가 슈퍼마켓과 주유소, 간이식당과 매트리스 가게가 있는 상업 지역을 지났다. 이 불편한 일요일 저녁에 손님이라고는 우리뿐인 작은 식당에서 치즈버거와 감자튀김과 샐러드를 먹으며 아버지와 니컬러스가 준비하는 말 사육에 대해 이야기를 나누었다. 두 사람의 꿈은 미국에서 가장 뛰어난 커팅 경기용 말을 사육하고 훈련하는 것이었다.

"어린 말들을 누가 훈련해요?" 나는 이렇게 묻고는 손가락에 묻은 케첩을 핥았다.

"누구긴, 내가 하지. 그리고 일레인도."

"일레인이요?"

"일레인 패글러 말이야."

"그 사람은 지금 매디슨 카운티 보안관 아닌가요?"

"맞아." 니컬러스가 고개를 끄덕였다. "하지만 그게 여가시간이 전혀 없는 직업은 아니잖아. 그리고 일레인은 지금 어느 정도 가족이나 마찬가지고."

"그게 무슨 뜻이에요?" 나는 당황했다.

"네 아버지랑 일레인은 연인이야." 니컬러스가 지나가듯 말했다. "9월 버넌의 생일에 결혼한다더라."

"뭐라고요?" 나는 치즈버거를 내리고는 놀라서 니컬러스를 빤히 노려봤다. "하지만…… 일레인은 유부녀예요!"

"과부야." 니컬러스가 내 말을 정정했다. "월터 2세는 3년 전에 죽었어."

2년쯤 전에 레베카 새언니가 농축산업협동조합을 운영하는 리비와 월터 패글러의 아들이 발음하기 어려운 끔찍한 질병으로 사망했다는 소식을 이메일로 알려줬던 기억이 났다.

"그런데 왜 결혼한다는 거예요?"

"서로 사랑하기 때문이겠지." 니컬러스가 대답했다.

"하지만…… 하지만 아버지는…… 음, 아버지는 너무…… 나이가 많은데요." 나는 당혹스러워 말을 더듬었다.

"뭘 하기에 너무 나이가 많다는 거지? 사랑하는 데?" 니컬러스가 흥겹게 웃음을 터뜨렸다.

내 아버지가 섹스를 한다는 것, 내가 폴이나 호레이쇼와 했던 행위를 일레인 패글러와 한다고 생각하자 피가 얼굴로 솟았지만 동시에 내가 이런 생각을 한다는 것 자체가 부끄러웠다.

"버넌은 쉰다섯 살이고 일레인은 서른일곱 살이야. 열여덟 살 차이지. 너는 열여섯 살 더 많은 남자와 결혼하려고 했어." 니컬러스가 지적했다.

"그래요, 하지만 그건 달라요!" 나는 격하게 대꾸하며 치즈버거를 접시에 놓았다. 새로운 소식 때문에 식욕이 사라졌다.

"왜?" 니컬러스가 어깨를 으쓱했다. "사랑은 나이와 상관없어. 그리고 나는 네 아버지와 일레인이 온갖 일을 다 겪은 후에 행복해질 권리가 있다고 생각한다. 너는 그 두 사람이 행복해지는 게 싫으니?"

"아니, 물론 좋지요." 나는 힘겹게 대답했다.

종업원은 우리가 얼른 다 먹고 계산하기를 초조하게 기다렸다. 아마도 손님이 더는 들르지 않을 테니 우리가 나가자마자 문을 닫고 퇴근할 터였다. 그래도 그녀는 찻길을 두 개만 건너면 되는 가까운 모텔을 추천해주기는 했다. 5분 후에 우리는 화물차 몇 대가 주차된 이코노로지 모텔의 넓은 주차장에 차를 세웠다. 2층짜리 그 건물은 랜치 하우스 양식으로 지어졌고, 2층 객실들은 빙 둘러싼 베란다를 지나 들어갈 수 있었다. 1층의 거의 모든 객실 앞에 자동차가 주차되어 있었다.

"호화로운 숙소는 아니지만 하룻밤 보내기에는 그럭저럭 괜찮아." 니컬러스가 말했다. 나는 뭐든 오케이였다. 우리는 여기서 휴가를 보내려는 게 아니라 몇 시간 잠만 자려는 거니까. 나는 재킷을 입고 두건을 쓴 후에 가방을 들고 니컬러스를 따라 눈보라를 헤치며 입구로 갔다. 우리는 마지막 남은 객실 하나를 얻었다. 침대 말고는 식탁하나와 인조가죽 소파 하나뿐인 아주 작은 방이었다. 낡은 양탄자는 색깔을 알아볼 수 없었고 갈색 벽지에는 기름때가 묻었으며 커튼은 니코틴 때문에 누랬다. 욕실도 객실과 마찬가지로 낡고 닳았다. 나는 화장실을 사용하고 손을 씻은 다음 폴에게 짤막한 문자를 보냈다. 옷을 그대로 입은 채 침대에 누워 부츠만 벗었다. 니컬러스가 난방을 최대로 올렸지만 얼음처럼 차가운 방은 좀처럼 따뜻해지지 않았다. 욕실에서 나온 그가 침대로 와서 가장자리에 앉아 부츠를 벗고, 좁은 침대의 내 오른쪽에 길게 몸을 뻗으며 하품을 했다. 니컬러스가 하나뿐인 이불로 우리 둘을 덮었다. 나는 추위와 피로로 온몸을 떨면서 그를 건들지 않으려고 애썼지만, 매트리스가 푹 꺼져 있어 계속 그에게 부딪쳤다.

"죄송해요."

니컬러스는 대답 대신 내 쪽으로 돌아누워 팔을 내 몸에 얹었다. 우리는 그렇게 몸을 붙인 채 얇은 이불을 덮고 있었다. 그의 따뜻한 체온이 위안이 되자 떨림이 멎었다.

"5년 전에 이렇게 되길 꿈꾸었어요." 어둠 속에서 내가 속삭였다. "아저씨와 나, 이렇게 둘만 모텔 객실에 있는 상황."

"자, 많은 꿈이 언젠가는 현실이 된다는 걸 알았지?" 니컬러스가 웃으며 내 귀에 대고 나지막이 말했다.

"아저씨는 가장 좋은 친구예요. 아니, 사실은 온 세상에서 유일한 친구지요."

대답으로 그는 내 팔을 쓰다듬었다. 그의 호흡이 깊고 일정하게 변하더니 얼마 안 있어 완전히 잠으로 빠져들었다. 나는 죽을 만큼 피곤했지만 너무도 많은 일들이 머릿속을 떠돌아 정신이 말똥말똥했다. 지난 48시간 동안 내 미래 계획은 완전히 사라졌다. 이제 앞으로 어떻게 될지, 뭘 해야 할지 전혀 알 수 없었다. 내일은 집에 도착할 터였다. 그런 다음에는? 아버지의 행복을 빌어줄 수 있게 됐다. 아버지는 그토록 사랑하던 엄마를 잃고 레이첼 이모의 덫에 빠지고 난 뒤, 이제는 정말 행복해질 자격이 있었다. 그리고 나는 일레인을 늘 좋아했다. 그녀는 현명하고 부지런했으며, 아버지처럼 책과 쿼터 말과 자연을 아주 많이 사랑했다.

건물 주위에서 폭풍이 울부짖었지만 안전하고 안락하게 니콜라스에게 기대어 침대에 누워 있는 동안, 내 생각은 호레이쇼에게로 날아갔다. 서글픔, 그리고 그를 만난다는 기대가 밀려왔다. 이제 곧, 조만간 그를 다시 만나고 그의 목소리를 듣고 부드러운 그의 잿빛 눈동자를 보게 될 터였다. 그가 나를 사랑한다는 걸 알고 있었다. 마지막 만났을 때 그가 고백했다. 그때 이후로 많은 것이, 아니 모든 것이 바뀌었다. 나는 성장했다. 이제 호레이쇼의 아들들은 거의 고등학교 졸업반일 것이다. 가슴속에서 아주 작은 희망의 불씨가 일었다. 어쩌면…… 어쩌면 호레이쇼가 당시에는 불가능했던 발걸음을 이제는 뗄 수 있을지도 몰라. 나에게 혹시 기회가 생길지도 몰라.

∞

우리는 5시가 조금 지나 출발했다. 눈보라는 새벽에 그쳤고, 제설차들이 주간고속도로를 이미 말끔히 치워뒀다. 라디오 진행자가 중서부 전역이 앞으로 며칠 내내 춥고 건조할 것이라고 알렸다. 밤새 폭풍에 말끔하게 씻긴 하늘이 우리 위에 드리워 있었다. 해가 떠올랐을 때, 주간고속도로 맞은편에 내가 1996년 에스라 오빠의 살인 광란에 대해 알게 된 휴게소가 보였다.

"그때 저기 건너편에서 체포됐어요." 나는 니컬러스에게 말했다. "경찰들이 나를 중범죄자처럼 다뤘어요. 수갑을 채워 주유소에서 끌어내고 순찰차에 밀어 넣었는데, 무슨 일로 그러는지 설명도 하지 않더군요. 주유하려고 정차했을 때는 화장실 문을 열어놓고 소변을 보라고 강요했어요."

"유감스럽게도 경찰들 대부분은 현명하지 못해." 니컬러스가 동의했다. "나도 아주 안 좋은 경험이 많아."

이제 우리 앞에 7백 킬로미터가 남았다. 내가 조지프 오빠의 장례식 날 농장을 떠난 후에 어떤 일을 겪었는지 니컬러스에게 설명하기에 충분한 시간이었다. 데번포트에서 잠시 쉬었다. 미시시피를 건너면서 일리노이와 아이오와주의 경계를 지났고, 다시 출발하기 전에 주유를 하고 간단하게 뭘 좀 먹었다. 주간고속도로에 다시 들어서자 나는 니컬러스에게 이던 뒤부아를 어디서 만났고 왜 서배너에서 도망쳤는지, 어떻게 록브리지로 가서 폴 서튼의 발 앞에 쓰러지다시피 했는지 이야기했다.

"왜 아버지에게 전화하지 않았어?" 니컬러스가 놀라며 물었다. "아니면 레베카에게, 아니면 우리 어머니에게라도 전화할 수 있었잖아?"

나는 그에게 호레이쇼 이야기를 할까 잠시 고민했다. 내가 집으로 가지 않은 이유는 그 때문이었으니까. 하지만 말하지 않기로 했다.

"창피했어요. 그리고 그때 집으로 돌아갔더라면 내가 완전히 실패했다는 걸 누구나 알게 됐을 테니까요."

"지금이랑 다섯 달 전이랑 뭐가 다르지?" 니컬러스가 콜라병을 무릎 사이에 끼우고 마개를 돌렸다.

"모든 게 변했죠." 나는 우울하게 대답하고 앞 유리창 너머를 빤히 바라봤다. "완벽하게 모든 것들이. 난 폴에게 서배너 시절 이야기를 하지 않으려 했어요. 그런데 열흘 전에 이던이 날 죽이려고 록브리지로 왔어요."

콜라를 한 모금 마시는 참이었던 니컬러스가 사레들었다. 게처럼 새빨개진 얼굴로 마구 기침을 했다.

"뭐라고?" 그가 헉헉거리며 물었다.

"탈출하긴 했는데, 그러면서 이던의 깡패 부하를 죽였어요."

"잠깐, 잠깐만!" 다시 숨을 쉴 수 있게 된 니컬러스가 내 말을 중단시켰다. "거짓말이야. 그렇지?"

"유감스럽게도 사실이에요." 나는 한숨을 내쉬었다.

니컬러스는 내가 하는 이야기에 말없이 귀를 기울였다. 나는 그가 나를 판단하지 않을 것을 알았으므로 이야기를 미화하지 않았다. 오히려 반대였다. 특수부대 퇴역군인인 그는 비상상황에서 아무것도 하지 않고 망설이며 도움만 기대하는 사람은 시체 자루에 들어갈 확률이 아주 크다는 사실을 잘 알고 있었다.

"폴은 내가 마치 자기 눈앞에서 괴물로 변했다는 듯이 노려봤고, 아무것도 들으려고 하지 않았어요. 울지 않는다면서 나를 뻔뻔하다고 하더군요. 그 사람과 나는 이루어질 수 없다는 걸 그때 알게 됐어요. 폴은 내가 겪은 일을 절대 이해하지 못할 거예요."

니컬러스가 팔을 뻗어 굳은살이 박인 따뜻한 손으로 내 양손을 꽉 잡았다. 수천 마디 말보다 더 많은 위로와 이해를 담은 손길이었다.

"아저씨도 내가…… 뻔뻔하다고 생각해요?" 나는 초조한 목소리로 물었다.

"아니야, 셰리든. 전혀 아니지." 니컬러스가 대답했다. "너는 전사야. 용감하고 강해. 그러지 않았더라면 네가 죽었겠지."

"왜 나에게 이런 일이 일어날까요? 왜 이던 뒤부아 같은 사람을 만날까요?"

"아니지, 폴 같은 사람도 만나잖아. 이던 같은 사람에게 왜 빠지는지 스스로에게 물어봐. 그의 어떤 점에 매력을 느꼈지?"

나는 몇 킬로미터를 가는 동안 그 문제를 고민했다. 불안, 그리고 누군가의 마음에 들고 싶어 하는 욕구가 강렬한 나머지 신뢰할 수 없는 사람임에도 너무 빨리 믿었고 그래서 언제나 실패해왔다.

이던은 나를 자기 재산 증식이라는 목표의 수단으로만 봤다. 크리스토퍼 핀치는 나를 악용하고 성폭행했다. 폴은 나를 정말 사랑했을까? 거의 알지 못하는 사람을 사랑한다는 게 가능한가? 언젠가 링컨 학교 상담사 패트릭 매커보이가 했던 말이 떠올랐다. '애정과 이해를 찾는 동안 잘못된 사람을 만나는 일이 많아.' 나는 당시에 이 말을 성생활과만 관련지어 이해했는데, 사실은 온갖 종류의 인간관계에 해당하는 것이었다.

"나에 대한 그의 관심이 마음에 들었던 것 같아요." 나는 솔직하게 인정했다. "특별한 사람이 된 것 같아서 좋았어요. 엄청난 보스의 연인이라는 게. 난 그가 정말 나를 사랑한다고 믿었어요."

"나도 예전에 누구에게든 상관없이 인정받으려고 미친 듯이 애썼어." 니컬러스가 대답했다. "유년기와 청소년기에 그 어디에도 소속되어 있지 않다고 느꼈고, 그래서 화가 났지. 내 불행의 원인을 사방에서 찾았어. 나만 빼고 말이야."

"하지만 아저씨 책임이 아니었잖아요. 나도 마찬가지고."

"그래, 맞아." 니컬러스가 고개를 끄덕였다. "처음에는 아니었지. 하지만 나중에는 내 책임이었어. 잘못된 사람들의 말을 자주 들었고, 잘못된 결정을 내렸고, 그래서 점점 더 심하게 분노했지. 그런데 깨닫지 못했을 뿐, 내가 살면서 상당히 일찍부터 뭔가 제대로 하는 일도 있었어."

"무슨 뜻이에요?" 나는 호기심에 차서 물었다.

"성과 말이야. 뭔가 제대로 하면 진짜 인정을 받고 진실한 존경을 얻는 법이야. 누군가에게 신세 지지 않고 뭔가를 해내면 무척 기분이 좋지. 그냥 열심히 노력해서 잘할 수 있게 되는 거지. 내 경우에는 로데오 경기가 그랬어. 군대에서도 잘 해냈지만 진급하기는 싫었지. 선임은 내가 왜 일개 병사로 머물려고 하는지 이해하지 못했어. 난 결정적인 순간에는 실패했어. 어딘가에 문제가 생기거나 뭔가 책임져야 할 일이 생기면 견뎌내는 대신 그냥 도망쳤어. 거의 평생 더 편한 길을 선택하고는, 쉴 새 없이 떠도는 게 나에게 어울린다고 스스로 믿으려고 했지. 하지만 사실은 곤경을 견뎌내고 끝까지 관철하는 게 두려웠던 거야. 그래서 언제나 떠돌아다녔고, 나 자신이나 다른 사람들을 위해 책임지는 걸 피했어."

"지금은요?" 나는 알고 싶었다.

"정착했다." 니컬러스의 눈가에 웃을 때 생기는 주름이 나타났다. "내가 잘할 수 있는 분야에서 일자리를 얻었고, 연인 관계 비슷한 것도 생겼지."

"무슨 일자리 말이에요? 농장에서 하는 일?"

"그래, 그것도 있고. 또 일 년 전부터 전문 로데오 카우보이 협회 고문으로 일해. 그 덕분에 답답함을 느끼지 않을 정도로 충분히 여행을 다니지."

"잘됐네요!" 나는 진심으로 기뻐했다. 그가 예전에 스트립 클럽에서 바텐더로 일할 때 나는 그 일이 그에게 전혀 어울리지 않는다고 생각했다. 로데오 세계에서 니컬러스 워커는 전설이었다. 북아메리카에서 전무후무한 성공을 거둔 로데오 선수였고, 상이라는 상은 모조리 휩쓸었다.

"사람들이 나를 존경해." 니컬러스가 만족스러운 표정으로 고개를 끄덕였다. "내 의견을 중요하게 생각하지."

그가 나를 흘낏 곁눈질했다.

"셰리든, 나는 너도 같은 일을 하길 바라."

"카우보이 협회에서 일자리를 찾아보라고요?"

"아니." 니컬러스는 웃음을 터뜨리더니 곧장 진지해졌다. "네가 정말로 잘할 수 있는 일을 하라고."

"밥벌이가 될 만큼 잘하는 일이 아무것도 없는걸요." 나는 절망하여 대꾸했다. "학교 졸업장조차 없어요."

"흐음, 난 네가 정말 잘하는 게 뭔지 알고 있어."

"네브래스카 전역에서 나만큼 닭장 청소를 잘하는 사람은 없지요." 나는 냉소적으로 말했다. "요리하고, 토마토를 분류하고, 퇴비를 치우고, 마당을 쓸고, 다림질을 잘해요. 아, 말도 탈 줄 알아요. 어쩌면 아버지랑 아저씨가 나를 고용할 수도 있겠군요."

니컬러스가 빙긋 웃었다.

"흠, 나는 네가 무대에서 노래 부르던 그 모습을 절대로 잊지 못할 거야. 네가 인기를 가로채는 바람에 위대한 스티브 마네로가 속상해했지."

"아, 그땐 굉장했지요." 나는 미들 오브 노웨어 축제에서 노래하던 생각에 잠깐 미소를 지었다가 금방 다시 떨어냈다. "그래요. 난 음악을 사랑하고, 지난 몇 달 동안 부르지 못해서 무척 그리워했어요. 하지만 그런 걸로 어떻게 먹고살아요? 클럽을 전전하고 슈퍼마켓이 새로 개장하면 그때 등장해서 부르나요?"

"너 그때 왜 뉴욕으로, 음악 한다는 그 사람에게 가지 않았니?" 니컬러스가 대답 대신 되물었다. "그 사람한테 가려고 했잖아. 안 그래?"

"경찰에게 잡혔다니까요." 나는 그의 기억을 일깨우며 반박했다.

"그 후에는? 적어도 시도해볼 수는 있었잖아. 레베카 말로, 그 사람이 네 번호를 알려달라고 몇 번이나 전화했다던데."

나는 한숨을 내쉬었다.

"그때 내 이름이 몇 주 동안이나 텔레비전과 신문에 오르락내리락했잖아요. 그리고 〈인생의 진실〉 방송에 전화를 건 후에 수많은 토크쇼에 초대받았고요. 음악을 한다는 남자 이름은 해리 하트그레이브였는데, 그가 레베카 새언니에게 내 유명세 덕분에 음반이 저절로 팔릴 거라고 했대요. 하지만 난 그게 싫었어요! 그 비극에서 이득을 볼 생각은 추호도 없었고, 네브래스카의 천박한 여자아이나 대량학살자의 여동생으로 유명해질 마음도 없었다고요!" 나는 고개를 저었다. "그래서 이름까지 캐럴린 쿠퍼로 바꿨어요."

"그래, 알았어." 니컬러스가 고개를 끄덕였다. "이해한다."

"난 사람을 여전히 너무 잘 믿어요." 나는 의기소침해져서 말했다. "해리 하트그레이브 역시 대실망이었어요. 그 사람이 내 노래를 좋아한다고 생각했지요. 하지만 그 사람에게는 그저 이익만 중요했던 거예요."

"그 사람은 음악 프로듀서잖아. 그게 그의 일이야." 니컬러스가 말했다. "건강한 의심은 언제나 중요하지. 하지만 네가 아무도 믿지 못한다거나 누구든 곧장 나쁜 짓을 할 거라고 의심해서는 안 돼."

"그걸 어떻게 구분해요?"

"흐음." 니컬러스는 어깨를 으쓱했다. "시간이 흐르면서 사람을 알아보는 눈이 생기지. 자기 느낌에 귀를 기울여야 해."

"나랑 관계 맺는 사람들을 내가 모두 망하게 하는 것 같아요." 나는 풀이 죽어서 말했다.

"말도 안 되는 소리!" 니컬러스가 반박했다. "그런 말을 하면 안 된다! 성인이라면 누구나 각자 스스로 책임이 있는 거야."

80번 주간고속도로는 수백 킬로미터를 직선으로 이어지면서 아이오와를 지났다. 디모인 부근에서만 도로가 몇 킬로미터 남쪽으로 꺾였다가 다시 서쪽으로 향했다. 세상은 지평선까지 이어지는 잿빛 아스팔트 띠와 드넓은 하늘과 눈 덮인 편평한 땅으로 이루어져 있었다. 니컬러스와 나는 라디오에서 흘러나오는 감상적인 컨트리 송을 따라 불렀다. 이따금 기독교 방송이 잡혔고, 지극히 열정적으로 곧 닥칠 세상의 종말을 예언하는 설교사의 말에 웃음을 터뜨렸다. 나는 니컬러스와의 동행과 이 드넓은 풍경의 단조로움과 광대함을 즐겼다. 이 풍경에서 움직이는 것이라고는 우리를 포함하여 몇 대 안 되는 도로 위의 자동차들뿐이었다. 삶이 나를 어디로 이끌어가더라도 내 영혼의 일부는 영원히 이곳 중서부에, 미국의 심장에 남아 있을 터였다.

우리는 시속 120킬로미터로 움직였다. 목적지에 다가올수록 나는 점점 더 흥분했다. 호레이쇼 버넷과의 재회를 목전에 둔 지금 록브리지와 폴 서튼, 이던 뒤부아, 지난 몇 년 동안 일어난 모든 일이 의미가 없어졌다.

네브래스카주 경계를 몇 킬로미터 앞두고 우리는 주유를 하고 화장실에 가려고 셸비라는 이름의 시골 마을로 들어섰다. 주유소에서 이동통신망이 작동해 니컬러스는 그 기회를 이용하여 윌로크릭 농장에 전화를 걸어 우리의 도착을 알렸다. 동쪽으로 향하는 4차선 고속도로의 건너편에도 주유소가 있었다. 급유 펌프기에 서 있는 자동차는 은색 밴 한 대뿐이었고, 키가 크고 머리카락 색깔이 짙은 남자가 주유 중이었다. 그는 추운지 양손을 비비며 차 연료통이 가득 차기를 기다리고 있었다. 남자가 이쪽을 건너다봤을 때, 내가 잠깐 정신이 나갔는지 그가 호레이쇼로 보였다.

"유령이 보이네." 나는 혼잣말을 하고는 웃음 지었다. 니컬러스가 내 옆에 차를 세우자 조수석에 올라탔다. 우리 여행의 마지막 구간이 시작됐다. 이제 두 시간 후에는 집에 도착할 터였다.

네브래스카

사랑은 한 마리 새랍니다. 날아야 해요.
당신 마음속 아픔을 모두 죽게 하세요.
마음을 열지 않으면 당신은 얼어버려요.

마돈나, 〈프로즌〉

집으로 돌아오다

오크데일 인근에서 엘크혼강을 건너자 이미 집에 온 느낌이었다. 나는 눈에 익은 지형과 건물들을 향해 즐거운 마음으로 인사했다. 니컬러스가 도시간도로에서 키 큰 나무들에 에워싸인 월로크릭 농장의 긴 진입로로 들어서느라 방향지시등을 깜박이자 모든 의구심은 사라졌다. 우리는 활짝 열린 양쪽 여닫이문을 통과했다. 완전히 달라진 마당을 보고 너무 놀라 숨이 멎을 것 같았다. 보기 흉한 농기계 창고와 양철 창고, 닭장과 마당 오른쪽의 곡물 저장고, 내가 자주 쓸어야 했던 갈라진 아스팔트가 사라지고 없었다. 마당 전체에 포장석이 깔렸고 창고 대신 재색 목재로 지은 아름다운 2층짜리 랜치 하우스가 서 있었으며, 집을 빙 둘러싼 베란다와 앞마당도 있었다. 그 옆에 붙은 이중 차고 문 위쪽에는 농구 바스켓이 붙어 있고, 차고 옆은 그네와 시소, 등반기구와 모래상자를 갖춘 놀이터였다. 마당의 전체적인 인상을 결정하는 것은 예전과 다름없이 돌출창과 작은 탑들이 많은 커다란 저택이었다. 양아버지의 비범한 선조가 20세기 초에 지은 집으로, 이를 위해 모든 건

축 재료를 동부 연안에서 네브래스카로 운송하고 기술자들도 그곳에서 데려왔다고 했다. 맬러키 오빠가 태어나기 전에 레이첼 이모가 심은, 보기 흉하고 수지가 많은 삼나무들은 사라졌다. 그 대신 손질이 잘된 타원형 잔디밭, 그리고 그 한가운데는 철제 뼈대와 삼끈으로 지탱한 어린 버드나무 한 그루가 있었다. 깃대에 꽂힌 성조기들이 미풍에 흔들렸다.

"옛날 사진과 똑같은 모습이네요!" 나는 눈을 믿지 못할 만큼 놀랐다.

"레베카의 아이디어였어." 니컬러스가 싱긋 웃으며 말했다.

내 양아버지의 어머니 소피아 그랜트는 보스턴 상류층 출신의 교양 있고 세련된 귀부인이었는데, 네브래스카에서 아늑함을 느끼지 못했다. 남편은 아내에게 농장 건물들을 마음껏 설계하게 했고, 그녀는 동부 연안 고향과 유사한 보석을 창조해냈다. 낭만적인 판타지는 건물들의 이름에서도 드러났다. 소피아 그랜트는 당시에 중요한 농장 일꾼들과 가족을 위해 지어진 건물 다섯 채에 '참나무 단지'라는 웅장한 이름을 붙였고, 그녀가 50년 전에 심은 참나무들은 이제 작은 숲을 이루었다. 레이첼 이모는 창고와 곡물 저장고를 지으려고 저택 건너편에 있던 잿빛 목제 집을 헐었다.

한 남자가 연갈색 말의 고삐를 잡고 마당을 천천히 건너왔다. 나는 목에 갑자기 뭔가 걸린 것 같았다.

"아빠!" 내가 속삭였다. "웨이사이더!"

니컬러스가 차를 세우자마자 나는 조수석 문을 박차고 달려나갔다. 양아버지가 미소를 지었다. 내가 짊어지고 다니던 모든 근심이 사라졌다. 아버지는 나이만 조금 더 들었을 뿐 내가 기억하는 모습과 거의 똑같았다. 짙고 풍성하던 머리카락이 재색으로 변했고, 날씨에 무두질 된 주름살은 또렷한 얼굴 윤곽을 더욱 돋보이게 했다. 우리는 마주 서서 바라봤다. 지난 몇 년은 그냥 사라졌다. 나는 아버지가 가장 사랑하는 아이였지만 오빠 세 명은 한 번도 그 사실을 질투하지 않았다. 아버지는 나에게 읽기와 피아노 연주, 승마와 사격, 자연 사랑을 알려줬고, 자동차와 트랙터, 옥수수 수확 기계 운전법을 가르쳤다. 내가 열네 살이 되자 농장 설비에 속하는 세스나 두 대를 조정하는 법도 알려줬다. 이따금 우리 둘은 뉴욕과 워싱턴과 보스턴을 여행하고 나이아가라 폭포도 관광했다. 무엇보다도 아버지는 양엄마의 사악함에서 나를 몇 번이고 지켜줬다. 그러나 내가 성장한 뒤에 우리 관계는 달라졌다. 나는 아버지가 왜 나를 돌보지 않는지, 왜 내 출생에 대한 진실을 알려주지 않는지 이해할 수 없었다. 그러다가 아버지의 그런 태도에 대한 이유를 알게 됐다. 페어필드를 떠나기 전날, 나는 아버지와 새벽까지 이야기했고, 그 대화 덕분에 모든 것과 화해했다.

"셰리든, 잘 왔다." 아버지의 목소리는 예전 그대로였다. 아버지는 눈물을 글썽이며 두 팔을 활짝 벌렸다. "네가 돌아와서 정말 좋다!"

"아, 아빠!" 마음이 놓인 나는 행복하게 아버지의 품에 뛰어들었다. "나도 집에 돌아와서 정말 기뻐요! 아버지가 너무나 보고 싶었어요!"

아버지가 꽉 끌어안자 나는 기쁨의 눈물을 흘렸다. 안달이 난 웨이사이더가 히힝거리며 나를 밀었다. 나는 웃고 울며 내 말을 안았다. 아버지와 내가 인사를 마치기를 기다리던 사람들이 집에서 쏟아져 나왔다. 아버지처럼 키가 크고 머리카락이 짙으며 잘생긴 맬러키와 하이럼 오빠, 레베카와 넬리 새언니, 동생 모린의 손을 꼭 잡은 내 조카 애덤. 내가 기억하는 모습 그대로 튼튼하고 뺨이 붉으며 강인한 우리 집 관리인 마사 소렌슨 아줌마가 훌쩍기리며 나를 안았다. 메리제인 아줌마와 존 화이트호스 아저씨, 벵슨 가족과 밀스 가족, 어릴 때부터 알던 순박한 우리 농장 일꾼들이 보였다. 모두 내 가족이었다. 이들의 진심이 따뜻한 외투처럼 나를 감싸서 나는 울음을 그칠 수 없었다. 이 사람들이 나를 경멸할 거라고 생각한 게 부끄러웠다. 정반대였다. 이들은 중서부 시골 사람들에게 전형적인 실용주의로 내 부재를 인정했고, 이제 별 야단법석 없이 내 귀향을 기뻐할 따름이었다. 내가 다시 돌아왔다는 사실만 중요했다.

"아가씨, 일단 들어가요!" 레베카 새언니가 내 어깨에 팔을 둘렀다. "마사 아줌마가 이번에도 놀라운 솜씨를 발휘했답니다."

"누군가 널 위해 제대로 요리를 해줘야 할 것 같구나." 마사 아줌마가 내 뒤에서 말했다. "얘, 뼈랑 가죽밖에 안 남았어!"

맬러키 오빠와 레베카 새언니는 내가 없는 4년 동안 일어난 윌로크릭 농장의 변화를 자랑스럽게 보여줬다. 집 내부에, 레이첼 이모가 이곳을 지배하면서 온 가족을 지나치게 검소하고 우울하게 살도록 만들던 시절을 떠올리게 하는 것은 하나도 없었다. 음산한 벽지와 벽과 천장의 어두운 목제 평판들은 사라지고, 좀약 냄새를 풍기던 붙박이장과 구식 가구, 장식 쿠션과 보기 흉한 유화, 격언을 수놓은 자수들도 없어졌다. 어릴 때 겨울이면 집이 너무 추워서 밤새 유리창에 성에가 꼈다. 아침에는 따뜻한 이불 바깥으로 나갈 엄두가 나지 않았고, 복도에 놓인 지독한 구식 난로를 지피려면 계속 석탄을 날라야 했다. 지금은 기름을 공급하는 중앙난방에 부엌은 최신식이고, 욕실도 모두 새것이고 창문은 모두 3중 유리였다. 레이첼 이모가 작은 공간을 여러 칸으로 나누려고 세웠던 칸막이 벽들이 이제 다 없어져 집은 원래의 여유로움을 되찾았다. 커피를 마시는 동안 뒤에서는 넓은 평면 텔레비전에서 어린이 방송이 흐르고, 사방에 장난감이 흩어져 있고, 집 전체가 즐거운 소란으로 가득했다. 예전 같으면 상상도 할 수 없는 광경이었다.

나는 살짝 멍한 기분으로 미소를 지으며, 생기발랄한 사람들 틈에 앉아 있었다. 마사 아줌마와 넬리와 레베카 새언니가 쿠키와 쇼트케이크와 다양한 키슈를 가져오고 커피와 차를 따랐다. 아버지는 나를 환영한다는 짧은 인사말을 다시 한번 반복했다. 마사 아줌마가 만든 맛있는 키슈 로렌은 한 조각만 먹었는데도 배가 불렀다. 사람들은 그저 피상적인 질문만 던졌고, 다른 종류의 질문을 받기에 너무 피곤했던 나로서는 이것이 그저 고맙기만 했다. 지난 몇 주 동안의 사건들과 아직 2주도 채 지나지 않은 사고의 영향과 여기까지 오는 힘든 여정이 뼛속까지 스며들어, 하이럼과 맬러키 오빠가 농장에 도입한 온갖 새로운 일에 대해 설명하는데도 한 귀로 듣고 한 귀로 흘릴 수밖에 없었다. 오빠들은 새로운 바이오 에탄올 생산 설비, 농장 전체의 에너지와 온기를 책임지는 열병합 발전장치, 새 창고 위의 광전지를 이야기했다.

"셰리든, 이리 오렴." 아버지가 손을 내 어깨에 얹었다. "지금 아주 피곤할 거야. 내일도 시간이 있잖아. 이제 집으로 가자."

아버지는 큰 집을 마음 편하게 맬러키 오빠 가족에게 넘겨주고 이제 목련 저택에 살고 있었다. 하이럼 오빠와 넬리는 새로 지은 맞은편 집에 살았고, 나는 아버지와 함께 지내게 됐다. 마사 아줌마와 레베카 새언니에게 고맙다는 인사를 하고 니컬러스와 포옹한 후에 아버지를 따라 바깥으로 나왔다. 아버지는 내 셰비 운전석에 앉고 나는 조수석에 주저앉았다. 우리는 긴 진입로를 따라 도시간도로까지 가서, 거기서 몇백 미터 더 달려 목련 저택으로 향하는 샛길로 들어갔다. 나는 곁눈질로 아버지를 흘낏 보며 어떻게 이야기를 시작해야 할지 고민했다. 지난날의 믿음이 금세 다시 생겨난 니컬러스의 경우와 달리 아버지와는 왠지 어색했고, 아버지도 나와 비슷한 심정인 듯했다. 내가 뉴욕으로 가려고 자동차에 오르기 전날 밤에 나눴던 마지막 대화 이후에 너무 많은 일이 일어났기에 해야 할 이야기가 많았다. 우리 둘 다 어떻게 시작해야 할지 몰랐다. 그날 저녁 나는 엄마의 일기장과 엄마가 30년 전에 쓴 편지를 아버지에게 건넸다. 그 두 가지는 아버지를 그동안 고통스럽게 해 온 의문에 드디어 답을 주는 것이었으므로 아버지에게 구원을 의미했다. 그 일로 30년을 끌어온 드라마가 종말을 맞을 수 있었음에도 그다음 날 엄청난 규모의 비극이 일어났다. 니컬러스가 뭐라고 주장하든 비극의 책임은 나에게 있었다. 내가 그 원인은 아니었을지 몰라도 어쨌든 그 결과의 책임은 나에게 있고, 아버지도 어쩌면 그렇게 생각했을지 모른다. 아버지가 방향지시등을 켜고 국도에서 차를 꺾었다. 새 표지판이 눈에 들어왔다.

"윌로크릭 종마 사육장." 나는 크게 소리 내어 표지판을 읽었다. "정말 멋진데요."

"내일 새 마구간을 보면 더 깜짝 놀랄 거다."

"지금 바로 가보면 안 돼요?"

"너무 피곤하지 않니?"

"내일 늦잠 자면 돼요." 내가 대답했다.

새로 지은 마구간 단지는 목련 저택에서 1백 미터 떨어진 곳이었는데, 하얀 나무 울타리 사이로 펼쳐진 넓은 모랫길을 지난 뒤에 나왔다. 동작 감지기가 작동하자 외등이 켜져 넓은 안마당이 대낮처럼 환해졌다. 아버지는 전형적인 중서부 양식의 버건디 색 페인트가 칠해진 대형 헛간 앞까지 차를 몰았다. 우리는 차에서 내렸다. 안마당 좌우에 마구간이 있었다. 호기심 많은 말들의 머리가 마구간 칸의 낮은 문 위로 나타났다. 말들이 밝은 불빛에 눈을 깜박이고 귀를 쫑긋거렸다.

"말들이 아직 네 자동차를 몰라서 말이야." 아버지가 말했다. 아버지 목소리에 말 몇 마리가 히힝거렸고, 다른 말들은 그저 조그맣게 툴툴거렸다. 우리는 칸을 하나씩 지나갔다. 아버지가 니콜라스와 함께 산 암컷 종마들을 자랑스럽게 보여줬다. 농장 일에 더는 도움이 되지 않았지만 말은 집에 항상 있었다. 그래서 아버지는 말을 쓸데없는 사치라고 여기는 양엄마와 자주 다퉜다.

아버지가 종마의 이름을 각각 부르며 말을 걸고, 이따금 미끄러져 내려온 덮개를 똑바로 덮어주고, 붕대 위치를 확인하고, 이마 갈기를 펴주거나 꼬리에 붙은 지푸라기를 슬쩍 떼어내는 사랑 가득한 모습은 무척 감동적이었다. 이렇게 만족스럽고 느긋한 아버지는 일찍이 본 적이 없었다. 예전에 아버지를 에워싸고 있던, 사람들을 모두 멀리하게 만들던 우울한 분위기가 사라졌다. 여기 말들에게서 아버지는 자신의 소명을 찾았다.

"암컷 종마들을 마구간에 뒀어. 몇 마리가 곧 새끼를 낳을 예정이라서 말이야." 마당을 가로질러 헛간으로 건너가면서 아버지가 설명했다. "우리가 겨울 동안 데리고 훈련할 두 살배기들은 헛간 라운드 펜에 있어. 한 살배기와 승마용 말들은 밤낮으로 바깥에 있지."

아버지가 바퀴 달린 커다란 헛간 여닫이문을 빠끔 열었다. 건초 향기와 젊은 말들이 히힝거리는 소리가 우리를 맞았다. 말 사육 시설은 헛간 뒤에 있었다. 사무실과 수의사들의 진료실, 미래의 일꾼들을 위한 숙소가 들어간 행정 건물 한 동이 있고, 그 옆에 손님으로 올 종마들을 위한 칸이 있는 마구간 건물이 두 동 붙어 있었다. 여기에 지붕이 덮인 라운드펜 하나와 넓은 실내 승마장도 하나 있었다. 아버지는 아버지와 니컬러스의 거대한 계획을 아주 열정적으로 설명했다. 말 사육과 훈련, 치료 센터, 훈련사 양성 등.

"물론 이 모든 게 금세 많은 돈을 몰고 오지는 않을 거야." 아버지도 인정했다. "우린 이제 일꾼 한 명을 고용했을 뿐, 나머지는 니컬러스와 일레인과 내가 거의 다 처리하지. 하지만 한두 해만 지나면 최소한 이윤은 낼 거다."

하얀 목장 울타리가 어둠 속 어딘가로 계속 이어졌다. 예전에 이곳이 콩과 옥수수 경작지였을 때엔, 토양이 그다지 비옥하지 않았고 샘물 때문에 질퍽한 곳이 많았다.

"맬러키와 하이럼이 친절하게도 숲까지 이어지는 넓은 땅을 나에게 맡겼단다." 아버지가 설명했다. "여기 땅은 충분히 많으니까."

"아빠, 행복하시죠. 그렇죠?" 내 질문에 아버지가 미소를 지으며 대답했다.

"그래, 행복하다. 이게 바로 내가 늘 꿈꾸던 거지."

"아빠가 행복하다니 정말 기뻐요. 니컬러스 아저씨가 조던, 그리고 일레인과 아빠 이야기를 해줬어요. 그것도 기뻐요."

"그리고 네가 여기로 돌아와서 내 행복이 완벽해졌구나." 아버지가 말했다. "이런 날이 오기를 늘 기대했지."

우리는 천천히 차로 걸어가면서 건강에 대해, 일레인과 조던에 대해, 오빠들이 농장에 일으킨 변화에 대해 이야기했다. 우리의 대화는 과거의 지뢰밭을 피해 구불구불 지나갔다. 우리 둘 모두 그 지뢰밭에 대한 말을 꺼낼 엄두를 내지 못했다. 나는 궁금한 게 아주 많았지만 나중으로 미뤄뒀다. 양아버지가 지금처럼 행복해하는 모습을 예전에는 한 번도 보지 못했다. 지옥을 지나왔고, 건강과 희망을 모두 잃었지만 싸워서 삶으로 돌아왔고 지금 다른 사람이 됐다. 나는 이제 이 아버지를 다시 알아가야 했다.

목련 저택은 변함없이 아름다웠다. 나는 이 집이 〈바람과 함께 사라지다〉에 나오는 타라의 저택을 연상시켰기에 언제나 사랑했다. 높이 자란 느릅나무와 단풍나무, 폰데로사 소나무들에 에워싸여 있고 초여름에 목련이 피면 마치 영화 세트처럼 비현실적으로 아름다웠다. 나는 상자와 가방을 들고 집으로 들어갔다. 아버지가 나를 2층으로 데리고 올라가 문을 열고 전등 스위치를 눌렀다. 숨 막힐 정도로 감동적이었다.

"여기가 네 방이다." 아버지가 말했다. "마음에 들었으면 좋겠는데."

오래된 내 책상 옆에 어릴 적 내 방에 있던 책장이 놓여 있었다. 책장 제일 위쪽 칸에는 낡은 헝겊 동물 인형들이, 그 옆에는 내가 몇 시간씩 가지고 놀던 브라이어 플라스틱 말들이 가지런히 줄지어 서 있었다. 아버지가 이 방을 오로지 나를 위해, 내가 언젠가 집에 돌아오리라는 희망을 품고 꾸며두었으리라는 사실을 깨달았다.

"오, 아빠. 정말…… 아름다워요!" 내가 속삭였다. "고마워요!" 그리고 어색하게 아버지를 안았다.

"마음에 든다니 다행이구나." 아버지가 잠긴 목소리로 대답했다. "네가 씻을 동안 나는 차를 끓일게. 알았지? 욕실은 맞은편이다."

아버지는 다시 아래로 내려가고, 나는 방을 둘러보며 다시 한번 내 어리석음과 잘못된 자존심을 부끄러워했다. 그동안 이 방은 단

한 번이라도 전화가 오기를 바라며 내내 나를 기다렸던 것이다. 외롭고 모든 사람에게서 버림받았다는 느낌, 나로 하여금 미국 전역을 방황하게 했을 뿐 아니라 하마터면 결혼까지 하게 할 뻔한 그 감정은 전혀 근거 없는 것이었다. 언제든 이곳으로, 내가 평생을 알던 호의적인 사람들에게로 돌아올 수 있었다. 나에게 아무런 기대도 하지 않고, 어떤 조건도 내걸지 않는 사람들에게로. 나를 있는 그대로 그냥 인정해주는 사람들에게로. 그러다가 내가 집을 멀리하게 된 원래의 이유가 떠올라 심장이 두근거리기 시작했다. 호레이쇼! 이제 곧 그를 만날 텐데, 그러면 많은 게 해명되지 않을까. 나는 세수를 한 다음, 이사벨라 고모할머니가 여기 살 때 모습 그대로인 커다란 부엌으로 내려갔다. 아버지가 차를 끓였고, 우리는 둥근 나무 식탁에 앉았다.

아버지는 내가 어떻게 폴을 만나게 됐는지, 그리고 왜 그와 결혼하지 않기로 결정했는지 물었다. 나는 지금까지 일어난 일들을 시간상 가까운 것부터 거꾸로 설명하면서, 가장 끔찍하고 수치스러운 세부사항들은 조심스레 피해갔다. 서배너와 이던 뒤부아는 두 문장으로 끝냈고, 납치 이야기는 감췄다. 호레이쇼 버넷과의 연애 이야기는 꺼내지도 않았다. 내가 겪은 일을 이렇게 손봤는데도 아버지는 이미 정신을 잃을 지경이었기에 나는 얼른 주제를 바꿔 페어필드와 우리 가족에 대해 자세한 것들을 물었다.

월로크릭 살인 광란은 모든 것을 바꾸었다. 수십 년 동안 침묵의 외투를 입고 있던 사건들이 레이첼 그랜트 소송을 통해 겉으로 드러났다. 레이첼이 자신의 권력을 지키려고 협박과 살인까지 저질렀음을 알게 된 사람들은 경악했다. 그녀가 두려워서 침묵했던 사람들은 진실을 밝힐 용기를 냈다. 그 결과 일레인은 매디슨 카운티 주민들

절대다수의 표를 얻어 새 보안관으로 뽑혔다. 위기상황에서 잘못된 행동을 하고 내 양엄마 편을 든 벤턴 보안관을 주민들이 아주 나쁘게 생각했기 때문이다. 호레이쇼에 대해 슬쩍 물어보고 싶어 조바심을 내고 있는데 아버지가 먼저 그 이야기를 꺼냈다.

"에스라가 나를 쏘기 전날 일어났던 일을 나는 기억하지 못했는데, 맬러키와 레베카가 말해줬다. 네가 버넷 목사님과 용감하게 에스라의 목숨을 구했던 일 말이야."

내가 미처 호레이쇼에 대해 캐묻기도 전에 아버지가 계속 말을 이었다.

"너는 아무런 잘못도 없었는데 언론이 쫓아다녀서 정말 끔찍했을 거야. 그리고 조던이 네가 오마하 병원으로 내 병문안을 왔었다고 말해줬다."

대량학살 후의 끔찍한 몇 주는 기억 속에서 뒤섞였고 내 뇌는 많은 것을 그냥 밀어냈지만, 아버지가 삑삑거리는 기계장치에 연결된 채 혼수상태로 집중치료실에 누워 있던 모습은 마치 엊그제 일처럼 생생했다.

"끔찍했어요." 나는 간신히 입을 열었다. "아빠가 다시는 깨어나지 못할 거라고 생각했어요. 나는……."

나는 입을 다물고 고개를 저었다. 우리가 지금까지 피해왔던 위험한 주제에 가까이 다가섰다. 예전에 우리는 이런 식으로 피해 다녔다. 그러나 옛날의 실수를 더는 반복하고 싶지 않았다.

"아빠…… 죄송해요." 나는 눈물을 참느라 애썼다. "조지프 오빠랑 또 다른 사람들이 죽은 건 내 탓이에요. 아빠가 하마터면 돌아가실 뻔한 것도요. 용서받지 못한다는 걸 알지만……."

"셰리든, 아니야. 세상에!" 아버지가 다급하게 내 말을 막았다.

"누군가 잘못이 있다면 그건 바로 나야! 네 엄마와 나에 관한 진실, 그리고 네가 어떻게 우리 집에 오게 됐는지 너에게 미리 말해야 했어. 하지만 내가 겁쟁이라서 레이첼에게 맞설 용기가 없었다! 너무 오래도록 진실을 외면했지. 레이첼이 무슨 짓을 할 사람인지 몰랐기 때문일 수도 있어. 난 지금까지도 레이첼이 한 일을, 그녀의 증오가 얼마나 컸는지를 이해하지 못한다. 에스라가 사용한 무기는 레이첼이 구한 거야. 자기가 직접 하기 싫은 일을 에스라에게 미룬 거지."

"날 죽이는 거였죠." 나는 소름이 끼쳤다. "내가 모든 걸 밝혀내서 자기 인생을 망쳤기 때문에 나를 증오한 거예요. 그리고 에스라 오빠는 언제나 나한테 샘을 냈고요. 오빠는 침대에 누워 있던 사람이 나라고 착각하고 아빠를 쏜 거예요."

"그래." 아버지가 대답했다. "이상하게 들릴지 몰라도, 총에 맞은 사람이 나라는 사실에 감사한다. 내 비겁함에 합당한 벌을 받은 거야. 나는 모든 걸 바꿀 수 있었는데 행동하지 않았어."

우리는 한동안 침묵했다. 그러다가 아버지가 조던이 자신과 캐럴린의 아들이라는 사실을 알게 된 지난 11월 추수감사절 저녁 이야기를 꺼냈다.

"조던이 엄마를 닮았나요?" 내가 물었다.

"입과 미소가 닮았지."

"나는요? 엄마에게서 뭘 물려받았어요?"

"얼굴이 완전히 똑같아. 눈동자 색깔만 다르지."

그건 나도 이미 알고 있었다. 동생과 놀랄 만큼 닮은 외모 때문에 레이첼 이모는 나를 증오했다. 아마 내 존재만으로도 자기가 저지른 범죄가 매일 떠올랐을 것이다.

"그런 것 말고 다른 거요." 나는 약간 초조해하며 말했다. 아버지의 시선이 먼 곳을 향했다가 나에게로 다시 돌아왔다. 아버지가 헛기침을 했다.

"아주 많은 걸 물려받았지." 아버지의 목소리가 달라졌다. "캐럴린은 햇살 같은 성격이었다. 아버지가 폭군이고, 어머니는 너무 약해서 아버지에게 맞서지 못하는 사람이었는데도 말이야." 아버지의 얼굴에 서글픈 미소가 스쳐 갔다. "쾌활하고 자유분방하고, 호기심이 많아서 지식욕도 넘쳤어. 이곳의 다른 여자아이들과는 너무나 달랐다. 웃을 때면 정말 내면에서부터 그 웃음이 우러나와 반짝였지. 너는 이 모든 걸 물려받았어. 캐럴린의 판타지, 열정과 감정이입능력을."

이 말에 기뻐해야 할 텐데, 그러기는커녕 양아버지를 향한 오래된 불만을 느꼈다. 그랬다, 아버지는 모든 걸 바꿀 수 있었는데 용기가 없었다. 도대체 왜? 입양 문서를 발견한 이후로 내 마음에는 수많은 질문이 불타오르고 있었다.

예전에 아버지 서재에 있다가 지금은 목련 저택 복도에 자리 잡은 괘종시계가 10시를 알렸다.

"왜 엄마를 찾지 않았어요?" 나는 양아버지에게 질문했다.

"다른 남자와 떠났다고 생각했으니까. 내가 보낸 수많은 편지에 1년 동안 답장이 없었다. 난 절망했지. 그러다가 1964년 성탄절 직전에 내 형이 사망했어. 난 전혀 원하지 않았는데, 갑자기 농장 상속자가 된 거야. 버몬트에서 대학에 다니려던 꿈이 사라졌지."

"하지만 두 분은 서로 사랑했잖아요!" 내가 반박했다.

"그래, 나도 그렇게 믿었지. 그게 삶의 현실성에 발목이 잡혀버린 낭만적인 풋사랑에 불과하다는 걸 인정해야 했을 때는 무척 마음이 아팠다. 어쨌든 난 30년 동안 그렇게 믿었어. 네가 나에게 캐 럴린의 일기장과 편지를 주기 전까지는 말이야."

하지만 나는 아버지가 자기 사랑을 얻기 위해 그다지 노력하지 않았다는 사실을 여전히 이해할 수 없었다.

"베트남에서 돌아왔을 때, 왜 엄마에게 전화하지 않았어요?" 나 는 끈질기게 물고 늘어졌다. "아니면 엄마와 이야기해보라고, 왜 편지에 답장하지 않았는지 물어보라고 누군가에게 부탁할 수도 있었잖아요?"

"난 갖은 시도를 다했다. 정말이야." 아빠가 대답했다. "쿠퍼 가 족은 전화가 없어서 난 우체국에 전화했어. 그때마다 레이첼이 받 아서, 나에게 편지를 쓰라고 캐럴린에게 말하겠다고 늘 약속했지. 우리 어머니와 메리제인은 캐럴린과 이야기하려고 했지만, 쿠퍼 가족은 그녀가 아프다면서 아무도 만나지 못하게 했어."

"하지만 아빠가 다시 집에 왔을 때 찾아볼 수도 있었잖아요." 나 는 계속 캐물었다. "나라면 엄마를 찾아서 왜 나를 떠났는지 알아 내려고 온갖 수단과 방법을 썼을 거예요! 아빠는 레이첼 이모를 못 견디게 싫어했잖아요! 그런데 어떻게 하필이면 그 사람과 결혼 했어요?"

아버지의 얼굴이 경직되었다. 나는 내 목소리에 깃든 비난에 스 스로 짜증이 났지만 마음을 다스릴 상황이 아니었다. 아버지는 내 가 예전에 알던 예리한 시선으로 나를 바라봤다. 불편한 감정이 슬 금슬금 올라왔다. 아버지는 누군가 재촉하는 것을 아주 싫어했는 데, 내가 지금 바로 그런 행동을 하고 있었다. 내가 너무 심했다는 불안감이 밀려왔다.

"아빠, 죄송해요." 나는 말을 더듬으며 아빠에게 손을 내밀었다.

"그럴…… 마음은 없었어요. 그러니까…… 사실 나랑은 상관없는 일이잖아요. 난…….."

아버지는 고개를 젓더니 그만하라는 손짓을 했다. 그러고는 의자를 밀고 일어나 창가로 가서 양손으로 창턱을 짚었다. 이제 아무 말도 하지 않을 줄 알았는데 다시 내게로 돌아섰다.

"입영했을 때 난 열아홉 살이었다. 우리 집안 전통에 따라 해군에 갔지." 아버지의 목소리는 조용하고 침착했다. "기초 훈련은 일반적으로 13주 걸리는데, 우린 6주 후에 벌써 베트남으로 날아갔다. 나는 그곳이 어떤지 전혀 몰랐지. 우리 중에서 아는 사람은 아무도 없었어. 난 그전에 외국에 가본 적이 전혀 없었고 평화로운 농장에서 거의 대부분의 시간을 보냈는데, 사이공 근처 기지에서 갑자기 지옥을 마주한 거야. 기온은 35도에 습도는 100퍼센트였지. 양동이로 퍼붓듯 비가 내렸다. 난 캐럴린에게 매일 편지를 썼는데 그녀는 한 번도 답장을 보내지 않았고, 난 이유를 알지 못했어. 그래서 거의 미칠 지경이었다."

나는 놀라서 양아버지를 빤히 바라봤다. 베트남 시절 이야기, 그리고 아버지의 감정에 대해 듣기는 이번이 처음이었다.

"그러다가 성탄절 직전에 형의 사망 소식을 들었지." 아버지가 말을 이었다. "형은 명예롭게 전사한 게 아니라, 허락도 없이 부대를 떠나 사이공 홍등가에서 술을 퍼마시다가 토사물에 질식해 죽었다. 물론 이 소식이 공식적으로 알려진 건 아니었어. 하지만 내가 집에 돌아와 형의 장례식에 참석할 수 있게 휴가를 얻지 못한 건 아마 그래서였을 거다. 1965년 3월에 우리 부대는 다낭으로 옮겼고, 거기서 정글로 들어갔다. 우리는 하루 24시간, 몇 주 동안 적의 사격을 받았지. 내가 알던 사람들이 매일 죽어갔지. 나는 기초 훈련을 함께 받았던 전우들을 모두 잃었다. 몇몇은 이 지옥에서 벗어나려고 자해를 하기도 했지. 나는 내가 달라졌다는 걸, 내 내면의 뭔가가 영원히 파괴됐다는 걸 느꼈다. 캐럴린은 나를 잊었고, 형은 죽었고, 내가 전혀 원하지 않던 삶이 나를 기다리고 있었어. 나는 죽든 살든 아무 상관도 없었다. 12개월 후에 집으로 돌아왔을 때 나는 다른 사람이었지. 내면은 죽은 사람이었던 거야. 내가 그때 외상 후 스트레스 장애에 시달렸다는 사실을 지금은 알지만, 당시에는 베트남에서 돌아온 군인들의 심리 상태에 관심을 보이는 사람이 전혀 없었다."

아버지가 나를 빤히 바라봤다. 아버지의 눈에 훤히 드러난 고통은 충격적이었다.

"형의 죽음에 부모님은 큰 충격을 받았다. 캐럴린이 다른 남자 때문에 나를 떠났다고 페어필드 전체가 수군거렸지. 레이첼은 나에게 싹싹하게 대하고 이해심을 보여준 유일한 사람이었다. 그녀가 나를 속이고 있다는 걸 내가 어떻게 짐작이나 할 수 있었겠니? 우리 부모님은 레이첼이 임신을 했는데도 나더러 그녀와 결혼하지 말라고 했다. 그러다가 아버지가 병이 나서 사망하고, 9개월 후에는 어머니도 돌아가셨다. 한 해에 나는 의미 있는 사람들을 모두 잃었다. 매일 밤 죽어가는 전우들 꿈을 꾸었지. 그들의 비명이 들리고, 총에 맞아 떨어져나간 다리와 깨진 머리와 시체 자루들이 보였다. 몇 년이나 계속. 그러다가 네가 내 인생에 나타나고서야 이 모든 게 멎었지."

"뭐라고요?" 나는 망연자실해서 물었다.

아버지는 깊은 한숨을 내쉬었다.

"레이첼은 프랑크푸르트 주재 미국 영사관이 자기에게 연락했다는 사실을 나에게 숨겼다. 나는 캐럴린이 사망했다는 것도 몰랐고, 군에서 살인사건을 넘겨받지 않았더라면 너의 존재도 전혀 알지 못했을 거야. 헌병대는 캐럴린의 주소록에서 비상 연락처로 내 이름과 전화번호를 발견했어. 전화를 받은 나는 기절할 듯 놀랐고, 너를 보러 곧장 독일로 갔다. 영사관 직원들은 너를 어느 헌병 중대장 집에 데려다놓았더군. 그와 그의 아내는 아이가 이미 둘 있었는데 너를 아주 좋아해서 입양하려고 했어. 하지만 캐럴린의 딸이 군사 기지에서 자란다는 게 내 마음에 들지 않았다. 어쩌면 내가 그저 이기적이었는지도 몰라. 언제나 딸을 한 명 원했으니까." 아버지 얼굴에 미소가 스쳐 지나갔다. "레이첼은 내 요구에 마지못해 결국 응했지만 조건을 제시했어. 다른 것도 있었지만, 네가 절대 네 뿌리에 대해 알아서는 안 된다는 조건도 있었지. 나는 무슨 조건이든 받아들이겠다고 동의했다. 너는 그때 세 살이 채 되지 않았고, 미래는 한없이 멀어 보였으니까. 그러다가 너를 워싱턴에서 데려오는 날이 왔다. 너를 안고 오마하행 비행기에 올랐을 때, 나는 그 순간부터 모든 게 달라지리라는 걸 느꼈다. 나는 너를 책임져야 했지. 너와 나 사이는 처음부터 뭔가 특별했고, 그래서 레이첼은 언제나 질투했다. 내가 늘 꾸던 끔찍한 악몽은 그쳤어. 불현듯 전망이 생겼고, 너에게 모든 걸 제대로 해주려고 했다. 의도는 좋았지만 실수도 많았지. 그런데도 너는 커다란 행복과 기쁨을 내 삶에 가져다줬고, 난 영원히 너에게 감사한다."

솔직함에 감동하여 나는 벌떡 일어나 아버지를 안았다. 아버지는 손가락을 내 턱에 대고 부드럽게 머리를 들어 올려 내가 아버지 얼굴을 쳐다보게 만들었다.

"셰리든, 너는 네 엄마보다 훨씬 더 강해." 아버지가 거친 목소리로 말했다. "연약한 나비가 아니라 전사야."

"아빠, 감사해요." 나는 속삭였다. "이렇게 다 이야기해주셔서요. 여쭤볼 게 하나 더 있어요. 엄마는 아빠가 레이첼 이모와 결혼한 걸 알았나요?"

"나도 몰라. 어쩌면 레이첼이 캐럴린에게 직접 말했을 수도 있고, 아닐 수도 있겠지."

전조등 불빛이 부엌을 스쳐 지나가더니 자동차 모터 소리가 들리고 잠시 후에 멎었다.

"아, 일레인이야." 아버지가 말했다. "오늘 노픽에서 연수를 받았지."

현관문이 바로 열리더니 크고, 날씬하고, 약간 차가워 보이는 아름다움을 지닌 일레인 패글러가 들어왔다. 내가 기억하는 외모 그대로였다. 빛바랜 청바지와 카우보이 부츠와 낡은 가죽 재킷 차림에 금발을 굵게 땋은 모습이었다. 일레인이 나타나자 아버지의 눈이 반짝였고 두 사람은 서로 미소를 지었지만, 그녀는 일단 나에게로 몸을 돌렸다.

"안녕, 셰리든!" 일레인은 놀랍게도 나를 진심으로 반갑게 품에 안았다. "네가 돌아와서 정말 기뻐. 한동안 여기서 지내면 좋겠구나!"

목소리가 따뜻하고 살짝 잠겨 있었다.

"그럴 생각이에요." 나는 미소를 지으며 대답했다.

"정말 잘 됐어."

일레인은 아버지에게 부드럽게 입을 맞추었고, 아버지는 그녀의 가죽 재킷을 받아 옷걸이에 걸었다. 두 사람이 관심을 갖고 사랑을 담아 서로를 대하는 자연스러운 모습을 보니 패트릭 매커보이와 그의 아내 트레이시가 떠올랐다. 갑자기 나는 뭔가에 찔린 느낌이었고, 불청객이 된 기분이었다.

"뭐 좀 먹겠어?" 아버지가 일레인에게 물었다. "수플레를 데워줄 수 있는데."

"아니야, 자기. 괜찮아!" 일레인은 고개를 젓고 웃음을 터뜨렸다. "오늘 하루 종일 꼼짝도 하지 않았고, 어제 교회 회관에서 엄청나게 먹어서 아직도 배가 불러. 그래도 와인은 한 모금 마시고 싶어."

교회 회관에서 파티를 했다고? 나는 귀가 쫑긋했지만 가볍게 지나가듯 물었다.

"내가 하루 늦은 모양이네요. 무슨 일이 있었어요?"

"어제 새 목사님이 장엄하게 취임했거든." 일레인이 찬장을 열며 말을 이었다. "두 사람, 와인 마실래?"

아버지는 거절했지만 나는 고개를 끄덕였다. 일레인은 와인 잔 두 개를 식탁에 내려놓았다. 그런 다음 냉장고에서 화이트 와인을 한 병 꺼내 마개를 열고 따랐다.

"버넷 목사님과 그 가족의 송별회도 겸한 파티였어. 오늘 아침에 그 가족이 떠나기 전에 잠시 이야기를 나눴지. 버넌, 당신에게 인사 전해달래."

내 심장이 잠시 멎었다. 방금 일레인이 한 말을 이해하는 데 몇 초 시간이 걸렸다. '안 돼! 호레이쇼!'

"어디로 이사했어요?" 이렇게 묻는 내 목소리가 들렸다. 공허하게 울리는 목소리였다.

"보스턴으로." 일레인 대신 아버지가 대답했다. "목사님이 거기 매사추세츠 공과대학에 자리를 얻었거든. 예전 직업이었던 전산 정보학자로 돌아가는 거야."

저 높은 곳에서 뭔가가 나를 비웃는다는 느낌이 들었다. 엊그제까지 나는 보스턴에서 겨우 160킬로미터 떨어진 곳에 살았다! 실망감에 어지러웠다. 호레이쇼가 떠났다. 나는 그를 놓쳤다. 어처구니없게도 단 하루 때문에!

"시더 래피즈에 있는 샐리 사모님 친정에서 쉬다가 갈 거래." 일레인이 잔을 들어 나에게 건배하고 한 모금 마셨다. "사모님이 한 번에 쭉 가면 어린아이에게 너무 힘들 거라고 말했어."

"어린아이라니요?" 나는 새된 목소리로 물었다.

"막내 메기 말이야." 자신의 말이 나에게 어떤 영향을 끼칠지 전혀 알지 못한 채 일레인이 대답했다. "샐리 사모님과 목사님은 3년쯤 전에 아이를 하나 더 낳았어."

나는 블랙홀에 빨려 들어가는 별처럼 안쪽으로 부서지는 느낌이었다. 당황스러움과 손가락의 떨림을 제어하려고 힘겹게 노력했다. 와인을 단숨에 마셨다. 일레인의 질문에 기계적으로 대답했다. 다시 채워진 잔을 또 비웠다. 말을 듣는 척하느라 고개를 끄덕이고 미소를 지었지만, 들리는 거라고는 귀에서 윙윙거리며 내 혈액이 돌아가는 소리뿐이었다.

다음 날 아침 눈을 떴을 때 머리가 울리고 입이 바짝 말랐다. 정신을 차리는 데 시간이 좀 걸렸다. 유리창 덧문 틈새로 들어오는 잿빛 여명에 아직 풀지 않은 상자와 여행 가방이 눈에 들어오고서야 내가 다시 집에 돌아왔다는 게 기억났다. 그런데 어제 어떻게 침대로 왔더라? 왜 저기 양동이가 있지? 머리는 또 왜 이렇게 아픈 거람? 한숨을 내쉬며 눈을 감고, 어제저녁에 있었던 일을 재구성해보려고 애썼다. 아버지와 종마 시설을 둘러본 다음 부엌에 앉아 차를 마시며 이야기를 나누었어. 그러다가 일레인이 집에 왔지.

나는 와인을 별로 좋아하지 않는데도 마셨어. 일레인이 두 번째 병을 땄고, 우린 웃음을 터뜨렸어. 아니, 내가 울었던가? 왜 울었지? 아래층에서 아버지와 일레인의 나지막한 목소리가 올라왔다. 누군가와 말하고 싶은 기분이 아니었기에 현관문 닫히는 소리가 들릴 때까지 그대로 침대에 누워 있었다. 자동차 두 대가 떠나는 소리가 들리고 나서야 오줌보가 터질 것 같아서 힘겹게 일어나 건너편 욕실로 비틀거리며 걸어갔다. 변기에 앉았을 때, 어제저녁에 그토록 심하게 평정을 잃었던 이유가 다시 떠올라 온몸이 떨리기 시작했다. 호레이쇼가 페어필드를 영원히 떠났다! 내가 그를 우연히 주유소에서 만나는 일은 없을 테고, 이제는 낯선 목사가 교회에서 설교를 한다.

　나는 세면대로 가서, 거울 속에서 무딘 눈과 씁쓸한 입매로 나를 노려보는 바짝 마른 사람을 자세히 바라봤다. 5년 전 겨울에 니컬러스가 페어필드를 떠날 때 느꼈던 둔탁한 고통이 다시 느껴졌다. 당시 나는 몇 달이나 심각한 우울증의 검은 포옹 속에 침잠해 있다가 호레이쇼의 애정과 이해를 얻고서야, 나를 마비시키던 상심에서 벗어났다. 4년 동안 그를 머릿속에서 몰아내려고 했지만 소용없었다. 우리 사이에 생긴 내면의 연대는 육체적 열정을 훨씬 뛰어넘을 만큼 강력했다. 적어도 나는 그렇게 믿었다. 호레이쇼가 사랑하지도 않는 아내 샐리와 아이를 낳아서 이제 그 아이가 세 살이라는 말을 일레인이 하기 전까지는! '난 너를 다른 그 누구보다도 사랑해.' 조지프 오빠의 장례식에서 그는 나에게 이렇게 말하며 '울었다.' 씁쓸한 웃음이 터져 나왔다. 호레이쇼에게 나는 그저 모험에 불과했고, 그는 아내를 떠날 생각이 전혀 없었다! 석 달 동안 그는 내가 자기 인생에서 가장 중요한 사람이라는 듯이 행동했다.

그런데 내가 시야에서 사라지자마자 그는 매력이라고는 하나도 없고 엉덩이만 큰 아내, 진실을 알면서도 남편을 구하기 위해 텔레비전 카메라 앞에서 거짓말을 한 아내 샐리를 임신시켰다. 위가 뒤집혀 겨우 변기까지 갔다. 구역질과 기침을 하며 시큼한 와인과 불쾌한 담즙을 토해냈다. 흐느끼며 변기 앞에 무릎을 꿇고 앉았다. 나는 왜 이 사람들에게로, 거리에서 나에게 침을 뱉고 가장 끔찍한 욕설을 퍼부은 사람들에게로 다시 돌아왔을까? 배은망덕한 년! 창녀! 갈보! 더러운 매춘부! 지옥에나 떨어져라! 증오로 일그러진 악몽 속의 얼굴들이 눈앞에 떠올랐다. 그때 맬러키 오빠와 레베카 새언니가 옆에 없었더라면 흥분한 폭도들이 나를 갈기갈기 찢었을 것이다.

나는 다시 세면대로 가서 입을 헹군 다음, 티셔츠와 속옷을 벗고 샤워기로 갔다. 물이 너무 뜨거워 살갗이 익을 것 같았지만 내면의 고통이 너무 커서 그런 열기는 아무렇지도 않았다.

20분 후에 계단을 내려가 부엌으로 갔다. 육중한 참나무로 만든 식탁에 보온병이 있고, 그 옆에는 밑에 메모를 끼워둔 컵이 하나 있었다. '나, 마구간에 있다.' 아버지의 글씨였다. 나는 차를 따르고 재킷을 입은 다음, 양손으로 컵을 감싸고 베란다로 나갔다. 하늘은 잿빛이고 허공에 안개가 살짝 걸려 있었다. 눈의 잔해가 빨랫줄에서 날아온 빨래처럼 여기저기서 눈에 띄었다. 나는 차갑고 맑은 공기를 폐까지 들이마시고 겨울 아침의 깊은 정적에 귀를 기울였다. 나무 태우는 연기 냄새와 말 냄새가 아주 조금 풍겨왔다. 내 셰비는 새로 지은 간이 차고에 주차되어 있었다. 뜨겁고 달콤하고 진한 차가 두통을 모두 쓸어냈다. 나는 차를 한 모금씩 홀짝홀짝 다 마시고는 제일 위쪽 층계에 컵을 내려놓고 아버지를 찾아 나섰다.

아버지와 니컬러스가 라운드펜에서 어린 말을 집중 훈련하고 있었다. 나는 울타리에 기댄 채 한동안 그 모습을 지켜봤다.

"셰리든, 잘 잤니?" 아버지가 소리치고, 니컬러스는 인사하느라 손을 들어 올렸다. "웨이사이더가 헛간에 있다! 안장을 이미 얹었어. 타고 싶다면 타렴."

"네, 그럴게요!" 나는 억지로 미소를 지었다. "좋은 생각이에요!"

"네 승마 장비는 마구 창고에 있다."

나는 헛간으로 건너갔다. 내가 들어서자 연갈색 수말이 고개를 들고 귀를 쫑긋하며 흥겹게 히힝거렸다. "안녕, 웨이사이더!" 말의 목을 안고, 따뜻한 털에 얼굴을 묻었다. "전력 질주하고 싶어?"

청바지 위에 방한바지를 덧입고, 두툼한 머플러를 목에 두르고, 양모 모자를 쓰고, 장갑을 재킷 주머니에 넣었다. 살을 에는 추위에 무장하고서 아래 윌로크릭으로 이어지는 좁은 길로 웨이사이더를 몰았다. 내 말은 이 구간을 잘 알았고, 어디서 전력 질주해도 되는지도 알고 있었다. 웨이사이더는 자유분방하게 춤추듯 걸으며 재갈을 씹고, 어서 질주하고 싶어 안달했다. 나도 마찬가지였다. 나는 강의 물굽이가 엘름포인트의 얕은 곳까지 이어지는 모랫길에 도착하기 전까지 느린 걸음으로 말을 걷게 하다가 거기서부터 전력 질주했다. 말의 목 위로 깊숙하게 몸을 숙이고, 말이 원하는 대로 마음껏 달리게 했다. 차가운 바람 때문에 눈물이 솟았다. 아, 얼마나 그리웠던가! 말 등보다 머리가 맑아지는 곳은 이 세상 어디에도 없다! 엘름포인트에 거의 다 이르러 말을 빠른 걸음으로 늦추었다가 느린 걸음으로 걷게 했다. 멀리서부터 이미 강물이 쏴 쏴 하는 소리가 들리더니 얼마 지나지 않아 강이 보였다. 거품을 일으키며 모래톱을 돌아 흐르는 물 위에 베일처럼 안개가 드리워 있었다. 상당히 얕고 드넓은 윌로크릭의 이 지점을 보면 언제나 마음이 평화로웠지만 오늘은 아니었다. 흉곽에 든 심장이 돌덩이처럼 무거웠다. 왜 폴에게 설득당해 록브리지에 머물렀던가? 왜 레베카 새언니에게 그냥 돈을 보내달라고 해서 바로 집으로 오지 않았던가? 그랬더라면 아무 의미도 없는 남자에게 시간을 허비하는 대신 호레이쇼를 만날 수 있었을 텐데! 내 긴장감을 느낀 웨이사이더는 코를 흥흥거리며 앞발굽으로 초조하게 땅을 긁었다. 꽤 긴 거리였고 컨디션도 좋지 않아서 나는 잠시 망설였다. 하지만 살면서 가장 행복한 시간을 보냈던 그 장소가 자석처럼 나를 잡아당겼다. 강물 수량이 많지 않았으므로 나는 힘차게 종아리를 쳐서 웨이사이더를 얕은 물로 몰았다. 우리는 이곳에 이름을 준, 바람에 휜 느릅나무를 떠나서 큰 곡선을 그리며 북쪽으로 전력 질주했다.

45분쯤 달린 후에 윌로 호수에 도착했는데, 이곳은 정확하게 말하자면 호수가 아니라 윌로크릭의 하류가 맞닿아서 생긴 우각호였다. 호수와 강 사이에 넓은 늪지대가 있지만 웨이사이더는 발을 디딜 수 있을 만큼 단단한 땅, 사람 키만큼 높은 마른 갈대 사이로 난 좁은 길을 잘 찾았다. 물닭과 오리들이 여기저기서 푸드득 날았지만 웨이사이더는 이런 소음에 놀라지 않았다.

여기 평화롭고 고요하게 놓여 있는 낙원만을 보면 수양버들이 늘어진 이곳 만에서 무슨 일이 벌어졌는지 짐작할 수 없다. 여기서 나는 호레이쇼와 잤다. 그와 마지막으로 만났던 날, 에스라 오빠가 우리를 미행해서 호레이쇼를 망치고 나에게 복수하려고 몰래 사진을 찍던 그날을 생각하니 소름이 끼쳤다. 나를 피해 도망치다가 오빠는 얼음이 깨진 호수에 빠져 거의 익사할 뻔했다. 아, 그냥 빠져 죽게 내버려뒀더라면 모든 일이 달라졌을 텐데!

엄마와 아버지에게도 이 목가적인 장소는 무척 특별한 의미를 지녔다. 이곳에서 두 사람은 남몰래 만났다. 내가 이곳에서 엄마의 편지와 일기장을 발견한 탓에 레이첼 이모의 범행을 밝혀냈고, 그 결과 온갖 사건이 벌어지게 됐다.

내 시선이 호레이쇼가 8월 말 어느 일요일 오후에 앉아 낚시질하던 호숫가의 커다란 바위로 향했다. 그날 나는 그를 사랑하게 됐다. 한순간 한순간이 마치 어제처럼 모두 기억났다. 조심스럽게 웨이사이더의 안장에서 내렸다. 다리가 꺾일 것 같아 안장 뿔을 잠시 붙잡아야 했다. 커다란 버드나무로 천천히 걸어갔다. 누군가 얼마 전에 이곳을 다녀갔다! 얼어붙은 눈에 발자국이 선명하게 남아 있었다. 숲 가장자리에서 여기까지 왔다가 다시 돌아간 발자국이었다. 겨울이라 잎이 모두 떨어진 나무 아래쪽 눈이 많이 밟힌 것으로 보아 그 사람은 이곳에 한동안 머문 모양이었다. 누군가 눈 위에 쓴 글씨가 보였다.

셰리든.

나는 무릎을 꿇고 앉아, 오른쪽 장갑을 벗고 검지로 조심스럽게 글씨의 윤곽을 따라갔다. 글씨가 눈앞에서 흐릿해졌다.

호레이쇼가 여기 왔었구나! 그는 나를 잊지 않았어! 왜 하루만 더 기다리지 못했을까?

분노보다 강한 안타까움이 밀려왔다. 나는 울면서 쪼그리고 앉아 얼굴을 눈에 가져다댔다. 마음이 천 갈래로 갈라졌다.

집에 오면서 나는 열렬했던 사랑의 모든 추억을 마음속 깊은 곳에 넣어 잠그고 열쇠를 버리겠다고 결심했다. 내 사랑을 원하지 않은 사람 때문에 나 자신을 괴롭히거나 슬퍼하지 않을 작정이었다.

눈 위에 쓰여 있던 글씨를 모두 밟아버렸다. 낙원만으로 오는 일도 더는 없을 터였다. 이제 미래를 계획할 시간이었다. 남자와는 전혀 관계없는 계획. 경제적으로든 감정적으로든 다시는 남자에게 구속받고 싶지 않았다. 일단 예전에 다니던 매디슨고등학교로 가서 여름에 학업을 마칠 수 있게 해달라고 해리스 교장 선생님께 부탁할 생각이었다. 교장 선생님은 늘 나를 좋게 생각했고, 나는 성적이 좋은 학생이었다. 졸업한 다음에는 대학에 가서 공부할 수 있을 것이다.

천천히 말을 달려 다른 쪽 방향에서 새 마구간으로 다가갔다. 아버지와 니컬러스는 헛간에서 편자 대장장이가 아름다운 팔로미노 품종 말의 편자를 손보는 모습을 지켜보는 중이었다. 웨이사이더의 말발굽 소리를 들은 두 사람은 나에게 몸을 돌리고 미소를 지었다. 승마 때문에 무척 지쳐 나는 제대로 서 있지도 못할 지경이었다. 니컬러스가 웨이사이더를 돌보려고 넘겨받았고, 아버지와 나는 농장 작업용 차를 타고 집으로 향했다. 나는 아버지에게 앞날의 계획에 대해 이야기했다.

"고등학교 일이 잘되면 여름이 지날 때까지 말 돌보는 일을 도울 수 있어요." 베란다 계단을 올라가 집으로 들어서면서 내가 말했다. "그 후에 대학에 갈 수 있게 돈을 좀 빌려주시겠어요?"

"아니, 내가 빌려줄 필요 없지. 너는 돈이 많으니까." 아버지가 대답했다.

"유감스럽게도 없어요." 나는 실망한 내색을 드러내지 않으려고 애썼다. "하지만 노력하면 장학금을 받을 수 있겠지요."

"셰리든, 장학금도 필요하지 않아." 아버지가 미소를 지었다. "스물한 살이 되면 네 마음대로 처분할 수 있는 신탁기금을 설정해뒀다. 너, 작년에 스물한 살이 됐잖니."

"네? 아니, 어떻게요?" 나는 무슨 소리인지 몰라서 아버지를 빤히 바라봤다.

"아이들 모두 자기 몫을 받았어." 아버지가 어깨를 으쓱하고는 재킷을 벗었다. "맬러키와 하이럼에게는 같은 값어치만큼 농장을 양도했지. 너는 돈과 유가증권으로 받고. 네 기금은 현재 25만 달러가량이야."

나는 할 말을 잃었다. 레이첼 이모는 나더러 너는 가족이 아니라 입양된 괴물이니 1센트라도 꿈꾸지 말라며 몇 번이나 듣기 싫은 소리를 했다.

"하…… 하지만…… 하지만……." 나는 당황해서 말을 더듬었다.

"네가 평생 일을 하지 않아도 될 만큼 큰돈은 아니야." 아버지가 진지하게 말했다. "하지만 네가 등록금을 내고 자립 발판을 마련할 정도는 되지."

나는 예전에 돈을 별로 중요하게 생각하지 않았다. 그러나 그동안 돈이 없다는 게 무슨 뜻인지 알게 됐다. 음식을 살 수 없다는 게 얼마나 끔찍하고 굴욕적인지. 제일 싼 모텔비도 낼 수 없어서 자동차에서 자야 하고, 벤진을 살 돈을 구하지 못할까 봐 두려워하는 게 무슨 뜻인지. 그런 절망적인 상황에 또 빠질지도 모른다는 불안 때문에 나는 폴의 품에 달려들었다. 그런데 이제 아버지가 늘 그렇듯이 지나가는 말투로, 그런 걱정은 더 이상 하지 않아도 된다고 알려준 것이다.

나는 마음이 너무도 편안해진 나머지 눈물이 솟구쳐 아버지 목에 매달렸다. 그동안 숨겨왔던 이야기가 쏟아져 나왔다. 내가 플로리다에서 2년 동안 가명으로 이 일 저 일을 거친 후에 어쩌다가 이던 뒤부아의 덫에 걸렸는지, 서배너에서 무슨 일이 있었는지, 그리고 파밍턴에서 내 차 안에서 자다가 노숙했다는 이유로 경찰에게 그 도시에서 쫓겨난 이야기, 록브리지에서 배가 고파 빵집에서 기절하여 폴의 발 앞에 쓰러진 이야기, 그의 청혼을 받아들였지만 얼마 지나지 않아 그게 잘못임을 깨달았다는 이야기, 이던과 그의 부하들이 나를 죽이려고 록브리지에 나타났을 때 무슨 일이 일어났는지까지. 아버지는 귀 기울이면서 경악하여 믿지 못하겠다는 표정이었지만, 나를 역겨워하며 밀쳐내지 않고 위로하며 품에 안았다. "이던이 나를 사랑한다고 믿었는데, 나를 이용하기만 했어요." 나는 절망하여 코를 훌쩍이며 말했다. "그리고 나는 안전을 위해 하마터면 폴과 결혼할 뻔했고요!"

"실수를 통해 배우는 거다." 아버지는 가엾다는 듯이 내 등을 쓸었다. "그러니 네가 지금 여기 와서 일단 안정을 취하는 게 더욱 중요하지. 네가 좀 오래 머물면서 말을 돌봐주면 나야 더 좋겠다. 하지만 공부나 일을 위해 다시 어딘가로 가더라도 여기가 네 집이라는 것, 그리고 문이 언제나 열려 있다는 사실을 잊지 마라."

"아, 아빠. 난 너무 많은 잘못을 저질렀어요!" 나는 아버지의 어깨에 얼굴을 묻었다. "늘 아빠가 자랑스러워하는 딸이 되고 싶었는데 그저 실망만 안겨드렸어요!"

"셰리든, 말도 안 되는 소리!" 아버지가 반박했다. 그러고는 양손으로 내 얼굴을 들고 엄지로 눈물을 닦아줬다. "너는 너무나 끔찍한 일을 겪었고, 그걸 다 혼자 견뎌내야 했어. 나도 많은 실수를 했다. 우리가 병원에서 나눴던 대화를 기억하니?"

나는 고개를 끄덕이고 어린아이처럼 코를 훌쩍였다.

"너처럼 나도 사악한 마음으로 뭔가 저지른 적은 결코 없지만,

치명적인 영향을 불러일으키는 결정을 내렸지. 사실 인생이란 결정의 연속이야. 우리는 감정에 따라 대부분의 결정을 내리고, 그 결과를 우연이나 운명이라고까지 간주하지. 하지만 그것은 오로지 우리 자신이 내린 결정의 총체일 뿐이야. 그런 결정 때문에 운명처럼 보이는 것들이 일어나는 거니까. 무슨 말인지 알겠니? 이미 일어난 일을 원망하는 건 그 무엇에도 도움이 되지 않아. 언젠가는 과거를 놓아주고, 실수에서 미래를 위한 교훈을 얻어내고, 중요한 결정을 내리기 전에 그것이 가져올 수도 있는 결과를 생각하는 법을 배워야 해. 폴이 청혼했을 때 '그래'라고 대답하기 전에 생각할 시간을 달라고 말했을 수도 있겠지."

나는 침울하게 고개를 끄덕였다. 내 심장은 나에게 실수를 반복하게 했다. 필사적으로 사랑과 인정을 찾으려고 한 남자에게서 다른 남자에게로 비틀거리며 옮겨갔고, 상처를 받을수록 절망감은 더욱 커졌다. 가장 큰 실수는 호레이쇼와의 연애였다. 순진해서 위대한 사랑이라고 착각했다. 호레이쇼가 자기 가족을 선택했으니 그와 내가 함께할 미래는 없다는 것은 알았지만 시간이 흐르면서 그 생각을 머리에서 밀어냈고, 내가 사랑받았다고 느꼈던 비밀의 시간들을 미화했다. 그렇게 이상화한 호레이쇼가 과거의 닻처럼 나를 붙잡았고, 동시에 집으로 돌아오는 것을 막았다.

"피아노 앞에 좀 앉아보는 건 어떨까?" 아버지가 제안했다. "네가 연주하는 소리를 다시 듣고 싶구나."

우리는 아버지가 할머니에게서 물려받은 아름다운 그랜드피아노가 있는 음악실로 갔다. 나는 저절로 미소가 지어졌다. 여기 이 악기로 나는 피아노를 배웠다.

"난 이제 피아노를 치지 못한단다." 아버지가 이렇게 말하고 피아노 뚜껑을 열었다. "소근육 운동 기술이 너무 망가졌어."

"안타까워요." 내가 대꾸했다. 아버지는 저녁에 음악실에서 피아노 앞에 자주 앉아 꽤 훌륭하게 연주했었다. 그럴 때면 레이첼 이모는 언제나 눈을 흘기며 '끔찍하네, 뚱땅거리는 소리'라고 투덜거리곤 했다.

나는 피아노 의자에 앉아 손가락으로 조심스럽게 건반을 스쳤다. 처음에는 음계를 오른손으로, 그다음엔 왼손으로, 나중에는 양손으로 훑었고 점점 더 복잡한 음계 연습으로 넘어갔다. 그러다가 지금 내 우울한 분위기에 어울리는 에릭 사티의 〈그노시엔느 1번〉을 연주했다. 어떤 작품을 일단 끝내면 더는 악보가 필요하지 않았다. 예닐곱 살 때 음악 선생님이 나에게 절대음감이 있다고, 기준음을 듣지 않고도 어떤 음의 높이를 맞힐 수 있다고 말했다. 어쩌면 그래서 작곡이 늘 쉬웠는지도 모른다. 나는 음악을 문장처럼 손쉽게 생각하고 쓸 수 있었다. 그리그, 라흐마니노프, 쇼팽 등 머리에 떠오르는 곡이 뭐든 계속 연주하고 또 연주하다 보니 어느 순간 내면의 긴장이 떨어져나갔다. 내가 피아노 치는 것을 싫어하는 레이첼 이모가 없었다. 폴이 갑자기 뒤에 나타나서 손을 내 가슴에 얹고 목덜미에 키스할지도 모른다고 걱정하지 않아도 됐다. 그는 내가 그런 것을 좋아한다고 생각했다. 지금 교회의 낡은 피아노 앞에 앉아, 호레이쇼가 우연히 들르지 않을까 귀를 기울이는 상황도 아니었다. 나는 자유로웠다. 여기는 집이었다. 이제 나에게 아무 일도 일어날 수 없었다. 자작곡 중의 하나인 〈소서러〉를 치며 노래를 부르기 시작했다. 그런 다음 연이어 〈아이 헤이트 마이셀프 포 러빙 유〉와 〈노웨어 고잉 패스트〉를 연주하며 노래했다.

음악에 푹 빠져서 시간이 얼마나 흐른지도 알지 못했다. 고개를 들어보니 머리카락 색깔이 짙은 남자가 팔짱을 낀 채 문간에 기대서 있었다. 아주 잠깐 아버지라고 생각했는데, 조던 블라이스톤이었다. 아버지와 똑같이 짙은 머리카락과 잘생긴 얼굴, 진갈색 눈동자, 그리고 엄마에게서 물려받은 미소. 내 오빠였다.

"안녕, 셰리든." 오빠가 말했다. "다시 만나서 정말 반갑다."

"조던 오빠!" 나는 의자에서 벌떡 일어나 그의 목에 매달렸다. "나도 반가워!"

∞

조던 오빠와 내가 그랜트 가족 묘지로 천천히 걸어갈 때, 우리 위에서 초저녁 별들이 흐릿하게 반짝이고 날이 어두워지기 시작했다. 목련 저택과 윌로크릭 사이의 작은 언덕에 놓인 묘지는 아주 큰 느릅나무와 버드나무들에 에워싸여 있었다. 사철 내내 다른 매력을 지닌 곳이어서 나는 이곳에 오는 게 언제나 좋았다. 여름에는 버드나무의 긴 가지들이 비바람에 풍화된 묘비를 쓰다듬었고, 가을에는 알록달록한 느릅나무 잎사귀들이 그림 같은 무대를 만들었으며, 겨울에는 우울한 분위기가 묘지를 감싸 내 마음 깊은 곳의 뭔가를 건드렸다. 나는 이끼와 지의류에 덮인 하얀 대리석 벤치에 누워 하늘을 쳐다보며, 내가 유명한 가수나 배우라는 틴에이저의 꿈에 골몰했다. 여기서 가상의 기자들과 인터뷰를 하고, 붉은 양탄자를 따라 걸어가면서 열광적으로 환호성을 지르는 팬들에게 느긋하게 손을 흔들었다. 가끔은 그냥 앉아서 묘비의 비문을 해독하고, 그곳에 이름이 새겨진 사람들을 상상해보기도 했다. 나는 마사 아줌마 덕분에 그랜트 가문의 선조들에 대해 잘 알고 있었다. 어두운 겨울 오후에 우리는 저택 다락에서 옛날 앨범을 넘기며 흑갈색 사진들을 들여다보고, 이미 오래전에 사망한 선조들의 기록을 읽으며 시간을 보내곤 했다.

"여긴 예전에 내가 무척 즐겨 찾던 피난처 가운데 하나야." 나는 자세한 이야기는 피한 채 조던 오빠에게 말했다. "레이첼 이모는 묘지에 발도 들여놓지 않았으니까. 지금 와서 생각하니 이유가 확실하네."

"자기가 살해한 사람들의 유령이 두려웠던 모양이지." 오빠가 외투 깃을 올리며 말했다.

가장 오래된 무덤 묘비는 1867년에 스물여섯 살의 나이로 사망한 존 셔먼의 아내 루이즈 랜던 그랜트의 것이었다. 당시 변경 지역에서의 삶은 가혹하고 궁핍했으며, 그랜트 가족은 앞이 불투명한 길고 힘겨운 여정을 거쳤다. 남북전쟁이 끝난 후에 그들은 버지니아에서 출발하여 포장마차로 애팔래치아 산맥을 넘었고, 한없이 드넓은 프레리를 지나 1년 반 후에 이곳에 도착하여 여기에 정착하기로 결정했다. 루이즈 랜던 그랜트가 이곳에 묻힌 이후 28기의 무덤이 더해졌다. 최근의 무덤은 조지프 오빠와 리로이와 카터 밀스, 그리고 조던 오빠와 나의 엄마 것이었다. 아버지는 우리 엄마의 유골함을 20년 전에 독일에서 가지고 와서 자기 부모님 무덤에 숨겨뒀다. 레이첼 이모가 영원히 교도소에 갇힌 뒤에야 아버지는 엄마의 무덤을 마련했다. 내가 2년 동안 가명으로 사용한 이름이 적힌 묘비를 보니 기분이 이상했다.

캐럴린 쿠퍼
1948년 3월 16일 – 1981년 7월 14일

나는 내 어깨를 감싸는 조던 오빠에게 기댔다.

"어머니가 돌아가셨을 때 난 열일곱 살이었어." 오빠 목소리가 잠겨 있었다. "그해 여름에 고등학교를 막 졸업했지."

오빠 상황도 나보다 나을 게 없었다. 오빠도 속았지만, 나는 그래도 내가 입양아라는 사실은 알고 있었다.

"부모님이 친부모가 아니라는 걸 알았을 때 어떤 느낌이었어?" 내가 물었다.

"충격받았지. 당혹스러웠고 화가 났어. 하지만 어딘지 모르게 마음이 놓이기도 했어. 내 마음속 깊은 곳에서 블라이스톤 가족에게서 언제나 느꼈던, 왠지 모르게 좀 낯설었던 이유를 드디어 알게 됐으니까."

"음…… 왜 오빠를 엄마에게서 빼앗아 바깥에 버렸는지 레이첼 이모에게 물어봤어?"

"아니." 조던 오빠는 고개를 저었다. "하지만 짐작할 수 있어. 레이첼은 윌로크릭 농장의 안주인이 된다는 생각에 완전히 사로잡혀서, 자기 꿈을 방해하는 사람은 누구든지 없애려고 한 거야."

"이모가 하필이면 동생의 아이들인 우리에 의해 교도소에 가게 된 건 기막힌 운명의 장난이야." 내가 말했다. "자기가 모든 걸 똑똑하게 꾸몄다고 믿었을 텐데."

"의도하지 않은 결과의 법칙이지." 조던 오빠가 대답했다.

"그게 무슨 뜻이야?"

"처음에는 한 가지 부정직한 행위로 시작해. 시간이 흐르면서 점점 더 거짓말을 하고, 나중에는 모든 게 걷잡을 수 없게 되지." 오빠가 설명했다. "레이첼에게 처음부터 시부모님을 죽이려는 의도는 없었을 거야. 하지만 뭔가 잘못을 저지르고 그걸 책임지지 않으면 점차 많은 잘못에 연루되지. 눈덩이 하나가 나중에 눈사태를 일으키는 것과 마찬가지야."

그 말을 듣고 있자니 등줄기에 소름이 돋았다. 5년 전 핼러윈 때 내가 했던 일을 조던 오빠에게 고백할까 하는 생각이 아주 잠깐 스쳤다. 하지만 니컬러스와의 대화를 떠올리고 입을 다물었다. 솔직하기에는 이미 너무 늦었다.

오빠가 갑자기 나에게 몸을 돌리더니 내 양손을 잡았다. "셰리든, 네가 아니었으면 레이첼 그랜트는 세 명을 살해하고도 벌을 받지 않았을 거야. 그때 네가 레이첼이 자기 시부모님과 친정아버지를 살해했을지도 모른다고 귀띔해줬잖아. 우리는 확실한 증거를 찾는 데 2년도 넘게 걸렸어." 조던 오빠가 입을 다물더니 표정이 풀렸다. 놀랍게도 오빠 눈에서 눈물이 반짝였다.

"아, 셰리든. 네가 다시 이곳으로 돌아오고, 또 잘 지내니 얼마나 기쁜지 모른다!" 오빠가 불쑥 말했다. "내가 지난 몇 년 동안 너 때문에 얼마나 심하게 자책했는지 넌 모를 거야! 난 지금까지 변태적인 범죄자들을 여러 명 봤지만, 레이첼 그랜트처럼 싸늘한 사람은 처음 만났어. 네가 그 사이코패스에게 오랜 세월 시달렸다고 생각하니 정말 끔찍했어. 그런데도 나는 널 돕기는커녕 시드니에게 데려다줬지!"

"아니, 오빠. 아니야! 자책할 필요 없어." 나는 조던 오빠의 손을 꽉 잡았다. "그때 내 말을 믿은 사람은 오빠밖에 없었어. 오빠는 나를 도와주려고 했잖아. 중요한 건 그것뿐이야."

"아니, 난 네 상황을 더 악화시키기만 했지." 오빠는 계속 자책했다.

"하지만 이제 다 해결됐잖아." 나는 오빠를 위로했다. "난 이제 집에 다시 돌아왔어. 아빠도 건강하고, 오빠는 니컬러스 아저씨를 만났지. 그게 정말 기뻐. 니컬러스 아저씨는 나랑 가장 친한 친구야."

"나도 알아." 오빠는 눈물을 떨어내고 심호흡을 했다. 나는 사라져가는 햇빛에 비치는 오빠의 옆모습을 자세히 바라보다가 말했다.

"오빠를 텔레비전에서 처음 봤을 때, 잠깐 아빠인 줄 알았어."

"기자들이 나더러 그랜트 집안 아들이냐고 묻더라." 조던 오빠가 미소를 지으며 대답했다. "당시에 나는 우리가 닮았다는 걸 전혀 몰랐지."

"어쨌든 오빠를 찾은 게 아빠에게는 너무나 큰 행운이야."

"그리고 너 같은 여동생이 있다는 게 나에게는 큰 행운이지. 난 어머니를 만난 적은 없지만 부모님이 누구인지는 이제 알아. 하지만 너는 친아버지가 누구인지 모르잖아. 안타까워."

"그렇지 않아." 나는 가볍게 대답했다. "내가 어릴 때 우리 아빠는 나에게 아주 훌륭한 아버지였어. 그리고 지금 다시 그렇게 됐고."

솔직히 말하자면 내 안에 어떤 유전자가 들어 있는지 모른다는 사실이 무척 고통스러웠지만 그걸 오빠에게 털어놓지는 않았다. 그러기에는 아직 우리 사이의 신뢰감이 충분하지 않았다.

"자, 이제 돌아가자." 나는 오빠의 팔짱을 끼며 말했다. "맬러키 오빠와 레베카 새언니 집에 7시까지 가야 해."

우리는 목련 저택 앞의 갈림길에서 농장으로 계속 이어지는 자갈길을 따라갔다.

"지난 몇 주 동안 우리 어머니가 페어필드를 떠난 후에 어디에 머물렀을까 알아내려고 노력했어." 오빠가 말했다. "조사해봤지만 유감스럽게도 아무 성과가 없었지. 레이첼은 당연히 아무것도 알려주지 않았어. 내가 캐럴린과 버넌의 아들이라는 사실을 알고 나서는 더더욱 아무것도."

"나는 절대로 묻지 않을 거야." 나는 재빨리 오빠 말에 끼어들었다. "다시는 그 사람을 보고 싶지 않으니까."

"그럴 만해." 오빠가 고개를 끄덕였다. "지난주에 FBI에서 일하는 사람과 통화했어. 데이비드 하딩 박사는 FBI에 취직하기 전에 독일에서 헌병이었지. 지금은 프로파일러고, 행동분석팀 창립 멤버야. 상습범들의 행동을 분석하는 부서지."

"아, 그렇구나." 나는 오빠가 지금 무슨 말을 하려는지 알 수 없었다.

"어머니의 살인범을 체포하고, 독일에서 미국으로 올 때도 동행한 사람이야." 조던 오빠가 설명했다. "이 사건에 대해 아는 거 있니?"

"별로 많지 않아." 나는 망설이다가 대답했다. "그 범인이 엄마 외에 다른 여성 두 명도 살해했다는 것만 알아."

"그래, 맞아." 오빠가 고개를 끄덕였다. "범인 이름은 스콧 앤드루인데, 현재 51세이고 콜로라도 플로렌스의 최고보안교도소에 수감되어 있어. 가석방될 전망은 없어. 사형이 3중 무기징역으로 바뀌었지."

"엄마 남자친구였대." 내가 말했다.

"아니야. 아니었어. 그는 어머니를 잘 알지도 못했어."

"뭐라고?" 나는 어리벙벙해서 오빠를 쳐다봤다.

나는 몇 년 전에 레이첼 이모의 서재에서 내 입양에 관한 서류를 우연히 발견했다. 서류철에 내 입양 문서도 함께 묶여 있었던 것이다. 프랑크푸르트 총영사관에서 보낸 편지 몇 통을 발견했는데, 거기에 스콧 앤드루가 엄마의 남자친구라고 쓰여 있었다. 싸우다가 술김에 목을 졸랐다고 했다. 그것을 알게 된 후로 그가 내 친아버지일지도 모른다는 불안감이 마음속에 늘 도사리고 있었다.

"처음에 독일 사법경찰이 수사했는데, 언어 장애 때문에 오해가 좀 있었던 모양이야." 조던 오빠가 설명했다. "어머니는 프랑크푸르트에 있는 아일랜드 바에서 일했고, 그 바의 사장인 아일랜드 사람의 집에 세 들어 살았어. 앤드루는 많은 미군들과 마찬가지로 바에 자주 왔지. 그러다가 어느 날 밤에 어머니를 따라 집까지 가서 성폭행하고…… 살해한 거야."

"끔찍해." 나는 떨리는 목소리로 말했다. 엄마는 나와 똑같은 일을 겪었지만 가해자에게서 도망칠 수 없었던 것이다. "그런데 지금 그걸 왜 나에게 이야기하는 거야?"

"우리가 함께 스콧 앤드루에게 면회 가서 이야기해볼 수 있어." 오빠가 대답했다. "그가 캐럴린 쿠퍼의 과거와 연결된 유일한 사람이니까. 그가 어쩌면 FBI보다 너에게 더 많은 이야기를 하고, 그러면 네 친아버지가 누구인지 알아낼 수도 있지."

"아!" 나는 이런 가능성을 전혀 생각해보지 않았지만 조던 오빠 말이 옳았다. 스콧 앤드루가 엄마의 남자친구는 아니었다고 해도 한동안 엄마 주변에 있었으니 어쩌면 우리에게 도움이 될 만한 이름을 기억해낼지도 몰랐다. "생각 좀 해볼게. 괜찮지?"

뉴욕, 2001년 2월

지난 4주는 진정한 기적의 여정이었다. 마커스는 CEMC에 소속된 모든 기업을 방문했다. 시장은 인원 삭감을 포함하여 예고된 기업의 소형화에 뚜렷한 주식 상승이라는 반응을 보였다. 마커스는 그 덕분에 주주들에게 박수갈채를 받았지만, 노동조합과 근로자협의회로부터는 분노에 찬 저항에 부딪혔다. 그는 회사 내부의 능력을 사용하지 않고 컨설팅 회사와 외부 에이전시의 목구멍에 수백만 달러를 퍼붓는 악습을 폐지했다. 콘체른 전체에서 자신이 가장 미움받는 사람이라는 사실에는 신경도 쓰지 않았다. 전날 저녁 뉴욕에 도착한 그는 라이트닝 애로우 레코드의 상무이사 릭 케슬러를 만났다. 그의 음반회사가 퇴출 명단에서 아주 위쪽에 있다는 걸 알려주기 위해서였다. 그 자신이 스톤 골드 레코드 회사를 만들어 자립할 무렵인 1980년대에 오랜 친구 해리 하트그레이브가 설립한 회사였기에 쉬운 결정은 아니었다. CEMC는 해리가 사망한 뒤에 그 회사를 엄청난 가격에 사들였으나 얻은 거라고는 밴드 두 개뿐이었고, 그 밴드들마저도 몇 달 후에는 회사를 떠나 다른 곳에서 계약했다. 그때 이후로 라이트닝 애로우 레코드는 콘체른에서 가장 큰 골칫거리였다. 우유부단한 경영진과 무능력한 A&R 부서는 한때 엄청난 성공을 거두었던 음반회사가 하찮은 신분으로 미끄러지는 데 일조했다. A&R은 음악 분야에서 가장 중요한 원칙이었다. 대부분 여기서 돈을 벌었지만 성공 부담이 너무 크다는 것을 마커스는 직접 경험해봐서 잘 알았다. A&R 매니저의 임무는 새로운 아티스트를 발굴하고, 이들이 수십만 달러를 투자할 가치가 있는지 결정하는 것이었다. 또한 아티스트가 계약을 맺은 후에 A&R 매니저는 스튜디오 작업을 수행하고 장래가 촉망되는 아티스트의 노래를 라디오 방송국 선곡표에 올릴 마케팅 계획을 잘 짜는 프로듀서를 찾아내야 했다. 이 모든 과정이 이미 오래전부터 라이트닝 애로우 레코드에서는 제대로 이루어지지 않았고, 그래서 마커스는 오늘 그들에게 짐을 싸서 새 고용주를 찾으라고 알릴 셈이었다.

그는 오전 10시에 브로드웨이 50번가 파라마운트 플라자 27층에 있는 회사로 들어섰다. 산타 모니카에 있는 콘체른 본부보다 열 배의 임대료를 잡아먹는 곳이었다. 임대료가 좀 더 저렴한 뉴저지나 브루클린으로 이사하기로 이미 결정됐다. 릭과 사격장 표적 인형 같은 네 명의 임원진이 침울한 얼굴로 그를 기다리고 있었다. 서로 정중한 미사여구를 몇 마디 주고받은 다음 직원들이 모두 모여 있는 회의실로 향했다. 웅성거림이 멎었다. 마커스는 이곳에서도 지난 몇 주 동안 다른 모든 회사에서 경험한 불안에 싸인 긴장감과 마주했다. 그는 모인 사람들을 둘러봤다.

"나는 콘체른을 구하기 위해 CEMC 감독위원회로부터 최고경영자로 임명됐습니다. 그 이유를 아십니까?" 수사학적 질문이었으므로 그는 대답을 기다리지 않고 말을 이었다. "그렇게 할 능력이 있으니까요. 나는 음악 사업을 잘 압니다. 내가 누군지, 왜 나에게 이 임무가 맡겨졌는지 여러분 모두 알고 있습니다. 그리고 내가 신성한 소까지 도살한다는 사실도 잘 아실 겁니다. CEMC는 완전히 새로 조직돼야 살아남을 수 있습니다. 지금까지 해온 모든 것을 의심해봐야 합니다. 나는 워너나 RCA, 소니 등 누가 됐든 우리를 능가하는 모든 회사가 싫습니다. 최근 몇 년처럼 CEMC가 음악 분야에서 중요한 모든 상을 놓친다면 이는 뭔가 제대로 이루어지고 있지 않다는 명백한 신호입니다."

그는 모인 사람들을 둘러보며 자기 발언이 반응을 일으키기를 기다렸다가 말을 이었다.

"앞으로 내 책상을 거치지 않고서는, 내 허락 없이는 단 한 건도 새로운 계약을 맺을 수 없습니다. 이제 누구와 계약을 맺고 누구와 맺지 않을지 결정하는 사람은 오직 나뿐입니다."

A&R 부서 사람들은 그와 시선이 마주치는 걸 피했다. 마커스는 지금 대중 앞에서 그들이 무능력하다고 선언하고 신뢰를 빼앗음으로써 최대 굴욕을 안긴 것이다.

"미화할 생각은 없습니다." 마커스는 싸늘하게 말했다. "대대적인 정리 해고와 적자 사업 분야 정리 없이는 CEMC를 구할 수 없습니다. 라이트닝 애로우 레코드는 정리될 겁니다. 콘체른은 일을 잘하고 유연한 인력만 넘겨받을 예정입니다."

그는 앞에 있는 사람들의 얼굴에 드러난 경악을 바라봤다. 바늘 떨어지는 소리도 들릴 만큼 조용했다. 참석한 사람들은 일을 잘한다는 게 얼마나 어려운지 잘 알고 있었다. 열여덟 살짜리가 불법 음악 파일 공유 프로그램을 온라인에 올린 후에 음악 산업은 완전히 몰락 중이었다. 앞으로 황금빛 1980년대나 낙원 같은 1990년대는 다시 오지 않으리라는 것, 그리고 지금 마커스가 농담을 하는 게 아니라는 것은 확실했다.

"그리고 A&R 부원들에게……." 그는 책상에 놓인 마커펜을 들어 뚜껑을 열고 자기 휴대폰 번호를 벽에 끼적였다. "CEMC를 위해 중요한 음악상을 가져오고 골드나 플래티넘까지 갈 잠재력을 지닌 아티스트를 발견했다고 확신하면 나에게 바로 전화하십시오. 전화해서 내 시간만 훔친다면 해고입니다. 그러나 전혀 연락하지 않는다면 늦어도 두 달 후에는 어차피 해고입니다. 행운을 빕니다."

그는 펜을 책상에 던지고 손목시계를 본 다음, 릭 케슬러에게 고개를 끄덕이고는 임원진과 함께 회의실을 떠났다.

"건방진 놈!" 누군가 뒤에서 분노에 차 소리쳤지만 마커스는 흘려들었다. 성과가 낮은 사람들 대부분은 자신의 무능력을 인정하는 것보다 다른 사람에게 그 책임을 돌리는 게 편한 법이니까.

마커스는 정오 조금 전에 파라마운트 플라자를 나와서 리무진에 올라, 은행가들과 약속이 잡혀 있는 맨해튼 남단 금융지구로 향했다. 2시 무렵에 중요한 일들을 모두 끝낸 그는 리즈 하트그레이브에게 전화하기로 마음먹었다. 3년 전에 해리가 돌연사한 이후에도 마커스는 뉴욕에서 일이 있을 때마다 리즈를 만났다. 리즈는 그가 언제나 신뢰하는 유일한 사람이었다. 전처들보다, 게다가 해리보다 더 신뢰했다. 하트그레이브 부부는 그가 경험한 진짜 친구들이었는데, 이제 리즈와 그만 남았다. 리즈는 그의 목소리를 듣고 기뻐하며 저녁식사에 오라고 집으로 초대했다. 마커스는 조종사에게 전화하여 다음 날 오전에 로스앤젤레스로 돌아간다고 알린 다음, 어퍼 이스트사이드 아파트로 가서 옷을 갈아입고 지하차고로 내려가 포르쉐를 타고 나왔다. 64번가에 있는 꽃집에서 잠깐 차를 세우고 리즈에게 줄 튤립 꽃다발을 사고는 퀸즈 미드타운 터널 앞에서 매일 저녁 일어나는 교통체증이 시작되기 전에 맨해튼을 빠져나오려고 서둘렀다. 햄프턴스로 가는 길은 언제나 좋았는데, 이렇게 햇살이 빛나는 쌀쌀한 3월 오후에 롱 아일랜드 익스프레스웨이를 따라 달리자니 집으로 돌아가는 듯한 기분이었다. 해리와 그는 대학에서 만나 평생 최고의 친구로 남았고, 두 사람의 아내 리즈와 태미도 친구가 됐다. 둘의 장녀인 조에와 나탈리는 생일까지도 거의 비슷한 동갑이었다. 돈을 벌기 시작한 해리와 그는 성공한 뉴요커들이 그렇듯이 롱 아일랜드에 집을 샀다. 얼마 지나지 않아 마커스 부부는 헤어졌고, 태미는 딸들이 고등학교를 졸업할 때까지 이스트 햄프턴에 혼자 남았다. 지금 태미는 꽤 성공을 거둔 번역가인 두 번째 남편과 함께 앨버커키 근교에 살았다. 리즈와 해리는, 30년 전에 수영 사고로 보호가 필요한 환자가 되어 죽을 때까지 새그 하버의 한 요양원에 살았던 나탈리와 가까이 있으려고 햄프턴스에 남았다.

한 시간 반 후에 마커스는 막다른 골목으로 접어들었다. 그 골목 끝, 모래언덕 바로 뒤편에 하트그레이브의 집이 있었다. 붉은 벽돌로 지은 아름다운 빅토리아 양식의 그 건물은 높은 덤불 울타리에 에워싸여 있고 그들만 사용하는, 해변으로 통하는 출입구도 있었다. 이 집을 볼 때면 마커스는 언제나 셸터 아일랜드에 있던 조부모님 댁을 떠올렸다. 그와 형은 유년기와 청소년기에 매년 여름을 그곳에서 보냈다. 튤립 꽃다발을 조수석에서 들고 차에서 내려 대문을 열었다. 바로 그 순간 작은 털 뭉치 같은 형체가 달려오더니 그에게 열광적으로 뛰어올랐다.

"아이고, 너 도대체 누구니?" 마커스는 웃으며 쪼그리고 앉아서 거칠게 덤벼드는 강아지를 한 손으로 막고, 다른 한 손으로는 꽃다발이 상하지 않게 높이 들었다.

"스키퍼! 귀찮게 굴면 안 돼!" 유쾌한 여자 목소리에 마커스는 고개를 들었다. 리즈가 모퉁이를 돌아나와 옆구리에 손을 얹고 섰다. 늘 그렇듯이 아름다웠다. 숱 많은 은회색 머리카락을 고전적인 보브 커트로 잘랐고 눈동자가 반짝였으며 추위 때문에 뺨이 붉었다.

"미안해." 리즈가 미소를 지으며 말했다. "스키퍼는 이제 겨우 5개월이라서 상당히 버릇이 없어."

"괜찮아. 내가 개를 좋아하는 거 알잖아." 마커스도 미소를 지으며 일어나 팔을 활짝 벌렸다. "리즈, 잘 있었어? 아주 좋아 보이네!"

"고마워, 이 아첨꾼!" 마커스는 포옹하며 인사하는 리즈에게 꽃다발을 건네고 그녀를 따라 집 안으로 들어갔다. 강아지가 씹어서 해진 매듭 노끈 장난감을 끌고 와서 마커스가 던져주길 애원했지만, 그는 나중에 해주겠다며 강아지를 달랬다.

리즈와 마커스는 그전에는 늘 맨해튼에서 만났다. 해리의 장례식 이후 마커스가 이 집에 오기는 이번이 처음이었다. 집 내부는 그때 이후로 달라진 게 전혀 없었다. 흰색과 검은색이 교차된 대리석 바닥, 난간이 예술적으로 세공된 목제 계단이 2층으로 이어졌다. 입구 복도의 골동품 서랍장 위에 놓인 분홍 장미 꽃다발은 풍성하고 묵직한 향기를 공기 중에 드리웠다. 벽에는 해리와 리즈가 음악 사업 분야나 정치계의 거물, 할리우드 스타들과 찍은 사진 액자들이 빽빽하게 걸려 있었고, 마커스가 태미와 아이들과 함께 찍은 사진도 보였다.

"아이고, 이때 우리 정말 젊었네." 그가 이렇게 말하고는 네 명이 환하게 웃고 있는, 이미 빛이 좀 바랜 사진을 톡톡 건드렸다.

"기억나?" 리즈는 마커스의 외투와 머플러를 받아 모두 옷걸이에 걸었다.

"물론이지!" 마커스는 살짝 비애가 묻어나는 미소를 지었다. "1960년 여름, 가디너스 아일랜드에서 찍었잖아. 아버지가 시 스피릿을 팔기 전에 했던 마지막 항해였어."

"당신, 기억력이 정말 좋아." 리즈가 옆으로 다가오자 미량의 샤넬 넘버 파이브와 담배 냄새가 섞인 그녀 특유의 체취가 풍겨왔다. "이것 좀 봐. 당신 조부모님 정원에서 찍은 사진이야. 우린 그때 기껏해야 열네 살이었어."

"열세 살." 마커스가 고쳐 말했다. "1954년 8월일 거야. 아버지가 키티 칼렌이 넘버 원 히트를 한 기념으로 연 파티였지. 그녀의 유일한 히트."

"〈리틀 씽즈 민 어 랏〉." 리즈가 기억해내고 웃음을 터뜨렸다. "세상에! 우리 지금 늙은이들처럼 말하고 있어! 자, 마커스. 일단 차를 끓일게."

그는 리즈를 따라 부엌으로 들어갔다. 둘은 어린 시절 친구들 특유의 자유분방함으로 편하게 수다를 떨었다. 두 사람의 짝이었던 해리와 태미는 리즈와 마커스가 둘만 아는 신호나 비밀 단어로 말을 할 때면 질투하곤 했다. 리즈는 나탈리가 사고를 당했을 때와 오랜 세월이 흐른 후 해리가 심근경색으로 쓰러졌을 때 마커스에게 제일 먼저 전화했다. 마커스의 결혼생활이 또 깨졌을 때 마음을 위로해준 사람도 그녀였다. 리즈는 마커스의 가장 친한 친구였다. 그는 둘이 왜 연인이 되지 않았을까 몇 번이나 생각해봤다. 연인이 되기에는 너무 친했던 걸까?

오후 햇살이 유리창으로 비스듬하게 들어오고, 집 어딘가에서 괘종시계 종소리가 멋지게 울렸다. 오븐에서 뵈프 부르기뇽 냄새가 풍겼다. 마커스가 가장 좋아하는 그 음식을 리즈보다 더 맛있게 요리하는 사람은 없었다.

나중에 둘은 안락한 온실에 앉아, 은빛으로 반짝이는 대서양을 내다봤다. 리즈는 최근에 제작에 참가한 브로드웨이 연극 이야기를 했다. 마커스는 리즈가 해리의 죽음을 어느 정도 잘 극복한 것 같아 안심했다. 리즈는 늘 그렇듯이 침착하고 솔직했고, 조에와 제나의 안부를 묻고 그의 새 일자리에 대해서도 물었다.

"난 당신이 왜 스스로에게 그런 짓을 하는지 여전히 이해하지 못하겠어." 리즈가 이렇게 말하고는, 그녀의 발치에 깔린 빛바랜 페르시아 양탄자 위에서 잠든 강아지를 쓰다듬었다.

"지루했어." 마커스가 고백했다. "하지만 어쩌면 늙었다는 느낌이 들기 시작했기 때문인지도 몰라. 최근 몇 년 탁월하고 야심 찬 젊은 이들과 함께 일했는데, 그러면 그렇게 되지. 그들이 어떤 아이디어와 목표를 지녔는지 보면 내가 쓸모없는 사람처럼 느껴지거든."

"당신이 무료함을 달래며 시간을 보낼 가능성은 정말 많은데 말이야." 리즈가 웃음을 터뜨리며 고개를 저었다. "내 주변에 당신 같은 멀티 플레이어는 거의 없어." 리즈는 진지한 표정으로 바뀌었다. "마커스, 솔직하게 말해봐. 음악 분야는 이제 힘들어. 안 그래? 해리도 당신처럼 이런 일이 일어나리라는 걸 알고 있었어."

"대규모 음반회사들이 모두 변화에 대비하지 못했지." 마커스도 동의하고 차를 한 모금 마셨다. "오만하거나 멍청해서. 하지만 이제 나는 내 비전을 실현하고 회사 전체를 개조할 기회를 얻었어. 유명한 음반회사들이 많이 사라질 거야. 앞으로 사업이 다르게 진행될 테지. 그러니 제때 따라가야 해."

"무슨 뜻이야?" 리즈가 관심을 보였다.

"지금까지 음반회사들은 자기 몫만으로도 만족했어. 음반을 팔면 충분했으니까." 마커스가 설명했다. "하지만 이제 그런 일은 곧 사라질 거야. 사람들은 음악을 인터넷에서 다운로드하면서 아주 적은 돈을 지불하거나 전혀 내지 않아. 음악을 제공하는, 그리고 언젠가는 영화나 책을 제공하는 플랫폼이 미래가 될 거야. 아티스트들도 잃는 게 있지. 이익 배당금을 받을 거라고 믿을 수 없으니까. 음반회사들은 여러 앨범에 선금을 줄 수 없어."

"그러면 어떻게 해?" 리즈가 물었다.

"나는 이 구조를 '360도 거래'라고 부르는데, 아티스트를 위한 풀 서비스 패키지야." 마커스는 몸을 숙여 컵을 소파 탁자에 내려놓았다. "음반회사는 앞으로 판촉과 티켓 판매, 출연 계약, 심지어 자서전에 이르기까지 아티스트와 같이 돈을 벌 거야. 이를 통해서 아티스트는 음반회사, 또는 음악 서비스 제공업체를 뭐라고 부르든 간에 그것에 더 밀접하게 연결되지."

리즈는 이마를 찡그린 채 생각에 잠겼다가 고개를 끄덕이고 말했다.

"그럴 것 같아. 라이트닝 애로우 레코드는 이제 안 되겠다. 그렇지?"

"응. 그 회사는 완전히 실패했어." 마커스는 고개를 설레설레 젓다가 미소를 지었다. "내가 그때 CEMC의 대표가 아니었던 게 다행인줄 알아. 당신, 나한테서는 그렇게 큰돈을 받지 못했을 테니까."

"난 그렇게 큰돈을 바라지 않았어." 리즈가 대꾸했다. "그 애송이가 그 돈을 들고 나타났으니, 난 당연히 반대하지 않았을 뿐이야."

둘은 마주 보며 친근하게 미소 지었다. 그러다가 마커스가 다시 진지해졌다.

"나는 4주 전부터 전임자가 사들였던 모든 회사를 돌아다니면서 직원들에게 새 일자리를 찾으라고 말하고 있어." 그가 손가락으로 머리카락을 훑었다. "이따금 나 자신이 저승사자 같다는 생각이 들어. 직원들이 나를 그렇게 노려봐."

"하지만 주주들은 사랑하잖아."

"아직은 그렇지. 하지만 줄이고 절약하는 것만으로는 충분하지 않아. 유감스럽게도 마술을 부려 아티스트를 만들어낼 수도 없고, 훌륭한 A&R 직원들은 이미 오래전에 경쟁사로 가버렸어."

"그 대신 이제 CEMC에는 당신이 있잖아." 리즈가 그의 손을 가볍게 쓰다듬었다. "사정이 어때? 오늘 저녁에 다시 시내로 가야 해? 아니면 여기 묵을 거야?"

"내일 오전 늦게야 파리로 가. 그러니 여기 묵을 수 있어. 2월 중순부터 단 하루도 쉰 적이 없어."

"해변을 산책하는 게 어떨까?" 리즈가 제안하며 자리에서 일어났다. 강아지가 눈을 뜨더니 하품을 하고 사지를 쭉 늘이고는 몸을 털었다. "스키퍼가 좀 움직여야 하고, 뵈프 부르기뇽은 아직 오븐에 두 시간 더 있어야 해. 그 후에 좋은 와인을 한 병 따고 해리가 생애 마지막 3년 동안 숨겨온 여자 이야기를 해줄게."

"해리가 뭘 했다고?" 막 일어나는 참이던 마커스는 그대로 몸이 굳었다.

"당신이 생각하는 그런 게 아니야." 리즈가 미소를 지었다. "곧 보게 될 거야. 아니, 곧 듣게 될 거라고 해야 맞는 말이겠군."

페어필드

결심한 대로 며칠 후에 나는 예전에 다니던 매디슨 소재 학교로 갔다. 교실들을 지나 낯익은 복도를 따라가자니 기묘한 느낌이 들었다. 비서실의 불투명한 유리문 앞에 서서, 심호흡을 하고 노크했다.

"들어와요!" 안에서 목소리가 울렸다.

밝은 소나무 목제 접수대 뒤쪽에 통통한 50대 중반의 무어 부인이 버티고 있었다. 실용적으로 짧게 자른 철회색 머리카락, 터진 핏줄, 코 옆의 두툼한 사마귀가 보였다. 무어 부인은 매디슨고등학교를 수십 년째 통제하고 있었다. 나는 그녀가 언제나 약간 두려웠다.

"안녕하세요, 무어 부인." 나는 싹싹하게 인사를 건넸다. "어떻게 지내세요? 저 기억하세요?"

나를 알아본 부인의 얼굴에 경악이 번졌다. 의자를 뒤로 조금 밀더니 머리를 비스듬하게 기울이고 미소도 짓지 않은 채 나를 빤히 노려봤다.

"당연히 기억하죠, 그랜트 양." 그녀가 싸늘하게 대답했다. "기억하지 못하는 사람이 어디 있겠어요?"

"어, 으음…… 해리스 교장 선생님을 만나려고 왔어요." 나는 열네 살짜리처럼 당황한 음성으로 말했다.

"교장 선생님은 바빠요." 무어 부인은 나를 완전히 거부했다. "무슨 일로 그러죠? 얘기하면 교장 선생님과 약속을 잡을지 말지 알려줄 수 있어요."

나는 할 말을 잃은 채 부인을 노려봤다. 내가 계획한 일이 중요하지 않았더라면 좋은 인상을 남길 필요가 없으니 부인을 그냥 지나쳐서 교장실로 들어가버렸을 것이다.

"늦었지만…… 고등학교를 마치려고요." 나는 말을 더듬었다.

"아니, 여기서?" 부인은 나에게 마치 협박이라도 당했다는 듯 화난 말투로 물었다. "우리 학교에서?"

"어…… 네." 나는 명백한 거부에 당황해서 대답했다. "월요일부터 다시 아버지 집에서 살아요. 그래서……."

"가능하지 않을 텐데요." 무어 부인이 퉁명스럽게 내 말을 가로막으며 의자를 책상 쪽으로 다시 밀었다. 뚱뚱한 배가 책상 모서리에 부딪혔다. "그때 휴학 신청도 하지 않고 학교를 떠났잖아요. 그리고 이제 의무교육을 받을 나이도 아니고, 그러니……."

내 예의범절도 이제 인내심을 잃었다. 이 멍청한 여자가 도대체 무슨 생각을 하는 거야? 그저 학교 비서에 불과하면서 자기가 여기서 발언권이 있는 척하네!

"오빠가 광란을 일으킨 바람에 학교에 올 수가 없었어요." 나는 부인에게 그 사건을 상기시켰다. "그 후에는 링컨 사우스이스트고등학교에 다녔고……."

"당신이 거기서 한 일은 당연히 우리 귀에도 들어왔어요." 불도그가 내 말을 또 끊더니 경멸하듯 코를 씩씩거렸다. 바로 그 순간,

그녀의 뒤쪽에서 문이 열리더니 해리스 교장 선생님이 비서실로 나왔다.

"수잔, 그거 이미……?"교장 선생님은 말을 시작했다가 나를 보고 멈췄다. 마지막으로 봤을 때와 전혀 다르지 않은 모습이었고, 나는 선생님이 두 팔을 활짝 벌려 자기 학교에 나를 받아주리라는 희망을 다시 얻었다. 늘 그렇듯이 비뚜름하게 입은 낡은 코듀로이 바지, 체크무늬 셔츠와 코듀로이 재킷에 학교의 고무바닥에 닿을 때마다 쩍쩍 소리를 내는 고무창이 달린 갈색 구두 차림이었다.

"아, 셰리든. 잘 지냈니?"놀란 미소가 교장 선생님 얼굴을 스쳐 갔다. "깜짝 놀랐다! 가족들을 만나러 왔니?"

"안녕하세요, 해리스 교장 선생님."싹싹한 인사에 마음이 놓인 나도 미소를 지었다. "제가……."

"우리 학교에서 졸업장을 따려고 한다네요."무어 부인이 재빨리 끼어들었다. "그건 불가능하다고 제가 이미 말했어요."

"저 다시 아버지 집에서 살아요."나는 부인을 그냥 무시하고 말을 이었다. "그래서 늦었지만 졸업하려고요. 다섯 달만 더 하면 돼요."

교장 선생님이 불도그와 재빨리 시선을 주고받더니 이마를 찡그렸다.

"음, 셰리든. 잠깐 내 사무실로 들어오렴."교장 선생님이 부드럽게 말했고 나는 그를 따라 들어갔다.

"자, 앉아라."

나는 책상 앞에 놓인 방문객용 의자에 앉았다. 해리스 교장 선생님은 그대로 서 있었다. 그의 태도에서 불편함이 묻어났고, 나는 늦어도 이때는 그 역시 나를 환영하지 않는다는 사실을 깨달아야 했다. 이런 일이 생기리라고는 전혀 예상하지 못했다.

"네가 늦었지만 졸업하고 싶어 하는 마음은 이해한다." 교장 선생님은 니켈 테 안경을 벗어 체크무늬 손수건으로 닦았다. "하지만 유감스럽게도 여기 우리 학교에서는 안 돼. 무어 부인 말이 맞아."

"왜 안 돼요?" 알고 싶었다. "오빠가 정신이 나간 거나 양엄마가 가족 절반을 살해한 일은 제 책임이 아니에요! 이건 연좌제로군요!"

"셰리든, 그 일과는 전혀 관련이 없어." 해리스 교장 선생님은 유감이 묻어나는 어투로 말했다. "문제는 네가…… 음, 어떻게 표현해야 하나? 으음…… 너는…… 음…… 우리 학교 교사와 성관계를 맺었어. 그 일로 여기 사람들이 아주 많이 놀랐단다. 물론 학부모들의 충격도 컸고!"

살면서 이런 수모를 겪은 적은 거의 없었다. 나는 얼굴로 피가 솟구치는 것을 느꼈다.

"저…… 저는 핀치 씨가 우리 학교 선생님이 되리라는 걸 몰랐어요." 나는 떨리는 목소리로 나지막하게 말했다. "그 사람은…… 자기가 작가이고 소설을 쓴다고 했어요. 개학 첫날에 우리가 만났을 때, 둘 모두…… 많이 놀랐어요."

"하지만 넌 텔레비전 방송에서 다르게 말했지." 교장 선생님이 거의 연민을 느낀다는 듯이 말했다. "넌…… 음…… 그 관계가 그 후에도 계속됐다고 말했어."

과거가 다시 내 발목을 잡았다. 기억도 하지 못하던 내 거짓말이 천둥 같은 소리를 내며 발 앞에 떨어졌다.

"그…… 그건 사실이 아니에요!" 나는 말을 더듬었다. "저는…… 그냥…… 너무 혼란스럽고…… 너무 화가 나서……."

나는 입을 다물고 수치스러워 고개를 숙였다.

"일부러 속인 거니? 핀치 씨에게 복수하려고?"

"네, 그는…… 저희 가족과 저에 대해 역겨운 주장을 했어요." 나는 아랫입술을 깨물며 눈물을 흘리지 않으려고 애썼다.

"그래, 난 너를 믿는다." 해리스 교장 선생님이 한숨을 내쉬었다. "그리고 핀치 씨가 그저 자기 책을 광고하려고 선정적인 그 텔레비전 쇼에서 했던 말들이 비열하다고 생각해. 그 방송 후에 너에 대한 끔찍한 소문이 퍼진 건 그의 책임이야. 나는 너와 네 가족들을 오래전부터 아니까 개인적으로는 그 소문을 결코 믿지 않았다. 하지만 어리석게도 텔레비전에서 한 말이 사실이라고 믿는 사람들이 아주 많아. 그들에게 너는 유부남 교사와 부적절한 관계를 가진 아이야."

교장 선생님은 잠시 말을 멈추고 서글픈 표정으로 나를 바라봤다. 나는 그의 말이 무슨 뜻인지 서서히 깨닫고 현기증을 느꼈다.

"셰리든, 난 언제나 너를 무척 아꼈다. 그건 너도 알 거야." 교장 선생님이 말을 이었다. "넌 똑똑하고 재능이 있고, 집에서 겪는 온갖 어려움에도 언제나 성적이 뛰어난 학생이었지. 하지만 지금까지 일어난 일 때문에 우리 학교에 너를 다시 받아들일 수 없어. 끔찍한 이야기들이 다시 사람들 입에 오르내리고 다들 동요할 테니 너를 위해서도 좋지 않아."

나는 입을 앙다물고 고개를 끄덕이며 낮은 목소리로 말했다.

"알겠습니다."

"셰리든, 미안하다. 정말이야." 해리스 교장 선생님이 근심스러운 얼굴로 말했다. 나는 그의 미안함이 사실이라고 생각했다.

"괜찮아요." 나는 쥐어짜내듯 겨우 답했다. "시간 내주셔서, 그리고 솔직하게 말씀해주셔서 고맙습니다. 제 상황이 어떤지 이제 알았어요."

나는 자리에서 일어났다. 교장 선생님은 내 손을 잡고 동정하듯 톡톡 두드리며 다정하게 말했다.

"셰리든, 행운을 빈다. 너는 폭풍 같은 시간을 지나왔어. 하지만 언젠가는 다 잘될 거야."

나는 교장 선생님의 낙관주의는 존경하지만 그 말을 믿지는 않았다.

교장실에서 얼른 뛰쳐나와 무어 부인에게는 눈길도 주지 않고 지나쳤다. 쉬는 시간이 시작되어 고개를 푹 숙이고 학생과 교사들 사이를 뚫고 지나갔다. 수군대며 내 이름을 부르는 소리가 들렸다. 키 큰 남자아이가 나를 밀고는 뒤에서 새된 소리로 "창녀"라고 했다. 나는 뺨이 새빨갛게 달아오른 채 출입문을 열어젖히고 계단을 빠르게 내려와 주차장을 가로질러 내 차로 달려갔다. 매디슨을 벗어나고서야 눈물이 쏟아졌고, 옹졸한 사람들과 지옥에서 썩어야 마땅한 크리스토퍼 핀치를 향한 속수무책의 분노가 솟았다. 하지만 무엇보다도 4년 전에 거짓말을 한 나 자신을 향한 분노가 가장 컸다. 내 상황을 각성하고 풀이 죽은 채 37킬로미터를 운전하여 농장으로 돌아왔다. 나야 여기서 사라지면 그만이지만 맬러키와 하이럼 오빠의 자녀인 내 조카들은 어떻게 될까? 그랜트라는 이름을 지고 다녀야 할 그 아이들은? 나중에 학교에 가면 내가 저지른 일 때문에 그 아이들이 괴롭힘을 당할까?

롱 아일랜드

"나 이제 진짜 궁금해." 저녁식사를 하면서 맛있는 이탈리아 레드 와인 한 병을 비운 후에 마커스는 리즈를 도와 부엌을 정리했다. 이제 그는 해리와 리즈가 첫 번째 집에서부터 가지고 있던 편안한 소파에 앉아 있었다. 리즈가 해리의 서재로 간 사이에 그는 벽난로에 불을 피우고 두 번째 와인 코르크를 땄다. 리즈가 돌아와서 종이상자를 거실 탁자에 내려놓았다.

"해리의 비서가 장례식 직후에 가져다준 거야." 리즈는 이렇게 말하고 스페인산 레드 와인을 잔 두 개에 따랐다. "그의 개인물품과 온갖 서류들이 뒤죽박죽 섞인 다른 상자 열 개와 함께. 그들이 나를 모두 그런 식으로 불쾌하게 대하지 않았더라면 난 CEMC의 제안은 받아들이지 않았을 텐데 말이야. 그 회사에서 장례식에 참석한, 유일하게 이성적인 사람은 릭 케슬러뿐이었지. 하지만 뭐 그러거나 말거나 이미 오래전에 다 지나간 일이야."

마커스는 리즈가 건네는 잔을 받았다.

"애간장 그만 태우고 얼른 말해봐." 그는 리즈에게 건배하고 와

148

인을 한 모금 마셨다.

"좋아, 잘 들어." 리즈가 맞은편에 자리를 잡았다. "당신과 마찬가지로 해리도 밴드나 솔로 아티스트의 노래를 들어보려고 지치지도 않고 전국을 돌아다녔어. 친한 친구의 딸이 중서부에서 음악 교사로 일하는데, 몇 년 전에 그에게 전화해서는 자기가 일하는 어느 시골 고등학교 공연에 오라고 절박하게 부탁했지. 거기 여학생이 엄청난 재능을 보인다면서 말이야. 나중에 돌아온 해리가 그렇게 열광하는 모습을 나는 처음 봤어. 믿을 수 없는 대단한 목소리와 무대 장악력에 아주 감탄하더군. 그때부터 해리는 그 이야기밖에 안 했어. 그 학생이 당시 열여섯인가 열일곱 살이었는데, 뮤지컬의 모든 노래를 직접 작곡했대. 제대로 된 싱어송라이터였던 거야. 해리가 그 학생을 테스트 녹음하러 뉴욕에 오게 할 때까지 일 년 반이 걸렸어."

"언제 그랬지?" 마커스가 물었다.

"흠, 해리가 네브래스카에 간 게 1994년 아니면 1995년이었을 거야. 1997년 초에 그 학생이 스튜디오에 오기로 했지. 꼭 오겠다고 했는데 나타나지 않았어."

"아하, 왜 안 왔지? 무슨 일이 일어났어?" 오류 년 전의 일이었다. 그러니 누군가 다른 사람이 이미 오래전에 그녀를 발견해 계약을 맺었을 수도 있었다. 하지만 마커스는 중서부 출신에 엄청난 목소리를 소유한 싱어송라이터가 등장했다는 말을 듣거나 읽은 기억이 없었다.

"놀라지 마!" 리즈의 눈동자가 반짝이기 시작했다. "1996년 크리스마스 아침에 이 학생의 양오빠가 총신을 자른 엽총으로 자기 가족 구성원 거의 모두를 쐈어! 언론에서는 이 일을 월로크릭 학살 사건이라고 불렀지."

"들은 적이 있어." 마커스 머리에 어렴풋하게 그 사건이 떠올랐다.

"그 학생은 이미 뉴욕으로 오던 길이었는데, 그 사건과 연관이 있다는 의심을 받았어. 하지만 그건 사실이 아니었지." 리즈가 설명을 이어갔다. "언론에서 그 사건을 몇 주 동안 다루었어. 그 아이는 아주 끔찍했을 거야. 게다가 성공 예감에 들뜬 해리가 큰 실수를 저질렀어. 그 가족 누군가와 통화하면서, 테스트 녹음은 필요 없고 바로 앨범을 제작하겠다고 했대. 지금 언론이 큰 관심을 보이니 분명히 성공할 거라고."

"아이고." 마커스는 인상을 찌푸렸다.

"그러게 말이야." 리즈는 고개를 끄덕였다. "그 아이는 잠수를 탔고, 그 이후로 나타나지 않았어. 난 그 아이를 이해할 수 있어. 해리는 거의 정신이 돌아서 엄청나게 자책했지. 그는 그 아이에게 완전히 반했어. 그 아이 이야기를 하지 않는 날이 단 하루도 없었지. 그 애가 라이트닝 애로우를 구할 수 있을 거라는 생각에 사로잡혀 있었어."

"뭔가 일이 생겨서 연락하지 못한 게 아닐까." 마커스는 이렇게 짐작하고, 그 여자아이의 어떤 점이 그렇게 특별해서 해리가 그 정도로 정신이 나갔을까 생각했다. 옛 친구가 언제나 그의 그늘에 서 있긴 했고 또 생애 마지막 20년은 예전에 거둔 성공과 더는 비교할 수 없긴 했어도, 친구 또한 훌륭한 아티스트를 많이 발견했다. 하지만 친구는 음반회사 대표라서 A&R 업무와 직접적인 큰 관련은 없었다.

"그럴 수도 있지." 리즈는 자리에서 일어나 상자를 뒤지기 시작했다. "인터넷을 좀 검색해봤는데, 그 아이에 대해 새로운 걸 찾을 수 없었어. 아, 여기 있다!"

리즈가 케이스가 긁힌 시디를 꺼내 마커스에게 건넸다.

"짜잔!" 그녀가 미소를 지었다. "당신, 이걸 들어봐야 해. 해리가 그때 네브래스카에서 가지고 온 거야."

"록 유어 라이프." 마커스가 젊은이 몇 명의 사진이 보이는 플라스틱 케이스의 글씨를 읽었다. 돋보기를 쓰지 않아 얼굴은 잘 보이지 않았다. "'셰리든 그랜트와 매디슨고등학교'라. 한번 들어볼까?"

"꼭 들어봐야 해." 리즈가 시디를 다시 건네받아 거실 다른 쪽 끝에 있는 하이파이 음향기기로 향했다. 〈소서러〉라는 첫 곡은 드럼과 피아노로만 시작했다. 몇 박자 후에 셰리든 그랜트의 음성이 들어갔는데, 마커스는 맑고 힘찬 그 목소리에 곧장 빨려 들어갔다. 리즈는 그의 옆 소파에 앉아 담뱃불을 붙였다.

"우와." 마커스가 중얼거렸다. 닳을 대로 닳은 전문가인 그의 등줄기에도 전율이 스쳤다. 이 꾀꼬리가 사라졌을 때 해리가 그토록 필사적이었던 건 당연했다. 해리가 왜 자신의 발견을 아무에게도 말하지 않았는지도 이해할 수 있었다.

〈우드 유 다이 투나잇 포 러브〉, 〈갓즈 포가튼 어바웃 어스〉, 〈업 더 리버〉, 〈디스 라이프〉, 〈토크 오브 더 타운〉. 마커스는 몸을 앞으로 숙여 팔꿈치를 무릎에 대고 눈을 감은 채 정신을 집중하여 음악에 귀를 기울였다. 누군가 이렇듯 많은 자작곡, '그리고' 이런 목소리를 갖추고 불쑥 나타나는 경험은 처음이었다. 셰리든 그랜트의 목소리는 굉장했다! 최소한 3옥타브, 또는 그 이상을 넘나들었다. 두성과 흉성, 호흡과 발성, 아주 작고 아주 큰 목소리를 번갈아 쓰며 전혀 힘들이지 않고 부르는 노래는 감동적이었다. 고음에서도 힘이 있었고 저음에서도 압도적이었는데, 이렇게 부를 수 있는 가수는 얼마 없었다. 몇몇 곡은 포크와 블루스와 컨트리의 영향이 뚜렷하게 드러나는 강한 하트랜드 록이었고, 다른 몇 곡은 울적한 발라드였다. 가사는 중부 미국 젊은이들의 삶, 사랑과 자유를 향한 동경, 사랑의 번민과 억압으로 느끼는 주변 환경에 대한 내용이었다. 셰리든 그랜트는 사람의 심장을 찢을 것 같은 목소리로 노래했다. 마커스는 1980년대 언젠가 셀린 디옹의 목소리를 처음 들었을 때처럼 흥분했다. 뭔가 특별한 것으로 성장할 잠재력을 지닌 누군가를 찾는다는 희망은 평생을 살면서 가장 큰 추진력이었다. 돈을 벌려는 욕구보다 훨씬 더 컸다. 록스타가 되려던 노력은 열네 살에 이미 포기했다. 여기에 필요한 음악적 재능이 사라졌다는 사실을 금방 깨달았기 때문이다. 그러나 젊을 때부터 이미 재능 있는 신인을 찾아내는 감각이 좋았고, 학업과 병행하여 여러 독립 음반회사의 A&R 스카우터로 일했다. 하버드 경영대학을 졸업한 뒤에 경제와 금융 세계에서 더 유리한 제안을 많이 받았지만, 열정이 있는 일을 해야 성공할 수 있다는 사실을 알았으므로 보수가 좋지 않은 A&R 하급직원 일자리를 받아들였다. 마커스는 음악에 열정이 있었다. 들어야 할 음악을 모두 들으려면 매일 시간이 부족했다. 새로운 아티스트를 찾아 전국과 유럽을 쉴 새 없이 떠돌았다. 탁월한 세계적인 스타들을 몇몇 발굴했고, 이미 오래전부터 본인 업무는 아니었지만 자기 음반회사의 운명을 바꿀 수 있는 뭔가를 들을 가능성은 언제나 존재했다. 지금이 바로 그런 순간이었다. 셰리든 그랜트는 A&R 세계 사람이라면 누구나 찾기를 원하지만 그 집단에서 지극히 적은 사람들만 찾아낼 수 있는 신기루일까?

시디 마지막 트랙은 휘트니 휴스턴이 불러서 전 세계적으로 유명해진 돌리 파튼의 〈아이 윌 올웨이즈 러브 유〉의 커버 버전이었다. 이 여자아이가 부르는 노래도 그것에 절대 뒤지지 않았다! 마커스는 갑자기 눈물이 고이는 것을 느끼고 믿지 못하겠다는 눈길로 리즈를 바라봤지만 그녀는 그저 미소만 지었다. 음 조정이나 악기 덕분이 아니었다. 어느 정도 괜찮은 음향기술자들은 디지털 기술로 많은 것을 능숙하게 처리할 수 있지만, 그저 그런 목소리를 특별한 목소리로 만드는 일은 최고 수준의 컴퓨터 프로그램도 해내지 못했다.

마지막 음이 사라진 후에도 마커스는 한동안 꼼짝도 하지 않고 소파에 그대로 앉아, 희열을 다스리고 이 일을 차분하게 바라보려고 애썼다. 그러나 어떤 곡을 첫 번째 싱글로 녹음할지 자기도 모르는 사이에 고민하고 있었다.

"해리가 셰리든 그랜트에게 썼던 편지들이 서류철에 모두 들어 있어. 거기 주소도 쓰여 있지." 마커스는 리즈의 목소리에 정신이 들었다. "다 가지고 가. 해리는 운이 없었지만, 어쩌면 이 아가씨가 CEMC를 구해낼지도 모르지."

∞

아버지가 해리스 교장 선생님과 다시 한번 말해보겠다고, 자기 이름의 무게를 수단으로 사용하겠다고 했지만 나는 그것이 싫었다. 내가 저지른 잘못이나 거짓말의 결과는 내가 짊어져야 했다. 아버지는 나에게 시간이 필요하다는 걸 인정하고, 미래 계획에 대해 묻지 않았다. 겉으로 보기에는 평온하게 시간이 흘러갔고 나는 평화로운 일상생활에 적응했다. 일이 모두 끝나면 책을 들고 소파에 눕거나 이따금 피아노를 치거나 인터넷 서핑을 하거나 웨이사이더를 타고 몇 시간을 달렸다. 어느 정도는 편안하고 안전하게 느꼈지만 삶에서 도망쳐 여기서 숨어 지내는 일을 얼마나 지속할 수 있을까?

낮에는 과거의 유령들이 잠잠했지만 밤에는 악몽이 되어 나를 괴롭혔다. 꿈속에서 나는 공황상태에 빠져 이름 없는 끔찍한 위협을 피해 눈 덮인 숲이나 텅 빈 도시나 공원을 헐떡이며 뛰었으나 안전한 곳을 찾을 수 없었다.

일상적인 시간 경과는 뭔가 위로를 주는 점이 있었다. 따로 정하지는 않았지만 나는 요리를 넘겨받았고 목련 저택의 살림을 도맡았다. 그리고 오전 내내 마구간에서 일하며 말 훈련을 돕고, 칸마다 똥을 치우고, 건초를 나눠주다가 집으로 와서 점심식사를 준비했다. 맑은 공기와 힘든 육체노동과 규칙적인 식사 덕분에 나는 다시 건강해졌다. 농장에만 머무는 한 모든 것이 괜찮게 유지된다고 착각할 수 있었지만, 예전에 여름 한 철 계산원으로 일했던 매디슨의 패밀리 달러에 드물게 갈 때면 언제나 호기심과 연민 또는 적나라한 증오와 마주하게 됐으므로, 이 모든 일을 잊기에는 4년이라는 시간이 충분하지 않다는 걸 깨달았다. 예전과 마찬가지로 많은 사람들이 그 사건에 나도 책임이 있다고 생각했고, 내가 나타나는 곳마다 등 뒤에서 수군거렸다. 언젠가부터 나는 그냥 그 사람들을 피했고, 뭔가 사야 할 게 있으면 더 먼 길을 선택했다. 노픽의 월마트나 엘긴의 딘스 마켓에서는 아무도 내가 올 거라고 예상하지 않았기에 익명으로 머물 수 있었다. 내 세상은 예전에 아이였을 때 미래가 온갖 가능성을 품은 채 앞에 놓여 있던 윌로크릭 농장이라는 소우주로 좁아졌다.

날이 흐르고 몇 주가 지났다. 돌풍이 프레리로 몰아치고, 내 영혼은 눈더미에 묻힌 땅처럼 얼어붙었다. 책상에 놓인 노트북은 이메일에 로그인해서 복구하라고 나를 매일 상기시켰지만 거기서 무엇이 나를 기다리고 있을지 두려웠다. 우울한 기분에서 잠시라도 벗어나게 해주는 유일한 것은 음악이었다. 마구간에는 언제나 라디오가 켜져 있었고 저녁이면 헤드셋을 쓰고 침대에 누워 몇 시간이고 음악을 들었다. 인터넷 덕분에 내가 모은 시디나 아버지의 레코드판만 듣지 않아도 됐다. 마구간 일을 모두 마치고 부엌에서 점심식사 설거지도 모두 끝낸 오후에는 피아노 앞에 앉아 지난 몇 년 동안 작곡하고 상자에서 다시 찾아낸 노래들을 다듬었다. 버린 곡도 많았지만 아주 마음에 드는 곡들도 몇 개 있었다. 맬러키 오빠 집 창고를 뒤져 낡은 기타를 찾아서 연주법을 독학으로 익혔고, 샤니아 트웨인과 브루스 스프링스틴, 가스 브룩스와 브라이언 애덤스의 시디에 맞추어 오후마다 연습했다.

2월 말 어느 저녁, 메리제인 아줌마가 자기 생일 파티에 우리를 모두 초대했다. 우리는 안락하게 난방이 잘된 거실 공간 거의 전체를 차지하는 긴 식탁에 둘러앉았다. 나는 가족 구성원 한 명 한 명이 먹고 마시고 이야기하고 웃는 모습을 자세히 관찰했다. 대화는 날씨와 말, 아이들과 농장 일과 같은 일상생활을 중심으로 이어졌다. 4년 전에 이곳에서 일어났던 끔찍한 사건을 어쩌면 이렇게 완전히 잊은 듯이 지낼 수 있을까? 조지 아저씨와 루시 아줌마는 두 아들을 잃었다. 맬러키와 하이럼 오빠는 동생 둘을 잃었고, 어머니는 지금 사형수 감방에 있다. 존 화이트호스 아저씨는 에스라 오빠를 총으로 쏘았다. 아버지는 가장 많은 것을 잃었지만 얻은 것도 있으니 어쩌면 저울이 균형을 이룰지도 모른다. 오늘도 내가 이곳을 떠나 있던 시기에 대해 질문하는 사람은 아무도 없었다. 내 시선이 낯익은 얼굴들을 훑었다. 아버지와 일레인, 하이럼 오빠와 넬리, 맬러키 오빠와 레베카 새언니, 존 화이트호스 아저씨와 메리제인 아줌마, 조지 밀스 아저씨와 루시 밀스 아줌마, 니컬러스와 조던 오빠. 이렇게 쌍쌍이 모인 가운데 있자니 나 자신이 마치 이물질처럼 느껴지고 외로움이 어두운 그림자처럼 내 위에 드리워 있는 것 같았다. 와인을 두 잔, 세 잔 마셨다. 그다지 맛은 없었지만 몇 잔 마시고 나니 기분이 나아졌고, 또 술은 악몽을 극복하는 데 도움이 됐다.

"자, 여러분!" 존 화이트호스 아저씨가 사람들을 둘러보며 큰 소리로 말했다. "펀치 한 잔씩 하는 거 어때?"

아저씨는 항아리를 식탁에 올려놓고 잔을 내민 사람들 모두에게 펀치를 가득 따라줬다. 아저씨가 우리 할머니의 오래된 레시피에 따라 예전부터 대량으로 담그는 크리스마스 펀치는 바로 지금 나에게 필요한 술이었다. 건배한 후에 나는 두 모금 만에 잔을 비웠다. 술은 쏘듯이 목구멍을 지나 배에 불을 붙이더니 빠르고 기분 좋게 온몸에 퍼져갔다. 나는 니컬러스의 회의적인 시선을 일부러 못 본 척하고 자리에서 일어났다.

"모두 내 말을 좀 들어보세요!" 크게 소리를 치고 손뼉을 쳤다. "메리제인 아줌마를 위해 생일 축하 노래를 부르는 거 어때요?"

우리는 함께 〈해피 버스데이〉를 불렀다. 존 화이트호스 아저씨가 하모니카를 꺼내, 메리제인 아줌마가 제일 좋아하는 태미 와이넷의 〈스탠드 바이 유어 맨〉을 불렀다. 나는 취해서 심리적 압박감이 사라졌다. 노래를 부르면서 엉덩이를 흔들고, 예전에 고용인 숙소에서 공연할 때처럼 손에 마이크를 들고 무대에 선 듯 움직였다.

우리 일꾼들은 언제나 우레와 같은 박수갈채를 보냈지만 레이첼 이모는 무진장 화를 냈었다. 존 아저씨와 나는 〈오키 프롬 무스코기〉와 〈콜 마이너스 도터〉, 〈컨트리 로드〉, 〈그린, 그린 그래스 오브 홈〉 같은 컨트리 송으로 오락거리를 제공했는데 내 컨디션은 최상이었다. 모두 웃으며 박수를 쳤지만 조던 오빠는 엄청나게 놀랐다. 조지프 오빠의 장례식이 끝난 후에 차에서 조던 오빠에게 내 시디를 틀어준 적이 있긴 하지만 오빠가 내 노래를 라이브로 듣기는 처음이었다.

"휘트니 휴스턴의 〈아이 윌 올웨이즈 러브 유〉 불러줘!" 넬리가 소리치자 하이럼 오빠도 거들었다. "그래!"

"내 생일 축하로!" 메리제인 아줌마가 미소를 지으며 덧붙였다.

"좋아요. 여러분이 원하니까." 나는 히죽 웃고서 존 화이트호스 아저씨가 다시 채워둔 잔을 들이켰다. 큰 공연에 앞서 정신을 집중하는 척했다. 모두 입을 다물고 몇몇은 기대에 차서, 몇몇은 재미있다는 듯이 나를 바라봤다. 나는 눈을 감고 노래를 부르기 시작했다. 사람들로 꽉 차고 공기가 몹시 탁한 좁은 공간에서 무반주로 부르는 게 쉽지 않았지만 목소리에 감정을 모두 실었다. 노래가 끝난 후에 몸을 숙여 인사하자, 청중은 휘파람을 불고 박수를 치고 발을 굴렀다. 존 화이트호스 아저씨는 주름살 가득한 얼굴로 환한 웃음을 지었다. 발밑 바닥이 흔들렸지만 나는 한없이 가벼웠고, 이렇게 흥겹기는 아주 오랜만이었다.

"셰리든, 네가 집에 돌아와서 기쁘다." 늙은 라코타 수족 아저씨가 말했다.

"네, 나도 기뻐요." 나는 미소를 지으며 거짓말을 했다. 가족이 나를 환영한다는 거야 의심하지 않지만, 이곳은 이제 내 집이 아니었다. 다시 이곳에 와서 아버지 집에 산다는 건 패배처럼 느껴졌다. 뭘 하고 살아갈지 결정하는 일을 매일매일 미루면서 서서히 자존감을 잃어간다는 사실을 깨달았다.

펀치를 세 잔 마신 후에는 눈앞에서 모든 게 흐릿해졌다. 니컬러스만 빼고는 내 상태를 아무도 눈치채지 못한 것 같았다. 항아리로 손을 뻗다가 빗나가서 하마터면 의자에서 넘어질 뻔했는데 니컬러스가 내 팔을 꽉 잡았다.

"놔요." 나는 분명하지 않게 웅얼거리며 그의 손을 치우려고 했다.

"셰리든, 그만하는 게 좋겠다." 니컬러스 목소리가 멀리서 들리는 것처럼 내 귀를 울렸다. "이 술은 아주 독해. 내일이면 마신 걸 후회하게 될 거야."

그가 나를 일으켜 세웠다. "오늘은 이걸로 충분해. 가자."

정신을 차리고 보니 우리는 추운 바깥, 집 앞에 서 있었다. 조던 오빠도 옆에 있었다. 재킷을 어떻게 입고 어떻게 바깥으로 나왔는지 기억나지 않았다. 다리가 마치 고무처럼 느껴지고 주변의 모든 것이 빙빙 돌았다. 조던 오빠와 니컬러스가 부축하지 않았더라면 넘어졌을 것이다.

"어디로 가는 거예요?" 내가 중얼거렸다.

"우리가 집에 데려다줄게." 니컬러스가 대답했다. "선선한 바람을 쐬며 잠깐 산책하면 나아질 거야."

나는 방향 감각과 시간 감각을 완전히 잃어버렸지만 안 좋은 느낌이 아니라 오히려 재미있었다. 아무 생각도 할 필요 없이 니컬러스와 조던 오빠와 함께 어둠 속을 걷자니 기분이 편안했다. 나는 킥킥거리며 두 남자 사이를 비틀비틀 오갔다. 펀치 몇 잔을 마시니 인생이 이제 더는 끔찍하게 보이지 않았다.

∞

겨울 몇 달 동안은 농장에 할 일이 많지 않기에 존 화이트호스 아저씨는 이따금 함께 음악을 하자는 내 제안에 찬성했다. 우리는 거의 매일 저녁 메리제인 아줌마의 안락한 부엌에 모였다. 나는 기타를 치며 노래하고 존 아저씨는 하모니카로 반주했으며, 조지 아저씨는 바이올린을, 행크 코에닉은 아코디언을 가지고 참석했다. 우리 레퍼토리는 옛날부터 지역 라디오 방송에서 아침부터 저녁까지 흘러나오는 감상적인 컨트리 송이었다. 그러다가 맬러키 오빠가 고용인 숙소 휴게실이 넓고 한쪽 구석에 낡은 피아노도 있어서 사용하기 좋을 테니 그곳으로 장소를 옮기자고 제안했다. 봄이 되면 다시 일이 아주 많아질 테지만 그전까지 저녁 음악 시간은 훌륭한 기분전환이 됐다. 농장뿐 아니라 페어필드 어딘가에 사는 사람들까지 와서 청중이 점점 늘었다. 이따금 레베카 새언니와 마사와 메리제인 아줌마, 넬리가 재미 삼아 코러스로 함께 노래하기도 했다. 평소에 고용인 숙소에서 음주는 엄금이었지만 맬러키 오빠가 저녁 공연 때마다 맥주 두 캔씩은 마셔도 된다고 허용했으므로 더욱 매력적인 행사가 되어갔다. 야심이 깨어난 나는 점차 자작곡을 더 집어넣어 레퍼토리를 늘렸다. 부분적으로는 나 자신의 잘못도 있는 과거의 불행에 대해 더는 고민하지 않고, 점심때부터 초조하게 시계를 바라보며 고용인 숙소로 가기를 기다렸다.

하지만 이날 저녁에는 씁쓸한 실망만 기다리고 있었다. 내 음악가들이 모두 도망치고 없었던 것이다. 아버지와 니컬러스와 함께 마구간에서 일하는 몬티 아저씨만 자리를 지키고 있었다. 그는 쾌적한 불길이 바스락거리는 휴게실 벽난로 옆에 앉아 안경을 코에 걸치고 놀랍게도 책을 읽는 중이었다.

"안녕하세요?" 나는 그에게 인사했다. "모두 어디 있나요?"

"안녕, 셰리든." 그가 대답하고 책을 덮었다. "젊은이 몇 명은 노 픽에서 열리는 가장무도회에 갔다. 존과 조지는 아내와 교회 회관 에 빙고를 하러 갔고. 다른 사람들은 매디슨으로 간다더라."

나는 이 노인이 이렇게 말을 많이 하는 걸 처음 들었다. 그는 예 순 살이거나 그 이상이었는데, 바람과 날씨에 단련된 주름진 얼굴 과 새하얀 수염이 윌리 넬슨과 비슷했다. 그가 어디 출신인지, 전 에 무슨 일을 했는지 아는 사람은 아무도 없었다. 어느 날 짐이 가 득한 픽업을 타고 마구간에 나타나 일자리가 있는지 물었는데, 말 에 대해서 아는 게 아주 많고 따로 시키지 않아도 알아서 일을 찾 아냈으므로 아버지가 그를 채용했다. 나는 이 나이든 카우보이 아 저씨를 매일 봤지만 여태까지 그저 한두 마디만 이야기를 나눴을 뿐이다.

"아, 그렇군요. 안타깝네요." 난 그저 이렇게만 대답했다.

"속상해할 것 없다." 몬티 아저씨가 말했다. "그 사람들은 프로가 아니니까. 하지만 모두를 위한 기분전환은 되지. 차 한잔 마시겠니?"

"아니, 괜찮아요." 나는 지금 좀 더 강한 것을 마시고 싶었다. 와 인 한두 잔이나 아버지의 개인 바에 있는 위스키를 한잔 마시면 모든 게 다시 분홍빛으로 보일 터였다. "사람들에게 고맙다고 전해 주세요. 함께해준 거, 멋졌어요."

아마추어 밴드의 탈주에도 나는 그다지 크게 실망하지 않았다. 이르든 늦든 언젠가는 이렇게 되리라고 속으로 이미 예상하고 있 었다.

"그래, 전해줄게." 몬티 아저씨가 약속했다.

"고맙습니다. 즐거운 저녁 시간 보내세요." 나는 그에게 인사를 건네며 미소를 짜내고, 이제 가기 위해 몸을 돌렸다.

"그런데 너 왜 제대로 하지 않니?" 그가 물었다.

"네?" 나는 놀라서 그에게로 몸을 다시 돌렸다. "무슨 말씀인가요?"

"뭐긴, 음악 말이지." 그가 놀리듯 나를 빤히 쳐다봤다. "난 너처럼 노래할 줄 아는 아이가 왜 이곳에 숨어 있는지 그동안 내내 생각했다. 여기 우연히 와서 너를 발견해줄 사람은 없어."

나는 건방진 대꾸를 하려고 입을 열었다. 어디서 굴러온 늙은 카우보이가 내 앞에서 잔소리를 하는 거야? 그러나 마음을 다스렸다. 그의 말이 옳았다.

"위대한 스타들도 모두 시작은 미미했어." 아저씨가 헛기침을 하고 말을 이었다. "페이스 힐은 레바 매킨타이어의 코러스였고, 레바도 고등학교 때 자기 밴드를 결성했지. 그리고 에밀루 해리스는 첫 앨범을 자비로 냈다. 모두 스스로 운명을 개척하려고 용기를 낸 거야."

"그걸 어떻게 아세요?" 나는 기타와 악보 가방을 탁자에 내려놓고 팔짱을 낀 채 벽난로에 기대섰다.

"젊었을 때 내 머릿속에는 음악뿐이었지. 기타를 제법 쳤고 노래도 어느 정도 불렀지만, 재능보다는 열정이 훨씬 컸다. 1969년 여름에 우연히 캣츠킬스에 있었는데, 누군가 우드스탁 오픈 에어 페스티벌에 가자는 아이디어를 냈어. 아이고, 난리도 아니었지! 폭우, 진흙, 마약……." 그 일을 떠올리며 웃음을 터뜨리는 그의 두 눈이 반짝였다. "난 거기서 사흘 동안 머물면서 텐 이어즈 애프터, 제퍼슨 에어플레인, 그레이트풀 데드, 산타나, 크로스비 스틸스 내쉬 앤드 영 등을 모두 봤다. 그들 중 몇몇과 수다를 떨다가⋯⋯ 짜잔! 난 그레이트풀 데드의 로드 크루가 됐고, 얼마 지나지 않아 더 나은 제안을 얻게 됐지. 롤링 스톤스에 고용된 거야. 알타몬트를 비롯해서 1969년 투어를 모두 함께했다. 그 이야긴 너도 분명히 알 거야. 으음, 난 그렇게 10년 넘게 알로 거스리, 폴 앵카, 돌리 파튼, 조니 캐쉬, 크리스 크리스토퍼슨을 비롯한 온갖 가수와 밴드랑 세계 투어를 했지."

"조니 캐쉬랑 아는 사이라고요?" 나는 믿을 수 없어 이렇게 물으며 소파 팔걸이에 걸터앉았다.

"아, 그럼!" 몬티 아저씨가 빙긋 웃고 돋보기를 벗었다. "난 한동안 그와 하이웨이멘과 투어를 다녔고, 나중에는 무대 감독까지 했지."

나는 호기심에 가득 차서, 아저씨의 흥미로운 딴 세상 이야기에 귀를 기울였다.

"난 이제 지친 뼈마디가 쑤시는 늙은 카우보이야." 그가 이렇게 말하고 차를 홀짝거렸다. "내 소유라고는 차에 들어 있는 짐뿐이지. 그래도 난 행복하다. 왜 그런지 아니?"

나는 고개를 저었다.

"예전에 한때 내가 원하는 일만 했기 때문이야. 한때는 저 아래 애빌린에 집과 아내와 아이들도 있었다. 그 모든 걸 재정적으로 감당하려고 유전에서 아주 힘들게 일했지. 그러다가 어느 날 이런 생각을 했다. '난 바보다. 아이고, 우울증에 걸리기 직전이구나'라고 말이야."

"그래서 어떻게 하셨어요?" 나는 소파에 앉아 팔꿈치를 무릎에 대고 손바닥으로 턱을 괴었다.

"다 내던졌지." 꿈꾸는 듯한 표정으로 히죽 웃던 아저씨가 진지한 얼굴이 됐다. "누구나 살면서 꿈을 가져야 해. 내면에서 횃불처럼 타올라, 그걸 위해서라면 할머니의 영혼이라도 악마에게 팔 만한 꿈을. 이 세상은 너무 겁쟁이라서 엉덩이도 들어 올리지 못하고 우울해진 사람들로 가득해. 나는 부자가 아니고, 내가 죽는다면 관 하나와 장례를 치를 비용 정도만 남겠지. 하지만 난 원하던 일을 모두 해봤다."

"아저씨 꿈은 뭐였는데요?" 내 질문에 그가 대답했다.

"자유로운 것, 세상을 보는 것, 저녁에는 조용하게 책을 읽는 것, 말들과 관계된 일을 하는 것. 난 이 모든 걸 했다. 일과 변화를 두려워하지 않았기 때문이지."

"흐음." 나는 몸을 등받이에 기댔다. 벽난로에서 나무토막이 타닥거리는 소리만 들릴 뿐 아주 고요했다.

"난 언제나 가수가 되고 싶었어요." 내가 고백했다.

"그런데 왜 안 하지?" 몬티 아저씨가 물었다. "너는 젊고, 매력적이고, 곡도 직접 쓰잖아. 목소리도 굉장하고. 그런데 왜 여기 있어?"

나는 망설였다. 좋은 질문이었다. 난 왜 여기 있을까? 호레이쇼는 페어필드를 떠났다. 고등학교로 돌아가는 길도 막혔다. 다시 실패할까 봐 두려워 여기 머무는 걸까?

"예전에 음악 프로듀서에게 초대를 받은 적이 있어요." 망설이다가 대답했다. "뉴욕으로요. 그분이 테스트 녹음을 하자고 했어요. 거기로 가는 중이었는데 양오빠가 정신이 돌았어요. 아마 아저씨도 그 이야기를 들으셨을 거예요."

"그래." 몬티 아저씨가 연파랑 눈동자로 나를 똑바로 바라봤다. "여기 새로 왔을 때, 사람들이 그 이야기부터 하더구나."

"경찰은 처음에 내가 그 일과 연관이 있어서 도망쳤다고 생각했쇼. 경찰이 날 여기로 다시 데려왔어요. 내 이름이 신문과 텔레비전, 온 사방에서 오르내렸어요. 난…… 유명해졌어요. 아니, 악명이 높았다는 게 더 맞는 표현이겠지요." 나는 흥분해서 인상을 찌푸렸다. "그 음악 프로듀서가 테스트 녹음 없이 기필코 나랑 음반을 만들려고 했어요. 내 이름이 전국에 알려졌다는 이유 하나만으로요. 그에게는 내 노래나 재능이 아니라…… 그저 돈이 중요했던 거예요. 그래서 나는 만들지 않았어요. 내 이름이 그 대학살과 영원히 연결되는 게 싫었으니까요."

"이름을 바꿀 수도 있지." 몬티 아저씨가 제안했다. "가수나 영화배우 대부분은 예명을 사용해."

"하지만 언젠가는 내가 누군지 밝혀질 거예요." 나는 기가 죽어 대꾸했다. "사람들은 노래 때문이 아니라 내 과거 때문에 관심을 보이겠지요."

"어이, 어이! 지독한 자기연민과 핑계로 들리는구나!" 아저씨가 검지를 들어 올려 흔들었다. "노래를 부르고 음악을 하려고 가수가 되고 싶은 거니, 아니면 '유명'해지는 게 더 중요하니? 네가 그저 클럽을 전전하며 노래하고 1년에 음반을 100장만 판다면 네 가족사에 누가 큰 관심을 보이겠어. 안 그래?"

나는 속마음을 들킨 것 같아 얼굴이 빨개졌다.

"흐음…… 그러니까…… 예전에는 내가 언젠가 유명해지리라는 걸 한 번도 의심해본 적이 없어요." 내 고백에 몬티 아저씨가 껄껄 웃음을 터뜨려서 나는 기분이 나빠졌다. 아저씨가 재미있다는 듯 눈을 반짝이며 소파에서 몸을 앞으로 내밀었다.

"그렇지!" 놀랍게도 아저씨가 손뼉을 쳤다. "난 그 말을 듣고 싶었다! 네가 만약 '아, 그냥 음악을 조금 하고 싶을 뿐이에요'라고 대답했더라면, 난 '잘 생각했다! 아가씨, 여기 아빠 집에 머물면서 말 뒤치다꺼리를 하고, 교회 성가대에서 노래하고, 언젠가 싹싹한 놈을 찾아서 결혼하고 네 아이들에게 피아노를 좀 쳐주렴!'이라고 조언했겠지. 하지만 네가 방금 말한 게 중요해! 사람은 꿈이 커야 한다. 엄청나게 큰, 정신 나간 꿈이 있어야지! 그리고 거기에 필요한 재능이 있고, 그 꿈을 위해 다른 모든 걸 포기하고 힘써 노력하며, 생각보다 상황이 좋지 않더라도 포기하지 않을 자세가 되어 있다면 뭔가 될 수 있지!"

"하지만 그래도 안 되면요?" 나는 회의적으로 물었다. "내가 생각만큼 잘하지 못하면 어떡해요?"

"어린 말들 가운데 한 마리에 올라탈 때도 그런 생각을 하니?" 몬티 아저씨가 되물었다.

"떨어지면 어떡하나, 그런 생각을 해? 생각만큼 잘 타지 못하면 어떻게 하지? 그래서 말을 병들게 하면? 그런 생각 말이야."

"아니요." 나는 저절로 웃음이 나왔다. "안 해요."

"왜 안 하지?" 그가 입가에 미소를 띤 채 흥미진진한 표정으로 나를 바라봤다. "잘 생각해봐!"

"으음." 나는 곰곰이 생각한 후에 대답했다. "내가 탈 수 있다는 걸 아니까요. 이미 자주 탔고, 또 설령 떨어진다고 해도 큰일은 아닐 거예요. 그냥 다시 올라타겠지요."

"거봐라! 음악도 똑같아." 몬티 아저씨가 만족스러운 표정으로 고개를 끄덕이고 다시 등받이에 몸을 기댔다. "무슨 일이 있겠어? 제일 안 좋은 경우는 아무도 네 음악을 듣지 않고, 비평가가 네 앨범을 혹평하고, 너를 쓰려는 진행자가 없고, 라디오 방송국이 네 노래를 틀지 않고, 음반회사가 계약을 해지하는 거야. 그러면 다시 집으로 돌아오면 되지. 하지만 적어도 시도는 해봤으니 남은 평생 그때 그랬더라면 어땠을까, 이러면서 괴로워하는 일은 없을 거야."

나는 그의 말을 이해하고 천천히 고개를 끄덕였다.

"셰리든 그랜트, 해줄 말이 더 있다." 아저씨가 목소리를 낮추어 강렬하게 속삭였다. "네가 꿈을 위해 힘써 노력하고 첫 번째 실패에서 바로 포기하지 않는다면, 결정적인 순간마다 언제나 너를 도와줄 누군가를 만나게 될 거야. 네가 발을 들여놓은 그 길이 아무리 힘들어도 목표를 잃지 않는다면 언젠가 만족스럽게 허리를 펼 수 있다." 그가 현명한 표정으로 미소를 지었다. "그리고 비밀을 하나 알려주지. 사람들은 인생에서 가장 중요한 게 행복이라고 생각한다. 하지만 이거 아니? 그건 전혀 사실이 아니야!"

"왜 아니에요?" 나는 그가 무슨 말을 하려는지 알 수 없었다. "행복과 사랑보다 더 중요한 게 어디 있어요?"

"사랑이라! 그건 완전히 과대평가되지!" 아저씨는 혀를 쯧쯧 차며 경멸하듯 손사래를 쳤다. "낭만적인 헛소리에 불과해! 다른 사람에게 자기 자신을 넘겨버리고 포로가 되는 거야. 그걸 깨달았을 때는 거의 언제나 이미 늦었지. 그러면 대부분의 사람들은 뭔가 바꾸거나 그냥 떠나버릴 힘이 없어. 아무리 가혹한 취급을 당해도 모든 걸 그대로 두는 게 더 편하다고 생각하지."

이 아저씨가 지금 자기 경험을 말하는 걸까? 지금 그가 자유라고 표현하는 것이, 예전에 니컬러스가 그랬듯이 혹시 현실이나 관계 맺음에서 그저 도피하는 건 아닐까?

"그러면 행복은요?" 내가 물었다.

"행복은 지속되지 않아." 몬티 아저씨가 대답했다. "살면서 추구해야 하는 것은 만족감이야. 그건 각자의 내면에서만 싹틀 수 있지."

문이 획 열렸다. 젊은 일꾼 축에 끼는 개러스와 팀이 웃고 떠들며 들어서면서 얼음처럼 싸늘한 공기와 차가운 담배 연기도 몰고 왔다. 둘은 친근한 눈빛으로 나에게 고개를 끄덕이고는 몬티 아저씨에게 텔레비전을 켜도 되는지 물었다.

"그럼, 되고말고." 아저씨는 다시 안경을 쓰고 읽던 책을 손에 들었는데, 나는 그 틈을 타서 표지를 흘낏 봤다. 내가 놀라는 걸 보고서도 아저씨는 아무 말도 하지 않았다. 텔레비전이 켜지고 아이스하키 경기 소음이 휴게실을 가득 채웠다. 관중이 고함을 지르고 펜스에 퍽이 요란하게 부딪쳤다. 해설자의 흥분한 목소리도 들렸다.

"오래전에 알던 동료가 캔자스시티에서 녹음 스튜디오를 운영하고 있어." 몬티 아저씨가 말했다. "톰 헤이즐우드. 전화번호부에서 그 사람 전화번호를 찾아. 거기 가서 네 노래들을 녹음하고 라디오 방송국과 음반회사에 보내. 운이 따른다면 누군가 들어보겠지. 그리고 운이 좀 더 따른다면…… 무슨 일이 생길지 어떻게 알아. 모든 게 가능할 거야." 그는 어깨를 으쓱하며 의미심장하게 웃었다.

예전에 코스텔로 선생님과 했던 것처럼 녹음 스튜디오를 빌린다는 생각은 나도 해봤다. 그런데 하필이면 캔자스시티라니! 혹시 안 좋은 전조가 아닐까? 나는 황량한 연립주택의 지저분한 지하실과 알코올중독자 랠프를 떠올리고 공포를 느꼈다. 그 남자는 니코틴에 노랗게 전 손가락으로 내 몸의 가장 은밀한 부위를 마구 헤집으며 태아뿐 아니라 하마터면 나까지 죽일 뻔했다. 하지만 다른 한편으로 긍정적인 경험은 끔찍한 기억을 덮을 힘이 있을지도 몰랐다.

"알았어요. 해볼게요." 나는 단호하게 대답했다. "내가 더 기다려야 할 이유는 없어요."

"좋은 자세야." 아저씨가 윙크했다. "자, 아가씨. 이제 그만 집으로 돌아가라. 내일 아침 일찍 마구간에서 보자."

"네, 알겠어요." 나는 고개를 끄덕였다. "몬티 아저씨, 고맙습니다."

"뭘, 됐다." 아저씨는 수염에 대고 낮게 중얼거리고는 책을 펴 다시 읽기 시작했다. 나는 기타와 가방을 들고 좋은 저녁시간 보내시라고 인사한 후에 고용인 숙소에서 나왔다. 문간에서 다시 한번 아저씨에게 몸을 돌렸지만 그는 이미 독서에 푹 빠져 나에게 더는 신경 쓰지 않았다. 나는 차로 가면서 혼란스러워 고개를 저었다. 평범한 카우보이인 척하지만 저녁에 다른 일꾼들과 함께 한잔 마시러 가는 대신 벽난로 옆에 앉아 너덜너덜해진 잭 케루악의 《길 위에서》를 읽고, 아버지처럼 세련되게 말하는 이 사람은 도대체 누굴까.

공기가 차가웠다. 맑게 갠 밤하늘 높이 가느다란 상현달이 떠 있었다. 멀리서 꽥꽥거리는 소리가 들려 눈을 들어 어둠 속을 바라봤다. 정말이네! 기러기들이 돌아오기 시작했다! 겨울이 이제 곧 지나간다는 신호였다. 불현듯 안개가 걷히고 내가 가려는 길이 눈앞에 아주 환하고 또렷하게 보이는 느낌이었다. 음악을 하는 저녁은 재미있었고, 내면의 봉쇄를 풀어버리고 내가 진정 좋아하는 것이 뭔지 나 자신에게 보여주는 역할을 했다. 바로 음악을 하는 것, 작곡을 하는 일이었다. 몬티 아저씨가 옳았다. 내 운명은 나 스스로 개척해야 했다.

그날 저녁에 바로 인터넷으로 'TH 녹음, 마스터링&제작' 주소와 전화번호를 알아냈다. 아버지와 일레인이 영화관에 간 기회를 이용해서 용기를 잃기 전에 곧장 전화를 걸었다. 늦은 시간이라서 자동응답기가 돌아가리라고 예상했지만, 벨이 두 번 울리자 톰 헤이즐우드가 직접 전화를 받았다. 내가 원하는 것을 말하자 그는 녹음 스튜디오에서 어떤 일을 하는지 설명하고, 그런대로 괜찮은 비용을 언급했다. 내가 그의 이름을 어떻게 알게 됐는지 지나가는 말로 덧붙이자 헤이즐우드의 말투는 순식간에 상냥하고 다정해졌다. 나에게 혹시 시간을 유동적으로 낼 수 있는지 물었고, 그렇다고 답하자 바로 내일 오는 게 어떠냐고 제안했다. 1주일로 예상했던 프로젝트가 일찍 끝나 우연히 며칠 비게 됐다는 거였다. 나는 놀라면서도 기분 좋게 동의했다. 내일도 어차피 다음 주나 두 달 후나 똑같았다.

들뜬 채 서류를 모으고, 머릿속으로 노래를 훑으며 어떤 곡을 데모 시디에 넣어야 할지 고민했다. 지난 몇 년 동안 노래를 많이 만들었으므로 선택하기가 쉽지 않았다. 메모와 악보를 피아노 옆 식탁에 모두 펼쳐놓고 잘 기억나지 않는 노래를 한 곡씩 쳐보다가, 예전에 적당한 가사가 떠오르지 않아 멜로디만 있던 곡이 우연히 생각났다. 니컬러스가 페어필드를 떠나서 내가 외로워하던 무렵에 만든 멜로디였다. 예전에는 곡을 쓸 때 가사를 만들기가 어려웠는데 지금은 반대였다. 가사가 얼른 드러나고 싶어 하는 이야기처럼 머릿속에서 솟아올랐다. 멜로디를 연주하며 이리저리 맞춰보다가 단조로 바꿔봤더니 갑자기 모든 게 잘 어울렸다. 원래 원하던 대로 음이 아름답고 우울하면서도 동시에 달콤하게 울렸다.

"마음이 부서진 뒤로 당신은 얼어붙었어(You're frozen, since your heart's been broken)." 나는 노래를 흥얼거리며 가사와 멜로디가 어울리는지 귀를 기울였다. "폭풍의 시간에 당신은 누구에게 의지할 수 있는지 알게 될 거야(In wuthering times you'll find out who you can rely on……)."

노래를 멈췄다.

"폭풍의 시간, 바로 이거야!" 나는 이렇게 중얼거렸다. "이게 앨범 제목이다!"

전율이 등줄기를 타고 흘렀다. 나는 몇 달 만에 다시 곡을 만들고 있었다. 내가 그동안 작곡을 얼마나 그리워했는지 그제야 알 수 있었다. 정말 열정적으로 하고 싶은 것, 살면서 다른 그 무엇보다도 정말로, 정말로 더 원하는 게 바로 이것이었다.

10시 반에 아버지와 일레인이 기분 좋게 웃으며 집에 돌아왔을 때 나는 이미 선택을 다 끝내고 위로 막 올라가려던 참이었다.

"오셨어요?" 나는 두 사람에게 인사했다. "영화는 어땠어요?"

"음…… 흥미로웠어." 일레인이 대답하며 인상을 찌푸렸다. "이게 그 영화에 대해 할 수 있는 최고의 말이야."

"우리가 뭔가 알아들었다면 꽤 괜찮은 영화였을지도 모르지." 아버지가 재미있다는 듯이 끼어들고는 웃으며 부엌으로 들어갔다. "레드 와인 한잔 할 사람?"

"나 마실래!" 일레인이 소리쳤다.

"나도요." 나도 말했다.

나중에 우리는 부엌에 앉아 칠레산 레드 와인을 마시면서, 이곳 영화관 영사기사인 켈러맨 씨가 사운드트랙을 작동하지 못해서 서른 명의 관객이 무성영화를 봤다는 이야기를 하며 웃었다.

"그래서 엘사 롤랜드랑 그 남편은 입장료 절반을 환불하라고 요구했어!" 일레인이 이렇게 말하고는 두 사람을 어찌나 비슷하게 흉내 내는지 아버지와 나는 눈물까지 흘리며 웃었다. 즐겁고 편안한 저녁이었고, 나는 이렇게 행복한 아버지와 일레인의 모습을 보는 게 기뻤다. 그러나 동시에 마음이 아프기도 했다. 두 사람이 온

갓 끔찍한 일을 겪은 후에 행복해진 것은 좋았지만, 행복한 두 사람을 보고 있자니 나에게 결핍된 것이 뭔지 아주 또렷하게 느껴졌기 때문이다. 그랬다, 사랑은 과대평가된 게 아니었다! 올바른 사람을 만나기만 하면 되는데 나는 그러지 못할 것만 같았다. 이제 겨우 스물한 살인데도 남자들에게 실망한 나머지 비탄에 잠겨 있다. 자작곡의 거의 모든 가사가 이루어지지 못한 사랑 이야기라는 것을 조금 전에 깨달았다. 이 얼마나 슬픈 일인가.

"그런데 아빠, 며칠 제가 없어도 일하시는 데 지장이 없을까요?" 나는 이렇게 묻고는 와인을 더 따르려는 일레인에게 고맙지만 이제 그만이라는 표시로 손을 들어 보였다.

"그럼, 지장 없지." 아버지가 놀라서 나를 빤히 바라봤다. "뭐 하려고?"

"내일 일찍 캔자스시티로 가려고요. 노래 몇 곡을 녹음하려고 이틀 동안 스튜디오를 예약했어요." 나는 대수롭지 않은 일이라는 말투로 대답했다.

"오, 우와!" 일레인이 목소리를 높이며 미소를 지었다. "아주 좋은 생각이야!"

"굉장하다!" 아버지도 감탄했다. "우리만 네 노래를 즐긴다는 게 그동안 내내 유감이었어."

"아유, 아빠!" 나는 당황했다. "그냥 재미로 녹음하려는 거예요."

"엘비스도 그렇게 시작했어." 일레인이 반박했다. "엄마에게 선물하려고 음반 하나를 녹음했는데 우연히 사람들에게 발견됐지."

음악을 한다고 하면 왜 사람들은 곧장 위대한 이름을 거론할까? 나쁜 의도는 아닐 거고 아마도 용기를 주려고 하는 말이겠지. 하지만 최소한 엘비스만큼 성공을 거두지 못하면 실패라는 말처럼 들렸다. 나는 늘 그랬듯이 내 야망을 깎아내릴지 잠시 고민하다가 반대로 말했다.

"바로 그 이유에서 녹음하려는 거예요. 엘비스와 비틀즈가 내 롤 모델이거든요!"

둘은 어른들이 우주비행사나 대통령이 꿈이라고 말하는 아이들을 보며 웃듯이 온화한 웃음을 터뜨렸다. 하지만 나는 몬티 아저씨가 했던 말을 떠올렸다. '사람은 꿈이 커야 한다. 엄청나게 큰, 정신 나간 꿈이 있어야지!'

"이제 자러 갈게요. 안녕히 주무세요!"

"잘 자라." 일레인이 식기세척기를 정리하기 시작했다. "그리고 내일 재미있게 잘 다녀와!"

"아참, 셰리든. 기다려!" 아버지가 일어나서 부엌을 나갔다가, 잠시 후에 편지봉투를 가지고 돌아와 내 손에 쥐여주었다. "벌써 오래전에 주려고 했다. 네 계좌 신용카드야."

"어, 아빠…… 필요 없어요." 나는 놀라서 말을 더듬었다.

"그걸로 녹음 스튜디오 비용을 내렴." 아버지가 대답했다. "그리고 셰리든, 내일은 오래된 네 고물차를 타지 말고 닷지를 가지고 가. 내가 안 쓰니까."

"내 차가 뭐 어때서요?" 나는 감동을 들키지 않으려고 애썼다.

"매디슨 카운티 보안관이 얼마 전에 오른쪽 미등이 고장이라는 걸 발견했지." 일레인이 말했다.

"그리고 완충장치도 아주 망가졌더라." 아버지가 흥겨운 표정으로 보충했다. "자, 어떻게 할래?"

"아빠, 고맙습니다." 나는 아버지를 포옹했다. "닷지를 기꺼이 타고 갈게요."

나중에 욕실에서 이를 닦으면서 나는 몬티 아저씨가 사랑과 행복에 대해 했던 말을 떠올렸다. 아저씨는 상당히 안 좋은 경험을 한 게 분명했다. 그렇지 않고서야 그토록 부정적으로 생각할 리가 없었다. 아버지도 레이첼 이모와 결혼했을 때라면 아마 몬티 아저씨와 똑같은 말을 했을 것이다. 하지만 아버지의 사례는 올바른 사람을 만난다는 희망을 절대 포기해서는 안 된다는 사실을 보여줬다.

뉴욕

마커스 골드스타인은 거의 3주에 걸쳐 아시아와 유럽을 여행하고 저녁에 뉴욕으로 돌아왔다. 동행했던 직원들은 바로 로스앤젤레스로 갈 예정이었지만 그는 리즈와 하루를 보낸 후에 네브래스카로 날아가서 셰리든 그랜트를 만날 생각이었다. "당신 스스로 챙기지 않는다면, 누군가 당신 건강을 좀 챙겨줘야 할 것 같아." 리즈가 한 말이었다. "그러니 와서 잠시 쉬고 가."

예전과 달리 마커스는 편안한 전용기로 여행하고 현지 상대방이 뉴욕 시간에 맞춰서 일하는데도 시차를 금방 극복하지 못했다. 정신적으로 당연히 힘든 여행이었다. 찾아간 모든 회사에서 그는 똑같은 파괴적인 소식을 전해야 했고, 폐허가 된 길을 남겼다는 느낌을 지울 수 없었다. 물론 이익을 내지 못하는 기업과 헤어져야 하고, 콘체른 대표로서 개별적인 사정을 봐주지 않고 전체적인 조망을 봐야 하는 건 필수적이었지만, 언론에 의해 '음악 산업의 무덤 파는 인부'라고 욕을 먹는 것은 괴로웠다.

아이슬립 맥아더 공항에서 비서가 예약해둔 렌터카에 올랐을 때는 이미 9시가 지난 시각이었다. 이스트 햄프턴까지는 1백 킬로미터 거리였지만, 월요일 저녁이라 교통이 혼잡하지 않았다.

마커스는 지금까지 아내가 네 명이었고, 짧은 연애나 원 나이트 스탠드도 많았다. 첫 번째 섹스가 끝나고 나면 이미, 상대방에게 심한 모욕을 주지 않고 어떻게 이 관계를 끝낼까 고민할 때가 대부분이었다. 태미와도 편안한 적은 없었다. 질투 상황이 반복됐고, 몇몇 경우에는 그녀의 비난이 옳았다. 그에게는 일이 최우선이었는데 이것을 쉽게 받아들이는 아내는 없었고, 그래서 그는 양심의 가책을 잠재우려고 아내들에게 배포 큰 선물을 하곤 했다. 나중에 돌이켜보니 자신은 관계 맺기에 성숙하지 못했다는 생각이 들었다. 더 젊고 요구사항이 더 많은 여자들을 항상 원한 것도 당연히 실수였다. 리즈와 해리의 결혼생활이 잘 이어진 유일한 이유는 두 사람 모두 워커홀릭이었기 때문이다. 각자 자신의 삶을 살면서 각자 성공했고, 공유하는 작은 교집합도 있었다. 그것이 만족스러운 관계, 두 사람 모두 스스로를 펼칠 수 있는 성숙한 관계를 이어가는 비밀 레시피였다. 마커스는 리즈가 자신의 안전한 항구라고 자주 말하는 해리가 부러웠다. 그는 평생 항구가, 진실한 가정이 없었다. 사방에 있는 아파트나 개인주택은 아내들과 마찬가지로 임시방편처럼 느껴졌다.

마커스가 도착했을 때 리즈는 부엌 식탁에 노트북을 놓고 일하는 중이었다. 전기레인지에서는 맛있는 냄새를 풍기는 뭔가가 끓고 있었다. 스키퍼는 3주 만에 훌쩍 컸다. 둘은 스키퍼를 데리고 산책을 다녀온 후에 부엌에 앉아 굴을 후루룩 먹고 클램 차우더도 곁들였다.

"아참, 인터넷 덕분에 셰리든 그랜트에 대해 좀 더 알아냈어." 리즈의 말에 마커스는 호기심이 일어 귀를 기울었다. "그 아가씨는 가족의 비극과 그로 인한 사회적 비난 이후에도 더 많은 일을 겪었어. 1997년 4월에 어떤 전직 교사가 〈인생의 진실〉이라는 토크쇼에서 셰리든 그랜트가 자기를 유혹했다고 주장하는 굉장한 스캔들이 일어났지. 그러자 그녀가 직접 방송국에 전화해서, 그 사람이 자기 교사였고 자기는 미성년자였는데도 그가 성관계를 강요했다고 말했지."

"아이고!" 마커스는 믿을 수 없다는 얼굴로 고개를 저었다. "그때 그 아가씨는 몇 살이었지?"

"열일곱인가 열여덟 살이었어." 리즈가 대답했다. "그런 일을 겪었으니 대중 앞에 나서기 싫어한 것도 당연해. 해리는 도대체 왜 그런 실수를 했을까?"

"절망했으니까." 마커스는 이렇게 짐작했다. "그는 무슨 수를 써서라도 라이트닝 애로우 레코드를 구하려고 했어. 아마 셰리든 그랜트가 아무 상관도 하지 않을 거라고 짐작했겠지. 유명해지려는 사람들 대부분은 뭐든지 감수하니까. 그걸 원하지 않았다는 건 그녀 성격의 장점이라고 생각되는군."

리즈는 담뱃불을 붙이고 돋보기를 쓴 후에 노트북을 몸 쪽으로 더 가까이 당겼다.

"그게 전부가 아니야." 리즈는 담배를 한 모금 빨고 말을 이었다. "셰리든의 양엄마는 4중 살인의 종범으로 30년 징역형을 받았어. 아들에게 무기를 준비해줬거든. 3년 후에 그녀는 다시 법정에 섰고, 큰 관심을 불러일으킨 간접증거 소송에서 배심원단은 그녀가 시부모를 살해했다고 유죄 판결했지. 그 이후로 그녀는 네브래스카 주립교도소에 수감되어 사형 집행을 기다리는 중이야!"

한동안 두 사람은 아무 말도 하지 않았다.

"지금 그 아가씨는 이것에 대해 무슨 생각을 하고 있을까?" 마커스가 말했다.

"대답하기 어려워." 리즈가 고개를 비스듬하게 기울였다. "예전에는 그런 일이 잊혔어. 하지만 요즘 같은 인터넷 시대에는 과거가 언젠가는 발목을 잡아. 그래서 그런 일은 솔직하게 다루어야 해."

"운이 좋으면 내일 셰리든을 만날 수 있어. 어쩌면 내가 테스트 녹음을 하러 로스앤젤레스로 오라고 그녀를 설득할지도 모르지." 마커스의 말에 리즈도 동의했다.

"시도해볼 가치는 분명히 있어. 그녀가 그 굉장한 재능으로 아무것도 하지 않는다면 정말 너무나 유감스러우니까."

캔자스시티

녹음 스튜디오에서의 이틀은 내 인생에서 가장 아름답고 행복한 시간이었다. 내가 고른 노래를 거의 모두 녹음했고, 유명한 히트곡 커버 버전도 몇 개 더했다. 헤이즐우드와 그의 팀은 내 노래에 열광했을 뿐 아니라 절대음감, 그리고 그들의 조언과 제안을 곧장 현실로 만드는 내 능력에 감탄했다. 아주 유명한 음악가들과 일해본 톰 헤이즐우드나 그의 동료들에게서 받는 인정은 자신감을 엄청나게 높여줬다. 우린 아침부터 늦은 밤까지 일했다. 나는 새로운 전문용어들을 습득했고, 이 분야를 아는 사람들에게서 처음으로 나와 내 음악을 존중받았다. 이들은 내가 뭘 표현하려는지 이해하고 나의 모든 질문에 인내심을 갖고 대답해줬으며 개선 방법을 조언했는데, 이 모든 일은 정말 스릴 넘치고 신비로웠다. 10시쯤 우리가 오늘 일을 마무리하고 간단하게 뭔가 먹으러 가려고 할 때 내 전화기가 울렸다. 조던 오빠였다! 나는 실례를 구하고 전화를 받았다.

"셰리든, 안녕." 오빠가 말했다. "지금 어디야?"

"응, 오빠. 캔자스시티에 있어. 그런데 왜 물어? 일이 생겼어?"

"그래. 방금 연방교도국에서 전화를 받았어." 조던 오빠는 평소와 달리 무척 흥분한 목소리로 말했다. "우리 내일 12시에 콜로라도 플로렌스 최고보안교도소(ADX)에서 스콧 앤드루를 면회할 수 있게 됐어!"

"누구를?" 나는 오빠가 무슨 말을 하는지 알아들을 수 없었다.

"스콧 앤드루. 어머니를 살해한 남자. 내일 그를 만나서 대화를 나눌 수 있다고." 조던 오빠가 설명했다. "셰리든, 우리 그 이야기 했잖아! 얼마 전에 묘지에서! 가족이 아니면 최고보안교도소 수감자의 면회 허가를 얻기가 얼마나 어려운데, 내가 해냈지."

록브리지에서 돌아오고 얼마 지나지 않아 그랜트 가족 묘지에서 나눈 우리의 대화가 그제야 떠올랐다. 그사이에 우선순위가 바뀌어 나는 그 일을 잊었거나 밀어내버렸다. 내 출생에 대해서는 이미 아는 사실로 충분했고, 어차피 내 힘으로 바꿀 수도 없는 과거를 돌아보고 싶지도 않았다.

"그런데 너무 갑작스럽네." 나는 망설이다가 대답했다. "내 기억대로라면 난 그때 일단 생각해보겠다고 했어. 그리고 그 남자가 내 친아버지에 대해 뭔가 아는지 모르는지 어떻게 알아? 그가 사실은 엄마를 거의 알지 못했다고 오빠가 직접 말했잖아."

"나는…… 으음…… 그러니까…… 네가 동의했다고 생각했어." 오빠가 주저하며 말했다. 아마 내가 열광하리라고 예상한 듯했다. "셰리든, 이 면회는 오직 너를 위해 마련한 거야! 기회를 얻기가 진짜 힘들었어."

조던 오빠는 벌써 윌로크릭 농장에 와 있었고, 내일 아침 7시 무렵에 아버지의 파이퍼 사라토가를 조종하여 콜로라도로 갈 예정이었다. 나는 기습공격을 낭한 기분이었나. 나른 사람들이 세멋대로 나에게 지시하고, 나에게 가장 좋은 게 뭔지 안다고 생각하는 것만큼 화가 나는 일도 없었다. 어떻게 해야 하나? 엄마의 살인범을 마주할 생각만 해도 불쾌해졌다.

"앤드루가 나와는 말하지 않을 거야. 네가 같이 가기 싫다면 면회 예약을 취소해야겠다. 나중에 네 생각이 바뀌더라도 기회를 다시 얻을 것 같지는 않아." 조던 오빠가 말했다.

"알았어." 나는 한숨을 내쉬며 동의했다. "여기 일을 모레 계속해도 되는지, 다른 예약이 있는 건 아닌지 알아볼게. 내가 따로 연락하지 않는 한 내일 7시에 거기 도착할 거야."

사실 난 지금 다른 일에 신경을 분산시키고 싶은 마음이 전혀 없었다. 톰과 그의 조수 아리아나는 나를 안심시키며 모레 다시 오면 된다고, 그때까지 각각의 사운드트랙을 믹싱하고 다양한 테이크로 마스터를 편집해두겠다고 말했다. 또 내일 어쩌면 기타리스트와 베이시스트, 드러머 한 명이 사운드트랙 두어 곡의 믹스다운을 위해 연습을 할 수도 있다고 했다. 톰은 앨범 연출뿐 아니라 디자인과 제작, 판매와 기타 세부사항들도 책임지겠다고 제안했다.

나는 자정이 좀 지나서 은빛 닷지 램에 올라 29번 주간고속도로를 타고 북쪽으로 향했다. 속도계를 시속 145킬로미터로 맞췄는데, 내비게이션 시스템에 따르면 새벽 5시 5분에 페어필드에 도착할 터였다. 나는 혼자 움직이는 게 좋았다. 그랬다, 방해받지 않고 생각에 집중하고 백일몽에 푹 잠기려면 어느 정도 고독이 필요했다. 내가 확인한 바로는 혼자 있는 것을 견디는 사람은 정말 얼마되지 않았다. 사람들은 혼자인 것을 견디지 못해서 다른 사람이나 음악 또는 이 두 가지를 동시에 원했다. 하지만 나는 말을 하지 않아도 되고 무슨 말을 해야 할지 고민할 필요가 없는 것을 해방이라고 느꼈다. 최고의 멜로디나 가사는 말을 타거나 차를 타고 혼자 돌아다닐 때 떠올랐다. 이제 곧 해야 할 교도소 면회에 집중하려고 애썼지만 계속 다른 생각이 났다. 톰 헤이즐우드와 그의 팀과 함께 일했던 때보다 행복하고 감동이 컸던 적은 없었다. 내 아이디어와 끼적거린 악보 몇 개가 제대로 된 노래로 만들어지는 창의적인 과정은 긴장감 넘치고 만족스러웠다.

새벽 2시에 휴게소에 멈춰서 주유하고 피로를 몰아내려고 커피와 에너지 음료를 마셨다. 오마하와 카운실블러프스를 지났지만 내비게이션 시스템이 지름길에 공사가 많아 교통체증이 심하다고 알려줬으므로 미주리 이쪽 편인 29번 주간고속도로를 계속 달렸다. 동쪽에서 밤의 어둠이 밝은 잿빛으로 변하고, 주변 풍경의 윤곽이 차츰 드러나기 시작했다. 도로 양쪽 들판에 드리운 짙은 아침 안개가 흔들렸다. 쭉 뻗은 주간고속도로는 그다지 붐비지 않았다. 나는 대부분 왼쪽 차선에 머물면서 이따금 트럭을 추월했다. 불현듯 도로에서 금속으로 된 뭔가가 눈에 들어왔다. 트럭이 떨어뜨린 모양이었다. 핸들을 오른쪽으로 꺾었지만 이미 늦었다! 픽업의 왼쪽 앞바퀴가 덜커덕거리며 그 물체를 넘고는 요란한 소리를 내며 타이어가 터졌다. 나는 힘겹게 도로에 차를 세웠다. 브레이크를 밟고 점멸등을 켜고는 시속 30킬로미터로 기어갔다. 다행스럽게도 2백여 미터를 더 가자 나들목이 나오고, 급유 펌프기 두 개와 넓은 자갈 주차장이 있는 미니마켓으로 이어졌다. 새벽 4시 반에 타이어가 터져 꼼짝 못 하는 건 정말 짜증 나는 일이었지만, 믿을 만한 아버지 차에는 분명히 스페어타이어가 있을 터였다. 미니마켓은 아직 문을 열지 않았고, 주차장은 말 트레일러가 달린 픽업 한 대만 빼고는 텅 비어 있었다. 픽업의 어두운 래커 색깔은 염화칼슘과 두꺼운 도로 오물 덩어리가 묻어 무뎌 보였다. 청바지에 카우보이 부츠, 양가죽 깃이 달린 밝은색 낡은 가죽 재킷 차림의 젊은 남자가 트레일러를 돌아가는 모습이 눈에 얼핏 들어왔다. 첫인상은 니컬러스처럼 보였다. 나는 거리를 좀 두고 차를 세우고 내려서 다운 재킷을 입었다. 살을 에듯 추웠다.

"제기랄!" 이른 아침 여명 속에서 보니 왼쪽 앞바퀴가 완전히 터졌고 림도 약간 상한 것 같았다. 스페어타이어를 찾아봤지만 보이지 않았다. 적재함에도, 그 아래에도 없었다. 빌어먹을! 160킬로미터를 더 가야 하는데 제때 도착하지 못할 게 뻔했다. 휴대폰도 연결되지 않았다.

"안녕하세요!" 그 순간 뒤에서 누군가 말을 건네 돌아보았다. "도와드릴까요?"

다시 보니 남자는 날씬하고 탄탄해 보인다는 것 말고는 니컬러스와 전혀 닮은 점이 없었다. 20대 후반이나 30대 초반으로 보였다. 윤곽이 뚜렷한 얼굴은 추위로 붉었고, 눈동자는 당혹스러울 만큼 맑은 파란색이었다.

"안녕하세요. 타이어가 터졌어요."

"정말 그렇군요." 그의 말에 나는 저절로 미소가 지어졌다. 우리 대화가 예전에 나와 니컬러스가 나눈 대화와 거의 똑같았기 때문이다. 이번에는 문제를 당한 쪽이 나라는 것만 달랐다.

내 시선이 그의 차를 향했다. 그 차도 닷지 램 신형이었다. 지저분하게 묻은 오물 아래에 단순하게 도안한 산꼭대기 앞에 말이 한 마리 있고, 그 아래 '클라우드 피크 게스트 목장, 버펄로, 와이오밍'이라는 글씨가 적힌 로고가 보였다. 그리고 적재함에 강철로 된 스페어타이어 커버가 있었다.

"혹시 265/70, 17인치 스페어타이어 가지고 계세요?" 나는 몸을 일으키며 청바지에 묻은 먼지를 털었다. "유감스럽게도 나한테 없어서요."

낯선 남자가 눈썹을 치켜세우고 놀란 표정으로 물었다.

"내가 바로 그런 타이어를 가지고 있다는 걸 어떻게 알았죠?"

"당신 차도 내 차처럼 1999년식 V8 매그넘이니까요." 내가 대답했다. "그리고 나와는 달리 트럭에 스페어타이어 커버도 달려 있고요."

굳었던 그의 얼굴에 흐릿하게 미소가 스치더니 입가에 그대로 매달렸다.

"물론 비용은 지불할 거예요." 내가 덧붙였다.

"좋습니다. 가지고 올게요."

그가 자기 차로 가고, 나는 크로스 렌치와 잭을 꺼내 터진 타이어가 있는 바퀴를 차축에서 꺼내기 시작했다. 차 한 대가 주차장으로 들어오더니 털털거리며 우리를 지나가 납작한 미니마켓 건물 뒤편에 주차했다.

낯선 남자가 스페어타이어를 가지고 왔을 때 나는 이미 바퀴를 뒤쪽 흙받기에 세워둔 상태였다. 나는 그와 함께 새 바퀴를 끼우고 나사를 살짝 조였다. 그런 다음 바퀴가 움직이지 않을 때까지 잭을 내리고 토크 렌치로 나사를 단단하게 조였다. 5분 후에 모두 끝났다.

"고맙습니다! 저를 살려주셨네요." 나는 몸을 일으켜서 그가 건네준 타월에 손을 닦았다. 그는 고개를 비스듬하게 기울인 채 흥미와 감탄이 뒤섞인 표정으로 나를 빤히 바라봤다.

"처음 해보는 솜씨가 아니군요." 그가 말했다.

"그럼요." 나는 그에게 수건을 돌려주며 말을 이었다. "농장에서 자랐는데, 오빠들이 언제나 자동차나 농기구를 손봤지요. 그러면서 외딴 어딘가에서 뭔가 고장 나면 할 줄 알아야 하는 모든 것을 나에게 가르쳐줬어요."

"외딴 어딘가. 좋은 말이네요." 그의 눈가에 웃을 때 생기는 잔주름이 나타나고, 눈에서 호기심이 반짝였다.

"그건 그렇고, 난 셰리든 그랜트라고 해요. 네브래스카에서 왔어요." 나는 그에게 악수를 청했다. 미소를 짓는 그의 얼굴이 햇살을 받은 듯 반짝였다.

"재스퍼 헤이든입니다." 내가 내민 손을 그가 잡으며 말했다. "와이오밍에서 왔어요."

그의 손바닥은 굳은살이 많았고 힘을 준 손은 따뜻하고 단단했으며 뚫어보는 듯한 눈빛이 예고도 없이 내 영혼 깊은 곳까지 파고들어왔다. 나는 손끝까지 간질거려 깜짝 놀라 얼른 손을 뺐다. 그의 미소가 사라졌다. 내가 느끼는 혼란이 그의 표정에 투영됐다.

"으음…… 저기…… 바퀴 가격이 얼마인가요?" 나는 말을 더듬으며 물었다.

"아…… 아닙니다. 괜찮아요." 재스퍼 헤이든은 어깨를 으쓱했다. "그…… 그런 게 얼마인지 나도 몰라서요."

내 잠재의식이 헝클어진 그의 짙은 금발과 넓은 이마, 사흘쯤 깎지 않은 턱과 뺨의 수염을 확인했다. 숱이 많은 눈썹과 긴 속눈썹, 믿을 수 없을 만큼 새파란 눈동자, 아름다운 입술, 또렷한 턱선. '반지를 안 꼈어.' 이게 눈에 띄자 마음이 불편해졌다. 바로 출발하는 게 좋을 것 같았다. 우연히 만난 낯선 남자가 또다시 내 계획을 틀어놓아서는 안 되니까!

뒤쪽 트레일러에서 말 한 마리가 히힝거리는 소리가 들리고, 또 다른 말이 그 소리에 끼어들었다. 말발굽이 금속에 부딪치는 둔탁한 소리도 들렸다.

재스퍼 헤이든과 나는 서로 마주 봤다. 갑자기 배에서 나비들이 날아다니고, 곧장 떠나야겠다는 결심이 흔들리기 시작했다.

"어…… 당신 말들이 초조해하는 것 같아요." 나는 당황스러움을 감추려고 이렇게 말했다.

"네." 재스퍼 헤이든도 우리 사이의 긴장감을 느끼는 것 같았다. 내 당혹감이 그에게 옮겨갔다. 그는 오른손으로 목덜미를 문지르며 말했다. "음…… 저기…… 타이어를 얼른 실어드릴게요."

"오…… 고맙습니다." 내 얼굴이 빨개지는 게 느껴졌다.

터진 타이어 바퀴를 손쉽게 내 픽업 적재함에 싣는 것으로 보아, 그가 힘을 쓰는 일에 익숙하다는 사실을 알 수 있었다. 손을 몇 번 움직이지 않고도 고정 장치에 바퀴를 금방 묶고 느긋하게 차에서 뛰어내렸다.

"고맙습니다." 나는 그가 내 눈에서 혼란스러운 감정을 알아챌까 봐 걱정스러워 그를 똑바로 바라볼 수 없었다. "만나서 반가웠어요."

"네, 나도요." 그가 대답했다.

"그럼 운전 조심해서 잘 가세요."

"당신도요."

동쪽의 가느다란 광선 띠가 붉어졌다. 이제 한 시간도 안 되어 해가 뜰 터였다. 미니마켓에 불이 들어왔다. 누군가 네온사인 글자를 'OPEN'으로 바꾸었다.

"자, 그럼……." 내가 손을 들어 올렸다.

"잠깐만요!" 재스퍼 헤이든이 서둘러 말했다. "우리…… 으음……

혹시…… 시간이…… 그러니까…….” 그가 당황스러운 웃음을 터뜨리고 손으로 머리카락을 훑더니 고개를 저었다. “아이고, 내가 지금 무슨 말을 하는 건지! 커피 한잔 하시겠어요?”

나는 시계를 내려다봤다. 5분 전 다섯 시. 이 낯선 사람에 대한 호기심이 농장에 늦게 도착할지도 모른다는 걱정보다 더 컸다.

“좋아요.” 나는 동의하고 미소를 지었다. “그 정도 시간은 아직 있어요.”

우리는 주차장을 가로질렀다. 부츠 발바닥 아래에서 자갈이 자글자글 소리를 냈다. 나는 불현듯 커피 세 잔을 연거푸 마신 것처럼 몸이 떨렸다. 재스퍼 헤이든은 미니마켓의 지저분한 유리 출입문을 정중하게 열어줬다. 볼이 사과처럼 불그스름하고 잿빛 머리카락을 동여맨 통통한 중년 여성이 매장 다른 쪽 끝 판매대 뒤편에서 빵을 올린 금속판을 오븐에 막 넣는 중이었다. 커피메이커는 이미 꾸르륵거리며 매혹적인 향기를 뿜어내고 있었다. 내 반대에도 재스퍼가 커피를 주문하고 돈을 냈다.

“다음에는 당신이 사세요.” 그가 웃으며 커피 두 잔이 담긴 쟁반을 들고 서서 테이블을 향해 조심스럽게 움직였다.

“알았어요.” 나는 양손으로 머그잔을 쥐고, 남자를 너무 대놓고 빤히 바라보지 않으려고 조심했다. 조명 아래에서 보니 그의 잘생긴 얼굴이 더 분명하게 드러났고, 내가 예전에 엄청나게 좋아하던 제임스 딘과 약간 비슷한 인상이었다. 처음에 우리는 무슨 말을 해야 할지 몰랐다.

“말을 어떻게 하시려고요?” 나는 편안한 질문을 하기로 마음먹었다.

“오클라호마에서 데리고 왔어요. 우리 목장에 데려가는 중입

186

니다.”

“와이오밍으로요?”

“네. 빅혼 산맥 발치, 버펄로 조금 뒤쪽이지요.”

우리는 커피를 홀짝홀짝 마셨다. 뜨겁고 진한 블랙커피는 밤새
운 뒤 새벽 다섯 시에 마시기에 딱 좋았다.

“아직 갈 길이 멀군요.”

“1,300킬로미터쯤이지요. 수 시티, 래피드 시티…….” 재스퍼 헤
이든이 미소를 지었다. “당신은요? 어디서 오는 길인가요? 어디로
가시지요?”

“캔자스시티에서 왔는데, 이제 160킬로미터만 더 가면 돼요. 아
버지 농장이 매디슨 근처에 있어요. 그런데 오늘 아침에 오빠와 콜
로라도로 가야 해서 조금 바쁘네요.”

여행 목적이나 캔자스시티에서 뭘 했는지는 그에게 말하지 않
았다. 쉽게 놀랄 만한 사람처럼 보이지는 않았지만, 어쨌든 그를
놀라게 하고 싶지 않았으니까.

트럭 두 대가 주차장으로 굴러들어왔다. 내 시선이 벽에 걸린 시
계를 향했다.

“말에 대해 좀 아세요?” 재스퍼가 물었다.

“네.” 나는 고개를 끄덕였다. “걷는 것보다 말을 타는 걸 더 먼저
했죠. 그리고 아버지가 커팅 경기용 말을 사육해요. 지금 난 거기
서 일하고요.”

“우린 예전에 블랙 앵거스 소를 사육했어요.” 그가 호기심 어린
시선으로 나를 보며 말했다. “하지만 포기했지요. 여름 손님을 받
는 사업이 목우보다 이익이 많거든요. 그리고 우리 건초를 플로리
다까지 판매하지요. 와이오밍에 와본 적 있나요?”

"아니요." 내가 고백했다.

"그렇다면 반드시 와보셔야 해요." 그가 커피잔을 내려놓고 재킷 주머니를 뒤져 광고 문구가 쓰인 볼펜을 꺼내더니 살짝 수줍은 미소를 지으며 나에게 건넸다. "유감스럽게도 명함이 없어요. 하지만 여기 우리 주소가 쓰여 있지요."

"고맙습니다." 나는 미소를 지으며 볼펜을 받아 넣었다. "연락할 게요." 그게 너무 빈말처럼 들려서 얼른 덧붙였다. "타이어 때문에 말이에요."

"아니, 아니. 타이어 때문이 아니에요. 그런 뜻이 아니었어요." 재스퍼 헤이든은 손을 휘젓고는 얼굴이 완전히 매력적으로 달라져 나를 사로잡는 예의 그 웃음을 다시 터뜨렸다. "우리 지역은 정말 아름다워요. 산이 매혹적이지요. 며칠씩 말을 달려도 사람을 한 명도 만나지 못하기도 한답니다. 고라니와 영양, 들소와 사슴이 살아요. 봄이 오면 목초지가 푸르고 사방에서 샐비어와 금작화 향기가 풍기지요. 그러니 당신이…… 언제 우연히 와이오밍으로 온다면……."

"당신을 찾아갈게요." 내가 이렇게 대답하는 소리가 내 귀에 들렸다.

"약속한 거죠?"

"네." 나는 진지하게 말했다. "약속해요, 재스퍼 헤이든."

"그러면 정말 좋겠어요." 그가 대답했다.

미니마켓으로 들어온 장거리 화물차 운전사 두 명이 우리를 스쳐 가더니 커피와 베이컨 스크램블드에그를 주문했다. 나는 재스퍼에게 물어보고 싶은 게 아주 많았지만 이상하게도 망설여지고 아무 말도 입 밖으로 나오지 않았다.

"이제 가야겠어요." 그러다가 내가 말했다. "미안해요."

"차까지 바래다드리지요." 재스퍼가 커피잔을 가져다 둔 후에 우리는 바깥으로 나왔다. 떠오르는 태양이 아침 하늘을 분홍과 금빛으로 물들였다. 우리는 너무 빨리 내 차에 도착했다. 나는 잠긴 문을 열었지만 아직 차에 오르지는 않았다. 재스퍼와 나는 마주 서서 서로 바라보며 할 말을 찾았지만 생각이 나지 않아 당황한 채 입을 다물고 있었다.

"자, 그럼." 나는 차문을 열었다. "정말 반가웠어요. 도와줘서 다시 한번 고맙습니다."

"별말씀을. 나도 반가웠어요." 그는 내가 차에 탈 수 있게 한 걸음 뒤로 물러났다. "셰리든 그랜트, 즐거운 여행이 되길 빕니다. 언제 또 만날 수 있겠지요."

나는 시동을 걸고 손을 흔들어 인사하고는 엑셀을 약간 급하게 밟았다. 백미러로 재스퍼 헤이든이 점점 더 작게 보이다가 마침내 시야에서 사라졌다. 나는 담배를 더듬어 찾아 담뱃갑에서 한 개비를 꺼내 불을 붙였다. 손가락이 떨리는 걸 깨닫자 웃음이 나왔다.

"재스퍼 헤이든." 나는 그의 이름을 중얼거리며 옆 유리창을 조금 내렸다. "세상에! 이런 일이 일어나다니?"

∞

조던 오빠가 파이퍼 사라토가 조종실 스위치 몇 개를 누르자 여기저기 불이 들어오고, 관이 윙윙 소리를 내고, 모터가 켜지고, 얇은 알루미늄판 재질인 동체가 진동했다. 나는 부조종석에 앉아 하품을 하며 하네스 안전벨트를 매고, 오빠가 능숙하게 이륙 준비를 하는 모습을 말없이 지켜봤다. 프로펠러가 돌기 시작했다. 윌로크릭 농장 온실 뒤쪽에서 서쪽으로 2.5킬로미터 펼쳐진 아스팔트 활주로에서 비행기가 굴러가기 시작한 시각은 20분 전 일곱 시였다. 조던 오빠가 비행기 속도를 높이자 선실은 귀가 먹먹한 소음으로 가득 차고 금방이라도 부서질 것처럼 떨렸다. 파이퍼 사라토가가 이륙 속도에 도달했다. 경비행기 기수가 올라가고, 조던 오빠는 구름 한 점 없는 하늘로 비행기를 멋지게 올렸다. 오빠는 콜로라도 프리몬트 카운티 공항까지의 비행시간을 세 시간으로 계산했다. 나는 농장 건물들이 시야에서 사라질 때까지 창밖을 계속 내려다봤다. 오빠는 고도계와 위성항법장치의 LED 계기, 연료계와 공기속도계, 자세계를 점검하고 자동조종장치를 작동했다. 모터가 웅웅거리고, 주행풍이 비행기 주위에서 울부짖으며 틈새로 날카로운 휘파람 소리를 냈다. 우리 아래로 외딴곳에 있는 농장과 작은 동네와 겨울이라 황량한 갈색의 한없이 드넓은 들판이 지나가고, 이따금 아주 작은 자동차도 눈에 들어왔다. 우리는 80번 주간고속도로와 넓은 플랫강을 넘어갔다. 엄마를 살해한 사람과 마주한다고 생각하니 많이 불편했다. 하지만 어차피 그곳으로 가는 중이니 내 실용주의가 이겼다. 이것을 해결하고 나면 이제 이 주제는 끝난 거니까. 스콧 앤드루의 범행은 물론 내 인생에 결정적인 영향을 끼쳤다. 개울로 추락하여 물길을 바꾼 바위처럼 그는 19년 전에 내 삶에 뛰어들었고, 엄마가 살해당하지 않았더라면 나는 어떻게 됐을까 자주 생각하곤 했다. 조던 오빠와 대화를 나누고 싶지 않아서 나는 잠이 든 척했다. 그러다가 선실의 소음에도 불구하고 정말로 잠이 들었고, 재스퍼 헤이든의 미소와 그의 파란 눈동자 꿈을 꾸었다.

잠에서 깼을 때는 비행시간의 절반이 이미 지나 있었다. 나는 재킷 주머니에서 볼펜을 꺼내 자세히 봤다. 클라우드 피크 게스트 목장. 전화번호와 이메일 주소, 웹사이트도 인쇄되어 있었다. 스페어 타이어 가격을 알아보고 전화를 걸어야겠다. 아니, 이메일을 쓰는 게 더 나을까. 집에 가자마자 웹사이트를 살펴봐야지. 약간 당황스럽고 약간은 즐거운 표정으로 웃던 재스퍼 헤이든을 떠올리니 저절로 미소가 지어졌다. 시간이 더 많았더라면 우린 무슨 이야기를 나눴을까?

"아, 잘 잤어?" 조던 오빠가 말을 걸었다.

"흐음." 나는 웃음을 그치고 볼펜을 재킷 주머니에 다시 넣었다.

"아직도 나한테 화났니?" 오빠가 물었다.

"아니. 그냥 피곤해."

"알았다."

오빠는 스콧 앤드루에 대해 이야기하려고 했지만 내가 짤막하게만 대꾸하자 나중에는 입을 다물었다. 나는 재스퍼 헤이든의 백일몽을 계속 꾸었다. 머릿속으로 몇 번이나 우리의 만남과 그가 했던 모든 말, 그가 나를 바라보던 눈빛을 다시 떠올리고, 그도 어쩌면 나와 비슷한 감정을 느낄지도 모른다는 대담한 결론을 내렸다. 집으로 돌아가면서 그도 나를 생각했을까? 지금 그는 어디에 있을까? 왜 내 휴대폰 번호를 묻지 않았지? 그냥 잊어버린 건가? 그에게 정말 연락해야 하나? 또 실망하기 전에 이런 감정은 싹부터 자르는 게 더 현명하지 않을까?

"셰리든, 저기 봐! 우리 바로 앞!" 조던 오빠 목소리에 나는 고민에서 깨어났다. 그리고 조종실 유리창 바깥으로 평생 처음 로키산맥을 보게 됐다. 엄청나게 큰 막대처럼 멀리 누워 있는 산맥은 숨이 막히게 장임했고, 눈 덮인 산꼭대기가 새파란 하늘을 배경으로 햇빛에 반짝였다.

"우와! 처음 봐!"

"정말이야?" 조던 오빠가 놀라서 물었다.

"난 노스 플랫보다 서쪽으로는 가본 적이 없어." 내가 대답했다. 오빠는 콜로라도스프링스 영공을 우회해야 해서 헤드셋을 쓰고 립 마이크 위치를 바로잡은 후에 자동조종장치를 껐다. 산맥에 가까이 갈수록 난기류가 심해져서 경비행기가 돌풍에 흔들렸고, 몇 번이나 고도가 갑자기 떨어졌다가 금방 다시 올라갔다. 드문 일은 아니었지만 나는 이렇게 심한 흔들림은 처음 경험했다. 하지만 조던 오빠는 느긋했다. 콜로라도스프링스 관제탑 항공 관제사와 교신하며, 지시에 따라 고도를 줄이고 서서히 하강비행을 시작했다. 얼마 지나지 않아 프리몬트 카운티 공항 활주로와 납작한 건물 몇 채가 눈에 들어왔다. 조던 오빠는 채 5분도 지나지 않아 노련하게 착륙했다. 비행기를 세우려고 유도로를 따라 콘크리트가 깔린 곳으로 가자 이미 다른 프로펠러기 몇 대도 서 있었다. 유일한 제트기인 하늘색 걸프스트림도 이제 막 착륙한 모양인지 조종실 뒤쪽 문이 열리고 트랩이 내려와 있었다.

우리는 안전벨트를 풀었다. 나는 문을 열고 날개를 기어 넘어 바깥으로 나갔다. 차가운 돌풍이 불어서 다운재킷의 후드를 쓰고 양손을 재킷 주머니에 넣었다. 프리몬트 카운티 공항은 활주로 한 개와 납작한 행정 건물 한 채와 격납고 두어 개뿐이었다. 황량한 고원의 소규모 상업 지역 가장자리, 해발 1,625미터에 놓여 있어서 집에서보다 공기가 훨씬 희박했다. 풍경은 단조롭고 삭막했다. 눈길이 미치는 한 말라버린 덤불이 섞인 시든 목초지뿐이었다. 산들이 펼쳐지는 장관과 암벽 계곡과 한없이 넓은 가문비나무 숲을 기대했던 나는 적잖이 실망했다.

"교도소에는 어떻게 가?" 내가 오빠에게 물었다.

"지금 바로 하딩 박사를 만날 거야." 오빠가 지나가는 말처럼 대답했다. "그분이 모든 걸 준비해뒀어."

"뭐?" 나는 그 자리에 멈춰 섰다. "누구랑 만난다고?"

"데이비드 하딩 박사. FBI 프로파일러." 오빠가 대답했다. "내가 그 사람 이야기를 했잖아. 당시에 앤드루가 독일에서 미국으로 올 때 동행했던 헌병이야."

"그 사람이 왜 오늘 여기에 와?"

"하딩은 FBI 행동분석팀의 팀장이야. 앤드루와 이미 여러 번 얘기한 경험이 있고, 또 오늘 우리 면회를 가능하게 해줬지."

"왜 나한테 말하지 않았어?" 나는 짜증이 났다. 속은 기분이었고, 조던 오빠가 우리 엄마의 과거에 대해 알아내려는 것 외에 뭔가 다른 것도 원할지 모른다는 불확실한 의심이 들었다. "우리 방금 비행기에서 세 시간 동안 나란히 앉아 있었잖아!"

"내가 계속 말하려고 했는데 네가 안 들으려고 했잖아." 오빠가 우겼다. 그러고는 나를 그대로 남겨둔 채 이곳의 유일한 직원인 나이든 남자와 잠깐 이야기를 나누었다. 그는 살을 에는 추위에도 재색 작업복에 털모자만 쓰고 있었다. 나는 화를 삼키고, 납작한 건물을 지나 곧장 컨트리 카페로 향하는 오빠를 따라갔다. 그곳의 넓은 주차장은 픽업 두 대와 검은색 셰보레 서버번 한 대 말고는 텅비어 있었다. 서버번이 사복 경찰차라는 건 어두운색 유리창 틴팅과 저렴한 휠, 지붕의 안테나로 쉽게 알아볼 수 있었다. 우린 카페로 들어갔다. 한 탁자에 남자 세 명이 앉아 커피를 마시는 중이었다. 그중 가장 나이 많은 남자가 우리를 보더니 미소를 지으며 자리에서 일어났다. 40대 후반이나 50대 초반으로 보였다. 반들반들한 대머리 가장자리에 모래 빛 머리카락이 돌아가 있고, 구식 갈색 스리피스 정장 차림이었다. 햇볕에 그을린 주름진 얼굴과 뱀 가죽 카우보이 부츠, 숱 많은 물개수염은 와이어트 어프(서부 영화로 잘 알려진 전설적 총잡이—옮긴이) 배역으로 최적일 것 같았다. 카우보이모자와 권총, 말만 없었다.

"데이비드 하딩 박사입니다." 프로파일러가 낭랑한 목소리와 싹싹한 미소로 말했다. "그랜트 양, 다시 만나서 반갑습니다. 당신은 첫 번째 만남을 아마 기억하지 못하겠지만요."

악수하느라 잡는 손길이 단단했고, 현명해 보이는 어두운색 눈동자는 나를 자세히 관찰하는 듯했지만 쏘아보는 눈빛은 아니었다. 나는 이 사람이 20년 전에 독일의 범행 현장에 수사하러 왔다는 걸 깨달았다.

"안녕하세요." 나는 소심하게 대답하고 프로파일러를 미심쩍은 눈길로 살폈다. 지난 몇 주 동안 나는 사람들이 왜 자꾸 나에게 명령을 하려 하는지 생각해볼 시간이 많았고, 원인은 내가 받은 예절 교육이라는 결론에 도달했다. 친근하게 인사하며 짓는 미소는 상대방에게 복종으로 받아들여지거나 특히 남자들은 뭐든 해도 좋다는 허락으로 오해하는 경우가 흔했다. 나는 무례와 경멸과 지나치게 **빠른** 친밀함에 지쳐 있었으므로 앞으로는 낯선 사람들에게 거리를 두기로 결심했다.

하딩 박사는 오랜 지인을 대하듯 조던 오빠에게 인사한 후에, 콜로라도스프링스 사무실에서 온 FBI 요원 두 명을 우리에게 소개했다. 둘 다 30대 중반이고 짙은 갈색 머리카락에 얼굴은 별다른 특징이 없이 반들거렸다. 똑같은 검은 양복을 입은 지루한 복제인 간들은 일어나서 우리에게 악수를 청하는 수고도 하지 않았다. 아마 네브래스카 주립경찰 형사보다―나야 안중에도 없을 테고―자신들이 훨씬 더 우월하다고 느꼈을 것이다. 두 사람이 내보이는 거만한 자만심은 내가 지금까지 만났던 경찰 대부분의 특징이었고, 나는 예전처럼 비굴하게 미소 지으며 잘 보이려고 애쓰는 대신 그들을 무시했다. 그런 시절은 이제 다 지나갔다.

얼마 안 있어 종업원이 탁자로 왔다. 조던 오빠는 커피와 스크램블드에그를, 나는 커피와 더블치즈버거와 감자튀김을 주문했다. 하루 종일 아무것도 먹지 못했다. FBI 요원 두 명은 담배를 피우려고 자리를 떴고, 하딩 박사는 교도소에서 어떤 일이 우리를 기다릴지 나에게 설명했다.

"플로렌스 최고보안교도소는 미국 전역에서 가장 보안 수준이 높습니다. 탈옥하는 데 성공한 죄수가 한 명도 없어서 로키 산맥의 앨커트래즈라고 불리지요. 수감 조건은 거의 최악입니다. 수감자는 하루 중 23시간을 감방에서 보냅니다. 감방 크기는 2미터에 3미터 60이고, 모든 가구는 콘크리트입니다. 침대와 책상, 의자와 선반 모두. 처음 3년은 다른 수감자들과 만날 수 없어요. 교도소 건물 일부는 지하에 있어 수감자들은 감방이나 마당에서 하늘밖에 볼 수 없습니다. 자기만의 흑백텔레비전 또는 조금 제한이 덜한 감방으로 옮기는 특권은 모범적인 수감 행동을 통해 가능하지요. 캐니언 시티에는 주립과 연방 교도소 열세 곳에 7,600명이 넘는 수감자가 있어서 '프리즌 밸리'라고도 불립니다."

"아, 그렇군요." 나는 몇 년 동안 하늘 한 조각만 보며 산다는 게 어떨지 상상해보려고 했다. 나무도, 꽃도, 동물도, 자동차도, 사람도 볼 수 없다는 건 과연 어떨까. "어떤 사람들이 수감되어 있나요?"

"테러리스트, 마피아, 사이코패스 살인자들이지요." 하딩 박사가 대답했다. "예를 들어 오클라호마시티 폭탄 테러범 티모시 맥베이와 테리 니콜스, 1993년 세계무역센터 테러의 배후 조종자 가운데 한 명인 람지 아흐메드 유세프, 유나바머(Unabomber, 공격의 주요 대상인 대학교, 항공사와 폭발물의 머리글자를 결합한 말—옮긴이) 시어도어 카진스키입니다. 다시 말해서 정말 흉악범들이지요."

"스콧 앤드루는 왜 거기 수감됐어요?" 내가 물었다. "그 사람은 테러리스트도, 마피아도 아니잖아요."

"플로렌스에는 잠재적 탈옥수나 다른 교도소에서 동료 수감자나 직원을 살해한 폭력범도 수감됩니다." 하딩 박사가 대답했다. "앤드루는 두 경우 모두에 해당하지요. 재판이 끝난 후에 그는 일단 군사 교도소인 포트 레번워스에 수감됐습니다. 당신 어머니를 살해했을 때 그는 군인이었으니까요. 하지만 그곳에서 다른 수감자 두 명과 함께 탈옥 시도를 할 때 인질로 잡은 심리학자 한 명을 살해했습니다. 그는 심각한 반사회적 인격장애와 자기애적 인격장애 진단을 받았어요. 치료 불가능한 사이코패스로 간주됩니다."

나는 소름이 끼쳤다. "사이코패스가 정확하게 뭐예요?"

"사이코패스란 심각한 인격장애가 있는 사람인데, 부분적 또는 완전한 감정이입능력과 사회적 책임, 죄책감과 양심의 부재를 동반합니다." 하딩이 설교조로 말했다. "북미 교도소에 수감된 남성 죄수의 4분의 1이 사이코패스라고 예상하지요. 하지만 다양하게 세분화됩니다. 모든 사이코패스가 범죄자가 되는 건 아니니까요. 사이코패스 성향을 알아볼 수 있는 주요 특징이 몇 가지 있습니다.

예를 들어 감정이입능력의 부재 외에도 반성의 현저한 부재, 충동적인 태도, 낮은 자존감과 자기 능력의 과대평가로 인한 지나친 인정 욕구 등입니다."

내 등줄기로 소름이 스쳤다. 그중 몇 개는 나에게도 해당하지 않나? 나를 '뻔뻔하다'고 표현한 폴의 말이 옳을까?

"어떻게…… 사이코패스가 되나요?" 내가 물었다.

"최신 연구에 따르면 전전두엽, 그리고 편도체의 기능 장애와 관련이 있다고 해요." 하딩 박사가 대답했다. "둘 다 아주 어린 시절에 발달합니다. 세 살 이전에 끔찍한 경험이나 방임으로 심각한 트라우마를 겪거나 중증 머리 부상을 입는 사고를 당한 아이는 감정이입능력과 양심이 생기는 전두엽 영역이 파괴될 수 있습니다. 게다가 그런 아이가 감정적으로 방임되고 정서적으로나 육체적으로 학대받는 싸늘한 환경에서 자란다면 정말 위험한 사이코패스가 될지도 모르지요."

나는 뼛속까지 싸늘해졌다. 자기 엄마가 성폭행 후에 살해당하는 걸 목격하고, 몇 시간 동안 그 시신 옆에 혼자 앉아 있는 것보다 더 끔찍한 트라우마가 있을까. 그때 겨우 두 살이었으니 기억나지는 않지만, 그래도 내 내면의 뭔가는 아마 달라졌을 것이다. 내 정신과 전전두엽의 뭔가는. 그리고 나는 의심할 여지 없이 싸늘한 환경에서 자랐다. 나를 정서적으로나 육체적으로 학대한, 증오로 가득한 양엄마 아래에서!

나도 지금 교도소의 아주 작은 감방에 수감되어 하루에 한 시간만 마당에 나가고, 늙어 머리가 하얗게 되기 전에는 석방될 희망도 없이 지낼 수도 있었다. 나는 두 사람을 죽였으니까. 고의가 아니라 정당방위이긴 했지만 결과는 마찬가지였다. 그 둘은 나를 만

낳기 때문에 죽었다. 가장 당혹스러운 건 내가 아무런 양심의 가책도 느끼지 않는다는 점이었다. 희생자의 부모든 아내든 아니면 혹시 있을지도 모르는, 그래서 부모의 한쪽을 잃게 된 자녀들이든 유족에 대해서는 한 번도 생각해본 적이 없었다. 나는 헌신적인 사랑은 말할 것도 없고, 연민이나 진실한 공감도 느끼지 못하는 사이코패스였나? 인정받으려는 지나친 욕구는 너무 낮은 자존감 때문이었을까? 그래서 자꾸 파괴적인 관계에 빠지는 건가? 슬픈 책이나 영화 때문에 울기는 하지만 우는 이유가 뭘까? 등장인물과 동일시해서 그저 자기연민을 느꼈기 때문에? 다른 사람을 위해 정말 뭔가 감정을 느낄 수 있을까? 아니면 내 감정은 그냥 이기적인 특성일 뿐인가? 어쩌면 나는 상상한 것보다 레이첼 이모와 더 많이 닮았는지도 모른다. 한 가지는 확실했다. 위협받던 순간에 나처럼 냉혹하고 침착하게 행동했더라면 엄마는 지금도 살아 있을 테고 스콧 앤드루는 이미 오래전에 죽어 잊혔을 터였다.

"그런데 오늘 박사님은 왜 여기 계신 거죠?" 내가 물었다. 이 질문에 하딩과 오빠가 재빨리 눈길을 주고받았다. 내가 몰래 꾸민 게임의 일부라는 사실을 이미 오래전에 깨달았다.

"우리는 앤드루가 처벌받은 네 번의 살인 외에 다른 살인도 더 저질렀으리라고 짐작합니다." 하딩이 잠시 망설이다가 대답했다. "지금까지 알려진 그의 희생자들은 모두 여성입니다. 공통점이 있어요. 20대 후반에서 30대 초반이고 머리카락 색깔이 어두우며, 날씬하고 매력적입니다. 모두 싱글맘이었고 어린아이가 있었어요."

"다른 여성 세 명은 누군가요?" 내가 물었다.

하딩은 재색 서류철에서 폴더를 하나 꺼내 탁자 위로 넘겨줬다.

"앤드루는 1949년에 앨라배마에서 태어났습니다. 그때 어머니는 겨우 16세였고, 아버지는 알려져 있지 않아요. 조부모님이 키웠습니다. 할아버지는 전도사였는데, 무척 엄한 사람이었고 손자를 심하게 매질하는 일이 잦았습니다. 아주 작은 잘못에도 가혹한 벌을 가했다고 합니다. 할머니는 말리지 못했고요. 앤드루는 청소년기에 여러 번 가출했고, 학교를 그만두고는 범죄자가 됐습니다." 그는 한숨을 내쉬었다. "유감스럽게도 대부분의 가해자는 예전에 피해자였습니다. 앤드루는 전형적인 사이코패스의 길을 걸었어요. 처음에는 동물을, 그 후에는 어린아이를 학대했습니다. 소년원에 가게 됐고, 나중에 판사가 그에게 통상적인 선택을 하라고 합니다. 교도소 아니면 군대였지요. 앤드루는 자기 부대와 함께 베트남으로 갑니다. 그 직전인 1968년 7월에 그는 처음으로 살인을 저질렀는데, 그때 나이가 열아홉이었지요. 희생자인 메리베스 필은 31세로, 그의 예전 고등학교 교사였습니다. 그 교사는 세 살짜리 딸과 함께 사는 싱글맘이었어요. 앤드루는 그녀의 집에 침입하여 성폭행하고 목을 조른 후에, 베어서……."

"그렇게 자세하게 알 필요는 없을 것 같습니다." 조던 오빠가 서둘러 그의 말을 막았다.

"아니, 알아야 해." 나는 오빠에게 싸늘하게 말했다. "오빠가 FBI를 위한 미끼로 나를 여기 데려온 것 같은데, 그러면 무슨 일인지 내가 알아야지."

"하지만 넌……." 오빠가 말을 시작하다가 싸늘한 내 눈길을 마주하고는 입을 다물었다.

"나는 어린아이가 아니야." 나는 의도했던 것보다 날카로운 어투로 오빠에게 말했다. "날 위해서 뭐가 좋고 뭐가 나쁜지는 스스로 결정할 수 있어."

"네 뜻이 그렇다면." 오빠가 아무런 표정 변화도 없이 대답한 후에 하딩이 설명을 이어갔다. 스콧 앤드루가 저지른 것으로 확인된 두 번째 살인은 1978년에 그가 오하이오 콜럼버스에서 휴가를 보낼 때였다. 28세였던 졸린 파누치는 어두운 색깔 머리칼에 매력적이었으며 일곱 살짜리 아들을 키우는 싱글맘이었다. 앤드루는 그녀가 일하는 패밀리 달러 슈퍼마켓에서 두어 가지 물품을 샀다. 그는 여행 중이었으므로 이들의 만남은 완전히 우연이었다. 앤드루는 그녀를 따라 집으로 가서 아이를 의자에 묶어놓고 아이 눈앞에서 엄마를 성폭행하고 목을 조르고는 그녀도 칼로 찔러 죽였다. 3년 후에는 우리 엄마도 그렇게 살해당했다.

"그가 프랑크푸르트에 주둔할 때 벌어진 일은 당신이 이미 아는 대로입니다." 하딩 박사가 말했다. "앤드루는 두 분의 어머니 캐럴린 쿠퍼가 일하는 바에 손님으로 자주 갔고, 이따금 그녀와 대화를 나누었지만 그녀에게 뭔가 특별히 원한 것은 없었던 듯합니다. 어느 날 밤 그녀를 쫓아가서 집 현관으로 밀어 넣고는 성폭행하고, 메리베스 필이나 졸린 파누치 때와 같은 방법으로 살해했습니다."

종업원이 음식을 가져오고 커피를 따라줬다. 나는 파일을 가까이 당겨서 펼치고 스콧 앤드루에게 살해된 세 여성의 사진을 자세히 들여다봤다. 세 사람은 자매라고 해도 믿을 정도였다. 네 번째 희생자인 포트 레번워스 교도소 심리학자도 같은 유형이었다. 매력적이고 가냘프며, 어두운 색깔 머리카락이었고 32세였다. 나는 소름 끼치는 범행 현장 사진을 보며 치즈버거를 베어 물었다. 하딩은 별 뜻 없게 들리는 두어 가지 질문을 나에게 했다. 나를 평가하려는 건가? 내가 잔인한 사진을 보고서도 왜 창백해지지 않는지, 왜 흐느끼며 화장실로 달려가서 토하지 않는지 이유를 찾는 걸까?

그도 나와 같은 생각을 하는 건가? 내가 이른 유년기의 경험 때문에 사이코패스가 됐을 수도 있다는 생각을? 하딩이 호감이 가지 않는 사람은 아니었지만, 아버지 같은 친절함은 내 신뢰를 얻기 위한 연기가 분명했다. 어쨌든 그는 나와 함께 연쇄살인범의 입을 열게 하려는 거니까.

"행동분석팀에서는 범인의 행동을 살피고 가해자와 피해자의 관계를 분석합니다." 하딩 박사가 설명했다. "우리 프로파일러는 범인을 찾는 일을 하지 않습니다. 그건 경찰의 업무지요. 우린 알아볼 만한 유사성이나 동일한 점을 찾고 해결되지 않은 죽음이나 실종 사건들과 비교합니다. 사이코패스 연쇄살인범들은 의식적으로 행동합니다. 가해자와 피해자의 관계 구조도 우리 수사 대상입니다. 우리는 피해자의 시각으로 보려고 합니다. 그러면 범인을 귀납적으로 추론할 수 있으니까요."

내가 식사를 하는 동안 조던 오빠와 하딩은 집중적으로 대화를 나누었는데, 주로 하딩이 하는 작업의 심리학적 관점에 대해서였다. 1970년대 중반에 이미 하딩의 동료들은 많은 연쇄살인범들을 인터뷰하고 그들의 대답을 데이터뱅크에 모음으로써 폭력범들의 심리적 프로파일을 만들기 시작해서 오늘날 연쇄살인범의 신원 확인을 위한 기초를 제공했다. 조던 오빠가 하딩의 설명에 너무나 심취하는 바람에 손도 대지 않은 스크램블드에그가 차갑게 식어 갔다.

나는 한 귀로 듣고 한 귀로 흘리며 서류를 넘기다가 스콧 앤드루의 사진을 자세히 바라봤다. 한 장은 군인일 때 인사기록카드의 사진이었다. 내 또래인 20대 초반이었는데, 교활한 눈빛의 괴물이 아니라 친근해 보이는 짙은 색 눈동자에 입술에는 편안한 미소를 머금은, 놀랄 만큼 잘생긴 젊은 남자였다. 두 번째 사진은 체포될 때, 그러니까 우리 엄마를 살해하고 며칠 지나지 않아서 찍은 사진이었는데 그는 여기서도 지극히 평범해 보였다. 살짝 삐뚜름하긴 해도 양심의 가책이라고는 전혀 없는 미소를 보였다. 내가 그를 어디선가 만났다면 아마 호감을 느꼈을 것이다. 그도 나처럼 아버지가 누군지 몰랐고 일찌감치 어머니를 잃었다. 그리고 또 나와 마찬가지로 종교적 광신자 아래에서 자랐고, 무조건적인 어머니의 사랑은 결코 경험하지 못했다. 그런데 내가 지금 이해심이나 매혹이나 공감이 아니라 증오와 분노를 느껴야 하는 게 아닌가? 나는 서류철을 탁 소리가 나게 닫고 밀어버렸다. 불현듯 여기서 먼 곳으로 사라지고 싶었다.

"셰리든, 왜 그래?" 조던 오빠가 물었지만, 나는 오빠의 근심 어린 표정에 속지 않았다. 그저 내가 마지막 순간에 벌떡 일어나버릴까 봐 걱정하는 걸 텐데, 사실 나는 고속도로로 달려 나가 아무 차나 얻어 타고 사라져버릴까 잠깐 생각했다. 와이오밍으로……

"아무것도 아니야. 담배 한 대 피우려고." 나는 재킷을 휙 집어들고 카페를 나왔다. 문 앞에서 몇 번 심호흡을 했다. 지루한 표정으로 서버번 흙받기에 기대선 FBI 복제인간들은 나에게 관심을 기울이지 않았다. 나는 출입문 옆의 벤치에 앉아 재킷 주머니에서 담배를 꺼내 불을 붙였다. 차가운 북동풍이 종잇조각과 둘둘 말린 덤불을 텅 빈 주차장으로 날렸다. 얼마 지나지 않아 유리문이 열리더니 하딩 박사가 바깥으로 나왔다.

"앉아도 될까요?" 그가 물었다.

"네." 나는 그를 쳐다보지 않은 채 어깨를 으쓱하며 대답했다.

그가 내 옆에 앉았다. 그의 존재 자체만으로도 어떤 음울한 힘이 내가 엄청난 심리적 노력을 통해 방금 떠올라 벗어난 물속으로, 그 심연으로 다시 무자비하게 나를 밀어 넣는 느낌이 들었다.

"오늘 내가 여기 온다는 걸 몰랐군요." 그가 말했다.

"네. 그 세부사항은 오빠가 감췄네요." 나는 싸늘하게 대꾸했다. "두 분이 어떤 일을 계획했는지 알았더라면 내가 오지 않았으리라는 걸 아마 짐작했기 때문이겠죠."

"흐음." 프로파일러가 말을 이었다. "예전에 앤드루의 사진을 본 적이 있나요?"

무슨 말을 하고 싶은지 돌리지 말고 바로 하라고 대꾸하고 싶었지만 이번에도 예의범절이 길을 막았다.

"아니요. 아주 평범해 보이더군요. 심지어 꽤 잘생겼어요. 우리 엄마를 죽인 사람이 아니라면 호감을 느꼈을 수도 있겠어요."

"그들 중에서 괴물처럼 보이는 사람은 거의 없습니다." 하딩 박사가 대답했다. "그게 위험한 점이지요. 사이코패스들은 지극히 매력적이에요. 계속 거짓말을 하고, 사회에 훌륭하게 소속된 경우도 흔하고, 사회적 경쟁력이 뛰어나게 보이기도 합니다. 스콧 앤드루는 인기가 좋았고 친구가 많았어요. 지적이고 자제심이 강한 완벽주의자입니다. 군대에서 하사관까지 진급했고, 부하와 선임에게 모두 존경과 사랑을 받았습니다. 어려 보이는 외모와 예의 바른 태도 때문에 정상적인 사람이라고 생각하기 쉽지만 그건 착각입니다. 앤드루는 반사회적 성격이에요. 범죄심리학에서 우리는 그런 사람을 '맹수'라고 표현하지요. 그들은 오로지 자기 자신만 생각하고 자기 목표만 따릅니다. 다른 사람이 해를 입든 말든 전혀 상관하지 않아요. 그들은 타인을 목적을 위한 수단으로만 간주하고, 엄청나게 폭력적이 되기도 합니다. 에드 켐퍼, 테드 번디, 데니스 레이더, 존 웨인 게이시, 제롬 브루도스처럼 우리가 대화를 나눠본 대부분의 연쇄살인범은 그런 특성을 보였습니다."

"스콧 앤드루는 나와 비슷한 일을 겪었어요." 내가 그의 말에 끼어들었다. "그도 나처럼 친아버지가 누군지 몰라요. 그리고 나처럼 일찍이 어머니를 잃었고요. 또 나처럼 사랑이 없는 기독교 광신자의 집에서 자랐어요. 어쩌면 나도 사이코패스인지 모르지요. 나는 몇 달 전에 어떤 남자를 죽였는데도 그 일 때문에 잠을 못 이룬 적이 없어요."

"오빠가 그 사건에 대해 말했어요. 난 보스턴 검찰에게 서류를 보내달라고 했습니다."

"뭐라고요?" 나는 어안이 벙벙했다. 조던 오빠는 이 이야기도 하지 않았어! 도대체 무슨 생각을 한 거야?

"흐음, 우린 FBI입니다. 그런 일을 할 수 있어요." 하딩의 미소에 나는 더욱 화가 났다. 조던 오빠가 내 등 뒤에서 이 사람과 또 무슨 이야기를 했을까?

"그랜트 양, 당신이 한 일은 사이코패스 연쇄살인범의 범죄와 전혀 비교할 수 없어요." 그가 말을 이었다. 나는 분노를 꿀꺽 삼켰다. 사실 그의 잘못은 아니니까. "당신은 죽음의 공포와 마주했고 행동에 고의가 없었습니다. 사이코패스였더라면 자기를 납치한 사람을 목숨을 걸고 불타는 차에서 구조하는 일은 결코 없었겠지요. 어떤 사람의 과거가 현재의 생활방식에 영향을 끼치는 것은 맞습니다. 이른 유년기의 부정적 경험이 인격 형성에 영향을 끼친다는 사실은 우리도 압니다. 하지만 다른 요소의 역할도 있지요. 어린 시절에 비슷한 경험을 한 사람들은 많지만 다들 연쇄살인범이 되는 건 아닙니다. 대부분은 정신적 부상을 입고도 잘 살아갑니다.

설령 누군가 전형적인 사이코패스라고 해도, 저절로 폭력범이 된다는 뜻은 아닙니다. 그렇게 되려면 예를 들어 사디즘과 같은 이른바 동반질환이 있어야 하는데, 다행스럽게도 그런 경우는 상당히 드물어요."

나는 생각에 잠긴 채 담배를 피웠다. 그가 하는 말이 이해가 되어 긴장이 약간 풀렸다.

"앤드루는 거의 20년째 교도소에 수감되어 있습니다." 하딩 박사가 말을 이었다. "자유의 몸이 될 수 없다는 사실을 그 스스로 잘 알지요. 최고보안교도소의 수감 상황은 지옥이지만, 다양한 안전 단계가 있어요. 앤드루의 목표는 이른바 '스텝 다운 프로그램'에 참가하여 마당에 더 자주 나가고, 전화 통화도 더 자주 하여 사회적 관계를 맺고, 교도소 도서관에 출입하고 텔레비전을 받는 겁니다. 그러려면 수감자는 모범적인 태도를 보여야 합니다. 하지만 앤드루는 레번워스에서 교도소 직원을 공격하여 살해했기 때문에 장애물이 아주 높아요. 그는 자신에게 이익이 된다고 생각하여 당신의 면회에 동의했습니다. 당신을 조종하고 자기편으로 만들려고 할 겁니다. 이제 그와 대화를 나누게 될 텐데, 그 사실을 잊지 마세요. 앤드루 같은 사람은 오직 자기 자신과 자신의 목표 달성만 생각합니다. 하지만 당신은 바로 그 점을 이용할 수 있지요."

"'당신'이 원하는 건 뭐죠?" 나는 고개를 돌려 프로파일러를 바라봤다.

"이미 말했다시피, 국제 데이터뱅크에는 앤드루의 약탈 유형에 들어맞는 실종 여성 사건이 열두어 건 있습니다." 하딩이 말했다. "그중 몇 명은 미국에서, 다른 몇 명은 앤드루가 독일에 주둔하고 있던 시기에 독일에서 실종됐습니다. 살해 희생자 유족이나 실종

자의 가족들에게 불확실한 상황보다 끔찍한 건 없지요. 그래서 우리는 이런 사건의 실체를 밝히려는 겁니다."

나는 속이 또 불편했다. 하지만 하딩이 말을 잇기 전에 FBI 복제인간 중 한 명이 손짓을 하더니, 출발해야 한다는 신호로 자기 시계를 두드렸다. 면회에 예정된 시간은 짧고, 우리가 거쳐야 할 보안 검색에 걸리는 시간은 길 터였다. 조던 오빠가 이미 카페 계산을 끝냈다. 우리가 벤치에서 몸을 일으켜 서버번으로 가는데 오빠가 우리에게 다가왔다.

"별일 없어?" 오빠가 물었다.

"그럼." 나는 FBI 요원들 앞에서 싸움을 할 생각은 없었으므로 억지로 미소를 짜내며 말했다. "얼른 해치우자."

∞

우리가 플로렌스 시내를 통과하여 최고보안교도소도 포함된 교도소 건물 단지까지 가는 데는 15분이 걸렸다. 주차장이 텅 빈 모텔, 유리창이 없고 높은 철조망 울타리에 에워싸인 산업용 건물들을 지났다. 쭉 뻗은 도로 맞은편에서 이따금 차량이 오기도 했는데 대부분 픽업이나 오프로드였다. 나는 유리창 밖을 빤히 내다봤다. 종신형을 받고 교도소에 수감되어 평생 그곳을 떠날 수 없는 사람들은 무슨 생각을 할까? 그런 상황에서는 뭘 느끼나? 분노? 체념? 불안? 이 세상에서 본 마지막 모습이 이렇게 황량한 풍경이라면 어떤 느낌일까? 나는 긴 재판, 그리고 언론과 대중과 법정의 엄청난 관심 후에 어느 날 갑자기 모든 것에서 분리된다는 게 어떤 의미일지 상상해보려고 애썼다. 선택의 자유를 모두 잃어버린다는 것, 남은 생을 갇혀 지낸다는 생각을 어떻게 견딜 수 있을까? 죽는 게 낫지 않을까? 양엄마가 떠오르자 가상이었던 생각의 유희는 현실로 변했다. 양엄마는 사형선고를 받았다. 언젠가 오렌지색 오버올 차림에 수갑과 족쇄를 차고 창살이 있는 버스에 올라 죽을 장소로 이송될 테고, 본인 스스로 그곳이 죽음의 장소라는 사실을 알게 될 것이다. 자기가 죽을 시간을 아는 것보다 더 끔찍한 일이 있을까? 그런 걸 머릿속에서 밀어낼 수 있나? 꼼짝 못 하고 침상에 묶인 채 사형 집행실 유리창을 통해 자기가 어떻게 죽는지 지켜볼 사람들, 집행이 끝나면 아무 일도 없었다는 듯이 일상으로 돌아갈 사람들의 얼굴을 봐야 하는 것보다 더 끔찍한 굴욕이 있을까? 레이첼 이모는 이런 생각을 해봤을까? 자기가 벌인 일이 이제 자신에게 어떤 결과를 가져다줬는지 알게 됐으니 내면 깊은 곳에서 그 일을 유감이라고 생각하거나 후회할까?

운전석에 앉은 요원이 속도를 늦추고 점멸등을 켜더니 방향을 틀었다. 나지막한 붉은 벽돌담에 '연방교정시설, 플로렌스, 콜로라도'라는 표지판이 붙어 있고 그 앞에는 온갖 금지사항을 알리는 안내판이 있었다. 우리는 초록색 지붕 통제소 옆의 차단기 앞에서 멈추고 처음으로 검사를 받았다. 제복을 입은 남자들이 거울이 달린 망원봉을 자동차 아래에 넣고, 경찰 한 명은 독일 셰퍼드를 데리고 서버번 주위를 돌았다. 면회 허가서와 우리 신분증을 내보이고 10분을 기다린 후에야 차단기가 올라가고 우리는 앞으로 나아갈 수 있었다.

"면회 날에는 지옥이 따로 없습니다." 조수석에 앉은 요원이 설명했다. "한 시간 또는 그 이상 기다리고, 운이 안 좋으면 교도소에 들어가기도 전에 면회 시간이 지나가버리지요."

"그러면 어떻게 해요?" 내가 묻자 그가 대답했다.

"할 수 없이 그냥 집으로 털털거리며 돌아가서 새로 신청해야 합니다."

엄청난 크기의 건물들이 울타리가 둘러쳐진 거대한 면적에 흩어져 있고, 각각의 건물은 다시 몇 미터나 되는 철조망 울타리에 에워싸여 있었다. 커다란 원통형 가시철망은 기어 올라가 탈옥한다는 생각을 싹부터 잘랐다. 카메라들이 한 군데도 빼놓지 않고 전역을 감시했다. 육중한 콘크리트 감시탑도, 축구장과 같은 투광 조명이 달린 서치라이트 기둥도 있었다. 제복을 입은 사람들이 개와 함께 정찰하거나 기관총이 조립된 오프로드를 타고 돌아다녔다. 나는 이렇게 두려움을 불러일으키는 광경을 처음 봤다.

두 번째 검사를 통과한 후에 우리는 드디어 최고보안교도소에 도착하여 입구에서 사선으로 있는 건너편 주차장에 주차할 수 있었다. 평범한 면회객들은 훨씬 더 앞쪽에 있는 대형 주차장에 차를 세운 후에 먼 길을 걸어와야 하니, 이곳에 주차하는 것도 FBI의 특권인 듯했다. 미국에서 가장 엄중한 교도소의 입구는 첫눈에는 초등학교 교문처럼 평범하게 보였다. 편평한 그 건물은 이 지역에서 자주 눈에 띄는 붉은 벽돌집이었고 출입문은 양쪽 유리 여닫이문이었다. 잿빛 양탄자가 깔린 로비, 윤기 나는 목제 접수창구 뒤쪽에 제복을 입은 남자와 여자가 앉아 있었다. 콜로라도스프링스에서 온 요원 두 명은 이곳에 남고, 하딩 박사와 조던 오빠와 나는 보호막이 씌워져 있고 끈이 달린 면회 허가증을 건네받아 목에 걸어야 했다. 재킷과 개인물품을 모두 사물함에 넣은 후에 우리는 여러 보안 게이트 중 첫 번째를 통과했다. 주눅 들게 만드는 일련의 보안 검색을 한 명씩 받아야 했다. 나는 창문이 없는 공간으로 안내되고, 조던 오빠와 하딩 박사와는 다른 곳으로 갔다. 표정 없는 얼굴로 빤히 바라보는 여성 교도관 두 명의 눈앞에서 나는 허리띠와 부츠와 그 외의 모든 것을 내려놓고, 컨베이어벨트 위에 놓인 플라스틱 욕조에 누워 스캐너를 통과해야 했다. 그런 다음 제복을 입은 여자 한 명이 나더러 금속 탐지기가 있는 문틀 같은 곳으로 가라고 손짓했고, 그 후에는 고무장갑을 낀 교도관이 휴대용 금속 탐지기로 다시 한번 꼼꼼하게 검사하고 머리부터 발끝까지 더듬으며 수색했다. 나는 면회객일 뿐이고 폐쇄공포증을 불러일으키는 이 장소를 한두 시간 후에는 다시 떠날 테지만, 숨 막히는 분위기 때문에 식은땀이 솟았다. 과호흡을 하지 않으려고 천천히 심호흡을 했다. 이곳 내부는 바깥세상과 완전히 단절된 장소였다. 창문도 없고 소음도 들리지 않았다. 천장과 벽과 바닥이 모두 콘크리트였는데, 불안과 절망과 자포자기를 내뿜는 것처럼 보였다. 어쩌면 4백 명이 넘는 중범죄자들이 가까운 곳에 있다는 상상 때문에 내 상태가 이런 것인지도 몰랐다. 면회객을 위한 공간 앞쪽에서 조던 오빠와 하딩 박사를 다시 만났다. 둘은 최고보안교도소 소장과 이야기를 나누는 중이었다.

"앤드루 씨에게 개인적인 면회는 처음입니다." 교도소장 밴스가 조던 오빠와 나에게 말했다. "그는 3년 전부터 이곳에 있는데, 눈에 띄지 않는 수감자 중 한 명이지요. 그의 태도에 비난할 여지가 전혀 없기에 우리는 여러분이 그를 직접 면회하는 데 동의했습니다. 가장 보안이 철저한 이곳 컨트롤 유닛 수감자들 면회는 원래 비디오를 통해서만 이루어집니다. 앤드루 씨를 만지거나 그에게 뭔가를 주시면 안 됩니다. 그리고 해서는 안 되는 질문도……."

우리 뒤쪽에서 문이 열렸다. 나는 고개를 돌렸다가 충격에 휩싸였다.

"아, 패트릭. 오셨군요." 교도소장이 새로 와서 이제 우리와 합류한 남자에게 인사를 건넸다. "그랜트 양, 하딩 박사님, 블라이스톤 형사님, 이쪽은 매커보이 박사님입니다. 우리 심리학자입니다."

페어필드, 네브래스카

마커스가 노퍽 지역 공항에 착륙한 후에 공항 직원이 운행 기록
이 16만 킬로미터 이상인 낡은 렉서스의 열쇠를 그에게 건넸다.
이 작은 지방에는 렌터카 회사가 없었고, 렉서스는 공항 대표 아내
의 차였다. 아티스트의 노래를 들으려고 아무리 먼 길도 마다하지
않고 달려가던 시절로 돌아간 듯 느낀 마커스는 이런 차가 아무렇
지도 않았다. 예전에는 이것보다 더 불편한 교통수단을 이용한 적
도 많았다. 그는 직원에게 늦어도 다음날까지는 자동차를 흠집 없
이 돌려주겠다고 약속하고 남쪽으로 출발했다. 3월 중순치고는 날
씨가 좋았지만 일기예보에 따르면 북동쪽에서 불편한 눈이 다가
오는 중이니 이렇게 좋은 날도 곧 지나갈 터였다.

마커스는 좀 전에 주차장에서 윌로크릭 주소를 내비게이션 시스
템에 입력해봤지만 그런 곳은 존재하지 않았다. 그래서 '페어필드,
매디슨 카운티'라고만 넣고, 현장에서 길을 알려줄 누군가를 만나
기를 기대했다. 내비에 따르면 그곳까지의 160킬로미터는 두 시간
정도 걸릴 터였다. 이곳 땅은 마치 식탁 상판처럼 편평했고, 3월이

라 황량하고 사방이 암갈색이었다. 멀리서 이따금 원통형 곡물 저장고와 대형 곡물 창고의 윤곽이 나타나고, 또 잎사귀가 다 떨어진 높은 나무들에 둘러싸인 외딴 농장이 가끔 보이기도 했다. 마커스는 너덧 채의 집과 주유소 하나와 고장 난 농기계들을 두는 고철 하치장뿐인 마을 여러 개를 지났다. 풍경은 점점 더 단조롭게 변했고, 마커스는 40분 동안 단 한 대의 차도 만나지 않았다. 전화 통화를 좀 할까 했지만 휴대폰이 연결되지 않았다. 그래서 라디오 볼륨을 더 높였다. 한 방송에서는 농기계 거래 소식을 알리고, 다음 방송에서는 어떤 설교사가 탁월한 표현력을 구사하며 인터넷의 위험성을 경고했다. 세 번째 주파수는 옛날 컨트리 송을 내보내는 음악 방송이라서 마커스는 결국 포기했다. 조수석에 놓인 서류가방에서 셰리든 그랜트의 시디를 꺼내 시디플레이어에 넣었다. 〈로드 투 노웨어〉를 듣자마자 전율이 지나갔다. 남쪽으로 일직선으로 쭉 뻗은 이 고속도로를 달리는 데 적당한 사운드트랙처럼 생각됐기 때문이다. 이곳에서 '넓음'이라는 개념은 완전히 다른 의미였다. 그와 동행하는 것은 고속도로와 나란히 이어지다가 이따금 농장으로 꺾이는 송전선뿐이었다. 마커스가 지금까지 알던 미국 중부는 그저 대도시를 방문하여 아티스트를 만날 때뿐이었고, 브루스 스프링스틴과 존 멜렌캠프, 톰 페티와 밥 시거가 그렇게 자주 노래하던, 바다와 닿지 않은 주들을 가리키는 '심장부'에 실제로 제대로 온 것은 오늘이 처음이었다. 하늘도 넓은 땅처럼 엄청났다. 마커스는 150년 전에 우차를 타고 끝없이 이어지는 프레리에서 풀을 뜯는 수많은 들소와 오래전부터 땅과 함께 땅에서 나는 것으로 먹고살던 몇 안 되는 인디언들말고는 텅 빈 이곳에 도착했을 정착민들을 떠올렸다. 마커스는 진정한 미국의 정신과 사람들은 동부

212

나 서부 연안이 아니라 미국의 심장인 이곳에서 만날 수 있겠다는 사실을 깨달았다.

"하트 오브 아메리카." 그가 중얼거렸다. "셰리든 그랜트, 당신 앨범에 이 이름을 붙여야겠군."

3시 조금 전에 페어필드에 도착했다. 도시 입구 안내판이 자랑스럽게 알리는 내용에 따르면 주민이 1,488명인 소도시였다. 마커스는 넓은 메인 스트리트를 따라 주유소와 잡화점과 작은 식당, 그리고 페어필드 경찰서와 우체국, 영화관과 웨스턴 유니언 숍이 들어 있는 빨간색 벽돌 단층 건물을 지났다. 도시 중앙에는 날씬한 탑이 있는, 놀랄 만큼 매력적이고 코네티컷이나 매사추세츠에 더 어울릴 것 같은 하얀 교회가 있었다. 교회 옆에는 넓은 잔디밭과 높이 자란 고목들과 호수가 있는 도시 공원이 펼쳐졌다. 그 뒤에는 작은 운동장과 길게 뻗은 벽돌 건물이 보였는데, 아마도 학교 같았다. 실용성 때문에 약간 우울하긴 했지만 어쨌든 모든 게 깔끔하고 단정했다.

마커스는 주택가를 지나고 철로를 덜컹거리며 넘어가, 철로 바로 옆에 거대한 곡물 저장고와 창고가 있는 상업 지역에 도착했다. 차를 멈추고 주변을 둘러봤다. 여러 매장으로 이루어진 '패글러의 농축산업협동조합'에서는 농부에게 필요한 모든 물품을 팔았다. 그 옆에는 씨앗 도매상과 지역 소방서, 자동차와 농기계 정비소, 큰 동물과 작은 동물을 모두 진료하는 동물병원이 있었다.

뭔가 분주한 곳은 그 어디에도 없었다. 도시 전체가 주민들과 함께 겨울잠을 자는 것처럼 보였다. 마커스는 렉서스를 돌려 도시 입구의 주유소로 향했다. 어차피 주유를 해야 했고, 주유소 직원들은 보통 그 지역에 대해 잘 알았으니까. 급유 펌프기에 가서 정차한 그는 이곳에서는 신용카드를 쓸 수 없다는 걸 확인하고 계산대가 있는 건물 안으로 들어갔다. 출입구에 매달린 종이 요란하게 울리고, 계산대에서 입을 벌린 채 자동차 잡지를 읽고 있던 젊은 남자가 잡지를 치웠다.

"안녕하세요!" 남자가 너무 크게 고함을 치는 통에 마커스는 놀라서 몸을 움찔했다. "나는 엘머예요. 무엇을 도와드릴까요?"

"안녕하세요? 나는…… 마커스입니다." 마커스는 젊은이가 정신이 약간 이상하다는 걸 깨달았다. "40달러어치 주유하고 싶습니다."

그가 지폐 몇 장을 건넸지만 젊은이는 그저 고개만 끄덕이더니 손가락으로 바깥을 가리키며 물었다.

"저건 캐시 윌리엄슨 자동차예요. 맞죠? 당신이 훔쳤어요?"

"어, 아니. 아닙니다. 당연히 아니지요." 마커스는 젊은이가 낡은 렉서스를 알고 있는 것에 깜짝 놀랐다. "내가 이곳으로 올 수 있게 그 사람 남편이 빌려줬어요."

"도대체 왜요? 노픽에도 주유소가 있잖아요."

바깥에서 낡고 녹슨 픽업 한 대가 급유 펌프로 다가갔다. 거칠게 생기고 뺨이 붉으며 허리띠 위아래로 뱃살이 넘치는 40대 중반 남자가 매장 문 쪽으로 뚜벅뚜벅 걸어왔다. 살을 에는 추위에도 남자는 언젠가는 아마 하얀 색깔이었을 긴 소매 러닝셔츠 차림이었다.

문이 열리고, 종이 다시 울렸다.

"엘머, 안녕." 뚱뚱한 남자가 숨을 헐떡이며 인사했다.

"루디, 안녕하세요!" 엘머가 대답하고는 흥분해서 키런을 가리켰다. "이 사람이 여기서 주유하려고 캐시 윌리엄슨의 차를 빌렸대요."

새로 온 사람이 미심쩍다는 표정으로 마커스를 노려봤다.

"윌로크릭 농장으로 가려고 합니다." 상황이 점점 더 기괴해진다는 느낌을 받으며 마커스가 대답했다. "거기로 가는 길 좀 알려주시겠어요?"

엘머의 얼굴에서 미소가 사라졌다. 입이 벌어지고, 계산대 아래에 있는 펌프식 연발총을 꺼내 마구 쏠까 고민하는 것처럼 눈빛이 투명해졌다. 캘리포니아 엔터테인먼트와 뮤직 코퍼레이션 대표인 자기가 네브래스카 깊숙한 곳에 위치한 이곳 시골 주유소에서 총에 맞았다는 머리기사의 제목은 과연 무엇이 될까 하는 기이한 생각이 마커스의 머릿속을 스쳤다. 그는 한 걸음 뒤로 물러서다가 뚱뚱한 남자의 거대한 배에 부딪혔다. 이제 픽업 운전사도 작은 매장에 들어와서 문 앞에 버티고 섰다.

"아버지?" 계산대 뒤쪽에 서 있는 젊은이가 초조한 표정으로 마커스에게서 눈을 떼지 않은 채 소리쳤다. "이리 와보실래요? 아버지? 아버지!"

어깨 높이인 선반 뒤쪽 어딘가에서 50대로 보이는, 목이 굵고 튼튼한 근육질 남자 한 명이 나타났다. 그는 큰 체격에도 놀랄 만큼 가볍게 움직였다. 이방인과 아들을 번갈아 바라보다가 위험한 상황이 아니라는 걸 깨닫고는 기름 범벅인 앞발을 아들 어깨에 얹으며 진정시켰다.

"엘머, 괜찮아." 그 말에 젊은이는 여전히 좀 불안한 표정이긴 했지만 곧장 다시 미소를 지었다.

"이 남자가 캐시 윌리엄슨의 차를 타고 왔는데, 그랜트네로 가는 길을 물었어요!" 그가 다급하게 설명하자 아버지의 표정이 어두워졌다. 마커스는 점점 더 불편해졌다. 곁눈질을 해보니 뚱뚱한 루디와 그 친구도 적대감을 드러내며 그를 노려보고 있었다.

"그건 왜 알려는 겁니까?" 엘머 아버지가 협박하는 말투로 물었다.

"어…… 셰리든을 만나려고요." 마커스가 대답했다.

"텔레비전 방송국이나 신문사에서 오셨어요?" 주유소 주인이 눈썹을 치켜세운 채 심문했다.

"아닙니다." 마커스는 진심으로 놀라서 고개를 저었다. "왜 그런 생각을 하시지요?"

"여기 안 좋은 사건이 있었으니까요." 뒤에서 뚱뚱한 남자가 으르렁거려서 마커스가 그를 돌아봤다.

"그때 이후로 우리는 윌로크릭과 그랜트 일가에 대해 묻는 이방인을 그다지 반기지 않아요." 엘머의 아버지가 보충 설명했다.

마커스는 이 사람들의 연대감에 저절로 깊은 인상을 받았다. 언론과 구경꾼들이 대학살 사건 후에 몇 주 동안이나 이곳에 진을 쳤던 일은 페어필드의 집단 기억에 깊이 각인된 듯했다.

"아, 그 사건……. 네, 나도 물론 들었지만, 그 일 때문에 온 게 아닙니다." 마커스가 사람들을 안심시켰다. "난 로스앤젤레스의 한 음반회사에서 일해요."

세 남자는 눈빛을 교환하더니 긴장을 좀 풀었다.

"셰리든은 이제 농장에 살지 않고, 버넌 아저씨가 있는 목련 저택에 살아요!" 엘머가 정보를 줬다.

"아, 그렇군요." 마커스는 고개를 끄덕이며 미소를 지었다. "거기로 어떻게 가지요?"

엘머의 아버지는 혀를 쯧쯧 차더니 작업바지 주머니에서 휴대폰을 꺼냈다.

"계산하고 길을 설명해줘라." 그가 아들에게 명령하고는 경고하는 눈빛으로 마커스를 노려봤다.

"버넌에게 전화하겠습니다. 그리고 레이 윌리엄슨에게도 바로 전화하는 게 좋겠군요. 캐시의 차가 지금 어디 있는지 그가 알게 말이지요. 만약 우리를 속인 거라면, 우리 눈에 다시 띄기 전에 여기서 사라지는 게 좋을 겁니다."

엘머는 40달러를 계산하고 그에게 길을 설명해주었고, 뚱뚱한 두 남자는 문 앞에서 비켜서서 마커스가 매장을 떠날 수 있게 했다. 바깥으로 나온 그는 일단 심호흡을 한 번 하고 렉서스 연료통에 40달러어치 기름을 넣었다. 네 쌍의 눈동자가 그가 차에 올라 인사차 다시 한번 손을 들어 올린 후에 출발할 때까지 모든 행동을 내내 세심하게 지켜봤다. 마커스는 언젠가 이 경험을 이야기해서 사람들에게 즐거움을 줄 수도 있겠지만 지금 이 순간은 최대한 빨리 이곳을 벗어나고 싶었다. 그래도 어쨌든 이곳에 온 게 헛수고가 아니라는 사실은 알게 됐다. 페어필드와 같은 시골의 주유소는 대부분 훌륭한 소식통이었고, 셰리든이 여기 없다면 엘머가 그녀에게 안부를 전해달라고 말하지도 않았을 테니까.

최고보안교도소, 플로렌스

"안녕하세요, 하딩 박사님. 안녕하세요, 형사님." 패트릭 매커보이가 프로파일러와 조던 오빠에게 인사하고, 나에게도 말을 걸었다. "안녕하세요, 그랜트 양."

그는 나에게 악수를 청하지도 않았고, 미소를 지었지만 더 마르고 엄해진 것 같은 창백한 얼굴이 부드러워지지도 않았다. 예전에는 어깨까지 오던 연한 금발은 이제 짧아졌고 흐릿한 형광등 아래서 잿빛으로 보였다. 그의 눈에서 반짝임이 사라지고 동안이던 매력도 잃었다. 마치 벽처럼 쓸쓸하고 다가갈 수 없는 뭔가가 그를 둘러싸고 있었다. 학교 정문에서 몰려든 마이크와 카메라에 대고 내가 거짓말을 함으로써 그가 전날 저녁에 해준 조언을 모두 짓뭉개버렸을 때, 그의 얼굴에 드러나던 실망과 경멸이 생생하게 떠올랐다. 나는 그를 믿었지만 그의 잘못된 예측 때문에 패할 수밖에 없는 상황에 몰려버렸다. 그때 이후로 내가 늘 느꼈던 수치심은 어느 날 불현듯 분노로 변했다. 내가 잘못을 저질렀고 거짓말도 했지만, '그'는 어른이고 삶의 경험이 많았으며, 내가 어떤 일을 겪고 견뎌냈는지 정확하게 아는 심리학자였다는 사실을 깨달았기 때문이다. 실수하지 않게 나를 지켜주고 보호하는 대신, 사람들이 무슨 일을 할 수 있는지 전혀 몰랐던 그는 내가 멸망을 향해 달려가게 만들었다. 모든 게 잘못된 후에도 그는 너무 오만해서 자기 실수를 인정하지 않았고, 당황해서 어쩔 줄 모르는 열일곱 살짜리에게 설명할 기회도 주지 않고 호의를 거둬가버렸다. 내가 그에게 양심의 가책을 느낄 이유는 전혀 없었고 오히려 그 반대였다. 그런데 그가 왜 지금 여기 지옥 같은 외진 장소에서 일할까? 목장과 안락한 집, 아내는 어떻게 됐지? 그때 임신 중이 아니었나?

"안녕하세요, 패트릭." 나는 싸늘하게 그의 인사를 받았다. "놀랍군요."

"나도 그래." 그가 나를 자세히 살피며 물었다.

"그래요?" 난 눈썹을 치켜세웠다. "희생자 가족이 당신의 환자 중 한 명을 면회하러 오면 미리 연락을 받지 못하나요? 이런 일이 흔한가요?"

"아니, 상당히 드물지." 패트릭의 창백한 뺨이 살짝 붉어지고 무딘 눈에 한 줄기 생기가 돌았다. "셰리든, 만나서 기쁘다. 어떻게 지내니?"

"아주 잘 지내요." 나는 미소를 짓지 않았다. "회복 탄력성을 위해 노력하고 있어요."

최고보안교도소 소장과 하딩 박사와 조던 오빠는 우리의 짧은 대화를 놀란 표정으로 듣고 있었다.

"링컨 사우스이스트고등학교에서 알게 된 사이예요." 패트릭이 아무 말도 하지 않아서 내가 설명했다. "매커보이 박사님은 그때 학교 심리상담사였는데, 나를 늑대들에게 잡아먹으라고 던져줬지요."

패트릭의 귀가 새빨개지고 당황하여 시선을 내리는 걸 보고 있자니 쌤통이라는 생각이 들었다. 누군가 미처 말을 꺼내기 전에 교도관이 들어오더니 앤드루가 면회실로 오는 중이라고 알려줬다.

"나도 면회에 참석할 겁니다." 면회실로 들어서는데 패트릭이 조던 오빠에게 말했다. 그는 이제 나에게 더는 신경 쓰지 않았다. "그리고 교도관도 두 명 들어옵니다. 하딩 박사님은 모니터링 룸에서 모든 걸 보실 수 있습니다."

좁은 면회실은 지나치게 난방을 많이 해서 더웠고, 탁자 하나와 의자 네 개뿐이었다. 탁자 다리와 앤드루가 앉을 의자는 바닥에 고정되어 있었다. 천장에 달린 카메라 두 대는 여기서 일어나는 일을 서로 다른 시각에서 녹화할 터였다. 왼쪽 거울 뒤편에는 유리창이 숨어 있고 그곳에 프로파일러와 교도소장이 앉아 있었다. 우리가 들어온 문의 안쪽에는 손잡이가 없었다. 나는 패트릭 매커보이와의 예상치 못한 만남으로 여전히 너무 흥분한 상태라서, 사이코패스 연쇄살인범이나 상습 성폭행범을 만나게 되어 떨린다거나 그런 사람과 어떻게 말을 해야 할지 생각할 시간이 없었다.

패트릭이 몇 가지 주의할 점을 이야기했지만 내 귀에는 거의 들리지 않았다. 맞은편 문이 열리더니 그가, 엄마의 살인범이 탁자 하나만 사이에 둔 채 내 앞에 와서 섰다. 제복 입은 교도관 두 명이 카키색 오버올을 입은 그를 데리고 와서 그의 수갑과 발의 족쇄를 탁자의 특수한 장치에 고정했다. 그가 호기심을 숨기지 않고 나를 빤히 봤다. 나도 똑같이 호기심을 보이며 되쏘아봤다. 20년 동안의 수감, 그리고 그중 절반 이상은 격리 수감이었는데 놀랍게도 스콧 앤드루의 얼굴에는 그런 흔적이 보이지 않았다. 내 앞에 앉아 있는 남자는 내가 본 사진에서보다 조금 더 나이만 들었을 뿐이었다. 그

때보다 약간 창백하고 말랐지만 첫눈에 보기에는 여전히 무척 잘 생긴 외모였다. 하지만 매력적인 그의 미소 뒤에는 사악하고 구역 질 나는 뭔가가 숨어 있었다. 그가 면회실에 들어서는 순간, 나는 그의 독성 아우라를 느꼈다. 양엄마의 경우처럼 독기를 품은 초록 색이었다. 나는 그의 목소리가 내 머릿속에서 과연 어떻게 울릴지 긴장한 채 기다렸다. 나는 목소리와 음악과 소음을 언제나 색깔과 무늬로 인식했다. 레이첼 이모의 아우라는 다양한 단계가 있는 초록색이었고, 목소리의 모서리는 톱니 모양이었다.

"안녕, 박사." 앤드루가 패트릭에게 말을 건넸다. 자주 말하지 않는지 잠긴 목소리였다.

"안녕하세요, 앤드루 씨." 패트릭이 형식을 갖추어 인사하고 서류를 넘겼다. "이쪽은 그랜트 양과 블라이스톤 씨입니다. 그……캐럴린 쿠퍼의 아들과 딸이지요."

"안녕." 앤드루는 몸을 뒤로 기대고 껌을 씹으며 눈을 반쯤 감은 채 미소를 지었다.

"안녕하세요. 앤드루 씨." 취조실에서 범죄자들과 마주 앉은 경험이 많은 조던 오빠가 말했다. "우리 면회를 승낙해주셔서 고맙습니다."

"됐소. 기분전환이지 뭐. 방문객이 오는 일이 아주 드물어서 말이지." 스콧 앤드루는 조던 오빠와 나를 번갈아 바라봤다. 우리 둘 중에서 누가 더 상처 입기 쉬운지, 누구에게 영향력을 행사하기 좋은지 계산하는 중이었다. 그가 이 공간에서 유일한 여자인 나를 선택했을 때 나는 전혀 놀라지 않았다. 그는 나를 자기편으로 만들려고 시도할 테지만 나는 그런 일이 벌어지게 내버려두고 싶은 마음이 없었다. 나는 증오를 느끼지 않았다. 불안지도 않았다. 사실 아무 감정도 없었다.

"너는 엄마랑 똑같이 생겼구나." 앤드루가 말했다.

나는 이 도발에 휘말리지 않았다. 그가 나를 흔들어놓으려면 다른 대포를 끌고 와야 했다.

"알아요. 엄마를 알던 사람은 누구나 그렇게 말해요." 나는 어깨를 으쓱하며 대답했다. "눈동자 색깔만 다르지요. 유감스럽게도 나는 엄마를 기억하지 못해요. 사진 몇 장만 있을 뿐."

앤드루의 입술이 치켜 올라가고 콧방울이 부풀었다. 의심하는 눈초리로 나를 보더니, 원래 작전을 바꾼 모양이었다. 고집 센 아이처럼 턱을 앞으로 내밀었는데, 탁자에 묶이지 않았더라면 아마 팔짱을 꼈을 것이다.

"내가 한 일이 미안하다고 지금 말해야 하는 거겠지? 후회한다거나 뭐 그런 거. 아니면 이제 신을 발견했다고 하거나. 그런 말을 심리학 박사들이 완전히 좋아하거든. 여기 이 사람……." 그가 패트릭을 향해 고갯짓을 했다. "그리고 유리 뒤에도 분명히 있을 다른 사람도. 알려줄 게 있어. 집행유예가 될 기회가 아주 조금이라도 있다면 나도 지금 그런 말을 할 거야. 아이고, 반성하고 신을 믿는다며 아무 말이나 할 테지. 하지만 내가 무슨 말을 하고 무슨 행동을 하든 어차피 아무 상관 없어. 지금 상태보다 더 나빠질 게 없다고. 난 여기서 썩을 거야."

"네, 아마 그렇겠지요." 내가 대답했다. "그건 그렇고, 오랫동안 교도소에 수감된 사람치고는 정말 상태가 좋으신데요. 난 당신을 다르게 상상했어요. 덥수룩한 수염과 기름이 잔뜩 낀 머리카락, 치아도 빠지고 입가에 침이 묻어 있을 줄 알았지요. 그런데 서류에 있는 사진과 똑같은 모습이네요. 비법이 뭐예요?"

나는 그의 눈과 아우라에서 번쩍인 당혹감을 기억해두었다. 그는 온갖 것을 예상했겠지만 외모 칭찬을 받으리라고는 생각도 못 했을 터였다.

"흠, 글쎄. 여기 안에서는 스트레스가 거의 없어. 담배와 술을 끊었지." 그는 몸을 뒤로 기대고, 미소로 당혹감을 은폐했다. "음식도 괜찮고. 비타민이나 뭐 그런 것도 줘. 그리고 매일 감방이나 바깥에서 운동도 하지."

"왜 하죠?" 나는 경멸이 아니라 정말 관심이 있어서 물었다. "운동을 하는 동기가 뭔가요? 내 말은, 당신은 여기서 이제 더는 나오지 못할 테니 사실 외모가 어떻든 아무 상관도 없지 않나요? 안 그래요?"

앤드루의 미소가 사라지고, 그의 후두융기가 신경질적으로 오르락내리락했다. 손바닥으로 탁자 모서리를 긁어 소음을 냈다. 위로 아래로, 위로 아래로.

"죄송해요." 내가 말했다. "무례하게 굴 생각은 없었어요."

"아니, 괜찮아. 네 말이 맞아. 상당히 멍청한 짓이지."

나는 그가 점점 붙임성이 좋아지는 걸 느꼈다. 그의 의식 속에서 문명의 경계가 이제 더는 작동하지 않는다고 해도—그런 게 있기나 했다면— 모든 사람이 원하는 것을 그도 여전히 그리워하고 있었다. 타인으로부터 '인식'되고 싶었던 것이다. 단순히 번호나 자신의 범행으로만 환원되는 괴물이 아니라 인간적인 개인으로서. 그가 어디에 반응하는지 이제 알게 된 나는 레이첼 이모와 살면서 얻은 조종 기술을 사용할 수 있게 됐다. 그에게 우리 대화가 어떤 방향으로 향하는지 결정하는 사람은 자기 자신이라는 느낌을 줘야 했다.

"앤드루 씨, 뭐 좀 여쭤봐도 돼요?" 나는 공손하게 물었다.

"당연하지. 넌 그러려고 여기 온 거잖아. 안 그래?"

"네, 그렇긴 하죠. 음…… 만약…… 당신이 달랐다면 아마 물어보지 않았을 거예요." 나는 살짝 미소를 짓고는 망설이고 침을 꿀꺽 삼키며 불안하다는 흉내를 냈다. 그런 다음 얼굴에서 머리카락을 걷어내고, 적당한 단어를 골라야 한다는 듯이 행동했다. 앤드루의 눈이 최면에 걸린 듯 나의 모든 동작을 좇았다. 아이처럼 열정적으로 몸을 앞으로 약간 숙이고 탁자에 아래 팔을 받치느라 수갑고리가 덜거덕거렸다.

"뭘 알고 싶은데?" 내 마음에 들고 싶다는 욕구는 진심인 듯했고, 그를 냉정하게 조종하는 내가 잠깐 치사하게 느껴졌다.

"좀…… 혼란스러워서요." 나는 한숨을 내쉬었다. "당신은…… 내가 상상했던 모습과는 완전히 달라요. 훨씬 더…… 호감이 가거든요. 그러니까 내 말은, 원래 난 지금 당신에게 분노해야 하잖아요. 안 그래요? 우리 엄마를 살해했으니까."

나는 고개를 숙이고 입술을 깨물며, 나 자신과 싸우는 것처럼 행동했다. 좁은 면회실은 숨 막히는 정적으로 가득했다. 나는 그를 다시 쳐다봤다.

"앤드루 씨, 우리 엄마에 대해 말해주실 수 있어요? 엄마는…… 어떤 사람이었는지. 외모는…… 어땠는지. 난…… 엄마가 전혀 기억나지 않아요. 하지만…… '당신은' 어쩌면 엄마를 기억할 수도 있잖아요."

그는 바로 대답하지 않았다. 이제 그가 내 눈길을 피했다. 나는 숨을 멈추었다. 내가 너무 심했나? 그가 내 속을 들여다본 건가? 수감자는 언제든 면회를 중단할 권리가 있다고 조금 전에 교도소장이 설명했었다. 이제 앤드루가 중단하면 어떡하지? 불안한 몇 초가 흐른 후에 그가 헛기침을 하고 입을 뗐다.

"잘 알지는 못해. 내가 동료들이랑 자주 가던 아일랜드 바 계산대 뒤쪽에서 일했지. 그녀가 미국인이라서 우린 가끔 수다를 떨었어. 낯선 곳에서 고향 기분을 좀 느꼈던 거지." 그가 웃음을 터뜨렸다. "그녀도 나처럼 내슈빌에서 잠깐 살았다고 하더군. 라디오 쇼 '그랜드 올 오프리'에서 일했다고 했어. 꼭 가수가 되려고 했지. 그게 꿈이라고."

나는 이 말이 내 가슴을 바로 파고들었다는 사실을 눈치채지 못하게 조심했다. '가수라고?' 앤드루가 이 말을 꾸며냈을 리는 없잖아! 내가 같은 꿈을 꾼다는 사실도 알 리 없었다. 나는 이제 정말로 눈물을 억눌러야 했다. 지금까지 엄마가 페어필드를 떠난 후의 일은 어둠에 묻혀 있었는데, 이제 갑자기 전혀 예상치 못하게 이 어둠에 빛이 비쳤다.

"가수로서의 탁월한 경력은 부족했던 것 같아." 앤드루가 말을 이었다. "그런데 내슈빌에서 어떤 남자를 만나서 함께 유럽으로 갔대. 영국 사람이었을 거야. 이름이 프레더릭이었지. 아니, 아니다. 필립이었어. 꽤 유명한 사진작가였지. 누군가 나더러 그녀가 모델이라고 알려줬어. 그녀가 직접 말한 건 아니야. 그런 사람이 아니었지. 잘난 척하려고 그런 말을 하는 여자도 많지만 말이야. 하지만 난 그녀의 경우에는 믿었어. 정말 끝내주게…… 매력적이었거든."

그가 입을 다물고 아랫입술을 씹었다. 그의 생각이 20년 전으로 돌아갔다.

"뭔가 슬픈 기색을 띠고 있었어." 그는 꿈꾸는 듯한 표정으로 한숨을 내쉬고는 자세를 다시 바르게 하고 미소를 지었다. "이따금 바에서 술 취한 미군들이 문제를 일으키기도 했는데, 그럴 때 그녀가 나에게 도움을 청한 적도 있어. 내가 하사관이라는 걸 알았겠지. 부하들이 나를 존경했거든."

나는 숨도 쉬지 않고 그의 말에 귀를 기울였다. 옆에 있는 조던 오빠도, 패트릭도 잊어버렸다. 하딩 박사와 교도관도, 교도소장도, 콘크리트 담과 가시철조망과 개들도 생각하지 않았다. 손이 떨리기 시작했다. 어둡고 사악한 뭔가가 내 영혼을 당기는 느낌이었고, 나와 이 남자 사이에 뭔가 있다는 걸 알아차리고 경악했다. 그날 밤에 흘린 엄마의 피가 끔찍한 방식으로 우리 둘을 연결하는 것 같았다. 스콧 앤드루도 이걸 느꼈다. 나는 내가 어떤 질문을 하든 그가 우리 대화를 중단하지 않으리라는 사실을 깨달았다. 이 기이한 초감각적 연결을 맛보려는 탐욕이 너무 강했으니까. 하지만 나는 오래 버티지 못할 터였다.

"앤드루 씨. 당신은…… 우리 엄마를 좋아했어요." 나는 내 목소리를 더는 믿을 수 없어 속삭이듯 작게 말했다. "그런데 왜……왜……?"

짐승 같은 그의 범죄를 적당히 돌려서 말할 수 있는 단어는 없었다. 솔직히 말하거나 이 남자처럼 입 밖으로 꺼내는 걸 피해야 했다.

앤드루는 이번에도 내 질문에 바로 대답하지 않았다. 하딩이 좀 전에 사이코패스 연쇄살인범들은 자신의 범죄와 그 동기에 대해 결코 말하지 않는다고 했으므로, 나는 그의 대답을 꼭 바라지는 않았다. 침묵이 길어졌지만 나는 그를 재촉하지 않았다. 조던 오빠와 패트릭도 입을 다물고 있었다. 1분이 더 지났을 때 앤드루가 다시 입을 열었다.

"그래, 아마 난 그녀를 정말 좋아했던 것 같다. 나와 그녀가 뭔가 될 수도 있다고 믿었지." 그가 이마를 찡그렸다. "그날 저녁에…… 그날은 월요일이었어. 정확하게 기억난다. 그녀는 혼자 계산대 뒤에 있었고, 그녀 말고는 종업원이 한 명뿐이었어. 내가 그녀에게 뭐 마시러 가자고, 수다를 좀 떨거나 하자고 했지. 하지만 싫다고 하더군. 늦어도 11시까지는 집에 가야 한다고 했어. 손님이 계속 들어왔지. 많지는 않았지만 두세 명씩 계속 와서 시간이 점점 늦어지고 또 늦어졌어. 그러다가 11시가 가까워졌지. 나는 그사이에 다른 곳에 갔다가 술집 앞에서 그녀를 기다렸어. 집에 데려다주려고 했거든. 정말 다른 생각은 없었어. 그냥 수다를 좀 떨려던 것뿐이었지." 이 문장은 명백하게 거짓말이었다. 그 말을 할 때 목소리의 색깔과 무늬가 달라졌기 때문이다. 중요하지 않았으므로 나는 그냥 넘어갔다. "그녀는 나랑 함께 가기 싫다고 했어. 그래서 우린 조금 다퉜지. 그러다가 그녀가 떠났고, 난 뒤를 따라갔어. 난 그때 술에 꽤 많이 취한 상태였어. 집은 멀지 않았어. 도로 몇 개만 건너면 됐지. 그러다가…… 내가 왜 그랬는지는 나도 몰라." 그는 말을 멈추고 생각에 잠긴 표정으로 이마를 찌푸렸다. "이상하게 들릴지 몰라도…… 급하게 화장실에 가야 할 것 같은 느낌이야. 머릿속과 몸 내부에, 사방에…… 압박감을 느껴. 더는 견디지 못하고 완전히 미칠 것 같은 그 느낌은…… 하고 나서야 사라지지. 어릴 때부터 그랬어. 뭔가 죽이고 나서야 다시 또렷하게 생각할 수 있었어."

"그런데…… 나는…… 나는요?" 내 목소리가 떨렸다. 앤드루가 내 머릿속에 심은 온갖 사악함을 견디기가 너무 힘들었다. "내가 그걸 봤나요?"

"아니." 앤드루가 고개를 저었다. "난 그녀에게 아이가 있다는 것조차 몰랐어. 그 말을 한 적이 없으니까. 하지만 아마 그래서 집에 바삐 가려고 했고, 내가 같이 가는 것도 싫어했던 모양이야. 모든 게…… 지나간 후에 난 나가려고 했는데…… 아, 젠장. 어둠 속에서 내 앞에 불쑥 아이가 나타났어. 눈을 아주 커다랗게 뜬 아이가. 아무 말도 하지 않았지. 소리를 지른다거나 뭐 그러지도 않고 그저 나를 빤히 쳐다보기만 했어. 나는 죽을 만큼 놀랐어. 그리고 도망쳤지. 그날 밤 나는…… 죽이려는 강박을 절대 통제하지 못할 거라는 사실을 깨달았어. 내 손으로 죽이려는 충동을. 계속 반복하리라는 걸 알았지. 나에게서 안전한 여자는 없는 거야. 설령 내가 상대방을 좋아한다고 해도. 그래서 교도소에서 다시는 나오지 못하리라는 것, 사형선고를 받을 수도 있다는 것을 확실하게 알았지만…… 하기야 그게 더 나을 테지. 난 다음 날 헌병대에 가서 자수했어."

그는 탁자 상판을 노려보며 멍한 표정으로 주먹을 폈다 쥐었다 되풀이했다. 그러다가 고개를 들고 이리저리 정처 없이 시선을 돌리다가 다시 나를 바라봤다.

"나는 한니발 렉터(토머스 해리스의 범죄 스릴러물에 나오는 악역 캐릭터—옮긴이)가 아니야!" 그가 너무 격하게 말하는 바람에 나는 움찔했다. "난 '미친 게' 아니라고! 하지만 이따금 누군가 날 거절하거나 경멸하면 머릿속에서 스위치가 켜지는 것 같아. 그럴 때면 할아버지와…… '비웃는' 그의 목소리가 들리지. 그럴 때면…… 언제나 나를 놀렸던 그 목소리가."

그가 말을 멈췄다. 자기 자신과 싸우고 있었다. 손가락 열 개로 머리카락을 훑었다.

"할아버지가…… '뭘' 할 때면요?" 방의 열기에도 불구하고 나는 몸이 떨렸다. 손가락이 얼음처럼 차가웠다. 힘이 모두 바닥났지만 견뎌내야 했다.

"그가 거시기를 나에게 밀어 넣을 때면." 앤드루의 목소리는 억양이 없었고 눈빛이 무뎌졌다. "난 거지 같은 유년기를 보냈어. 그게 사람을 살해하는 이유가 될 수 없다는 건 나도 알아. 하지만 아무 가치도 없는 느낌을 받는다는 게 어떤 건지 다들 모르지. 아무것도 제대로 하지 못하는 인간이라는 것, 빌어먹을 루저라는 것."

"그게 어떤 느낌인지 알아요." 내가 나지막하게 속삭였다. "난 이모에게 입양됐어요. 다른 친척이 전혀 없었으니까요. 이모는 자기가 증오하던 여동생을 닮았다는 이유로 매일 나에게 보복했어요. 그놈의 네브래스카 옥수수 농장에서, 병든 종교적 광신자 양엄마 아래에서 자란다는 건 지옥이었지요. 부모님이 교통사고로 사망했다고 사람들이 알려줬지만, 그래도 난 언젠가 엄마가 와서 나를 구해주길 바랐어요. 엄마가 살해당했다는 사실은 꽤 늦게야 알게 됐어요."

앤드루는 지금까지 나를 무표정하게 바라봤지만 이제 정말 관심을 보였는데, 이런 관심 역시 최소한 똑같이 소름 끼쳤다. 그가 후회나 유감이나 연민은 느끼지 못한다고 해도, 자신의 행위가 어떤 결과를 가져왔는지 불현듯 깨달은 것 같았다.

"네 양엄마는 지금 어떻게 됐어?" 그의 질문에 내가 대답했다.

"사형 집행을 기다리고 있어요. 시부모님과 자기 아버지를 독살했고, 아들이 살인 광란을 일으키게 사주했어요. 윌로크릭 대학살이라고 아마 들어보셨을 거예요."

"아!" 앤드루의 눈썹이 위로 빠르게 올라갔다. 그가 몸을 똑바로 일으키고 흥분한 표정을 짓고는 혀끝으로 입술을 훑었다. "그래서? 느낌이 어때?"

"뭐가요? 양엄마가 언젠가 처형된다는 사실이요?"

"그래."

"별 관심 없어요." 나는 어깨를 으쓱했다. "자기가 지은 죄에 대한 벌을 받는 거겠죠."

나는 집중력이 떨어졌다. 입이 바짝 마르고 머리가 아팠다. 내가 알려고 하던 것은 모두 알아냈다. 이제 여기서 나가고 싶었다.

"앤드루 씨, 고맙습니다. 솔직하게 모두 설명해주셔서 감사해요. 그런데 물어봐야 할 게 또 있어요."

"뭔데?" 그가 질문을 기다리며 고개를 비스듬하게 기울였다.

"우리 엄마, 그리고 다른 두 여성 말고 또 다른 여성들을 살해했나요?"

조던 오빠와 패트릭이 소스라치게 놀라 숨을 멈췄지만 그러거나 말거나 나는 관심 없었다. 게임을 계속할 기분도 아니고 힘도 없었다. 시원한 공기를 호흡하고, 담배를 피우고, 물을 1리터쯤 마시고, 잠을 자고 싶었다. 이곳의 모든 것을 잊고 싶었다.

"그걸 누가 알고 싶어 하지?" 내 질문에 스콧 앤드루의 얼굴이 순식간에 돌처럼 굳어졌다. "연방 수사관들이?"

"네."

그가 입술을 가느다랗게 한일자로 꾹 다물었다.

"너는 어때? 너도 알고 싶어?"

"아니요." 나는 나른하게 고개를 저었다. "관심 없어요."

"내가 그랬다면 사형선고를 받을 수도 있는데." 그의 눈에 염탐하는 낌새가 또 드러났다.

"그게 앞으로 30년 동안 독방에서 근근이 연명하는 것보다 더 나은 대안 아닌가요?" 말을 뱉고 난 후에야 나는 바깥으로 표현하지 말고 생각만 해야 했다는 걸 깨달았다. 놀랍게도 앤드루는 화를 내지 않았다. 재미있다는 듯이 웃더니 금방 다시 진지해졌다.

"셰리든 그랜트, 나는 솔직한 걸 존중한다. 정말이야. 나에게 이렇게 솔직한 사람은 진짜 오랜만이군." 그가 몸을 앞으로 숙였다. "그러니 제안을 너에게 하나 하지. 내 생각에는 상당히 훌륭한 제안이야. 경찰들은 너무 좋아서 바지에 오줌을 지릴 거다. 제일 좋은 경우에는 몇 년 더 '근근이 연명'하겠지. 물론 이곳 컨트롤 유닛이 아니라 가장 제한이 적은 킬로 유닛에서 말이야. 거기가 훨씬 낫지."

그가 늑대처럼 사악하게 히죽 웃었다.

"당신이 뭔가 협상하려고 할 거라고 하딩 박사님이 경고했어요." 내 말에 앤드루가 코를 씩씩거렸다.

"그래, 박사는 늙은 여우야. 하지만 내가 협상 시도를 하지 않는다면 멍청한 거 아니겠어? 안 그래?"

"그렇죠." 나는 고개를 끄덕였다. "자, 어떤 제안인가요?"

"네가 일 년에 한 번 나를 면회 오는 거야." 그가 얼굴에 교활한 미소를 띠고 속을 드러냈다. "오늘처럼 이렇게 좀 수다를 떨자고. 그러면 연방 수사관들이 어디 땅을 헤집어야 하는지 너에게 알려줄게. 매년 새로운 장소 한 군데씩."

그가 털어놓은 끔찍한 이야기에 조던 오빠와 패트릭은 전기 충격이라도 받은 듯했지만, 나는 그저 무관심하게 그를 바라보다가 물었다.

"내가 몇 번이나 면회를 와야 하지요?"

그는 고개를 목덜미로 젖히고 껄껄 웃었다. 이 상황이 무척 재미

있는 모양이었다.

"몇 번이나 될 것 같아?" 그는 눈을 음흉하게 번쩍거리며 입술을 핥았다. 이제는 속일 생각도 하지 않았다. 맥박이 귀에서 너무 시끄럽게 뛰어 나는 생각하기가 힘들었다. 그의 존재를 더는 견딜 수 없어서 의자에서 벌떡 일어났다.

"그거 알아요?" 나는 싸늘하게 말했다. "꿈도 꾸지 마시죠."

몸을 돌려 문으로 다가가자 문이 곧장 열렸다.

"어이, 기다려! 여기 그냥 있으라고! 나 아직 말이 안 끝났어!" 흥분한 앤드루가 내 등에 대고 고함을 질렀다. "어이, 이리 와서 나랑 이야기 좀 해. 셰리든 그랜트! 난 네 엄마에 대해 아는 게 이보다 훨씬 더……."

등 뒤에서 문이 닫혔다. 정적이 흘렀다.

"화장실이 어디예요?" 나는 새된 소리로 멍하니 물었다.

"왼쪽 두 번째 문입니다." 교도관 두 명 중 한 명이 말하며 왼쪽 복도를 가리켰다. 나는 바로 달려가 그 문을 발견하고 겨우 때맞춰 화장실 칸에 들어갔다. 컥컥거리고 기침을 하며 변기에 토했다. 식은땀과 눈물이 얼굴로 흘러내렸다. 나중에는 속이 다 비고 담즙만 나왔다. 지쳐서 화장실 칸의 벽에 기대고 쪼그려 앉아 눈을 감았다. '꼭 가수가 되려고 했지.' 엄마가 나와 똑같은 꿈을 가졌다는데 나는 깊은 감동을 받았다. 이 비열한 변태가 엄마를 살해하던 날, 내가 정말로 잃어버린 것이 무엇이었는지에 대한 쓰디쓴 깨달음이 밀려왔다. 이 세상의 그 누구도 엄마가 나를 사랑했듯이 조건 없는 사랑을 주지는 못할 터였다.

"아, 엄마. 엄마!" 나는 계속 흐느꼈다. "왜? 왜 도대체 그런 일이?"

문을 노크하는 소리에 나는 다시 정신을 차렸다.

"셰리든? 셰리든!" 조던 오빠의 목소리였다. "너, 괜찮아?"

나를 왜 10분도 그냥 내버려두지 못할까?

"응, 괜찮아." 나는 어쩔 수 없이 대답했다. "금방 나갈게."

나는 힘겹게 몸을 일으켜 변기 물을 두어 번 내린 다음, 세면대로 비틀비틀 걸어가 입을 헹구고 세수도 하고 손에 물을 받아 염소 냄새가 나는 물을 몇 모금 마셨다. 초록색 종이 타월을 잔뜩 써서 얼굴을 닦았다.

"정신 차려!" 나는 거울에 비친 나에게 속삭였다. "다 지나갔어. 넌 이제 여기서 다시 나갈 수 있지만 그 남자는 아니야."

떨림이 조금 나아졌다. 최대한 깊게 심호흡을 했다. 심장 박동이 잔잔해졌다. 나는 어깨를 펴고 거울을 다시 한번 흘낏 본 후에 복도로 나갔다. 조던 오빠가 기대고 있던 벽에서 황급히 몸을 떼고 나에게 다가왔다.

"셰리든, 너 엄청났어!" 평소에는 무척 조용한 오빠가 아주 흥분한 상태였다. 양손을 비비고 얼굴을 온통 환하게 빛내며 웃었다. "네가 그 사람에게서 말을 끌어냈어! 그 남자는 자기 범행에 대해 20년 동안 한마디도 하지 않았지. 법정에서도, FBI 요원과 프로파일러들과의 면담에서도. 그런데 지금 마치 너와 커피를 마시며 수다를 떨듯이 털어놓은 거야! 하딩은 너무 기뻐서 완전히 흥분했어! 너랑 꼭 이야기하고 싶어 해!"

"하지만 나는 말하고 싶지 않은데." 내가 대꾸했다.

"왜 그래?" 오빠가 팔을 내 어깨에 얹으려 해서 나는 그 손길을 피했다. 오빠 얼굴에서 미소가 사라졌다. "모든 게 완벽하게 진행됐잖아!"

"오빠와 하딩 박사에게는 아마 그랬겠지." 나는 솟구치는 화를 힘겹게 누르며 대답했다. 복도 끝에서 기다리는 교도관 두 명의 존재 때문에 조던 오빠에게 고함을 지르지 않고 겨우 참고 있었다. "나한테는 지옥이었어. 그래서 이제 나갈래. '지금' 당장!"

"알았어." 오빠가 다시 미소를 장착했다. "밴스 교도소장에게 잠깐 들러서 인사하고 가자."

교도관 한 명이 유리창이 없는 복도를 따라 우리를 안내했다. 복도들이 모두 아주 똑같이 생겨서 안내가 없었더라면 완전히 길을 잃을 뻔했다. 이보다 더 섬뜩한 장소에는 가본 적이 없었다. 나는 몸이 다 젖을 만큼 땀을 흠뻑 흘렸고, 콘크리트 벽 사이에서 질식할 것 같은 끔찍함을 느꼈다. 우리는 보안 게이트들을 지나 최고보안구역을 나와, 사물함에서 우리 물품을 꺼냈다. 출구로 곧장 향하는 나를 조던 오빠가 잡았다.

"5분만. 부탁이야, 셰리든." 오빠가 애원했다.

우리가 교도소장 사무실에 들어섰을 때 밴스 교도소장과 패트릭은 조용히 이야기를 나누고 있었고, 하딩 박사는 창가에 서서 긴장한 표정으로 목소리를 낮추어 휴대폰으로 통화 중이었다. 세 명 모두 명백하게 엄청난 흥분 상태였다. 교도소장과 패트릭은 나를 보자 입을 다물었고, 프로파일러는 통화를 얼른 끝냈다. 셋 모두 처음에는 나를 빤히 바라보기만 했지만 프로 근성을 금방 되찾았다.

"그랜트 양, 정말 아주, 아주 잘해냈습니다!" 하딩 박사가 상기된 얼굴로 눈을 빛내며 말했다. 그가 상냥하게 미소 지었다. "도대체 어떻게 한 겁니까? 나는 앤드루와 15회 이상은 이야기해봤지만 본질적인 것은 한 번도 꺼내지⋯⋯."

"뭐 좀 마실 수 있을까요?" 난 그의 말을 가로막았다. "콜라가 제일 좋겠어요. 그리고 담배도 한 대 피우고 싶군요."

"물론이지요." 밴스 교도소장이 회의 탁자를 둘러싼 의자 중 하나를 재빨리 꺼내 앉으라고 권했다. 부르자마자 달려온 비서는 나에게 차가운 콜라를, 그리고 교도소에서는 흡연이 엄격하게 금지되어 있는데도 재떨이를 가져다줬다. 나는 그녀에게 감사 표시로 고개를 끄덕이고 몇 모금 만에 컵을 다 비운 다음 담뱃불을 붙였다. 어쩌면 교도소 규정 중에 작은 글씨로 인쇄된 내용에는 연쇄살인범에게서 자백을 얻어낸 사람들을 위한 예외 조항이 있는지도 모른다.

조던 오빠와 패트릭과 교도소장은 그대로 서 있고, 하딩 박사는 내 맞은편에 자리를 잡았다.

"안에서 방금 무슨 일이 있었던 겁니까?" 박사가 물었다. "어떻게 그가 입을 열게 만들었지요?"

"그 사람 목소리는 내 양엄마와 똑같은 모양이었어요." 내가 대꾸했다. "그래서 어떻게 말해야 할지 알았지요."

나는 너무 피곤해서 아무 생각 없이 뱉은 이 말을 바로 후회했다.

"무슨 뜻인가요?" 교도소장이 이해할 수 없다는 표정으로 물었다.

"아, 설명하자면 너무 길어요." 내가 손사래를 쳤지만 하딩 박사의 호기심이 이미 깨어난 뒤였다.

"당신, 공감각자인가요?" 그의 말에 나는 당황해서 되물었다.

"어, 그게 뭔가요?"

"공감각. 색깔이나 대칭 도형을 듣는 것을 말하지요."

"아하." 색깔 듣기는 별로 힘든 일이 아니었다. 그냥 언제나 그랬고, 금요일은 왜 밝은 노랑이고 목요일은 왜 사각형인지, 콜라는 왜 체크무늬 맛이고 스크램블드에그는 물결 모양인지 고민하지 않았다. 하지만 유치원에 다닐 때 언젠가 그 이야기를 했다가 놀림을 받은 뒤로 이게 뭔가 독특하다는 걸 알게 되어 그 후로 다시는 남들에게 말하지 않았다. "알겠어요. 그렇다면 난 공감각자인 모양이네요."

"공감각(Synesthesia)이라는 말은 그리스어에서 왔습니다." 프로파일러가 열심히 설명했다. "'감각의 혼합'과 비슷한 뜻이지요. 상당히 희귀한 신경생물학적 현상이고 특이한 지각 방식입니다. 하나의 감각이 자극받으면서 동시에 다른 지각이……."

"그게 앤드루와 무슨 관련이 있는지 모르겠군요." 교도소장이 끼어들었다. 법과 규칙과 규정 바깥에서 일어나는 모든 일을 지극히 수상쩍게 보는 관료인 듯했다. 그는 불쾌한 표정으로 패트릭을 곁눈질했다. "이 아가씨는 다른 사람들이 하지 못했던 일을 해냈습니다. 어떻게, 왜는 나에게 중요하지 않아요. 앤드루가 한 말을 이제 어떻게 다루어야 할지가 문제입니다."

하딩 박사는 내가 어떻게 앤드루 같은 사이코패스를 자연스럽게 이야기하도록 유도했는지 당연히 아주 관심이 많았고, 어쩌면 특이한 내 능력을 앞으로 어떻게 이용할까 고민하는지도 몰랐다. 그는 마지못해 주제를 돌렸다.

"우린 당연히 그의 진술을 바로 확인할 겁니다."

"어떤 진술 말인가요?" 내가 물었다. 혹시 내가 놓친 게 있던가?

"당신이 면회실을 나간 후에 앤드루가 1979년 6월에 시신을 묻었다는 장소를 말했습니다." 하딩이 대답했다. "희생자가 실제로 더 존재한다는 일종의 증거로 말이지요. 하지만 그는 앞으로 당신에게만 그 장소들을 말하겠다고 확실하게 밝혔습니다. 1년에 한 군데씩."

"난 그 사람 장단에 놀아날 생각 없어요!" 나는 화가 나서 소리치고 담배를 재떨이에 눌러 껐다. 이 콘크리트 벙커에 다시 와서 그 괴물과 또 마주 앉아야 한다는 생각만으로도 구역질이 났다. "그가 꼭 면회객을 받아야겠다면 당신과 말하면 되잖아요."

프로파일러가 얼굴을 문지르며 한숨을 내쉬었다.

"그랜트 양, 차분하게 생각해보세요." 그가 씁쓸한 어조로 말했다. "1년에 하루입니다. 우리가 어쩌면 실종사건을 해결할 수도 있는 기회예요."

"그만하세요!" 나는 짜증이 나서 소리를 질렀다. "나는 당신이 요구한 걸 했어요! 이제 그놈을 다시는 보고 싶지 않아요! 여기 이 일은 오늘로 끝났다고요!"

밴스 교도소장은 이해한다는 눈빛으로 나를 바라봤다.

"앤드루는 그랜트 양을 1년에 한 번 만나는 것 말고도 다른 뻔뻔한 조건들을 내걸었습니다. 난 그걸 허용할 수도, 허용할 생각도 없어요." 나는 그가 끼어든 것에 곧장 좋은 점수를 줬다. "덜 제한적인 구역으로 옮겨달라는 요구는 법무부가 결정해야 합니다."

"하지만 이 시설의 책임자로서 당신이 그를 추천할 수는 있지요." 하딩 박사가 대답했다.

"내가 하지 않겠다면요?" 밴스 교도소장이 날카롭게 물었다. "내 생각에 그의 요구는 협박입니다. 나는 수감자들이 이 전례를 모방하는 걸 원하지 않습니다. 그리고 스콧 앤드루 같은 변태 범죄자가 컨트롤 유닛에 수감되어 있으면 나는 안심하고 훨씬 더 푹 잘 수 있고요."

오래전 사건을 해결할 기회에만 집중하는 프로파일러와 4백 명이 넘는 중범죄자들에 대한 책임이 있는 교도소장이 불꽃을 튀기며 서로를 노려봤다.

"내가 해야 할 일은 다 했어요." 나는 불쑥 찾아온 침묵에 대고
말했다. "이제 집에 돌아가고 싶군요."

페어필드, 네브래스카

주유소 젊은이가 설명했듯이, 마커스는 휘어진 커다란 느릅나무 뒤쪽에서 '윌로크릭 종마 사육장'이라고 쓰인 안내판을 발견했다. 눈이 닿는 한 자동차는 한 대도 보이지 않았지만 습관상 점멸등을 작동했다. 자갈길은 하얀 칠을 한 목장 울타리를 따라 1킬로미터 훨씬 넘게 이어지다가 급하게 꺾였다. 마커스는 자갈이 깔린 넓은 마당으로 들어섰다. 넓은 베란다와 삼나무 널빤지 지붕, 회랑과 출입문 앞의 하얀 기둥을 갖춘 남부 전원주택 형식의 2층짜리 목조 가옥을 본 마커스는 잠시 숨이 멎었다. 그는 크롬 빛깔로 번쩍이는 거대한 픽업 옆에 렉서스를 주차하고 내렸다. 짙은 색에 희끗희끗한 머리카락이 섞인 키 큰 남자가 베란다에 서서 조심스럽기는 하지만 적대감은 없는 눈빛으로 그를 바라보고 있었다.

"안녕하세요!" 마커스는 싹싹하게 인사를 건네고 베란다로 이어지는 층계 발치에 섰다. "시어스 모델하우스인가요?"

"네, 그렇습니다. 눈썰미가 아주 좋으시군요." 차분한 기품을 풍기는 남자가 그의 안목을 높이 평가한다는 듯이 미소를 지었다.

"제 할아버지가 지난 세기 20년대에 시어스 로벅 카탈로그에서 주문하여 노년에 살려고 지으셨죠. 모두 미친 짓이라고 했지만, 80년 동안 온갖 돌풍과 겨울 폭풍을 이겨낸 집입니다."

"정말 아름답네요." 마커스는 감탄하며 건물 전면을 훑어봤다. "모델이 뭔가요?"

"'목련'입니다. 열 개의 방과 많은 욕실을 갖춘, 당시에 카탈로그에서 가장 비싼 집이었어요. 8천 달러쯤 들었습니다. 이따금 사람들이 이 집을 보러 오기도 한답니다. '목련'이 원래 상태 그대로 보존된 집은 미국 전체에서 일곱 채뿐이거든요." 남자가 오른손을 내밀었다. "버넌 그랜트입니다. 빌 하이랜드가 당신이 올 거라고 미리 알려줬어요. 보시다시피 시골의 소식 전달 시스템은 잘 작동한답니다."

"마커스 골드스타인입니다." 마커스는 층계 네 칸을 올라가 버넌이 내민 손을 잡았다. "네, 주유소에서 신사분들이 저를 자세히 테스트했답니다. 서로 관심을 갖는 게 마음에 듭니다."

"우리 동네에는 어쩐 일이신가요?" 버넌 그랜트가 물었다.

"난 로스앤젤레스 음반 콘체른 CEMC에서 일합니다. 얼마 전에 따님인 셰리든의 데모 테이프를 우연히 들었는데, 마음에 무척 들었습니다. 그래서 셰리든과 그 이야기를 하고 싶어서요." 남자는 마커스를 바라보며 신중하게 생각하는 듯했다.

"그래서 로스앤젤레스에서 여기까지 그 먼 길을 오셨다고요?" 그러고는 싱긋 웃으며 턱으로 렉서스를 가리켰다. "캐시 윌리엄슨의 차를 타고요?"

"아이고, 이 차가 여기서는 아주 유명한 모양이군요." 마커스가 무뚝뚝하게 대꾸했다.

"솔직히 말하면 난 캐시 윌리엄슨이 누군지 모릅니다." 버넌 그랜트가 장난기 어린 표정으로 싱긋 웃었다. "빌 하이랜드가 그 이름을 말했지요. 그 사람은 정말이지 인근 3백 킬로미터의 모든 사람을 안답니다. 그리고 당신이 전용기로 노퍽에 착륙했다는 사실도 알더군요. 일단 들어오시지요. 커피 한 잔, 어떻습니까?"

두어 시간 후에 마커스는 37킬로미터 떨어진 소도시 매디슨에 있는 유일한 모텔의 객실 침대에 누워 있었다. 노퍽에 묵는 팀원들은 아마 그보다 약간 더 사치를 누릴 테지만, 하룻밤 묵기에는 이 모텔도 충분했다. 마지막으로 5성급 이하 호텔에 묵은 때가 언제인지 거의 기억나지도 않았다. 분명히 20년은 족히 지났을 것이다. 그의 삶은 상아탑에서, 냉난방장치가 있는 리무진과 전용기에서, 호화로운 전원주택에서 펼쳐졌다. 통상적인 것을 상상할 필요가 없었다. 이곳에서 그는 무명의 이방인이라서, 아까 '패밀리 달러' 슈퍼마켓에서 겪은 것과 같은 기이한 일도 벌어졌다. 그곳에서 칫솔과 치약, 맥주 몇 캔과 군것질거리를 사려고 선반들 사이를 이리저리 돌아다니던 그는 의심스럽다는 눈길을 받았다. 아마 잠재적인 도둑으로 보였기 때문일 터였다. 그는 캘리포니아나 뉴욕과는 전혀 다른 외모, 그리고 전혀 다르게 말하는 사람들과 중부 미국의 소박한 삶에 놀랐고, 자기가 현실감각을 완전히 잃었다는 사실을 깨달았다. 피트니스와 건강식만 이야기하는 캘리포니아에서는 얼굴이 통통 부은 뚱뚱한 사람들이 물건으로 가득한 쇼핑 카트를 끌고 털털 걸어 다니면 금방 눈에 띄었다. 마커스는 남루한 옷을 입은 뚱뚱한 사람들을 이렇게 많이 본 적이 없었다. 수많은 사람이 기름진 몸의 가운데를 허리띠로 묶고 있었다. 미적 감각이라고는 없는 폴리에스터 셔츠와 합성섬유 스웨터의 가격표를 보고 너무 저렴해서 놀랐다. 5백 달러짜리 청바지와 존 롭 수제화, 5만 4천 달러짜리 파텍 필립 아쿠아넛을 손목에 차고 이런 일에 놀라는 그는 오만한 걸까, 아니면 그저 단순히 세상 물정에 어두운 걸까? 의심 많은 계산원은 한 번도 본 적이 없는 블랙 센추리온 카드도, 팔라듐 카드도 받지 않았고 그게 위조된 카드라고 여겼다. 다행스럽게도 마커스는 현금 몇 달러를 가지고 있었다. 안 그랬더라면 계산원이 보안관을 불렀을지도 모른다.

그는 이제 침대에 누워 캔 맥주를 마시며, 셰리든 그랜트가 아침에 오빠와 함께 콜로라도로 가서 오늘 저녁에야 돌아온다는 사실이 정말 다행이라고 생각했다. 셰리든 아버지와의 대화가 지극히 유익했기 때문이다. 4년 전에 두 아들을 잃고 자신도 크게 다친 그는 네브래스카 전체에서 가장 넓은 땅을 소유한 사람이었다. 그 학살 사건 전에는 링컨과 워싱턴에서 몇몇 정치 고위관직도 지냈고, 그의 어머니는 동부 연안의 프라이빗 뱅커 가문 출신이었으며 아버지는 중서부의 거대한 농장을 상속받기 전까지는 전도유망한 경제 변호사였다. 그랜트 일가는 부유하고 문화 수준이 높았다. 마커스는 셰리든 그랜트에게 지폐 몇 장 흔드는 것으로는 충분하지 않으리라는 걸 깨달았다. 게다가 자기 노래를 녹음하려고 며칠 전에 녹음 스튜디오로 갔다고 했다. 아버지 말에 따르면 딸은 자기 비용을 들여 그냥 재미로 녹음한다는 것이었다. 그러니 마커스가 상상한 것처럼 간단하지는 않을 터였다. 하지만 그의 일이 언제 간단한 적이 있었던가?

내일 그는 셰리든 그랜트를 만날 예정이었다. 로스앤젤레스로 오라고 설득할 수 있을까? 그리고 내가 생각한 것처럼 정말 그렇게 노래를 잘할까? 유명한 내 예감 능력이 여전할까, 아니면 사람들이 어떤 음악을 듣는지 알기에는 이제 너무 나이를 먹은 걸까?

귀환 비행에서

한 시간 후에 조던 오빠는 콜로라도스프링스를 지나 파이퍼의 방향을 북동쪽으로 잡았다. 3시 반이었다. 순풍을 받으니 해지기 전에는 윌로크릭 농장에 도착할 터였다. 연료계 눈금이 절반보다 조금 더 높았으니 어쨌든 연료는 충분했다. 경비행기는 이번에도 정기 항공기라면 손쉽게 해결했을 돌풍 같은 급변풍이나 난기류와 싸워야 했다. 그러나 발밑의 산맥이 멀어질수록 비행은 점점 더 안정되어갔다.

나는 완전히 기진맥진해서 조던 오빠가 말을 걸지 않는 게 다행이라고 생각했다. 최고보안교도소를 급하게 나오느라고 다행스럽게도 패트릭 매커보이와의 작별 시간은 짧았다. 이 비겁한 도덕가는 힘든 징조가 보이자마자 나를 뜨거운 감자처럼 아주 비전문적으로 내동댕이쳤으니 그 때문에 고민할 가치가 없었다. 그는 호레이쇼와 마찬가지로 나와 내 마음의 고통에 아무런 관심도 없었다. 그리고 조던 오빠도 나를 그저 이용했다는 사실을 오늘 깨달았다. 어쩌면 오늘 이 면회로 나에게 좋은 일을 해줬다고 자기 스스로 믿을지 몰라도, 원래 의도는 완전히 달랐다. 하딩 박사의 일에 대한 오빠의 관심이 얼마나 큰지 눈에 뻔히 보였다. FBI로 가고 싶은 걸까? 나중에 연방경찰로 옮기는 형사들이 많았다. 조던 오빠처럼 야망이 큰 형사가 진급 가능성과 도전이 더는 보이지 않는 네브래스카에 남으려고 할까?

나는 재스퍼 헤이든처럼 사심 없이 호의로만 행동하는 사람이 아주 적은 이유는 뭘까 생각했다. 그는 전혀 모르는 나에게 분명히 3백 달러는 됨직한 휠과 타이어를 선물했다. 왜 그랬을까? 그냥 선한 사마리아인이었나? 누구에게든 다 그렇게 했을까? 아니면…….그의 푸른 눈동자를 떠올리자 심장이 곧장 흥분해서 쿵쿵거리기 시작했다. 내가 그를 만난 때가 정말로 겨우 열두 시간 전인가? 나는 오른손을 재킷 주머니에 넣어 볼펜을 만져봤다. 대부분의 사람들의 행위에 뭔가 목적이 있다는 인식에 나는 놀랍게도 실망하지 않았고 오히려 반대로 아주 큰 해방감을 느꼈다. 거기에 대비하고 나도 똑같이 행동하면 되니까.

"앤드루가 어머니에 대해서 한 말, 어떻게 생각해?" 침묵을 더는 견디지 못한 조던 오빠가 입을 열었다. "내슈빌과 영국 사진작가 이야기, 그리고 어머니가 모델이었다는 거 말이야."

"몰라." 내가 대꾸했다.

"내 생각에는 맞는 것 같아. 그 남자가 그런 세부사항을 꾸며낼 이유가 없잖아. 그 가운데 많은 건 사실 여부를 확인해볼 수 있어. 그 사진작가가 네 아버지인지도 모르지."

"그럴지도." 나는 그 일에 대해 이러쿵저러쿵 추측해볼 마음이 없었다. "어쩌면 아닐 수도."

"우리 어머니가 그때 어디로 갔는지 레이첼 그랜트는 알고 있었을까?"

"그럴지도 모르지."

조던 오빠가 나를 빤히 바라봤다. "네가 오늘 스콧 앤드루와 이야기했던 것처럼 그 여자와도 할 수 있잖아."

"절대 아니야!" 나는 고개를 저었다. "레이첼 이모는 나를 진심으로 증오해. 결코 입을 열지 않을 거야!"

"교도소에 수감되면 사람들은 달라져." 조던 오빠가 우겼다. "특히 사형수 감방에 있는 사람은 더더욱."

나는 양엄마와의 마지막 만남을 떠올렸다. 양엄마는 매디슨 카운티 병원 복도에서 나에게 돌진하여 양손 주먹으로 정신 나간 사람처럼 나를 때렸다.

"어쨌든 너는 오늘 하딩에게 깊은 인상을 남겼어." 조던 오빠가 말했다. "내 생각에, 그가 분명히 너와 다시 한번 이야기하고 싶어 할 거야."

"난 아니야." 나는 단호하게 선언했다.

"왜?"

"이용당하고 싶은 마음이 없으니까."

"하지만 FBI를 도울 수도 있어." 오빠는 그 일이, 누군가에게 일어날 만한 일 중에 가장 큰 영광이라는 듯이 말했다. "하딩과 그의 동료들은 우리나라에서 가장 두뇌가 뛰어난 사람들이야. 우리가 운용 사례 분석에 대해 알고 매일 적용하는 거의 모든 것이 하딩과 그의 팀에게서 나왔어. 하딩은 네가 앤드루를 엄폐물에서 유인해낸 방식에 완전히 감동했어."

"내가 오늘 면회에 동의한 유일한 이유는 그놈에게서 뭔가 알아내고 싶었기 때문이야." 나는 오빠의 기억을 되짚어줬다.

"그래, 물론이지. 하지만 하딩은 네가 '어떻게' 그걸 해냈는지 당연히 관심이 있다고!"

오빠가 히죽 웃었다. "그리고 나도 그렇고. 내가 피의자와 마주 앉아 있는데, 다가갈 수 없어서 거의 절망할 지경일 때가 얼마나 흔한지 알아?"

"특별하게 한 거 없어." 나는 대수롭지 않게 말했다.

"아니, 했어." 조던 오빠가 반박했다. "나는 그가 너에게 어떻게 반응하는지 자세히 살폈지. 그의 눈에는 심리학자와 내가 전혀 들어오지 않았어. 너에게 마음을 털어놓으려고 말이야. 말도 안 돼! 유년기에 어떤 일을 당했는지 한 번도 말하지 않은 앤드루 같은 자기애 성향의 사이코패스가 20분 만에 기꺼이 자기 인생 이야기를 하다니!"

"꾸며낸 말일 수도 있어." 나는 오빠의 낙관을 짓눌렀다. 그림자처럼 하루 종일 나를 따라다니던 불쾌감이 더 커졌다. 나 스스로도 이성적으로 설명할 수 없는데, 앤드루와 나 사이의 기묘한 연대를 다른 사람에게 어떻게 묘사할 수 있을까? 혹시 나도 스콧 앤드루처럼 죄책감 없이 살해하는 능력의 소유자라서 가능했던 걸까? 동기는 부수적인 역할을 할 뿐, 우리 둘 모두 삶을 지우는 사람들이었다. 같은 종의 생명체가 서로를 알아보듯 우리 영혼이 서로 알아본 걸까? 나는 속으로 몸서리를 쳤다.

조던 오빠는 프로파일러와 행동분석팀과 굉장한 감동을 받은 온갖 인식과 방법에 대해 계속 떠들었다.

"오빠." 듣고 있던 나는 짜증이 나서 끼어들었다. "앤드루가 나에게 한 말 중에 정말 맞는 게 있는지 어쩐지 아직 하나도 증명되지 않았어."

"하지만 만일 맞다면." 경찰인 오빠는 드센 고집을 굽히지 않았다. "앤드루가 말한 곳에서 정말 시신 잔해가 나온다면 셰리든, 너는 FBI를 도와야 해."

"아니, 그렇지 않아!" 나는 화가 나서 씩씩거렸다. "오빠, 지금 나한테 뭘 요구하는지 모르는구나. 오늘 내가 얼마나 끔찍했는지 전혀 몰라."

"하지만 겨우 두어 시간이었잖아." 오빠가 다시 입을 열었다.

"오빠, 그 괴물이 나한테서 엄마를 빼앗아갔어!" 나도 모르게 이런 말이 터져 나왔다. "그 변태가 엄마를 성폭행하고, 목 조르고, 갈랐기 때문에 나는 한 번도 '엄마의 사랑'을 경험하지 못했어. 달갑지 않은 아이라는 느낌을 받으며 자라야 했다고. 그래도 오빠는 엄마라고 여겼던 사람, 오빠를 떠받들고 사랑해준 사람이 있었잖아. 나에게는 '레이첼 그랜트'가 있었지. 양엄마 기분이 어떤지 알 수 없으니 안전하다고 느낀 적이 한 번도 없어. 엄마에게서 나를 지켜준 유일한 사람은 하이럼 오빠였어. 아빠는 자기 아내를 견딜 수 없어서 늘 도망쳤으니까. 나는 양엄마의 수중에 있었다고. 하이럼 오빠와 조지 아저씨가 우연히 제때 오지 않았더라면 에스라 오빠에게 성폭행을 당할 뻔한 적도 있어."

나는 말을 멈추고 양손에 얼굴을 묻었다. 분노로 눈물이 나기도 했고, 에스라 오빠는 아니었지만 어느 날 밤에 실제로 성폭행당했다는 말을 하마터면 내뱉을 뻔했기 때문이다. 제기랄!

"난 몰랐다." 조던 오빠가 말했다. 충격을 받았다기보다 마음이 상한 듯한 목소리였다.

"그럼 이제 알겠네!" 나는 날카롭게 대꾸하고 코를 훌쩍였다. "이제 더는 옛날 일을 뒤지고 싶지 않아. 그러니까 부탁이야. 그놈을 또 만나라고 나에게 다시는 강요하지 마. 하딩 박사에게든 오빠에게든 나는 도덕적인 협박은 받지 않을 테니까."

"그건 굉장히 이기적이라고 생각해." 오빠가 싸늘하게 말했다. "그래, 넌 끔찍한 일을 겪었어. 하지만 소름 끼치는 일을 겪은 사람이 이 세상에 너 혼자인 것 같아? 너는 최소한 진실을 알고 있고, 언젠가는 그 모든 걸 극복할 수 있어. 하지만 자기 가족에게 무슨 일이 벌어졌는지 모르는 사람들은 그럴 수 없지."

나는 오빠에게 고함을 지르지 않으려고 감정을 억눌러야 했다. 나는 어떻게 이런 사람을 한때 섬세하고 감정이입능력이 크다고 생각했을까? 조던 오빠에게는 이부동생보다 낯선 사람들이 훨씬 더 소중한 모양이니, 피는 물보다 진하다는 속담은 그다지 믿을 만한 게 못 된다.

"오빠가 나를 이기적이라고 생각한다고? 그럼 오빠는? 오늘 왜 나를 기필코 콜로라도로 데려가려고 했는지 내가 모를 줄 알아? 하딩에게 그저 잘 보이려던 거잖아!" 나는 오빠를 비난했다. "오빠는 나에게 전혀 관심이 없어. 잘난 척하려고 나를 그냥 이용한 거라고!"

"말도 안 되는 소리!" 오빠가 격분해서 반박했다.

"안 되긴! 하딩은 오빠에게서 매사추세츠에서 벌어진 일을 들었다고 했어. 게다가 검찰에서 서류를 건네받아 온갖 세부사항을 다 알고 있더군." 날카롭게 울리는 내 목소리가 싫었지만 그것을 통제할 수 없을 만큼 화가 났다. "내 등 뒤에서 그런 짓을 하다니, 도대체 무슨 생각이야?"

오빠는 아무 대답도 하지 않았다. 입술을 꽉 다문 채 조종실 유리창 너머만 빤히 내다봤다.

"오늘 같이 오는 게 아니었어!" 나는 화가 나서 고함을 질렀다.

"난 오빠가 정말 내 편이라고 생각했는데 전혀 아니라고!"

"여기서 중요한 건 누가 누구 편이냐가 아니야!" 오빠가 내 비난에 얼마나 화가 났는지 알 수 있었다. "우린 좋은 일에 도움을 줄수 있어. 뭔가 긍정적인 일을 하는 거라고."

"우리가 아니고 내가 좋은 일에 도움을 줄 수 있다는 말이겠지." 나는 바로 말꼬리를 잡았다. "오빠 의도를 미리 알려줬더라면 좋았을 텐데. 난 누군가에게 이용당하고 싶은 마음이 전혀 없으니까. 유감스럽지만 말이야."

"넌 유감스럽게 생각하지 않아." 조던 오빠의 반박에 나는 분노해서 대답했다.

"그래, 맞아. 그건 그냥 상투적으로 나온 말이야. 유일하게 유감인 건 오빠도 다른 사람들에 비해 나을 게 없다는 사실이지. 그건 정말 유감이야. 나는 오빠를 좋아하고 믿었으니까. 그런데 오빠가 모든 걸 망쳤어!"

오빠가 뭐라고 대답하기 전에 나는 안전벨트를 풀고 앞 좌석 두개 사이를 지나 뒤로 가서 의자에 앉은 다음 허리 안전벨트를 맸다. 그러고는 담요를 뒤집어쓰고 다른 담요 하나를 말아서 베개로 하고 몸을 쭉 뻗고는 눈을 감았다. 얼른 자야 했다.

하지만 스콧 앤드루와의 면회가 가져올 결과에 대한 음울한 예감을 떨쳐버릴 수 없었다. 하딩 박사는 블러드하운드였다. 그런 사람은 일단 한번 냄새 맡은 것은 그냥 포기하지 않았다. 나는 사물의 이면을 이번에도 못 봤다. 이기적이거나 그냥 순진했던 걸까? 그러다가 조던 오빠에 대한 분노와 선실의 소음에도 나는 잠이 들었고, 사형 집행실과 푸른 눈의 남자 꿈을 꾸었다.

착륙한 후에 조던 오빠와 나는 화해하지 않고 헤어졌다. 나는 목련 저택까지 태워다주겠다는 오빠의 제안을 말없이 고개를 저어 거절하고 파이퍼에서 기어 나와 가방을 어깨에 메고 걷기 시작했다. 내 뒤에서 활주로 조명의 밝은 불빛이 꺼졌다. 나는 조던 오빠 혼자 경비행기를 격납고에 밀어 넣도록 내버려뒀다. 온실과 새로 지은 마구간 건물과 농기계 창고 뒤쪽에서 곡선으로 강까지 이어지는, 포플러에 에워싸인 좁은 길을 따라 걸었다. 잎사귀 없는 참나무 우듬지 뒤에서 창백한 원반 같은 보름달이 얼어붙은 초원 위로 떠올랐다. 이제 곧 봄이 오겠구나. 윌로크릭 농장에서 망아지들이 태어나고 자연이 사방에서 새 생명을 깨우는 모습을 지켜보길 기쁘게 고대하고 있었어. 하지만 이제 그런 일은 없을 거야. 조던 오빠를 더는 믿을 수 없고, 오늘 생겨난 틈새는 수리할 수 없을 테니까. 내 인생에서 가장 중요한 두 사람, 아버지와 니컬러스를 갈등에 빠지게 하는 일은 결코 하지 않을 작정이었다. 조던 오빠를 일정한 간격으로 계속 만나고 싶은 마음은 추호도 없으니 내가 윌로크릭 농장을 떠나는 수밖에 없었다.

나무줄기들 사이로 목련 저택의 어두운 윤곽이 나타났다. 부엌 유리창 안쪽에 전등이 켜져 있었다. 나는 어깨를 펴고 불편한 기분을 느끼며 베란다로 이어지는 계단을 올라갔다. 조던 오빠가 벌써 아버지에게 전화해서 우리가 다투었다고 말했을까?

"왔어요!" 나는 크게 소리를 지르고 복도 옷걸이에 재킷을 걸었다. 대답이 없어서 부엌으로 가봤다. 아버지가 메모를 남겨뒀다. 마구간에 있다고, 오늘 밤에 암말 펩시가 어쩌면 새끼를 낳을지도 모르겠다고, 배가 고프면 거기로 오라고 했다.

8시 조금 안 된 시각이었다. 완전히 지쳤지만 벌써 자러 가기에는 너무 흥분한 상태였다. 앤드루가 언급한 영국 사진작가를 인터넷으로 검색해볼까 잠시 고민했다. 그가 정말 존재한다면 희생자가 더 있다는 이야기도 어쩌면 맞을지 몰랐다. 하지만 나는 그가 한 이야기가 그저 판타지이기를 바랄 지경이었다. 그러면 하딩과 조던 오빠가 나를 더 이상 괴롭히지 않을 테니까. 배가 꾸르륵 소리를 내서 인터넷 검색은 나중으로 미루고 재킷을 다시 걸친 다음 어둠을 헤치고 마구간으로 건너갔다.

아버지는 마구간 뒤편, 새끼 낳는 칸에 있었다. 중간 높이의 문에 팔을 얹은 채 갈색 암말을 지켜보는 중이었다. 암말은 고개를 숙이고 건초더미 앞에 꼼짝도 하지 않고 서서 자기 내면에 귀를 기울이는 것 같았다. 내 발소리를 들은 아버지가 고개를 들었다.

"셰리든!" 아버지가 기쁜 표정으로 미소를 지었다. "조금 전에 들린 게 비행기 소리가 맞구나. 어땠어? 조던은 어디 있지?"

그 순간 나는 자제력을 잃었다. 어린 시절 누군가 내 화를 돋우면 그랬듯이, 울면서 아버지 품에 파고들어 아버지 어깨에 내 얼굴을 댔다. 아버지는 나를 꽉 안고 등을 쓰다듬으며 나지막하게 위로했다. 그러다가 휴지를 꺼내 건넸다.

"고마워요." 나는 속삭이며 대답하고는 코를 풀고 손등으로 얼굴에서 눈물을 닦아냈다.

"뭐 좀 먹었니?" 아버지가 물었다.

교도소 화장실에서 토해버린 치즈버거가 떠올라 고개를 저었다.

"마사가 파이랑 샌드위치를 가져다줬다." 아버지가 팔로 내 어깨를 감쌌다. "자, 뭘 좀 먹자. 그러고 다 이야기해봐. 알았지?"

"알았어요." 내가 나직이 대답했다.

우리는 헛간 뒤쪽 행정 건물에 있는 아버지의 사무실로 향했다.

이곳에서 모니터로 새끼 낳는 칸에 있는 펩시를 지켜볼 수 있었다. 아버지는 사무실을 편안하게 꾸며뒀다. 소파와 안락의자 여러 개, 말에 관한 잡지들이 쌓인 낮은 목제 탁자가 있었다. 책장에 책과 위스키와 진 몇 병이 있고, 장작 난로가 혼자 부글거리며 아늑한 온기를 발했다. 금방 내린 차 향기가 퍼져 있었다. 아버지가 옆에 붙은 간이 주방에서 파이를 두툼하게 써는 동안, 나는 아버지에게 어떻게 설명할지 고민했다. 아버지가 파이와 샌드위치가 담긴 쟁반을 들고 와서 탁자에 내려놓고, 짝이 맞지 않고 이가 빠진 두 개의 컵에 차를 따랐다. 나는 낡고 편안한 가죽 소파에 푹 주저앉았다. 이 쾌적한 공간에서 느끼는 안전함은 콜로라도에서 겪은 충격을 조금이나마 덜어주었다. 나는 샌드위치를 하나 집어 들고 오늘 어떤 일이 있었는지, 그리고 그 괴물과 마주 앉아 있을 때 어떤 느낌이었는지 아버지에게 설명했다. 조던 오빠가 나를 속인 일은 언급하지 않았다.

"조던 오빠와 하딩 박사는 내가 내년에 다시 스콧 앤드루를 면회하길 원해요. 그가 말한 장소에서 정말 뭔가 발견된다면 말이에요." 나는 이렇게 말을 마쳤다. "내 생각에, 조던 오빠는 이 일에서 나를 전혀 생각하지 않아요. 오빠랑 콴티코 기지에서 온 FBI 요원은 나를 통해 앤드루의 비밀에 접근하려고 해요. 오빠는 방금 돌아오는 비행기에서 나더러 교도소로 레이첼 이모를 면회 가라고까지 말했어요."

"정말이냐?" 아버지가 이맛살을 찌푸렸다. "도대체 왜?"

"엄마가 윌로크릭을 떠난 후에 어디로 갔는지 이모가 어쩌면 알 수도 있다고요. 하지만 난 절대로 그러고 싶지 않아요. 레이첼 이모가 우리에게 무슨 짓을 했는데, 오빠는 어떻게 그런 걸 나한테 요구할 수가 있어요?"

아버지는 한숨을 내쉬고 대답했다.

"조던은 외골수 경찰이야. 나는 조던이 레이첼을 수사하면서, 우리 부모님과 레이첼 아버지에 대한 살해를 밝혀낼 때까지 얼마나 끈질기게 매달렸는지 직접 체험했다. 훌륭한 경찰은 광신자야. 진실을 밝혀내는 데 거의 광적으로 집착할 때가 많지."

"아빠가 나라면 어떻게 하시겠어요?"

아버지는 생각에 잠긴 채 아랫입술을 빨았다.

"조던이 나더러 레이첼과 이야기하라고 부탁한다면 거절하겠어." 아버지가 단호하게 대답했다. "그리고 셰리든, 캐럴린을 살해한 그 남자를 다시 한번 찾아가라고 아무도 너에게 강요할 수 없어. 하지만 결국 너는 네 양심에 귀를 기울여야 해. 그리고 네가 조던이나 FBI 프로파일러를 위해 그 일을 하는 게 아니라, 희생자의 가족을 위해 한다는 걸 확실하게 알아야 하고."

"과거가 놓아주질 않네요. 그렇죠?" 나는 우울한 기분으로 차를 한 모금 마셨다. 식어서 쓴맛이 났다.

"셰리든, 누구도 과거에서 도망칠 수 없어." 아버지가 대답했다. "자기 삶의 구성요소로 만들고 그것과 화해할 수 있을 뿐이지. 지금 여기를 사는 것, 그리고 지나간 것과 앞으로 올 것에 대해 너무 많은 생각을 하지 않는 게 가장 좋아. 우리는 그 두 가지 모두에 아무 영향도 끼칠 수 없으니까."

아버지가 모니터를 바라봤다. 여전히 건초를 씹고 있는 암말은 차분해 보였다. 샌드위치 반쪽과 마사 아줌마가 만든 맛있는 고기파이 한쪽을 먹으니 배가 불렀다.

"캔자스시티 일은 어때?" 아버지가 물었다. "우리 그 이야기 할

틈이 없었잖아."

"아, 아빠. 환상적이에요!" 나는 미소를 짓고 빈 접시를 탁자에 내려놓았다. "같은 관심을 가진 사람들과 함께 일하는 건 아주 특별한 경험이에요. 내일 다시 가서 계속 녹음할 생각을 하니 정말 좋아요."

나는 녹음 스튜디오에서 진행되는 일을 아버지에게 짤막하게 설명하고, 노련한 음악 전문가 톰 헤이즐우드가 내 노래와 음악성에 감탄했다고 열광적으로 이야기했다. 조던 오빠와 하딩 박사, 스콧 앤드루와 내 분노는 뇌의 먼 한쪽 귀퉁이로 밀려났다. 피로가 사지를 파고들었다. 나는 하품을 하며 부츠를 벗고 다리를 들어 올리고는 소파에 놓인 쿠션을 끌어안았다. 아버지가 그릇을 쟁반에 올리고, 지나가듯 말했다.

"그건 그렇고, 오늘 흥미로운 손님이 왔었다. 골드스타인이라는 사람이 로스앤젤레스에서 찾아왔어."

"아, 그랬어요?" 나는 눈을 뜨고 있기 힘들어 겨우 중얼거려 답했다.

"음악 프로듀서라더군." 아버지가 말을 이었다. "네 음악에 감탄해서 널 만나려고 일부러 그 먼 길을 왔어."

내 심장이 몇 번 빠르게 공중제비를 넘었다. 나는 몸을 똑바로 세웠다. "뭐라고요? 어떻게 듣게 됐대요?" 내 놀라움은 순식간에 의심으로 바뀌었다. "내가 어디 사는지 어떻게 알았죠?"

"골드스타인 씨는 하트그레이브 씨의 친구야. 너도 아마 기억할 테지. 예전에 학교 공연 때 네 뮤지컬을 관람했잖아."

"네, 당연히 기억해요." 피로가 단숨에 날아갔다. "특히 우리의 불행에서 이득을 보려고 했던 점을요."

"이제 그러지 않을 거야. 골드스타인 씨 말로, 하트그레이브 씨는 꽤 오래전에 사망했다더구나."

"예? 사망했다고요?" 학교 뮤지컬이 마치 어제 일처럼 불쑥 다시 떠올랐다. 우리 공연이 끝난 후에 코스텔로 선생님이 뉴욕에서 온 지인 하트그레이브 씨에게 나를 소개했다. 그의 얼굴은 잘 기억나지 않지만, 내 마음에 큰 꿈의 씨앗을 뿌린 말은 기억났다. '네 목소리는 정말 환상적이구나.' 그가 나에게 한 말이었다. '타고난 청중 몰이꾼이기도 하고.' 그는 나를 뉴욕으로 초대했지만 그 얼마 후에 끔찍한 일이 우리에게 벌어져 모든 것이 변해버렸다. 그가 오로지 그 대재난을 이용하려고 했다는 말은 아마도 부당한 주장일 터였다.

"어쨌든 골드스타인 씨는 고 하트그레이브 씨의 부인에게서 너에 관한 온갖 자료를 다 받았는데, 그중에 〈록 유어 라이프〉 시디도 있었다는구나." 아버지는 책상으로 가서 종이 몇 장을 이리저리 뒤적이다 돌아와서 나에게 명함을 내밀었다.

'마커스 골드스타인, CEO'라고 쓰여 있었다. '캘리포니아 엔터테인먼트&뮤직 코퍼레이션, 오션 파크 대로, 산타 모니카, 로스앤젤레스.'

"CEO가 뭐예요?"

"최고경영자를 말하지." 아버지가 대답하고 미소를 지었다. "내 생각에 골드스타인 씨가 그 음반회사 대표인 것 같다. 너를 로스앤젤레스로 초대해서 테스트 녹음을 하고 싶어 해. 셰리든, 정말 멋진 일 아니니? 네가 언제나 꿈꾸던 일이잖아. 안 그래?"

나는 믿을 수 없어 내 손에 든 직사각형 명함을 계속 빤히 노려봤다. 몇 초 지나자 아드레날린이 격렬하게 핏줄을 따라 솟구쳤다.

그랬다, 내가 늘 꿈꾸던 일이었다! 살면서 이것보다 더 애타게 열망한 일은 없었다! 내 꿈이 정말 이루어질까? 그것도 하필이면 내 운명을 나 스스로 개척하기로 결심한 이때? 그런 것 같았다. 그가 정말 진지하게 생각하는 게 아니라면 로스앤젤레스에서 우리 시골까지 그 먼 길을 올 리가 없지 않은가.

"내일 아침 일찍 9시에 다시 온다더라. 오늘 저녁 숙소로는 내가 매디슨의 컴퍼트 리지 인을 추천했지." 아버지가 말했다.

"아빠 컴퓨터 좀 써도 될까요?" 내 부탁에 아버지가 싱긋 웃으며 대답했다.

"물론이지. 마음껏 쓰렴. 나는 가서 펩시를 봐야겠다."

나는 책상 앞에 앉아 인터넷에 접속하고 마커스 골드스타인의 이름을 검색 엔진에 넣었다. 1초도 되지 않아 120만 개의 결과가 나타났다. 나는 숨을 헉헉 내쉬었다. 일단 사진들을 클릭했다. 수백 장이나 있었다. 머리카락이 희끗희끗하고 숱이 많으며 짙은 색 눈이 깊이 들어간, 영화배우 알 파치노와 얼핏 닮은 호리호리한 그 남자는 어떤 사진에서도 웃지 않았다. 기사 하나를 클릭해봤다.

'마커스 아이작 골드스타인은 가장 탁월한 콘서트 기획자 아이작 골드스타인과 할리우드 영화배우 애나 마이어스의 아들로, 1941년 1월 15일 브루클린에서 태어났다. 학업과 병행하여 여러 독립 음반회사의 A&R 스카우터로 일했다. CBS에서 A&R 직원으로 경력을 쌓기 시작했으며 몇 달 지나지 않아 부팀장으로 승진했다. 31세라는 젊은 나이에 대형 음반회사의 A&R과 제작 부사장에 올랐다가 독립하여 스톤 골드 레코드 음반회사를 설립했는데, 이 회사는 1년 후에 이미 차트에서 센세이션을 일으켰다.'

읽은 내용의 절반밖에 이해하지 못했지만, 내일 나와 만나려는 남자가 음악 세계에서 굉장한 거물이라는 사실을 알기에는 그것만으로도 충분했다. 떨리는 손가락으로 다른 기사들도 클릭했다.

마커스 골드스타인은 애틀랜틱 그룹의 공동 회장이자 공동 최고경영자였다. 또 타임 워너의 최고경영자이자 회장, 소니의 최고경영자이자 회장이었다. 또한 매년 누가 오스카상을 받을지 결정하는 영화예술과학아카데미의 회원이었다. 네 번 결혼하고, 네 번 이혼했다. 이제는 성인이 된 자녀 둘을 첫 번째 결혼에서 얻었다. 스톤 골드 레코드를 EMI에 매각한 후에 그는 미국 최대 부자 가운데 한 명이다……. 너무나 압도적인 내용이어서 나는 읽기를 중단했다. 머리가 빙빙 돌아서 양손을 입과 코에 대고 그냥 아주 조용히 앉아 있었다. 어지러웠다. 행복해서, 그리고 이 정신 나간 날에 감정이 롤러코스터를 타는 속도 때문에.

너무 흥분해서 눈을 붙이지 못할 거라고 생각했지만 나중에 소파에서 잠이 들었다. 한밤중에 망아지가 태어나기 직전에 아버지가 나를 깨웠다. 잠이 덜 깬 채로 터덜터덜 마구간으로 간 나는 양막낭에 둘러싸인 망아지가 톱밥으로 막 미끄러지는 모습을 목격했다. 아버지는 갓 태어난 망아지의 양막을 능숙하게 제거하고 깨끗한 수건으로 문질러서 순환을 도왔다. 나는 펩시가 일어나서 망아지 냄새를 맡고 핥기 시작하는 모습을 경건한 마음으로 지켜봤다. 망아지를 돌보면서 펩시는 낮게 웅웅거리는 소리를 냈다. 뒤에서 발소리가 들려 몸을 돌렸다.

"내가 너무 늦었나?" 니컬러스가 조용히 물었다.

"네, 5분 늦었어요." 내가 대답하고 자리를 조금 비켜줬다.

"다 잘됐고?" 그의 질문에 아버지가 대답했다.

"펩시가 혼자 해냈다네."

아버지는 칸의 벽에 기대어 만족스러운 미소를 띠고 엄마 말과 망아지를 지켜봤다. "수놈이야. 자기 아비처럼 이마와 콧등에 흰 줄이 있지. 밤색 털이 난 자류마 같아."

아버지는 탯줄 상처를 소독하고 칸을 나왔다. 우리는 망아지가 태어난 지 15분 만에 일어나려고 애쓰는 모습을 지켜봤다. 30분 후에는 아직 좀 불안정하기는 해도 긴 다리로 비틀거리며 서서 엄마 젖을 아주 열심히 빨았다.

"그런데 조던은 어디 있나?" 아버지가 니컬러스에게 물었다. "망아지 태어나는 거 보고 싶어 하지 않던가?"

"내일 사무실에 가야 해서 일찍 잠자리에 들었어." 니컬러스의 대답에 나는 마음이 놓였다. 그가 나에게 말했다. "조던 말로, 콜로라도 갔던 일이 상당히 잘됐다고 하더라. FBI 요원이 너에게 무척 감동했다던데."

아버지는 이미 두어 시간 전에 암말에게 주려고 올려놓은 죽을 가지러 갔다.

"네, 그랬어요." 나는 짤막하게 대꾸했다. 니컬러스는 우리의 다툼을 모르는 것이 분명했다. 왜 모를까? 조던 오빠는 자기 친구가 자기편이 아니라 내 편을 들까 봐 두려워하거나 아니면 관심도 없는 건가? 두 경우 모두 마음에 들지 않았다. 조던 블라이스톤의 성격에 아주 새로운, 좋지 않은 빛을 드리우는 징조였으니까. 사람은 유전자의 총합일 뿐 아니라 무엇보다도 양육과 자란 환경의 산물이다. 조던 오빠가 광적인 경찰이라는 사실은 니컬러스와 아버지와 내가 공유한 어두운 비밀과 관련해서 도무지 마음이 놓이지 않았다. 그런 사람은 자기 혈육이라고 해도, 아니 오히려 그런 경우에는 더더욱 자비도 연민도 없을 것이다.

"셰리든, 왜 그래?" 니컬러스가 물었다. "무슨 일 있었어?"

"몇 시간 전에 미국에서 가장 끔찍한 교도소에서 엄마와 또 다른 여성 몇 명을 목 졸라 죽이고 칼로 가른 사이코패스 연쇄살인범과 마주 앉아 있었다는 사실은 빼고 말이죠?" 내가 냉소적으로 대답했다. 조심해야 했다. 니컬러스가 얼마나 섬세한 사람인지 하마터면 잊을 뻔했다. 조던 오빠의 동기에 대한 내 고민을 니컬러스와 나눌 수는 없었다. 그를 믿지 못해서가 아니라, 조던 오빠 때문에 우리 둘 사이에 생길지 모르는 긴장감을 피하고 싶었다. 나에게 니컬러스와의 우정은 이 세상 그 무엇보다도 소중했다.

"미안하다." 그가 자책하는 얼굴로 말했다. "바보 같은 질문이었어."

"괜찮아요." 나는 하품을 하고 물었다. "지금 그 이야기 하고 싶지 않은데, 그래도 돼요?"

"당연하지." 니컬러스가 다시 암말과 망아지에게 몸을 돌렸다. 그에게 음악과 관련 있는 그 남자나 재스퍼 헤이든과의 만남에 대해 말할까 고민하는데, 아빠가 사료 양동이를 들고 돌아왔다. 김이 나는 죽을 구유에 부어주자 배고팠던 펩시가 곧장 달려들었다. 삶의 고단한 첫 순간에 지친 망아지는 톱밥에 쓰러져 바로 잠들었다.

"버넌, 이제 자러 가게." 니컬러스가 아버지에게 말했다. "내가 여기 남아서 후산을 기다릴 테니."

"알겠네, 고마워." 아버지가 니컬러스의 어깨를 두드리며 대답했다. "다른 말들은 다 조용한데, 그래도 한번 둘러보면 좋을 걸세."

나는 마구간에 더 오래 머물고 싶지 않아 니컬러스에게 인사를 건네고, 아버지와 함께 농장 작업용 차를 타고 집으로 향했다. 차가운 공기는 금속 냄새를 풍겼고, 이제는 별도 하나 보이지 않았다. 내일은 눈이 올 터였다. 나는 인터넷에서 마커스 골드스타인에 대해 찾은 내용을 아버지에게 전했다.

"어떻게 하죠?" 집에 들어서면서 내가 물었다. "내일 캔자스시티로 가려고 했는데!"

"일단은 그 사람의 제안을 들어보렴. 난 네가 옳은 결정을 할 거라고 믿는다." 아버지가 이렇게 조언하며 내 뺨을 쓸었다. "셰리든, 네가 자랑스럽구나. 아주 멋진 아가씨야. 이제 좀 자두렴."

페어필드, 네브래스카

마커스는 매디슨에서 목련 저택으로 가는 길에 조종사의 전화를 받았다. 악천후를 몰고 올 전선이 빠른 속도로 북상 중이라고 했다. 이미 노스다코타에 도달했으니, 심한 눈보라를 만나 이륙이 불가능해지기 전에 곧 출발하는 게 좋겠다는 내용이었다.

"시간이야 필요한 만큼 걸릴 테지요." 마커스가 대답했다. "여기서 출발하면서 연락하겠소."

이제 나누어야 할 대화에는 시간이 걸릴 테니 눈보라가 위협해도 서둘 수는 없었다. 그는 빌린 차를 전날처럼 픽업 옆에 주차하고 내렸다. 바로 그 순간 현관문이 열리더니 젊은 여성이 바깥으로 나왔다. 물이 빠진 부츠 컷 청바지에 카우보이 부츠, 듬성듬성하게 짠 재색 양모 스웨터에 낡은 군용 재킷을 걸친 차림이었다. 짙은 금발을 둘둘 말아 목덜미에 매듭지어 묶고 어깨에는 무거운 보스턴백을 메고 있었는데, 그를 보자 가방을 바닥에 내려놓았다.

"안녕하세요?" 그녀가 말했다. "곧 눈이 올 거예요. 제가 지금 좀 급해요."

지금까지 인터넷에서 그녀의 옛날 사진만 봐왔던 마커스는 숨이 막혔다. 그의 앞에 서 있는 젊은 여자는 바짝 마르고 불안해하던 4년 전의 존재와는 전혀 닮은 점이 없었다. 셰리든 그랜트는 그레이스 켈리나 샤론 스톤과 같은 고전적인 미를 지닌 모습이었다. 마커스의 예상보다 훨씬 어려 보였지만, 연못의 부평초처럼 초록빛을 띤 눈은 훨씬 더 성숙한 여인의 것 같았다.

"당신을 간신히 만나서 다행이군요." 그가 미소를 지으며 말했다. "난 마커스 골드스타인입니다."

"알아요." 셰리든이 그를 빤히 바라보며 대답했다. "아빠가 당신이 어제 여기 오셨다고 알려줬어요."

"그렇다면 내가 방문한 목적도 들었겠군요."

"네."

낮게 드리운 구름에서 부드러운 눈송이가 내려와 벌새처럼 허공을 떠돌았다.

"예의 없다고 생각하지 말아주세요." 셰리든이 말했다. "캔자스 시티로 가야 하는데, 눈이 제대로 쏟아지기 전에 출발하려고요."

"아, 그럼요." 마커스가 대답했다. "내 조종사가 조금 전에 전화해서 이제 곧 눈이 내릴 거라고 하더군요."

"당신 '조종사'라고요?"

"네, 내 비행기가 노퍽에서 대기 중입니다." 마커스는 속마음을 솔직하게 털어놓기로 결심했다. 그래서 어떻게 셰리든에게 관심을 갖게 됐는지, 그녀의 음악에서 마음에 드는 점이 무엇인지 직접적으로, 그렇다고 지나치게 아부하지도 않고 설명했다. 로스앤젤레스 CEMC 녹음 스튜디오로 그녀를 초대하여 테스트 녹음을 하고 싶은 이유를 사무적으로 설명하는 것을 셰리든은 표정 변화 없이 듣고 있었지만, 마커스는 그녀의 눈빛이 반짝이는 걸 놓치지 않았다.

"난 지금 첫 번째 앨범을 녹음하는 중이에요. 그래서 캔자스시티로 가야 해요. 녹음 스튜디오 사람들이 기다리고 있어요."

"어느 스튜디오에서 녹음하든 상관없습니다. 굳이 로스앤젤레스여야 할 필요는 없어요." 마커스는 쉽사리 포기하지 않았다. "당신 프로듀서가 누구인지 물어봐도 될까요?"

"없어요." 셰리든이 솔직하게 말했다. "뭘 할지, 노래를 어떻게 부를지 내가 직접 결정하고 싶어요."

"이해합니다." 마커스가 고개를 끄덕였다. "앨범을 녹음한 다음에는 어떻게 할 생각인가요?"

"시디를 찍어서 라디오 방송국에 보내려고요. 녹음 스튜디오 직원들이 도와주겠다고 했어요. 그분들은 음악 분야에 아는 사람이 많더라고요."

영하에 베란다에 서 있는 게 별로 아늑하지는 않았지만, 마커스는 이 일에 재미를 느끼기 시작했다. 아티스트와 직접 거래를 하기는 아주 오랜만이었고, 일반적으로 일을 진행하기에 가장 좋은 방법은 돈이었다. 그러나 이번 경우는 아니었다. 음악 산업을 전혀 모르는 셰리든에게 음반회사와의 협업이 주는 장점을 명확하게 알려줘야 했다.

"앨범을 왜 라디오 방송국에 보내려 하지요?" 그래서 마커스는 이렇게 질문했다.

"사람들이 내 음악을 듣게 하려고요. 당연하죠." 셰리든이 이맛살을 찌푸리며 대답했다.

"라디오 방송국 사람들은 매일 많은 양의 테이프나 시디를 받아요." 마커스가 경고했다. "음반회사들도 마찬가지고요. 완충재를 넣은 봉투들이 쌓이는데, 라디오에 내보내기는커녕 대부분은 포장도 뜯지 않고 듣지도 않아요. 하지만 어떤 방송국이 당신 노래를 틀어줬다고 가정해봅시다. 청취자들이 그 노래를 좋아하면 어떤 일이 생길지 생각해봤나요?"

셰리든은 망설이다가 인정했다.

"아니요. 제대로 생각해본 적 없어요."

"처음 듣는 노래가 마음에 들면 청취자들은 보통 라디오 방송국에 전화합니다." 마커스가 설명했다. "전화를 거는 사람이 많을수록 방송국에서는 그 노래를 더 자주 내보내지요. 무명의 아티스트에게 이런 일이 일어날 가능성은 크지 않지만, 어쨌든 계속 나타나긴 합니다. 모든 일이 잘되고 아주 많은 사람들이 당신 음악을 들으려고 하면, 온갖 음반회사의 A&R 스카우터들이 불쑥 당신 앞에 나타나서 기필코 계약을 맺으려 할 겁니다. 그러니까 결국은 내가 지금 당신에게 제안하는 것과 똑같은 상황이 되지요."

"흐음." 셰리든은 생각에 잠겼다. 그가 원하는 게 뭔지 이제야 제대로 이해한 듯했다. 하지만 기쁘게 미소를 짓는 게 아니라 마커스가 보기에는 오히려 당황하는 표정이었다.

"그러니 그 많은 일을 직접 해결하고 비용도 많이 들일 게 아니라, 간단히 지름길을 택해서 우리와 바로 해보는 게 어떻겠어요?" 마커스가 제안했다. "CEMC는 탁월한 아티스트들과 계약을 많이 맺고 있고, 이 분야의 일을 잘합니다. 특히 사람들이 시디를 사는 게 아니라 음악을 저렴하게 또는 전혀 비용을 들이지 않고 인터넷에서 다운로드하여 음악 시장이 변하는 지금 이런 때에 우리와 같은 규모의 음반회사는 아티스트를 지원할 아주 다양한 가능성을 갖추고 있지요. 우리는 마케팅과 판매도 맡아서 합니다. 아직 무명인 사람에게는 이게 가장 어려운 일이지요. 우리는 소속 아티스트들에게 돈을 투자하고, 유명하게 키우고, 텔레비전과 라디오 생방송 출연 기회를 얻어냅니다."

그는 숨도 제대로 쉬지 못하고 셰리든의 얼굴 표정을 좇았다.

"당신이 나에게 사기를 치지 않는다는 걸 내가 어떻게 알지요?" 셰리든이 의심쩍은 표정으로 물었다.

"그래봤자 우리가 얻는 게 없지 않습니까? 아티스트를 키우기 위해 많은 돈을 투자하면, 우리는 그 아티스트가 우리와 함께하는 것을 편해하고 오래 머물기를 바랍니다. 신뢰할 수 없는 회사라면 우리가 수십 년 전부터 세계적으로 유명한 가수와 밴드들과 성공적으로 함께한 일은 없었겠지요."

눈송이가 굵어졌다.

"그랜트 양, 당신이 원하지 않는다면 아무것도 강요하지 않을 겁니다." 마커스가 말을 이었다. "하지만 예를 들어 우리가 지금 함께 캔자스시티로 비행기를 타고 갈 수 있어요. 거기서 당신이 녹음하는 걸 내가 들어보겠습니다. 그리고 당신은 CEMC와 함께 일하는 게 하나의 선택사항이 아닐까 고민해보는 겁니다. 그리고 나서 다시 이야기하지요."

"캔자스시티로 비행기를 타고 간다고요?" 셰리든 그랜트가 놀라서 물었다. "로스앤젤레스로 돌아가셔야 하는 거 아니에요?"

"다행스럽게도 나는 보스니까요." 마커스가 미소를 지으며 말했다. "내가 캔자스시티로 우회한다고 해도 시비를 걸 사람은 없답니다."

곰곰이 생각에 잠겼던 셰리든이 물었다.

"그러면 내가 집에 어떻게 돌아오나요?"

"녹음이 끝나면 나에게 전화하세요. 그러면 제트기를 보내줄 테니." 마커스의 대답에 셰리든의 눈이 커졌다. "내 제안을 어떻게 생각하시지요?"

"으음……." 입을 떼던 셰리든의 시선이 불현듯 그의 등 뒤에 있는 뭔가로 향하더니 표정이 굳어졌다. 마커스가 몸을 돌려보니 어두운색 서버번이 마당으로 막 들어서는 중이었다.

"골드스타인 씨, 있잖아요. 당신 제안이 아주 마음에 들어요." 셰리든 그랜트는 이렇게 말하고 단호하게 보스턴백을 집어 들었다.

"아! 좋습니다." 마커스는 깜짝 놀랐다. "그럼 눈발이 더 강해지기 전에 얼른 출발하지요. 잠깐만요, 가방 이리 주세요."

서버번에서 내린 짙은색 머리카락의 남자는 의심할 여지 없이 버넌 그랜트의 일가였다. 아마 아들 중 한 명인 듯했다. 그는 동생에게만 관심을 두었을 뿐 마커스는 표정 없이 스쳐 갔다.

"셰리든, 잠깐 이야기 좀 하자." 그가 애원하는 어투로 말했다. "어제 일은 미안해."

가방을 들고 이미 차로 옮기던 마커스는 셰리든의 대답을 알아들을 수 없었다. 그가 조수석 문을 열자 셰리든이 차에 탔고, 그는 가방을 뒷좌석에 놓았다.

"오빠 중 한 명이에요." 마커스가 운전석에 앉아 시동을 걸자 셰리든이 말했다. "우린 지금 사이가 좀 안 좋아요."

"그런 일이야 가장 화목한 가정에서도 일어나지요." 마커스가 렉서스를 돌리며 대답했다. 셰리든과 오빠 사이에 어떤 다툼이 있는지는 몰라도 어쨌든 그것 때문에 지금 그녀는 그와 함께 캔자스시티로 가겠다는 결정을 내렸다. 마커스가 이 방문에서 기대했던 것보다 훨씬 더 큰 수확이었다.

캔자스시티로 가는 비행기에서

나는 동력 장치를 이미 가동하고 우리를 기다리던 쌍발 제트기에 오르기 전에는 정말로 부유하다는 게 무슨 뜻인지 몰랐다. 그랜트 집안은 처지가 괜찮았지만 집에서 돈 이야기를 한 적이 없었고, 부유한 서튼 집안도 그랬다. 이던 뒤부아는 여러 대의 호화로운 자동차와 모터 요트 한 척, 그리고 아주 안 좋은 기억을 남긴 전원주택을―집이라기보다는 성이었다― 소유했다. 나에게 사치나 부유라는 개념은 그런 것이었고 새러소타와 탬파, 클리어워터와 세인트피터즈버그에서 내가 청소했던 풀장도 마찬가지였다. 하지만 개인 전용기를 가진 사람, 마치 다른 사람들이 자동차를 언급하듯이 그걸 대수롭지 않게 말하는 사람을 만나기는 이번이 처음이었다.

사진 모델처럼 생긴 아프로 아메리칸 스튜어디스가 환한 미소를 지으며 우리를 맞았고, 조종실에서 머리를 내민 조종사가 악수로 환영했다. 녹음 스튜디오가 리낙사에 있다고 내가 말하자, 골드스타인 씨는 자동차에서 조종사에게 전화를 걸어 목적지 변경을 알렸다.

"캔자스시티 다운타운 착륙 허가를 받았습니다. 비행시간은 한 시간 14분입니다." 사샤라고 자기소개를 한 스튜어디스가 나를 걸 프스트림의 선실로 안내하는데, 조종사가 골드스타인에게 말하는 소리가 들렸다. 크림색 가죽 소파와 광택을 낸 마호가니 탁자와 사이드보드를 보니 입이 떡 벌어질 지경이었다. 아버지의 파이퍼 사라토가와는 얼마나 다른가! 내가 서툴게 재킷을 벗자 사샤가 받아 들었다. 나는 이 호화로운 환경에 나만큼이나 어울리지 않는 낡은 가죽 배낭을 손에 든 채 당황하여 그대로 통로에 서 있었다.

"난 비행하면서 대부분 일하기 때문에 4인용 탁자에 자주 앉습니다." 내 뒤에 있던 골드스타인 씨가 말했다. "그랜트 양, 내 맞은 편에 앉겠어요? 아니면 비행 방향으로 앉으시는 게 더 나을까요?"

"사실 아무래도 상관없어요." 나는 비행기에서 어디에 앉는 걸 좋아하는지도 스스로 모르면서 이렇게 대답했다. 내가 마지막으로 여객기를 탄 건 열두 살 때였지만 지독한 시골뜨기처럼 보일까 봐 그 말은 물론 하지 않았다. 낯선 남자 바로 앞에 앉는 게 약간 불편하긴 했지만 드디어 자리에 앉으니 어쨌든 다행이라는 생각이 들었다. 혹시 더 뒤쪽에 혼자 앉는 편이 나았을까? 그건 예의 없어 보였을까? 골드스타인 씨는 돋보기를 쓰고 탁자에 미리 준비되어 있던 신문 표제들을 훑어봤다. 내 휴대폰이 울렸다. 아버지였다! 오는 길에 아버지에게 골드스타인 씨가 나를 비행기로 캔자스시티로 데려다준다고 문자를 보냈었다.

"받아도 될까요?" 내가 물었다.

"당연하지요!" 그가 미소를 지어서 나는 전화를 받았다. 아버지는 내가 갑자기 출발했는데도 화내지 않았다. 즐겁게 잘 보내라고, 안전한 비행 바란다고 했다.

"조던 오빠랑 이야기했어요?" 오빠가 아버지에게 뭔가 말한 게 있는지 알고 싶어서 물었다. "우리가 출발할 때 오빠가 진입로로 막 들어오던데요."

"아니." 아버지는 놀란 것 같았다. "조던은 못 봤는데? 여기 온 것도 몰랐다."

"이상하네요. 뭐 어쨌든 아빠, 오늘 저녁에 연락할게요." 비행기가 활주로로 움직이고 있어 통화를 끝냈다.

눈보라가 거세졌다. 눈이 너무 쌓여 이륙하지 못하게 되기 전에 얼른 출발해야 했다. 구름 위로 올라가자 환한 햇살이 커다란 유리창을 통해 선실로 들어왔다.

"뭐 좀 가져다드릴까요?" 스튜어디스가 싹싹하게 물었다. "커피나 차? 가벼운 스낵? 아니면 샴페인 한 잔 어떠세요?"

"사샤, 모두 조금씩 가지고 와요." 내가 정중하게 거절하려는데 골드스타인 씨가 이렇게 대답하고 신문을 옆으로 치웠다.

조금 전에 차에서 그는 녹음 스튜디오에 대해 자세히 물었는데, 나는 그가 톰 헤이즐우드와 그의 동료 브래디 매나키를 알고 있다고 해서 깜짝 놀랐다. 두 사람이 그가 대형 음반회사 대표일 때 그곳에서 일했다는 것이다.

"톰은 내가 아는 최고의 음향 엔지니어 중 한 명이지요." 골드스타인이 말했다. "하지만 브래디 매나키는 천재예요. 두 사람을 선택한 건 아주 좋은 결정이었네요."

음악 세계는 내가 예상했던 것보다 좁은 모양이었다. 내가 이제 곧 골드스타인 씨를 끌고 나타나면 톰이 뭐라고 할까?

사샤가 커피와 차가 든 은주전자, 과일을 썰어 담은 접시, 견과류와 올리브가 든 작은 접시, 장밋빛 샴페인 두 잔을 가지고 왔다.

구름 위 높은 곳, 개인 전용기에 앉아 얼음처럼 차가운 샴페인을 홀짝거린다는 게 믿을 수 없을 만큼 타락한 것 같았지만, 그보다는 지상 최대의 음반회사 중 한 곳의 보스가 나와 이야기하려고 페어필드로 왔다는 사실이 더 정신 나간 일 같았다. 걸프스트림 G550은 항속거리가 1만 킬로미터 이상이었고, CEMC 회사 재산이 아니라 골드스타인의 개인 전용기였다. 그는 미국뿐 아니라 유럽과 아시아를 자주 여행한다고, 그래서 수백 명의 승객들과 함께 정기 여객기에 좁게 타는 것보다 전용 제트기를 타고 여행하는 게 훨씬 편하다고 말했다.

"나는 함께 여행할 사람을 직접 선택하는 걸 좋아한답니다." 그가 미소를 띠며 말했다.

"나도 그래요." 내가 그에게 동의했다. "사실은 혼자 다니는 게 제일 좋아요. 그래서 먼 거리를 운전해도 괜찮답니다. 그때 제일 좋은 아이디어가 떠오르거든요."

그렇게 우린 이야기 주제에 도달했다. 비행 나머지 시간 내내 우리는 내 노래와 영감, 작곡에 대해 이야기했고, 골드스타인 씨는 거리낌 없이 질문했다. 나는 그에게 유년기와 청소년기에 이미 교회 성가대에서 노래하고 오르간을 쳤으며 나중에는 교회 밴드의 가수로 활동했다고 말했다. 미들 오브 노웨어 축제와 스티브 마네로가 나에게 했던 칭찬도 당연히 언급했다.

"난 스티브를 잘 알아요. 그는 거의 30년 전에 나와 첫 번째 음반 계약에 서명했지요." 골드스타인 씨가 말했는데, 자랑이 아니라 그냥 사실을 말하는 것이었다.

나는 서배너에서 바 피아니스트로 일해서 라이브 경험이 많다는 이야기도 했다. 샴페인 덕분에 당혹감은 사라지고, 멋지고 처세에 능한 이 사람의 관심을 독점하는 게 편안하고 즐겁게 느껴지기 시작했다. 하지만 예전에 누군가 나를 조금만 친절하게 대해주면 바로 사랑에 빠지던 것과는 달리, 내가 지금 5천만 달러짜리 제트기에 앉아 프랑스 샴페인을 마시는 유일한 이유가 골드스타인 씨가 나를 자기 회사로 유인하기 위해서라는 사실을 이번에는 명백히 인지하고 있었다. 나는 그의 눈에서 엿보이는 경계심도, 입가의 냉혹한 윤곽이나 그의 말에서 슬쩍 드러나는 오만도 놓치지 않았고, 그가 매력과 호의라는 겉모습 뒤에 조심스럽게 감춰둔 강철 같은 알맹이도 알아챘다. 교양 있는 태도와 이따금 일치하지 않는 목소리로 판단할 때 그는 상당히 불편한 사람이 될 수도 있었다. 그의 목소리는 어떤 때는 갈색과 오렌지색에 부드러운 물결 모양이었다가, 억양 차이가 전혀 들리지 않는데도 다음 순간 모서리가 날카로운 새파란 색으로 곧장 변하기도 했다.

그는 내가 계약서에 서명하면 CEMC가 나와 내 이력을 위해 어떤 일을 해줄 수 있는지 설명했다. 비행시간이 순식간에 지나가고 우리는 캔자스시티에 착륙했다. 전용기만 댈 수 있는 공항 영역에 유리창이 어두운 리무진이 이미 대기 중이었다. 나는 톰 헤이즐우드에게 전화해서 도착을 알리고, 내 음악을 듣고자 하는 사람도 한 명 데리고 가겠다고 덧붙였다. 골드스타인 씨는 재미있다는 듯 미소를 지었지만 이에 대해 아무 말도 하지 않았다.

"당신이라고 밝히는 게 나았을까요?" 통화를 끝낸 후에 내가 묻자 그가 벙긋 웃으며 대답했다.

"곧 보게 될 텐데요, 뭘."

녹음 스튜디오 앞에 차를 세운 운전사가 리무진에서 뛰어내리더니 먼저 내가 앉은 쪽의 뒷좌석 문을, 그다음에 골드스타인 씨쪽의 문을 열어줬다. 우린 포석이 깔린 길을 따라 격자가 설치된 출입문으로 향했다. 지난 48시간 동안 너무 많은 일이 일어나서 이곳에 마지막으로 온 지 몇 주나 지난 느낌이었다. 초인종을 누르는데 갑자기 긴장해서 몸이 떨렸다. 믹싱을 마친 노래들은 과연 어떨까? 그게 마음에 들지 않아서 골드스타인 씨가 소중한 시간을 나 때문에 낭비했다고 짜증을 내면 어떻게 하지? 출입문 개폐장치가 위잉 소리를 내자 나는 문을 밀었다. 손에 커피잔을 들고 접수 창구 뒤에 서 있던 톰이 미소를 지었다. 대머리와 주름살, 가느다란 목과 둥근 니켈 안경을 쓰고 야구 모자를 벗은 그는 현명한 늙은 거북이와 그 어느 때보다도 훨씬 더 비슷해 보였다.

"안녕, 셰리든." 그의 미소가 내 옆에 있는 사람을 알아보고는 놀라움으로 변했다. 그가 커피잔을 내려놓고 창구 바깥으로 나왔다. "이건…… 말도 안 돼! 마커스 골드스타인! 내가 지금 꿈을 꾸는 건가!"

"톰, 잘 지냈나!" 골드스타인 씨도 미소를 지었다. "오랜만일세. 그렇지?"

두 사람이 반갑게 포옹했다. 브래디가 나타나 불친절하고 무뚝뚝한 그의 방식대로 CEMC의 회장에게 인사했지만, 골드스타인 씨는 그런 태도에 전혀 개의치 않는 듯했다. 브래디가 나를 가리키며 으르렁거렸다.

"너랑 할 말이 있어. 따라와."

그가 녹음실을 고갯짓하고 앞장서서 방송 조정실로 향했다. 나는 심상치 않은 기분을 느끼며 그를 따라갔다. 닷새 전에 녹음 스튜디오에 처음 발을 들여놓고 톰 헤이즐우드에게 동료들을 소개받았을 때, 나는 브래디가 섬뜩하다고 생각했다. 그는 30대 중반이고 과체중이었으며, 기름기 가득한 머리카락을 뒤에 하나로 묶고 땀에 전 냄새를 풍기며 구멍이 숭숭 뚫린 검은색 메탈리카 티셔츠를 입고 있었다. 음량조절장치 앞에 쭈그리고 앉아 닥터 페퍼 체리를 몇 리터씩 들이마시고 필터 없는 담배를 계속 피웠다. 이따금 투덜거리는 소리를 내거나 고개를 저으며 혼잣말을 중얼거렸지만 나에게 직접 말을 건 적은 한 번도 없었다. 톰은 나더러 그에게 전혀 신경 쓰지 않는 게 좋다고 조언했다. 나는 무뚝뚝한 브래디의 태도에 불안감을 느꼈지만, 톰 헤이즐우드와 아리아나가 그를 왜 '브레인'이라고 부르는지 알게 됐다. 브래디는 걸어 다니는 음악 백과사전인 데다 스튜디오의 디지털과 아날로그 기술에 모두 통달한 사람이었다. 음악에 대한 감각이 굉장했고, 엄청나게 창의적이라서 아이디어가 풍부했다. 골드스타인 씨도 공항으로 오는 차 안에서 그를 천재라고 표현하지 않았던가.

브래디가 의자에 털썩 주저앉자 체중 때문에 끼익 소리가 들렸다. 그가 바퀴 달린 보조의자를 가리키며 말했다. "앉아."

나는 놀라서 얼른 그의 말에 따랐다. 그는 머리를 감았을 뿐 아니라 깨끗한 티셔츠를 입고 있었고, 나를 처음으로 똑바로 보며 말을 걸었다.

"모든 테이크를 들었고 러프 믹스도 몇 개 했어." 브래디가 설명하고 담뱃불을 붙였다. 이상한 기분이 더 심해졌다. 그 말이 내포한 비판을 금방 알아챘기 때문이다. 지난 며칠 동안 기대에 부풀었던 유쾌함이 순식간에 사라지고, 프로들의 시간을 낭비한 아마추어라는 굴욕감만 남았다. 하지만 상황이 내 예상보다 더 안 좋았다.

"물론 이렇게 그냥 둘 수도 있어." 브래디가 어깨를 으쓱하며 말했다. "그럭저럭 괜찮아."

"그런데요?" 나는 불안한 마음으로 캐물었다. 지상 최대의 음반 회사 가운데 하나의 보스가 로비에 서 있는데, 끔찍하게 창피를 당할까 두려웠다. "마음에 안 들어요?"

"흐음." 브래디가 의자에 등을 기대고 기름 낀 두피를 열 손가락으로 긁었다. 담배가 그의 아랫입술에 붙었다. "내가 늘 하는 말이 있어. 그럭저럭 괜찮다는 건 끔찍하게 별로라는 것과 비슷하다고 말이지."

나는 충격을 받아 아무 말도 할 수 없었다. 톰은 왜 아주 훌륭한 결과가 나왔다고 나를 믿게 했을까? 내가 지불한 돈만 중요했던 건가?

"난 네 노래를 이틀 동안 들으면서 스스로에게 계속 물어봤어. 넌 왜 제대로 '노래를' 하지 않는 거지?" 브래디가 말을 이었다.

"세상이 자기들의 비밀스러운 목소리를 기다린다고 믿으며 이곳에 오는 95퍼센트의 바보들과 달리, 너는 정말 재능이 있어. 음역대가 엄청 넓은 죽여주는 목소리에 기교도 탁월하지."

그 말은 어느 정도 칭찬처럼 들려서 다시 희망을 품었지만, 그의 결론적인 판결은 너무 충격적이어서 나는 울며 녹음 스튜디오를 뛰쳐나가 어딘가로 숨고 싶었다.

"셰리든, 젠장. 네가 만든 노래들은 훌륭해!" 브래디가 주먹으로 책상을 내리치는 바람에 나는 놀라서 몸을 움찔했다. "도대체 왜 계속 발로 브레이크를 밟고 노래하는 거지? 무엇 때문에 주저해? 왜 네브래스카에서 일부러 여기까지 털털거리며 운전하고 와서 큰 꿈이 어쩌고 주절거리고 쌈짓돈을 엄청나게 투자하고는 성가대의 주부처럼 흥얼거려? 네가 제대로 내지르는 걸 겁내는 바람에 결과적으로 네 할머니에게나 선물할 수 있을 뿐 더는 아무것도 아넌 '그럭저럭 괜찮은' 시디만 나왔잖아."

나는 얼굴이 새빨개져서, 그에게 당신이 무슨 상관이냐고 말하고 싶었다. 지저분한 뚱보에게 이런 식으로 모욕당할 필요가 없잖아! 하지만 그 순간 톰과 골드스타인 씨가 들어왔다.

"물론 모두 그대로 둘 수도 있어. 탄탄하고 만족할 만한 작업이었으니까. 아니면……." 나를 빤히 바라보는 브래디의 눈이 빈정대듯 번쩍였다. "……이 빌어먹을 과정을 다시 한번 하는 거야. 이번에는 제대로 말이지. 네가 노력해야 해. 제대로 노래 불러."

내가 어떤 기회를 얻었는지 서서히 깨닫는 동안 그는 잔뜩 긴장한 표정으로 내 얼굴을 빤히 바라봤다. 브래디는 자기 일에 극단적으로 기대가 높고 아주 작은 실수도 놓치지 않는 능력이 있어서 쉽게 만족하지 않는 완벽주의자였다. 그는 재능 없는 사람들과 일하는 데 절망해서 얼굴이 두꺼워졌지만, 나에게서 잠재력을 발견하고는 본래의 야망이 깨어난 것이다.

"어때, 할 수 있겠어?" 그가 입가에 슬쩍 미소를 띠고 물었다. "음악 산업의 거인 마커스 골드스타인이 듣고 있어도? 내가 너를 비판해도 견딜 수 있어? 필요하다면 내가 동일한 테이크를 50번 반복해도? 고생할 각오가 되어 있어? 아니면 힘들어지면 바로 흐느낄래?"

마커스 골드스타인과 톰 헤이즐우드를 흘낏 본 나는 두 사람의 얼굴에서 내 반응을 기다리는 기대에 찬 긴장감을 읽었다. 얼마 전 고용인 숙소 휴게실에서 했던 몬티 아저씨의 말이 불현듯 귀에 들려왔다. '그리고 거기에 필요한 재능이 있고, 그 꿈을 위해 다른 모든 걸 포기하고 힘써 노력하며, 생각보다 상황이 좋지 않더라도 포기하지 않을 자세가 되어 있다면 뭔가 될 수 있지!'

인생의 분기점을 나중에야 깨닫는 일이 많지만, 운이 따를 때면 바로 그때 알아채기도 한다. 지금이 바로 그런 순간이었다. 포기할 것인가 계속할 것인가. 실패인가, 이를 악물고 나아갈 것인가.

"좋아요." 나는 단호하게 대답했다. "뭐든 할 거예요. 그냥 '그럭저럭 괜찮은' 게 아니라 제대로 되기를 바라요."

골드스타인 씨는 만족스럽게 미소 지었고, 톰은 내가 포기하고 그냥 가버릴까 봐 걱정했는지 안도하고 기뻐했으며, 브래디는 히죽 웃고 나를 녹음실로 보냈다.

∞

"그만! 아이고, 또 브리트니 스피어스처럼 들리네!"

나는 한숨을 내쉬었다. 이제 이런 비교가 전혀 칭찬이 아니라는 걸 알게 됐다.

"바바아아…… 바바바-바아아아." 브래디의 목소리가 내 헤드폰에서 울렸다. 〈노웨어 고잉 패스트〉의 같은 부분을 여섯 번인가 일곱 번째 부르는 중이었다. 브래디는 내가 뭔가 다르게 불러야 한다고 생각할 때면 계속 고개를 젓고 불평하는 소리를 내며 녹음을 중단했다. 그는 〈언폴필드〉와 〈소서리〉를 최소한 서른 번은 부르게 했는데, 하필이면 내가 상당히 간단하다고 생각하던 곡들이라서 거의 절망할 지경이었다.

"알아듣겠어?" 브래디가 묻는 소리가 들렸다. "좀 더 '격정'을 불어넣어보라고! '앤드-아이-돈트-노우-하우-아이-에버-소우트-댓-아이-쿠드-메이크-잇-올-얼론.' 이걸 천식에 걸린 닥스훈트처럼 중간에 숨을 몰아쉬지 말고 한꺼번에 부르란 말이야! 난 '강판'과 기름진 '볼륨'과 '오페라'를 듣고 싶다! 머리가 아니고 심장으로 불러! 이건 그렇고 그런 팝송이 아니라 '바그너'야! 네가 엄청나게 큰 무대에 서 있다고, 네 앞에 5만 명의 청중이 있는데 마이크가 없다고 상상해봐. 알았어?"

"알았어요." 나는 심호흡을 하고 브래디의 신호에 따라 새로 시작했다. 이번에는 처음부터 끝까지 곡 전체를 불렀는데, 완벽하다는 느낌이 들었다.

"흠, 이제 좀 되네." 브래디의 이 말은 지난 열두 시간 동안 한 말 중에 칭찬에 제일 가까웠다. 나는 시간 감각을 모두 잃었다. 톰과 아리아나, 골드스타인 씨와 나머지 팀원들은 이미 오래전에 떠났지만 브래디는 기필코 계속하려고 했다. "지금 네 목소리가 좋아. 그러니 〈투나잇〉을 계속하자. 네 귀에 드럼 루프를 들려줄게. 곡 전체가 좀 더 찬가처럼 들리도록 BPM을 약간 내렸어. 우리가 말했던 걸 기억해!"

"바그너처럼." 내가 대답했다. "큰 무대."

"그래." 브래디가 히죽 웃고, 유리 뒤편에서 새 담배에 또 불을 붙였다.

아침 7시, 열다섯 시간 동안 쉬지 않고 일한 후에 우리는 트랙들의 마스터링을 시작하기 전에 바람을 좀 쐬고 어디 가서 아침식사를 하려고 스튜디오에서 나가기로 했다. 나는 일단 눈이 부셨고, 바깥이 이미 훤하고 온 세상이 30센티미터쯤 되는 높은 눈더미에 덮여 있어서 놀랐다. 엄청나게 배가 고팠다. 우리는 눈을 헤치고 아침 6시에 이미 문을 여는 간이식당으로 향했는데, 브래디는 우리가 다음에 뭘 할지 크게 혼잣말을 했다. 나는 프리마스터링, 비트라이브러리, 샘플러 같은 단어를 주워들었지만 너무 피곤해서 아무것도 이해할 수 없었다.

"브래디."

"응?"

"고마워요." 나는 신중하게 단어를 골랐다. "나를 닦달해줘서요. 그리고 나를 위해 밤을 지새워줘서 고마워요. 지금까지 날 위해서 이런 일을 해준 사람은 없었어요. 이건 정말…… 뭐라고 말해야 좋을지 모르겠네. 내가 그동안 내내 서투르게 노래했고, 아무도 나를 진지하게 받아들이지 않았다는 걸 깨달았어요. 내 말은…… 당신은 프로잖아요. 노래를 듣고 찾아오는 사람들을 지속적으로 만날 테고……."

"알았어, 알았어, 알았다고!" 브래디가 갑자기 멈춰서는 바람에 나는 하마터면 그에게 부딪칠 뻔했다. 그가 양손을 들어 올렸다. "너, 내가 지금 여기서 눈물을 터뜨리기를 바라? 그것도 아침식사도 하기 전에?"

"아니, 당연히 아니죠." 나는 이렇게 대답했지만 웃음이 터져 나왔다. "그것도 뭐……."

"할 줄 아는 사람과 작업하는 거, 기분전환으로 재미있었어." 브래디가 대답하고 히죽 웃었다.

"그러니까 그 말은, 내가 좀 할 줄 안다는 뜻이죠?" 내가 불안한 마음으로 물었다.

"아이고, 세상에!" 브래디가 한숨을 내쉬고 눈을 흘겼다. "그렇지 않다면 노련한 그 재능 사냥꾼 마커스 골드스타인이 너와 계약을 맺으려고 안달을 하겠어? 셰리든 그랜트, 넌 빌어먹을 만큼 훌륭해. 언젠가 아주 굉장한 인물이 될 거야. 왜 그런지 알아? 노래를 진짜 잘할뿐더러, 노력하는 자세가 되어 있기 때문이지. 불평 한마디 하지 않고 밤새워 일하는 사람은 흔하지 않아."

나는 멍하니 입을 벌린 채 그를 빤히 바라봤다. 브래디의 말은 따뜻한 꿀처럼 내 심장으로 흘러들었다. 그 말은 모든 어려움과 나 자신에 대한 의심과 실패할지도 모른다는 불안을 없애고 너무나 강력한 행복감으로 나를 가득 채워서 아플 지경이었다. '넌 빌어먹을 만큼 훌륭해.' 그 말은 그냥 칭찬이 아니었다. 기사 작위나 마찬가지였다.

"입 다물어. 안 그랬다가는 편도선염에 걸릴 텐데, 그러면 다 끝장이야." 그가 툴툴거렸다. "자, 이제 칭찬은 그만. 나 지금 미칠 듯이 배가 고프다."

브래디가 다시 발걸음을 옮겼다. 나는 눈을 질끈 감고 주먹을 쥐고 나지막이 중얼거렸다. "좋아요!" 이 순간을, 이 느낌을 가슴에 담고 절대로 잊지 않겠다고 맹세했다. 그러고는 다시 눈을 떴다. 브래디는 벌써 다음 건물 모퉁이로 막 돌아서는 중이었고, 나는 그를 따라잡으려고 서둘렀다.

함께 밤새워 일한 뒤로 브래디와 내 관계는 아주 많이 달라졌다. 마커스 골드스타인은 로스앤젤레스로 돌아갔지만 그전에 우리는 한 가지 협정을 맺었다. 내가 CEMC와 계약을 하면 음반회사가 이곳의 모든 비용을 지불하고, 우리가 의견 통일을 못 보면 톰과 그의 팀이 내 앨범을 위해 한 일의 비용을 내가 직접 내기로 한 것이다.

톰은 그가 자주 함께 일하는 코러스 가수들과 스튜디오 뮤지션을 고용했다. 드러머와 베이시스트, 리드 기타리스트와 바이올리니스트, 그리고 아코디언과 밴조와 피들도 연주할 줄 아는 첼리스트 한 명이었다. 우리는 녹음실 두 곳 중 큰 곳에서 하루 종일 수다를 떨고 연주하며 진짜 즐거운 시간을 함께했다. 온갖 소심함과 의심이 나에게서 떨어져나갔다. 이 창의적인 팀에 완전히 받아들여졌다는 사실은 내 목소리뿐 아니라 특히 자의식에 날개를 달아줬다. 내가 드디어 진짜 운명을 발견했음을 깨달았다.

모텔 객실에서 보내는 저녁은 언제나 도취에서 깨어 각성하는 시간이었다. 집중적으로 하루를 보내고 나서, 그날 있었던 일에 대해 대화 나눌 한 사람도 없이 불현듯 혼자 있으려면 기분이 이상해져 언제나 밤새워 일하고 싶었다. 오늘 함께 연주한 남자들 가운데 두 명이 술집을 돌자고 제안하긴 했지만, 다음 날 아침에도 컨디션이 좋아야 했기에 거절했다. 이제 그 결정이 후회되었다. 차가 없으니 언제나 다른 사람에게 신세를 져야 해서 골드스타인 씨와 함께 비행기를 타고 이곳에 온 것도 이미 후회하고 있던 참이었다. 잠들기에는 너무 흥분한 상태라서 도로 두 개만 건너면 되는 주류 판매점에 가서 술을 사오기로 마음먹었다. 바깥에 폭우가 몰아쳤지만 상관없었다. 30분 후에 살까지 흠뻑 젖어서 돌아왔다. 샴페인 뚜껑을 따서 양치 컵에 따라 들이켰다. 첫 잔은 끔찍한 맛이었지만 두 번째 잔은 좀 나았다. 젖은 다운재킷을 말리려고 의자 팔걸이에 걸고 세 번째 잔을 마시면서 아버지에게 전화를 걸까 고민했다.

"아니, 오늘은 안 돼." 나는 스스로에게 경고했다. 매일 저녁 아버지에게 전화해서 귀가 따갑게 떠들어댈 수는 없는 노릇이었다. 조던 오빠와 함께 있을까 봐 니컬러스에게는 전화하고 싶지 않았고, 레베카 새언니는 이미 잠자리에 들었을 테니 이 시간에 전화를 걸면 많이 놀랄 것 같았다. 내 전화에 기뻐할 사람은 지난 며칠 동안 내게 몇 번이나 문자를 남긴 조던 오빠뿐일 것 같았다. 하지만 오빠에게 전화할 만큼 내 외로움이 큰 건 아니었다.

불현듯 나 자신이 비참하게 느껴졌다. 모텔 객실에 누워 있는데 전화할 사람이 한 명도 없다니. 함께 수다를 좀 떨 수 있는 여자친구가 한 명도 없었다. 재스퍼 헤이든은 어떨까? 나는 그가 준 볼펜을 행운의 부적처럼 늘 지니고 다녔다. 그와 만난 이후로 매일 잠들기 전에 마음속으로 그와 대화를 나눴는데, 그날 아침 미니마켓에서와는 달리 나는 유머러스하고 유창하게 말도 잘했다. 지금까지 그에게 전화할 용기를 내지 못했지만 샴페인을 양치 컵으로 넉 잔 마시고 나니 드디어 볼펜에 적힌 전화번호를 누를 용기가 났다. 침대에서 일어나 초조한 마음으로 작은 객실을 이리저리 오가며, 숨을 들이마신 채 신호음에 귀를 기울였다. 떨리는 검지가 빨간색 종료 버튼 위를 떠돌았다. 막 끊으려는데 저편에서 누군가 전화를 받았다.

"클라우드 피크 게스트 목장, 재스퍼 헤이든입니다." 내 귀에 너무 가까이 들리는 그의 목소리에 깜짝 놀라 나는 몸을 움찔했다. "여보세요? 여보세요? 누구십니까?"

"어…… 셰리든이에요." 나는 높은 목소리로 대답했다. "얼마 전 아침에 타이어를 받은 사람이요."

"아!" 그의 목소리가 밝아졌다. "반가워요. 어떻게…… 지내?"

"으음…… 잘 지내요. 당신은…… 어때?"

"나도 잘 지내지."

"너무 늦게 전화해서 미안해. 으음…… 방해가 되지…… 않는다면 좋겠는데." 아이고, 내가 지금 말을 더듬는 건가? 혼자 대화를 나눌 때는 유창했는데 지금은 그런 기미도 보이지 않네!

"당연히 아니지." 재스퍼가 말했다. 그의 미소가 귀에 들리는 듯했다. "지금 어디야?"

"또 캔자스시티에 있어."

"아. 며칠 전에 거기서 집으로 간 거 아니었나?"

"맞아. 음…… 처리해야 할 일이 있었거든. 하지만 하루 만에 해결하고 다시 여기로 왔어. 말을 와이오밍으로 잘 데리고 갔어?"

"그럼, 다 잘됐지."

"우리 집에 사흘 전에 처음으로 망아지가 태어났어." 말에 관한 대화는 부담이 없었다. "망아지가 태어날 때 나도 옆에 있었지."

말들의 혈통과 승마에 대해 이야기를 나누다가 나는 재스퍼가 나와 아주 비슷하게 외딴 목장에서 자랐다는 사실을 알게 됐다. 하지만 공통점은 그게 다였다. 그는 고등학교 졸업 후에 목표 지향적으로 프린스턴에서 경제학과 경영학을 전공했고, 학업을 마친 후에는 뉴욕 시티 맥킨지에서 경영 컨설턴트로 일했다. 그러나 2년 전에 아버지가 씨소에게 부상을 당해 갑자기 사망한 후에 그는 그 직업을 그만두고 도산 직전에 처한 목장을 어머니와 함께 살리기로 결심했다. 나는 침대에 누워 눈을 감은 채, 니컬러스의 목소리와 혼동될 만큼 비슷한 그의 황갈색 목소리에 귀를 기울였다. 하딩 박사에게서 색깔 듣기가 뭔지 알게 된 후로 나는 독특한 이 재능을 예전보다 훨씬 더 확실하게 인식했다.

"여기 정말 엄청나게 일이 많기는 하지만, 나는 뉴욕과 그 온갖 스트레스를 단 한 순간도 그리워한 적이 없어." 재스퍼가 말했다. "맑은 공기를 마시며 일하는 게 사무실에 앉아서 계속 돈 이야기를 하는 것보다 성취감이 훨씬 더 크지."

"나도 도시보다 시골이 좋아." 나는 그에게 동의하고, 그처럼 잘생기고 똑똑한 남자가 왜 아내나 애인이 없는지 물어보는 건 너무

분별없는 행동일까 고민했다. 그러다가 호기심이 훌륭한 가정교육을 이겼다. 나는 이 남자를 사랑하기 직전인데, 그가 이미 연인이 있거나 게다가 아이까지 있다는 사실을 알게 된다면 아직은 브레이크를 걸 수 있었다. 호레이쇼 때와 같은 일은 이제 결코 일어나지 않을 터였다. 다행스럽게도 재스퍼는 별로 요령 없는 내 질문을 나쁘게 생각하지 않는 듯했다.

"여자친구가 있었어. 경영 컨설턴트였지. 우린 7년 동안 함께였고 결혼도 할 생각이었는데, 아버지 일이 일어난 거야. 그 사람은 와이오밍 목장에 산다는 건 상상할 수 없었고, 장거리 연애는 오랜 시간 잘되기 힘들어. 게다가 서로 완전히 다른 방향으로 나아간다면 말이지. 몇 달 전에 그 사람은 내 옛날 직장 사장이랑 결혼했어." 재스퍼가 작은 소리로 웃었다. "그런데 30분 동안 내 이야기만 했네. 당신은 어때? 뭘 하지? 지금 어디야?"

그의 솔직함에 나도 솔직해지고 싶다는 유혹을 받았지만 그에게 부담을 주고 싶지 않았다. 그래서 스튜디오에서 녹음하는 이야기만 했다. 재스퍼는 정말 나에게 관심이 있음을 나타내는 질문을 몇 가지 했고, 내가 마커스 골드스타인과 그의 개인 전용기와 CEMC와의 계약 제안 등을 이야기하려는데 배터리가 거의 바닥나버린 휴대폰이 삑삑거리기 시작했다. 충전 케이블을 찾아서 꽂았지만 빈 콘센트는 작은 욕실에만 있었다. 그래서 변기 뚜껑을 내리고 앉아서 통화를 계속했다. 우리는 12시 반에 작별 인사를 했다. 나는 재스퍼에게 잘 자라고 말하고 다음 날 저녁에 다시 전화하겠다고 약속했다.

"하루 종일 즐겁게 기다릴 거야." 그의 말에 내 심장 박동이 빨라졌다. "셰리든, 잘 자. 그리고 전화해줘서 고마워."

그런 다음 나는 잠시 꼼짝도 않고 누워 있다가 이 강력한 행복감을 쏟아내야겠다는 욕구가 너무도 강렬해졌다. 급기야 팔다리를 마구 버둥대고 베개를 얼굴에 꽉 눌러 붙이고는 깃털에 대고 기쁨의 환호성을 울렸다. 갖은 불안과 절망, 의심과 초조가 지나고 내 삶은 지난 며칠 동안 완전히 바뀌었다. 절망하지 않으려고 내가 지은 사상누각은 실현 가능한 전망이자 확고한 신념으로 바라볼 수 있는 미래가 됐다. 내가 정말로 잠재력이 크다고 생각하지 않는다면 마커스 골드스타인 같은 사람이 나에게 신경을 쓰지 않을 테니까. 운명은 나에게 일단 몬티 아저씨를 보내어 내 길을 스스로 개척하게 했고, 또 뜻밖에 재스퍼 헤이든도 우연히 만났다! 그는 호레이쇼처럼 머뭇거리는 유부남도, 크리스토퍼 핀치처럼 교활한 거짓말쟁이도 아니었다. 이던 뒤부아처럼 자기 목적을 위해 나를 이용하려는 사람도, 과거가 없고 자신을 존경하며 도와줄 아내를 원하는 폴 서튼 같은 속물도 아니었다. 그러다가 나는 지치고 행복한 상태로 잠들었고, 이날 밤은 악몽에 쫓기지도 않았다.

한 주 내내 우리는 저녁마다 통화했다. 밤늦게까지 통화가 이어질 때도 많았다. 나는 재스퍼에게 녹음 진행 과정을 말하고 이따금 노래를 불러주기도 했다. 그러다가 나중에 그를 충분히 신뢰하게 되어 윌로크릭 대학살을 이야기했고, 내가 어떻게 네브래스카 그랜트 집안에 오게 됐는지, 그리고 엄마가 살해당한 이야기와 스콧 앤드루를 면회 간 일에 대해서도 말했다. 녹음 스튜디오 일을 마치기 하루 전날 저녁에는 마커스 골드스타인과 그의 제안에 대해서도 털어놓았다. 앨범이 거의 다 끝났으니 이제 곧 결정을 내려야 했다.

"오, 우와!" 재스퍼가 감탄했다. "굉장하다! 그래서 어떻게 할 거야?"

"솔직히 말해서 모르겠어." 내가 고백했다. "그 제안을 받아들인 다면 이제 돌이킬 수 없어. 물론 앨범이 실패할지도 모르지만 성공할 수도 있으니까."

"당신, 가수가 되고 싶어 하잖아." 재스퍼가 말했다. "그 일을 정열적으로 설명하고, 목소리도 정말 아름답고 말이야."

"그렇지. 하지만 꿈과 현실은 다르니까." 나는 한숨을 내쉬었다. "예전에 내가 유명가수가 되기를 언제나 꿈꾼 이유는 그저 집에서 나오고 싶어서였어. 그런데 지금은…… 나도 모르겠어. 머뭇거리는 나 자신에게 화가 나. 그리고 골드스타인 씨와 비행기를 타고 이곳에 온 것도 짜증스러워. 이제 어떻게 집에 가야 할지 알 수 없으니까. 그에게 전화를 걸어 제트기를 보내달라는 부탁은 절대 하지 않을 생각이야. 그가 그렇게 하라고 제안하긴 했지만 말이야. 그건 어딘지 모르게…… 지나친 것 같아."

"내가 당신을 마중하러 가서 집으로 데려다줄 수도 있어." 재스퍼가 말했다. "그러면 고민할 수 있는 시간이 좀 더 생기잖아."

"어, 방금 뭐라고 했어?" 나는 잘못 들었다고 생각했다. 제안을 반복하는 재스퍼의 목소리에 묻어나는 미소를 들을 수 있었다.

"하지만…… 당신은 와이오밍에 있잖아!" 나는 더듬더듬 말했다. "여기까지 1천6백 킬로미터야!"

"그것보다는 조금 가까워. 열두 시간 정도 걸리는 거리야." 그가 대답했다. "내일 아침 일찍 출발하면 저녁에는 당신한테 도착할 수 있어."

재스퍼가 여기로 온다고? 내 심장이 또다시 쿵쿵거렸다.

"당신에게 그런 부탁을 할 수는 없어." 내가 속삭였다.

"당신이 부탁하는 게 아니야." 그의 목소리는 다른 그 어느 때보다도 니컬러스와 비슷했다. "내가 제안하는 거지. 나는 운전을 좋아하니까 재미있을 거야. 지금 어차피 목장에는 할 일이 많지 않아. 눈이 아직 1.5미터나 쌓여 있어. 자, 어떻게 생각해?"

그러게, 내가 어떻게 생각하지? 그가 오기를 원하나? 나는 그와 연인 관계가 될 마음이 있나? 그와 나는 미래가 있을까? 아니면 언젠가 그 역시 내 마음을 무너뜨릴까? 하지만 그가 바로 그 사람인데 내가 너무 겁쟁이라서 알아내지 못한다면? 첫 만남 이후로 재스퍼는 내 머릿속에서 사라지지 않았다. 그를 향한 내 감정이 생각보다 강하지 않다는 게 확인되면 모든 걸 그냥 중단하면 될 일이었다.

"셰리든? 당신에게 부담을 줄 생각은 아니었어. 그냥…… 음…… 그래……." 그가 입을 다물었다.

"재스퍼." 이제 결정을 내려야 했다. "당신이 여기 와준다면 정말 좋겠어."

"정말이야?"

"응, 진심이야."

"우와." 재스퍼는 그날 아침 미니마켓에서 내가 사랑에 빠진, 진심에서 우러나오는 그 웃음소리를 내며 웃었다. "기쁘다."

"나도 당신을 만날 생각에 기뻐." 이 말을 하면서 나는 이 결정이 잘못이 아님을 깨달았다.

∞

아리아나는 코르크 마개가 튀지 않게 능숙하게 샴페인 뚜껑을 따고 잔 네 개를 채웠다. 그날을 기념하고 세 사람과의 훌륭한 협동 작업에 건배하려고 작별 인사로 내가 샴페인을 샀다. 나는 지난 열흘 동안 톰과 아리아나와 브래디와 무척 친해져서, 5시쯤 녹음 스튜디오에 도착한다는 재스퍼의 문자가 없었더라면 아마 눈물 콧물을 흘리며 울었을 것이다.

"모두 고맙습니다. 함께 일하면서 정말 즐거웠어요."

우리는 샴페인을 건배하고 마셨다. 세 사람은 비밀스러운 눈빛을 주고받고는 머리를 함께 모으고 쑥덕거렸다.

"아참, 그렇지!" 브래디가 손바닥으로 자기 이마를 탁 쳤다. "하마터면 잊을 뻔했어!"

그가 자기 스튜디오로 갔다가 잠시 후에 세심하게 포장된 납작한 정사각형의 뭔가를 가지고 돌아왔다.

"우린 네가 내일 오래 차를 타야 하니 좋은 음악이 필요할 거라고 생각했어." 그가 나에게 장엄한 얼굴로 선물을 건넸다.

"오, 고마워요." 나는 깜짝 놀라며 미소를 지었다.

"자, 얼른 열어봐!" 아리아나가 눈을 반짝이며 재촉했고, 톰과 브래디도 기대에 찬 눈으로 나를 바라봤다. 그러자 나도 뭔가 짚이는 게 있었다.

"이거 혹시……? 아니겠죠. 프레스 공장에서 나오려면 아직 시간이 좀 더 걸리잖아요. 안 그래요?"

"수다는 그만 떨어!" 브래디가 툴툴거렸다. "얼른 열어보라고!"

나는 떨리는 손가락으로 리본을 풀고 포장지를 찢었다. 내 손에 들려 있는 것은 〈폭풍의 시간〉 첫 샘플이었다!

"사진작가를 조금 재촉해서 내가 어젯밤에 만들었어." 아리아나가 환하게 웃었다. "그래서 약간 아마추어 작품처럼 보이긴 해. 마음에 들어?"

"그럼요!" 눈물이 솟구쳤다. "정말 마음에 들어요! 이거…… 진짜 멋지게 됐어요!"

나는 플라스틱 케이스가 유리라도 되는 듯 조심스럽게 들었다. 내 시디였다. 음반가게와 슈퍼마켓에서 파는 시디들과 전혀 구분할 수 없었다. 커버는 지난 화요일에 촬영한 내 흑백사진이었다. 풀어헤친 머리카락이 바람에 날리고, 청바지와 카우보이 부츠, 낡은 군용 재킷 차림이었다. 나는 양손을 재킷 주머니에 넣고 진지한 표정으로 카메라를 바라보고 있었다. 내 눈동자에만 색깔이 들어가 보는 사람 눈에 금방 띄었다.

우리가 녹음한 28트랙 중에서 오랫동안 협의하고 토론한 끝에 15트랙이 앨범에 담겼는데, 내가 모든 노래를 직접 작곡하고 가사를 붙인 것이라 작업의 결과가 무척이나 자랑스러웠다. 지난 2주 동안 나는 과거 그 어느 때보다도 많이 배웠고, 새로운 모든 것을 스펀지처럼 빨아들였다.

"내 인생에서 가장 행복한 순간이에요." 나는 감동에 젖은 소리로 말했다. "세 사람에게 얼마나 감사한지 이루 말할 수 없어요."

나는 톰의 목에 매달렸다.

"청구서를 받아보면 달라질 텐데." 그가 히죽 웃으며 내 등을 두드렸다. 아리아나는 어찌나 열광적으로 껴안았는지 나는 숨도 쉬지 못할 지경이었다.

"고마워요." 내가 속삭였다.

"내가 너한테 고맙지." 그녀가 대답했다. "셰리든, 넌 정말 굉장해. 너랑 일하는 거 진짜 재미있었어."

그다음으로 나는 브래디를 포옹하려고 했지만 그가 피했다.

"감상적인 건 거절하겠어." 그가 거칠게 투덜거리면서도 눈동자가 반짝이는 것이 눈물이 의심되었다. "그러지 말고 샴페인 마시자. 코스트코 프로세코처럼 오줌같이 미지근해지기 전에."

"좋지!" 톰이 나에게 윙크하고 잔을 높이 들었다. "셰리든에게, 그리고 셰리든의 첫 앨범에 건배! 앨범이 불티나게 나가길!"

"그렇지, 그렇지!" 아리아나가 맞장구를 치고, 우리 모두 건배했다.

"셰리든, 너랑 일하는 거 진짜 좋았다." 톰이 말했다. "주 수입원 일만 하다가 멋진 기분전환이 됐어."

"이제 다시 자동차나 기저귀 광고 시엠송을 만들어야지." 브래디가 툴툴거렸다.

"그동안 골드스타인의 제안을 받아들일지 어쩔지 생각해봤어?" 톰이 물어서 내가 대답했다.

"지금도 여전히 모르겠어요. 그런데 그럴 이유가 있어요."

지난 2주 동안 나는 톰과 브래디와 아리아나와 함께 일하고 먹고 이야기하고 웃었고, 감히 친구라고 표현하기는 어렵지만 일로 만난 사이 이상의 관계가 됐다. 이들에게 진실을 말하고 싶다는 욕구가 불현듯 일었다. 내 이름을 어디선가 들은 적이 있다는 말은 그 누구도, 단 한 음절도 꺼내지 않았다. 어쩌면 이들이 4년 전에는 미국에 없었을 수도 있고, 그래서 그때 몇 주 동안이나 모든 텔레비전 방송과 신문에서 다룬 주제를 듣지 못했는지도 모른다. 아니면 정말 자신들만의 세상에 살아서 주변에서 일어나는 일에 관심이 없을 수도 있었다. 세 명 모두 궁금하다는 표정으로 나를 바라봤다.

"4년 전 크리스마스에 양오빠가 우리 농장에서 네 명을 총으로 쏴서 살해했어요." 내가 입을 뗐다. "아마 어쩌면 세 사람도 들어봤을 거예요. 언론에서 '윌로크릭 대학살'이라고 했어요."

세 사람의 얼굴에서 경악과 당혹감이 드러났다.

"세상에, 젠장." 브래디가 중얼거리며 멍한 표정으로 나를 바라봤다. 아리아나는 눈을 크게 뜨고 양손으로 입을 막았다. 나는 세 사람에게 모든 이야기를 하면서, 내 인생의 어두운 부분을 감정의 동요 없이 말할 수 있다는 사실에 스스로 놀랐다. 흥겨운 파티 분위기는 사라졌다. 잠시 아무도 입을 열지 않았다.

"한 잔 더 마셔야겠다." 브래디가 침묵을 깨고 술병을 잡았다. "다들 어때?"

우리 모두 그에게 잔을 내밀었다.

"그래서 CEMC의 제안을 받아들여야 할지 아직 잘 모르겠어요. 내 이름을 알리려고 묵은 그 이야기를 다시 끄집어낼까 봐 불안해요."

"가명을 쓰는 게 어때?" 브래디가 제안했다. "거의 모든 아티스트가 그렇게 해."

"그 생각도 해봤어요." 내가 망설이다가 대답했다. "그 사건 이후에 3년 동안 가명을 사용했죠. 하지만 그 말을 하려니 뭔가 좀 이상하네. 내가 그러니까…… 셸비-린 가드너라거나 그 비슷한 이름을 사용했다면 세 사람 모두 나를 아마 괴상하고 과대망상이라고 생각했겠죠."

"음악을 하는 사람들 대부분은 과대망상이고 괴상해." 브래디가 우겼다. "우린 하나도 이상하게 생각하지 않을 거야. 내 말 믿어."

"셸비-린 가드너라는 이름 멋지다!" 충격에서 어느 정도 회복한 아리아나가 열정적으로 말했다. "시디 커버, 아직 바꿀 수 있어."

"말도 안 돼!" 톰이 두 사람에게 반대했다. "셰리든 그랜트는 힘차고, 인상적이고, 지극히 미국적인 이름이야. 셰리든은 남북전쟁 때 필립 셰리든 장군처럼, 그리고 그랜트는 1869년에 미국의 18대

대통령이 된 율리시스 그랜트처럼."

톰이 나를 진지한 표정으로 바라보며 말했다.

"네 동기는 충분히 이해가 간다. 그런 이야기는 엄청난 부담이고, 평생 너를 따라다닐 거야."

"아버지도 그런 말씀을 하셨어요." 내가 대답했다. "그리고 나도 받아들일 수 있고요. 하지만 그걸 누군가 광고에 이용하는 건 싫어요."

"셰리든, 넌 아주 훌륭한 앨범을 만들었어. 이렇게 생각하는 게 나 혼자는 아니라는 느낌이 든다." 톰이 말했다. "이르든 늦든 누군가 그 사건을 꺼낼 거야. 네가 거기서 도망칠 수는 없어. CEMC 같은 대형 음반회사는 분명히 다른 그 누구보다도 그런 일을 잘 처리할 테지. 그러니 이 노인의 조언을 들으렴. 네 과거와 평화협정을 맺어. 앞을 보고, 마커스 골드스타인에게 전화해. 다른 모든 것은 내가 보기에 완전히 낭비다!"

"톰, 고맙습니다." 내가 대답했다. "잘 생각해볼게요. 하지만 어쩌면 내가 두어 달 후에 새 노래 몇 곡을 가지고 여기 다시 올지도 몰라요."

"언제든 진심으로 환영한다." 톰의 미소가 깊어졌다. "셰리든, 행운이 함께하기를 빌어. 네 미래에 모든 것이 잘되기를."

그가 나를 푸근하게 안았다. 그 순간 출입문 초인종이 울리자 내 심장이 두근거리기 시작했다. 재스퍼구나!

갑자기 녹음 스튜디오를 얼른 나가고 싶어 조바심이 났다. 아리아나와 포옹하여 작별하고 브래디와 손바닥을 마주치고는 재킷을 가져온 다음, 떨리는 손가락으로 시디를 배낭에 넣고 다시 한번 그들에게 손을 흔들었다.

문 앞에서 새파란 재스퍼 헤이든의 눈동자를 마주하자 나는 현기증이 났다. 당장이라도 심장이 튀어나올 것만 같았다. 지난 며칠 동안 매일 저녁 몇 시간씩 전화해서 재스퍼가 나에게 이제 더는 낯선 사람이 아니었지만, 목소리만 듣는 게 아니라 피와 살이 있는 모습으로 내 앞에 서 있는 그를 보는 건 또 완전히 달랐다. 말끔하게 면도를 했지만 짙은 금발은 얼마 전과 똑같이 마구 흐트러져 있었다.

　"안녕하세요!" 그가 입가에 살짝 미소를 띠고 말했다. "내가 아는 그 어떤 남자보다 더 빨리 타이어를 갈 줄 아는 여자가 여기 있나요?"

　"모르겠어요." 나는 대답하며 진지한 척하려고 애를 썼다. "어떻게 생겼는데요?"

　"짙은 금발이고, 날씬해요. 당신과 키가 같고요." 재스퍼가 가까이 다가와 눈을 가느스름하게 뜨고 내 얼굴을 자세히 바라봤다. "네, 그 사람도 당신처럼 초록 눈동자예요. 그리고 엄청나게 매력적인 입도 똑같고."

　"흐음." 나는 곰곰이 생각하는 척했다. "난 와이오밍에서 온 사람과 약속이 있는데, 그 사람은 제임스 딘과 약간 닮았어요."

　그러자 재스퍼의 미소가 환해지고, 그의 눈길에 담긴 온기가 다른 남자들이 내 영혼에 입힌 모든 상처를 순식간에 낫게 했다. 나는 그가 활짝 벌린 품에 안겨 몸을 기댔다.

　"안녕, 셰리든." 그가 내 귓가에 속삭였다.

　우리는 잠시 꼭 안고 있었다. 그의 심장 박동이 내 뺨에서 느껴졌다. 재스퍼가 나를 살짝 떼어내고 물었다.

　"내가 정말 제임스 딘처럼 보여?" 그가 싱긋 웃으며 한 손으로 머리카락을 훑었다.

"흐음, 글쎄……." 나는 미소를 띤 채 그를 자세히 봤다. "응, 살짝 닮았어."

"오, 우와!" 그는 내가 그날 아침 주차장에서 사랑에 빠진 그 웃음을 웃고는 손을 내밀었다. "이제 갈까?"

"그래."

내가 손을 잡자 그가 다시 나를 자기 쪽으로 잡아당겨 우리는 서로 마주 봤다. 나는 재스퍼의 눈에서 나 역시 느끼는 다급한 갈망을 봤다. 불현듯 나는 이 모든 게 옳다는 걸 깨달았다. 재스퍼는 나를 데리고 가려고 1천5백 킬로미터를 넘게 달려왔다. 그는 나를, 나는 그를 사랑했다. 우리 둘 모두 연인이 없었다. 나처럼 재스퍼도 시골 생활을 사랑했다. 우리 사이는 예전 호레이쇼의 경우와 달리 절망적이지도, 폴 때처럼 자포자기해서 저지르는 관계도 아니었다.

내가 그의 목에 매달리자 그가 나를 끌어당겨 나에게 몸을 숙였다. 나는 그를 향해 얼굴을 들고, 그의 입술이 내 입술에 와 닿을 때 눈을 감았다. 몇 초간 그렇게 있다가 나는 입술을 열었다. 그의 혀가 조심스럽게 내 입술을 탐색했다. 나는 거리 한복판에서 키스한다는 즐거움에 취하여 열정적으로 그의 키스에 화답했다. 내 연애는 언제나 비밀리에 이루어졌으므로 공공장소에서 거리낌 없이 키스하는 연인들을 볼 때마다 부러워했는데, 이제 재스퍼와 나도 그런 연인이었다. 평생 이렇게 생기 있는 느낌은 처음이라서 행복감에 크게 소리를 지르고 싶었다.

나중에 생각해보니, 지난 2주 동안 내가 머물던 모텔 객실에 우리가 어떻게 왔는지 거의 기억나지 않았다. 등 뒤에서 문이 닫히자마자 걷잡을 수 없었다. 우리는 욕망이 가득했지만 급할 게 없었고, 오로지 한 번뿐인 처음을 즐기고 싶었으므로 서두르지 않았다. 나이트테이블 조명 빛을 받으며 키스했고, 흐릿한 불빛이 금빛 광택을 드리우는 우리 살갗을 서로 어루만졌다. 부드러우면서 동시에 정열적으로 사랑하다가 저절로 같은 리듬을 찾아냈고 어느 순간 불현듯 하나의 몸, 하나의 느낌이 됐다. 취한 행복의 물결이 우리를 감싸고 거의 견딜 수 없을 만큼 증폭했다. 황홀하게 몸이 풀리는 그 물결이 밀려왔을 때 우리는 바로 그 순간 우리의 영혼이 맞닿았음을 깨닫고 서로의 눈을 바라봤다. 그런 다음 땀에 흠뻑 젖은 채 숨을 헐떡이며 나란히 누워, 깊이 감동하여 서로 바라보며 손을 꼭 잡았다. 재스퍼에게 키스하고, 그의 몸을 쓰다듬고, 그의 손길을 느끼는 모든 것이 이루 말할 수 없이 좋았다. 다시 한번 나눈 사랑은 처음보다 더 아름답다고 말할 수 있었다. 정열에 새로운 신뢰가 더해지고, 3주 후에도 석 달 후에도, 아니 우리 생의 끝 날까지 이런 느낌이리라는 예감도 함께했다. 지금까지 나는 잠자리에서 재스퍼처럼 함께 웃은 사람이 없었다. 다른 사람과 이렇게 편안하고, 이렇게 동등하다고 느끼고, 이렇게 존중받는다고 느낀 적도 없었다. 재스퍼는 호레이쇼와는 달리 바로 사라질 필요도 없었고, 폴처럼 섹스 후에 바로 혼수상태 같은 잠에 빠져들지도 않았다. 양심의 가책도, 아쉬운 것도, 후회도 없었다. 오직…… 행복뿐이었다. 우리는 지쳤지만 만족해서 누워 있었다.

"샤워하고, 옷 입고, 뭐 좀 먹으러 갈까?" 재스퍼의 제안에 내가 대답했다.

"아주 좋지. 오늘 너무 흥분해서 거의 아무것도 먹지 않았거든."

"혹시 나 때문에?"

"그 이유도 있고." 나는 그의 코끝에 입을 맞추고 침대에서 뛰어

내려가 배낭에서 시디를 꺼내왔다. "이것 때문이기도 하지!"

"설마, 완성된 앨범인가!" 재스퍼가 몸을 일으키고 내 손에서 시디를 가져갔다. "우와! 사진 끝내준다!"

"고마워." 나는 그의 옆 침대 가장자리에 걸터앉았다.

"들어볼 수 있어?" 그가 기대에 찬 목소리로 물었다.

"유감스럽게도 여긴 시디플레이어가 없어." 내가 아쉬운 표정으로 대답했다.

"그럼 얼른 샤워하고 차로 가자." 재스퍼가 일어나며 나를 잡아 끌었다. "차 음향 시스템이 꽤 좋거든."

우리는 함께 샤워하면서 서로 비누칠을 해주며 계속 입맞춤을 하고, 정신 나간 짓을 하는 아이들처럼 흥분하면서도 느긋하게 웃었다. 나는 나중에 옷을 입으면서, 벌거벗은 채 방을 돌아다니며 자기 옷을 주워드는 재스퍼의 몸을 노골적으로 살폈다. 그는 호리호리하고 어깨가 넓었으며, 근육이 단단하고 팽팽했지만 근육질이라기보다는 강인한 몸매였다. 여름에 햇빛이 닿지 않은 부분은 부드럽고 매끈했고 설화석고처럼 희었다. 아름다운 등과 가느다란 허리, 탄력 있는 엉덩이……. 재스퍼는 의심할 여지 없이 지극히 매력적인 남자였다.

"아주 빨리 옷을 입지 않으면 우리 식사하러 못 가." 내가 말했다. "그랬다가는 내가 당신을 다시 한번 잡아먹을 테니까."

15분 후에 우리는 그의 닷지에 앉았다. 재스퍼가 〈폭풍의 시간〉을 시디플레이어에 밀어 넣었다. 내 목소리를 들으니 감동적이었다. 〈소서러〉, 〈노바디스 걸〉, 〈록 유어 라이프〉, 〈위 컴 언던〉, 〈디스 라이프〉, 〈왓 캔 아이 두(투 메이크 유 러브 미)?〉. 재스퍼는 다음 거리 모퉁이에서 우회전하여 차를 세우고 황홀한 표정으로 음악에 귀를 기울였다. 우리 시선이 몇 번이나 부딪쳤다. 그의 눈빛이 의심에서 감탄으로, 마지막에는 경의로 바뀌는 게 보였다. 마지막 음이 멎자 재스퍼가 나에게 몸을 돌리더니 양손을 잡았다.

"셰리든." 그의 목소리가 너무 강렬해서 나는 소름이 돋았다. "지금 당장 로스앤젤레스 그 남자에게 전화해. 꼭 해야 해! 당신 목소리, 이 노래들! 완전히 엄청나! 무슨 말을 해야 할지 모르겠다. 굉장해! 사람들이 미친 듯이 좋아할 거야!"

"고마워." 나는 미소를 지었지만 바로 한숨이 나왔다. "하지만 내가…… 유명해지면 어떻게 되는 거지?"

"당신은 당연히 유명해질 거야!" 재스퍼의 눈이 열정으로 반짝였다. "노래 하나하나 모두 최고야!"

나는 손을 잡아 뺐다.

"문제는 내가 유명해지길 원하는지 나 스스로 정확하게 모른다는 점이야." 그리고 잠깐 말을 멈췄다가 덧붙였다. "그동안 겪은 온갖 사건들 때문에 나는…… 으음…… 대중 앞에 나서기 싫어진 것 같아."

"네 오빠가 벌인 대학살 말이야?" 재스퍼가 묻고는 내 얼굴을 조심스럽게 살폈다.

"그건 동기일 뿐이야. 아, 말하자면 너무 길어." 내가 대답을 피하자 그가 차분하게 말했다.

"말해봐. 난 오늘 밤에 할 일 없어. 무슨 말을 하든 괜찮아. 당신이 유부녀이고 아이가 셋이라는 말만 아니라면."

나는 웃음을 터뜨리며 고개를 저었다.

우리는 24시간 문을 여는 간이식당으로 갔다. 판매대에 경찰 두 명이 앉아 햄버거를 먹고 있고, 한쪽 구석에서는 30대 후반의 여자가 음식을 앞에 두고 거의 잠들어 있었다. 재스퍼와 나는 제일 끝 식탁에 자리를 잡고 더블치즈버거와 양파링, 감자튀김과 콜라 라이트 같은 정크푸드를 잔뜩 주문했다. 오늘 밤은 이성적이 될 수 없었다. 나는 재스퍼가 음식을 입으로 가져가기 전에 언제나 잠깐 음식을 살피고 나서야 맛있게 먹는 것을 보는 게 좋았다. 후식으로 애플파이를 먹은 뒤에 나는 처음에는 더듬더듬, 그러나 나중에는 점점 더 빠른 속도로 지난 몇 년 동안 겪은 일을 이야기했다. 재스퍼가 내 인생에서 큰 역할을 할 가능성이 있다는 걸 알았으므로 그에게 솔직해져야 했다. 거짓말과 침묵이 어느 날 소소한 우연에 의해 드러나면 어떤 일을 일으키는지, 얼마나 강력한 파괴력을 행사하는지 몸소 체험했으니까. 재스퍼는 내가 말하는 모든 것을 이해하거나 아니면 그러지 못할 터였다. 내일 아침에 잠에서 깼는데 그가 몰래 사라졌다고 해도 아직은 내 마음이 무너질 정도는 아니었다. 하지만 1년 또는 10년 후라면 다를 테니 모험을 해야 했다. 그래서 거르는 것 없이 솔직하게 모두 말했다. 크리스토퍼 핀치 이야기, 그리고 텔레비전 방송국에 전화해서 거짓말을 했는데 그것 때문에 나중에 발목을 잡힌 이야기도. 이던 뒤부아와 무슨 일이 있었는지, 그가 나를 납치해서 죽이려 했을 때 내가 어떤 일을 했는지도. 그러나 경찰 일은 숨겼다. 그건 나뿐 아니라 아버지와 니컬러스와도 관련이 있으니 내가 절대로 입 밖에 내지 않을 유일한 이야기였다.

재스퍼는 잘 들을 줄 아는 사람이었다. 이따금 눈썹을 치켜세우긴 했지만 '아이고, 세상에. 끔찍해라!' 또는 '아이, 불쌍하기도 하지'라는 상투적인 문구로 내 말을 방해하지 않았고, 가끔 맥락을 이해하지 못할 때만 질문했다. 내가 이야기를 모두 마쳤을 때는 새벽 2시였다. 재스퍼는 아무 말도 하지 않았고, 나는 그의 표정에서 혐오와 거부와 실망을 읽게 될까 봐 두려워서 그를 바라볼 수 없었다. 나는 얼굴을 양손에 묻었다. '정직은 거짓말보다 이따금 더 많은 것을 망치기도 해.' 폴이 나에게 했던 말이다. 그가 옳았을까? 말을 한 게 실수였나? 내가……? 그때 내가 앉아 있는 긴 의자가 살짝 내려가더니 다음 순간 재스퍼가 나에게 팔을 두르고 자기 쪽으로 끌어당겼다. 내 머리카락에 와 닿는 그의 입술이 느껴졌다.

"어이." 나지막하게 말하는 그의 목소리에 연민과 이해가 가득해서 마음이 놓인 나는 그만 울음을 터뜨렸다. "울지 마, 자기. 다 털어놓고 나면 편해지지. 뭐든 괜찮다고 내가 말했잖아."

그가 위로하듯 나를 쓰다듬었다.

"셰리든, 내 생각을 말해볼까?" 그가 내 손을 입술로 가지고 가더니 입맞춤을 했다. "당신을 불안하게 하는 건 그 사건들 자체가 아니야. 당신이 결정을 미루는 진짜 이유는 제어할 수 없게 될까 봐 두려워해서인 것 같아. 어떤 일에 아무런 힘을 미칠 수 없게 되는 상황이 올까 불안해지는 거지."

그의 정확한 분석에 나는 당황했다.

"뭔가 통제를 벗어나면 어떻게 되는지 당신은 직접 경험했잖아. 얼마나 막막한지, 얼마나 무력한지 말이야." 그가 말을 이었다.

"그래, 당신 말이 맞아." 내가 중얼거렸다. "하지만 그럴 때는 어떻게 해야 하지? 영원히 아버지 집에 숨어 있을 수는 없어."

"절대로 하면 안 되는 일이 바로 그런 거야." 재스퍼가 대답했다. "문제가 생길 때마다 피하면 점점 더 악화될 뿐이야. 그걸 극복하는 방법은 내면의 강인함과 자의식뿐이야. 나도 그런 상황을 겪었기 때문에 이런 말을 할 수 있는 거야. 당신과는 다른 방식이었지만, 어쨌든 자기에게 일어난 일에 아무 영향도 미칠 수 없다는 게 어떤 느낌인지는 알아."

"정말?" 나는 그에게 기댔다.

"열한 살 때, 우리 스쿨버스가 얼음이 언 도로에서 미끄러져 강으로 추락했어." 재스퍼가 말했다. "학교 친구 세 명과 버스 운전사가 익사했지. 나는 헤치고 나올 수 없어서 좌석들 사이에 낀 채 시신 옆에서 얼음처럼 차가운 물에 매달려 있었어." 그가 한숨을 내쉬었다. "또 한 번은 열네 살인가 열다섯 살이었는데, 아버지가 절반쯤은 야생마인 무스탕에 나를 앉혔어. 말이 내달렸고, 나는 몇 킬로미터나 안장 뿔을 움켜쥐고 있었어. 그러다가 내가 힘이 빠지자 말이 나를 내던졌지. 그때 어깨와 오른쪽 다리가 부러졌어. 사람들이 나를 찾아낼 때까지 밤새 그렇게 벌판 어딘가에 누워 있었어. 완전히 호러였지. 그 후로 10년 동안 말 근처에도 가지 않았어. 그게 내가 공부하려고 동부 연안으로 간 이유 중 하나야."

"그런데 어떻게 다시 말을 탈 용기를 냈어?" 내가 물었다.

"어떤 내기에서 졌거든." 재스퍼가 웃음을 터뜨렸다. "말에 올라앉았을 때, 내가 승마를 잊어버리지 않았다는 사실을 깨달았어. 그리고 내가 그걸 얼마나 그리워했는지도."

그는 손가락을 내 턱 아래에 넣고 머리를 돌려 내 얼굴을 바라봤다.

"나는 꽤 이기적이 되기도 해." 거친 목소리로 말하는 그의 표정이 진지했다. "그리고 나쁜 성격 중 하나는 나누기 싫어한다는 거지. 그래서 당신에게 나랑 같이 목장으로 가자고 말하고 싶어. 나는 그곳에 필요하니까. 하지만……."

"하지만 뭐?" 불안해진 나는 목소리를 낮춰 물었다.

그의 시선이 먼 곳을 향했다. 한참이나 아무 말도 하지 않고 자기 자신과 싸우며, 적당한 단어를 찾는 듯했다. 입술을 꽉 다물고 나를 잡지 않은 다른 손으로 머리카락을 훑었다. 그의 표정이 부드러워졌다. 거의 슬퍼 보이는 얼굴이었다.

"난 당신 음악을 들었어." 그가 내 뺨을 쓰다듬었다. "모든 노래가 환상적이야. 당신은 성공할 수밖에 없어. 그러면 나는 당신을 수백만 명과 나눠야 하겠지."

그의 예언 같은 말에 내 등줄기에 전율이 스쳤다.

"아니야, 재스퍼. 나를 다른 사람들과 나눌 필요 없어." 내가 단언했다. "나는 언제나 지금의 셰리든으로 남을 거야. 약속할게."

재스퍼가 나를 가만 바라보다가, 속으로 뭔가 결심한 듯 가볍게 고개를 끄덕였다. 나는 침을 꿀꺽 삼켰다.

"우리가 지금 여기서 관계를 그냥 끝내는 게 더 낫겠다고 생각해? 그리고 당신이……." 내 말에 재스퍼는 고개를 젓고 손가락을 부드럽게 내 입술에 대고 속삭였다.

"아니, 절대 아니야. 우리 관계는 이제 막 시작됐는걸. 나는 당신을 더 잘 알고 싶어. 그리고 더 자주 같이 자고 싶고."

나는 행복해서 그의 목에 매달려 입을 맞췄다.

"어쩌면 아무 성과도 없을지도 몰라." 내가 말했다. "아무도 내 노래를 들으려 하지 않을 수도 있지. 그러면 당신과 함께 목장으로 갈게. 나는 말을 잘 타. 그리고 요리와 다림질을 하고, 네 바퀴 달린 건 뭐든지 운전할 수 있어. 여름에 손님들이 오면 저녁에 모닥불 가에서 기타를 치며 노래를 몇 곡 부를게."

"괜찮은 계획이다." 재스퍼가 다시 미소를 지었다. "자, 계산하고 나가자."

남았던 늦겨울 눈이 봄 햇살에 녹았다. 재스퍼와 나는 11시에 리낙사를 출발했고, 나는 차 안에서 아버지에게 전화를 걸어 남자 친구를 데리고 가겠다고 말했다. 예상한 대로 아버지는 기쁘다는 반응을 보였다. 재스퍼에게 스콧 앤드루와 대화를 나눈 이야기를 했더니 그 역시 조던 오빠처럼 앤드루가 언급한 영국 사진작가에 대해 더 많이 알아보라고 용기를 줬다. 우리는 내 앨범을 들었다. 재스퍼는 자기 어머니와 목장에 대해, 그리고 돈을 지불하는 여름 손님들을 통해 재정 상황을 다시 흑자로 돌릴 계획에 대해 이야기 했다. 우리는 유리창을 활짝 열고 담배를 피우고, 많이 웃었다. 주유소에서는 사랑에 빠진 틴에이저들처럼 포옹하고 시시덕거렸다. 정치 이야기를, 좋아하는 음식과 싫어하는 음식 이야기를 했다. 서로 알아갈수록 우리 사이에 비슷한 점이 많다는 걸 확인했다. 재스퍼는 나와 유머 코드가 비슷하고 냉소적인 세계관도 똑같았다. 그는 우리 가족에 대해 자세히 물었고, 레베카 새언니가 모두 모이는 저녁식사를 준비할 게 틀림없으니 이제 곧 만나게 될 사람들을 내가 하나하나 꼽으며 설명하자 귀 기울여 들었다.

느긋하게 움직이고 오마하에서 식사도 했지만 우리는 매디슨에 너무 일찍 도착했다. 15분 후에는 우리가 함께한 첫 번째 운전이 끝나게 되지만 나는 슬프지 않았다. 내 앞에 온갖 가능성이 펼쳐진 삶이 놓여 있고, 이제 그 삶에는 나를 있는 그대로 좋아하고 그걸 솔직하게 드러내는 이 멋진 남자도 있으니까.

기온이 20도 이상으로 올라가고, 사방에 초록빛 싹이 돋고 꽃이 피었다. 재스퍼가 목련 저택으로 접어드는 진입로로 차를 꺾자 울타리를 친 목장에서 엄마 말들과 뛰어놀고, 서로 내기를 하듯 달리고, 장난처럼 싸우거나 풀밭에 몸을 쭉 뻗고 잠든 망아지들이 보였다. 나는 엄청나게 흥분한 상태였다. 남자친구를 집에 데려오는 건 이번이 처음이니까!

아버지가 목련 저택 베란다에서 우리를 기다리고 있었다. 미소를 지으며 우리를 환영하고 재스퍼에게 악수를 청했다. 말하는 방식에서 나는 아버지가 재스퍼를 마음에 들어 한다는 걸 곧장 느낄 수 있었다. 아버지는 지난밤에 망아지 두 마리가 또 태어났다며 우리에게 보여주겠다고 마구간으로 가자고 했다. 그래서 우리는 농장 작업용 차에 올라 마구간으로 갔다. 차 안에서 나는 아버지에게 재스퍼와 내가 어떻게 만났는지 이야기했다.

"휠이 다른 바퀴가 어디서 났는지 그러지 않아도 궁금하던 참이었다." 아빠가 말했다. "아주 멋진 이야기로구나!"

"따님은 저보다 타이어를 더 능숙하게 교체하더군요." 재스퍼가 나에게 미소를 보내며 말했다. "깊은 인상을 받았습니다."

"셰리든이 잘하는 게 몇 가지 있지." 아버지가 대답했다.

"아빠, 내가 기어를 빼는 걸 잊어버리는 바람에 케이스 트랙터로 헛간 벽을 부순 거 생각나요?" 내가 아버지의 기억을 상기시켰다.

"아, 그렇지! 우린 몇 주 동안이나 사방에서 닭을 잡았어." 아버지가 싱긋 웃었다. "하지만 네가 사고를 낸 건 그때 딱 한 번뿐이었지. 어쨌든 비행은 네가 오빠들보다 더 빨리 배웠잖아."

나는 재스퍼에게 우리 집에 세스나가 두 대 있다고, 그걸로 경작지에 살충제를 뿌리고 추수철에는 일꾼들에게 음식을 나른다고 설명했다. 그는 윌로크릭 농장이 경작하는 면적이 얼마나 넓은지 듣고 깊은 인상을 받았다.

재스퍼에게 당연히 웨이사이더부터 보여줬다. 웨이사이더는 목장에서 유유히 일하고 있다가 내 목소리를 듣고는 기뻐서 히힝거렸다. 그런 다음 우리 둘은 손을 잡고 암컷 종마 목장으로 갔다. 아버지와 니컬러스가 울타리에 기대 망아지들을 지켜보고 있다가 우리가 가까이 오는 소리를 듣고 몸을 돌렸다.

"어이, 셰리든!" 니컬러스가 늘 그렇듯이 진심이 우러나는 미소를 지었다. "캔자스시티 일은 어땠어?"

"아주 좋았어요!" 나는 행복하게 히죽 웃었다. "나중에 식사하면서 다 설명할게요. 벌써 시디도 한 장 있어요. 남자친구를 소개할게요. 이쪽은 재스퍼예요. 재스퍼, 이쪽은 니컬러스."

나는 그제야 재스퍼가 니컬러스를 당혹과 경외심이 섞인 눈길로 보고 있다는 걸 깨달았다. 둘이 악수를 나눴다.

"쿽-닉 워커시군요!" 갑자기 재스퍼는 내가 한 번도 본 적 없는 흥분한 표정을 지었다. "우와! 어떻게 이런 일이! 어릴 때 완전히 제 우상이셨어요. 제 방에 당신 포스터가 수십 장 있었고, 잭슨 홀에서 해주신 사인도 있었답니다."

아버지가 흥겨운 표정으로 귀를 기울였다.

"내가 나이 들었다는 걸 이럴 때 느끼지." 니컬러스가 무미건조하게 대꾸하고는 갑자기 눈을 꾹 감았다가 뜨더니 재스퍼를 자세히 살폈다. "잠깐, 자네 혹시 버펄로에 사는 커트 헤이든의 아들 아닌가?"

"어…… 네, 맞습니다." 재스퍼가 당황해서 더듬거리며 대답했다. "어떻게 아세요?"

"그 사람과 완전히 똑같이 생겼군." 니컬러스가 말했다. "커트는 매년 정신 나간 소들을 잭슨 홀로 데리고 왔지. 진짜 힘든 과제였다네. 텍사스 사람들은 자기네 소들이 가장 거칠다고 말하지만 그건 사실이 아니야. 커트와 자네 어머니는 안녕하신가?"

"아버지는 슬프게도 2년 전에 사고를 당해서 돌아가셨어요." 재스퍼의 얼굴에 그늘이 스쳐 갔다. "씨소를 차에서 내리려다가 받히셨죠."

"세상에! 정말 슬픈 일이야." 니컬러스는 진심으로 충격받았다. "자네 아버지는 참 순수한 사람이었는데. 목장은 어떻게 됐나?"

"어머니와 제가 지금 계속해나가고 있습니다. 그 씨소는 없앴어요. 클라우드 피크를 게스트 목장으로 만드는 중이에요. 작년이 첫 시즌이었고 꽤 잘 운영됐답니다. 전몰장병기념일에 두 번째 시즌이 시작되는데, 가을까지 예약이 거의 다 찼지요."

그때부터 아버지와 니컬러스와 재스퍼는 농부들이 늘 그렇듯이 날씨를 중심으로 하는 대화에 빠져들어갔다. 나는 그 기회를 이용해서 몬티 아저씨를 찾아 나섰다. 아저씨는 망아지들을 위한 울타리가 있는 마구간을 청소하는 중이었다. 나는 흥분해서 지난 몇 주의 경험을 설명하고, 톰 헤이즐우드의 인사도 전했다.

"이제 어떻게 할 거니?" 아저씨가 쇠스랑에 몸을 기대고 호기심 어린 눈길로 나를 바라보며 물었다. "앞으로 어떻게 되는 거지? 네 아버지가 로스앤젤레스에서 거물이 와서 너에게 음반 계약을 제안했다고 말하더구나."

"그 제안을 아마 받아들이게 될 것 같아요." 내가 대답했다.

"정말 잘됐다." 그가 미소를 짓고, 지저분한 짚을 손수레에 삽질하여 넣는 일을 계속했다.

"셰리든 그랜트, 너는 네 길을 가게 될 거다."

그때 재스퍼가 나타났다. 눈이 반짝이고 뺨이 붉었다. 여전히 흥분한 상태였다. 내가 그에게 몬티 아저씨를 소개한 후에 우리는 손을 잡고 목련 저택으로 돌아갔다. 내 예상대로 레베카 새언니는 우리를 큰 집 저녁식사에 초대했다.

"당신이 말하는 니컬러스가 퀵-닉 워커라고 왜 말하지 않았어?" 재스퍼가 물었다. 니컬러스를 만난다는 건 아마 내가 예상치도 못한 순간에 브루스 스프링스틴과 마주하는 것과 비슷한 모양이었다.

"난 니컬러스가 얼마나 유명한지 늘 잊어버려." 나는 미소를 지으며 대답했다. "나에게는 그저 최고의 친구일 뿐이야."

맬러키와 하이럼 오빠도 재스퍼와 순식간에 친해졌다. 재스퍼는 서른 살이라 하이럼 오빠보다 한 살 아래였고, 다들 농부의 아들이라서 서로 말이 통했다. 우리가 어떻게 만나게 됐는지 이야기하자 오빠들은 얼굴을 환하게 빛내며 웃었다. 하이럼 오빠는 조지프와 맬러키 오빠와 자기가 손에 스톱워치를 들고 나에게 타이어 교체하는 법을 가르쳤던 일을 이야기했다. 레베카와 넬리 새언니 외에도 아버지와 일레인, 니컬러스와 조던 오빠, 메리제인 아줌마와 존 화이트호스 아저씨, 마사 아줌마가 식탁에 있었다. 나와 조던 오빠는 예의를 갖추어 조심스럽게 인사했고, 오빠는 우리 사이에 싸움 같은 건 절대 없었다는 듯이 행동했다. 저녁 내내 나는 오빠의 시선을 느꼈고, 오빠가 나와 둘만 따로 이야기할 적절한 기회를 보고 있다는 걸 깨달았다. 후식을 먹은 후에 니컬러스와 재스퍼와 나는 담배를 피우려고 베란다로 나갔다. 맬러키와 하이럼 오빠가 나와서 농기계를 보여주겠다며 재스퍼를 데리고 갔다. 니컬러스 아저씨가 안으로 들어갔고, 내가 그를 미처 따라 들어가기 전에 조던 오빠가 바깥으로 나왔다.

"셰리든, 2주 동안 너랑 통화하려고 했다." 오빠가 짜증이 묻어나는 목소리로 말했다. "전화가 고장이니, 아니면 번호를 바꾼 거니?"

"둘 다 아니야. 전화 받기 싫었어."

"문자도 보냈는데."

"알아. 열일곱 통. 안 읽었어." 나는 이 정도면 명확하게 표현했다고 어느 정도 기대했지만, 오빠는 테리어 같은 인내심을 보였다.

"켄터키 렉싱턴 근처에서 어떤 여성의 유해가 발견됐어." 오빠가 동요하지 않고 말했다. "스콧 앤드루가 우리에게 언급한 바로 그 장소에서."

"그래." 나는 무관심하게 대꾸했다. "잘됐네."

"정말 관심이 없는 거야, 아니면 나한테 여전히 화가 나서 관심이 없는 척하는 거야?"

"어떤 것 같아?" 나는 이방인처럼 보이는 오빠를 자세히 바라봤다. "내가 관심이 있는 것처럼 보여?"

"아니, 사실 없는 것 같다." 오빠는 화를 참는 표정이었다. 엄청나게 화가 났지만 스스로를 억누르고 있었다. 4년 전에 오빠는 다른 경찰들과 달리 나를 정중하고 예의 바르게 대했고 그래서 호감이 갔다. 하지만 이제 나는 오빠의 친절이 언제나 목적을 위한 도구라는 것을 깨달았다.

"그럼 됐네." 오빠를 지나서 집으로 들어가려고 했지만 오빠가 길을 막았다. 어쩌면 FBI에게 협조하도록 나를 설득하겠다고 하딩 박사에게 큰소리를 쳤는지도 모른다. 혹시 자리를 하나 약속받은 걸까? 내 거절이 자기가 성공하는 데 방해가 되는 건가? 피의자에게서 정보를 얻어내려 할 때, 오빠는 어디까지 갈 수 있을까? 나는 오빠가 육체적인 폭력을 사용하기도 할 것이라고 어느 정도 확신했다.

"아니, 잘된 건 하나도 없어." 힘겹게 누르는 분노가 오빠 눈빛에서 새어 나오고, 평소에는 금빛 점액질이 섞인 황갈색인 목소리가 붉게 변했다. "사람이라면 폭력 범죄 해결을 도와야 할 도덕적 의무가 있어. 게다가 그렇게 할 수 있는 유일한 사람이라면, 넌 어떻게 양심도……."

"난 아무 의무도 없어." 나는 오빠 말을 날카롭게 가로막았다. "내가 오빠 생각에 따라 행동하고 생각하고 느껴야 한다고 말하지마! 이제 비켜."

내 부탁에도 오빠는 그대로 버티고 서서 턱을 앞으로 내밀고 팔짱을 꼈다. 나는 오빠의 이런 고압적인 태도에도 겁내지 않고, 오빠 호흡이 얼굴에 느껴질 만큼 바짝 다가가서 눈을 빤히 노려봤다.

"우리가 처음 만났을 때, 난 오빠가 아주 특별한 사람인 줄 알았어. 그때 난 열일곱 살이었고 심각한 트라우마를 입어서 완전히 혼란스러운 상태였지. 아무 잘못이 없는데도 사람들이 날 쓰레기 취급했어. 그런데 오빠는 감정이입능력을 보여주고, 친절하고, 탁월하고, 관심을 가지고 날 대했지. 오빠는 나를 링컨으로 데리고 갔어. 시드니와 오빠가 나와 함께 병원으로 아빠 병문안을 갔지. 그래, 난 그때 정말 오빠를 믿을 수 있다고 생각했어."

조던 오빠는 한 발도 뒤로 가지 않고 입술을 앙다문 채 나를 노려봤다. '훌륭한 경찰은 광신자야. 진실을 밝혀내는 데 거의 광적으로 집착할 때가 많지.' 아빠가 했던 이 말이 옳았다. 사이코패스와 그들을 쫓는 사람들 사이에는 그다지 큰 차이가 없었다.

"그런데 '경위 블라이스톤 형사님', 사실 오빠에게 중요한 건 내가 아니었어." 난 일부러 오빠 계급을 강조했다. "자기가 맡은 사건을 해결하는 것만 중요하고, 그걸 위해서는 수단과 방법을 가리지 않아. 오빠가 시드니 휴대폰으로 전화해서 나에게 링컨으로 오라고 애원하던 게 아직도 기억나. 내가 진술하지 않으면 크리스토퍼 핀치를 고발하지 못하게 될까 봐 말이지."

"그래, 사실 그렇게 됐잖아." 오빠가 비난했다. "그 아동성애자는 법정에서 풀려났고, 지금 어쩌면 가명으로 또 다른 여자아이에게 성폭력을 가하는지도 모르지. 너는 그를 처벌받게 할 수 있었는데."

"그래, 어쩌면 그래야 했는지도 몰라." 나는 고개를 끄덕였다. "하지만 그러려면 그놈이 나에게 어떻게 했는지 법정에서 모두 진술해야 했어. 온갖 굴욕과 비하와 창피한 세부사항이 모두 조서에 적히고, 그놈은 변호사 옆에 앉아서 내가 하는 말을 들으며 성적 충동을 느꼈을 테지. 모든 신문과 텔레비전이 그 소식을 전하고, 언젠가는 아마 아빠도 알게 됐을 거야! 하지만 오빠 같은 경찰들은 그런 건 생각하지 않아. 증인이 잊어버리고 싶어 하는 온갖 끔찍한 일들을 다시 한번 말해야 하는 게 어떤 느낌인지 신경도 안 써! 지금도 마찬가지야. 오빠는 매년 교도소로 그 괴물을 찾아가는 게 나에게 어떤 의미인지 전혀 관심이 없어. 오빠의 경찰 놀이에 동참하라고 부담만 줄 뿐이야. 콜로라도에서 돌아오는 비행기에서 내가 한 말을 존중하지 않는 것 말고도 오빠는 내가 어떻게 지내는지, 뭘 하는지 그냥 인사치레로라도 묻지 않아. 오빠, 그거 알아? 오빠는 내가 바보인 줄 알아. 난 그런 건 죽어도 못 참아."

"내가 어떻게 지내는지 너도 묻지 않잖아."

"오빠와는 달리, 나는 관심이 있는 척할 필요가 없으니까." 내가 싸늘하게 대꾸했다.

우리는 서로 질세라 노려봤다.

"내가 오빠라는 게 너한테 조금 의미가 있을 줄 알았다." 오빠 목소리는 약간 침착해진 것처럼 들렸지만 불현듯 위험한 취옥 같은 녹색 분위기를 띤 형광 오렌지색으로 변했다. 오빠는 온 힘을 다해 격한 감정을 억누르는 중이었다. "너와 유일하게 피를 나눈 혈족이니까."

"틀렸어. 맬러키와 하이럼 오빠도 나와 피를 나눈 혈족이야." 나는 오빠의 잘못을 지적했다. "나와 이종사촌이니까. 그리고 두 오빠는 내가 하기 싫은 걸 강요한 적이 한 번도 없어."

"아이고, 친절하기도 하셔라." 조던 오빠가 냉소적으로 말했다. "내 눈앞에 자기밖에 모르는 어린 이기주의자가 있군. 넌 니컬러스와 아버지에게 귀가 따가울 만큼 징징거리면서, 뭔가 부당한 일을 당한 사람은 온 세상에 너 한 명뿐이라는 듯이 행동하지."

그 말에 나는 지금까지 한 번도 상상해보지 못한 증오를 느꼈다. 입을 다물고 그냥 집으로 들어갔더라면 좋았을 텐데, 오빠 마음을 상하게 하고 싶은 걷잡을 수 없는 욕구가 몰려왔다. 나는 손을 옆구리에 올리고 경멸하는 웃음을 터뜨렸다.

"내 눈앞에는 누가 있는 것 같아?" 나는 이렇게 묻고 목소리를 낮춰서 말했다. "부패한 경찰이었던 아버지보다 자기가 더 강인하고 더 똑똑하고 더 훌륭하다는 걸 온 세상과 자기 자신에게 기필코 증명해 보이고 싶어 하는, 병적으로 야심만만한 시골 경찰이 있군. 그런데 숭배하는 FBI 경찰에게 잘 보이는 데 하필이면 내가 필요하다니 안됐다. 오빠, 그 기회를 방금 완전히 잃은 거야."

내 말에 오빠 얼굴이 흙빛으로 변했다. 오빠 눈에서 들끓는 분노는 내 말의 효과가 엄청났다는 사실을 보여줬다. 오빠가 지금 나에게 달려들기 직전이라는 걸 알았지만, 나는 그 자리에서 꼼짝도 하지 않았고 눈길도 돌리지 않았다. 오빠는 눈에 띌 만큼 힘겹게 애써서 감정을 겨우 추스르고 이를 갈며 말했다.

"셰리든, 언젠가 나에게 부탁할 일이 없기를 신에게 기도해라. 한 가지 조언을 하지. 절대 잘못을 저지르지 마. 그랬다가는 야심에 찬 시골 경찰이 무슨 짓을 하는지 경험하게 될 테니까."

오빠의 위협에 내 내면에서 불편한 느낌이 깨어났다. 나는 오늘부터 조던 오빠가 처절한 적이 됐다는 걸 예감했지만, 이 순간에는 그러거나 말거나 관심도 없었다.

"경찰 아버지가 오빠한테 모범을 잘 보였겠지." 나는 싸늘하게 대답했다. "니컬러스가 오빠 이모 캐서린과 이모부 프랭크 이야기를 해줬어. 경찰이 되려면 독단과 횡포 성향이 있어야 하는 모양이군."

오빠 얼굴이 돌처럼 굳었다. 자기가 지나쳤다는 것, 돌이킬 수 없는 경계를 넘어섰다는 걸 느낀 듯했다. 오빠가 뭔가 말하려 했지만 나는 그냥 집에 들어와, 아무 일도 없었다는 듯이 미소를 지으며 식탁에 앉았다. 조던 오빠도 잠시 후에 따라 들어와 역시 식탁에 자리를 잡았다. 뭔가 눈치를 챈 사람은 아무도 없었고 모두 이야기를 계속했지만 메리제인 아줌마는 예외였다. 아줌마는 특별한 감각으로 조던 오빠와 나 사이의 적대적인 긴장감을 알아챘다. 나와 시선이 마주치자 아줌마는 이야기 좀 하자는 신호로 눈썹을 살짝 치켜세웠다. 잠시 후에 메리제인 아줌마가 자리에서 일어나 접시 몇 개를 포개어 부엌으로 갔고, 마사 아줌마가 반대했지만 나도 메리제인 아줌마를 따라갔다. 식기세척기를 함께 정리하면서 나는 베란다에서 무슨 일이 있었는지 아줌마에게 짤막하게 설명했다.

"매년 그 교도소로 가야 한다는 오빠의 강요에 굴복하지 않을 거예요." 나는 화가 나서 말했다.

"셰리든, 조심해라." 메리제인 아줌마가 목소리를 낮춰서 경고했다. "조던에게 무슨 일인가 생겼어. 몇 주 전부터 아주 어두운 뭔가가 조던 주위를 감싸고 있다."

"나도 알아요." 나는 이렇게 대답하고, 지저분한 냄비에 뜨거운 물을 받았다. "나에게 아주 많이 화가 나 있어요."

"너에게만 해당하는 게 아니야." 아줌마가 몸을 일으켰다. 눈에 걱정이 가득했다. "무슨 일인가 진행되는 중이야."

"오빠는 FBI에게 잘 보이려고 하고 있어요." 나는 씁쓸하게 웃었다. "나를 이용해서 영웅이 되려고 한다고요!"

"가볍게 여기면 안 돼." 아줌마가 애원하듯 내 팔에 손을 얹었다. "큰 재앙이 몰려오는 게 보여. 셰리든, 내가 꿈을 꿨단다. 셔먼이 사고를 당하기 전에도 그랬어."

아줌마의 말에 나는 목덜미 털이 곤두서서 침을 꿀꺽 삼켰다. 건너편 식당에서 요란한 웃음이 터졌다. 맬러키 오빠와 재스퍼의 목소리가 들려왔다.

"니컬러스 아저씨와 말해봤어요?" 내가 아줌마에게 물었다.

"시도는 했지." 아줌마가 걱정스러운 얼굴로 어깨를 으쓱했다. "하지만 들으려고 하지 않더라."

넬리가 부엌문으로 다가왔다. 그녀가 뭔가 이야기하자 식탁에 앉아 있던 사람들이 다시 웃음을 터뜨렸다.

"너, 여기를 떠나야 해." 메리제인 아줌마가 절박하게 속삭였다. "저 젊은이와 떠나! 그 사람은 너를 사랑하고 너를 지켜줄 거야. 셰리든, 너는 보호해줄 사람이 필요해."

등줄기에 또 전율이 스쳤지만 내가 대답하기 전에 넬리가 양손에 접시 더미를 들고 부엌에 들어섰다.

"여기서 뭐하는 거예요?" 넬리가 흥겹게 소리쳤다. "남자들이 돌아와서, 존 아저씨가 담근 악마의 술을 마시겠다네요!"

"내가 한 병 가지고 올게." 메리제인 아줌마가 재빨리 나섰다. 나에게 잠깐 눈길을 주고는 부엌문을 지나 바깥으로 나갔다. 나는 식당으로 돌아가서 흥겨운 사람들을 둘러보다가, 예전에 레이첼 이모가 진두지휘하고 에스라 오빠의 증오가 분위기에 독을 뿌릴 때는 이곳이 얼마나 음침하고 우울했는지 잠깐 떠올렸다.

"셰리든!" 재스퍼가 미소를 지으며 나에게 손을 뻗었다. 나는 그에게 가서 입을 맞추고 옆에 앉아, 내 손을 그의 손에 얹었다. 재스퍼는 느긋했고, 우리 오빠들과 레베카 새언니, 존 아저씨, 아버지와 니컬러스와 마찬가지로 기분이 좋은 상태였다. 조던 오빠는 지루하고 화가 났다는 걸 이제 숨기려고도 하지 않았다. 계속 휴대폰을 들여다보는 바람에 니컬러스가 당황하여 이마를 찌푸렸다. 메리제인 아줌마가 항아리를 가지고 돌아오고 레베카 새언니와 넬리가 나더러 빨리 시디를 틀어보라고 재촉하자, 조던 오빠가 벌떡 일어나더니 급한 일이 생겨서 유감스럽지만 당장 링컨으로 가야 한다고 말했다. 그러고는 식탁을 두드리고 손을 들어 인사한 후에 바깥으로 나갔다. 니컬러스가 오빠를 따라 바깥으로 나갔지만 얼마 안 있어 바로 돌아왔다. 그러고서 크게 티를 내지는 않았지만, 나에게 무슨 일이냐고 묻는 듯한 시선을 던졌다. 그러니까 조던 오빠가 니컬러스에게 설명하지 않은 것이다. 왜 안 했을까? 니컬러스를 믿지 못하거나 아니면 그가 내 편을 들어줄까 봐 두려웠던 걸까?

메리제인 아줌마처럼 안테나가 예민한 재스퍼도 조던 오빠와 나 사이의 불화를 눈치챘고, 나는 다음날 아침식사를 하면서 그에게 우리가 다툰 이야기를 했다. 아버지는 마구간에, 일레인은 직장에 가서 집 안에는 우리뿐이었다.

"오빠는 금방 괜찮아질 거야." 내가 말했다.

"아닐걸." 재스퍼는 동의하지 않았다. "그 사람은 뭔가 광신적인 게 있어. 그런 사람들은 위험해."

"에이, 나를 뭐 어쩌겠어?" 나는 어깨를 으쓱했지만, 메리제인 아줌마의 경고를 떠올리자 다시 안 좋은 기분이 들었다.

재스퍼가 생각에 잠긴 눈길로 나를 바라봤다.

"내 생각에는, FBI와는 전혀 상관없는 일이 문제인 것 같아."

내 내부에서 경련이 일어나는 게 느껴졌다. 나는 5년 전 핼러윈 때 무슨 일이 일어났는지 말해야 할까, 그래야 조던 오빠가 그 일을 알게 될 경우 우리 모두 어떤 위험에 처할지 재스퍼가 알게 되지 않을까 고민했다. 아니, 말해서는 안 되었다.

"무슨 뜻이야?" 그 일을 털어놓는 대신 나는 질문을 던졌다.

"그는 질투하고 있어." 재스퍼가 차분하게 말했다.

"질투한다고?" 나는 깜짝 놀랐다. "도대체 왜?"

"당신 아버지와 니컬러스가 자신보다 당신을 더 좋아하니까."

"왜 그렇게 생각해?" 내가 망연자실해서 물었다.

"어제 당신 아버지와 니컬러스가 당신을 어떻게 바라보는지, 당신과 어떻게 이야기하는지 관찰했어. 마음에서 우러나오는 진정한 호의였지. 두 사람은 이런 진심을 조던에게는 보이지 않아." 재스퍼가 대답했다. "그리고 이제 내가 나타났어. 우리는 배경이 비슷하니 바로 친해졌지. 난 당신 아버지와 니컬러스와 말 사육과 로데오에 대해 이야기하는데, 조던은 거기에 대해 전혀 모르니 소외감을 느낄 거야. 당신 오빠들이나 새언니, 메리제인 아주머니와 존 아저씨도 그보다는 당신을 훨씬 더 좋아해. 그게 사실 당연하잖아. 당신은 그들 중의 한 명이야. 여기서 자랐고, 이곳이 집이야. 조던은 나중에 온 사람이지. 가족들은 그를 거부하지는 않아. 당신 아버지 때문에라도 그러지 않지. 하지만 좋아하는 것도 아니야. 당신, 조던이 당신 오빠들의 어머니를 사형수 감방에 넣었다는 사실을 잊으면 안 돼."

나는 재스퍼의 분석과 인간 이해에 감탄해 그를 멍하니 바라봤다. 지금까지 내가 해본 적이 없는 생각이었지만 그의 말이 옳았다. 조던 오빠는 우리 가족의 반감을 느꼈고, 나를 아버지와 니컬러스의 사랑과 인정을 두고 대결을 벌이는 라이벌로 생각하는 것이었다. 그래서 우리 사이에 벌어진 일을 두 사람에게 말하지 않은 것이다.

재스퍼는 오트밀 한 숟가락을 입에 넣고 씹었다.

"그 남자는 엄청난 열등감을 느끼고 있고 전혀 만족하지 않아." 재스퍼가 심각한 얼굴로 말을 이었다. "셰리든, 이곳에 머물지 마. 나랑 와이오밍으로 가자. 거기서 그 프로듀서에게 전화해. 당신이 보이지 않으면 당신 오빠도 아마 마음이 가라앉을 거야."

재스퍼와 함께 그의 목장으로 간다는 상상은 무척 유혹적이었다. 그 순간 내 휴대폰이 울렸다. 지난주에 조던 오빠가 전화한 걸 빼고는 누가 나에게 전화하는 일이 드물어 깜짝 놀라 전화기를 들었다.

"지역번호가 310번이야." 액정화면을 본 내가 말했다.

"캘리포니아로군." 재스퍼가 나에게 윙크했다. "자, 얼른 받아!"

나는 심호흡을 하고 전화를 받은 다음, 재스퍼가 들을 수 있게 스피커폰을 켰다.

"마커스 골드스타인입니다. 그랜트 양, 안녕하세요." 미국에서 가장 큰 음반회사 최고경영자가 말했다. "톰 헤이즐우드에게서 당신 녹음이 끝났다는 말을 들었습니다."

"안녕하세요, 골드스타인 씨." 나는 심장을 두근거리며 대답했다. "네, 어제 끝났어요."

정중한 대화를 조금 이어가다가 마커스 골드스타인이 전화를 건 원래 이유를 꺼냈다. 그는 내가 왜 자기에게 전화해서 제트기를 보내달라고 부탁하지 않았냐는 질문은 하지 않았다.

"당신을 로스앤젤레스로 초대해서 CEMC와 직원들을 소개하고 싶습니다." 그가 말했다. "아무런 의무 조건도 없어요. 당신이 우리를 알고, 우리가 당신을 위해 무엇을 할 수 있는지 보여주려는 것이지 구속력은 전혀 없는 방문입니다. 어떻게 생각하세요?"

재스퍼를 바라보니, 그가 미소를 지으며 엄지를 올렸다.

"멋진 생각이에요. 기쁜 마음으로 가겠습니다."

"좋습니다! 노픽으로 제트기를 보내드리지요." 골드스타인 씨가 대답했다. "언제가 좋을까요?"

"어…… 언제든지요." 나는 더듬더듬 대답했다.

"내일 바로 어떤가요?" 그의 목소리에서 즐거운 기미가 묻어났다.

"어…… 네. 알겠어요. 안 될 이유 없어요."

"좋아요! 내 비서 섀넌이 나중에 전화해서 세부사항을 이야기할 겁니다. 우린 당연히 당신이 이곳에서 잘 묵을 수 있게 준비할 거고요. 자, 내일 만나게 되어 기쁩니다. 그랜트 양."

"예…… 골드스타인 씨. 저도 기뻐요." 나는 멍하니 대답했다.

그러고는 몇 초 동안 그대로 앉아 손에 있는 휴대폰만 노려보다가 고개를 들어 재스퍼를 바라봤다.

"나 좀 꼬집어볼래? 꿈을 꾸는 것 같아."

"꼬집는 대신 키스해도 될까?" 재스퍼가 싱긋 웃으며 되물었다.

"응, 그렇게 해줘." 나는 이 상황을 도무지 믿을 수 없고 제정신이 아닌 듯해서 웃음 발작을 일으켰다.

재스퍼는 내일까지 머물다가 나를 노픽으로 데려다주기로 했다. 우리는 마구간으로 가서, 아버지와 니컬러스에게 내가 로스앤젤레스로 가게 됐다고 말했다. 그런 다음 웨이사이더와 다코타를 타고 긴 외출에 나섰다. 윌로크릭으로 말을 타고 가면서 작별처럼 여겨졌지만, 동시에 새로운 장의 시작처럼 느껴지기도 했다. 나는 몇 번이나 재스퍼를 건너다봤다. 아무리 봐도 질리지 않았고, 내가 찾던 사람이 이 남자라는 걸 깨달았다. 나에게 맞는 바로 그 사람. 우리는 강 위쪽의 모랫길을 따라 엘름포인트 얕은 물까지 말을 빠르게 몰았다. 이곳에서 첫사랑 제리 브래니건과 작별한 지 수십 년은 지난 것 같았다. 웨이사이더와 다코타는 눈이 녹아서 수량이 꽤 많은 강을 건넜고, 속보로 에움길을 돌아 낙원만으로 향했다. 가는 길에 나는 재스퍼에게 아버지와 엄마의 슬픈 사랑 이야기와 내가 그 비밀을 어떻게 발견했는지, 그리고 그것 때문에 비극이 일어난 경위를 설명했다.

햇살이 비치는 아름다운 봄날이었다. 버드나무의 긴 가지들이 둥글게 말린 작은 담녹색 잎사귀를 매달고 있었다. 윌로크릭 호수에서 뿔논병아리와 알락해오라기, 오리와 백조들이 수선을 피우고, 태양은 호수를 반짝이는 유리판으로 바꾸어놓았다. 우리는 말에서 내려 버드나무에 묶어둔 후에 손을 잡고 천천히 호수로 걸어갔다. 다른 남자가 얼핏 내 머릿속에서 떠올랐지만 그의 얼굴은 먼 추억으로 빛이 바랬다. 재스퍼와 나는 바위에 앉아 굳게 포옹한 채 말없이 호수를 바라봤다. 나는 그의 어깨에 머리를 기대고, 차분하고 느긋한 그의 분위기를 즐겼다.

"그날 아침에 하필 그 주차장에서 쉬었던 걸 내가 얼마나 다행이라고 생각하는지 알아?" 재스퍼가 말했다.

"나도 터진 타이어가 그렇게 기뻤던 적은 없어. 우연에서 이렇게 아름다운 일이 생기다니, 정말 놀랍지 않아?"

"그래, 진짜 그렇지." 재스퍼가 나에게 몸을 돌리더니 양손으로 내 얼굴을 잡고 부드럽게 입을 맞추었다. "셰리든, 당신은 내 영혼의 쌍둥이이자 나의 다른 반쪽이야. 시간을 멈추고 다시는 당신을 놓지 않으면 좋겠다."

"나도 그래." 내가 속삭였다. "아주 오래전부터 당신을 알고 있던 것 같은 느낌이 들어. 다른 사람과 이렇게 좋았던 적이 없어. 재스퍼, 사랑해."

"셰리든, 나도 사랑해." 재스퍼의 눈에 갑자기 눈물이 비쳐서 나는 그에게 몸을 기댔다. 내일 저녁에 나는 어디에 있게 될까? 로스앤젤레스에서 어떤 일이 나를 기다리고 있을까?

미지의 세계로 향하는 것이 이번이 처음은 아니었지만, 이 새로운 시작과 변화는 너무 강력하고 너무 흥분됐으며, 영광스러운 동시에 겁이 났다.

재스퍼는 내 얼굴과 머리카락을 쓰다듬고 다시 오랫동안 부드럽게 입을 맞췄는데, 이 입맞춤은 내 불안을 덜어주는 약속과도 같았다. 내일 나와 함께 로스앤젤레스에 갈 수는 없지만 그는 항상 나와 함께 있을 터였다.

캘리포니아

내 사랑, 나를 위해 불을 켜둬.
당신이 문을 닫기 전에 내가 그곳에 갈 테니.

벨린다 칼라일, 〈리브 어 라이트 온〉

로스앤젤레스

　원래는 나 혼자 로스앤젤레스로 가고 누군가 나를 데리러 그곳 공항에 나올 거라고 예상했는데, 골드스타인 씨는 제트기뿐 아니라 일종의 담당자도 함께 보냈다. 캐리 웨이츠는 30대 중반쯤으로 보이는 가냘픈 남자였는데, 키가 기껏해야 170센티미터 정도라서 나보다 머리 절반 정도는 작았다. 이마가 넓고, 이미 숱이 줄어드는 머리카락을 뒤로 모두 넘겼다. 내 짐을 재빠르게 비행기에 넣은 다음, 재스퍼와 내가 작별 인사를 나누는 동안 계단 위쪽에 서서 점잖게 시선을 돌리고 있었다.

　"다 잘되길 빌어." 재스퍼가 이렇게 속삭이고 너무 세차게 안아서 나는 숨을 헉헉거렸다.

　"그렇게 되도록 할게." 내가 약속했다. "고마워, 재스퍼. 벌써 당신이 그립다."

　마지막으로 한 번 더 안고 한 번 더 키스한 후에 나는 제트기에 올랐다. 유리창 너머로 활주로 가장자리에 서 있는 재스퍼가 보였다. 그가 손을 흔들고 허공 키스를 보낸 후에 그날 아침 휴게소에

서처럼 내 시야에서 사라졌다. 마음이 무거운 동시에 가벼워졌고, 잠시 눈물을 억누르느라 힘들었다.

순항고도에 다다른 후에 사샤가 이번에도 샴페인과 맛있는 온갖 간식을 가지고 왔다.

"너무 흥분해서 아무것도 먹지 못하겠어요." 내가 캐리 웨이츠에게 고백했다. 나와의 연대감을 위해서인지 아니면 정말 시장하지 않아서인지 그도 음식을 거절했다. 그는 나를 무척 정중하게 대했고, 나를 위해 짜놓은 프로그램을 상세히 알려줬다. 캐리 웨이츠는 원래 CEMC에서 A&R 매니저로 일하지만 마커스 골드스타인이 나를 담당하라고 직접 지시했다는데, 그걸 큰 영광이라고 여겼다. 비행하는 세 시간 동안 그는 A&R 매니저의 업무가 뭔지 설명했고, 개인적인 질문도 포함해서 나의 모든 질문에 인내심을 가지고 친절하게 대답해줬다. 그는 원래 시애틀 출신이지만 20년 넘게 로스앤젤레스에 살고 있고, 결혼했고 아이가 셋이었다. 12년 전에 CEMC로 오기 전에 워너와 EMI에서 일했다. 그러고서 녹음 스튜디오 작업이 어땠는지 나에게 물었는데, 그 역시 톰 헤이즐우드를 알고 있었다. 내가 어떤 악기를 다룰 줄 아는지, 그리고 라이브 공연을 한 경험이 있는지도 물었다. 흥미롭고 기분전환이 되는 재미있는 이야기라서 나는 비행기가 어느새 하강비행을 시작하자 화들짝 놀랐다. 로스앤젤레스는 적어도 공중에서 보기에는 끔찍하게 보기 흉했다. 우리는 거의 30분 동안이나 집들 위를 날았는데, 주로 납작한 건물로 이루어진 회갈색 바다에서 수영장들이 유일하게 색깔이 드러나는 얼룩점이었다. 캐리는 로스앤젤레스 시내에는 고층건물이 드물다고, 지진 위험 때문에 캘리포니아에서는 마천루를 짓는 일이 흔하지 않다고 설명했다.

우리는 시내의 작은 산타 모니카 공항에 착륙했다. 나는 사샤와 조종사와 작별하면서 편안한 비행이었다고 감사 인사를 건넸다. 비행기 옆에서는 유리창을 어둡게 틴팅한, 눈처럼 새하얀 스트레치 리무진과 검은 양복을 입은 운전사가 미리 기다리고 있다가, 나에게 정중하게 문을 열어줬다. 리무진은 버스만큼 넓었지만 버스보다 훨씬 호화로운 설비를 갖추었다. 운전사가 내 보스턴백을 트렁크에 넣은 다음 출발했다. 나는 유리창에 딱 붙은 채 새로운 온갖 인상을 내면으로 빨아들였다. 로스앤젤레스는 내가 지금까지 가본 모든 도시와 달랐다.

"영화 속에 들어와 있는 것 같아요!" 내가 소리쳤다. "여기 이게 모두 진짜인가요?"

"묵게 될 호텔에 가보면 더욱 놀랄 겁니다." 흥분한 나를 보며 캐리가 미소를 지었다. "카사 델 마르 호텔이 바로 바닷가에 있습니다. 유명한 산타 모니카 피어에서 겨우 10분 떨어진 곳입니다. 그런데 일단 회사로 먼저 가시지요. 그곳에서 당신이 이곳에 묵는 동안 보살펴줄 팀과 만날 겁니다."

리무진이 오른쪽으로 꺾어 50미터 더 나아가, 꽃밭과 분수가 있는 잘 손질된 잔디밭을 빙 돌아 유리와 강철로 된 여러 층짜리 건물로 이어지는 진입로로 들어섰다. 운전사는 정문에 정차하고 차에서 뛰어내려 나에게 문을 열어줬다.

"고맙습니다." 나는 그에게 인사하고 미소를 지으며 물었다. "제 짐을 가지고 갈까요?"

"아니, 아닙니다. 그건 제가 처리하겠습니다." 그가 대답했다.

"성함을 여쭤봐도 될까요?"

"그레고리입니다."

"그레고리, 고맙습니다." 나는 그에게 악수를 청했다. "셰리든이에요."

"알고 있습니다. 고맙긴요. 당연하지요, 셰리든 양." 운전사가 환하게 웃었다. "천사의 도시에서 즐겁게 지내시기 바랍니다."

캐리가 계단에서 기다리고 있었다. 우리는 자동 유리문을 지나, 밝은 재색 화강암 바닥재가 깔린 넓고 환한 로비에 들어갔다. 로비 중간의 검은 벽 앞에서 하얗게 반짝이는 안내데스크에 회사 이름이 커다란 금빛 글자로 쓰여 있었다. 한쪽 벽에는 골든 음반과 플래티넘 음반 수백 장이, 맞은편 벽에는 사진틀에 넣은 유명한 아티스트들의 흑백사진이 걸려 있었다. 주눅이 들기도 하고 감탄도 하게 되는 업적의 갤러리였다. 우리는 넓은 바깥 계단을 올라가 유리로 된 A&R 부서 사무실들이 있는 2층으로 향했다. 캐리가 정중하게 문을 잡아주고 나를 회의실로 안내했다.

"우리가 도착했다고 알리겠습니다." 그가 말했다. "음료수 좀 드시고 계세요."

그가 찬 음료가 가장자리까지 꽉 찬 대형 유리 냉장고를 가리켰다. 미네랄워터부터 아이스티와 에너지 음료를 거쳐 맥주와 와인과 샴페인에 이르기까지 모든 종류의 음료가 있었다. 나는 탄산이 들지 않은 물을 한 병 꺼낸 후에 CEMC와 계약을 맺고 있거나 언젠가 맺었던 세계적인 스타들의 사진을 자세히 바라봤다. 이 회사가 창립된 80년 전부터 모든 음악 장르와 세대를 대표하는 남녀 가수와 밴드들의 사진이었다. 언젠가 내 사진도 이곳 벽에 걸리게 될까? 어쩌면 골든 음반도……?

잠시 후에 두 여자와 쉰 살쯤으로 보이는 한 남자와 함께 돌아온 캐리 웨이츠는 왠지 모르게 초조해 보였다. 그는 나에게 A&R

과 제작 본부장인 브라이언 램이라는 남자를 소개했다. 램은 나보다 한참 더 컸다. 숱이 많고 새하얀 머리카락과 튀어나온 매부리코, 살짝 갈색으로 탄 피부는 나이 들어가는 할리우드 배우처럼 보였다. 그는 친절해 보이는 미소를 지었지만 나에게 악수를 청할 기미는 없었으므로 나도 청하지 않았다.

"그러니까 당신 이름이⋯⋯." 그가 영국 억양으로 물었다. 브라이언 램의 친절함과 목소리 색깔의 차이에 나는 움찔 놀랐다.

"그랜트예요." 그래서 조심스럽게 대답했다.

"아하, 그랜트 양. 캔자스 출신인가요? 아니면 오클라호마인가요?"

"네브래스카 출신이에요."

캐리가 다급하게 아티스트 담당 벨린다 바르가스와 홍보 담당 수지 응우옌을 소개했다. 벨린다는 통통한 금발로 40대 후반으로 보였고 수지는 아시아인 인상의 가냘픈 여성이었는데, 두 사람 모두 기묘하게 긴장한 모습이었다. 뭔가 이상했다. 나는 두 여성과 캐리 웨이츠가 발산하는 불편함을 또렷하게 느꼈지만 이유를 알 수 없었다.

"골드스타인 씨도 와 계신가요?" 나는 아무것도 모르고 순진하게 물었다.

브라이언 램의 왼쪽 눈썹이 올라갔다. 그러고는 '네가 도대체 뭔데?'라는 의미로 들리는 비웃는 소리를 냈다.

"골드스타인 씨는 아티스트를 직접 담당하지 않습니다." 그가 훈계했다. "CEMC에는 그런 일을 하는 전문가가 따로 있지요. 바로 우리입니다."

"아하." 갑자기 어떤 사람을 이 정도로 싫어하게 되는 일은 드물었지만, 모두 회의 탁자에 빙 둘러앉았으므로 나도 앉을 수밖에 없었다. 나는 램 씨가 나에게 보이는 후원자 같은 친절함이 사실은 제대로 감추지 못하는 비웃음이라는 걸 알아챘다. 이 남자는 네브래스카에서 온 젊은 무명 여자를 대하는 게 자기 위상에 맞지 않는다고 생각하는 속물이었다. 그는 나와 내 음악에 최소한의 흥미조차 보이지 않고, A&R 매니저로서의 지루한 일화만 자랑스럽게 늘어놓았다. 문장마다 자기가 담당했던 유명한 가수와 밴드를 끼워 넣었지만, 내가 그에 합당한 감동을 보이지 않자 냉소적으로 변했다. 캐리는 의자에서 초조하게 이리저리 몸을 틀면서 화제를 다른 방향으로 돌리려고 했는데, 시간이 지나면서 어쨌든 그렇게 되긴 했다.

"캐리가 당신의 모든 활동을 조정하고 녹음 스튜디오에 동행할 겁니다." 브라이언 램은 더 급한 일을 해결해야 한다는 듯이 자기 손목시계를 봤다.

"녹음 스튜디오라고요?" 나는 깜짝 놀랐다. 마커스 골드스타인은 내가 어디서 테스트 녹음을 하든 상관없다고 하지 않았던가. 이곳에서 다시 스튜디오에 가야 한다는 말은 전혀 없었는데. "왜요?"

"노래라는 건 스튜디오에서 녹음하는 거니까요." 그가 오만하게 웃음을 터뜨렸다. "그런 말을 들어본 적이 있겠지요, 안 그래요?"

나는 그의 도발을 무시하고 되물었다.

"나는 방금 녹음 스튜디오에서 앨범 전체를 녹음했어요. 그거 들어보셨나요?"

"아직 그런 영광을 누릴 기회는 없었답니다." 램이 코끝에 걸쳤던 돋보기를 머리로 올리고, 몸을 앞으로 숙이고는 양손을 깍지 꼈다.

"지금까지 앨범을 몇 장 냈습니까? 어…… 그…… 그랜트 양?"

암이 아니라 그저 감기라는 걸 백 번째 환자에게 설명하느라 지친 의사의 말투로 그가 물었다. "한 장도 없겠지요. 안 그래요? 이게 첫 번째 앨범일 겁니다. 당신이 가족 파티에서 노래하면 가족들은 당연히 아주 감탄했을 거고요. 그리고 교회 성가대에서도 최고였을 테지요. 안 그렇습니까?"

"네, 그랬어요." 나는 친절한 척하는 그의 말투를 흉내 냈다. "하도 잘해서 뉴욕의 음악 프로듀서가 테스트 녹음을 하러 오라고 초대했답니다."

캐리가 내 옆에서 안절부절못하고, 벨린다와 수지는 눈빛을 주고받았다. 하지만 나는 다른 세 사람이 이미 아는 정보를 브라이언 램만 모른다는 걸 알아채고는 느긋했다. 아마 그가 지금 이곳에 온 것은 계획에 없던 일이고, 그래서 캐리는 곤란한 상황에 처한 듯했다.

"아하! 그랜트 양, 대단한 일이네요!" 램이 눈을 크게 떴다. "진짜 대단해요! 아주, 아주 많은 어린 아가씨들이 당신처럼 매년 녹음 스튜디오에 가서 귀여운 노래를 녹음하고, 자기가 샤니아 트웨인이나 에비타 레이나가 될 거라고 생각하지요. 친한 친구들과 할머니가 자기 노래를 멋지다고 말하니까요." 그가 부드럽게 미소 지었다. "하지만 그랜트 양, 여기 있는 우리는 지금 음악 시장에서 어떤 게 잘 나가는지 안답니다. 정확하게 관찰하여 추세를 아니까요. 그러니 당신의 귀여운 노래와 목소리는 아직 전문적으로 많이 갈고 닦아야 해요."

이 남자는 내가 여기 왜 왔는지 모르는 게 분명했다. CEMC의 의사소통이 안 좋거나, 램이 오만하여 마커스 골드스타인이 페어필드를 방문했다는 사실을 모르는 듯했다. 그의 눈에 나는 어찌어찌 이 건물에 들어온, 거창한 야망을 품은 젊은 여자에 불과했다.

"지금까지 내 노래도, 내 목소리도 듣지 않으셨다면서 어떻게 판단하세요?" 내가 물었다.

"그런 걸 경험이라고 하지요." 브라이언 램이 교만하게 대답하고 플라스틱병에 든 사과주스를 한 모금 마셨다.

"내가 원하지 않으면 어떻게 되지요?" 내가 물었다.

"원하지 않는다고요?" 브라이언 램은 아까보다 조금 더 냉소적으로 되물었다. "뭘 원하지 않는다는 거죠? 전문적인 지원을? CEMC 같은 음반회사의 노하우를……?"

그가 막 흥분하려는 찰나에 캐리가 다급하게 그의 말을 가로챘다.

"그랜트 양, 당신의 동의 없이는 그 어떤 일도 일어나지 않습니다." 그가 나를 안심시켰다. "그러니 걱정하지 마세요."

브라이언 램이 믿을 수 없다는 시선으로 자기 부하직원을 바라봤다.

"여기서 무슨 일이 어떻게 언제 일어나는지는 내가 결정합니다." 그가 캐리에게 날카롭게 경고했다.

그 순간 내 휴대폰이 윙윙거렸다. 마커스 골드스타인이 보낸 문자였다. 도착했는지 묻는 질문에 나는 답장을 보냈다.

"의사소통 끝났습니까?" 브라이언 램이 존경심을 보이지 않는 내 태도에 노골적으로 불만을 드러내며 물었다. "당신의 소중한 관심을 이제 내가 다시 받을 수 있을까요?"

내 휴대폰이 다시 윙윙거렸다.

"잠깐만요." 이렇게 부탁하고 골드스타인 씨의 답장을 읽었다. 여기로 오는 길이라고 했다. 나는 램을 다시 보며 물었다. "죄송해요. 방금 뭐라고 하셨어요?"

"당신은 음악 분야를 모르고, 사업이 어떻게 돌아가는지도 모릅니다." 그가 싸늘하게 대답했다. "우리 A&R 팀은 '개념적으로' 일해요. 시장을 분석하고, 목표 집단에 맞는 아티스트를 찾아서 발전시키고 극대화하여 제품을 생산한다는 뜻입니다. 성공 가능성을 확신하고서 말이지요. 우리가 누군가를 선택할 때 음악적 능력이 결정적인 요인은 아니에요. 그것만으로는 부족하니까요. 아티스트는 협조적이어야 하고, 요구되는 것을 실행에 옮길 수 있어야……"

문을 노크하는 소리가 들리자 램은 말을 하다 말고 멈췄다. 나는 마커스 골드스타인이 회의실로 들어서자 순식간에 무너지는 그의 표정을 통쾌한 심정으로 바라봤다. 캐리와 벨린다와 수지가 자리에서 벌떡 일어났다.

"아, 그랜트 양! 로스앤젤레스에 오신 걸 환영합니다." 그의 맑은 바리톤 목소리가 내 뒤에서 울렸다. 아는 얼굴을 만나서 안심한 나도 자리에서 일어났다. "CEMC에 오신 것도 환영하고요! 편안한 여행이었기를 바랍니다."

"네, 고맙습니다. 모든 게 정말 아름답고 최고로 편했어요." 나는 미소 지으며 대답했다. 나와 악수를 나눈 뒤에 골드스타인 씨는 캐리와 벨린다와 수지와도 악수로 인사했다.

"브라이언." 램에게는 그저 고개만 끄덕했다.

"마커스." 노골적으로 자리에 그대로 앉아 있던 A&R 부서 본부장도 말이 별로 없기는 마찬가지였다. 두 남자 사이의 적대적 긴장이 내 몸에도 느껴질 정도였다. 그러나 브라이언 램의 태도가 예민함과 짜증인 반면 마커스 골드스타인은 자신의 힘을 완벽하게 자각하고 있었고, 사람들이 그에게 존경과 순종을 보이는 데 익숙한 자신감과 권위를 발산했다.

"셰리든, 이곳에서 만나니 정말 반갑습니다." 골드스타인 씨가 다시 나에게 몸을 돌리고 목소리를 낮춰서 말을 이었다. "톰이 속 달로 앨범을 보내서, 오늘 점심때 녹음 스튜디오 부장인 후안 델가도와 함께 들었답니다. 보기 드물게 탁월하더군요."

보스가 나를 지극히 친근하게 대하는 모습을 본 브라이언 램의 표정이 어두워졌다.

"난 왜 그 자리에 없었습니까?" 그가 당혹스러운 얼굴로 물었다.

"내 비서가 아침 브리핑에 당신을 불렀지만 유감스럽게도 당신이 오지 않았으니까요." 골드스타인 씨가 싸늘하게 대꾸하고는 얼굴에 다시 미소를 장착하고 흥겨운 표정으로 양손을 비볐다. "자, 여러분. 올라갑시다. 내 사무실에 소규모 리스닝 세션이 준비되어 있어요."

벨린다와 수지, 캐리가 회의장을 나서고 나는 브라이언 램에게 몸을 돌렸다.

"램 씨, 안 가세요?"

"당연히 갑니다." 골드스타인 씨가 램 대신 대답했다. "자, 브라이언. 움직여요! 깜짝 놀랄 겁니다. 셰리든은 톰 헤이즐우드와 브래디 매나키의 녹음 스튜디오에서 작업했는데 결과물이 놀랍습니다."

램은 얼굴 표정을 비틀고 미소를 지으며 일어나 내 눈길을 피했다. 코가 납작해졌고, 부하직원들이 뻔히 알면서 상사를 난처한 처지에 내버려뒀다는 건 자기 부서 평판을 위해서도 좋지 않았다. 그와 나를 위해서는 안 좋은 시작이었고, 내가 혹시 계약서에 서명한다면 되도록 그와 마주하는 일이 없기를 바랄 뿐이었다.

내가 어제 통화한 골드스타인 씨의 비서 섀넌이 환한 미소를 띠고 승강기 앞에서 우리를 기다리고 있었다. 적갈색 머리카락을 목덜미에 하나로 묶고 검은색 랩 원피스에 굽이 엄청나게 높은 펌프스를 신은 그녀는 모델처럼 보였다. 그 사람 옆에 있자니 내가 굼 뜬 촌뜨기처럼 느껴졌다. 섀넌이 나를 진심으로 환영하고 모든 것이 만족스러웠는지, 더 필요한 것은 없는지 물었다.

"네, 무척 좋았어요. 모든 게 굉장해요. 고맙습니다."

무슨 뜻일까? 더 필요한 것이라니?

우리는 밝은 재색 양탄자가 깔린 넓은 복도를 따라 걸었다. 이곳 벽도 사진과 골든 음반들로 뒤덮여 있었다. 마커스 골드스타인의 사무실은 실내 운동장만 한 크기였다. 임원 사무실이 있는 층에 처음 와보는 듯한 캐리도 나와 비슷한 인상을 받은 모양이지만 감정을 나보다 잘 감출 줄 알았다. 50대 후반이고 친근한 얼굴에 뾰족한 흰색 턱수염을 기른 녹음 스튜디오 부장 후안 델가도는 눈을 반짝이며 나와 악수하고, 내 노래와 목소리만큼 자기를 감동시키는 소리를 들은 건 아주 오랜만이라고 열정을 담아 말했다. 사람들이 점점 더 많이 등장했다. 골드스타인 씨는 내 옆에 서서 그들을 모두 소개했다. 부사장 하디, 기업 커뮤니케이션 글로벌 이사 토머스, 재무 담당 이사 필, 글로벌 영업 대표 스티브, 홍보 본부장 제시카, 비즈니스 업무 및 법률 자문 마크, 업무 총괄 이사 퍼거스 등이었다. 내 머리는 온갖 이름과 직책과 얼굴로 혼란스러웠지만 얌전하게 악수를 하고 미소를 띠며 고개를 끄덕였다. 사람들도 그 이상은 요구하지 않는 것 같았다. 다들 호기심 어린 시선으로 나를 봤지만 아무도 말을 걸려고 하지는 않아서 다행이었다.

"이 사람들은 누군가요?" 내 옆에 바짝 붙어서 떠나지 않는 캐리에게 물었다.

"전체 임원진입니다." 그가 존경심이 우러나는 목소리로 소곤거렸다. "그리고 거의 모든 부서장들이 모였네요. 판매, 재무, 계약, 마케팅과 홍보."

"아, 알았어요."

섀넌은 나에게 뭘 마시거나 먹겠는지 지치지도 않고 계속 싹싹하게 물었고, 나는 아침식사 이후로는 아무것도 먹지 않아서 배가 고파 속이 메슥거릴 지경이었지만 거절했다. 너무 긴장해서 먹을 수 없었다. 사람들의 관심이 불편했다. 나에게 깊은 인상을 남기고 그래서 나와 계약을 맺으려고 이 모든 걸 준비했다는 걸 알지만, 바로 그 점 때문에 나 자신이 사기꾼처럼 느껴졌다. 사방에 놓인 가죽 소파와 안락의자에 앉은 사람도 몇 명 있었지만 대부분은 그대로 선 채 사이드보드에 차려진 음료와 간식을 먹으며 수다를 떨었다. 나는 사람들이 지금까지 모두 비껴간 3인용 소파에 앉았다. 골드스타인 씨가 손뼉을 치자, 지휘석에 올라온 지휘자를 본 오케스트라처럼 순식간에 모든 대화가 그쳤다.

"오늘 이곳에서 셰리든 그랜트 양을 맞이하게 되어 이루 말할 수 없이 기쁩니다." 그가 말을 시작하고 미소를 띠며 나에게 고개를 끄덕여 보였다. "캘리포니아 엔터테인먼트와 뮤직 코퍼레이션에 오신 것을 다시 한번 환영합니다." 정중한 박수 소리가 울려 퍼지고, 골드스타인 씨가 직원들에게 몸을 돌려 내가 재능이 뛰어난 싱어송라이터이며 앨범을 이미 하나 녹음했는데, 거기 실린 모든 노래가 내 자작곡이라고 설명했다.

"그랜트 양이 오늘 왜 이 자리에 왔는지, 그리고 내가 왜 그녀가 우리와 일하기를 바라는지 여러분이 알도록 이제 엄선한 노래 다섯 곡을 들려드리겠습니다." 그가 나에게 미소를 짓고 후안 델가도에게 신호를 준 다음 내 옆에 자리를 잡았다. 몇 초 후에 〈투나잇〉의 첫 화음이 울렸다. 브래디가 '바그너처럼'이라고 표현한 이 노래는 앨범 전체에서 가장 과감했으므로 무척 대담한 선택이었다. 나는 흥분해서 몸이 떨렸고, 재스퍼가 지금 여기 함께 있고, 옆에서 내 손을 잡아주면 좋겠다고 생각했다. 나 같은 가수 지망생 수백 명을 이미 겪었을 테고 나에게 투자하는 게 가치 있는 일인지 평가해야 하는 프로들의 얼굴을 곁눈질로 흘낏거리며 살폈다. 완전히 느긋한 사람은 마커스 골드스타인뿐이었다. 내 목소리가 그전에는 나도 경험하지 못한 정도의 강도로 공간 전체를 채웠다. 한 남자가 발로 리듬을 맞췄다. 사람들이 눈썹을 치켜세우고 놀란 눈길을 서로 주고받았다. 나는 놀라움이 인정으로, 그리고 〈소서러〉와 〈노웨어 고잉 패스트〉에서 다시 감탄으로 바뀌는 모습을 지켜보며 안도했다. 내 노래가 마음에 들지 않는 사람은 브라이언 램뿐인 듯했다. 다른 사람들이 모두 박수 칠 때 그는 한쪽 구석에 서서 어두운 표정으로 휴대폰에 뭔가 입력하고 있었다.

∞

9시 조금 전에 나는 골드스타인 씨와 비벌리힐스에 있는 레스토랑에서 만났다. 그레고리가 나를 리무진으로 산타 모니카의 호텔에서 이곳으로 데려다줬는데, 어떤 일이 기다리고 있을지 몰라서 나는 끔찍할 만큼 긴장한 상태였다. 내가 떠나온 후에 임원진과의 대화는 어떻게 흘러갔을까?

"셰리든, 안녕?" 골드스타인 씨가 미소를 지으며 인사했다. "숙소는 만족스러웠나요?"

"아…… 골드스타인 씨, 안녕하세요?" 나는 말을 더듬었다. "네, 방은…… 그러니까 호텔은…… 무척 멋있어요."

그 말은 세기적인 과소평가였다. 리스닝 세션이 끝난 후에 나는 리무진을 타고 호텔로 갔다. 카사 델 마르는 산타 모니카 해변과 붙어 있고 CEMC 콘체른 본부와 겨우 반 블록 떨어져 있어서 걸어갈 수도 있었지만 캐리는 내가 차를 타야 한다고, 로스앤젤레스에서는 아무도 걸어 다니지 않는다고 주장했다. 나는 바다가 보이는 깔끔한 방을 예상했지만 예약된 객실은 지붕 위의 개인 테라스와 월풀, 완벽한 바와 상상할 수 있는 온갖 사치를 갖춘, 하룻밤에 2천 달러짜리 펜트하우스 스위트였다. 누군가 이미 내 보스턴백과 트렁크를 풀어 얼마 안 되는 옷을 드레스 룸에 반듯하게 정리해뒀는데, 무척 초라해 보였다. 은제 샴페인 쿨러에 담긴 샴페인 한 병과 어마어마한 크기의 꽃다발이 탁자에서 나를 기다리고 있었다. 골드스타인 씨가 보낸 카드가 꽃병에 기대어 있었다. 그에게 점점 더 신세를 지는 것이라 이런 호사가 이제 불편해졌다.

"꽃과 샴페인도 고맙습니다." 이제 내 목소리를 어느 정도 가라앉힐 수 있었다. "그러지 않으셔도 됐는데요."

"아, 별말씀을요." 그가 호기심과 호의가 섞인 표정으로 나를 바라봤다. "셰리든, 아주 멋집니다."

나는 검은 진바지와 카우보이 부츠, 얇은 재색 터틀넥 셔츠와 캔자스시티 중고가게에서 구입한 빈티지 가죽 외투 차림이었다. 머리는 느슨하게 올렸고 마스카라를 조금 바른 것 빼고는 화장도 하지 않았다. 더 세련된 옷이 있었다면 입었을 텐데.

"고맙습니다." 내가 대답했다. 개인 전용기와 선물과 호화로운 호텔 객실로 그에게 조종되어 굴복하는 역할을 강요당할 마음은 없었으므로 이렇게 덧붙였다. "당신도 무척 멋져 보여요."

골드스타인 씨는 당황했다.

"어…… 고맙습니다." 그가 놀라서 대답하더니, 당혹감과 칭찬받은 흡족함이 뒤섞인 웃음을 터뜨렸다. "그런 말을 들은 지 아주 오래됐어요!"

예상 외의 칭찬은 백만장자든 연쇄살인범이든 당황하게 만드는 군. 그렇게 나는 생각했다.

레스토랑으로 들어간 우리는 식탁으로 안내받았다. 옆 식탁에 앉아 있던 할리우드 스타들이 골드스타인 씨에게 손을 흔들고 그에게 이름을 부르며 말을 걸고, 나를 노골적으로 빤히 보는 것을 생생하게 목격하니 내 눈을 믿을 수 없을 지경이었다. 레스토랑 주인이 우리 식탁으로 와서 골드스타인 씨와 따뜻하게 포옹하며 인사했다. 잠시 후에 아페리티프가 나왔는데, 이번에도 물론 샴페인이었다.

"셰리든, 당신에게 건배!" 골드스타인 씨가 나에게 건배했다. "그리고 당신의 앨범에도. 모두들 〈폭풍의 시간〉에 완전히 감동했습니다."

"고맙습니다, 골드스타인 씨." 나는 정중하게 대답했다. "그 말을 들으니 정말 기쁩니다."

"셰리든, 그냥 마커스라고 불러요." 그가 다정하게 말했다. "여기 캘리포니아에서는 다들 딱딱한 형식을 갖추지 않는답니다."

"알겠어요." 나는 이 사람을 제대로 평가할 수 없고, 그의 느긋한 태도 뒤에 뭔가 숨어 있다는 것을 느꼈다. 그게 뭘까? 그의 억양이 목소리 색깔과 전혀 맞지 않아 당황스럽고 조심해야 한다는 생각이 들었다. 니컬러스는 언젠가 낯선 사람들을 대할 때는 어느 정도 의심을 품는 게 좋다고, 하지만 모든 사람을 더는 믿지 못하고 바로 끔찍한 일만 상상해선 안 된다고 조언했다. 내가 지금 그러고 있나? 마커스 골드스타인이 뭔가 안 좋은 일을 하리라고 예상하는 건가? 왜 이렇게 비싼 호텔 스위트를? 샴페인과 꽃다발은? 그런 것으로 나를 매수할 수 있다고 생각하는 걸까? 하지만 다른 한편으로, 마커스 골드스타인 같은 부자에게 2천 달러가 무슨 의미나 있을까? 어쨌든 이유를 알아내야 했다. 안 그러면 이 사람 앞에서 진심으로 편하게 느끼는 일은 결코 없을 테니까.

"마커스, 뭐 하나 여쭤봐도 될까요?"

"당연하지요."

"계약을 맺고 싶은 아티스트와 식사를 함께하는 일이 잦은가요?" 섬세하게 돌려 암시하기에는 내 인내심이 부족했다.

"아니요." 그가 곧장 대답했다. "사실은 그런 적이 없습니다."

"그런데……." 내 맥박이 빨라졌다. "그런데 왜 저랑은……?"

그의 표정은 그대로 느긋했지만, 샴페인 잔의 자루를 손가락 사이에서 돌리기 시작했다.

"당신이 내 호기심을 불러일으키니까요." 그가 솔직하게 시인했다. "나도 질문 하나 해도 될까요?"

"물론이죠."

"얼마 전에 아버지에게 왜 거짓말을 했지요?"

"어…… 뭐라고요?" 나는 그의 질문에 잠시 당황했다. "무슨 말씀인가요?"

"노픽에서 캔자스시티로 출발하기 직전에, 당신은 아버지에게 전화를 걸어서 우리가 출발하는 순간에 오빠가 왔다고 말했었지요." 마커스의 입가에 미소가 살짝 걸려 있었지만 눈빛은 진지했다. "오빠와 이야기했다는 말은 하지 않았어요. 왜 그랬지요?"

"그게…… 좀 복잡해요." 나는 속으로 몸을 꼬았다. 제기랄! 어떻게 이런 걸 다 기억하고 있지?

"확실히 복잡한 것 같습니다." 마커스가 고개를 끄덕였다. 그가 너무 뚫어지게 바라보는 바람에 내 몸이 뜨거워졌다 싸늘해졌다를 반복했다. "오빠를 피하려고 나와 함께 캔자스시티로 간 거잖아요. 셰리든, 오해하지 말아요. 나는 당신을 비난하려는 게 아닙니다. 오히려 깊은 인상을 받았지요."

"정말요?" 나는 샴페인을 홀짝거리려고 했지만 어느새 잔이 비어 있었다. 마커스가 주변을 두리번거리지도 않고 손만 아주 살짝 움직이자, 아마도 그에게서 눈을 떼지 않고 있었을 종업원이 곧장 달려와 내 잔을 채워줬다.

"당신은 지극히 재능이 탁월하고 무척 아름답습니다." 종업원이 우리 대화를 듣지 못할 만큼 멀어진 후에 마커스가 말을 이었다. "그건 두 가지 사실이지요. 하지만 내가 관심이 가는 것은, 절도 있고 예의 바른 태도 뒤에서 이따금 반짝 새어 나오는 당신의 특성입니다."

"아하." 속으로는 떨렸지만 나는 차분해지려고 애썼다. 불현듯 우리 사이에 따끔거리는 긴장이 느껴져 나는 얼른 경계를 지어야 한다는 사실을 깨달았다. 마커스 골드스타인 같은 사람은 누군가 물러나면 더욱 자극받을 뿐이고, 나는 그에게 손쉽게 우위를 내어줄 마음이 없었다. "나도 당신에게 똑같은 관심을 느낀답니다. 나는 소리를 들을 수 있어요. 예를 들어 목소리를 색깔로 봐요. 당신 목소리와 말하는 내용 사이에는 늘 괴리가 있어요."

달변가인 그는 내 말에 잠시 말문이 막혔다. 감탄과 의혹이 섞인 표정으로 나를 바라봤다.

"지금 내 목소리는 어떻습니까?" 그가 호기심을 보였다.

"하늘색이 살짝 들어간 갈색이에요. 그리고 모서리가 있어요. 모서리는 당신 목소리에 언제나 있지요. 오늘 오후에 사무실에서는 톱날처럼 날카로웠어요."

"흥미롭군요. 거의 거짓말 탐지기 같습니다. 그렇지요?"

"네, 맞아요." 나는 고개를 끄덕였다. "목소리 탐지기가 더 맞는 말이겠지요."

"내가 거기에 영향을 줄 수 있나요?" 이 질문은 시사하는 바가 아주 많았다. 마커스 골드스타인은 지배적인 특성을 지닌 알파 동물이니 친절과 배려로 지금 지위에 오른 것은 당연히 아닐 터였다. 사람에 대한 섬세한 감각을 소유했고, 상대방에게 금방 적응하고 상대를 조종할 수 있었다. 그럼에도 자신의 통제 바깥에 놓인 것들이 있다는 사실에 초조해하지 않을 정도의 노련함을 충분히 소유했다.

"아니요." 나는 고개를 저으며 미소를 지었다. "아마 안 될 거예요."

"정말 매혹적인 이야기군요." 마커스가 잔을 비웠다. "어떻게 작동하지요? 이…… 재능을 지칭하는 이름이 있습니까?"

"공감각이라고 하더군요." 내가 설명했다. "얼마 전에 만난 FBI 프로파일러는 그걸 신경생물학적 현상이라고 표현했어요. 소음이나 목소리나 음악을 들으면 색깔과 무늬가 동시에 보여요. 언제나 그랬어요. 나에게는 일상적인 일이에요."

레스토랑 주인이 다양한 요리가 쓰여 있는 석판을 직접 들고 우리 식탁에 와서 그날의 특별요리를 설명하고, 마커스와 일상적인 잡담을 잠깐 나누었다. 나는 '허브 버터 에스카르고'라는 메뉴를 읽고서 곧장 〈프리티 우먼〉의 레스토랑 장면이 떠올라 킥킥거리지 않으려고 애썼다. 다행스럽게도 폴이 비슷한 레스토랑으로 두세 번 데려간 적이 있어 완전히 촌뜨기처럼 행동하지 않았고, 많은 포크와 나이프와 스푼과 다양한 잔에도 주눅 들지 않았다. 그렇지만 로스앤젤레스에 도착한 이후에 기이한 우연을 통해 영화에 들어온 듯한 편집증적 느낌은 사라지지 않았다.

"FBI 프로파일러와 무슨 상관이 있지요?" 마커스는 레스토랑 주인이 우리 식탁에 오기 전의 대화로 손쉽게 다시 돌아갔다.

"어머니가 독일에서 연쇄살인범에게 살해당했어요." 나는 마치 그게 세상에서 가장 평범한 일이라는 듯이 대답했다. "얼마 전에 플로렌스 최고보안교도소로 그 살인범을 면회하러 갔어요. 내가 그에게서 새로운 정보를 얻을지도 모른다고 FBI가 기대했기 때문이지요. 그런데 그 사람이 1979년에 어떤 여자의 시신을 묻은 장소를 정말로 털어놨어요."

"말도 안 돼요. 정말인가요?" 마커스 골드스타인이 믿지 못하겠다는 표정으로 고개를 저었다.

"유감스럽게도 사실이에요." 나는 한숨을 내쉬었다. "그 연쇄살인범 이름은 스콧 앤드루인데, 내가 1년에 한 번씩 자기를 면회 오면 또 다른 시신들을 묻은 장소를 알려주겠다고 말했어요. 나는 거부했고요. 조던 오빠는 경찰이고, FBI에 잘 보이려고 하지요. 오빠는 생각을 바꾸라며 나에게 부담을 줘요. 그날 아침에 당신이 농장에 왔을 때 본 게 그런 상황이에요. 아버지는 조던 오빠와 내가 그 일로 다툰 걸 모르세요."

마커스가 너무 빤히 쳐다보는 바람에 나는 신경이 흔들렸다. 그저 그가 어떻게 반응하는지 보고 싶어서 이던 뒤부아와 캘빈과 루스코 이야기를 할까 잠깐 고민했지만 곧 정신을 차렸다.

"셰리든, 나를 믿고 솔직하게 말해줘서 고맙습니다." 그가 미소도 짓지 않고 말했다. "그게 얼마나 큰 의미인지 잘 알아요."

"별말씀을요." 내가 대답했다.

마커스의 황갈색 눈동자에 해석하기 어려운 표현이 나타났다. 예측할 수 없는 뭔가가 불현듯 우리 사이에서 흔들렸다. 간질거리는 전류가 내 몸을 타고 흘렀다.

'세상에, 혹시 이 사람이…… 어쩌면……?' 머릿속을 이런 생각이 스쳤다. 다행스럽게도 바로 그때 전채요리가 나왔다. 기이한 순간은 지나갔다. 마커스는 늘 그렇듯이 틀에 박힌 친절한 미소를 다시 지으며 맛있게 먹으라고 권했다. 음식은 탁월했다. 따뜻하게 데운 염소치즈와 민물가재, 석류 알이 섞인 루콜라, 비네그레트소스를 얹은 꿀 무화과, 후추를 친 파슬리 소스를 얹은 넙치와 가지 피카타, 그리고 후식으로는 레몬 화과자가 나왔다. 모든 요리가 예술 작품이라서 먹기 아까울 정도였다. 음식을 먹으며 반짝이는 크리스털 잔에 과일 향이 풍부한 상세르 와인을 마셨다. 나머지 시간에는 색깔 듣기나 연쇄살인범에 관한 이야기를 하지 않고 일반적이거나 특별한, 음악 산업 전반에 걸친 대화를 나누었다. 나중에 그레고리가 나를 호텔로 다시 데려다줄 때, 나는 음악 세계의 정글에서 혼자 비틀거리며 걷는 게 아니라 마커스 골드스타인처럼 강력한 사람의 보호를 받는다는 게 어떤 의미인지 어느 정도 알게 됐다. 동시에 믿을 수 있는 내 편이 필요하다는 사실도 깨달았다. 이기적인 이유에서 조언하지 않는 사람. 오늘 겪은 모든 일이 어딘지 모르게 초현실적으로 느껴졌고, 길고 긴장된 하루였지만 너무 흥분해서 잠이 오지 않았다. 진 토닉을 한 잔 만들어—호화로운 스위트룸 냉장고에는 각 얼음도 있었다— 테라스로 나가서 재스퍼에게 전화를 걸었지만 받지 않았다. 아마 이미 오래전에 잠자리에 들었을 터였다. 와이오밍은 벌써 새벽 2시 반이었다. 하지만 오늘 내가 겪은 일과 잘 지낸다는 것과 많이 보고 싶다는 말을 최소한 짧게라도 하고 싶은 다급한 욕구를 느꼈다. 산에 있는 목장에서는 네트워크 수신이 되지 않아 안타깝게도 재스퍼는 휴대폰을 갖고 있지 않았고 그래서 문자를 보낼 수 없었다. 나는 환하게 불이 밝혀진 산타 모니카 피어를 한동안 건너다보며 파도 소리에 귀를 기울였다. 주소가 적힌 볼펜을 하도 자주 봐서 그의 이메일 주소를 외우고 있었다. 노트북으로 호텔 와이파이에 접속해서 6개월 전에 휴면한 내 이메일 계정에 로그인하고 '계정 활성화'를 클릭했다. 몇 초 후에 인터넷 서비스 업체가 받은 메일 271통을 보여줬는데 대부분은 스팸이었다. 호기심에 아래로 스크롤하다 깜짝 놀라 몸을 움찔했다. 3월 17일에 키이라 제닝스가 이메일을 보냈다! 이게 어떻게 가능할까? 이던이 캘빈이 그녀를 죽였다고 말할 때의 증오 어린 표정이 생생하게 기억나는데. 아니면 내가 뭔가 오해한 걸까? 흥분한 내 심장이 쿵쾅거렸다. 이메일을 클릭했다.

어이, 캐롤-린(셰리든). 매달 보내는 이메일이야. 이번에는 정말 기분이 좋아. 그 개자식 이던 뒤부아가 교도소에 있다는 걸 인터넷에서 읽었거든!!! 그러니까 살면서 정의라는 게 있긴 한가 봐! 나는 여전히 시카고에 살고, 여전히 변호사 보조로 일해……. 사실 아주 정확하게 맞는 말은 아니야. 흐음. 게다가 꽤 똑똑한 놈을 낚았어. 이곳 변호사 가운데 한 명인데 이름은 토니이고 귀여워. 난 사실 잘 지내. 시카고의 끔찍한 날씨만 마음에 안 들어. 너는 어때? 그 의사와 결혼했어? 네가 소식 주면 반가울 거야. 그럼 이만, KJ.

나는 마음이 놓여 웃음이 터졌다. 그래, 이건 전형적인 키이라 말투야! 그녀와 얘기하고 싶다는 갈망이 불현듯 강하게 일어났다. 키이라는 내 첫 번째이자 유일한 여자친구였다. 8개월 동안 우리는 다른 두 여자와 함께 한집에서 살았고, 그녀 덕분에 나는 지금 이곳에 앉아 있었다. 서배너에서 미키가 나를 욕조에 익사시킬 뻔했던 그날 아침을 떠올리니 소름이 끼쳤다. 고기용 칼이 그의 등에 꽂히고 목에서 선명하게 붉은 피가 솟구치던 장면이 내 망막에 영원히 각인됐다. 키이라가 그를 죽이지 않았더라면 나는 이던의 유곽에 끌려갔을 것이다.

나는 답장을 쓰면서 휴대폰 번호도 보냈다. 단 3분 후에 휴대폰이 울렸다. 귓가에 울리는 키이라의 목소리에 나는 가슴을 쓸어내렸다. 우리는 너무 반가워 조금 울었고, 그런 다음 나는 이던이 지금 왜 교도소에 있는지를 설명했다.

"세상에!" 키이라가 말했다. "네가 의사랑 결혼하지 않았다는 거야?"

"응. 폴과는 그 후에 끝났어." 나는 웃음을 참느라 끼룩거렸다.

"다행이지! 너, 내가 지금 어디에 있는지 말하면 믿지 못할 거야. 로스앤젤레스 산타 모니카 해변의 오성 호텔에 있어. 어떤 음반회사가 나랑 계약을 맺고 싶어 해."

어떻게 된 일인지 설명하자 키이라는 완전히 감탄했다.

"어이! 혹시 너를 돌봐줄 매니저가 필요하지 않아? 토니와 나는 시카고와 이곳 추위가 지겨워. 캘리포니아로 가고 싶은 마음도 늘 있었고."

용감하고 현명한 친구가 함께한다는 것은 정말이지 마음에 들었다.

"언제 올 수 있어?" 내 질문에 키이라가 대답했다.

"열흘만 줘. 그럼 모든 걸 해결할 테니. 비행기 표를 예매하면 전화할게. 알았지?"

"우와, 그래!" 나는 흥분했다. "그사이에 나는 집과 자동차를 알아볼게. 키이라, 정말 기뻐! 우리 캘리포니아에서 멋진 시간을 보내게 될 거야!"

"당연하지! 아, 셰리든? 내가 갈 때까지 아무것에도 서명하지 마." 키이라가 경고했다. "토니는 '누스바움 레빈슨 스미스'에서 음악저작권에 특화된 부서에서 일해. 매일 계약서 작성하는 일만 하지. 일은 지루하게 들리지만 토니는 완전 귀여워. 전형적인 변호사가 아니야."

키이라가 킥킥거렸다.

몬티 아저씨의 예언이 떠올라서 정신이 아득해질 지경이었다. '결정적인 순간마다 언제나 너를 도와줄 누군가를 만나게 될 거야.'

지금이 바로 그런 결정적인 순간이었다. 내가 하필 오늘 저녁에 이메일 계정을 잠자는 숲속의 공주 상태에서 깨워 키이라의 메일을 발견한 것은 우연일 리가 없었다. 이것은 운명이었다.

나는 재스퍼에게 긴 메일을 쓰고, 동쪽 하늘이 밝아올 무렵에 침대로 기어가서 곧장 잠들었다.

로스엔젤레스에서의 첫 주가 날아가듯 지나갔다. 이 도시가 아무리 흥미롭다고 해도 시골 출신인 나는 소음과 많은 사람과 자동차 때문에 신경이 날카로워졌고, 내 뇌에서는 예전에 아버지가 보스턴이나 뉴욕으로 나를 데려갔을 때처럼 격렬한 형태와 색깔의 폭발이 일어났다. 나는 도시에서 늘 오래 견디지 못했다. 캐리와 그의 팀은 내가 이곳에 편하게 머물도록 최선을 다했지만, 쏟아지는 자극 외에도 나는 그들과 함께 있을 때면 늘 잠재적인 긴장을 느꼈다. 지속적으로 전류가 흐르는 느낌이었다. 가장 불안한 것은 CEMC 건물에 들어가서 직원들과 말할 때마다 곧장 느끼는 서로 모순되는 신호였다. 그들이 말하는 내용과 목소리 울림의 불일치가 너무 커서 외국어를 듣는 기분이었다. 이 불편함은 날이 갈수록 심해졌다. 여기 도대체 무슨 일이지? 마커스는 사업상 며칠간 동부 연안으로 갔다. 질문이 생기거나 문제가 발생하면 언제라도 전화하라고 그가 여러 번 말했지만, 이 딜레마를 비이성적으로 들리지 않게 어떤 식으로 묘사해야 할지 알 수 없었다. 캐리는 내가 뭔가 불편해한다는 걸 알아챘지만, 나는 솔직하게 말할 만큼 그를 믿지는 못했다. 또 편집증적인 내 기분의 원인이 아주 다른 것일 수도 있었다. CEMC와 계약을 맺을 확신이 없는데 2천 달러짜리 펜트하우스 스위트에 묵는 게 마음이 편하지 않아 한 블록 떨어진 모텔로 숙소를 옮겼다. 또 CEMC의 리무진 서비스에 더는 의존하지 않으려고 아버지의 신용카드로 3년 된 검정 지프 랭글러를 샀다. 재스퍼가 너무 그리워 몸이 아플 정도였다. 그와 통화하는 저녁이 오기를 아침부터 기다렸고, 그래서 하루가 길었다. 키이라가 도착하는 날—그녀는 시카고에서 출발하는 마지막 비행기를 예매했고 22시에 도착 예정이었다— 오후에는 나와 브라이언 램과 둘만의 면담이 예정되어 있었다. 그동안 그에 대한 반감이 너무 커져서 나는 그를 보기만 해도 육체적인 불편함을 느낄 정도였다.

이것은 나의 망상이 아니었다. 램은 내 삶을 힘들게 하는 데 모든 것을 걸었다. 그는 거들먹거리는 태도로 내 앨범을 비난하며 어수선한 장르들의 뒤범벅이라고 표현하고, 곡을 어떻게 만드는지 내가 전혀 모른다고 우겼다. 마치 교사처럼 화이트보드에 노래의 구조를 스케치한 다음, 〈투나잇〉과 〈토크 오브 더 타운〉을 예로 들면서 자신이 판단하기에 내가 어떤 오류를 범했는지 설명했다. 그는 '지루한'이나 '흥겹지 않은' 또는 '과장된'과 같은 부정적인 단어만 사용했고, 나는 벌떡 일어나서 나와버리지 않기 위해 화를 억눌러야 했다. 원래는 그 후에 마케팅 팀과 약속이 있었지만 나는 분노에 들끓어 곧장 모텔로 돌아왔다. 그러고서 마커스 골드스타인에게 전화해 CEMC와의 협업은 이제 절대 없으리라고 알리기 전에 재스퍼에게 먼저 전화했다. 다행스럽게도 그가 바로 전화를 받았다. 나는 잔뜩 흥분해서 브라이언 램이 내 노래와 나를 어떻게 짓밟았는지 이야기했다.

"〈폭풍의 시간〉이 너무 무겁다며 앨범 제목도 바꾸려고 해!" 내가 불평했다. "내 의견은 묻지도 않아! 그 멍청이는 마치 내가 이미 계약서에 서명이라도 했다는 듯 모든 걸 제멋대로 결정하고 있어. 일정과 마케팅 전략, 앨범 제목, 어떤 곡을 첫 싱글로 할지 등등. 마케팅 부서가 나를 음악 시장에 '내놓으려면' 뭔가 '이미지'를 만들어야 한대! 이놈은 내가 브리트니 스피어스나 크리스티나 아길레라처럼 무용수들과 함께 무대에서 뛰어다니는 걸 상상하나 봐!

또 내 머리카락을 밝은 금발로 염색하래!"

나는 화가 나서 숨을 헐떡였다.

"자기, 흥분하지 마." 재스퍼가 내 말을 참을성 있게 다 듣고 나서 말했다. "당신이 계약서에 서명하기 전에 일이 이렇게 된 게 사실은 다행이야."

"무슨 뜻이야?" 나는 담뱃불을 붙였다. 늘 그렇듯이 재스퍼의 목소리는 나를 안정시키는 효과가 있었다.

"흐음, 어떤 일이 잘못될 가능성이 있는지 알게 됐잖아." 그가 대답했다. "당신 마음에 들지 않으면 아직은 문제없이 빠져나올 수 있어. 골드스타인 씨는 이 모든 일을 알아?"

"아는지 모르는지 나도 몰라. 며칠간 못 봤어." 나는 재스퍼에게 요즘 느끼는 기이한 감정과 불편함을 이야기했다.

"요즘 CEMC 분위기가 아주 안 좋을 거야." 재스퍼의 말에 나는 깜짝 놀랐다. "망하기 직전이니까. 당신도 알다시피 올해 초에 감독위원회가 기업을 구하기 위해 마커스 골드스타인을 해결사로 불러온 거야. 그는 아마 지금 거기서 강력한 조처를 취하는 중일 테지. 내 짐작에는 많은 해고와 대량 삭감이 있었을 거야. 불안감이 클 거고 직원들은 자신의 존재 기반을 걱정하겠지. 그래서 골드스타인은 직원들에게 그다지 인기가 없을 거야."

"당신, 어떻게 그런 걸 다 알아?" 나는 어리벙벙해서 물었다.

"약간 조사하고 결과를 종합해봤지." 재스퍼가 대답하고 나지막하게 웃었다. "나는 행간을 꽤 잘 읽어. 카우보이가 되기 전에 10년 동안 경영 컨설턴트로 일했잖아."

"아, 맞다." 나는 저절로 웃음이 나왔다. "그걸 거의 잊고 있었네."

"그리고 사람들은 당신을 지극히 미심쩍게 대할 거야. 보스의 총

애를 받으니까." 재스퍼가 말을 이었다. "당신이 모든 걸 골드스타인에게 곧장 일러바친다고 생각하고 당신을 믿지 않을 테지."

"하지만 그렇다면 그 멍청한 램이 나를 특별히 대우해줘야 하는 거 아닌가?" 나는 크게 혼잣말을 했다. "왜 나에게 내내 시비를 걸고 내가 하는 건 뭐든지 깎아내리지?"

"골드스타인이 자기 영역에 끼어들면 용납하지 않겠다는 것을 다른 직원들에게 보이기 위해서지." 재스퍼가 대답했다. "멍청한 짓이긴 한데, 힘겨루기의 전형적인 모습이야. 당신이 거기 끼어들지 않게 조심해. 느낌이 좋지 않으면 당신의 직감을 따르고 다른 음반회사를 찾아봐. 골드스타인이 2천 달러짜리 호텔 스위트와 온갖 곁치레로 매수하려고 해도 당신은 아무 의무도 없어."

우리는 화제를 바꿨고, 재스퍼는 오늘 진행된 기이한 면접 이야기를 들려줘서 나를 웃게 했다. 다행스럽게도 목장은 전몰장병기념일부터 10월 초까지 거의 완벽하게 예약이 차서, 여름 시즌을 위해 요리사와 객실 메이드와 카우보이가 한 명씩 필요했다. 와이오밍 산에 눈도 서서히 녹아서 재스퍼는 손님들의 숙박에 다급하게 필요한 새로운 통나무집 작업도 계속할 수 있었다.

"아, 당신이 정말 그리워." 나는 한숨을 내쉬었다.

"나도 그래, 자기." 그가 애정이 가득한 목소리로 말했다. "매 순간 당신을 생각해. 당장 당신에게 가고 싶어. 친구가 오늘 도착한다니 당신이 이제 최소한 혼자가 아니게 되어 다행이야."

"응, 나도 기뻐. 낯선 도시에서 혼자라는 게 섬뜩해."

"셰리든, 기운 내! 사람들이 시비 걸지 못하게 해." 재스퍼가 내 힘을 북돋웠다. "CEMC가 당신을 원한다는 사실을 언제나 잊지 마. 당신은 그들이 필요하지 않아! 당신 앨범은 너무나 멋지니까

다른 음반회사를 분명히 찾을 수 있어."

전화를 끊자 어느 정도 마음이 차분해졌다. 노트북을 펴고 아버지와 레베카 새언니에게 이메일을 한 통씩 보내고 나서 키이라를 마중하려고 오픈 지프를 타고 공항으로 향했다. 공기가 온화하고 내 머리카락이 주행풍에 흩날렸다. 밤이 내린 도시를 운전하면서 내가 자유롭다고, 무척 성숙했다고 느꼈다. 휴대폰이 몇 번 울렸지만 받지 않았다. 아마 이번에도 지금 어디냐고 묻는 캐리일 터였다. 카사 델 마르를 떠나면서 어디로 가는지 아무에게도 말하지 않았다. 내일 아침 일찍 마커스에게 전화해서 CEMC와 계약하지 않겠다고 말할 예정이었다. 그렇게 결정하니 마음이 훨씬 편해졌다.

∞

"무슨 뜻입니까? 어디 있는지 모른다니?" 마커스는 대뜸 고함을 지르지 않으려고 목소리를 자제해야 했다. 토론토로 데려다줄 전용기가 대기하고 있는 보스턴 로건 공항으로 가는 길이었다.

"그랜트 양이 하루 이틀 전에 호텔을 떠났는데, 어디서 묵는지 저에게 이야기하지 않았습니다." 캐리 웨이츠가 대답했다. "어제저녁부터 계속 연락을 하는데 전화를 받지 않아요."

"그사이에 혹시 무슨 일이 있었나요?" 마커스가 물었다.

"으음, 흠. 뭐라고 말씀드려야 할지." 웨이츠가 선뜻 말하지 못하고 주저했다. "어제 브라이언과 둘이 회의를 한 후에 사라졌습니다."

또 브라이언 램이네. 이 빤질빤질한 자식! 마커스는 속에서 뜨거운 분노가 끓어오르는 걸 느꼈다. 그는 마커스에게 눈엣가시였지만 더글러스 해먼드의 사위라서 해고가 거의 불가능했다. 램은 자신이 최고경영자가 될 거라고 믿었지만 CEMC와 같은 콘체른을 이끌 만한 자질은 전혀 없었고, 게다가 경제적으로 어려운 시기에는 더더욱 아니었다. 그는 1980년대와 90년대 초반에 영국에서 꽤 성공을 거둔 A&R 맨이었고, 몇몇 아티스트를 발굴하여 스타로 성장시켰다. 직감이 좋다는 건 의심할 여지가 없었지만 지나치게 우유부단했고, 그래서 많은 아티스트를 결단력이 있는 다른 A&R 맨에게—그중에는 마커스도 있었다— 바로 코앞에서 빼앗겼다. 뒤끝 있고 속 좁은 램은 이런 패배를 안긴 마커스를 결코 용서하지 않았다. 그의 평생에서 가장 현명한 거사는 말할 것도 없이 더글러스 해먼드의 외동딸 패티와의 결혼이었다. 램의 전성기가 이미 오래전에 지나갔다는 사실은 본인만 빼고 누구나 알았지만, 그는 여전히 새로운 스파이스 걸스를 찾는 중이었다. 회사 구조 조정을 무슨 수를 써서든 격침하려는 오만하고 파괴적인 망할 놈만 아니었다면 마커스는 아마 그에게 연민을 느낄 수도 있었을 것이다.

"그 회의에 당신도 참석했습니까?" 마커스가 물었다.

"아…… 아니요." 캐리 웨이츠가 고백했다. "브라이언은 그녀와 둘만 대화를 나누려고 했습니다. 죄…… 송합니다."

마커스는 말실수를 하지 않으려고 혀를 꽉 깨물었다. 결국은 이 모든 일이 그 자신의 잘못으로 발생했다. 그가 캐리 웨이츠에게 셰리든 프로젝트를 맡길 때 CEMC의 오랜 구조와 연대를 과소평가했다. 브라이언 램과 같은 사람에게 맞서려면 웨이츠가 소유한 것보다 훨씬 더 큰 버팀목이 필요했다. 마커스는 두 상사 사이에서 아무도 충성심 갈등에 빠지지 않도록 이 일을 보스의 업무로 정하여 직접 해결하기로 결정했다.

"난 오늘 늦은 오후에 사무실에 도착합니다." 마커스가 무뚝뚝하게 말했다. "셰리든에게 잡혀 있는 모든 일정을 취소하세요. 누군가 이유를 물으면 아프다고 대답하십시오."

그는 통화를 끝내고 조종사에게 전화했다. 이 일이 토론토 일정보다 더 중요하니 빌어먹을 램이 모든 걸 망치기 전에 당장 로스앤젤레스로 돌아가야 했다. 마커스는 셰리든에게 곧장 전화하려다가 문자만 한 통 보냈다. 운이 따른다면 어떻게든 이 상황을 회복할 수도 있을 것 같았다.

함께 저녁식사를 하기 전부터 마커스는 이 젊은 아가씨를 자주 생각했지만 그때는 오직 그녀를 어떤 식으로든 로스앤젤레스로 데려오려는 목적뿐이었다. 셰리든에게 깊은 인상만 주면 충분하리라고 어느 정도 확신했다. 하지만 이제 셰리든에 대해 좀 더 알고 나니 그게 오류였다는 걸 깨달았다. '스파고'에서 저녁식사를 할 때 원래는 셰리든에 대해 더 많이 알아내고 그녀와 잡담을 하려는 생각이었지만 뭔가 불안한 일, 그 이후로 계속 생각나는 어떤 일이 일어났다. 셰리든이 자꾸 떠오르고 매력적인 초록빛 눈동자와 그녀의 자연스러움, 그녀가 그의 마음에 불러일으킨 온기가 생각나 혼란스러웠다. 살면서 마커스는 크나큰 기대를 안고 로스앤젤레스로 온 젊은 여성들을 수없이 보아왔다. 그들은 위대한 스타가 되기를 꿈꾸었고, 음반 계약이나 영화에서의 역할이나 일자리를 얻기 위해 뭐든 할 태세가 되어 있었다. 예전의 그는 취향이 까다로운 사람이 아니었다. 이 젊은 여자들은 자신의 이력에 도움이 될 것 같으면 영향력이 큰 남자에게 쉽게 기회를 줬다. 마커스는 문이 미처 닫히기도 전에 바지를 풀어헤치던 여자들을 떠올렸다. 유난히 끈질겼던 어떤 여자는 굽이 높은 펌프스만 신은 채 완전히 발가벗고 그의 애스턴 마틴 보닛에 누워 있던 적도 있었는데, 그 일로 마커스는 화가 많이 났다. 하지만 세 번째와 네 번째 아내도 이와 비슷한 방식으로 만났다. 시간이 흐르면서 좀 더 현명해져야 했지만 그는 여성들에 대해서는 언제나 맹점이 있었다. 사랑에 빠진 속도만큼이나 빠르게 싫증을 느꼈고, 그래서 사랑이 아무 역할도 하지 못한 채 그저 철저하게 계산적인 여자들에게 빠져든 건 어쩌면 당연한 일이었다. 지금까지 잠자리를 함께한 많은 여자들 가운데 흥미로운 대화 상대는 한 명도 없었다. 언제나 그들 자신의 소원과 아이디어와 계획과 꿈만 중요했다. 전처들도 그가 돈을 지불하는 한 그에게 전혀 신경 쓰지 않았다.

리무진이 개인 전용기 터미널에 도착했다. 깊은 생각에 잠겨 있던 마커스는 문이 열리는 바람에 깜짝 놀랐다.

"도착했습니다." 운전사가 정중하게 말했다. "편안하셨기를 바랍니다."

"어, 네, 네. 당연히 편했습니다." 마커스는 당황하여 서류가방을 들고 차에서 내려, 젊은 운전사에게 50달러를 건네며 말했다. "고맙습니다."

캐나다로 가는 게 아니라서 보안 검색은 생략됐다. 마커스는 조종사가 이착륙 허가를 금방 받기를 바랐다.

얼마 후에 제트기 안의 4인용 탁자에 앉았을 때, 그는 셰리든 그랜트가 왜 자꾸 생각나는지, 그녀가 아름답고 다소 재능 있는 수많은 다른 젊은 여성들과 어떤 차이점이 있는지 깨달았다. 그를 혼란스럽게 하는 것은 셰리든의 성숙함이었다. 그녀는 가수가 되기를 꿈꾸었지만 어떤 대가를 지불하고서라도 성공을 원하는 건 아니었다. 초대를 받아들였지만 매수되지는 않았다. 대화의 주도권을 가져가고 자기에게 편한 방향으로 이끌어가는 능력은 감탄할 만

했다. 게다가 그녀 스스로 자각하는지 알 수는 없었지만 조종 기술도 지녔다. 셰리든은 독특한 방식으로 그 자신을 반영해서 그를 당황하게 만들었다. 그는 자신을 향한 그녀의 관심이 진심이라고 믿고 싶었다. 아무것도 알려주지 않는 매혹적인 초록 눈동자가 다시 떠올랐고, 셰리든 그랜트에 대해 깊이 생각하면 생각할수록 이 젊은 여성이 자신의 생각을 얼마나 많이 지배하는지, 어떤 힘을 발휘하는지 깨닫고 소스라치게 놀랐다.

비행하는 동안 마커스는 기업 조직 개편을 최단기간에 실행에 옮길 전술을 짰다. 3개월이 지난 지금 그는 음반회사가 살아남을 현실적인 기회를 얻기 위해 당장 없애야 할 약점을 알고 있었다. 가장 큰 문제는 빠른 결정과 반응을 불가능하게 만드는 조직 구조 내의 많은 단계였다. 직원들 각자에게 더 많은 자발성과 책임감을 요구하는 편평한 위계질서는 사람들의 의식과 일상적인 직장 생활에 아직 구현되지 않았고, 브라이언 램 같은 사람들은 자기 존재를 옹호하기 위해 수직적인 위계질서 원칙을 고집스럽게 주장했다. 이런 일을 당장 없애야 했다. 마커스는 임원진과 각 부서의 부장들에게 보낼 메모를 작성했는데, 내일부터 사실상 부장 직위가 사라진다는 내용이니 의심할 여지 없이 반대에 부딪히고 노동조합이 개입할 터였다. 마커스는 원래 이 계획을 순차적으로 실행에 옮기려고 했지만, 셰리든 그랜트 사건은 낡은 시스템을 없애기 위해 강력한 단절이 필요하다는 사실을 입증했다.

셰리든이 적어도 문자에 답장을 하기는 했지만 마커스는 안도와 짜증을 동시에 느꼈다. 그녀가 앞으로는 매니저와 누스바움 레빈슨 스미스 변호사 사무실을 통해 연락하겠다고 통보했기 때문이다. 사적인 이유는 없다고, 하지만 자기가 직접 계약 거래를 하지 않는 게 낫겠다고 말했다. 이보다 형편이 더 나쁜 일이 일어나는 일은 거의 없었다. 매니저와 변호사는 모든 거래를 근본적으로 복잡하게 만들었다. 마커스는 셰리든과 이익이 남는 360도 거래를 얼른 맺기를 기대했지만 똑똑한 매니저와 닳고 닳은 변호사는 당연히 그녀에게 그런 계약을 권하지 않을 터였다. 하지만 훨씬 더 나쁜 일, 다시 말해서 그녀가 다른 음반회사로 가버리는 사태도 일어날 수 있었다.

사무실에 도착한 마커스는 임원진을 곧장 임시 회의로 소집한 후에 브라이언 램을 불렀다. 그에게 분노를 드러내지 않고 오히려 반대 행동을 할 생각이었다. 마커스는 램처럼 자기 권위를 깎아내리거나 속이려는 사람에게 항상 통하고, 결국은 상대를 근절해버리는 데 훨씬 더 효과적인 작전을 사용했다. 그는 15분 후에 오만한 표정과 눈에 띄게 공격적인 몸짓으로 사무실에 들어선 램에게 초연한 미소를 보이며 책상에서 몸을 일으켜 악수를 청했다.

"이렇게 빨리 와주셔서 고맙습니다." 마커스가 말했다. "잠깐 앉읍시다. 뭐 드시겠어요? 커피?"

"아니, 괜찮습니다." 예상치 못한 친절에 램은 당황했다. 마커스는 냉장고에서 콜라를 꺼내 편하게 다리를 꼬고 병째 한 모금 마셨다.

"캐리 말로, 그랜트 양과 문제가 있다고 하더군요." 그는 말을 돌리지 않고 즉시 질문을 던졌다. "무슨 일입니까?"

"캐리에게 묻지, 왜 나에게 묻습니까?" 램이 꼬장꼬장하게 대꾸했다. 그의 첫 번째 실수였다.

"당신이 그 사람 상사이고, 경험이 더 많으니까요."

"내가 부장인데 당신은 나를 빼버렸지요." 램이 모욕을 당했다는 표정으로 대답했다. 두 번째 실수였다.

"흠, 당신은 내가 소집한 브리핑에 오지 않았습니다." 마커스가 그의 기억을 일깨웠다. "급하게 결정해야 했어요. 당신도 알지 않습니까. 하지만 그 일은 그만 이야기하지요! 그 아가씨를 어떻게 생각하지요?"

브라이언 램은 자기가 셰리든을 발견해낸 게 아니라서 자존심에 상처를 입었으므로 뭔가 긍정적인 이야기를 입 밖에 꺼내기 힘들었다. 그게 세 번째 실수였다.

"목소리는 꽤 괜찮아요." 그가 마지못해 인정했다. "하지만 그게 전부입니다. 노래들은, 이렇게 말해도 될지 모르겠지만 쓰레기예요. 구조도, 리듬도, 클럽에서 인기를 얻을 요소도 전혀 없습니다. 우린 시장이 뭘 원하는지 알고 있고, 분석과 여론조사 결과를 가지고 있어요. 차트가 명백하게 보여줍니다. 게다가 지금 피코 리베라의 새 앨범을 제작 중인데, 거기에 전적으로 우선권이 있어요."

지난 12개월 동안의 실패에—일곱 명의 아티스트와 밴드에 엄청난 비용을 투자했지만 단 하나의 앨범도 성공시키지 못한— 책임을 져야 할 남자가 이런 말을 하다니.

"셰리든 그랜트는 앨범 하나를 통째로 가지고 왔어요." 마커스가 반박했다. "나는 그 앨범이 탁월하다고 생각합니다. 법적 권리를 확보하면 당장 시작할 수 있어요."

"그러면 그렇게 하시죠." 램이 어깨를 으쓱했다. "당신이 보스잖아요."

"24시간 전만 해도 가능했는데, 이제는 유감스럽게도 그렇게 간단하지 않습니다." 마커스가 대답했다. "셰리든 그랜트가 이제부터 누스바움 레빈슨 스미스를 통하겠다고 했으니까요."

"아, 그래요?" 램은 고소하다는 눈빛을 감추지 못했는데, 마커스에게 그 감정을 이렇듯 대놓고 드러낸 게 그의 네 번째 실수였다.

"브라이언, 어떻게 생각하십니까? 우리가 그녀와 계약을 해야 할까요, 하지 않는 게 나을까요?"

"물론 해야 한다는 대답을 듣고 싶으시겠지요. 일단 향수라는 이유 때문에라도 말입니다." 브라이언 램의 대답에서 냉소적인 울림이 슬쩍 묻어났다. "당신은 그녀를 중서부에서 발굴했으니까요. 아직 현역이던 옛날 그 시절에 그랬듯이."

"난 개인적인 허영심을 기업의 이익보다 우위에 두지 않습니다." 마커스가 대답했다. "셰리든 그랜트에게 많은 돈을 투자했다가 혹시 실패할지 몰라서 그 전에 당신 의견을 듣고 싶은 겁니다."

"나라면 특정한 조건 아래서 그녀와 계약할 겁니다." 램은 양손을 뒤통수에서 깍지 끼고 거만한 표정을 지었다. "셰리든 그랜트는 힘든 성격이에요. 재능이 아니라 팀의 능력과 협동이 가장 중요하다는 사실을 이해하려고 하지 않습니다. 노래 가운데 두어 곡은 몇 년째 히트곡을 내지 못하고 있는 우리 아티스트들과 잘 어울릴 텐데, 그녀가 직접 부른다면…… 흠, 글쎄요. 손을 아주 많이 봐야 할 텐데요." 램은 고개를 저었다. "유일한 자산은 그녀의 배경 이야기입니다. 정말 굉장해요. 언론이 바로 덤벼들 겁니다."

"아하." 마커스는 신중하게 반응했다.

"닥치는 대로 섹스를 했어요." 브라이언 램이 목소리를 낮추고 몸을 앞으로 숙였다. 그의 눈이 번쩍거렸다. "우리 직원들이 〈인생의 진실〉 녹화를 우연히 봤는데, 그녀가 자기 선생이랑 잤다고 인정했어요! 그때 열여섯 살이었는데!" 램이 다시 몸을 일으켰다. "이 미지를 위해서는 대재난이지만, 좀 더 쓰레기처럼 내놓으면 꼭 그 렇지만도 않습니다. 섹스 피스톨즈나 코트니 러브, 비스티 보이즈 나 블러드하운드 갱 방향으로 말이지요."

램은 혼자 계속 수다를 떨었다. 마커스는 그의 말에 더는 귀 기 울이지 않고 생각이 다른 곳에 가 있었다. 이놈이 어제 셰리든에게 무슨 말을 했는지 모르지만 큰일이구나! 램은 회사에 더는 도움이 되지 않았다. 더글러스 해먼드도 이해해야 할 터였다. 램은 1년 동 안 1,700만 달러를 낭비했고, 이제 멍청함이나 혐오감 때문에 셰 리든 그랜트와의 거래를 아주 위험한 지경에 빠지게 했다. 계약이 성사된다고 해도 처음 예상했던 것보다 훨씬 더 많은 비용이 들 터였다. 변호사와 전문적인 매니저가 끼어들면 언제나 그랬다.

그러나 마커스의 작전은 성공했다. 램은 30분 후에 사무실에서 나가면서, 그가 자기를 용서했다고 믿었다. 다섯 번째 실수였다. 내일 아침 일찍, 자신이 A&R과 제작 본부장이었던 시절은 이미 끝났다는 걸 알게 될 테니까.

셰리든이 통보한 대로 제닝스라는 여성이 그와 일정을 잡기 위 해 연락해왔다. 마커스는 키이라 제닝스라는 이름을 한 번도 들어 본 적이 없었고 인터넷 검색을 해도 결과가 나오지 않았지만, 그게 어떤 의미가 있는 건 아니었다. 몇몇 아티스트와 이미 계약을 맺 은 노련한 매니저들보다 젊고 열성적인 매니저들이 훨씬 더 귀찮 은 경우가 많았다. 섀넌이 월요일 아침 9시에 제닝스의 도착을 알 렸을 때, 법무팀에서 작성한 계약서 초안은 이미 그의 책상에 올라 와 있었다. 어쨌든 제닝스는 시간을 정확하게 지켰고, 또 변호사들을 끌고 오지 않고 혼자 왔다. 일단 좋은 징조였다. 마커스는 자리에서 일어나 책상 앞에서 셰리든 그랜트의 매니저를 기다렸다. 온갖 마음의 준비를 다 했지만 사무실로 들어와 자기에게 다가오는 이 여성은 미처 상상하지 못한 경우였다. 아주 잠깐 그는 파멜라 앤더슨이 빨간 수영복 대신 수수한 스타일의 잿빛 샤넬 정장을 입고 자기 앞에 서 있다는 정신 나간 생각을 했다.

"안녕하세요, 골드스타인 씨." 그가 내민 손을 잡으며 그녀가 당당한 미소를 지었다. 초조한 기색이라고는 찾아볼 수 없었다. 임원들의 사무실이 있는 이 층의 분위기나 그의 지위나 평판에 전혀 주눅 들어 보이지 않았다. 그 점이 그의 마음에 들었다. "만나 뵙게 되어 반갑습니다."

"나야말로 반갑습니다, 제닝스 씨."

"커피 주시면 잘 마시겠습니다. 블랙으로요." 목소리에서 유머 감각이 살짝 묻어났다.

마커스는 호의적인 미소를 지었다. 그녀를 회의 탁자로 안내하고, 새넌에게 커피 두 잔을 부탁한 후에 책상을 지나가면서 계약서 초안을 집어 들었다.

"셰리든이 따뜻한 안부 전해달라고 했습니다." 키이라 제닝스가 말했다.

"아, 고맙습니다. 내 안부도 전해주십시오." 마커스가 바로 대답했다. "난 조금…… 놀랐답니다. 셰리든이 갑자기 매니저를 고용했다는 말을 들어서요. 지금까지 난 우리가 서로 신뢰하는 좋은 관계를 맺고 있다는 인상을 받았거든요."

"골드스타인 씨, 그 인상이 완벽하게 옳답니다." 키이라 제닝스가 그에게 환한 미소를 보냈다. "제가 여기 온 이유는 앞으로도 계속 그런 관계를 유지하기 위해서예요."

마커스는 호기심 어린 눈으로 그녀를 자세히 바라봤다. 기껏해야 스물다섯 살로 보였고, '올 아메리칸 걸'의 전형이자 무도회 여왕 같은 모습이었다. 묶지 않은 밝은 금발이 어깨로 내려오고, 숨막히는 몸매에 치아도 눈처럼 희었다. 틀림없이 몇몇 남자들은 그녀를 외모로만 한정해서 보는 실수를 저질렀을 터였다. 마커스는 그렇지 않았다. 그는 여자의 푸른 눈동자에서 그가 거울을 볼 때면 마주하게 되는 자신의 반짝이는 대범함을 알아봤다. 키이라 제닝스가 어떤 거래 상대가 될지 궁금했다.

"난 로스앤젤레스에 있는 아티스트와 탤런트 에이전시를 거의 모두 알고 있는데, 지금까지 당신 이름은 들어본 적이 없어요. 새로 시작하신 건가요?"

"네, 그렇습니다. 음악 산업에 대해 아는 게 별로 없어요." 키이라 제닝스의 솔직한 고백에 마커스는 놀랐다. 그가 안전하다고 느끼고 자신을 과소평가하는 실수를 저지르게 하려고 교묘하게 계산된 책략일까? "하지만 저는 법학도이고, 시카고의 누스바움 레빈슨 스미스와 함께 일합니다."

세련된 말투였다. 마커스는 전 세계 4천 명 이상의 변호사가 일하는 유명한 그 대형 법률사무소를 당연히 알고 있었다. 음악 산업에 자주 관여하기 때문에 마커스도 예전에 그들과 볼일이 잦았고, 몇몇 변호사는 개인적으로 알기도 했다. 키이라 제닝스에 대해 알아볼까 생각하다가 그만두기로 했다. 그녀가 어떤 추천서를 가지고 있는지는 아무 상관도 없었다. 이 일을 쓸데없이 복잡하게 만들지 않는 게 가장 중요했다.

섀넌이 커피를 가지고 왔다. 키이라 제닝스는 섀넌이 문을 닫자

마자 본론으로 들어갔다.

"셰리든은 당신의 동료들에게 친절하고 극진한 대접을 받았습니다. 하지만 브라이언 램이라는 남자분이 다른 모든 사람이 남긴 좋은 인상을 지속적으로 깼다고 하더군요. 그분이 아니었더라면 저도 이 자리에 오지 않았겠지요."

램이 셰리든에게 했다는 말을 그녀에게서 듣고서 마커스는 그 멍청이가 죽을병에 걸려 잘못되기를 바랄 수밖에 없었다.

"우리 조건을 적은 초안을 가지고 왔습니다." 키이라 제닝스가 가방을 열고 종이 몇 장을 꺼내 미소를 지으며 그에게 내밀었다. "논의의 바탕으로만 봐주세요. 우리 모두는 지속적으로 만족스럽게 협동한다는, 같은 관심을 가지고 있으니까요. 양측이 모두 공정하다고 여겨야만 가능하겠지요."

"전적으로 찬성합니다." 마커스도 동의했다.

"일주일 후에 우리는 〈폭풍의 시간〉을 선별된 몇몇 라디오 방송국에 보낼 겁니다." 키이라 제닝스가 말을 이었다. "우리가 그때까지 원칙적으로 합의를 이루지 못한다면 다른 음반회사들과도 이야기하겠습니다."

그녀는 이렇게 위협하며 승리를 확신하는 미소를 지었다. 힘의 균형은 키이라 제닝스 쪽으로 기울어졌고, 그녀 자신도 그 사실을 알고 있었다.

"그건 그렇고, 셰리든은 이미 다음 앨범 작업을 하고 있답니다. 그래서 계약을 서두르려고 합니다. 오래 기다리지 않을 생각이에요."

마커스는 그녀에게 회사 측에서 작성한 계약서 초안을 주지 않기로 마음먹었다. 일단 그녀의 초안을 읽고 얼마나 전문적으로 작성됐는지 알아내야 했다. 키이라 제닝스는 음악 산업에서 초보자이긴 해도 그가 누구인지 알고 있었고, 노련한 변호사들이 가득한 법률사무소를 배후에 두고 있었다. 그녀가 허세를 부리는 게 아니라는 건 확실했다. 상황이 이렇게 심각하지만 않았더라면 마커스는 세상에서 가장 능수능란한 음악 전문가인 자신의 가슴을 향해 뻔뻔하게 권총을 겨누는 스물다섯 살짜리 미스 아메리카의 행동에 미소를 지었을 터였다. 또 셰리든 그랜트가 스타가 될 가능성을 확신하지 않았더라면 거드름을 피우는 이 여자를 즉시 사무실에서 내던졌을 것이다. 하지만 지금 파산한 음반회사를 구하는 것만 중요한 게 아니었다. 개인적인 허영심 때문만도 아니었다. 그는 셰리든 그랜트와 아티스트 계약을 맺고 그녀가 음악 세계를 정복하는 과정을 함께 경험하고, 지금 몇 가지 사항에 억지로 타협하더라도 그녀를 보호하는 역할을 맡고 싶었다. 셰리든과 이 금발과의 거래 관계가 영원히 지속되지는 않을 터였다. 그가 그렇게 되도록 손을 쓸 테니까. 그가 잃은 건 아직 없었다.

와이오밍

"저 건너편이 엘크 산이야!" 재스퍼가 서쪽을 가리키며 소리쳤다. "바위 봉우리 두 개가 있는 곳이 단톤 피크고 그 바로 뒤에는 클라우드 피크지. 빅혼 산맥의 최고봉이야."

목장에서 볼 때 산들은 그저 멀리 보이는, 그림처럼 비현실적인 아름다운 풍경에 불과했지만 이곳에서는 눈 덮인 장엄한 클라우드 피크가 손에 잡힐 듯이 가까웠다. 자연의 위대함에 나는 미세하고 무의미한, 아무것도 아닌 존재로 쪼그라지는 듯한 느낌을 받았다.

우리는 재스퍼의 개들과 함께 한 시간 동안 산 위쪽으로만 말을 달렸다. 처음에는 언덕이 많고 포플러 숲이 섞인 목장을 지나면서 영양과 흰꼬리사슴을 만났고, 그 후에 틈이 벌어진 붉은 암벽들을 지나 샐비어 덤불과 휘어진 소나무뿐인 고원에 다다랐다. 이제 우리는 협곡 가장자리에 서 있었다. 우리 바로 앞에서 암벽이 3백 미터 가파르게 내려가, 거칠게 거품을 내며 좁은 계곡으로 흘러가는 헌터크릭으로 이어졌다. 공기가 수정처럼 맑고 사방으로 뻗은 먼 풍경은 믿을 수 없을 만큼 아름다웠다. 거의 3천 미터 높이라서 공기가 희박하여 심장이 빠르게 뛰고 몸이 마치 무중력상태처럼 느껴졌다. 재스퍼가 이미 알려준 증상이었다. 산봉우리 위에 짙푸른 하늘이 아치처럼 솟아 있고 하얀 구름도 이따금 보였다. 나는 살을 에는 냉기를 폐 속 깊이 들이마시고, 바람이 클라우드 피크 꼭대기의 구름을 내쫓고 거품처럼 불어내는 모습을 지켜봤다.

"마음에 들어?" 옆으로 바짝 말을 몰고 온 재스퍼가 물었다.

"응, 정말로!" 나는 경외심을 보이며 대답했다. "믿을 수 없을 정도야! 세상의 지붕에 온 것 같아!"

"세상의 지붕." 그가 내 말을 따라 했다. "아름다운 표현이다. 나도 여기 위에서는 늘 그렇게 느껴."

키이라는 나더러 로스앤젤레스를 떠나라고, 그리고 자기가 골드스타인 씨와 계약 거래를 하는 동안 휴대폰을 꺼두라고 제안했다. 재스퍼가 그리웠으므로 결정을 내리기는 쉬웠다. 그래서 오늘 아침에 버펄로 공항에서 비행기에서 내렸다. 재스퍼는 이미 나를 기다리고 있었다. 4주 후에 첫 손님들이 목장에 도착하기 전까지 해야 할 일이 너무나 많았지만 재스퍼는 당장 말을 타고 나가서 자기 고향의 아름다움을 보여주겠다고 고집을 부렸다. 달리는 동안 그는 저녁에 통화할 때처럼 앞으로 해야 할 일들을 설명했고, 나는 우리 사이에 싹튼 신뢰와 내가 지금 그의 옆에 있다는 기쁨을 만끽했다.

우리는 멀리 에움길로 돌아서 고원을 넘었다. 우리가 지금 타는 무스탕은 재스퍼의 아버지가 사고를 당하기 몇 년 전에 코디 인근의 매컬로프 피크에서 열린 경매에서 토지 관리국을 통해 산 말들이었다. 지구력이 강하고 튼튼하며, 이곳 높은 산에 쿼터 말보다 잘 맞았다. 오스트레일리안 캐틀 독인 재스퍼의 개 두 마리는 셀비어 덤불 사이에서 프레리도그와 토끼를 뒤지며 신이 나서 뛰어다녔다. 아래 계곡에는 이미 봄이 시작되어 누런 겨울 풀이 연초록빛을 띠기 시작했지만, 위쪽 고원지대는 날씨가 순식간에 달라진다는 재스퍼의 경고가 옳았다. 불현듯 허공이 춤추는 듯한 눈송이로 가득 찼다. 나는 자유분방하게 팔을 활짝 벌리고 혀를 내밀어 눈송이를 잡으려고 했다. 드디어 성공해서 신나게 웃었다.

"유치하지. 나도 알아!" 그러고는 쑥스러워서 킥킥거렸다.

재스퍼가 말을 멈춰 섰다.

"셰리든, 세상에." 그가 툭 말을 뱉었다. "당신이 얼마나 아름다운지 알고 있어?"

나는 웃음을 그쳤다. 재스퍼가 말을 내 말 옆에 바짝 붙이고 굶주린 눈빛으로 나를 바라보다가 내 쪽으로 몸을 숙였다. 처음에 우리는 부드럽게, 그러고는 숨이 막혀 흥분해서 멈출 때까지 점점 열정적으로 키스했다.

"미러호와 앤털로프 협곡은 내일 보여줘야겠다." 그가 목이 잠긴 소리로 속삭였다. "당신 생각은 어때?"

"그래, 얼른 집에 가자." 나도 속삭였다.

"자, 출발!"

재스퍼가 손가락 두 개를 입에 넣고 높은 휘파람 소리를 내자 개들이 쏜살같이 달려왔다. 우리는 말을 처음에 빠른 걸음으로 달리게 하다가 전력 질주하게 했다. 누군가 이 순간 나더러 가수가 되기 위해 로스앤젤레스로 돌아갈지, 영원히 여기 머물지 택하라고 했다면 나는 조금도 망설이지 않고 재스퍼와 와이오밍을 선택했을 것이다.

나는 클라우드 피크 목장 주인처럼 목장 자체도 첫눈에 사랑하게 됐다. 목장은 빅혼 산맥과 앤털로프 협곡의 엄청난 파노라마 전경이 펼쳐지는 언덕에 그림처럼 아름답게 자리 잡고 있었다. 장밋빛 화강암으로 지었고 물매진 언덕 위치 때문에 높이가 서로 다른 2층짜리 본채는 이 목장의 중심으로, 재스퍼의 할아버지가 직접 지은 건물이었다. 넓은 돌계단이 지붕을 인 커다란 베란다로 이어지는 집 앞에는 작은 꽃밭들과 잔디밭이 있었다. 재스퍼의 어머니는 겨울에는 집에 혼자 지내다가 여름철이면 2층으로 올라갔고, 식당과 당구장, 서재와 벽난로 방과 바를 갖춘 1층은 손님들이 모이는 중심부로 바뀌었다. 본채에서 조금 떨어진 곳에 헛간과 마구간과 일꾼들의 숙소가 있고, 최근에 거친 통나무로 지은 손님 숙소 열두 채가 헌터크릭 강변의 높이 자란 소나무들 사이에 흩어져 있었다. 12만 헥타르나 되는 목장은 말들, 그리고 사육을 그만둔 후에 남은 소들이 머물 자리가 충분했다. 여기서 약간 떨어진 곳에 울타리를 두른 사육장과 라운드펜과 승마장이 있었다. 재스퍼는 다른 건물과 좀 거리가 떨어진 집에 살았다. 예전에 헛간이었던 그 집은 본채와 마찬가지로 화강암으로 지어졌다. 안쪽은 타일 난로가 놓인 커다란 공간이었고, 부엌과 욕실이 있었다. 나무계단이 복층으로 이어지고 재스퍼는 그곳에서 지냈다. 그곳에는 침대와 옷장 하나뿐이었다. 재스퍼가 양쪽 석제 박공을 유리판으로 교체했으므로 침대에서 서쪽과 북쪽 산이 보였고, 다른 창문으로는 동쪽으로 그레이트플레인스까지 환상적인 조망이 펼쳐졌다. 집 전체가 안락함과 쾌적함을 발산했다.

재스퍼의 어머니 모린은 나를 진심으로 환영했다. 아름답고 마음이 따뜻하고, 실용적이며 유머러스하고 현명한 사람이라서 나는 그녀를 바로 좋아하게 됐다. 이곳에서 나고 자란 모린은 우리 오빠들이 윌로크릭 농장을 사랑하듯이 온 마음으로 목장을 사랑했고, 남편이 사망한 후로는 아무것도 두려워하지 않았고 특히 일에 대해서는 더더욱 그랬다. 재스퍼는 아버지를 치명적으로 다치게 한 값비싼 씨소를 어머니가 곧장 윈체스터 엽총으로 쏜 이야기를 들려줬다.

농장 일에 익숙한 나도 일을 피하지 않고 바로 달려들었다. 우리는 손님과 하나둘씩 늘어나는 일꾼들이 묵을 통나무집을 정리했다. 모린과 나는 버펄로에 가서 식료품을 사왔다. 모린은 중요한 관청 업무와 조직적인 일을 처리해야 해서 나는 요리를 맡았고 거기에다, 울타리와 목제가구를 고치고 페인트칠도 하고 안장과 마구류를 청소하고 겨울 동안 약간 거칠어진 말을 손님들이 탈 수 있게 미리 타두기도 했다. 저녁에 재스퍼와 나는 모린과 카우보이들과 함께 둘러앉아 손님들을 위한 오락 프로그램을 짜고 카드놀이를 하거나 당구를 쳤고, 수다를 떨고 웃었으며, 산 뒤로 사라지는 환상적인 해넘이를 즐겼다. 재스퍼와 일상을 나눌 수 있어서 행복했다. 유일하게 씁쓸한 것은 우리가 함께하는 시간이 곧 끝난다는 사실이었다.

부엌에서 저녁식사에 쓸 산더미 같은 채소를 썰고 있는데 전화가 울렸다. 키이라였다. 지난 며칠 동안 우리는 매일 통화했는데, 키이라의 남자친구인 변호사 토니 조르다노도 함께 화상 통화를 할 때가 잦았고 가끔은 재스퍼도 함께했다. 경영 컨설턴트로서 재정적 관점에서 나보다 많이 알았기 때문이다. 도무지 무슨 말을 하는지 내가 거의 알아듣지 못하는 아주 특별한 세부사항을 다루었는데, 나는 키이라가 이 복잡한 자료를 얼마나 철저하게 익혔는지 깨닫고 무척 감탄했다. 소요 시간과 유효기간, 조건, 지역, 수익금과 선금 분배 조항, 음반 커버 디자인, 원래의 음반 계약과 판매 사이의 교차 보조 제외와 기타 등등에 관한 것이었다. 많은 사람들이 내가 성공하리라고 믿고 이렇게 일한다고 생각하니 마음이 점점 더 불편해졌다.

"셰리든! 우리 계약 끝냈어!" 키이라가 목소리를 높여, 자기가 어찌나 탁월하게 거래를 했는지 골드스타인 씨와 그의 법무팀 눈에 눈물이 고였다고 자랑스럽게 알렸다. 계약서에는 우리의 모든 요구가 반영됐다고, 팩스로 보낼 테니 세심하게 읽은 후에 동의 여부를 알려달라고 했다.

"그렇게. 고마워!"

"이봐! 너 지금 별로 감동하지 않은 것 같다!" 키이라가 비난하듯 말했다. "다 내던지고 그냥 그 카우보이 옆에 남고 싶어?"

"말도 안 되는 소리! 당연히 아니지!" 재빨리 대답한 나는 그 대답이 사실임을 깨닫고 스스로 놀랐다. 재스퍼와 함께 있는 게 정말 좋고 온 마음으로 그를 사랑하긴 하지만, 남자 때문에 내 계획을 포기하는 일은 다시는 없을 거라고 맹세했었다. 오랜 세월 꿈을 꾼 후에 이제 그 꿈이 실현되기 직전이었다. 나는 캔자스시티 녹음 스튜디오로 향하던 날 결정을 내렸고, 선로 스위치를 미래로 향하게 두었다. 이 결정을 더 이상 번복할 수 없었다.

"제일 빠른 다음 비행기를 예약해줄래?"

"그래, 그렇게." 키이라가 유쾌하게 대답했다. "여기서 파티를 열자! 그들이 선금으로 얼마를 지불하는지 읽으면 넌 의자에서 굴러떨어질 거야! 아참, 그리고 내가 우연히 산타 모니카에서 아주 멋진 집을 찾아냈는데, 우리가 바로 세를 들어갈 수 있어."

"너, 최고야." 나는 히죽 웃었다. "나중에 다시 연락할게."

전화를 끊고 재스퍼의 사무실로 건너갔다. 팩스기가 깨어나서 윙윙거리며 종이를 한 장씩 뱉어냈다. 나는 호기심에 처음 몇 장을 꺼내 읽기 시작했는데, 심장이 쿵쾅거리고 무릎이 후들거려 책상에 걸터앉아야 했다.

"아, 세상에나." 숫자를 본 나는 혼잣말을 중얼거렸다. 내 앨범이 이렇게 엄청난 금액을 벌어들인다고 믿는다면 골드스타인과 그의 직원들은 나를 정말 대단하다고 생각하는 게 틀림없구나!

"셰리든?" 재스퍼의 목소리가 부엌에서 들려왔다.

"사무실에 있어!" 내가 대답했다.

그가 문간에 나타났다. 얼굴이 빨갛게 상기되고 눈을 반짝이며 미소를 지었다.

"어머니가 우리 나중에……." 내 손에 들려 있는 종이를 본 그가 말을 멈췄다. 미소도 사라졌다. 눈썹이 한군데로 모였다. "그게……?"

"응." 나는 고개를 끄덕였다. "계약서 초안이야. 키이라가 지금 팩스를 보내는 중이지."

"어때?" 그는 그대로 문간에 선 채 조심스럽고 긴장한 눈빛으로 물었다. "그 사람들이 계약할 생각이 있어?"

팩스기는 여전히 작동 중이었다.

"그런 것 같아." 내가 대답했다. 그러고는 기쁨을 감출 수 없어서 환호성을 질렀다.

"상상이 돼? 그 사람들이 앨범 세 장 선금으로 '3백만 달러'를 지불한대!" 나는 벌떡 일어나 그의 목에 매달렸다. "그리고 우리 조건을 모두 수용했어!"

"우와! 굉장하다!" 재스퍼는 다시 이맛살을 펴고 미소를 지으며 내 뺨에 입을 맞추었다. "진심으로 축하해! 내가 한번 읽어봐도 될까?"

그가 나를 위해 정말로 기뻐하는 걸 깨닫고 나는 마음이 놓였다. 그가 슬퍼했다면 견디기 힘들었을 테니까.

"읽어봐도 되는 게 아니라 당신이 '반드시' 읽어봐야 해." 나는 흥분해서 그를 재촉했다. "당신이 나보다 더 많이 아는 내용이잖아."

"언제 로스앤젤레스로 돌아가?" 재스퍼가 나를 품에 꼭 안은 채 물었다.

"안타깝게도 내일." 나는 아쉬운 목소리로 대답했다. "키이라가 집을 하나 찾았대. 내가 계약서에 서명하자마자 사진 촬영과 비디오 촬영, 인터뷰 등이 빠른 속도로 진행될 거야."

그가 나에게 뭔가 물어보려고 했던 게 생각났다.

"당신 어머니가 뭘 물어봤다고?"

"아, 별로 중요하지 않아." 재스퍼가 아무것도 아니라는 손짓을 했다. "나 얼른 샤워할게. 식사 후에 우리 둘이 소풍 가자. 어때?"

"당연히 좋지."

우리가 재스퍼의 픽업으로 출발했을 때는 이미 날이 어두워진 후였다. 가는 내내 그는 비밀스럽게 굴며 우리 목적지를 알려주지 않았다. 4킬로미터쯤 달리다가 국도에서 차를 꺾었고, 꼬불꼬불한 산길로 이어지는 좁은 자갈길을 따라 덜컹거리며 달렸다. 재스퍼가 왼쪽으로 방향을 틀고 차를 드디어 세웠을 때는 수목 한계선을 이미 오래전에 넘은 후였다.

"위를 보면 안 돼." 그가 나에게 말했다. "내가 보라고 말하면 봐."

우리는 차에서 내려 킥킥거리며 다운재킷과 스키 바지를 입고 모자를 쓰고 장갑을 꼈다. 내가 적재함에 올라갈 수 있게 재스퍼가 도와줬다. 평소에는 본채 벽난로 앞에 있던 곰 가죽이 매트리스 위에 놓여 있어서 놀랐다.

"좀 더 기다려!" 그가 소리치고, 픽업 뒷좌석에서 또 다른 가죽과 쿠션과 보온 물주머니를 꺼내 나에게 건넸다.

"여기 높이가 어떻게 돼?" 내가 물었다.

"해발 3,212미터." 재스퍼가 적재함으로 올라와 아늑한 둥지를 꾸몄다. 우리는 가죽 아래로 들어갔다. 재스퍼가 보온 물주머니를 내 주변에 빙 둘러놓고 나를 품에 안았다. "이제 따뜻해?"

"응, 따뜻해." 나는 그에게 몸을 기대고 웃음을 터뜨렸다. "땀이 날 지경이야!"

"그렇다면 아주 좋아." 그가 미소를 지으며 키스했다. "자, 이제 위를 봐!"

고개를 든 나는 숨을 쉴 수 없었다. 지금까지 내가 본 것 중에 가장 거대한 밤하늘이 우리 위에 펼쳐져 있었다. 달도 없고 유리처럼 맑은 밤, 우리 위에서 수십억 개의 별들이 반짝였다. 몇 광년이나 떨어져 있는데도 손에 잡힐 듯이 가까워 보였다. 넓은 우윳빛 허리띠 같은 은하수가 하늘을 가로질러 끝없는 영원까지 이어져 있었다. 대도시의 광원에서 멀리 떨어진 페어필드에서도 밤에 별을 잘 볼 수 있었지만, 여기 이 높이에서는 주변 세상이 다 사라져버린 느낌이었다.

"세상에, 정말 아름답다!" 나는 감탄하며 속삭였다.

"아버지와 여기 자주 올라왔어." 재스퍼가 꿈꾸는 듯한 목소리로 말했다. "아버지가 별자리를 모두 알려주셨지. 하지만 아버지가 돌아가신 후에는 나도 오지 않았어."

나는 머리를 그의 어깨에 기대고 내 손을 잡고 있는 그의 손을 말없이 힘주어 잡았다.

"저기 봐! 별똥별이야!" 내가 소리쳤다. "저기 또 하나!"

"소원을 빌었어?" 재스퍼가 속삭였다.

"응." 나는 고개를 돌려 그의 옆모습을 바라보며 물었다. "당신도?"

"흐음."

우리는 말없이 하늘을 올려다보며, 우리 둘 다 이 밤을 절대 잊지 못할 거라고 생각했다.

"당신이 여기 왔고, 내가 당신에게 모든 걸 보여줄 수 있어서 정말 기뻐." 한참 후에 재스퍼가 침묵을 깨고 말했다. "이제 당신이 어느 곳에 있든지 내가 어디에 있는지, 그리고 뭘 하는지 상상할 수 있을 거야."

"지난 며칠은 내 인생에서 가장 아름다운 나날이었어. 당신과 함께라서 정말 행복해." 내가 대답했다. "내가 이곳에 머물면 좋겠어?"

"아니." 재스퍼가 잠긴 목소리로 대답했다. "원하지 않아. 셰리든, 당신은 '당신의' 인생을 살아야지. 내 인생이 아니라."

내가 그에게서 원한 대답이 바로 이것이었다. 완전히 솔직하지는 않을지 몰라도 성숙한 대답.

"내가 성공할 거라고 믿어?" 내가 물었다.

"응. 믿어. 사람들이 지금 나처럼 당신과 당신 노래를 미친 듯이 좋아할 거라고 생각해."

나만 의심할 뿐, 누구나 내가 유명해질 거라고 믿는 듯했다.

"성공 때문에 내가 달라지면 어떻게 하지?"

재스퍼가 나에게 몸을 돌렸다.

"성공과 돈은 모든 것을 바꿔." 그가 차분하게 대답했다. "그걸 막을 수 있는 유일한 방법은 스스로에게 성실하고, 두 발로 바닥을 단단하게 딛고 서 있는 거야. 이건 말하기는 쉬워도 행하기는 어려워."

나는 재스퍼가 지금 얼마나 슬퍼하는지, 그걸 감추려고 얼마나 애를 쓰는지 불현듯 깨달았다.

"우리 사이는 아무것도 변하지 않을 거라고 약속해줄래?" 내가 그에게 애원했다.

"그럴 수 없어, 자기." 그가 양손으로 내 얼굴을 감싸고 미소를 지으려고 했지만 그러지 못했다. "내가 할 수 있는 말은, 지금까지 그 어떤 여자보다도 당신을 사랑한다는 사실뿐이야."

나는 그의 목에 매달려 열정과 그리움을 가득 담아 키스했다. 별 똥별이 쏟아지는 장엄한 하늘 아래에서 그렇게 꼭 안고 픽업 적재함에 누워 있으면서 나는 시간이 멈추기를 바랐다.

로스앤젤레스, 4주 후

내일은 CEMC가 흥분하며 기다려온 날이었다. 셰리든 그랜트의 데뷔 앨범 〈폭풍의 시간〉에서 〈소서러〉가 첫 싱글로 시장에 선보이는 날이기 때문이다. 시디를 받은 전국 라디오 방송국의 반응은 단순한 호감 이상이었다. 영업부, 그리고 망설이는 재무 임원진과의 격렬한 논쟁 끝에 50만 장이라는 놀라운 매수를 찍었다. 지금 시디는 음반가게와 슈퍼마켓으로 향하는 중이었다. 내일이면 마커스의, 그리고 그전에 해리 하트그레이브의―그가 신의 가호 아래 평안하기를― 예감이 옳았는지 보게 될 터였다.

마커스는 뒷문으로 CEMC 건물을 나가서 포석이 깔린 뜰을 건너, 뜰의 끝에 있는 전설적인 녹음 스튜디오로 향했다. 그곳에서 예전에 팝과 솔, 록과 컨트리 음악의 위대한 스타들이 앨범을 녹음하여 성공을 거두었다. 최신 장비에도 불구하고 요즘은 그곳을 이용하는 일이 드물었다. 이미 오래전부터 대부분의 아티스트들이 자신의 창의적인 작업에 음반회사의 책임자가 참견하지 못하도록 멀리 떨어진 다른 곳에서 녹음했기 때문이다. 셰리든 그랜트가 다

다음주의 첫 라이브 공연을 위해 지금 그곳에서 연습 중이었다. 스테이플스 센터에서 열리는 에비타 레이나 공연에서 원래 개막 공연을 하기로 했던 그룹이 사정이 생겨 셰리든이 급하게 지원 아티스트로 나서게 됐다. 셰리든을 위한 밴드를 구성할 시간이 충분하리라고 짐작했던 CEMC는 공황상태에 빠졌다. 후안 델가도는 아직 계약 상태에 있긴 하지만 성과 부족으로 퇴출 목록 상위에 놓인 록밴드 저보이스를 시험해보자는 천재적인 아이디어를 냈다. 뮤지션들의 재능은 문제이기는커녕 상당히 괜찮았지만, 리드싱어가 실력이 없고 말만 많은 밴드였다. 다행스럽게도 그들은 이제 리드싱어와 헤어졌으니 셰리든 그랜트와 함께 어쩌면 두 마리 토끼를 한꺼번에 잡을 수도 있었다.

마커스는 녹음 스튜디오 초인종을 누르고 들어갔다. 후안 델가도가 싱긋 웃으며 다가왔다.

"환상적으로 진행되고 있네!" 그가 말했다. "자, 들어보게."

마커스는 그를 따라 사람들로 붐비는 방송 조정실로 갔다. 캐리 웨이츠와 홍보부 전체, 녹음 엔지니어 세 명, 그리고 아마도 밴드와 함께 온 듯한 낯선 사람들이 있었다. 악기 엔지니어들과 애인들이 소파에 여기저기 늘어져 앉아 담배를 피우고 피자를 먹고 있었다. 마커스가 누구인지 말이 돌자 모두 바로 자세를 고쳐 앉았고, 여자들 두어 명은 킥킥거리며 복도로 사라졌다.

두툼한 유리판 뒤에서 밴드가 연주하고, 코러스 가수 세 명이 마이크를 중심으로 서 있고, 셰리든은 피아노 앞에 앉아 집중한 표정으로 연주하며 노래를 부르는 중이었다.

후안 델가도가 다시 음량조절장치 앞에 자리를 잡았다.

"셰리든과 함께 일하는 거, 그저 대단하다는 말밖에 안 나와. 이런 경험을 다시 한번 한다는 사실에 신에게 감사하고 있다네." 그는 찬사를 쏟아냈다. "말만 하면 셰리든은 즉시 실행에 옮기지. 이루 말할 수 없이 전문적이고 열심히 작업한다네. 불평도, 특별한 요구도 없고 그냥 일만 하지. 30년 동안 녹음 엔지니어로 일하면서 이렇게 재능이 많고 유별난 행동은 없는 여성은 본 적이 없어!"

마커스는 만족스럽게 고개를 끄덕였다. 델가도의 의견은 톰 헤이즐우드가 한 말을 확인시켜주었다. 마커스 본인도 셰리든이 일하는 모습을 직접 지켜본 적이 있었다.

"밴드와 화합은 어떤가?" 마커스가 물었다.

"완벽해! 밴드 멤버들이 그녀를 숭배하지!" 델가도가 즐거운 표정으로 말을 이었다. "그리고 밴드가 정말 훌륭해. 늘 말했듯이 말이지. 발 이몬스는 이미 이-스트리트-밴드와 순회공연을 다녀서 라이브 경험이 아주 많아. 베이시스트 대니 킨은 미트 로프와 존 멜렌캠프, 지지 탑과 연주한 경험이 있고. 드럼을 맡은 레이 프라이스는 엄청난 메트로놈이야. 완전 최고라네!"

마커스의 눈길이 셰리든의 얼굴을 향했다. 화장은 전혀 하지 않고 머리카락은 느슨하게 목덜미에 매듭으로 묶었으며, 잿빛 후드 스웨터에 빛바랜 청바지와 스니커 차림이었다. 지난 몇 주 동안 그는 셰리든을 자주 만났고, 그녀가 자기를 점점 더 신뢰한다는 걸 느꼈다. 처음 다시 만났을 때 셰리든은 키아라 제닝스와 토니 조르다노를 고용한 일로 양심의 가책을 느끼는 듯했지만, 마커스는 모든 게 아주 잘 해결됐으며 그와 음반회사에게도 최고의 계약이라고 그녀를 안심시켰다. 3주 전에 말리부 비치 클럽에서 열린 공식적인 계약 서명과 사인회 전에 그는 셰리든을 돌보고 그녀의 매니저와 긴밀하게 협력할 팀을 판매와 마케팅, 홍보와 아티스트 담당 부서 직원들로 직접 구성했다. 마커스는 셰리든 그랜트를 보스의 업무로 선포하고 브라이언 램이 퇴출된 뒤로 그에게 바로 보고하는 캐리 웨이츠에게 책임을 이월했다.

"자, 들어보라고!" 후안 델가도가 그에게 헤드폰을 건넸다.

마커스는 헤드폰을 쓰고 눈을 감은 채, 뚜렷하게 구별되는 셰리든 그랜트의 특별한 음색에 귀를 기울였다. 셰리든은 조안 제트의 〈아이 헤이트 마이셀프 포 러빙 유〉와 퀸의 〈러브 오브 마이 라이프〉를 부르는 중이었는데, 그 목소리의 영향력에서 벗어나기란 불가능했다.

내일이 그날이었다. 내일이면 수백만 명이 이 목소리를 들을 터였다. 그는 내일이 엄청난 성공 이야기의 첫날이 되리라고 확신했다. 마커스는 셰리든이 앞으로 다가올 일을 견디지 못할 거라는 걱정은 전혀 하지 않았다. 그녀는 부담과 기대와 성공이 몰고 올 잔혹한 스트레스를 견딜 수 있을 만큼 충분히 강인했다.

셰리든 그랜트와의 계약은 그가 콘체른의 운명을 지휘하게 된 이후로 유일하게 새로 맺은 아티스트 계약이었다. 수많은 예전 계약이 소멸하거나 파기되어, 음반회사의 마케팅 전체 인력이 셰리든 그랜트와 그녀의 앨범 〈폭풍의 시간〉에 집중할 수 있었다. 키이라 제닝스는 음악 사업에 대해 아는 게 전혀 없었지만 변호사는 닳고 닳은 전문가라서, 디자인부터 싱글 선택을 거쳐 비디오 클립 대본에 이르기까지 셰리든을 위해 광범위한 공동결정권을 얻어냈다. 그 대신 마커스는 키이라 제닝스와 변호사를 설득하여 공연료 계산과 모든 관료적 업무를 담당하는 CEMC 소속의 음악 출판사와 계약을 맺게 했다. 몇 가지를 양보해야 했지만 결론적으로 마커스는 이 거래에 만족했다. 셰리든 그랜트가 성공한다면 모두 만족할 터였다.

7시 조금 안 되어 연습이 끝났다. 셰리든은 뮤지션들과 세 명의 가수와 녹음 스튜디오에서 나왔다. 모두 긴장이 풀린 분위기로 웃고 수다를 떨었지만 셰리든은 우울해 보였다. 마커스를 본 그녀가 눈을 반짝 빛내더니 다른 사람들에게 뭔가 말하고는 그에게 다가왔다.

"안녕하세요, 마커스. 오신 지 한참 됐어요?"

"안녕, 셰리든." 그가 대답했다. "15분 전에. 더 일찍 왔어야 했어. 같이 모이니 아주 환상적이네."

"네, 정말 잘 되어가고 있어요." 셰리든은 땀을 많이 흘렸고 뺨이 살짝 상기되어 있었다.

"안녕하세요, 골드스타인 씨." 캐리 웨이츠가 인사했다. CEMC 직원들은 마커스가 사방에 불쑥 나타나는 데 이제 서서히 익숙해졌다. 전임자는 한 번도 하지 않은 행동이었다. 웨이츠가 타월과 물병을 건네자 셰리든은 병을 입에 대고 단숨에 다 마신 후에 수건으로 얼굴과 데콜테와 목덜미를 톡톡 두드려 닦았다. 스튜디오는 사람들 목소리와 웃음소리로 가득하고 담배 연기와 피자와 맥주 냄새를 풍겼다. 마커스는 아티스트들과 스튜디오에 가던 게 업무였던 시절로 돌아간 기분이 들었다.

"당신과 주변을 좀 드라이브할까 하는데." 마커스는 향수에 젖어 캔 맥주를 마시고 차갑게 식은 피자를 먹는 일을 벌이기 전에 얼른 셰리든에게 물었다. "시간이나 기분이 돼?"

"주변을 드라이브한다고요?" 셰리든은 눈을 크게 뜨고 그를 바라보다가 천천히 고개를 끄덕였다. "네, 그러지요. 그런데 갈아입을 옷을 가지고 오지 않았는데요."

"괜찮아." 마커스가 그녀를 안심시켰다. "자, 어서 가자."

셰리든은 캐리 웨이츠와 후안 델가도에게 인사하고 밴드 청년들에게 손을 흔든 다음 재킷과 배낭을 가지고 와서 마커스를 따라 바깥으로 나왔다. 스웨터에 붙은 모자를 썼다. 주차장으로 가면서 마커스는 셰리든에게 밴드에 대해, 그리고 후안 델가도와의 협업에 대해 질문했지만 그녀는 짤막하게만 대답했다. 잠시 후에 둘은 산타 모니카 대로를 따라 비벌리힐스 방향으로 향했다. 마커스는 가든스 파크에서 로데오 드라이브로 차를 꺾고, 그런 다음 선셋 대로로 접어들었다. 프리웨이로 갔다면 물론 더 빨리 움직였겠지만 마커스는 일부러 이 경로를 선택했다. 따뜻한 낮은 미지근한 저녁으로 이어지고, 그들이 비벌리힐스와 웨스트 할리우드 사이의 선셋 스트립에 도착했을 때는 태양이 낮게 내려와 있었다.

"저쪽을 봐!" 마커스가 앞을 가리키며 말했다.

스트립에서 가장 큰 광고판에 셰리든의 얼굴이 그들을 내려다보며 미소 짓고, 그 아래에 그녀의 이름과 앨범 이름이 쓰여 있었다.

"어, 세상에!" 셰리든은 놀라서 눈을 크게 뜨고 양손을 포개 입과 코를 가렸다. 할리우드와 페어팩스 도처의 광고판과 건물에서 엄청난 크기의 자기 초상화를 만났지만, 조수석에 앉은 셰리든은 기뻐하는 게 아니라 점점 더 쪼그라지고 조용해졌다.

"마음에 안 들어?" 마커스가 물었다.

"들어요. 하지만…… 왠지 모르게…… 두려워요." 셰리든이 대답했다. "어디 다른 곳으로 갈 수 있을까요?"

"물론이지." 마커스는 당황했다.

무슨 일이지? 며칠 전부터 셰리든이 왜 이렇게 우울한 표정일까? 왜 이렇게 기이하게 반응하나? 셰리든은 홍보와 마케팅 부서에서 3주 만에 뚝딱 만들어낸 〈폭풍의 시간〉 광고에 대해 당연히 알고 있지 않은가! 내가 아는 아티스트들 대부분이라면 기쁨과 자랑스러움에 폭발하고, 눈을 꾹 감는 대신 사진을 찍었을 텐데! 스트립과 다른 여러 도시 광고판 임차료만 해도 수십만 달러가 아닌가! 셰리든의 슬픔은 일과 연관이 있을까, 아니면 와이오밍 출신의 그 카우보이가 원인일까? 혹시 연애 때문에 고민에 빠진 건가?

한동안 둘은 아무 말도 하지 않고 계속 달리기만 했다. 마커스는 그녀의 입장이 되어보려고 했다. 엄청나게 큰 광고판에 붙은 자기 얼굴을 보면 어떤 기분일까? 그래, 인정하자. 처음 이런 경험을 하면 겁이 날 수도 있지. 그런데 왜 아무도 셰리든을 이런 일에 대비시키지 않았을까? 마음속으로 책임질 사람을 찾던 그는 셰리든과 이야기하는 걸 잊어버린 사람이 바로 자기 자신이라는 사실을 불현듯 깨달았다. 그가 셰리든을 보스의 업무로 선언한 뒤로 그의 지시가 없으면 아무도 뭔가 할 엄두를 내지 않았다. 마커스는 속으로 스스로에게 욕을 퍼붓고 프랭클린 대로로 차를 꺾어, 할리우드 프리웨이 아래를 지나서 할리우드 힐스로 이어지는 비치우드 드라이브로 갔다.

"어디로 가는 거예요?" 셰리든이 물었다.

"조용한 장소로. 내 생각에, 우리 둘이 이야기를 좀 해야 할 것 같아."

"좋아요."

10분 후에 마커스는 이 시간이면 쥐 죽은 듯이 고요한 캐니언 레이크 드라이브 만곡부의 모래가 많은 주차장으로 차를 몰았다.

이곳은 'HOLLYWOOD'라는 글자가 가장 잘 보이고 동시에 로스앤젤레스 전체가 발아래로 펼쳐지기 때문에 낮에는 북새통을 이루곤 했다.

"오, 우와!" 둘이 차에서 내렸을 때 셰리든이 낮은 소리로 감탄했다. "엄청나네요!"

지는 태양이 전 세계적으로 유명한 글자를 분홍빛으로 물들였다. 서쪽에는 연기에 가려 그곳에 있으리라고 짐작만 되는 태평양까지 집들의 바다가 이어졌다. 둘은 거친 목재가 햇살을 받아 아직 따뜻한 피크닉 탁자에 자리를 잡았다. 공기는 귀뚜라미 우는 소리로 가득했다.

"셰리든, 무슨 일이지?" 마커스가 부드럽게 물었다. "무슨 걱정이 있어? 모든 게 아주 잘 되어가고 있는데."

셰리든은 다리를 올리고 팔로 무릎을 감쌌다. 시선이 먼 곳을 향해 있었다.

"포스터들이…… 모든 걸…… 아주 현실적으로 만드네요." 그녀는 불현듯 무척 어리고 약해 보였다.

"흐음." 마커스는 그녀를 바라보며 말했다. "꿈이 현실이 되면 그런 기분이지."

"아니, 그게 아니에요." 셰리든은 아랫입술을 깨물었다. "나는…… 내 이야기를 다 털어놓지 않았어요. 말하려고 했는데…… 모든 일이 너무 빨리 진행되고…… 당신과 말할 기회가 없었어요. 그래서…… 아, 이런!" 목소리가 막히더니 셰리든이 훌쩍이기 시작했다.

마커스는 이맛살을 찌푸렸다. 여자들이 자기 앞에서 울면 끔찍할 만큼 불편했다. 그는 지금 셰리든이 무슨 말을 하는지 전혀 몰랐다. 홍보부는 지난 몇 주 동안 인터넷과 신문과 텔레비전 기록을 살살이 뒤져서 셰리든과 그녀의 가족에 대해 알아야 할 일들은 모두 찾아냈다. 혹시 일어날지도 모르는 스캔들을 예방하려는 게 아니라 '셰리든 그랜트 스토리'를 짜기 위해서였다. 스물한 살짜리는 대부분 스토리가 없지만 그녀에게는 굉장한 게 있었다. 홍보부 직원들이 흥분해서 손을 비볐지만 마커스는 그들의 이런 마케팅 전략에 적극적인 거부권을 행사했다.

"대학살 후에 나는 이름을 바꾸고 2년 동안 플로리다와 조지아에 살았어요. 그곳에서 포주의 손아귀에 들어갔다가 도망쳤는데, 1월에…… 그 남자가 나를 찾아냈어요." 셰리든은 어린아이처럼 코를 훌쩍 마시고 후드 스웨터 소매로 뺨의 눈물을 훔쳤다. "그는 두 남자를 데리고 왔어요. 나를 차에 억지로 끌고 가서 죽이려고 했어요. 난 도망치다가 남자 한 명을 차로 치어서 부상으로 사망에 이르게 했어요. 그러고서 교통사고를 냈고요. 검사는 그건 정당방위였다고, 그래서 기소도 없다고 말했어요."

"아이고!" 온갖 것들을 상상했지만 이런 이야기는 전혀 예상치 못한 마커스가 말했다. 그의 머리가 핑핑 돌 지경이었다. 포주! 납치! 사망 한 명! 홍보와 법무팀 직원들이 CEMC에서 가장 중요하고 가장 값비싼 새 아티스트가 반년 전에 한 사람을 사망에 이르게 하고 교통사고를 냈다는 사실을 알게 되면 뭐라고 할 것인가? CEMC 기업과 주주들에게 어떤 영향을 끼칠까? 하지만 젊은 여성이 자기 목숨을 방어한 걸 누가 비난할 수 있으랴? 그녀가 무기를 사용했다거나 법정에 섰더라면 상황이 더 안 좋았을 테지만 셰리든의 경우는 전혀 그렇지 않았다.

"죄송해요." 셰리든이 흐느끼며 말했다. "계약을 해지하면 좋겠지만 당신 회사가 이미 너무 많은 비용을 나에게 투자했는데 그러면 그 비용은 그냥 날아가는 거겠지요. 하지만 모든 게 드러나면 아마 엄청난 스캔들이 일어날 거고, 그러면 아무도 내 앨범을 사지 않을 테니 회사는 더 많은 돈을 잃을 테고……."

마커스는 그제야 셰리든이 진짜로 걱정하는 게 뭔지 깨닫고 할 말을 잃었다. 쇼 비즈니스에서 오래 일하는 동안 그는 유명해지기 위해서라면 뭐든지 해치우는 야심에 찬 수많은 사람들을 목격했다. 그들은 눈도 깜짝하지 않고 거짓말을 하고, 사기를 치고, 감추고, 미화하고, 말도 안 되는 이야기를 만들어냈다. 그런데 살면서 이미 힘겨운 일을 많이 겪은, 그가 20년째 한 번도 못 본 재능을 갖춘 이 젊은 여성은 '음반회사'에 손해를 입히느니 차라리 명예와 돈과 성공을 포기하는 것을 운운한다! 마커스는 너무 놀라서 적당한 말을 찾느라 애를 먹었다.

"셰리든." 그는 목제 탁자로 몸을 숙이고 그녀의 팔을 어루만졌다. "이제 감정을 좀 가라앉히고 내 말을 잘 들어. 나를 좀 봐."

그녀가 고개를 들고 불안한 눈길로 그를 흘낏 바라봤다.

"당신이 회사를 생각하는 마음은 존경해. 하지만 솔직히 말해서, 당신이 이 이야기를 미리 했더라도 우린 계약을 맺었을 거야. 왜 그런지 이유를 알려줄까?"

"네." 셰리든이 나지막하게 대답했다.

"엄청난 재능을 지닌 싱어송라이터이기 때문이지. 당신이 지금까지 겪은 모든 일도 이 사실을 바꿀 수는 없어. 절대로! 오히려 반대야. 그런 대재난을 극복하고 성숙하게 그걸 헤치고 나오려면 지극히 강한 특성을 지녀야 해." 마커스가 절박하게 말했다. "그 모든 일에도 불구하고 당신은 큰 꿈을 결코 잃어버리지 않았어. 사람들은 그런 이야기를 좋아하지! 스타의 뒤에 숨어 있는 인간에 관심을 보이는 거야. 특별한 일을 겪지 않았기 때문에 사람들이 좋아할 만한 이야기를 일부러 만들어내는 아티스트도 아주 많아. 하지만 당신은 마케팅 언어로 '스토리'라고 부르는 걸 실제로 가지고 있어."

셰리든은 인상을 찌푸리며 고개를 저었다.

"당신이 겪은 일이 지금의 당신을 만든 거야." 마커스가 말을 이었다. "당신 스스로 노래를 통해 그 이야기를 하잖아. 토크쇼에 초대받을 거야. 인터뷰도 수없이 해야 할 테고. 당신이 경험한 일을 용기 있게 말하면 아무 일도 일어나지 않아. 오히려 당신과 당신 음악을 더 믿음이 가게 만들 테지. 사람들은 자기 자신과 동일시할 수 있는 진정한 본보기를 좋아해."

"내가 성공하리라는 게 당연하다는 듯이 말하는군요." 셰리든이 미심쩍은 표정으로 말했다. "그런 일이 일어나리라고 도대체 누가 장담할 수 있어요?"

"내가." 마커스가 싱긋 웃으며 대답했다. "〈폭풍의 시간〉 선주문을 보면 확실하게 알지. CEMC가 마지막으로 그런 숫자를 본 건 티나 터너와 머라이어 캐리, 휘트니 휴스턴 때야."

"정말이에요?" 셰리든이 믿지 못하겠다는 듯이 속삭였다.

"왜 모두 그렇게 흥분했다고 생각해?" 마커스가 웃음을 터뜨렸다. "보통은 아티스트가 계약을 맺은 다음에 모든 과정이 시작되는 게 일반적이야. 어떤 아티스트가 자기 노래를 만드는 경우는 아주, 아주 드물고 대부분은 커버송을 부르거나 송라이터에게서 곡을 받아. 아니면 음악 출판사들의 데이터뱅크를 뒤져서 적당한 걸 찾거나. 알맞은 프로듀서를 찾아 드디어 녹음 스튜디오에 가기까지 몇 달 또는 몇 년이 걸리기도 해. 거기서도 밴드와 가수들이 앨범을 완성하기까지 몇 달이 걸리는 경우가 많아. 하지만 당신은 완벽하고 온전한 앨범을 가지고 왔으니 우리가 바로 시작할 수 있는 거야. 이건 지극히 예외적이야!"

"브라이언 램은 최소한 골든 앨범이 아니면 실망스럽고 손해를 본다고 말했어요." 셰리든이 우울하게 말하자 마커스는 그놈에게 다시 한번 저주를 퍼부었다. 이제 사라졌으니 얼마나 다행인가!

"물론 새 아티스트는 일단 처음에는 모두 모험이지." 그가 설명을 이어갔다. "하지만 숫자 외에 내 직감도 우리가 걱정할 필요가 없다고 말하고 있어. 나는 경험이 많으니 믿어봐."

그는 손을 내밀어 조심스럽게 셰리든의 손에 얹었다.

"셰리든, 당신은 굉장한 일을 해냈어." 그는 이렇게 말하고 그녀의 손을 가볍게 쥐었다. "다른 모든 건 이제 우리가 할 일이야. 긴장 풀어! 앞으로 올 일을 즐겨. 알겠지?"

"알았어요." 셰리든이 조심스럽게 미소를 지었다. "그럴게요."

두 사람은 밤이 내린 도시를 달려 산타 모니카로 돌아갔다. 키이라는 10번 프리웨이에서 얼마 멀지 않은, 그다지 매력적이지 않은 지역에 방갈로 주택을 빌렸다. 노스 비벌리 파크에 있는 마커스 집의 차고만 한 크기였다.

"비벌리힐스처럼 아름다운 지역으로 옮기는 건 어때? 해변 가까운 곳에 살고 싶다면 퍼시픽 펠리세이즈도 좋고." 마커스가 물으며 슬쩍 웃었다. "돈 때문은 아닐 테고. 안 그래?"

"키이라는 뭔가 일이 많은 곳에 살기를 좋아해요." 셰리든이 대답했다. "시내 한복판에 사는 게 내 마음에는 들지 않아요. 난 사실……"

그녀가 말을 멈추고 라디오에 귀를 기울이더니 곧 눈이 커졌다. "말도 안 돼!" 그러고는 믿을 수 없다는 표정으로 말했다. "오, 마커스! 들어봐요! 내 노래가 나와요!"

정말 그랬다. 〈소서러〉가 공식 발간일 하루 전에 라디오에서 흘러나왔다! 마커스는 음향 시스템 볼륨을 높이고 셰리든을 흘낏 바라봤다. 그녀는 꼼짝도 하지 않고 앉아 있었다. 최면에 빠진 것처럼 소리 없이 입술만 움직였다. 마커스도 그녀 못지않게 감탄하고 흥분했다. 앞으로 라디오에서 셰리든의 노래를 듣는 건 평범한 일이 되겠지만 바로 이 순간은 단 한 번뿐이었다. 중요한 발간의 전날 저녁은 언제나 뭔가 획기적이었다. 모든 일을 끝내고 앞으로 일어날 일을 기다리는 것밖에는 할 일이 없었으므로 몇 주나 몇 달 동안 지속된 긴장감은 이루 말할 수 없이 높아졌다. 마커스는 불현듯 마음이 무거워지고 목구멍에 덩어리가 걸린 것 같았다. 본인이 발견해낸 아티스트가 어떻게 됐는지, 앞으로 어떻게 될지 더는 경험할 수 없는 해리가 생각났기 때문이다.

울지 마, 이 감상적인 늙은이야. 그가 속으로 생각하며 감정을 다시 추스르려고 애썼다.

"어이, 여러분. 여러분도 나처럼 열광했나요?" KPCC 방송국 진행자의 흥분한 목소리가 스피커에서 흘러나왔다. "방금 들으신 곡은 〈소서러〉였습니다. 셰리든 그랜트의 새로운, 아니 첫 번째 싱글입니다. 앨범은 〈폭풍의 시간〉이지요. 셰리든 그랜트? 한 번도 못 들어봤다고요? 하지만 여러분, 이제 곧 듣게 될 겁니다. 내가 장담하지요! 그리고 완전히 눈이 먼 게 아니라면 오늘 이미 눈에 띄었을 겁니다. 도시 전체가 그녀의 사진으로 뒤덮였으니까요! 너무나 아름다운 곡이라서 다시 한번 듣겠습니다!"

"어머나, 세상에!" 셰리든이 흥분해서 외쳤다. "재스퍼에게 전화 해야겠어요! 아빠에게도! 키이라에게도! 너무 놀라워서 믿지 못할 지경이에요!" 그녀가 마커스에게 몸을 돌리더니, 그가 무슨 일이 벌어지는지 미처 깨닫기도 전에 목에 매달려 뺨에 입을 맞추었다.

"마커스, 고맙습니다!" 셰리든이 귓가에 바짝 대고 말해서 그는 전율을 느꼈다. "내가 거의 포기할 지경에 이르렀을 때 억지로 날 끄집어내어 행복하게 해줘서 고마워요."

그녀 피부의 향기와 반짝이는 눈, 그의 목덜미를 가볍게 누른 그녀의 팔……. 마커스는 불현듯 그녀에게서 더 많은 걸 원했다. 그녀를 안고, 키스하고, 그녀와……. 아니, 아니! 이런 건 생각조차 하면 안 된다! 그는 격렬한 자신의 감정에 놀랐다.

"아이고, 내가 마치 당신을 꽁꽁 묶어 로스앤젤레스로 끌고 온 것 같군!" 그는 경악을 감추려고 웃음을 터뜨렸다.

"우와아아, 정말 멋지다!" 셰리든이 큰 소리로 외치며 두 팔을 활짝 벌려 허공으로 올렸다. "여러분, 나는 셰리든 그랜트예요! 내 노래 들려요? 지금 라디오에서 나오고 있어요!"

얼굴을 환하게 빛내는 셰리든이 너무나 아름답고 꾸밈이 없어서 마커스는 거의 슬픔을 느낄 정도였다. 지금 이 순간 오직 그만 볼 수 있는 이 미소가 이제 곧 수백만 명을 매혹시킬 터였다. 전 세계 수백만의 남자들이 셰리든이 이런 미소를 보여주길 꿈꿀 것이다. 내일부터 그녀의 많은 부분이 대중의 소유였다. 이 순간 그는 그녀가 성공하고 유명해지는 게 유감스러울 지경이었다.

"〈소서러〉를 썼던 날이 아직도 정확하게 기억나요." 노래가 두 번 흐르고 나서 셰리든이 말했다. "그런데 이제 라디오에서 나오네요! 믿을 수 없어요. 정말 믿어지지 않아요!"

그러고는 당황해서 웃었다.

"지금 내가 너무 바보처럼 보이겠죠."

"전혀 아니야." 마커스는 우연히 셰리든의 얼굴이 있는 광고판 바로 앞에서 빨간 신호를 받아 멈췄다. "셰리든, 지금은 아주 특별한 순간이야. 그러니 즐겨. 이 순간은 두 번 다시 오지 않으니까."

∽

"마커스의 관대함은 변장한 통제일 뿐이야. 넌 그걸 잊으면 안 돼." 키이라가 이렇게 주장하며 의자에 털썩 주저앉았다. 아침마다 늘 그렇듯이 키이라는 6시에 일어나 조깅을 하고 그 후에 화려한 인피니티 풀에서 15분 동안 수영했다. 이제 비즈니스 정장에 선글라스를 쓰고 금발을 두툼하게 묶었다. "그가 이 집을 우리에게 넘긴 이유는 언제라도 너를 감시하기 위해서라고. 하지만 그거 알아? 그러거나 말거나! 이 집은 너무 좋아서 그가 나를 매초 비디오로 감시해도 좋아. 욕실도 포함해서."

"너, 제정신이 아니구나." 나는 히죽 웃으며 말했다. "이 집은 보통 비어 있어. 그리고 우린 임차료를 내잖아."

"4천 달러! 이 지역에서 이런 집이 그 가격이면 장난이지!" 키이라는 막 짠 신선한 오렌지주스를 한 컵 따르고 담뱃불을 붙였다. "도우미와 정원사까지 포함해서."

"풀 청소하는 사람은 잊었구나!" 나는 킥킥거리며 캘리포니아의 아침 햇살에 다리를 뻗었다.

〈소서러〉가 대폭발을 일으키는 믿을 수 없는 일이 일어나고 겨우 일주일이 지났을 때, 마커스는 퍼시픽 펠리세이즈에 있는 자기 집을 우리에게 제안했다. 우리는 한순간도 망설이지 않고 곧장 그 제안을 받아들여 그때부터 태평양과 산타 모니카 산맥의 숨 막히는 풍경이 내다보이는 방 열 개짜리 호화로운 전원주택에 살게 되었다. 집은 종려나무와 꽃 피는 덤불이 가득한 정원에 둘러싸이고 높은 울타리가 호기심 어린 시선을 차단했고, 이웃들은 직접 만나는 게 아니라 영화관이나 텔레비전 또는 통속 신문으로 알게 되는 경우가 더 흔했다. 키이라는 넓은 사무실에서 가끔 밤늦게까지 일하며 온갖 사람들과 통화했다. 하지만 사람들을 초대해서 파티할 공간은 충분했다.

지금 일어나는 일은 완벽하게 비현실적이었다. 6주 만에 내 인생은 상상도 못한 방식으로 바뀌었다. 매일 아침 눈을 뜰 때마다 이 모든 게 꿈이고 현실은 윌로크릭 농장 내 방에 쪼그리고 있거나—더 나쁜 경우에는— 폴의 아내로 록브리지에 살고 있다고 밝혀지는 게 아닐까 두려웠다.

정각 10시에 현관 초인종이 울렸다. 멕시코 출신 도우미 글로리아가 문을 열어, 나와 일정을 체크하려고 매일 아침 오는 캐리 웨이츠와 벨린다 바르가스를 맞았다.

"안녕, 여성분들." 캐리가 활짝 열린 미닫이문을 지나 테라스로 나오면서 활기차게 인사했다. 벨린다가 미소를 지으며 그 뒤를 따랐다.

"안녕, 두 분!" 그녀가 밝은 목소리로 인사를 건넸다.

"안녕하세요." 키이라가 말했다.

"안녕, 벨린다. 안녕, 캐리." 나는 환영의 손짓을 하며 말했다. "앉아요."

"그래도 된다면 앉겠습니다." 캐리가 깍듯하게 대답했다.

"당연히 되지요." 그의 공손한 태도가 점점 신경에 거슬렸다. "커피 마셔요. 아침식사 했어요? 안 했으면 어서 먹어요."

아침마다 똑같은 의식을 치렀다. 나는 글로리아가 늘 풍성하게 차리는 식탁을 가리켰다. 키이라와 나는 아침식사로 커피와 오렌지주스, 콘플레이크와 담배만 필요한데도 그랬다. 캐리와 벨린다는 자리를 잡고 커피와 오렌지주스와 과일을 먹었다. 그 후에 캐리가 회계직원처럼 서류철을 꺼내 깔끔하게 자르고 붙인 신문 기사를 꺼냈다. 누가 저 일을 할까? 캐리가 직접? 아침에 언제 일어나는 거지? 그의 가족은 그가 거의 24시간 나와 같이 돌아다니는 걸 어떻게 생각할까? 가끔 내 '팀' 없이 혼자 더 많은 시간을 보내고 싶어지기도 하지만 이렇듯 헌신하는 그들에게 배은망덕하게 굴 순 없었다.

"비평계는 예외 없이 호평이에요." 캐리가 말했다. "거의 열광적인 평도 많고요."

"아주 잘 됐네요." 나는 이날 아침 이미 네 대인가 다섯 대째인 담뱃불을 붙이고, 재스퍼가 전화에 답했을지도 모른다고 기대하며 휴대폰을 흘낏 봤다. 아니, 답은 없었다. 오늘은 〈폭풍의 시간〉 공식 발간일이고, 저녁에 스테이플스 센터에서 첫 라이브 공연을 할 예정이었다. 재스퍼는 이 중요한 일에 함께하기 위해 여기로 오겠다고 약속했었다. 토니는 지금 오는 중이었고, 아버지와 일레인도 맬러키 오빠와 레베카 새언니와 함께 오늘 도착할 예정이었다. 나는 내일 이들 모두와 여기서 내 스물두 번째 생일 파티를 할 생각이었다.

"인터뷰가 또다시 많이 잡혔어요." 벨린다의 목소리에 나는 휴대폰을 치웠다. "《할리우드 가제트》부터 《엘에이타임스》에 이르기까지. 셰리든, 몇 군데는 전화로 해결할 수도 있어요. 하지만 어떤 곳은 무척 중요하다고 봐요. 당신이 오늘 쇼에 앞서서 기자 세 명을 만나면 좋겠어요. 그중에는 독일에서 온 기자도 한 명 있어요."

"응, 알았어요." 나는 독일과 영국이 중요한 시장이라는 걸 그사이에 알게 됐다.

"3시에 E! 채널의 미셸 가디너가 짧은 인터뷰를 위해 당신을 만나려고……."

"잠깐!" 키이라가 《히츠 매거진》 최신호의 '후즈 갓 후?' 기사에서 눈을 떼지 않은 채 끼어들었다. "2시에 셰리든의 가족이 와요. 오늘은 인터뷰 안 돼요. 미루세요!"

벨린다와 캐리가 서로 마주 보고 어깨를 으쓱하자 나는 곧장 불편한 기분이 들었다. 나는 정중해야 한다는 교육을 엄하게 받고 자라서 '안 돼요'라는 말을 하지 못했다. 키이라가 내 앞에 서 있는 게 한편으로는 다행이었지만, 다른 한편으로 이런 거절로 누군가 나를 싫어하게 될지 모른다는 무의식적인 불안감 때문에 괴로웠다. 키이라는 캐리나 벨린다 또는 홍보부 사람들과 상의하지 않고 독단적으로 내 일정을 잡아서 음반회사 사람들과 지속적으로 부딪쳤다. 나는 휴대폰을 다시 한번 흘끔 봤다. 네트워크 수신은 완전히 정상이었지만 들어온 전화나 문자는 없었다. 혹시 재스퍼가 나를 깜짝 놀라게 해주려고 이미 여기로 오는 중인 걸까?

"예약 에이전시에서 첫 회신을 받았어요." 벨린다가 말했다. "〈폭풍의 시간〉 순회공연 오프닝에 매디슨 스퀘어 가든을 얻었대요! 그것도 사흘 저녁 연달아!"

벨린다는 기대에 찬 표정으로 나를 쳐다봤다. 내가 감격해서 고함을 지를 거라고 예상한 모양이었지만 나는 그저 고개만 끄덕였다. 지난 몇 주 동안 너무 엄청난 일들이 쏟아져서 이미 오래전에 통찰력을 잃었다.

〈소서러〉가 며칠 사이에 미국에서만 50만 장 이상 팔려서 판매부는 정신이 나갔고 계속 후속 주문이 들어오는 바람에 프레스 공장은 이를 따라가지 못했다. 라디오 방송은 노래를 계속 틀고 비디오 클립이 MTV에서 상영됐으며, 비슷한 일이 유럽과 오스트레일리아와 남아메리카에서도 동시에 일어났다. 싱글은 최단기간에 골드뿐 아니라 플래티넘에 진입했고, 차트에 불쑥 나타난 〈소서러〉는 곧장 1위를 차지했다. 그전에는 엘튼 존과 스티비 원더, 브루스 스프링스틴과 휘트니 휴스턴만 이룬 일이었다. 환호 분위기에 휩싸인 CEMC는 앨범 출시 전에 〈왓 잇 민즈 투 비 영〉을 두 번째 싱글로 재빨리 밀어 넣기로 결정했다. 그 노래도 〈소서러〉와 완전히 똑같은 반응을 만났고, 〈폭풍의 시간〉 예매 숫자는 앨범 차트 1위도 기대하게 만들었다.

"재스퍼가 혹시 너한테 연락했어?" 나는 키이라에게 물었다.

"아니, 유감이지만 안 했어." 키이라가 안타깝다는 표정으로 대꾸했다. "아직 연락 못 받았어?"

나는 실망하여 고개를 끄덕였다. 두 달 반 전에 그를 마지막으로 봤다. 거의 매일 저녁 서로 통화는 했지만, 전화는 그저 의사소통의 차선책이었다. 나만 엄청나게 바쁜 게 아니라 재스퍼도 해야 할 일이 너무 많았고, 우리 통화는 그저 정보나 진부한 말의 교환에 불과했다. 겨우 10주가 지났을 뿐인데 이미 서로 멀어지는 건가? 언젠가 재스퍼가 사랑은 거리도 견딜 수 있는 거라고 말한 적이 있지만, 내 삶이 완전히 뒤집어진 정신 나간 시간에는 그를 이따금이라도 만나고, 느끼고, 그의 체취를……

"셰리든?"

"어, 네?" 나는 깜짝 놀라 깊은 망상에서 깨어났다.

"카드에 사인을 몇 장 해주면 좋겠어요." 벨린다가 인내심 있게 반복해서 말했다. "오늘 저녁에 사람들에게 나눠주려고요."

"주최 측 말로, 사인 카드 수요가 여전히 엄청나대요." 캐리가 보충해서 설명했다. 에비타 레이나 콘서트 티켓은 그녀의 전체 순회 공연과 마찬가지로 절반밖에 팔리지 않아서 작은 홀로 옮겼다. 그녀의 최고 전성기는 1980년대였고 마지막 스튜디오 앨범 두 장은 사실 망했지만, 에비타는 로스앤젤레스 스테이플스 센터에서 공연하겠다고 강력하게 고집을 부렸다. 내가 식전행사에서 처음으로 라이브 공연을 한다는 게 알려지자 나머지 표 11,500장이 몇 분 만에 매진됐다.

"그럼, 당연히 해야죠." 나는 자리에서 일어나 휴대폰을 들었다. "잠깐 실례할게요."

다시 전화하니 이번에는 재스퍼가 받았다. 그의 목소리를 듣자 내 심장은 더 빨리 뛰었지만 동시에 실망감도 느꼈다. 그가 로스앤젤레스로 오는 길이 아니라 목장에 있었으니까.

"안녕, 셰리든." 그가 피곤한 목소리로 말했다. "연락 못 해서 미안해. 병원에서 이제야 막 돌아왔어."

"병원에서?" 나는 깜짝 놀랐다. "어디 다쳤어?"

"아니야. 어머니가 지난밤에 통증이 너무 심해서 병원으로 모시고 갔지. 신장결석이래. 의사 선생님들이 애쓰는 중인데 회복되는 데 얼마나 걸릴지 전혀 모르겠어."

나는 그게 무슨 뜻인지 깨달았다. 오늘 그는 올 수 없었다. 내일 생일 파티에도 함께할 수 없었다. 나는 온 힘을 다해 실망의 눈물을 억눌렀다.

"셰리든, 정말 미안해. 하지만 이 목장과 손님들을 그냥 내버려 둘 수 없어." 재스퍼가 풀이 죽어 말했다.

"당신의 첫 공연에 정말 가고 싶었는데."

"나도 알아." 나는 이해심을 보이려고 온 힘을 다했다. "당신이 올 수 없다니 정말 안타깝지만 당연히 이해해. 당신 어머니가 회복하시는 게 중요하지."

재스퍼는 오늘 저녁의 성공과 즐거움을 빌어주고 내일 전화하겠다고 약속했다.

나는 테라스 난간으로 다가서서 안개 낀 먼 곳을 바라보며 왜 나는 한없이 행복할 수 없는지 스스로에게 물었다. 왜 언제나 조금은 씁쓸해야 할까. 한숨을 내쉬고서 단호하게 어깨를 폈다. 안 돼, 이날을 망치면 안 된다! 2001년 6월 15일 금요일, 오늘은 내 꿈이 현실이 되는 날이야. 오늘 저녁에 무대에 올라 많은 청중 앞에서 내 노래를 부를 거다! 재스퍼는 올 수 없어. 어쩔 수 없는 일이야.

"셰리든?" 키이라가 조심스럽게 다가왔다. "괜찮아?"

"그럼!" 나는 정신을 차리고 미소를 지었다. "이제 사인하고, 로스앤젤레스를 흥분의 도가니에 빠뜨려야지!"

∞

이런 규모의 콘서트는 처음이었다. 우리가 공연 시작 세 시간 전에 스테이플스 센터에 도착했을 때, 차단목 뒤에 이미 수백 명이 모여 밀치락달치락하고 있었다. 그들은 우리 자동차 행렬이 지나가자 열렬히 손을 흔들고 환호성을 울렸다. 우리 가족은 공항에서 일단 집으로 갔고, 나중에 키이라와 함께 여기로 올 터였다. 오는 차 안에서 벨린다와 캐리는 정확한 오늘 동선을 나에게 설명했다. 나는 그들의 말에 거의 귀를 기울이지 않았고, 홀에 도착하자 그냥 그들을 따라 지하로 가서 검은 제복 차림의 무서워 보이는 안전요원들을 지나 일반인은 전혀 들어올 수 없는 무대 뒤쪽으로 바로 갔다. 천장에서 형광등이 비추는, 마감재가 없는 콘크리트 벽을 따라 한없이 긴 통로를 지나갔다. 벌집 같은 조직적인 대혼란이 펼쳐졌다. 사방에서 사람들이 분주하게 움직였고, 그중 많은 사람들이 헤드셋을 쓰고 있었으며, 다른 사람들은 악기를 운반했다. 어떤 공간에서는 누군가 기타를 조율하고 다른 곳에서는 가수 두어 명이 발성 연습을 하고 있었다. 통로 벽에는 에비타 레이나의 공연에 필요한, 콘서트장마다 옮겨지는 검은 상자들이 수없이 쌓여 있었다. 통로를 지나가면서 나는 문마다 붙은 메모를 읽었다. '음향 감독', '라이브 음향 엔지니어', '드럼 기사', '무대 매니저', '세트 디자인', '코러스', '쇼 감독', '스티브 대기실', 'C 대기실', '에비타 레이나 대기실'. 그곳 문이 열려 있었다. 나는 발걸음을 잠시 멈추고 호기심에 내부를 둘러봤다. 공간이 넓고 완전히 분홍과 흰색투성이였다. 화려한 꽃다발이 사방에 놓여 있었다. 샴페인 쿨러에 담긴 샴페인이 병목을 삐죽 내밀고 있는 게 눈에 띄었다. 하얀 소파와 안락의자도 보였다. 조명이 반짝이는 거대한 화장 거울 앞에 붉은 벨벳을 씌운 옥좌가 놓여 있었다. 여성 두 명이 분주하게 화장품과 옷을 정리하는 중이었다.

"우와!" 감탄이 저절로 나왔다. 벨린다가 당황해서 헛기침을 하고 말했다.

"으음, 당신 대기실은 다음 복도에 있어요. 실망하지 마요. 다음

공연 때는 가장 큰 대기실을 받을 거예요."

키이라가 문에 내 이름이 쓰인 공간을 봤다면 과민반응을 보였을 것이다. 창고보다 조금 나은 정도였고 가구도 거의 없었으며, 샴페인과 화장 거울도 없었다. 물 얼룩이 가득한 나무 탁자에 군것질거리가 담긴 플라스틱 쟁반과 미지근한 음료수가 놓여 있고, 그 옆에 카드가 꽂힌 풍성한 하얀 장미 꽃다발이 있었다. 나는 한순간 재스퍼가 보냈을 거라고 기대했지만 마커스가 보낸 것이었다. 벨린다가 작은 욕실 문을 열고 불을 켜는 동안 나는 카드를 대충 훑어봤다.

"조금 좁기는 하지만, 스타일리스트가 분명히 여기서도 일을 잘 할 거예요." 벨린다는 눈에 띄게 곤혹스러워했지만 나는 아무렇지도 않았다.

"스타일리스트는 필요 없어요." 내가 말했다. "그리고 옷을 갈아입을 필요도 없고. 난 포스터랑 똑같이 보이고 싶어요."

나는 사진 촬영 때 입었던 것과 똑같이 무릎에 구멍이 숭숭 뚫리고 달라붙는 빛바랜 청바지와 낡은 카우보이 부츠, 재색 민소매 탑과 하얀 블라우스 차림이었다. 묶지 않은 머리카락은 어깨를 넘어 등허리 중간까지 왔고, 눈 화장만 약간 했다.

"하지만……." 벨린다가 반대하려는데, 검은 티셔츠와 검은 진 바지 차림에 스트레스를 잔뜩 받은 듯한 대머리 남자가 열린 문을 노크하고는 헤드셋 마이크에 대고 뭔가 말하고 손목시계를 보면서 고압적으로 손짓했다.

"여자애가 와 있어." 그가 말했다. "내가 데리고 올라갈게. 그래, 금방 돼. 에비타가 오기 전에 다 끝난다고."

나는 새로운 온갖 분위기에 휩쓸려 이 잘난 척하는 남자가 나를 3인칭으로 말하고 '여자애'라고 부르는 데 항의하지도 못했지만 사실 그러거나 말거나 전혀 상관없었다. 얼른 밴드와 만나 무대로 나가서 음향 점검을 하고 싶었다! 벨린다와 캐리와 나는 그 남자를 따라 뛰다시피 여러 통로를 지나고 계단 두 개를 올라가 많은 사람들을 밀치며 지나갔다. 육중한 검은 커튼을 젖히자 갑자기 엄청나게 거대한 무대가 나타났다! 나는 진짜 팝 콘서트가 어떻게 진행되는지 전혀 몰랐다. 무대 기술, 거대한 스피커와 증폭기, 스포트라이트만으로도 숨 막히게 매력적이었다. 대형 무대 뒤와 위, 앞쪽 사방에서 작업 중이었다. 사람들이 악기를 조율하고 전선을 당기고 마이크와 조명을 점검했다. 밴드와 우리 기술자들도 이미 와 있었다. 우리는 손을 마주치고 포옹했다. 나와 달리 밴드는 라이브 경험이 아주 많았지만 나보다 더 긴장했다. 어느 정도의 무대 공포증은 정상이라고 생각했지만 발이 긴장한 진짜 이유를 설명했다.

"으악, 셰리든. 넌 지금 이 나라에서 가장 핫한 아티스트야. 그리고 이건 네 첫 라이브 공연이고. 우리가 망치고 싶지 않아."

"망칠 일 없어요." 나는 그를 안심시켰다. "청중을 흥분의 도가니로 빠뜨리자고요!"

"넌 어쩜 이렇게 침착할 수 있어?" 대니가 말했다. "난 당장이라도 심근경색을 일으킬 것 같은데!"

"언젠가 어떤 음악 프로듀서가 나더러 타고난 청중 몰이꾼이라고 한 적이 있어요." 내가 대답했다. "아마 그의 말이 맞는 것 같아요."

나는 무대 중간으로 천천히 걸어갔다. 그곳에 서서 한 시간 후에 2만 1천 명으로 가득 채워질, 아직 비어 있는 어두컴컴한 홀을 바라봤다. 지금까지 나는 두 번 무대에 서봤다. 한 번은 매디슨고등학교 강당, 다른 한 번은 페어필드에서 열린 미들 오브 노웨어 축제에서였다. 하지만 여기는 그곳들과는 완벽하게 다른 무대였다. 등골에 오스스 전율이 스쳤다. 나를 위해 일부러 운반해온 그랜드 피아노 앞에 앉아 음계를 몇 번 쳐봤다.

"안녕!" 젊은 남자가 내 옆에 불쑥 나타났다. "네가 에비타보다 먼저 노래해?"

"네, 저는 셰리든 그랜⋯⋯."

"좋아." 그가 껌을 씹으며 헤드셋에서 흘러나오는 목소리에 귀를 기울이다가 고개를 끄덕이고 말했다. "저기 앞에 마이크로 가!"

"그런 다음엔요?"

"아무거나 불러봐." 그는 나에게는 눈길도 주지 않고 헤드셋 지시만 따랐다.

나는 일어나서 마이크로 다가가, 이제 어떻게 할까라는 표정으로 그 남자를 쳐다봤다.

"빨리, 빨리!" 남자가 재촉했다. "노래해! 아무거나! 에비타가 곧 올 텐데, 그전에 네가 꺼져야 한다고."

나는 에비타 레이나의 진행 스태프가 보이는 오만함에 당황한 동시에 분노했다. 붉은 양탄자가 내 앞에 깔리기를 바라는 건 아니지만 최소한의 예의를 보인다면 좋지 않을까. 그를 짜증나게 하려고 나는 일부러 에비타 레이나의 엄청난 히트곡 〈스토리즈 투 텔〉로 음을 맞췄다. 항상 즐겨 불렀고, 서배너에서 바 피아니스트로 일할 때 매일 저녁 레퍼토리에 포함된 곡이었다. 내 목소리를 이렇게 맑고 크게, 이 거대한 홀에서 듣다니 압도적인 느낌이 들었다. 눈을 감은 채 마음이 아주 잔잔해져서 주변의 모든 것을 잊어버렸다. 정확한 위치에서 불쑥 색소폰 연주가 시작됐다. 몸을 돌린 나는 키가 큰 아프로 아메리칸 색소폰 연주자가 흥겹게 손을 흔드는 걸 보고 놀라서 노래를 멈췄다. 무대 작업자와 기술자들이 일을 멈추고 놀란 표정으로 나를 바라봤다.

"어이, 됐어. 그만해!" 헤드셋을 쓴 젊은 남자가 쵯소리를 냈지만 나는 그에게 신경 쓰지 않고 끝까지 불렀다. 노래를 마치자 몇몇이 박수를 치고 휘파람을 불었다.

"이러면 됐나요?" 내가 묻자 그가 초조한 목소리로 중얼거렸다.

"그래, 그래. 됐어. 잘됐다고. 얼른 나가라. 에비타는 이런 거 별로 좋아하지 않아."

나는 밴드 남자들에게 건너갔다.

"에비타보다 더 잘 불렀어." 제이비가 말하자 발도 덧붙였다. "그 사람은 어차피 립싱크만 해."

"젠장, 방금 뭐야?" 누군가의 목소리가 들려 우리는 몸을 돌렸다. 에비타 레이나가 무대로 들어섰다. 처음에 나는 그녀에게 가서, 오늘 저녁에 개막 공연 아티스트로 나서게 되어 영광이라고 말하려고 했다. 난 언제나 이 사람을 존경하고 그 음악을 사랑했으니까. 그러나 그녀가 먼저 나에게 다가왔다.

"내 노래를 부르다니, 무슨 생각을 한 거야?" 그녀가 분노해서 호통을 치고는 정신 나간 사람처럼 색소폰 연주자에게 가서 고함을 질렀다. 나는 당황해서 그녀를 빤히 바라봤다. 에비타는 조깅복에 어그 부츠를 신고 있었는데, 나는 가발과 무대 메이크업을 하지 않은 그녀를 처음 봤다.

"조르지오! 왜 이 사람들이 아직도 여기 있지?" 에비타가 호되게 야단을 쳤다. "난 무대가 필요해! 빌어먹을 무용수들은 어디 있어? 피비는 또 어디 간 거야? 피비! 이런 젠장, 되는 게 하나도 없네!"

스트레스를 받은 대머리가 무대에서 일꾼들을 쫓아냈다.

"얼른 사라지자." 내가 밴드에게 말했다. 우리는 슬그머니 그곳을 빠져나왔다.

"불쌍한 피비." 발이 킥킥거렸다. "그게 누군지는 모르지만."

벨린다는 계단에서 나를 기다리고 있다가 함께 미니 대기실로 갔는데, 문 앞에 이미 첫 번째 기자가 기다리고 있었다. 그가 탁자에 녹음기를 올려두고 질문했다. (긴장하셨나요? 곡 두 개로 차트 상위에 올랐는데 기분이 어떤가요? 삶이 어떻게 달라졌나요?) 다행히 벨린다와 미리 연습을 해두었으므로 준비한 대답을 했다. 벨린다는 기자 세 명을 전문적인 정중함으로 대하며 정확하게 45분 동안 인터뷰를 하게 했고, 그 후에 임시로 꾸민 구내식당으로 나를 안내했다. 밴드 멤버와 코러스 가수인 멜과 샤나, 소라야가 그곳에서 기다리고 있었다. 우리만의 공간이 없고 대기실이 너무 좁았으므로 시끄럽긴 했지만 이곳에서 연습하기로 했다. 제이비와 발은 기타를 치고, 우리는 다시 한번 공연 목록에 대해 이야기를 나누었다. 개막 공연이라서 우리에게 주어진 시간은 30분뿐이었으니 여섯 곡을 부를 수 있었다.

"30분 남았습니다!" 누군가 큰 소리로 알렸다. 에비타의 무대 설치와 음향 점검이 끝나고 점점 더 많은 스태프와 무용수들이 들어와서 모두 커피를 마시며 뭔가 간단한 것을 먹었다.

나는 잠시 혼자 있고 싶어 식당을 나와서 내 대기실로 향했다. 모퉁이를 막 돌자 통로로 걸어오는 마커스가 보였다. 나를 본 그의 얼굴에 미소가 스쳤다. 그러나 바로 그때 에비타 레이나가 자기 대기실에서 튀어나와 그의 길을 막았다. 이제 옷을 갈아입고 금발 가발도 써서 무대의상을 갖춘 모습이었다. 가슴이 흘러넘치는 검은 가죽 코르사주와 가터벨트, 굽 높은 부츠 차림이었다.

"마커스, 우리 자기." 그녀가 교태를 부리며 그의 뺨 양쪽 허공에 키스를 날렸다. 조금 전에 무대에서 난리 치던 모습을 내 눈으로 직접 보지 못했더라면 동일인물이라는 걸 믿지 못했을 것이다. "무대 뒤로 오다니 친절하기도 하지! 당신은 아주 오래전부터 그런 일은 하지 않잖아. 그리고 샴페인과 눈부시게 아름다운 꽃 고마워! 지금 한잔하는 거 어때?"

나는 두어 걸음 뒤로 물러났다.

"에비타, 모두 만족했다니 다행이군." 마커스가 예의를 갖춰 대답했다. "그런데 샴페인은 나중에 마셔야겠어. 셰리든 그랜트의 첫 번째 공연에 행운을 빌어줘야 하거든."

"흥, 그럴 줄 알았지!" 에비타 레이나가 양손을 옆구리에 올렸다. "당신이 여기서 뭐 하나 이상하게 생각했어. 평소에는 너무……."

"안녕하세요, 마커스." 내가 앞으로 나섰다.

"안녕, 셰리든." 그가 미소를 지으며 대답했다. "아주 환상적인 모습이네!"

20년 전에 엄청난 안무로 무대 쇼의 새로운 척도를 놓은 에비타 레이나가 뒤로 휙 돌더니 경멸하는 눈길로 내 머리부터 발끝까지 훑었다. 자비심이라고는 없는 형광등 불빛에 그녀 눈가의 주름과 코에서 입가로 이어지는 팔자주름이 드러났다.

"아! CEMC의 새로운 구원자로군!" 조롱하듯 고함을 지르는 그녀의 눈이 완벽한 증오를 뿜어냈다. 내 앞에 너무 바짝 다가와서 시큼한 입 냄새가 풍겨왔다. "네브래스카에서 온 여자애, 너무 버릇이 없어서 음향 점검을 하면서 내 노래를 불렀지. 소문을 듣자 하니, 넌 이미 마커스의 집에 살더군. 속도가 아주 빠르네!" 그녀가 경멸하는 투로 웃음을 터뜨렸다. "벌써 마커스가 올라탄 거야? 그가 싱싱한 육체를 즐긴다는 건 누구나 알아. 젊을수록 더 좋아하지."

나는 피가 얼굴로 솟구치고, 차마 마커스를 볼 엄두가 나지 않았다. 이보다 더 부끄러운 상황을 겪은 일도 많지 않지만 동시에 분노를 느꼈다. 에비타 레이나가 누구든 간에…… 내가 왜 이런 뻔뻔한 언사를 견뎌야 하나.

"아, 그럼 당신은 마커스에게서 안전하겠군요." 나는 싸늘하게 대꾸하고 그에게로 몸을 돌렸다. "마커스, 나 5분 후에 무대로 나가야 해요. 아참, 아름다운 장미 고맙습니다!"

에비타 레이나가 입을 열었다가 다시 닫았다. 화가 나서 숨을 씩씩 내쉬더니 대기실로 들어가며 문을 얼마나 세차게 닫았는지 그 소리가 통로 전체에 울렸다.

"셰리든, 당신 정말 대단해!" 마커스가 웃음을 터뜨렸다. "30년 전부터 저 사람에게 그런 식으로 말한 사람은 아무도 없었을 거야!"

"뭐 저런 멍청한 여자가 다 있는지." 내가 대꾸했다. "언젠가 저 사람처럼 유명해진다면 나는 다르게 행동할 거예요. 맹세해요!"

내가 대기실 문을 열자 그 골방을 본 마커스는 이마를 찌푸렸다. 벨린다가 분주한 걸음걸이로 모퉁이를 돌아왔다.

"셰리든, 8분 남았어요! 준비 다 됐어요?" 목소리를 높이던 그녀는 그제야 상사를 알아봤다. "오, 골드스타인 씨. 안녕하세요."

"안녕하세요, 바르가스 씨." 벨린다는 그가 자기 이름을 안다는 사실에 놀라서 눈을 동그랗게 떴다. 마커스가 나에게 몸을 돌리고 양손을 내 어깨에 얹고는 진지한 표정으로 말했다.

"셰리든, 첫 콘서트를 즐기길 바라. 나중에 만나자." 그가 내 어깨 너머로 침을 뱉는 시늉을 했다. "행운을 빌어!"

그가 나에게 윙크하고 자리를 떴다. 나는 대기실에서 거울 앞으로 다가가 미소를 지었다. 긴장은커녕 얼른 무대로 나가고 싶어 그저 조바심만 났다. 사람들을 내 음악으로 끌어들일 때의 취한 듯한 느낌이 그리웠다. 내 횡격막에서 진동하는 드럼과 베이스 소리를 듣고 싶었다.

"셰리든, 이제 때가 됐어." 거울 속의 나에게 속삭였다. "네가 언제나 오고 싶던 곳에 온 거야!"

"1분 전!" 벨린다가 소리쳤다.

"지금 나가요." 나는 플라스틱 물병을 잡아채 걸으며 반 병을 마시고 무대로 이어지는 계단에 도착했다. 팔과 대니, 레이와 알렉스, 제이비와 나는 서로 끌어안고 행운을 빈 다음 밴드를 앞장세워 올라갔다. 나는 고개를 숙이고 눈을 감은 채 주먹을 쥐었다가 폈다. 불현듯 모든 것이, 어제와 내일이 나에게서 떨어져나가고 현재만 남았다. 아드레날린이 몸의 모든 핏줄로 솟구쳤다. 청중이 웅성대는 소리, 내 이름을 부르는 몇몇 목소리도 들려왔다. 나는 다시 한번 심호흡을 하고 달려나갔다. 현란한 스포트라이트가 나에게 와서 부딪쳤다. 지금 이 순간은 낙하산을 메고 비행기에서 떨어지는 것과도 같았다. 이제는 되돌아갈 수 없었다.

로스앤젤레스

"어, 저기 봐. 셰리든 그랜트다!"

"어이, 셰리든! 이쪽을 좀 봐요!"

찰칵, 찰칵. 플래시 불빛에 나는 눈이 부셨다. 사람들은 슈퍼마켓에 오면서 왜 '카메라'를 가지고 올까?

"사인 한 장 해주시겠어요?"

"나도! 나도요!"

"말도 안 돼! 셰리든 그랜트야!"

"당신 콘서트에 갔었어요! 굉장했어요!"

나는 사람들에게 둘러싸였다. 완전히 '흥분한' 사람들이었다. 반짝이는 눈. 크게 벌린 입. 감탄한 얼굴 표정. 펜과 종이쪽지들이 나에게 밀려왔다. 손들이 나를 만지고 재킷을 잡아당겼다. 손가락이 나에게 와서 닿고 이리저리 돌아다녔다. 나는 뒤로 물러서려고 했지만 선반에 부딪혀 하마터면 균형을 잃을 뻔했다.

"사진 한 장 같이 찍을까요?" 머리카락에 기름이 끼고 행동이 굼떠 보이는 어떤 남자가 흥분해서 히죽거리며 내 어깨에 팔을 얹고는 땀에 젖은 뺨을 내 뺨에 갖다 댔다. "내 여자친구가 이걸 보면 아마 미칠 거예요!"

또 플래시가 번쩍거렸다. 나는 눈이 부셔서 눈을 깜박거렸다. 아, 세상에. 살려줘! 이 사람들이 다 어디서 나타난 거야? 여기서 어떻게 빠져나가지? 목이 조이는 느낌이었다. 땀구멍마다 공포의 땀이 솟고 심장이 갈비뼈에 쿵쿵 부딪쳤다. 나는 폐소공포증, 공황 상태에 빠졌다! 페어필드로 다시 돌아가 경찰차 뒷좌석에 앉아 있던 그날이 불현듯 다시 떠올랐다. 하이랜드 주유소에서 사람들이 차로 몰려들어 주먹으로 유리창과 지붕을 두드리며 나에게 욕설을 퍼붓던 그때가. 나는 갇혀서 빠져나오지 못했는데, 빌 하이랜드 아저씨가 분노한 군중을 야구방망이로 쫓아내지 않았더라면 그들은 아마 나에게 린치를 가했을 것이다. 지금 이곳에는 나를 도와주려고 달려올 빌 하이랜드 아저씨가 없었다. 이 사람들은 나쁜 의도가 없었지만 그럼에도 이들의 열광은 공포를 불러일으켰다. 나는 장본 걸 떨어뜨리고 고개를 숙이고는 사람들 사이를 밀치고 지나갔다. 너무 당황해서 냉동피자가 들어 있는 냉동고를 넘어가다가 스니커 한 짝을 잃어버렸다. 여러 손이 나를 붙잡고 후드 재킷을 잡아당겼다. 나는 통로를 따라 무작정 도망쳤다. 슈퍼마켓 제복을 입은 덩치 큰 아프로 아메리칸 남자 한 명이 불쑥 내 앞에 나타났다. 그는 내 팔을 잡아 자기 쪽으로 당기고는 철제문을 통해 상점에서 나와 창고로 들어갔다. 둔탁한 소리를 내며 문이 닫히고, 거인이 빗장을 걸자 헐떡거리는 내 숨소리만 빼고는 갑자기 아주 고요해졌다. 온몸이 떨렸다.

"아가씨, 괜찮으세요?" 나를 구원해준 사람이 걱정스러운 표정으로 물었다.

"아니요, 어…… 그러니까…… 네." 나는 말을 더듬었다. "음……
괜찮아요."

"당신이 정말 셰리든 그랜트인가요?" 그가 물었다.

"네." 나는 고개를 끄덕이고 심호흡을 하고는 방금 바깥에서 무
슨 일이 벌어진 건지 이해하려고 애썼다. 나는 그저 몇 가지 개인
용품만 후딱 사려던 거였는데.

"멋져요! 나는 엘리아스입니다." 슈퍼마켓 직원이 자기를 소
개했다.

"안녕하세요, 엘리아스." 나는 그에게 희미한 미소를 지어 보였
다. 그는 겁이 날 만큼 덩치가 커서 첫인상은 무서웠지만 눈빛이
부드러웠다. "도와줘서 고맙습니다. 사람들이 나를 죽이려는 줄 알
았어요."

"나는 이런 일을 자주 목격한답니다. 스타가 어쩌다가 우리 가
게로 들어오는 일이 가끔 있어요. 이곳 사람들은 그런 일에 익숙
할 것 같지만, 유명한 누군가를 직접 만나면 이따금 완전히 돌아버
리기도 하지요." 그가 어디선가 콜라 한 캔을 꺼내 나에게 건넸다.
"자, 일단 드세요. 그리고 좀 앉으시지요."

나는 상자에 앉아 캔을 따서 몇 모금 마셨다. 그가 말하는 '유명
한 누군가'는 나로구나. 아직 이런 일이 익숙하지 못한 내게는 이
소동이 진짜 셰리든과는 관계없는 다른 사람 때문에 일어난 것만
같았다.

"전화하실 데 있어요?"

"휴대폰이 재킷에 들어 있어요." 나는 멍한 목소리로 대답했다.
"사람들이 재킷을 벗겨갔는데."

"여기, 내 전화를 쓰세요." 나는 잠시 망설이다가 엘리아스가 건

네는 전화기를 받아들었다. 멍청하게도 외우는 전화번호가 없었다. 키이라 번호도, 캐리나 벨린다 번호도 몰랐다. 떠오르는 유일한 전화번호는 마커스의 것뿐이었다. 나는 떨리는 손가락으로 번호를 누르며, 모르는 번호더라도 그가 전화를 받길 바랐다. 잔뜩 긴장한 채 신호음에 귀를 기울였다. 다섯 번, 여섯 번 울렸다. 드디어 마커스의 목소리가 들리자 안도의 눈물이 솟구쳤다. 엘리아스가 내 손에서 부드럽게 전화기를 가져갔다.

"안녕하십니까, 선생님." 그가 말했다. "퍼시픽 펠리세이즈, 15422 선셋 대로 월마트 지점장 엘리아스입니다. 그랜트 양이 우리 지점에 쇼핑을 왔는데 사람들이 몰려들어…… 네, 괜찮으십니다. 우린 지금 뒤쪽 창고에…… 네, 그게 제일 좋을 것 같군요. 알겠습니다. 제가 옆에 있겠습니다."

엘리아스는 콜라와 함께 먹으라며 도넛을 하나 건네고 바깥 사정을 살피러 잠시 나갔다. 나는 마비된 느낌이었다. 내 휴대폰은 지금 누가 가지고 있을까? 후드 재킷은? 왼쪽 스니커는? 차 열쇠는 다행스럽게도 바지 주머니에 들어 있지만, 지프에 있는 배낭을 가지러 바깥으로 나갈 순 없었다. 마커스는 내 생활이 달라질 거라고 이미 예고했지만 그럼에도 나는 최대한 평범하게 살 생각이었다. 하지만 그게 불가능하다는 걸 오늘 깨달았다. 앞으로 다시는 자유롭게 움직이지 못할까? 문득 마음이 내킨다고 해도 그 어떤 가게에도 들어갈 수 없나? 〈폭풍의 시간〉은 실제로 발간되자마자 단숨에 빌보드 핫 100 차트 1위에 올랐다. 그 후에 벌어진 야단법석은 정말 엄청났다. 내 삶은 하룻밤 사이에 극단적으로 변했다. 음악 언론은 감탄을 쏟아냈고 앨범은 전 세계적인 판매 기록을 갈아치웠다. 마커스의 예상 가운데 맞은 것이 또 하나 있었다. 사람들은 내 과거 이야기를 싫어하지 않았고, 내가 겪고 견뎌낸 일들에 오히려 감동했다.

마커스의 조언대로 내가 그 일을 솔직하게 말하자 사람들은 연민과 따뜻한 인정을 보내주었고 이는 또 언론의 관심에 불을 붙였다. 텔레비전 방송과 토크쇼, 복지 행사와 파티가 점점 늘어나서 모두 참석한다는 건 불가능했다. 팬들로부터 음반회사로 우편이 몇 자루씩 오고 패션디자이너는 무료로 옷을 입으라고, 자동차 회사는 자동차를 타라고, 어떤 제작사는 유명한 텔레비전 시리즈에 특별출연하지 않겠냐고 제안했다. 이런 일이 일어나리라고는 정말이지 꿈에서도 상상하지 못했다. 스테이플스 센터에서의 첫 공연 후에 수요가 너무 커져서 세 개의 공연이 바로 잡혔다. 한 번은 호놀룰루로, 그다음은 밴쿠버와 샌프란시스코로 날아갔는데, 나는 수천 명이 한 목소리로 내 이름을 부르는 무대로 스포트라이트를 받으며 나갈 때마다 느끼는 아드레날린 러시에 금방 중독됐다. 무대에서 안전함을 느꼈고 물 만난 물고기처럼 살판이 났다.

혼자 있는 시간이 필요했지만 침대와 화장실을 제외하고는 언제나 사람들에게 둘러싸여 있었다. 나는 처음에 그들의 이름을 기억하려고 했지만 얼마 지나지 않아 전체적인 조망을 상실하고 포기했다. 한 무리의 사람들이 키아라와 예약 에이전시와 함께 미국 전역과 유럽, 남아프리카에서 오스트레일리아까지 이르는 〈폭풍의 시간〉 순회공연 준비에 열정적으로 매달렸다. 벨린다와 캐리는 내가 뭘 해야 할지, 어떤 인터뷰를 하고 어떤 텔레비전 쇼에 출연할지 결정했지만 모든 영역에서 마지막 심급기관은 그사이에 폭풍이 칠 때마다 안전한 요새가 된 마커스였다. 그는 내가 뭘 제대로 인식해야 할지, 뭘 안심하고 제쳐놓거나 미룰 수 있는지, 어떤 사람들이 나에게 중요하고 어떤 사람들이 중요하지 않은지 이야기했다. 그가 없었더라면 나는 우연히 발을 들여놓은 이 정글에서 방향을 잃었을 것이다. 난생처음 그와 함께 할리우드 영화 시사회에 갔는데, 그가 거기에 초대받은 이유는 영화의 두 주연배우가 그의 아티스트 에이전시 소속이고 그가 영화 공동제작자였기 때문이었다. 나는 재스퍼가 옆에 있기를, 그저 전화만 하지 말고 더 많은 것을 함께하길 바랄 때가 자주 있었지만 이 놀라운 시기에 나에게 필요한 안전을 준 사람은 마커스였다. 변덕스럽지 않다는 것이 그의 장점이었다. 그는 늘 똑같았고—느긋하고 이성적이며 솔직했다— 이 점 때문에 그와 함께 있는 게 복잡하지 않고 편안했다. 내 생활은 그저 취한 상태 같았고, 나를 에워싼 이 야단법석은 금방 그칠 것 같지 않았다. 오히려 반대였다. 캔자스시티에서 처음으로 함께한 날 저녁에 간이식당에서 재스퍼가 통제력 상실에 대한 나의 불안을 언급했던 말이 이따금 생각났다. 지금까지 모든 것을 꽤 잘 통제하고 있다고 확신했는데, 지금 여기 월마트 지점장의 사무실에서 그게 얼마나 큰 착각이었는지 깨달았다. 나는 삶에 대한 통제만 잃은 게 아니라 자유도 잃었다.

엘리아스가 경찰관 두 명과 함께 돌아왔다. 그들의 말을 들은 나는 다시 한번 공황상태에 빠졌다. 슈퍼마켓이 지금 수백 명의 인파에 둘러싸여 있는데, 시간이 지날수록 점점 더 인원이 늘어난다고 했다. 자동차들이 선셋 대로에 잔뜩 밀려 있고 양쪽 방향 교통이 마비됐다고 전했다. 경찰과 월마트 직원들이 군중이 마켓 안으로 몰려오는 것을 막느라 애쓰고 있었다. 지역 텔레비전 방송국 중계차도 이미 한 대 왔다.

"당신을 헬리콥터로 여기서 모시고 나갈 겁니다." 경찰관 중 한 명이 말했다. "따라오십시오."

나는 신발 한 짝만 신은 채 무릎을 떨며 그를 따라갔다. 복도에는 더 많은 경찰이 있었고, 모두 호기심에 가득한 눈길로 나를 빤히 바라봤다. 엘리아스는 우리를 슈퍼마켓 건물 옥상으로 이어지는 계단으로 안내했다. 우리 위에 이미 경찰 헬리콥터가 선회하고 있었다. 아래를 내려다본 나는 충격에 빠졌다. 주차장이 내 이름을 부르는 사람들로 새까맣게 뒤덮여 있었다. 경찰 사이렌이 요란하게 울렸다. 누군가 메가폰으로 군중에게 뭔가를 말했다.

"이런 불편을 겪게 해드려 죄송합니다. 도와주셔서 고맙습니다. 콜라도요." 내가 엘리아스에게 말했다.

"괜찮습니다. 우리에겐 오히려 굉장한 광고인걸요." 그가 싱긋 웃으며 손사래를 쳤다.

헬리콥터가 귀를 찢을 듯한 굉음을 내며 우리 몇 미터 앞에 착륙했다. 경찰 한 명이 내 팔을 잡고 몸을 숙인 채 회전날개 아래로 갔다. 문이 열리고 나는 헬리콥터 안으로 밀려 올라가 뒷좌석으로 기어갔다. 다음 순간 이륙한 헬리콥터는 2백 미터쯤 올라간 후에 남쪽으로 방향을 틀었다. 나는 마음이 놓여 어지러울 지경이었지만 경솔하게도 이런 대혼란을 유발한 게 부끄러웠다. 몇 분 지나지 않아 CEMC 건물 옥상에 착륙하고 보니 이미 마커스가 기다리고 있었다. 나는 흐느끼며 그의 목에 매달렸다.

"이제 괜찮아." 그가 위로하며 내 등을 쓰다듬었다. "자, 내 사무실로 가지. 놀랐으니 일단 위스키 한잔 하자고. 응?"

그의 사무실에 텔레비전이 켜져 있었다. 모든 방송사가 내가 저지른 경솔한 쇼핑 사건을 보도했다. 경찰 헬리콥터가 월마트 옥상에 착륙하고 내가 기어오르는 모습은 약간 액션 영화처럼 보이기도 했다. 위스키가 효력을 나타냈다. 마음이 진정되고 떨림도 멎었다. 안전요원 두 명이 왔다. 나는 그들이 내 지프를 가져올 수 있게 열쇠를 건넸다.

"그런데 왜 슈퍼에 갔지?" 마커스가 물었다. "당신이 필요한 건 뭐든지 에스포지토 부인이 사오잖아. 안 그래?"

"그렇긴 하죠." 나는 창피해서 몸을 비틀었다. "그냥…… 음…… 탐폰만 사려던 거였어요."

마커스는 당황해서 나를 바라보다가 웃음을 터뜨렸다.

"날 비웃는군요." 속이 상했다. "이건 참 부당해요. 당신은 어딜 가더라도 사람들이 옷을 잡아당기지 않잖아요. 다른 유명인들은 어떻게 할까요? 이곳에 사는 모든 영화배우가 자기 집에만 쪼그리고 있을 리는 없는데!"

"셰리든, 미안. 놀리려던 게 아니야." 마커스가 다시 진지한 표정으로 말했다. "예전에는 이 정도로 심각한 상황은 아니었어. 하지만 누구나 휴대폰을 소유한 요즘은 당신을 월마트에서 봤다는 종류의 소식이 순식간에 퍼지지. 대부분의 유명인들은 헬리콥터나 유리창에 틴팅을 한 리무진과 보디가드 무리와 함께 움직여. 그리고 정말로 혼자서 공공장소에 가고 싶으면 변장을 해."

"뭐라고요? 내가 가발과 선글라스를 써야 한다고요?" 나는 깜짝 놀라서 물었다.

"유감스럽지만 그래야겠지." 마커스가 이렇게 대답하고 한숨을 내쉬었다. "그게 명성의 그늘이야."

월마트에서의 경험은 나를 정신 차리게 했고, 어느 정도 평범한 생활을 계속할 수 있으리라는 착각을 앗아갔다. 그때 느낀 공황상태와 아무 힘 없이 누군가의 손아귀에 넘겨졌다는 느낌은 내 내면을 바꾸어놓았다. 지금까지 나는 군중을 긍정적으로, 그리고 일정한 거리를 두고 경험했지만 이들이 통제를 벗어나면 어떤 느낌이 되는지 이제 알게 됐다. 나는 자유 상실을 보상해주는 안락함과 기분전환 거리가 충분하다는 생각으로 스스로를 위로했다. CEMC는 앞으로 보디가드들이 어디든 나와 동행해야 한다고 주장했다. 한동안 나는 드디어 어른이 됐고 자유로우며 내 일을 스스로 결정할 수 있다고 믿었지만 그건 착각이었다. 내 의지처럼 보이긴 했지만 다른 사람들이 나를 위해 결정을 내렸다. 나는 다시 새장에 갇혔다. 키이라와 캐리와 벨린다, 그리고 키이라가 에비타 레이나의 팀에서 빼온 새 인턴 피터 노스는 CEMC와 예약 에이전시와 음악 출판사의 모든 직원과 마찬가지로 날 위해 힘겹게 일하긴 했지만 모두 자기 친구나 가족과 함께 보낼 수 있는 여가시간이 있었다. 아무리 오래 일한다고 해도 언젠가는 퇴근해서 자기 생활을 누렸다. 토니 조르다노가 로스앤젤레스에 살면서 이곳 누스바움 레빈슨 스미스 지점에서 일하면서부터 키이라는 저녁이나 주말에 그의 집에 머물렀다. 나는 당연히 이런 생활에 동의하면서도 마음 한구석에서는 부러움을 느꼈고, 그런 순간마다 나 스스로가 위선적으로 느껴져 소스라치게 놀랐다. 나는 함께 있을 사람이 아무도 없었고 재스퍼나 가족과의 전화 통화는 진짜로 함께 있는 것을 대체하기에 너무도 빈약했다. 여자친구나 가족이 여기 없는 마커스가 로스앤젤레스에 오면 함께 시간을 보내긴 했지만, 재스퍼나 친구들과 함께하는 것과는 당연히 달랐다. 이제 현실이 된 큰 꿈은 내가 판타지 속에서 그렸던 것과는 전혀 달랐다. 나는 행복한 척하는 배역을 연기하는 영화배우가 된 느낌이 더 자주 들었다.

무대에서만 만사가 좋았으므로 10월에 시작될 장기 순회공연을 들뜬 마음으로 기다렸다. 하지만 그게 끝나면 어떻게 하지? 어디로 가야 할까? 토니와 키이라는 함께 살 집을 찾고 있었다. 그러면 나는 이 거대한 집에 홀로 남게 되나? 재스퍼는 어떡하지? 저녁에 통화하면서 그는 의도하지는 않았을 테지만 내 의심을 불러일으킬 때가 많았다. 그는 내 옆에 있는 사람들이 모두 자기 자신의 이익만 생각한다고 주장했다. 마커스 골드스타인과 CEMC 사람들이 나에게서 최대치를 짜내려고 하면서도 내 안위를 생각하는 척 행동한다는 걸 내가 알아야 한다고 했다. 사실은 지금 셰리든 그랜트라는 이름과 브랜드가 유정처럼 가치가 있어서 최대한 돈을 벌려고 한다고, 모든 유정은 언젠가 마를 수 있다는 걸 나더러 잊지 말라고 경고했다. 재스퍼는 나에게 흥을 깨는 사람이었다. 그가 옳다는 걸 알았기에 좋은 뜻으로 하는 경고임에도 더 불편하게 들렸다. 지금은, 온 세상이 거의 무한한 가능성으로 내 앞에 펼쳐진 지금은 그런 말을 듣고 싶지 않았다. 그저 내 성공과 사람들의 인정을 즐기고 싶었다. 정말로 인정하든 그런 척 연기를 하든 상관없었다. 재스퍼가 나를 불안하게 하는 대신 용기를 주길 바랐다. 그가 알지도 못하는 사람들을, 나와 매일 함께 일하는 사람들을 자기 식대로 판단하는 게 마음에 들지 않았다. 내가 마커스에 대해 말을 꺼내면 그는 특히 더 민감하게 반응했다. 키이라와 더불어 마커스는 나에게 가장 중요한 관계자가 됐으니 그를 자주 언급할 수밖에 없었다. 재스퍼는 아니라고 했지만 이건 질투였고, 결국 그의 잘못이었다. 그가 나에게 와서 모든 것을 함께할 수도 있었으니까. 그가 나에게 오는 게 정말 중요하다는 것을 어떻게 설명해야 할까? 내 팀은 재스퍼가 왜 아직도 로스앤젤레스로 나를 찾아오거나 공연에 오지 못하는지 이상하게 생각했다. 내가 재스퍼를 얼마나 그리워하는지 모두가 알았다. 그래서 더 기분이 좋지 않았다. 두 개의 의자 사이에 앉아, 거기에서 일어날 긴장 상태를 두려워하는 기분이었다. 그가 최소한 이틀이라도 이곳에 오지 못하는 진짜 이유가 뭘까? 어머니도 다시 건강해져 그의 도움 없이 목장 일을 해낼 수 있는 상황이었다. 재스퍼는 이제 나를 사랑하지 않는 건가? 어느 날 저녁, 키이라와 함께 벨 에어에서 한 음악 프로듀서가 주최하는 파티에 갈 마음이 없어 나 혼자 큰 집에 남아 그에게 이 질문을 던졌다.

"셰리든, 말도 안 되는 소리 하지 마." 재스퍼가 거의 화를 내다시피 하며 말했다. "당신이 미치도록 그리워! 9월 말까지만 이렇게 바쁘다고 말했잖아. 그때가 되면 마지막 손님이 떠날 테니 다시 시간을 낼 수 있어."

'그놈의 손님들이 나보다 중요하군!' 나는 실망하여 속으로 말하고, 겉으로는 크게 소리 내어 이렇게 물었다. "우리 아버지 결혼식 때는?"

짜증스럽게도 나는 울먹거리는 음색을 감출 수 없었다. 어쩌면 〈토크 오브 더 타운〉과 〈노바디스 걸〉 비디오를 종일 촬영하느라 지쳤기 때문인지도 모른다. 게다가 하루 종일 거의 아무것도 먹지 않고 진 토닉만 세 잔 마셨다.

재스퍼가 한숨을 내쉬고 대답했다.

"그때는 물론 갈 거야. 그게 지나고 3주만 기다리면 돼. 이봐, 자기. 그러지 마! 우린 어린아이가 아니야. 견뎌야지. 그러면 난 더 오래 당신 옆에 머물거나 더 자주 갈 수 있어. 하루 또는 주말만이 아니라."

"그러면 정말 좋겠다." 나는 실망을 감추려고 애썼다. "음반회사 홍보부 직원들과 언론에서 당신이 그냥 유령인 줄 알거든."

"아, 그게 내가 가야 할 진짜 이유야? 홍보부가 우리 둘이 카메라 앞에서 손을 잡고 있기를 원해서?"

"당연히 아니지!" 나는 기분이 나빠져서 반박했다. 왜 이렇게 모든 걸 엉뚱하게 오해할까! "홍보부는 오히려 남자친구가 없기를 더 원해. 팬들의 심리를 투사하기에는 그게 더 나으니까."

"아하." 재스퍼의 말투가 쏘는 듯이 변했다. "당신 친구 마커스의 말처럼 들리네. 그 사람이 당신에게 그것 말고 또 뭘 투사하는지 누가 알겠어."

"재스퍼, 그건 너무 부당한 말이야!" 나는 그를 비난했다. "당신은 마커스를 전혀 몰라! 게다가 마커스는 많은 면에서 당신과 똑같은 의견이야. 하지만 당신과는 달리……."

"달리…… 뭐?" 재스퍼가 물었다.

"……독선적이지 않아." 내가 의도했던 것보다 말이 날카롭게 나갔다. "당신은 쉽게 생각할지 몰라도 이곳의 모든 것들이 나한테는 간단하지 않아. 그리고 모든 사람이 나를 좋아하기 때문에 단지 그 이유에서 친절하게 대하는 게 아니라 경제적으로 내가 아주 중요하기 때문에 그런다는 것도 알고 있어. 키이라가 내 친구이긴 하지만 그녀까지 포함해서 말이야. 난 당신에게서 언제나 비난과 비판과 엉뚱한 무고만 듣는 게 아니라 그냥 위로와 지원을 받고 싶다고!"

세상에, 싸움을 거는 아내 같은 말투였다! 도대체 내가 왜 이러지? 재스퍼와 나는 아무것도 아닌 말에도 점점 더 예민하게 반응하고 있었다. 지난 몇 주 동안 우리는 유쾌함이나 유머 감각을 완전히 잃었다. 나는 분노가 가라앉을 때마다 끔찍한 기분이 들었다. 재스퍼는 바로 대답하지 않았다. 그의 숨소리가 수화기 건너편에서 들려왔다.

"재스퍼, 미안해." 내가 말했다. "정말 미안해. 이런 말을 하려던 게 아니었어. 난 그저…… 난…… 당신이 너무 그리워."

"나도 당신이 그리워. 당신은 부담을 아주 많이 느끼고 있어. 어쩌면 내가 그걸 과소평가했는지도 모르겠다. 당신 상황이 지금 어떤지 제대로 상상할 수 없으니까 말이야. 하지만 곧 시간을 내서 로스앤젤레스로 가겠다고 약속할게. 조금만 더 버텨. 그리고 내가 당신을 사랑한다는 거 잊지 마."

나는 침을 삼키고 눈물을 억누르며 속삭였다.

"나도 당신 사랑해."

"일주일 후에 네브래스카에서 만나자." 재스퍼의 목소리가 너무 부드러워 나는 심장이 터질 것 같았다. "만날 일을 생각하면 정말 기다려져."

"그래. 나도 기다려져." 내가 다시 속삭였다.

통화를 끝내자 눈물이 쏟아졌다. 재스퍼가 너무나 그리웠고, 동시에 감정을 다스리지 못하고 상황을 이 지경까지 만든 나 자신에게 화가 났다. 아, 재스퍼를 만나지 않았더라면 좋았을걸! 그때 왜 그에게 전화를 했던가? 그가 아니었더라면 지금 내 삶은 완벽하게 아름답기만 했을 텐데! 재스퍼 스스로도 장거리 연애는 오랜 시간 잘되기가 힘들다고, 게다가 서로 완전히 다른 방향으로 나아간다면 더욱 그렇다고 말하지 않았던가. 그리고 몬티 아저씨가 사랑에 대해 했던 말은? '다른 사람에게 자기 자신을 넘겨버리고 포로가 되는 거야. 그걸 깨달았을 때는 거의 언제나 이미 늦었지.' 온전히 내 일에 집중하려면 재스퍼를 향한 사랑을 희생해야 하나? 아니면 그는 나에게 꿈보다 더 중요……? 안 돼. 나는 생각을 멈췄다. 이제 내려가기에는 너무 늦었다. 나를 둘러싼 상황은 이미 오래전에 스스로 탄력이 붙어 더는 멈출 수 없었다. 나는 이제 더 이상 그냥 단순히 셰리든이 될 수 없었다. 그러니 해결책을, 재스퍼에게도 좋은 중도를 찾아야 했다. 그걸 찾지 못한다면 결심을 해야 하는데, 그게 어떤 것일지 유감스럽게도 나는 이미 알고 있었다.

네브래스카

우리는 5시 정각에 반 누이스 공항에서 출발해서 중앙 표준시로 10시에 노퍽에 도착할 예정이었다. 그곳에서 누군가 나를 마중 나오기로 했다. 마커스는 내가 정기편 비행기로 로스앤젤레스 국제 공항에서 오마하로 가면 안 되고 자기와 함께 전용기를 타야 한다고 고집을 부렸다. 어차피 현지시간으로 1시에 맨해튼에서 약속이 있어 동부 연안으로 가야 하니까 네브래스카에 잠깐 들르는 건 문제도 아니라고, 사흘 후에 로스앤젤레스로 돌아올 때도 나를 데리고 오겠다고 했다. 전날 밤에 나는 마음이 들뜨고 기뻐서 거의 눈을 붙이지 못했다. 와이오밍 목장에서 마지막으로 보고 못 만난 재스퍼를 오늘 처음 다시 만나 사흘 밤낮을 함께할 테니까! 이사벨라 고모할머니도 내일 거행될 아버지와 일레인의 결혼식에 참석하려고 일부러 코네티컷에서 오셨다. 출발 직전에 재스퍼에게 전화해보니 그는 두 시간 전에 출발해서 이미 사우스다코타주 경계 근처에 있었다. 1천 킬로미터를 달리려면 약 아홉 시간이 걸릴 테니 내가 그보다 먼저 윌로크릭 농장에 도착할 터였다. 나는 마커스와 커피를 마시고 아침식사를 한 후에 못 잔 잠을 보충하려고 안락한 소파에 편안하게 누웠다. 혼란스러운 꿈을 꿨다. 하얀 드레스를 입은 내가 제단 앞에 서 있었는데, 페어필드의 작은 교회는 스테이플스 센터처럼 보였고 또 그렇게 많은 사람들로 가득했다. 옆에 서 있던 폴 서튼이 나에게 미소를 지었다. 놀라서 주변을 둘러보니 첫째 줄에 앉은 아버지와 조지프 오빠와 레이첼 이모 옆에 재스퍼와 마커스가 있었다.

'폴 엘리스 서튼, 당신은 여기 있는 셰리든 소피아 그랜트를 아내로 맞아 그녀가 무대에서 껑충껑충 뛰어다니며 쩍쩍거리고 엉덩이를 흔들어 온순하고 성실한 남자들의 머리를 돌게 하지 않도록 조심하시겠습니까?' 호레이쇼가 물었다.

'네, 그렇게 하겠습니다.' 이렇게 말하는 폴의 얼굴이 갑자기 조던 오빠처럼 보였다.

'출신이 미심쩍긴 하지만 그녀를 행실이 바른 아내로 만들도록 노력하겠습니까?'

'네, 그렇게 하겠습니다.' 폴이 이번에는 스콧 앤드루로 변해서 대답했다.

'두 사람을 남편과 아내로 선포합니다.' 호레이쇼가 말했다. '이제 그녀를 데리고 가도 됩니다.'

'안 돼요! 안 돼, 난 싫어요!' 내가 항의했지만 호레이쇼는 구역질이 난다는 듯 나를 노려봤다.

'네가 뭘 원하는지 누가 관심이나 있는 줄 알아?' 그가 경멸을 담아 말했다.

스콧 앤드루가 나를 자기 쪽으로 잡아당겼고, 나에게 키스하려고 입을 벌리자 부러진 이뿌리가 눈에 들어왔다. 내 손을 보니 수

갑으로 그와 묶여 있었다. 그가 나를 질질 끌고 갔다. 재스퍼는 몸을 돌려 그 자리를 떠났다. 나는 그의 등에 대고 필사적으로 고함을 지르며 이건 오해라고 설명하려 했지만 그는 그냥 가버렸다.

'셰리든, 너 어쩜 우리에게 이런 짓을 할 수가 있어?' 니컬러스도 슬픈 표정으로 고개를 젓고는 사라졌다. 이제 아무도 없었다. 내 가족과 마커스, 키이라, 캐리…… 모두 떠났다. 조던 오빠만 그대로 서 있었다. 오빠는 오만한 표정으로 히죽 웃더니 어깨를 으쓱하고 말했다.

'네 잘못이야. 이 건방진…….'

"셰리든!" 누군가 내 어깨를 흔들었다. "셰리든, 일어나!"

나는 환한 조명에 당황해서 눈을 깜박였다. 마커스의 얼굴을 보고는 다행스럽게도 이 모든 게 그저 꿈이라는 사실을 깨닫고 마음이 가벼워졌다.

"벌써 도착했어요?"

"아니, 하지만 이미 네브래스카 상공이야." 그의 말투가 이상해서 나는 당황스러웠다. 악몽의 잔해 때문에 여전히 몽롱한 기분으로 몸을 일으켜 앉고는 뺨에 묻은 침을 닦아냈다. 마커스가 조종실 쪽으로 가고, 사샤가 급하게 탁자를 치우는 모습을 당혹스럽게 지켜봤다. 귀의 느낌으로 볼 때 비행기는 지금 하강비행을 하는 중이었다. 기술적인 문제가 발생했나? 그래서 비상 착륙하는 건가? 평소에 그 무엇에도 흔들리지 않는 마커스의 얼굴이 완전히 흙빛으로 변해 있었다.

"무슨 일이에요?" 나는 마음이 심란해져서 물었다.

"자, 이쪽으로 와 앉아서 안전벨트를 매." 그가 짤막하게 말했다. "바로 착륙할 거야. 전국에 비행 금지령이 내렸어."

그의 말에 따라 벨트를 매는데 손가락이 떨렸다. 전국에 비행 금지령이라고? 그런 말은 들어본 적이 없었다. 도대체 무슨 일이 벌어진 걸까?

내 맞은편에 앉은 마커스도 벨트를 맸다. 나는 불안한 마음으로 그가 무슨 말을 할지 기다렸다.

"뉴욕에서 사고가 났어." 그가 말했다.

나는 멍하니 그를 바라봤다. 뉴욕에서 사고가 났는데 우리가 착륙해야 한다고? 내가 아직도 꿈을 꾸는 중인가?

"오늘 뉴욕으로 가서야 하잖아요!" 내 머리는 아직 이 상황의 연관성을 파악할 수 없었다.

"못 갈 것 같다." 마커스는 침착해지려고 애썼다. "한 시간 전에 비행기 두 대가 세계무역센터 빌딩에 날아가 부딪쳤어."

"뭐라고요?" 믿을 수 없었다. 소름이 등줄기를 타고 흘러내리고 속이 메슥거렸다. "아니, 왜요?"

"그것 말고는 나도 몰라. 조종사들에게 제일 가까운 비행장으로 가서 착륙하라는 무선연락이 왔어." 마커스는 잠시 눈을 감더니 몸을 뒤로 기대고 심호흡을 했다. 지금 무슨 생각이 그의 머릿속을 스치고 지나갈까? 마커스는 자주 뉴욕에 머물렀고 미드타운 맨해튼에 집이 하나 있으며, CEMC에 속한 몇몇 음반회사 본부도 뉴욕에 있다. 하지만 그가 뉴욕에 자주 간 이유는 직업적인 것만이 아니라 가까운 사람들이 그곳에 살기 때문일 터였다. 가족은, 그의 딸들은 어떻게 됐을까?

나는 딸들의 소식을 물으면서 목소리가 떨렸고, 나에게 너무나 중요해진 이 사람에 대해 아는 게 거의 없다는 사실을 깨달았다.

"조에는 지금 토론토에 살지만 제나는 맨해튼 모건 스탠리에서…… 세계무역센터에서 일해. 그 애는…… 겨우 몇 달 전에 그 일을 시작했고 무척…… 자랑스러워했는데." 마커스가 입술을 깨물더니 갑자기 눈물을 글썽거렸다. "난 뉴욕에서 자랐고, 그곳에서 일하는 사람을 많이 알아. 해리 하트그레이브와 사별한 아내이자 내 옛 친구 리즈의 사무실도 세계무역센터 건물에서 아주 가까운 브로드웨이에 있어." 그의 목소리가 갈라지고 너무나 절망적인 눈빛이어서 나는 소스라치게 놀랐다. 무슨 일이 일어났는지 알 수 없으니 해줄 말도 없었다. 나는 벨트를 풀고 그의 옆에 앉아, 아무 말 없이 그의 손을 꼭 잡았다. 그러자 그가 자제심을 잃고 흐느끼며 내 어깨에 고개를 기댔다. 그의 이런 모습이 내 마음 깊은 곳에 닿았다.

"잠깐만." 그가 속삭이는 말에 나는 그의 손을 놓았다. 그러고서 그가 자제심을 다시 찾는 데 필요한 시간을 주고 조심스럽게 기다렸다. 그는 심호흡을 몇 번 한 후에 내 손을 잡고 꽉 쥐었다.

"제나와 나는 늘 많이 싸웠어. 아마 우리 둘이 너무 비슷했기 때문일 거야. 그리고 난 별로 좋은 아버지가 아니었지. 하지만 몇 년 전부터 우린 서로 제대로 이해하게 됐어. 제나에게 무슨 일이 벌어……." 그는 말을 맺지 못하고 고개를 저었다. 나머지 비행시간 동안 우리는 아무 말도 하지 않았지만 그는 내 손을 계속 잡고 있었다. 20분 후에 노픽에 착륙하고서 마커스는 제나와 리즈 하트그레이브에게 통화를 시도해봤지만 허사였다. 뉴욕 전화 통신망이 파괴된 듯했다. 그런 다음 앨버커키에 있는 전처와 통화했는데 반가운 소식을 들은 모양이었다.

"태미가 제나와 연락이 됐다네." 안도한 그가 말했다. "제나가 지하철을 놓쳐서 세계무역센터에 도착했을 때 이미 첫 번째 비행기가 남쪽 빌딩에 부딪친 후였대. 그래서 그런 경우에 할 수 있는 가장 이성적인 행동을 했대. 집으로 돌아간 거지."

비행기가 활주로를 굴러갔다. 내 휴대폰이 웅웅거렸다. 재스퍼였다!

"아, 재스퍼! 무슨 일이 일어났는지 들었……."

"셰리든!" 그가 내 말을 막았다. "어디야?"

"방금 노픽에 착륙했어."

"무슨 일이 벌어졌는지 들었어?" 재스퍼가 소리쳤다.

"응, 하지만 자세히 알지는 못해." 내가 아는 그는 언제나 느긋했다. 그런 그가 흥분하니 나까지 불안해졌다.

"비행기 두 대가 납치되어 고의로 세계무역센터에 부딪친 거야! 세 번째 비행기는 국방부 건물에 추락했어! CNN에서는 이게 테러 공격이라고, 납치된 네 번째 비행기도 있다고 했어!"

"아, 이럴 수가." 나는 나지막하게 중얼거렸다. 얼음 같은 공포가 팔을 타고 올라왔다.

"주유를 하다가 우연히 텔레비전을 봤어! 셰리든, 뉴욕 사진은…… '전쟁'처럼 보였어!"

나는 재스퍼의 흥분을 가라앉히려고 했지만 그는 완전히 제정신이 아니었다. 마커스처럼 재스퍼도 뉴욕에 오랫동안 살면서 일했으니 이 재난에 얼마나 큰 충격을 받았을지 이해할 수 있었다.

"제발 조심해서 운전해." 나는 그에게 애원했다. "내가 다시 전화할게."

비행기가 납작한 공항 행정 건물 앞에 섰다. 엔진이 꺼진 후에 우리는 벨트를 풀었다. 사샤가 문을 열고 트랩을 내렸다. 나는 30분 전에 전화한 키이라에게 나중에 연락하겠다고 문자를 보냈다.

그동안 마커스는 조종사들과 상황을 의논했다. 모든 민간 비행기에 내려진 비행 금지가 언제까지 지속될지 아무도 몰랐으므로 승무원들은 하늘이 다시 열릴 때까지 노퍽에서 호텔을 잡고 현장에 머물러야 했다. 마커스는 기차나 그레이하운드를 타고 동부 연안으로 가려고 했다.

"기차와 버스는 완전히 만원일 거예요." 나는 반대 의견을 냈다. "상황이 나아질 때까지 우리 집에 가 계시는 게 어때요?"

마커스는 잠시 생각하더니 고개를 끄덕였다.

"당신 말이 옳아. 뉴욕은 지금 완전히 대혼란일 테지."

우리는 비행기를 떠나 걸어서 출구로 나갔다. 델타 항공 보잉기한 대가 막 착륙하고, 이미 착륙한 노스웨스트의 에어버스 한 대는 승객들을 한가득 뱉어내는 중이었다. 이 작은 공항은 얼마 후면 사방이 미어터질 터였다. 마커스는 사샤에게 소도시 호텔이 모두 차기 전에 당장 객실을 구하라고 지시했다. 울타리가 쳐진 지역을 나오니 거의 텅 빈 주차장에 있는 니컬러스의 낯익은 모습이 눈에 들어왔다. 그는 픽업 흙받기에 기대 있다가 피우던 담배를 튕겨버리고 심각한 표정으로 우리에게 다가왔다.

"아, 니컬러스 아저씨. 데리러 와줘서 고마워요!" 나는 마음이 놓여 그의 목에 매달렸다가 마커스를 소개했다.

"셰리든, 네가 와서 다행이야." 니컬러스가 푹 잠긴 목소리로 말하고는 나를 아주 꼭 안았다. 무척 긴장한 듯했는데, 끔찍한 일이 벌어졌으니 그럴 만도 했다.

"무슨 일이 벌어졌는지 들었습니까?"

"네, 하지만 자세한 내용은 모릅니다." 마커스가 대답했다. 니컬러스가 우리 짐을 픽업 적재함에 실었다. 마커스의 휴대폰이 울렸다. 그가 뒷좌석에 앉고, 내가 앞 좌석에 앉기 전에 니컬러스가 나를 뒤로 끌어당겼다.

"셰리든, 너랑 둘이 할 말이 있어." 심각한 그의 표정을 본 나는 그가 말하려는 일이 동부 연안에서 벌어진 사건과는 무관하리라고 예감했다. 조던 오빠 때문이구나! 내 무릎이 후들거렸다.

"나는 전혀 몰랐고 버넌도 몰랐어." 니컬러스는 일단 이 말부터 했다.

"뭘 말이에요?" 나는 불안했다. 그가 이렇게 말을 머뭇거리는 모습을 지금까지 본 적이 없었다.

"좀 전에 조던이 왔어." 그가 드디어 이야기를 시작했다. "사람들을…… 어떤 노부부를 데리고 왔는데, 그전에 아무에게도 말하지 않고 데려온 거야. 나는 처음에 그 사람들이 캐나다에서 온 그의 이모 캐서린과 이모부 프랭크인 줄 알았지만 아니었어."

"그럼 누구였어요?" 불길한 예감이 들었다. 조던 오빠는 나에게 부담을 주려고 스콧 앤드루에게 희생된 사람의 부모를 데려오고도 남을 사람이었다.

"조던이 어떻게 그 사람들을 찾아냈는지 모르겠어. 나는 정말……." 니컬러스가 말을 멈췄다. 그의 시선이 먼 곳을 향했다. 입술을 꽉 깨물고, 짜증과 절망이 섞인 표정으로 고개를 저었다. "조던은 나에게 미리 한마디도 하지 않았어!"

"도대체 뭘? 아저씨, 제발 좀! 나를 불안하게 만들지 말아요!"

"그 사람들은 일부러 영국에서 왔는데, 본인들이 가족 파티에 불쑥 끼어들게 된다는 사실도 몰랐더군." 니컬러스가 말을 이었다. "조던은 너희가 콜로라도로 면회 가서 만난 살인범이 한 남자의 이름을 네 엄마와 연관해서 언급했기 때문에 찾게 됐다고 하더라.

널 깜짝 놀라게 해주고 싶었대." 니컬러스가 한숨을 내쉬었다. "남자는 사진작가이고 이름은 필립 셰링엄인데, 캐럴린은 그를……."

"……내슈빌에서 만났지요." 나는 충격을 받아 조용히 말을 받았다. "그러고서 그를 따라 유럽으로 갔고요."

"그래, 맞아." 니컬러스가 고개를 끄덕였다. "조던은 그를 찾아냈고, 너랑 연결해주겠다고 그에게 약속했대. 너한테 전화를 했지만 도무지 받지 않았다고 하더라. 그래서 그 사람들을 데리고 그냥 여기로 오기로 결정했대. 내가 제대로 알아들었다면 셰링엄 부부는 네…… 조부모님이야."

나는 니컬러스가 한 말을 이해하는 데 몇 초 정도 시간이 걸렸다.

"내 조부모님이라고요?" 나는 기쁨과 실망을 동시에 느꼈다. "필립 셰링엄이 내 아버지가 아니고요?"

"그래, 아니야." 니컬러스가 대답했다.

아버지와 레이첼 이모에게 입양된 사실을 알고 난 뒤로 나는 어릴 때부터 친부모님은 누구인지, 어떤 모습일지, 목소리는 과연 어떨지 상상하곤 했다.

콜로라도에 다녀와서 엄마의 과거에 대해 더 많이 알 수도 있는 하나의 이름과 가능성이 생기자 나는 인터넷을 검색하여 탁월한 예술 업적으로 여왕에게 작위를 받은 영국 사진작가 필립 셰링엄 경을 찾아냈다. 그의 이름은 헬무트 뉴튼과 애니 레보비츠, 허브 릿츠와 피터 린드버그와 함께 언급됐고, 그가 찍은 유명인과 무명인의 흑백사진들은 전 세계적으로 유명했다. 나는 그에게 조심스럽게 가까워지기로, 서두르지 말기로 결심했었다. 그의 웹사이트에서 이메일 주소를 찾아내어 여러 번 이메일을 쓰기 시작했지만 끝내거나 전송할 용기는 내지 못했다. 내가 그에게 연락해서 캐럴린 쿠퍼에 대해 물으면 어떤 일이 벌어질까? 그가 내 친아버지인데 혹시 바람을 피워 나를 낳은 것이라면! 나는 한 가정을 절대 파괴하고 싶지 않았다. 그가 내 존재를 전혀 모르거나 자기 가족에게 우리 엄마 이야기를 꺼내지 않았을 수도 있지 않은가. 그래서 연락하기를 망설였던 것이다. 조던 오빠는 이런 양심의 가책을 하나도 느끼지 못했던 모양이다. 내 등 뒤에서 어쩌면 이런 짓을 할 수 있을까? 게다가 우리 사이에 그런 일이 있었는데도. 내 삶에 이런 식으로 끼어들다니 도대체 무슨 생각을 한 거지? 나도 당연히 올 테니 그 사람들을 아버지의 결혼식에 데리고 나타난 것이다! 누구나 조던 오빠가 순수하게 사심 없이 그런 행동을 했다고 생각할 테지만, 나는 오빠가 이렇게 행동하는 진짜 이유를 꿰뚫어봤다. 셰링엄 경과 그 부인을 이렇게 곤란한 상황에 몰아넣다니, 얼마나 뻔뻔하고 파렴치한 행동인가! 당황스러움이 거칠게 들끓는 증오로 바뀌어 나는 숨을 헉헉 몰아쉬었다.

"조던 오빠가 말하지 않은 건 그뿐만이 아니에요." 내가 말했다. "아저씨와 아버지에게 말이에요. 오빠는 FBI한테 위대한 영웅으로 보이고 싶어해요. 나를 이용해서!"

나는 실망과 분노에 휩싸인 채 니컬러스에게 콜로라도에서 무슨 일이 있었는지, 내가 왜 조던 오빠의 전화를 받지 않았는지 자세하게 이야기했다.

"오빠는 나더러 언젠가 자기에게 부탁할 일이 없기를 신에게 기도하라고 했어요." 나는 쓸쓸한 웃음을 터뜨렸다. "그리고 절대로 잘못을 저지르지 말라고 조언했어요. 그랬다가는 자기가 뭘 하는지 경험하게 될 거라고요."

햇볕에 그을린 니컬러스의 얼굴이 창백해졌다. 잠시 그대로 서서 아무 말 없이 먼 곳을 바라봤다. 그의 입술이 가늘어졌다.

"난 왜 비밀이 있냐고 그를 비난할 수도 없어." 니컬러스가 말했다. "나도 그에게 말하지 않은 게 있으니까."

"혹시 내가 아저씨를 끌어들인 그 일을 말하는 거라면 그건 아주 다른 문제예요." 내가 반박했다. "아저씨가 오빠를 만나기 한참 전의 일이니까요."

니컬러스가 나를 바라보며 갈라진 목소리로 물었다.

"왜 나와 버넌에게 좀 더 일찍 말하지 않았니?"

"조던 오빠는 아저씨 친구이자 아버지의 아들이니까요." 내가 대답했다. "내 말을 믿지 않고 나에게 화를 낼까 봐 불안했어요."

"아이고, 셰리든! 이제 나를 좀 알 때도 되지 않았니!" 그가 지금까지 한 번도 본 적이 없을 만큼 상심한 모습이라서 나는 이 사람, 내 최고의 친구를 속여 마음 아프게 만든 조던 오빠를 더 증오했다. 믿고 사랑하던 사람에게서 기만과 속임을 당하는 것보다 더 씁쓸한 일은 없을 것이었다.

"이제 어떻게 하지?" 그가 쉰 목소리로 물었다.

"집으로 가서 조부모님을 만나야지요. 아버지가 함께 오지 않은 이유가 있을 거예요." 조던 오빠에 대한 분노는 나를 각성하게 했고, 놀랍게도 지난 몇 주 동안 사라졌던 정신적 강인함을 돌려줬다. "나는 아빠와 일레인의 축제를 절대 망치지 않을 거예요. 그것도 오늘처럼 끔찍한 날에는 더더욱. 하지만 조던 오빠에게 협박을 당하지는 않겠어요. 적당한 때에 오빠에게 그 말을 할 거예요."

"좋아." 니컬러스가 고개를 끄덕였다.

"재스퍼는 조던 오빠가 나에게 질투한다고 생각해요. 아저씨와 아빠가 자기보다 나를 더 좋아하기 때문이래요. 그래서 우리 사이에 있었던 일도 숨긴 거라고요. 재스퍼는 오빠가 열등감도 느끼고 그래서 불만이 많다고 했어요. 또 맬러키와 하이럼 오빠가 그저 아저씨와 아빠 때문에 그를 인정했을 거라고 말했어요. 자기들 어머니를 사형수 감방에 보낸 사람이 바로 조던 오빠니까요."

니컬러스의 얼굴에 얼핏 미소가 스쳤다.

"네 재스퍼는 똑똑한 젊은이로구나." 그가 대답했다. "자, 이제 출발하자."

나는 조수석에 앉았다. 그사이에 중서부의 이동통신망도 파괴되어 마커스는 통화하지 못했다. 하지만 그는 안도하는 표정이었다. 니컬러스가 라디오를 틀기 전에 나는 방금 들은 조부모님 소식을 마커스에게 전했다. 그런 다음 우리는 믿을 수 없는 뉴스를 듣고 충격받았다. 이른 아침 보스턴과 워싱턴 디시와 뉴어크에서 민간 항공기 네 대가 납치됐다. 첫 번째 비행기가 세계무역센터 북쪽 빌딩에 부딪혔을 때 사람들은 처음에 사고라고 간주했다. 1945년에 B52 폭격기가 실수로 엠파이어스테이트 빌딩에 날아간 적이 있기 때문이다. 하지만 두 번째 여객기가 남쪽 빌딩에, 그리고 세 번째 비행기가 국방부 건물에 부딪히자 테러 사건임이 확실해졌다. 네 번째 비행기의 흔적은 찾을 수 없었지만, 확인되지 않은 소문에 따르면 펜실베이니아 농경지에 추락했다고 한다. 새파란 하늘 아래 텅 빈 고속도로 좌우에서 초록빛 옥수수밭이 반짝이는데 이런 뉴스를 듣는다는 게 완전히 비현실적으로 느껴졌다. 모든 게 너무나 평화롭게 보였지만, 이날 아침에 세상은 영원히 달라졌다.

목련 저택 앞의 넓은 자갈밭에는 아버지 차 옆에 조던 오빠의 검은 서버번도 주차되어 있었다. 나는 차에서 내리면서 속으로 무장했다. 아버지가 집 밖으로 나왔다. 나는 계단을 뛰어 올라가 아버지 목에 매달렸다.

"아, 아빠! 너무 끔찍해요. 여기 오게 되어 정말 기뻐요!"

"나도 네가 와서 기쁘다. 우리 딸." 아버지가 나를 끌어당겨 등을 쓰다듬었다. "잘 지냈어? 니컬러스가 말했니?"

"네, 들었어요." 나는 흥분해서 고개를 끄덕였다. "그분들 어디 계세요? 친절한 분들인가요?"

"뒤쪽 베란다에. 이사벨라 고모랑 같이 계신다." 아버지의 미소가 짙어졌다. "그래, 무척 다정하시고, 너를 만날 생각에 아주 많이 흥분하셨지."

"아참, 아빠. 마커스도 함께 왔어요. 계속 비행할 수 없어서 버스나 기차로 이동해야 해서요. 괜찮을까요?"

"당연하지. 손님들을 모두 어떻게든 묵게 할 수 있을 거야." 아버지가 나를 안심시켰다. "어서 들어가렴! 내가 골드스타인 씨를 모실 테니."

나는 감사한 마음에 아버지 뺨에 입을 맞추고 집으로 들어갔다. 어두컴컴한 거실에 음소거된 텔레비전이 켜져 있었지만 나는 지금 그 끔찍한 장면을 보고 싶지 않았다.

"어이." 누군가 나에게 말을 걸었다. 조던 오빠가 안락의자에서 일어나 나에게 다가왔다.

"가까이 오지 마." 싸늘한 내 말에 오빠는 걸음을 멈췄다. "오빠가 내 인생에 끼어드는 거, 아주 구역질 나. 오빠가 왜 이런 짓을 했는지 내가 모른다고 생각한다면 착각이야."

"너, 오해하는 거야." 오빠가 우겼다. "내가 바보 같은 짓을 했다는 걸 깨달았어. 그래서 너를 기쁘게 하려고……."

"헛소리!" 나는 고함을 질렀다. "오누이 간 우애 때문에 그런 게 아니잖아!"

조던 오빠는 아랫입술을 내밀고 눈썹을 치켜세웠다. 내가 살면서 오빠만큼 미워한 사람은 없었다. 가장 끔찍했던 시절의 레이첼 이모보다 더 싫었다.

"왜 내 인생에 계속 끼어드는 거지?" 나는 목소리를 낮춰서 물었다. "내 아버지가 누군지 알아내는 건 오로지 내 일이야. 오빠랑 전혀 상관없다고!"

"캐럴린은 내 어머니이기도 해." 조던 오빠가 반박했다. "나도 너와 똑같이 어머니의 삶에 대해서 알 권리가 있어."

"그럼 거기서 그쳤어야지." 나는 날카롭게 지적했다. "나도 필립 셰링엄을 인터넷에서 찾았고, 불쑥 나타나는 대신 어떻게 연락하는 게 가장 좋을지 고민하던 중이었어. 나라면 영국으로 찾아가 미리 말도 없이 아빠와 일레인의 결혼식에 모셔오지는 않았을 거야! 모두를 배려하지 않은 태도야. 하지만 이게 전형적인 오빠의 모습이지. 언제나 자기 자신과 자기 이익만 생각하니까."

오빠의 표정이 어두워졌다.

"내가 고마워하면서 매년 교도소로 스콧 앤드루를 면회하러 가겠다고 약속할 줄 알았어? 그렇게 계산했겠지. 안 그래?"

"우리나라가 테러리스트들에게 공격을 당한 오늘 같은 날에도 너는 오로지 자기 자신만 생각하는구나." 오빠가 역겹다는 어투로 말했다. "지독한 이기주의자 같으니라고."

독선적인 그의 상관을 후려치고 싶어서 손가락이 근질거렸다. 내가 남자였더라면 아마 그랬을 것이다.

"오빠가 아빠에게 미리 말도 없이 내 조부모님을 여기로 모셔올 때, 그분들이 어디서 주무실지는 생각해봤어?" 나는 후려치는 대신 물었다. "이사벨라 고모할머니도 오셨어. 마커스 골드스타인도. 잠시 후에는 재스퍼도 올 거야. 그럼 여기가 꽉 찰 텐데, 그분들이 오빠 차에서 주무셔야 하나?"

오빠는 아무 말도 없었다.

"우리 둘 중에 누가 이기주의자야? 응?" 나는 말을 마치고 오빠를 남겨둔 채 뒤쪽 베란다로 나갔다.

"셰리든!" 나를 본 이사벨라 고모할머니가 거친 목소리로 부르며 등나무 소파에서 몸을 일으켰다. "드디어 왔구나!"

"이사벨라 고모할머니!" 나는 목소리를 높이며 고모할머니를 안았다. "만나서 정말 기뻐요."

고모할머니는 나를 살짝 떼어놓았다. 나를 자세히 훑어보는 파란 눈동자에 예전처럼 장난기가 가득했다. "너 정말 아름다워졌다. 그리고 이제 아주 유명한 인물이 됐지."

"겉보기에만 그래요." 나는 미소를 지으며 말했다. "속은 여전히 옛날의 셰리든 그대로예요."

"이리 오렴. 네 조부모님을 만나야지."

나는 등나무 소파에 앉아 있다가 고모할머니와 함께 일어선 부부를 향해 심장을 두근거리며 몸을 돌렸다.

필립 셰링엄 경은 이미 인터넷에서 사진으로 봤지만, 실물이 사진보다 훨씬 더 수려하고 친근하게 보였다. 마르고 키가 무척 커서 분명히 190센티미터는 되는 것 같았고, 튀어나온 매부리코를 지닌 인상적인 얼굴은 햇빛 아래서 오랜 시간을 보내 갈색으로 그을리고 주름이 많았다. 호리호리한 아내도 젊은 시절에는 숨 막힐 정도로 아름다웠을 외모였다. 머리칼은 완전히 하얬지만, 운동을 즐기는 30대처럼 단련된 몸매로 나이보다 훨씬 젊어 보였다. 나만큼이나 흥분했을 두 사람은 품위를 풍겼고, 그 품위는 영국 악센트와 결합하여 거의 제왕 같은 느낌을 발산했다.

"안녕하세요?" 나는 목이 잠겨서 까마귀 같은 소리로 인사했다. "셰리든이에요. 캐럴린의 딸이죠. 두 분을 뵙게 되어 기쁩니다."

"안녕, 셰리든." 할아버지가 인사했다. "우리도 정말 기쁘단다. 그리고 우리가 이렇게 갑자기 쳐들어와서 미안하다."

"오, 셰리든!" 나는 세렝엄 부인의 부드러운 적황색 목소리를 바로 좋아하게 됐다. "넌 네 엄마와 얼굴이 완전히 똑같구나!"

"엄마를 알았던 사람들은 모두 그렇게 말한답니다." 나는 살짝 당황해서 미소를 지었다. "눈동자 색깔만 달라요."

"그래, 맞다! 넌 내 눈동자 색깔을 물려받았어!" 할머니가 사랑이 듬뿍 담긴 눈길로 나를 자세히 살펴봤다. "필립은 언제나 그 색깔이……."

"샐러리 같다고요?" 내가 이렇게 말하며 할아버지에게 윙크하자 우리 사이의 벽은 완전히 무너졌다. 둘은 웃기 시작했다.

"그래, 정확해!" 할아버지의 말이었다.

내가 포옹하자 두 분은 유일한 손주를 찾은 감격과 감사로 눈물을 흘렸다. 우리가 차분하게 서로를 알아갈 수 있도록 이사벨라 고모할머니는 집으로 들어갔다. 나는 엄마가 유럽에서 실제로 인기 있는 사진 모델이었다는 사실을 알게 됐다. 할아버지가 1970년 가을에 내슈빌에서 엄마를 발견하여 런던으로 데리고 갔다. 그때 엄마는 지금의 내 나이였고, 필립 셰링엄은 엄마의 후원자였다. 할아버지는 엄마의 사진을 자주 찍었고 그 덕분에 엄마는 점점 더 많은 일자리를 얻었으며, 파리와 밀라노와 로마의 패션쇼에서 모델로 일했다. 크리스마스에는 런던에 있는 셰링엄 집에 언제나 손님으로 초대받았고, 그곳에서 부부의 외아들인 대니얼을 만났다.

"대니얼은 무척 재능이 뛰어난 피아니스트이자 작곡가였단다." 할머니가 설명했다. "영국 왕립음악원 출신이고, 다섯 살 때 이미 첫 콘서트를 열었지."

"네가 자기 재능을 물려받았다는 걸 알면 대니얼이 무척 자랑스러워했을 텐데." 할아버지가 잠긴 목소리로 말했다.

"처음에 대니얼과 캐럴린은 개와 고양이처럼 사이가 안 좋았어." 할머니가 말을 이었다. "그저 싸우기만 했지. 대니얼은 학생 시절부터 다이애나와 연인이었는데, 그녀가 캐럴린에게 질투를 많이 했어. 캐럴린은 친구가 많았지만 모두 피상적인 관계였지. 그러다가 어떤 이탈리아인을 사귀게 됐어. 아주 매력적이고 부유한, 그녀보다 스무 살 많은 남자였지. 1975년인가 1976년에 생긴 일이야. 캐럴린이 우리에게 그를 소개했을 때 우린 좀 회의적이었지만 그녀는 그 남자와 진지한 관계인 것 같았어. 캐럴린은 그를 따라 밀라노로 갔지만 둘의 관계가 깨지고 나서 다시 영국으로 돌아왔지. 그 후에 캐럴린은 달라졌어. 공부를 하려고 했는데 대학은 잘 맞지 않았지. 모델로 돈을 꽤 많이 벌었고, 그래서 한동안 이것저것 해보려고 했어."

"캐럴린은 눈썰미가 좋았단다." 할아버지가 설명을 넘겨받았다. "그래서 내가 나랑 일하면서 사진을 제대로 배워보라고 제안했지.

그리고 그렇게 됐단다. 우린 훌륭한 팀이었어. 그러다가 1978년 여름에 남프랑스에서 대니얼과 캐럴린 사이에 사랑의 불꽃이 튀었지. 우린 예전에 코트다쥐르에 집이 한 채 있었어."

할아버지가 한숨을 내쉬었다. 오래된 고통이 그의 목소리에서 묻어났다.

"당시에 대니얼은 점점 더 명성이 높아졌어. 가을에 런던 필하모닉 오케스트라와 순회공연을 떠났단다. 캐럴린은 임신을 확인하고 정말 행복했지만…… 대니얼이 바람을 피웠어. 우린 그 이유를 끝까지 알아내지 못했단다. 어쨌든 캐럴린은 마음이 부서져서 급하게 런던을 떠났고, 다시는 우리에게 연락하지 않았어. 그래서 그녀가 어떻게 됐는지 몰랐지."

가련한 엄마! 엄마가 사랑했던 남자들은 모두 엄마를 불행하게 만들었다! 처음에는 아버지가, 그 후에는 이탈리아 남자와 내 친아버지까지! 이게 무슨 비극인가!

"그래서 아…… 제 아버지는 어떻게 됐어요?" 나는 조마조마한 마음으로 물었다.

"대니얼은 1979년 10월 26일에 스코틀랜드에서 교통사고로 숨졌어." 할머니가 말했다. "우린 그 소식을 캐럴린에게 알릴 수 없었단다. 언젠가 그녀가 독일에서 네 사진을 동봉한 편지를 보낸 적이 있지만 발신인 주소가 쓰여 있지 않았어. 1980년 이른 봄의 일이었지. 그 후에는 아무 소식도 듣지 못했다. 그런데 블라이스톤 씨가 캐럴린에게 무슨 일이 벌어졌는지 알려주더구나."

조던 오빠가 당연히 이미 모든 걸 떠들어버렸다. 그걸 말할 기회마저 나에게서 빼앗아갔다!

"우리가 너 주려고 가지고 온 게 있단다." 할아버지가 바닥에 있던 가방에서 포장지로 싼 납작한 사각형 물건을 꺼냈다. "오늘은 적당한 날이 아닐지도 모르지만, 언제 차분하게 보렴. 네 할머니와 내가 캐럴린과 대니얼의 멋진 사진들을 찾아왔다."

나는 모순된 감정에 휩싸였다. 그렇게 오랫동안 알고 싶어 했던 모든 일을 마치 빨리감기 하듯 순식간에 알게 된 기쁨과 실망이었다. "조던 오빠가 두 분에게 무슨 말을 했는지 모르겠어요. 사실 저는 두 분을 차분하게 알아가려고 먼저 편지를 쓰고 찾아뵈려고 했어요. 그런데 조던 오빠가 선수를 쳐서…… 슬프네요. 다른 한편으로는 두 분을 만나게 된 게 기뻐요."

"셰리든, 우리도 잘 안다." 할머니가 나를 안심시켰다. "우리도 좀 망설였지만, 블라이스톤 씨 말로 네가 이미 알고 있다고 하더구나."

오빠를 향한 분노가 한없이 커졌다. 이렇게 정중하고 이성적인 분들을 오빠는 어쩜 이토록 곤란한 상황에 몰아넣을 수 있지?

"상황이 좀 원활하지 않게 진행됐구나. 게다가 우리의 첫 만남이 이렇게 소름 끼치는 사건으로 어두운 그늘도 졌고." 할아버지가 덧붙였다. "하지만 그랜트 씨가 무척 친절하게 우리더러 걱정할 필요가 없다고 누누이 강조했다."

"네, 아빠는 좋은 분이에요." 나는 양아버지에게 깊은 감사를 느꼈다. "두 분을 더 잘 알게 되면 기쁘겠어요."

"우리도 그렇단다." 할머니가 말했다. "너에 대해 알고 싶은 게 너무나 많거든!"

우리는 마주 보며 미소를 지었다.

"저와 함께 캘리포니아에 가시는 게 어때요?" 내가 제안했다. "퍼시픽 펠리세이즈에 큰 집이 있어요. 한동안 거기 묵으시면 우리가 서로 알아갈 시간이 더 생기겠지요."

"정말 좋은 생각이구나!" 할머니가 대답했다. "필립이 예전에 그쪽에서 일할 때 우린 로스앤젤레스에 자주 갔지."

"기꺼이 그렇게 하고 싶다." 할아버지도 동의했다. "이제 가족에게 가보렴. 우리는 괜찮으니 걱정하지 마라."

"고맙습니다." 나는 선물을 가슴에 꼭 품었다. 절박한 질문이 한 가지 더 있었다. 엄마의 일기장에 내 마음에 큰 감동을 준 글이 있었다. 아버지가 베트남으로 가기 직전에 두 사람이 미래 계획을 짜면서, 임신한 도시 이름을 따서 아이들 이름을 짓자고 마음먹었다는 이야기. 그때 이후로 나는 세계지도를 뒤지며 '셰리든'이라는 지명을 찾았다. 하지만 남프랑스에 이런 이름의 도시는 있을 것 같지 않았다!

"엄마가 제 이름을 왜 '셰리든'이라고 했는지 혹시 아세요?" 내가 주저하며 묻자, 두 분은 서로 바라보며 서글픈 미소를 지었다.

"그래." 할머니가 대답했다. "네 이름은 '셰링엄(Sheringham)'과 '대니얼(Daniel)'의 머리글자를 조합한 거야."

그 순간 방충문이 열렸다. 고개를 돌린 나는 너무도 기뻐 심장이 거칠게 뛰어다녔다.

"재스퍼!" 나는 자리에서 벌떡 일어나 선물을 소파에 놓고 재스퍼의 품에 안겼다. 그는 나를 꼭 껴안았다. 그의 거친 뺨이 내 뺨에, 그의 손이 내 머리카락에 닿았다.

"오, 재스퍼. 당신이 와서 정말 기뻐." 나는 흐느끼며 그에게 매달렸다.

"셰리든, 나도 기뻐." 재스퍼가 양손으로 내 얼굴을 쥐자 새파란 그의 눈동자가 너무 가까이에 있어 어지러웠다. "당신이 너무나 그리웠어."

그에게 키스하다가 조부모님이 떠올랐다. 나는 두 분에게 재스퍼를, 그리고 두 분을 재스퍼에게 소개했다. 맬러키 오빠와 레베카 새언니, 넬리와 하이럼 오빠도 와서 나는 그들을 모두 포옹했다.

"아가씨가 와서 정말 기뻐요!" 레베카 새언니는 나를 놓아주지 않으려고 했다. "이렇게 끔찍한 날에 사랑하는 사람들이 옆에 있으니 큰 위로가 돼요."

레베카 새언니와 마사 아줌마가 점심식사를 준비해서 가지고 왔으므로 우린 모두 집으로 들어갔다. 아버지와 마커스가 니컬러스와 함께 부엌으로 가는 통로에 서 있었다.

"마커스, 내 남자친구 재스퍼 헤이든을 소개할게요." 나는 갑자기 긴장했다. 재스퍼가 뭔가 냉소적인 말로 분위기를 망치지 말아야 할 텐데! "재스퍼, 이쪽은 마커스 골드스타인 씨야."

내 걱정은 근거 없는 것이었다.

"안녕하세요, 골드스타인 씨." 재스퍼가 정중하게 인사하고 그에게 악수를 청했다. "드디어 뵙게 되어 반갑습니다. 셰리든이 당신 이야기를 아주 많이 했답니다."

"안녕하세요, 헤이든 씨." 마커스도 형식을 갖추어 인사했다. "나도 기쁩니다. 물론 이런 상황이 아니었더라면 더 좋았겠지만 말이지요."

아버지는 마커스에게 우리 가족을 이미 모두 소개했고, 이제 조부모님까지 소개했다.

"셰리든!" 마사 아줌마가 달려와 내 목에 매달렸다.

"이건 바빌론의 멸망이야!" 늘 그렇듯이 아줌마는 비장하게 한탄했다. "요한계시록 18장 1절에서 8절까지 쓰여 있는 것처럼 아마겟돈이 온 거야! 죽음과 불이 도시에 온다!"

레베카 새언니가 부드럽게 아줌마의 어깨를 두드리며 차분하게 말했다.

"마사 아줌마, 진정하세요. 자, 이제 같이 식탁을 차리지요."

둘은 손으로 집어먹을 수 있는 미지근한 키슈와 미니 피자를 나눠줬다. 텔레비전이 여전히 켜져 있었다. 지금까지 무슨 일이 벌어졌는지 말로만 들어온 나는 사진을 보고 충격에 빠졌다. 세계무역센터 빌딩 두 개가 불타고 있었다. 구름 한 점 없이 파란 뉴욕 하늘에 시커먼 연기가 솟구쳤다. 아무도 식사할 생각을 하지 않았다. 마사 아줌마는 눈물을 흘리며 기도했다. 마커스는 굳어버린 것 같았다. 팔꿈치를 무릎에 올리고 앉아서 몇 번이고 고개를 저었다. 재스퍼와 나는 서로 손을 꼭 쥐고 있었다. 우리 모두 동쪽으로 2천 킬로미터 떨어진 곳에서 일어난 비극의 범위를 이제야 제대로 깨달았다. 맨해튼은 암회색 구름에 뒤덮여 있었다. 세계무역센터의 인상적인 쌍둥이 빌딩은 사라졌다. CNN은 납치된 비행기가 빌딩으로 날아가는 장면과 무너지는 건물과 완전히 폐허가 된 뉴욕 거리를 한없이 반복해서 보여줬다.

"그냥 사라졌어!" 재스퍼는 자제심을 잃었다. "세계무역센터에서 일하는 지인들이 너무나 많고, 나도 거기 자주 갔어! 이 모든 일이 실제로 일어났다니, 믿을 수 없다!"

그사이에 아침에 보스턴과 뉴어크와 워싱턴 디시에서 출발한 민간 여객기들이 이륙 직후에 이슬람 테러리스트들에게 납치됐다는 의혹이 사실로 확인됐다. 모든 비행기가 서쪽 연안으로 가는 중이었고 연료가 가득 차 있었다. 먼지와 재 구름을 피해 어쩔 줄 모르고 폐허 사이를 헤매거나 브루클린으로 향하는 다리 위를 달리는 수백 명의 인파가 보였다. 허공에 수많은 종이가 날아다녔다. 절망한 사람들이 4백 미터 높이의 불타는 건물 창문에서 뛰어내렸다. 뉴욕 시장이 화면에 나왔다. 그의 야구모자와 암청색 재킷이 먼지로 뒤덮여 있었다. 소방대원과 경찰들이 사람을 구하려고 불타는 마천루로 달려가다가 빌딩이 붕괴하면서 파묻혔다. 모든 것이 두꺼운 먼지로 뒤덮였다. 아침에 플로리다에 있던 대통령은 국가적 재난을 선언했다. 테러가 또 발생할까 봐 백악관과 국회의사당 사람들은 모두 대피했고 전국의 병력은 최고 경보 발령 상태에 놓였다. 전 미국 상공에 날아다니는 유일한 비행기는 전투기였다.

마커스의 휴대폰이 울렸다. 그가 벌떡 일어나자 아버지는 그가 방해받지 않고 전화를 받을 수 있게 서재로 안내했다. 니컬러스는 재스퍼에게 말에게 사료를 주고 움직이게 해야 하는데 마구간으로 함께 가겠는지 물었다. 맬러키와 하이럼 오빠도 아직 해야 할 일이 남아 있었다.

"내가 니컬러스와 같이 가서 말을 돌봐도 되겠어?" 재스퍼가 물었다.

"당연하지." 내가 대답했다. "나는 그사이에 방을 준비하고 아빠를 도와서 집안일을 좀 해야겠다. 일이 끝나면 마구간으로 갈게."

레베카 새언니와 마사 아줌마와 넬리가 아이들을 데리고 마당으로 갔다. 나는 텔레비전을 무음으로 틀고, 아버지와 이사벨라 고모할머니와 조부모님을 베란다로 안내한 후에 소비뇽 블랑 한 병과 점심식사에서 남은 음식을 올린 쟁반 두 개를 내갔다. 마커스를 위해서는 3층의 손님방 침대를, 조부모님을 위해서는 조금 더 큰 1층 손님방 침대를 준비했다. 그런 다음 우리 짐을 집으로 들여오고 부엌을 정리했다. 다른 생각을 하는 데는 일보다 나은 게 없었고, 이런 날에도 세상은 계속 돌아간다는 사실이 어딘지 모르게 위로가 됐다.

"셰리든."

나는 깜짝 놀라 몸을 돌렸다. 마커스가 문간에 기대어 서 있었다. 얼굴이 완전히 잿빛이었고, 울었는지 눈이 붉었다.

"어떠세요?" 나는 조심스럽게 물었다.

"안 좋아." 그가 솔직하게 대답하고 식탁 의자에 털썩 주저앉았다. "한잔 마실 게 있을까?"

"그럼요." 나는 아버지의 바에 가서 싱글몰트 한 병을 꺼내와 그에게 한 잔 따라줬다.

"고마워." 그가 한 모금 마시고는 한참이나 말없이 바닥만 노려봤다.

"남쪽 빌딩으로 날아간 유나이티드 에어라인 비행기에 내가 20년 이상 알고 지낸 두 사람이 타고 있었어." 그가 억양 없이 말했다. "서맨타 더피와 도널드 로빈슨은 우리 아버지가 골드스타인 크리에이티브 아티스트 에이전시에 채용한 직원들이었지."

"아, 세상에. 마커스!" 나는 충격을 받아 속삭였다. "너무나 안됐어요."

"유족은 장사지낼 게 없을 거야." 그가 쉰 목소리로 중얼거렸다. "등유 4만 리터가 폭발했으니 남을 게 없지. 그런 열기에서는 그냥 증발해버려. 서맨타는 정말 놀라운 여성이었어. 딸이 셋이지. 그리고 도널드는 2년 전에 결혼했는데, 나도 그의 결혼식에 참석했어. 무슨 일이 벌어졌는지 알았을 때 두 사람은 과연 어떤 생각을 했을까? 불안을 느낄 시간이나 있었을까? 빌딩을 향해 날아가는 비행기 사진을 더는 보고 싶지 않아. 평생 다시는 안 보고 싶다."

딸 제나의 많은 동료들이 사무실에서 빠져나오지 못해 오늘 세계무역센터 남쪽 빌딩에서 목숨을 잃었다. 마커스의 오랜 친구 한 명은 국방부에서 사망했다. 리즈 하트그레이브와는 여전히 연락이 닿지 않아서 테러가 발생한 시간에 금융가의 사무실에 있었는지 아니면 안전한 롱 아일랜드 자택에 있었는지 아직도 알지 못했다.

그의 걱정에 내 심장이 베인 듯이 아파왔다. 나는 그의 옆에 앉아 위스키를 다시 채워주고 그가 계속 말을 하게 내버려뒀다. 그가 정신이 돌지 않으려면 계속 말을 해야 한다고 느꼈으니까. 거의 한 시간 동안 그의 말에 귀를 기울이다가, 단단하고 이성적으로 보이는 마커스 골드스타인에게 세심하게 숨겨둔 감정적인 면도 있음을 불현듯 깨달았다.

"내가 지금 기차나 버스가 아니라 이곳에 있다는 게 기뻐." 위스키를 거의 반 병쯤 비운 그가 불분명한 어투로 중얼거렸다. "셰리든, 내 말을 들어줘서 고마워."

"당연한 일이에요. 당신도 언제나 옆에서 내 말에 귀를 기울였잖아요." 내가 말했다. "친구가 그래서 필요한 거죠."

"친구, 그렇지." 마커스는 깊은 한숨을 내쉬었다. 그의 표정이 부드러워지고, 스파고에서 저녁식사를 할 때처럼 갈색 눈동자에 기이한 빛이 드러났다. "당신은 정말 특별한 여자야. 셰리든, 그거 알아? 마음이 따뜻해. 그리고 정말 용감하고 눈부시게 아름답지. 내가 당신보다 거의 마흔 살이나 많지 않았더라면, 그리고 당신이 아주 멋진 젊은이와 함께가 아니었더라면 우린…… 혹시 친구 이상이 됐을까?"

나는 충격을 받아 손을 떨기 시작했다. 마커스 골드스타인이 방금 나에게 사랑 고백을 한 건가? 아니면 이렇게 끔찍하게 정신 나간 날, 너무도 흥분하고 혼란스럽고 술을 많이 마셔서 뱉어본 말일까? 내일 아침에 그가 아무것도 기억하지 못해야 할 텐데!

"아, 셰리든. 당신이 정말 좋아." 그가 중얼거리는 소리에 나는 완전히 혼란에 빠졌다. 그가 머리를 자기 팔에 기대고 식탁에서 잠들었다. 나는 꼼짝도 하지 않고 그를 노려보기만 했다. 너무나 이상한 날이다! 온 세상이 무너졌다. 그리고 예상치도 못한 조부모님이 나타나 거의 지나가는 말처럼 내 친아버지의 비밀을 알려주었다. 또한 마커스 골드스타인이 자신의 느낌과 불안을 드러냈다.

"어이, 자기. 여기 있었네! 당신이 마구간에 올 줄 알았는데 말이야." 재스퍼가 부엌에 들어섰다. 그의 시선이 잠든 마커스와 반쯤 비어 있는 위스키병으로 옮겨갔다. 그가 눈을 가늘게 뜨고 말했다. "둘이 한잔했어?"

나는 그의 목소리에서 묻어나는 질투를 못 들은 척했다.

"마커스가 비행기에 아주 가까운 지인 두 명이 탔다는 걸 알게 됐어." 나는 조용히 대답하고 자리에서 일어났다. "그리고 친구 한 명은 국방부에서 사망했고. 여자친구 한 명과는 아직도 연락이 안 된대. 그래서 한잔 마시고 싶다고 했어."

"아, 그랬구나." 재스퍼는 무안해하는 듯했다.

"마커스를 이제 어떻게 하지?" 내가 물었다. "여기 이대로 앉아 있게 할 수는 없잖아!"

"니컬러스를 데려올게." 재스퍼가 제안했다. "우리 둘이 그를 위로 옮기지 뭐."

니컬러스와 재스퍼는 마커스를 들고서 힘들이지 않고 계단을 올라가 3층 손님방으로 옮겼다. 두 사람은 잠들어 있는 그를 침대에 눕히고 구두를 벗겼다. 나는 그의 휴대폰을 나이트테이블에 두고 그 옆에 물 한 병을 내려놓았다.

"괜찮을까?" 내가 걱정스럽게 묻자 니컬러스가 나를 안심시켰다.

"그럼. 푹 자고 내일 아침이면 술이 깰 거야."

재스퍼가 내 손을 잡아 우리는 다시 아래로 내려갔다. 앞 베란다에 모인 사람들은 모두 말이 없었다. 오후에 들에서 일하느라 먼지가 묻고 햇볕에 그을린 맬러키와 하이럼 오빠는 캔 맥주를 마셨다. 조부모님과 이사벨라 고모할머니와 아버지는 화이트 와인을 원했다. 비행기가 쌍둥이 빌딩과 국방부에 부딪치는 모습을 50번째 반복해서 보고 싶어 하는 사람은 아무도 없었다. 이날 국가만이 아니라 각 개인의 삶이 모두 바뀌었다는 사실을 우리는 감지했다. 지금까지와는 달리, 이제 아무도 안전하다고 느끼지 못할 터였다. 일레인이 순찰차를 타고 왔다. 아직도 제복 차림이었고, 지치고 우울해 보였다. 니컬러스가 차가운 맥주를 건네자 고맙다며 받아들었다.

"내일 우리 결혼식을 취소하는 게 좋을 것 같아." 아버지가 일레인에게 말했다. "당신 생각은 어때?"

"절대 안 돼!" 일레인이 눈에서 불을 내뿜으며 반대했다. "삶은 계속되어야 해! 우리가 그 테러리스트들에게 겁을 먹으면 안 된다고!"

"내 생각도 같아요." 나도 그녀에게 동의했다.

"두 분은 어차피 성대한 파티를 계획하지 않았잖아요." 하이럼 오빠도 거들었다. "이사벨라 고모할머니와 셰리든과 재스퍼도 일부러 왔으니 그대로 관철하는 게 좋겠어요."

"그래, 맞아!" 일레인의 말에 결혼식은 그대로 결정됐다.

노을이 졌다. 뜨거운 날이 저물었다. 베란다 옆에 풍성하게 피어 있는 장미 향기가 더운 공기에 가득 섞였다. 라벤더와 마른 풀과 먼지 냄새가 풍겨왔다. 쏙독새가 짝을 지어 저녁 하늘을 우아하게 날면서 곤충을 사냥하고, 지빠귀들이 철쭉 속에서 시끄럽게 다퉜다. 우리는 일어난 사건에 대해 좀 더 이야기를 나누고 그 사건이 몰고 올 결과를 예상해봤다. 우리 모두 충격을 받았지만 끔찍한 일이 벌어진 장소가 이곳 미국의 심장부에서는 너무 멀어 모든 게 비현실적으로 느껴졌다. 그러다가 우리의 화제는 다른 것으로 옮겨갔고, 나는 재스퍼의 품에 안겨 그의 온기를 느끼며 가족들과 함께 있다는 사실에 안도했다. 로스앤젤레스도 뉴욕만큼이나 멀었다. 마커스가 내 내면의 평정을 기이한 고백으로 완전히 휘저어놓지 않았더라면 오늘 일어난 모든 일에도 불구하고 아름다운 저녁이 됐을지도 몰랐다.

"내가 여기 살 때, 네가 저녁마다 몰래 왔던 거 기억하니?" 이사벨라 고모할머니가 나에게 묻고 살짝 웃었다.

"그럼요!" 나도 히죽 웃으며 대답했다. "버베나 차를 마시면서 옛날 음반을 같이 듣고, 고모할머니 책을 빌려갔지요. 그러다가 언젠가 아빠에게 들켰고요."

"아, 그래. 나도 기억한다." 아버지가 싱긋 웃었다. "너를 유치장에서 꺼내오던 날, 내가 뺨을 때린 걸 너는 절대 용서하지 않았지."

"유치장이라고요?" 재스퍼가 호기심 어린 말투로 물었다. "그 이야기는 전혀 모르는데!"

아버지와 하이럼 오빠와 나는 번갈아가며 일레인의 전임자였던 벤턴 보안관이, 오후에 옛날 방앗간에 모여 앉아 음악을 듣곤 하던 나와 친구들을 갑자기 습격한 사건을 풀어놓았다.

해가 졌다. 높게 자란 풀밭에서 귀뚜라미가 울었다. 말 한 마리가 히힝거리자 다른 말이 화답했다. 하현달이 뜨고, 별들이 하늘에서 반짝이기 시작했다. 조부모님과 이사벨라 고모할머니는 모두에게 잘 자라고 인사하고 집 안으로 들어갔고, 맬러키와 하이럼 오빠도 집으로 돌아갔다. 일레인이 나에게 조부모님이 무슨 이야기를 했는지 물었다. 나는 들은 말을 짧게 요약해 전하다가, 뒤쪽 베란다에 그대로 둔 선물이 떠올랐다.

벌떡 일어나서 선물을 가져왔지만 포장을 풀지는 않았다.

"그런데 조던은 어디 있어?" 일레인이 물었다.

"나도 몰라." 니컬러스가 어깨를 으쓱했다.

아무도 말하지는 않았지만 아마도 모두 같은 생각을 했을 터였다. 조던 오빠는 자기가 잘못했고, 기대와 달리 자기가 한 일이 환영받지 못한다는 걸 깨달았을 것이다. 그래서 아마 링컨으로 돌아갔는지도 모른다.

재스퍼가 하품을 했고, 나도 피곤했다. 길고 힘든 날을 보냈으니 이제 잠자리에 들기로 했다.

"아참, 셰리든." 일레인이 나를 붙잡았다. "체스터 울컷이 내일 오후에 페어필드 경기장에서 공식 추도식을 열 예정이야. 그때 네가 혹시 국가를 부를 수 있는지 나더러 물어보라고 하더라."

"어, 네. 알았어요." 나는 갑작스러웠지만 바로 대답했다. "안 될 거 없죠."

재스퍼와 나는 위층으로 올라갔다. 그가 샤워를 하는 동안 나는 3층으로 가서 마커스가 자는 손님방을 얼핏 살펴봤다. 마커스는 옆으로 누워 나지막하게 코를 골고 있었다. 아까 나에게 말했던 걸 내일 기억하지 못해야 할 텐데. 우리의 좋은 관계가 불협화음 때문에 흐려지는 건 싫었다. 재스퍼가 고집이 세고 유식한 척하고 질투가 심할 때가 있어서 가끔 힘들긴 해도 나는 그를 사랑했다. 재스

퍼가 아니라 마커스와 함께 침대에 누워 그의 손이 내 살갗에 닿
는다면, 그의 입술이 내 입술에, 그의 몸이 내 몸에 닿는다면 어떨
까 하는 생각이 불현듯 들었다. 이런 상상을 하자 간질간질 흥분한
전류가 아랫배에 바로 느껴졌다. 이런 생각을 했다는 것 자체가 너
무 수치스러웠다. 놀라서 얼른 방문을 닫고 계단을 살그머니 내려
왔다. 재스퍼는 아직 욕실에 있었다. 옷을 벗어 의자 팔걸이에 거
는데 손이 떨렸다. 도대체 왜 그런 생각을 한 걸까? 내가 속으로
그런 걸 원하나? 아니면 오늘 일어난 모든 일 때문에 그저 혼란스
러운 걸까? 나는 마커스를 아주 좋아하고 그를 믿으며, 옆에 있는
그의 존재와 그의 연륜과 그와의 우정을 좋아한다. 내가 그를 사랑
하는 걸까? 아니지! 어쩌면 아주 조금 사랑하는지도 모른다. 그러
나 재스퍼처럼은 아니었다. 아, 세상에. 안 돼, 안 된다. 절대로.

∞

나는 공포에 사로잡혀 폐허와 불타는 고층건물 사이를 달리는
악몽에 밤새 시달리며 몇 번이나 놀라서 잠이 깼다. 시계를 보니
7시가 조금 지난 시각이었다. 재스퍼가 여전히 깊이 잠들어 있어
나는 의자에 있던 옷을 들고 발끝으로 걸어 방을 빠져나와 욕실에
서 옷을 입었다. 아래층에서 이미 커피 향기가 풍겼다. 거실에 텔
레비전이 켜져 있었다. 어제 테러 공격으로 몇 명이 희생됐는지 공
식적인 통계는 아직 없었지만, 이른 시간이었으므로 원래 예상보
다는 희생자가 적은 듯했다. 끔찍한 장면을 더는 견딜 수 없어서
부엌으로 갔다. 놀랍게도 아버지와 일레인뿐 아니라 마커스도 식
탁에 앉아 있었다. 그를 보자 내 심장이 쿵, 하고 뛰었다. 마커스는

아주 말짱해 보였다. 일단 아버지에게 생신 축하한다고 인사하고, 그다음에 일레인과 마커스에게 인사했다.

"좋아. 돌덩이처럼 푹 잤어." 컨디션이 어떤지 묻는 내 질문에 마커스가 대답했다. "그런데 어제 내가 어떻게 침대로 갔지?"

"재스퍼와 니컬러스가 위로 옮겼어요." 나는 미소를 지었다. 그걸 기억하지 못한다면 아마 우리 대화의 끝부분도 기억하지 못할 수도 있었다.

"7시 반에 체스터와 빌, 제프와 제이든이 와." 일레인이 말했다. "오늘 오후 행사 세부사항을 의논하려고 해. 셰리든, 그때 참석할 수 있어?"

"그럼요." 나는 고개를 끄덕였다. "마커스, 일레인이 계획을 설명했나요? 어떻게 생각하세요?"

"그래, 설명했어. 좋은 아이디어야." 그가 말했다. "이런 시기에는 공동체 경험이 필요하지."

"나도 같은 생각이에요." 일레인이 말했다. "매디슨 카운티의 경찰관과 소방대원이 모두 참석할 거예요. 뉴욕과 워싱턴의 동료들에게 연대감을 보여주려고 해요."

"난 국가를 불러요." 내가 보충설명을 했다. "그리고 〈후 캔 세이〉도 잘 어울리니까 같이 불러도 좋을 것 같아요. 해리스 교장 선생님에게 매디슨고등학교 합창단이 함께 노래할 수 있는지 물어봐주실래요?"

"좋은 생각이야." 일레인이 고개를 끄덕였다. "물어볼게. 또 뭐 다른 부탁 있어?"

"모두 국기를 가지고 오는 게 좋겠어요." 내가 제안했다. "그리고 무대와 피아노가 필요해요."

자동차 두 대가 마당으로 들어섰다. 체스터 울컷과 그의 아들 빌리, 매디슨 카운티 소방서장 제이든 브리스크가 왔다. 일레인과 아빠가 바깥으로 나가고 부엌에는 마커스와 나만 남았다. 우리의 시선이 부딪히자 나는 맥박이 빨라졌다.

"커피 한 잔 더 드시겠어요?" 나는 바깥에 있는 사람들에게 커피를 가져다주려고 쟁반에 컵을 올려놓으며 그에게 물었다.

"아니, 괜찮아."

그가 나를 생각에 잠긴 표정으로 빤히 바라봤다. 어제저녁에 그가 한 말을 떠올리자 소름이 끼쳤다. '아, 셰리든. 당신이 정말 좋아.' 나는 그가 자기가 했던 말을 정확하게 기억한다는 사실을 깨달았다. 그를 똑바로 바라볼 수 없었다. 혼란스럽고 정신이 없었는데, 이런 기분을 느낀다는 게 싫었다.

"아침식사 좀 하시겠어요?" 나는 바쁜 척하며 부엌을 이리저리 오가다가 냉장고 문을 열고 떨리는 손으로 내용물을 뒤졌다. "베이컨을 넣은 스크램블드에그? 아니면…… 음…… 소시지? 샌드위치?"

계단을 내려오는 발소리가 들렸다. 재스퍼였다.

마커스가 일어나 커피잔을 개수대에 넣었다. "아, 재스퍼. 좋은 아침입니다. 어제 도와줘서 고마워요."

"안녕하세요." 재스퍼는―흐트러진 젖은 머리카락에 하얀 셔츠와 달라붙는 청바지와 카우보이 부츠를 신은, 젊은 신처럼 아름답고 섹시한― 마커스와 나만 부엌에 있는 걸 보고는 억지로 미소를 짜냈다. "별말씀을요. 그런 일이야 누구에게나 일어나는걸요."

그가 나에게 다가와 소유욕을 과시하듯 내 허리에 팔을 올리고 키스했다.

"전화 몇 통화를 해야 해." 마커스가 말했다. "그럼 나중에."

"어제저녁 상태에 비해서는 아주 멀쩡해 보이네." 마커스가 아버지 사무실에 들어가서 문을 닫자 재스퍼가 신랄하게 말했다. "아마 퍼마시는 데 단련이 된 모양이지."

"사실은 이제 독주를 전혀 마시지 않아." 그렇게 대답한 나는 생각 없이 한 말을 바로 후회했다.

"그걸 당신이 어떻게 알아?" 재스퍼가 즉시 물었다.

"언젠가 그렇게 말했어." 나는 커피를 잔에 따르고 냉장고에서 우유병을 꺼냈다. 우리는 베란다로 나갔다. 그사이에 빌 하이랜드와 제프 리처드슨 시장과 니컬러스가 왔다. 이들은 제이든 브리스크와 체스터 울컷과 함께 2년에 한 번씩 열리는 미들 오브 노웨어 축제의 기획자들이라서 대규모 행사를 조직한 경험이 아주 많았다.

"안녕하세요?" 나는 정중하게 인사하고 쟁반을 탁자에 내려놓았다. 대화가 멎고, 앉아 있던 사람들이 다급하게 의자에서 일어났다. "커피 드실 분 있나요?"

"셰리든, 잘 있었니?" 그들이 나에게 인사하며 서로 앞다투어 재스퍼와 나에게 악수를 청했다. 눈을 반짝이며 나에게서 커피잔을 받아들고는 어떻게 지내는지 안부를 묻고, 나를 다시 만나서 정말 기쁘다고, 내가 오늘 저녁에 페어필드와 매디슨 카운티 전체를 위해 노래한다니 지역에 큰 영광이라고 말했다. 나는 잠시 당황했다. 이들은 내가 어릴 때부터 모두 아는 사람들이었지만, 아버지와 뭔가 의논할 게 있어서 우리 집에 올 때면 나를 거의 아는 척도 하지 않았었다. 재스퍼가 작은 소리로 킥킥거렸다. 공손하고 거의 비굴하다시피 한 남자들의 태도를 보고 나는 내 지위가 얼마나 달라졌는지 깨달았다. 나는 이제 버넌과 레이첼 그랜트의 입양아에 그치는 게 아니라 로스앤젤레스에서 온, 첫 앨범이 몇 주째 차트 1위인 유명가수 셰리든 그랜트였다. 마커스가 우리 쪽으로 와 나는 그를 모든 사람에게, 그리고 모든 사람을 그에게 소개했다. 머뭇거리며 다시 대화가 시작됐다. 내 존재 때문에 그들이 머뭇거리는 것 같았다. 에스라 오빠가 살인사건을 일으킨 뒤에 드러내놓고 나에게 연대감을 보여준 빌 하이랜드만 빼고는 그들 모두 상당히 뒤로 물러나 있었다. 내가 유부남 교사와 연애를 했다는 걸 분명히 그들 중 단 한 명도 잊지 않았을 테지만, 내 명성은 이 추잡한 이야기를— 그동안 텔레비전과 인터뷰에서 내가 이미 여러 번 직접 이야기했다— 그저 시시한 것으로 만들었다. 몇 달 전만 해도 그 이유로 고등학교로 돌아가는 길조차 막혔는데, 이제는 나와 내 이름으로 자신을 장식하고 싶어 아무도 거기에 신경 쓰지 않았다. '셰리든 그랜트는 우리 동네 애야.' 그렇게 자랑스럽게 말할 터였다. 3월까지만 해도 등 뒤에서 내 흉을 보던 사람들이 갑자기 나와 가장 가까운 친구가 됐다.

"으음, 셰리든." 체스터 울컷이 당황한 표정으로 모자를 양손으로 돌리며 나에게 말했다. "조금 전에 내 친구 오마하 KETV의 대런 클라인과 통화했어. 네가 오늘 저녁에 라이브로 노래를 부른다는 말을 듣더니 카메라 팀을 보내겠다고 제안하더구나. 괜찮겠니?"

나는 속으로 웃음이 나왔지만 진지한 표정을 짓는 데 성공했다. 나와 마커스의 시선이 마주쳤다. 그가 동의한다고 고개를 끄덕이자 내가 대답했다.

"그럼요. 괜찮아요. 그런데 텔레비전에 나오려면 음향기술이 완벽해야 해요."

"그건 할 수 있어." 제이든 브리스크가 얼른 나를 안심시켰다. "우리가 30분 전에 음향 점검을 할게. 그러면 괜찮을까?"

"네, 당연하죠." 나는 고개를 끄덕였다.

"그리고…… 으음…… 나중에 사인 몇 장 해줄 수 있을까?" 제프 리처드슨이 새빨개진 얼굴로 물었다.

"물론이죠." 나는 주저 없이 대답했다. "기꺼이 할게요."

우리 모두 아버지와 일레인의 결혼식 때문에 페어필드로 왔지만 테러 공격으로 인해 결혼식은 지엽적인 일이 되어버렸다. 하지만 아버지도, 일레인도 화제의 중심에 서는 걸 좋아하지 않는 성격이라서 전혀 개의치 않는 것 같았다. 두 사람은 사랑하기에 결혼하는 것이었지만 동시에 결혼식이 사회적으로 필요한 형식이라고 생각했다. 아버지가 네브래스카에서 가장 넓은 토지 소유주 가운데 한 명이었고 일레인도 매디슨 카운티의 보안관이니 특별한 귀감을 보여야 했기 때문이다.

아름다운 황금빛 늦여름 오후였다. 따뜻한 공기가 수국 덤불 속에서 윙윙거리는 꿀벌들의 움직임에 흔들렸다. 잊지 못할 가족 축제에 말할 나위 없이 완벽한 날이었지만 이제 다른 이유에서 우리 모두에게 못 잊을 날로 기억될 터였다. 예식은 오후 2시에 목련 저택 정원에서 차분하고 품위 있게 거행됐는데, 아버지와 일레인에게 아마도 가장 큰 기쁨을 안겨준 사람은 나의 할아버지였을 것이다. 할아버지는 갑작스러운 방문에도 자신과 아내를 친절하게 맞아준 감사 표시로 공식적인 결혼사진을 찍었다. 긴 식탁에 앉아서 하는 식사 대신 축하 인사 후에 누구나 마음대로 직접 골라 먹는 뷔페가 마련됐다. 나는 그 기회에 존 화이트호스와 조지 아저씨, 행크와 몬티 아저씨를 옆으로 불렀다. 처음에는 모두 고개를 저으며 내 아이디어를 거절했지만 끈질긴 내 설득에 결국 동의했다.

재스퍼를 찾느라 사방을 둘러보는데 조던 오빠가 눈에 들어왔다. 맬러키 오빠의 아이들인 애덤과 모린과 함께 장난을 치고 있었다. 조던 오빠는 내내 사람들의 눈에 띄지 않는 곳에 있었다. 아이들 말고는 아무도 그에게 관심을 기울이지 않았고, 니컬러스조차 그를 멀리하는 듯했다. 오빠와 나 사이에 무슨 일이 있었든 그런 모습을 보니 갑자기 마음이 아팠다. 오늘 같은 날에는 아무도 조던 오빠처럼 혼자 있으면 안 될 것 같았다. 나는 아이들이 다른 곳으로 뛰어가길 기다렸다가 마음을 다잡고 오빠에게 다가가서 말을 걸었다.

"안녕."

"안녕." 오빠가 나에게 눈길도 안 주고 대답했다. "너도 나를 비난하려고 왔니?"

"아니. 오빠가 어떤 이유에서 그렇게 했든 이제 상관없어. 어쩌면 나 스스로는 그렇게 할 용기가 안 났을지도 몰라. 내 조부모님을 찾았고 친아버지가 누군지 알게 됐으니 오빠에게 고마워."

"최소한 너라도 그렇게 봐주니 다행이다." 오빠가 하얀 수국 한 송이를 따더니 꽃잎을 쥐어뜯었다. "다른 사람들은 예전보다 나를 더 미워해. 네가 무슨 헛소리를 했는지 니컬러스는 나에게 무진장 화가 났어."

조던 오빠와는 평화가 불가능했다. 아니, 휴전조차 맺을 수 없었다.

"내가 왜 오빠 전화를 받지 않았는지 니컬러스가 물어서 이유를 말했어. 오빠는 자기에게 상당히 유리하게 설명했더군."

"흠, 누구나 자기만의 진실이 있는 법이니까." 오빠가 대답하고 꽃잎을 바닥에 흩뿌렸다. 나는 싸우기 싫어서 날카로운 대답을 꾹 눌러 삼켰다. 오늘은, 지금은 싸울 때가 아니었다.

"조부모님이 사진 앨범을 선물했어. 그러니까……'우리' 엄마 사진이 있는 앨범이야." 뾰족한 대답 대신 나는 이렇게 말했다. "오빠가 시간이 되거나 볼 마음이 있으면 같이 보자고."

"난 지금 바로 링컨으로 가려던 참이야." 조던 오빠가 돌려서 대답했다. 여전히 내 눈길을 피하고 있었다. "네 조부모님이 조금 전에 나한테 너랑 같이 로스앤젤레스로 갈 거라고 말하더라. 그러니 내가 그분들 때문에 여기 있을 필요는 없지."

"응, 내가 초대했어." 나는 고개를 끄덕였다. "서로에 대해 좀 더 알려고."

"잘했다." 오빠가 나를 곁눈질하고는 미소를 지으려고 했지만 실패하는 바람에 마치 이를 가는 것처럼 보였다. 눈에 표정이 전혀 없어서 나는 더위에도 소름이 끼쳤다. "이제 네 조상을 알게 됐으니 기분이 좋겠다. 안 그래?"

오빠는 일부러 가볍게 말했지만 목소리는—레몬 같은 노란색에 까칠하고 뾰족한 녹슨 금속조각 같았다— 지금 그의 불만이 얼마나 깊은지 나에게 알려줬다. 자기가 잘못한 일을 스스로도 용서할 수 없기에, 화해하려는 내 시도를 혹시 굴욕으로 생각하는 걸까?

"응, 맞아." 나는 어색하게 미소 지었다. "고마워, 조던 오빠."

오빠가 뭐라고 대답하기도 전에 재스퍼가 우리 사이에 끼어들었다.

"조던." 그가 내 어깨에 팔을 걸치며 오빠에게 말했다. "유감스럽지만 내가 동생을 납치해 가야겠어. 경기장으로 가야 해서."

"그래." 조던 오빠는 즐거운 척 연기하며 웃음을 지어 보였다. "즐겁게 보내."

"고마워." 나는 보호를 구하듯 재스퍼에게 몸을 기댔다. "나중에 안 가고 남아 있다가 혹시 시간이 생기면 같이 사진 보자."

"그래, 어쩌면." 오빠는 그렇게만 대답했다.

∞

우리는 차량 행렬을 지어 페어필드를 지나갔다.

"아이고, 이게 도대체 무슨 일이야?" 도시 입구 국도 좌우에 주차된 차들을 본 재스퍼가 소리쳤다. 재스퍼 트럭의 뒤쪽 긴 의자에서 내 옆에 앉아 있던 조부모님도 놀라서 눈을 크게 떴다. 군중이 넓은 도로를 따라 평화롭게 걷는 중이었는데, 끝없는 순례자의 행렬처럼 보이는 이 사람들은 거의 모두가 미국 국기를 손에 들고 있었다.

"셰리든 그랜트 효과지요." 내가 양보해준 조수석에 앉아 있던 마커스가 차분하게 말했다.

"하지만 이 행사는 오늘 아침에야 조직됐잖아요." 할머니는 놀라고 감탄했다.

"시골의 뉴스 전파를 과소평가하시면 안 돼요." 내가 말했다. "여긴 누구나 서로를 알아요. 뭔가 일이 생기면 한 시간 내에 카운티 전체가 그 소식을 알게 되지요."

대학살이 일어난 직후에 수많은 텔레비전 팀이 윌로크릭 농장을 점령하고, 평생 한 번의 비극의 현장을 목격하려고 아이오와와 콜로라도, 오클라호마와 사우스다코타에서 페어필드로 구경꾼들이 몰려왔던 일이 떠올라 소름이 끼쳤다.

순찰차를 타고 앞에서 달리던 일레인이 사이렌을 울리자 차들이 비켜서 우린 꽤 빠른 속도로 교회를 지나고 작은 공원을 통과하여 경기장으로 들어갔다. 소방대가 우리를 위해 주차장 일부에 울타리를 쳐두었다. 두 오빠와 새언니, 니컬러스와 조던 오빠, 농장 일꾼 몇 명, 메리제인 아줌마와 존 화이트호스 아저씨는 이미 와 있었다. 마사 아줌마는 자발적으로 베이비시터를 하겠다고 했다.

"긴장돼?" 경기장 입구로 가면서 재스퍼가 물었다.

"아니." 나는 싱긋 웃으며 대답했다. "이상하지. 안 그래? 나는 무대 공포증이 전혀 없어."

"저쪽 네 사람은 무진장 떨고 있는데." 재스퍼가 건너편에 초조하게 서 있는 내 뮤지션들을 고갯짓하며 말했다.

"우린 노래를 수십 번 함께 연주했잖아요." 나는 그들을 안심시켰다. "그러니 잘 해낼 수 있어요."

제이든 브리스크는 헛된 약속을 한 게 아니었다. 경기장 앞에 화장실 차가 서 있고, 음료수와 그릴 매점도 있었다. 그와 그의 일꾼들은 작은 경기장에 큰 무대를 설치하고 피아노도 가져다 뒀는데, 아마도 고등학교에서 가져온 것 같았다. 무대 뒤쪽 벽에 커다란 펼침막이 걸려 있었다. '네브래스카, 매디슨 카운티는 2001년 9월 11일 희생자를 추모합니다.' 스포트라이트와 음향기기가 이미 설치됐고, 무대 좌우에 커다란 화면도 하나씩 있었다. 오늘 오전부터 쉴 새 없이 일한 게 분명했다. 내가 헤드셋을 쓰고 음향기술자와 음향을 잠깐 점검한 후에 조지와 존 아저씨, 행크와 몬티 아저씨가 악기를 점검했다. 나는 제이든 브리스크에게 나중에 내가 〈후 캔 세이〉를 부를 때 그가 해야 할 일을 부탁했다.

"그래, 해볼게." 그는 이렇게만 대답했다.

그러는 사이에 체스터 울컷 시장과 호레이쇼 버넷의 후임자인 윌리엄 리먼 목사, 매디슨의 가톨릭 신부와 교회 직원 두 명, 그리고 일레인은 카메라 팀과 추도식 순서를 의논했다. 사람들이 경기장으로 밀려 들어왔는데, 입장하려는 사람들을 모두 수용하기란 도저히 불가능했다. 축제 분위기는 전혀 없었다. 모두 우울했고 조용했으며, 큰 소리로 웃는 사람은 아무도 없었다.

"셰리든, 잘 있었니?" 누군가 나에게 말을 걸었다. 몸을 돌려보니 무대 가장자리에 니켈 테 안경에 코듀로이 재킷 차림인 해리스 교장 선생님이 당혹한 표정으로 미소를 지으며 양손을 만지작거리고 있었다. 그의 뒤편에 매디슨고등학교 선생님 두어 명과 합창단으로 보이는 흥분한 청소년 몇 명이 서 있었다. "우린 모두 네가 정말 자랑스럽단다! 우리 합창단이 너와 함께 노래할 수 있게 해줘서 고마워. 합창단에게 무척 특별한 일이야!"

나는 꽁한 성격이 아니라서 시원스레 미소 지으며 대답했다.

"안녕하세요, 해리스 교장 선생님. 올라오세요! 지금 진행 순서를 의논하는 중이에요."

군중 가운데 아는 얼굴이 점점 더 많이 눈에 띄었다. 레이첼 이모의 오랜 친구들이었으나 나중에 이모에게 등을 돌린 사람들도 몇 명 보였다. 예전 학우들. 조지 밀스 아저씨의 아들과 결혼한 내 첫사랑 제리 브래니건의 누나. 방앗간에서 나와 함께 벤턴 보안관에게 체포됐던 팸과 칼라. 교회 열쇠를 주어서 내가 언제든 마음 내키면 피아노를 연습할 수 있게 해준 성가대 지휘자 낸시 앤더슨. 그녀가 나에게 손을 흔들었고, 내가 다가가서 악수하자 자랑스러움에 얼굴을 빛내며 말했다.

"셰리든! 셰리든! 난 네가 언젠가 아주 유명해질 거라고 늘 믿었어!" 낸시 선생님이 크게 소리쳤다.

나는 밴드가 여전히 남아 있는지 보려고 무대 뒤로 갔다. 도망갔다고 해도 놀라운 일은 아닐 터였다. 할아버지가 카메라를 들고 사방으로 돌아다녔다. 매디슨 카운티 경찰과 소방대원들이 열을 지어 경기장으로 들어와 무대 첫 줄에 자리 잡고 섰다. 마커스는 나에게 행운을 빈다며 손가락을 꼬아 올렸다. 행사가 시작됐다. 일레인은 길고 긴 연설로 악명 높은 제프 리처드슨에게 최대한 1분만 하라고 압박했고, 그는 아주 짤막하면서도 감동적인 연설을 했다. 다음은 내 차례였다. 나는 무대로 올라가 학교 합창단과 함께 국가를 불렀다. 페어필드의 작은 경기장은 빨강과 하양과 파랑의 바다가 되는 놀라운 풍경을 이루었다. 몬티 아저씨가 기타를 들고 바에서 사용하는 높은 의자에 앉고, 조지 아저씨는 바이올린을 턱 아래에 끼우고, 존 아저씨와 행크는 하모니카와 아코디언을 들고 자리를 잡았다. 내가 피아노에 앉아 넷까지 센 다음 우리는 게리 앤드 더 페이스메이커즈의 〈유 윌 네버 워크 얼론〉을 연주했다. 그러고서 태미 와이넷의 〈스탠드 바이 유어 맨〉을 연주했고, 내가 셀린 디옹의 〈마이 하트 윌 고 온〉과 돌리 파튼의 〈아이 윌 올웨이즈 러브 유〉를 불렀다. 청중은 열광했지만, 내가 원래 계획한 정점은 아직 오지 않았다. 제이든 브리스크에게 신호를 보내니 그가 노트북으로 대형 화면에 CNN이 어제 내보낸 사진을 틀었다. 군중들 사이로 웅성이며 한숨을 내쉬는 소리가 퍼졌다. 나는 〈후 캔 세이〉 첫 번째 음을 치고 노래를 부르기 시작했다. 사람들이 충격받아 울며 서로 부둥켜안고 화면을 바라봤다.

"너는 나에게 작별 인사를 하지 않고 떠났어. 텔레비전에서 사진을 봤을 때 내 심장은 뛰기를 멈췄지(You left without saying goodbye to me. My heart stopped beating when I saw the pictures on TV)." 내가 노래했다. "나쁜 일이 왜 일어나는지 누가 말할 수 있을까? 우리가 왜 나쁜 상황에서 헤어지는지 누가 말할 수 있을까?(Who can say why bad things happen? Who can say why we parted on bad terms?)"

내가 이 노래를 마치 이날을 위해 만든 것만 같았다. 나는 노래가 사람들에게 어떤 감동을 주는지, 그들의 가슴과 머리에 어떻게 가닿는지 느꼈다. 이제 나에게 4분이 남았다. 나는 피아노에서 일어나 헤드셋을 벗고, 뮤지션들에게 내가 어떤 노래를 부를지 말했다.

"나 혼자 노래할 거예요. 그런데 모두 무대에 그냥 계세요. 아셨죠?"

나는 우선 〈어메이징 그레이스〉를 불렀다. 내 몸에조차 소름이 돋았다. 그런 다음 무대 가장자리로 가서 사람들을 바라보며 마이크에 대고 말했다.

"여러분, 오늘 이 자리에 오셔서 방향을 제시해주시니 고맙습니다. 우리나라 전체가 충격을 받았습니다. 어제 일어난 일을 아무도 이해하지 못해요. 우리는 가족을 잃은 분들과 함께 슬퍼합니다. 희생자들, 그리고 어제 이후로 삶이 영원히 변해버린 분들을 생각합니다. 우리의 마음과 기도는 그들과 함께 있습니다. 하지만 우리는 강하고, 서로 연대할 것입니다. 우리는 두려워하지 않습니다!"

사람들이 동의하는 환호성을 울리고 손을 올려 깃발을 흔들었다. 나는 다시 조용해질 때까지 기다렸다가 말을 이었다.

"그래서 오늘 오후 마지막 노래를 여러분과 함께 부르고 싶습니다." 내가 리 그린우드의 〈갓 블레스 디 유에스에이〉를 시작하자 수천 명이 함께 노래했다. 그 순간 나는 내가 원하는 건 뭐든지, 그리고 그 이상도 이룰 수 있는 내면의 힘을 느꼈다.

마커스는 목련 저택 앞 베란다에 앉아 전화하는 중이었다. 셰리든과 재스퍼는 아침식사 후에 바로 셰링엄 부부에게 주변을 안내해주려고 나갔다. 코네티컷에서 온 할머니는 산책을, 버넌 그랜트는 마구간에, 그의 아내는 아침 일찍 직장에 갔다. 페어필드 축구 경기장에서 열린 셰리든의 공연은 KETV가 속한 콘체른 ABC가 그 행사를 전국에 생중계하여 미국 전역을 감동시켰다. 〈후 캔 세이〉를 부르며, CNN이 내보낸 무너지는 빌딩과 먼지에 뒤덮인 뉴욕 소방대원들과 우는 사람들의 사진을 대형 화면에 띄운 셰리든의 아이디어는 CEMC 전화선에 불이 나게 만들었다. 테러 사진과 원음이 삽입된 〈후 캔 세이〉 비디오가 인터넷에 등장했다. 셰리든이 추도식에서 부른 노래들이 담긴 앨범이 언제 나오느냐는 질문이 어제저녁부터 계속 쏟아졌다. 전국, 아니 전 세계 라디오 방송국이 〈후 캔 세이〉를 틀고 또 틀었다. 그 노래는 9월 11일에 벌어진 끔찍한 사건의 비공식 기념 노래가 됐다.

"방금 그녀의 매니지먼트와 이야기 나눴다네." 마커스가 법무팀 부장 에릭 라머에게 말했다. "보충 계약에 찬성했는데, 라이브 녹음 수입의 일부를 기부하려고 20퍼센트 이상을 원하네."

"그게 무슨 빌어먹을 아이디어인가? 그들을 설득할 수 없나?" 마커스의 임원진 동료가 흥분했다. "그걸로 아주 제대로 돈을 벌 수 있는데……."

"에릭, 흥분하지 말게. 잘될 테니. 자네 부원들에게 계약서를 작성하게 해!" 마커스가 그의 말에 끼어들었다. "추후 승인에 문제가 있을까?"

"원칙상으로는 없지. 내가 알아서 하겠네."

"좋아." 마커스는 아이스티를 한 모금 마셨다. "셰리든은 9월 21일 자선 콘서트에서 노래할 텐데, 그전에 라이브 녹음이 나와야 하네."

"여기는 언제 다시 올 텐가?" 에릭 라머가 물었다.

"지금 같아서는 비행 금지가 오늘 중에 취소될 것 같네. 그럼 오늘 저녁에는 사무실에 갈 수 있겠지."

"알겠네. 그때까지는 책상 위에 초안을 올려두지."

통화를 끝내자마자 휴대폰이 다시 울렸다. 영업부장 스티브였다.

"마커스, 우리 방금 셰리든 그랜트의 컨트리 앨범을 한 장 제작하는 게 어떨까 의논했다네." 스티브는 당장 튀어 오를 것처럼 흥분해 말했다. "하모니카를 불던 늙은 인디언은 완전 대박이야! 기타를 치는 남자는 또 어떻고! 아이고, 나는 처음에 멀 해거드가 무대에 같이 앉아 있는 줄 알았네!"

"하나씩 차례로 하세." 마커스가 그의 흥분에 제동을 걸었다. "지금은 일단 라이브 녹음에 집중해야지."

그는 전화를 탁자 위에 내려놓고 몸을 뒤로 기대고는 눈을 감았다. 대부분의 사람들과 마찬가지로 마커스도 케네디 암살 때와 마틴 루서 킹의 살해, 아폴로 11호가 달에 착륙할 때와 다이애나 왕세자비가 파리의 한 터널에서 교통사고로 사망했을 때 자기가 어디에서 뭘 했는지 정확하게 기억하고 있었다. 2001년 9월 11일 사건은 셰리든 그랜트와 그녀의 가족과 네브래스카에서 보낸 비현실적인 이 며칠과 영원히 연결될 터였다. 중서부의 작은 둥지는 세상사와 너무 멀리 떨어져 있어서, 지인들의 사망과 같은 끔찍한 소식이 현실로 느껴지지 않았다. 물론 렌터카로 로스앤젤레스로 갈 수도 있었겠지만 잠깐 쉬는 틈에 평소에는 시간을 내기 어려웠던 일을 했다. 지난밤에는 딸들과 오랫동안 통화했고, 테러가 일어났을 때 막 시내로 가던 길이었던 리즈와는 더 오래 통화했다. 전화를 마친 후에는 그대로 누워 셰리든에 대해 곰곰이 생각했다. 이렇게 완벽한 아티스트는 지금까지 본 적이 없었다. 셰리든은 싱어송라이터로서의 탁월한 재능 외에도 사람들이 듣거나 느끼고 싶은 게 뭔지 정확하게 아는 감각의 소유자였다. 마커스는 믿을 수 없는 그녀의 전문성을 어제 직접 목격했다. 어제 셰리든에게 환호한 관중은 반년 전에 그녀를 경멸하고 비방했던 사람들과 동일했지만 그녀는 자기가 그들에 대해 무엇을 느끼는지 티를 내지 않고 누구에게나 친절한 말을 건네며 몇 시간 동안 사인을 해줬다. 그녀가 보인 규율과 자제심은 평범한 스물두 살에게도 드문 일이지만, 반년 전만 해도 무명이었다가 환호를 받는 스타가 된 경우에는 더욱 특별한 일이었다. 마커스는 아주 유명한 사람들과—뮤지션, 배우, 운동선수, 정치가— 많이 일해봤고 그들이 대부분 대하기 힘든 성격임을 경험상 알고 있었다. 특히 어릴 때 아주 빨리 유명해진 경우에는 더 지독했다. 이런 경력은 비극으로 끝나는 일이 흔했는데, 유명세와 함께 대부분 현실감을 잃고 스스로를 세상의 중심이라고 여기게 되기 때문이다. 갑자기 사람들이 섬겨주고 환호해주니 그다지 이상한 일도 아니었다. 마커스는 셰리든의 경우에는 이런 일을 걱정하지 않았다. 그는 셰리든이 너무나 당연히 침대를 정리하고 부엌을 치우고 커피를 나르는 모습을 목격했다. 전면으로 나서거나 특별대우를 기대한 적은 단 한 번도 없었다. 무엇보다 그가 감동한 것은 그녀가 농장 일꾼들을 존중하며 대하는 모습이었다. 소박한 사람들도 고모할머니나 아버지, 이 도시의 저명한 인사들과 마찬가지로 똑같이 자연스럽게 소중하고 정중하게 대했다. 지금까지의 삶이 녹록지 않았는데도 셰리든은 그녀를 아주 특별하게 만드는 감정이입능력과 선함을 소유하고 있었다. 그녀는 탁월한 회복력을 지니고 있었다. 마커스는 사람들이 자기방어 기제로 사용하는 이 심리적 저항력을 비판적으로 보기도 했는데, 그것이 훈련된 방어적 태도에 불과한 경우가 흔하기 때문이었다. 회복력을 지닌 사람들은 강하고 굳건하게 보이면서도 문제를 해결하는 방법이 아니라 그것을 다루는 방식만 알고 있는 경우가 많았다. 셰리든은 경계를 짓고, 자기에게 무엇이 좋고 무엇이 나쁜지 알아볼 수 있는 걸까? 일찍 개발된 회복력은 흔히 다른 사람들의 마음에 들고 싶어 하는 욕구를 동반했다. 그래서 그는 셰리든이 언젠가 스스로를 보호할 수 있는 전문적인 매니지먼트와 함께하도록 신경을 써야 했다. 그녀의 할아버지가 평생 유명인들과 일했고 스스로 자기 분야의 스타이기도 했던 필립 셰링엄 경이라는 사실은 정말 다행스러운 우연이었다. 그는 셰리든에게 이기적이 아닌 측근이자 본보기요 조언자가 될 수 있을 터였다. 다정하고 현명한, 손녀를 이미 온 마음으로 사랑하는 그의 부인도 마찬가지였다. 또 놀랍게도 예상과 달리 단순한 카우보이가 아닌 재스퍼 헤이든도 있었다. 그는 셰리든을 무척 사랑했고, 원칙과 자존감과 날카롭고 분석적인 이성을 지닌 남자였다. 스포트라이트를 즐기고 배우자나 여자친구의 명성에서 이익을 얻으며 자기가 매니지먼트를 하려는— 이런 경우가 흔했다— 사람이 아니었다. 그리고 화요일 저녁에 형편없이 굴긴 했지만, 마커스 자신도 있었다. 그는 끔찍한 사건의 영향으로 싱글몰트를 반병이나 마시고 셰리든에게 애정을 고백한 자기 자신에게 화가 났다. 셰리든은 나중에 그 이야기를 다시 꺼내지 않았고 그 역시 기억나지 않는 척했지만, 그는 그녀의 행동에서

두 사람 사이에 뭔가 달라졌음을 느꼈다.

따각따각, 따각따각, 따각따각. 생각에 잠겨 있던 마커스는 말발굽 소리에 깜짝 놀라 눈을 떴다. 말을 탄 사람이 전력 질주하여 다가왔다. 말발굽이 작은 먼지구름을 일으키고, 말갈기와 은빛 꼬리가 흩날렸다. 마커스는 셰리든 아버지의 사촌인 니컬러스 워커를 알아보고 호기심을 느끼며 몸을 똑바로 세웠다. 셰리든은 이 흥미로운 남자에 대해 이런저런 이야기를 하면서, 미국에서 가장 성공한 로데오 기사 가운데 한 명이고 자기와 가장 친한 친구라고 표현했다.

워커는 빠른 걸음으로, 다시 느린 걸음으로 말의 속도를 늦추고 베란다 계단 앞에 멈춰 서더니 안장에서 뛰어내려 인사했다.

"안녕하십니까."

"안녕하세요." 마커스가 대답했다.

"잠깐 시간 있으신가요?" 워커가 물었다.

"네, 물론이지요. 길게도 있습니다."

워커는 베란다 지붕 기둥에 말 끈을 묶고 계단을 올라왔다. 마커스는 워커의 행동에서 드러나는 느긋한 우아함과 멋진 외모에 감탄하지 않을 수 없었다. 그의 관자놀이에서 뺨을 거쳐 윗입술로 이어지는 가느다란 흰 흉터는 빼어난 얼굴에 뭔가 위험한 분위기를 추가했다. 워커는 모자를 벗어 의자에 던지고 베란다 난간에 기댔다.

"방금 라디오에서 비행 금지가 해제된다는 말을 들었습니다. 그러면 아마 오늘 로스앤젤레스로 돌아가시겠지요. 안 그렇습니까?"

"네." 마커스가 대답했다. "조종사가 지금 이륙 허가를 받으려는 중이지요. 셰리든과 조부모님이 돌아오는 대로 공항으로 가려고요."

워커는 고개를 끄덕이고 한쪽 발을 난간의 나무에 기대고는 담뱃불을 붙였다. 그는 새파란 눈동자로 마커스를 빤히 바라보며 한동안 아무 말도 하지 않았다.

"워커 씨, 내가 당신에게 뭔가 해드려야 할 일이 있습니까?" 침묵이 불편해진 마커스가 물었다.

"아니, 직접적으로는 아닙니다." 워커가 대답했다. "셰리든 일이에요."

"아하."

"셰리든 때문에 걱정입니다." 워커는 밤에 전선의 군인들이 적의 사수에게 불빛을 들키지 않으려는 것처럼 손바닥을 오므리고 담배를 피웠고, 마커스는 그가 무슨 말을 하려는지 몰라 긴장한 채 기다렸다. 혹시 셰리든과 조던 사이의 불화 때문일까? 알고 보니 조던은 워커의 연인이라던데.

"셰리든은 자기에게 친절한 사람을 너무 빨리 믿는 성격이지요. 당신을 믿는 것 같더군요. 골드스타인 씨, 당신에게 중요한 게 뭔지 궁금합니다. 셰리든이 당신에게 뭔가 의미가 있나요, 아니면 회사를 위해 그저 이익이 되기 때문에 그녀에게 친절하신 겁니까?"

처음에 마커스는 그게 당신이랑 무슨 상관이냐고 대꾸하고 싶었지만, 워커의 말에 담긴 진지한 걱정을 알아봤다.

"재스퍼가 당신을 좀 조사해봤는데, 진짜 거물이라고 나에게 알려주더군요." 워커가 담배를 밟아 끄고 꽁초를 집어 들더니 멍하니 손가락으로 비벼서 조각조각을 냈다. "실리콘 밸리의 신생 컴퓨터 회사 두어 곳에 지분도 있고, 대형 아티스트 에이전시도 소유했고, 어차피 굉장한 부자라고요. 음반회사 일은 사업적으로 필요해서가 아니라, 거의 파산한 기업을 살리는 데 흥미를 느끼기 때문에 하는 거라고요. 맞습니까?"

"그래요, 상당히 옳은 말입니다." 마커스는 고개를 끄덕였다. 재스퍼 헤이든이 철저하게 조사한 모양이었다.

"당신이 음반회사에서 일을 끝내면 어떻게 되지요?" 니컬러스가 물었다. "그러면 누가 셰리든을 돌봅니까?"

마커스는 헛기침을 하고 말했다.

"나는 셰리든을 무척 좋아합니다. 그건 내가 고용된 회사를 위해 그녀가 이익을 많이 남기는 것과 아무 관련도 없어요. 셰리든은 CEMC와 장기 계약을 맺었고, 언젠가 내가 그 회사를 더는 운영하지 않더라도 계속 이어질 겁니다. 당신도 알다시피 나는 상당히 부유해서 어떤 일을 할지, 어떤 사람들과 교제할지 선택할 수 있지요. 내가 사람들에게 친절하게 '굴어야 했던' 시간은 다행스럽게도 이미 오래전에 지나갔습니다. 셰리든의 안위는 나에게도 당신처럼 중요합니다. 나는 셰리든의 친구이자 조언자이고 싶어요. 그녀가 원할 때까지 말입니다. 금전적인 관심은 중요하지 않아요."

"다행이군요." 니컬러스 워커가 이날 아침 처음으로 미소를 보였다. "솔직하게 말씀해주셔서 고맙습니다. 안심이 되네요."

그는 모자를 집어 들고 가려고 몸을 돌렸다.

"워커 씨, 나도 질문이 하나 있습니다. 조던 블라이스톤과 FBI 사이에 무슨 일이 있는 건가요?"

부드러운 작별의 미소가 워커의 얼굴에서 사라졌다.

"나도 모른답니다." 그가 솔직하게 고백했다. "이틀 전에야 셰리든에게 그 일에 대해 얘기 들었어요. 셰리든은 조던이 FBI로 가려는 야망이 있어서 자기를 이용하려 한다고 생각하더군요. 조던과 그 일에 대해 아직 말할 기회가 없었기 때문에 내가 판단을 할 수는 없습니다."

"내가 걱정할 만한 일인가요?" 마커스가 물었다.

워커는 망설이다가 대답했다.

"조던은 경찰입니다. 뭔가 물면 쉽게 놓지 않아요."

"나도 뭔가 원할 때는 놓지 않아요." 마커스가 대답했다.

"네, 그러실 거라고 생각합니다. 하지만 누군가에게 무엇이 정말 가치가 있는지, 어느 정도나 용기를 내야 할지 잘 생각해봐야겠지요. 얻는 것보다 잃는 게 크면 이따금 양보하는 게 현명하기도 하답니다."

빤히 바라보는 워커의 눈빛이 심상치 않아서 걱정스러워진 마커스가 물었다.

"무슨 뜻인가요?"

"어쩌면 당신이 셰리든에게 조던의 부탁을 다시 한번 생각해보라고 조언하는 게 나을지도 모르겠어요." 워커가 모호하게 대답했다. "그를…… 적으로 만들지 않는 게 셰리든에게 좋을 수도 있습니다."

"블라이스톤 씨가 셰리든을 최고보안교도소로 사이코패스를 면회 가라고 강요해서 자기 계획의 도우미로 악용하려고 한다면 난 그녀에게 그렇게 하라고 절대로 조언하지 않을 겁니다." 마커스가 싸늘하게 대답했다. "그리고 FBI 국장은 나와 학교 동창입니다. 내가 전화 한 통만 하면 당신 친구 조던은 평생 시골 경찰로 남게 될 겁니다."

"아이고! 진정하십시오!" 워커가 양손을 들고 고개를 저었다. "인맥까지 개입시킬 정도의 일이 아닙니다."

"당신이 그저 암시만 하면 내가 판단할 수 없지요. 자, 그러니 진짜 문제가 뭡니까?"

워커의 얼굴이 무표정하게 변했다. 그가 망설이다가 막 입을 여는데 모터 소리가 들려왔다. 재스퍼 헤이든의 픽업이 진입로에 들어섰다.

"시간 내어주셔서 고맙습니다." 워커가 모자를 썼다. "이제 다시 일하러 가야겠어요."

"잠깐 기다리세요." 마커스가 지갑에서 명함을 꺼내 뒷면에 휴대폰 번호를 적었다. 그런 다음 일어나서 워커에게 명함을 건넸다. "FBI 일과 관련해서 당신이 뒷이야기를 더 알게 되거나 내가 셰리든에게 왜 그런 조언을 해야 하는지 설명할 마음이 생긴다면 전화해주시겠어요?"

"흐음." 워커는 마커스에게서 시선을 떼지 않은 채 클린트 이스트우드와 같은 멋진 몸짓으로 셔츠 주머니에 명함을 넣었다.

"워커 씨, 나는 무척 충실하고 관대한 친구랍니다." 마커스가 목소리를 낮춰서 말했다. "하지만 지독하게 무자비하고 속 좁은 적이 될 수도 있지요. 블라이스톤 씨가 그걸 알면 좋겠습니다."

로스앤젤레스, 9월 말

나는 게이트 차단장치 뒤쪽에서 잔뜩 흥분한 채 재스퍼를 기다렸다. 버펄로에서 오는 비행기는 한 시간 넘게 연착했다. 9월 11일 이후로 국내 편 보안 검색이 극도로 심해져서 모든 게 예전보다 훨씬 더 오래 걸렸다. 야구모자와 선글라스를 이용한 변장은 성공적이어서 사람들로 넘치는 도착 대합실에서 아무도 나를 알아보지 못했다. 페어필드 경기장에서의 공연이 텔레비전으로 전국에 중계된 이후에 내 팬들의 열광은 새로운 차원으로 바뀌었다. 내가 나타나는 곳마다 사람들은 거의 히스테릭해졌다. 조부모님이 이 시기에 내 옆에 함께 계셔서 다행이었다. 두 분은 어디든 동행했고, 할아버지가 찍은 환상적인 사진들은 웹사이트와 사인 카드와 라이브 앨범 디자인에 사용됐다. 나는 이제 더는 보디가드 없이 다니지 않지만, 오늘 아침에 재스퍼를 공항에서 혼자 직접 마중하겠다고 고집을 부렸다. 캐리는 당연히 걱정했지만 나는 온갖 야단법석에도 조심만 하면 자유롭게 움직일 수 있다는 걸 재스퍼에게 증명하고 싶었다.

드디어 사업가들 틈에 섞여 문을 나서는 재스퍼가 보였다. 청바지와 카우보이 부츠와 하늘색 셔츠 차림이었고, 보스턴백을 느긋하게 어깨에 메고 있었다. 그가 나를 찾느라 사방을 두리번거렸다.

"재스퍼!" 손짓하는 나를 알아본 그가 기뻐서 미소를 지었다. 짙게 그을린 얼굴에서 파란색 눈동자가 반짝이고 사흘쯤 면도하지 않은 수염과 햇빛에 거의 금발처럼 색이 바랜 머리카락이 너무 귀여워서 내 심장이 폭발할 것만 같았다. 그가 싱긋 웃으며 팔을 벌리자 나는 그의 품에 뛰어들어 키스했다. 그를 다시는 놓고 싶지 않았다. 그가 나를 내려놓으면서 실수로 내 모자를 스쳐 떨어뜨리는 바람에 모자에 밀어 넣었던 머리카락이 등으로 흘러내렸다. 곁눈질로 보니 젊은 두 여자가 놀란 눈으로 나를 쳐다보고 있었다.

"어! 셰리든 그랜트다!" 한 여자가 소리쳤다.

인파로 가득한 도착 대합실에서 도망칠 시간은 최대한 1분밖에 없었다. 사람들이 어리둥절한 상태에서 벗어나 아우성을 치기 시작할 때까지는 그 정도 시간이 걸렸다.

"뛰어!" 나는 재스퍼의 손을 붙잡고 잡아당겼다.

"뭐? 기다려!" 당황해하던 그는 우리를 빤히 바라보고 카메라와 휴대폰을 꺼내는 사람들을 보고서 상황을 깨달았다. 우리는 손을 잡고 인파를 헤치고 나왔지만 내가 여기 있다는 소식이 우리를 따라잡았다.

"셰리든!"

"셰리든? 여기요, 이쪽 좀 보세요!"

"셰리든, 사랑해요!"

플래시가 번쩍이고 사람들이 우리 앞을 막았다. 재스퍼는 팔을 나에게 두르고 보호하려고 했지만 우리가 출구로 나오자 로스앤젤레스 공항에 상주하는 파파라치들이 우리에게 달려들었다. 카메라 셔터가 기관총처럼 터졌다. 나는 고개를 집어넣고 바닥만 내려다봤다. 재스퍼가 제일 가까운 곳에 서 있는 택시 문을 열었다.

"타!" 그가 소리치며 나를 뒷좌석에 밀어 넣었다. 운전사는 멍한 표정으로 우리를 보다가 택시 주위로 몰려들어 카메라를 유리창에 대고 내 이름을 외치는 사람들을 보고 얼굴이 창백해졌다. 나는 양손으로 귀를 막고 재스퍼의 가슴에 얼굴을 묻었다.

"얼른 출발하라고요!" 재스퍼가 마비된 듯 앉아 있는 운전사에게 고함을 질렀다. "그리고 빌어먹을 문을 잠가요!"

경적을 울렸지만 아무 효과도 없자 운전사는 그냥 출발했다. 몇 명이 택시를 따라 달리다가 어느 순간 떨어져나갔다.

"젠장." 재스퍼가 욕을 퍼부었다. "모두 돌아버린 건가?"

나는 눈물이 쏟아졌다. 두렵기도 했지만, 캐리가 무슨 말을 할지 정확하게 알기에 절망스러웠다.

"어이, 울지 마. 별일 아니야." 재스퍼가 나를 달래고 얼굴을 쓰다듬었다.

"미안해." 내가 흐느끼며 말했다. "캐리가 반대했지만, 당신을 직접 마중 나오고 싶었어."

"어디로 갈까요?" 운전사가 물었다.

"퍼시픽 펠리세이즈로 가세요." 나는 그에게 주소를 불러줬다.

샌디에이고 프리웨이를 달리는 동안 어느 정도 긴장이 풀렸다.

"방금 무슨 일이 벌어진 거지?" 몇 킬로미터쯤 달리고 나서 재스퍼가 물었다. "당신을 우연히 만난 극성팬들이었나?"

"아니. 유감스럽지만 내가 어디를 가든 늘 그래."

"뭐라고?" 재스퍼는 내가 어설픈 농담을 한다는 듯 믿지 못하겠다는 표정이었다. "그러면…… 당신은…… 여기서 어떻게 움직여?"

"사실은 전혀 못 움직여." 나는 어깨를 으쓱했다. "이동해야 할 때는 언제나 보디가드와 함께 틴팅이 된 리무진을 타. 아니면 헬리콥터를 이용하거나."

전화로 이미 말했지만 재스퍼는 내 말을 진지하게 받아들이지 않았던 듯했다. 하지만 이제 감동하여 완전히 돌아버린 낯선 사람들에게 둘러싸이고 파파라치가 무자비하게 얼굴에 카메라를 들이대면 어떤 느낌이 드는지 몸소 체험했다.

"늦어도 내일 아침이면 신문에 당신과 내 사진이 실릴 거야." 나는 한숨을 내쉬었다. "정말 미안해."

∞

내가 기쁨에 들떠 기다렸던 재스퍼와의 일주일은 대혼란에 빠졌다. 순진하게도 나는 우리가 느긋하게 명예의 거리를 산책하고, 산타 모니카 피어에서 아이스크림을 사먹고, 베니스 해변을 걷게 될 거라고 상상했다. 하지만 그런 일은 생각할 수도 없었다. 다음 날 아침 캐리와 피터는 아침마다 늘 그렇듯이 언론 매체 소식을 잔뜩 끌고 왔다. '꾀꼬리 셰리든이 너어어어무나 사랑에 빠졌다!' 《피플 매거진》이 붙인 제목이었다. 《오케이!》의 머리기사는 '셰리든과 비밀스러운 이방인'이었다. 오락 잡지 《위클리》와 《스타 매거진》과 《내셔널 인콰이어러》뿐 아니라 점잖은 신문들도 우리 소식을 아주 흥미로운 주제라고 판단했는지 사진과 함께 한 면 전체에 기사로 다루었다.

키이라는 이미 수없이 많은 인터뷰 요청을 받았는데 재스퍼가 누구인지, 우리가 언제부터 아는 사이인지, 결혼할 생각인지, 혹시 내가 임신했는지 모두 기필코 알고자 했다. 재스퍼는 처음에 언론의 관심이나 10시부터 집이 사무실로 바뀌는 걸 흥미롭게 생각했지만, 사흘이 지나자 부엌이나 테라스에서 계속 낯선 사람들을 만나는 걸 짜증스러워하기 시작했다. 그가 나를 처음 방문한 시점으로 적당하지 않았지만 지금 와서 바꿀 수 있는 상황도 아니었다. 〈폭풍의 시간〉 세계 순회공연을 2주 앞두고 일정이 너무 많은 데다가 재스퍼와 나에 대한 언론의 흥분까지 더해졌다. 밤을 제외하고는 우리 둘이 지낼 시간이 거의 없었다. 재스퍼는 일정 중에 얌전하게 나와 동행하거나 나와 이야기하려는 사람들이 그를 밀쳐도 느긋했지만 나는 이 모든 게 끔찍하게 잘못되어간다는 걸 느끼면서도 어떻게 할 수가 없었다.

재스퍼가 떠나기 이틀 전, 우리는 풀장 위쪽 테라스 탁자에 둘러앉아 있었다. 지난 몇 주 동안 대부분 그랬듯이 대화는 순식간에 말다툼으로 바뀌었다. 캐리와 벨린다와 피터가 뭔가 자기에게 못마땅한 말을 하면 키이라가 바로 공격적으로 변했기 때문이다. 그녀는 모든 것을 자기 개인에 대한 비난으로 받아들이고는 다른 의견을 인정하거나 업무를 양보하지 못했다. 자신과는 반대로 피터가 엄청나게 경험이 많고 이런 대형 순회공연 조직에서 중요한 사항이 뭔지 알기 때문에 그를 고용했는데도 그랬다. 30대 중반인 피터는 신중하고 성실했고, 불시에 닥치는 모든 일을 눈에 잘 띄지 않게 재빨리 처리했다. 환상적인 기억력에 인맥도 든든해서 그가 조직하지 못할 일은 거의 없었다. 훨씬 더 중요한 일을 의논해야 하는데 키이라가 자신이 직접 구상하고 계약을 맺은 하찮은 마케팅 품목을 계속 물고 늘어지자 캐리와 벨린다와 피터는 포기했다는 눈길을 주고받았다. 키이라가 지속적으로 일으키는 권한의 힘겨루기는 점점 더 내 신경을 거슬러 그녀가 옆에 있으면 집중할 수 없었다. 초기의 행복감이 지나자 키이라의 열광은 눈에 띄게 줄었고, 토니와 함께 살게 된 후부터는 일정을 놓치거나 오후에는 이미 사라지고 주말에는 휴대폰을 꺼두어 연락이 닿지 않는 일이 잦아졌다. 키이라는 나에게 도움이 되는 게 아니라 점점 더 부담이 됐다. 팀의 안 좋은 분위기와 키이라가 마커스와 피터, 캐리와 내 조부모님, 그리고 재스퍼를 향해 숨기지 않고 드러내는 질투 때문에 내가 힘들어졌다. 나는 이미 오래전부터 그녀를 매니저로 고용한 걸 후회했고, 그 이야기를 하고 해결책을 찾으려고 여러 번 조심스럽게 시도했지만 그럴 때마다 대화는 눈물과 비난과 고함으로 끝났다. 키이라는 심한 부담을 느끼고 있었지만 그걸 인정하려고 하지 않았다. 이제 열흘 후면 매디슨 스퀘어 가든에서 열리는, 이미 매진된 세 번의 개막 공연을 시작으로 순회공연이 출발하는데, 키이라가 그때 옆에 없어 모든 일에 참견하지 못하게 된 걸 내가 속으로 기뻐하게 되다니 기분이 우울했다.

온갖 의무를 다하고, 키이라를 달래고, 재스퍼의 기분도 맞춰야 하는 스트레스 때문에 나는 속이 편하지 않았다. 며칠째 거의 음식은 먹지 않고 술과 담배만 입에 갖다댔다. 회의가 끝나면 재스퍼와 나는 곧장 산타 바바라로 갈 예정이었다. 할리우드에서 〈앙팡 테리블〉로 오스카상을 받은 후에 무엇보다도 탁월한 재능의 소유자로 인정받는 젊은 영화감독 퀸 테스티노와 그곳에서 점심 약속이 있었다. 그가 나에게 다음 영화 여자 주연 역할을 제안했는데, 키이라나 CEMC 사람들은 아직 전혀 모르고 있었다.

키이라와 캐리, 벨린다와 피터가 어떤 티셔츠 때문에 입씨름하는 내용을 내가 한 귀로만 듣는 동안, 재스퍼는 캐리가 가져온 언론 기사를 지루한 표정으로 읽고 있었다. 그러다가 갑자기 그의 표정이 심각해졌다. 눈썹을 찡그리고 얼굴빛이 어두워진 채 두 쪽짜리 기사를 읽고 있었다.

"무슨 일이야?" 나는 걱정스럽게 물었다.

"산에서 온 남자는 옷을 갈아입으러 가야겠다." 그는 이렇게 말하고 기사를 나에게 들이밀고는 집 안으로 들어갔다. 캐리와 벨린다와 피터가 의미심장한 눈길을 주고받았다.

기사를 본 나는 분노에 몸이 떨렸다. 굵은 글씨로 쓰인 '누가 그녀의 마음을 정복할 것인가—음악 황제 아니면 산에서 온 남자?'라는 제목 아래에 한쪽에는 마커스와 내가 영화 시사회에서 붉은 양탄자 위에 서 있는 사진이, 다른 한쪽에는 재스퍼와 내가 공항에 함께 있는 사진이 실려 있었다. 속이 메슥거렸다. 기사를 쓴 사람은 두 사람을 대조했는데, 마치 내가 두 사람과 동시에 무슨 관계가 있다는 말처럼 들렸다.

"아, 그런 쓰레기는 읽지 마." 키이라가 초조한 목소리로 말하며 신문을 빼앗으려 했지만 나는 꽉 잡고 놓지 않았다.

"어떻게 이런 걸 쓸 수 있지?" 나는 분노했다. "이건 모두 거짓말이고 억측이야!"

"셰리든, 황색 언론은 다 그래요!" 벨린다가 끼어들었다. "이런 일이 일어나는 건 그저 시간문제예요."

"우리 잠깐 티셔츠 이야기를 조금 더……." 키이라가 입을 뗐다.

"아니." 나는 단호하게 대답하고 자리에서 일어났다. "이제 가줘! 당장!"

키이라는 당황한 얼굴로 나를 노려봤다. 내가 뭔가에 반박하며 요구하기는 이번이 처음이었다.

"하지만 셰리든! 우리 회의가 아직 끝나지 않았어!" 그녀의 당혹감은 경악으로 변했다. 조련사가 자기 눈앞에서 서커스의 말이 마장에서 뛰어나와 전력 질주하여 도망치면 이런 표정을 짓지 않을까. 나는 그녀를 탁자에 남겨둔 채 집 안으로 들어갔다. 키이라가 계단 발치에서 나를 따라잡고 소리쳤다.

"셰리든, 기다려!"

나는 할 수 없이 몸을 돌렸다.

"갑자기 왜 그래?" 그녀가 물었다. "재스퍼 때문에 그래? 그가 우리더러 꺼지라고 했어?"

키이라와 재스퍼 사이에서 나의 관심을 두고 한심한 경쟁이 벌어지고 있었다. 처음부터 두 사람은 서로 견디지 못했다. 재스퍼는 키이라가 자기 업무에 대해 아무것도 모르면서 이익을 얻기 위해 지속적으로 내 후견인 노릇을 하는 걸 금방 알아봤고, 키이라는 재스퍼가 알아봤다는 걸 눈치챘다.

"아니, 그러지 않았어. 이 결정은 오로지 나 혼자 내린 거야." 나는 말도 안 되는 그녀의 비방에 화가 나서 대꾸했다.

"그리고 네가 내 등 뒤에서 재스퍼를 '산에서 온 남자'라고 부르는 거 알아. 네가 언론에 그렇게 말했어?"

"너, 어쩜 나를 그렇게 생각할 수 있어?" 키이라가 눈을 동그랗게 뜨고 화난 척하며 되물었다. 하지만 그녀는 연기에 서툴렀다. "내가 왜 그런 짓을 하겠어?"

"재스퍼에게 상처를 주려고." 내가 대답했다. "자, 솔직하게 말해 봐! 기자에게 그런 말을 했어?"

"아니, 안 했어." 키이라가 우겼지만, 그녀를 아주 잘 아는 나는 그게 거짓말이라는 것도 알았다.

나는 혀까지 올라온 말을 눌러 삼켰다. 실망감이 이루 말할 수 없이 컸다. 키이라는 나를 속였다. 재스퍼와 나 사이를 이간질하려 했고 모든 수입의 15퍼센트를 가져가면서도 내 등 뒤에서 내 돈을 썼다. 이틀 전에 피터가 라스베이거스 호화 호텔에서 주말을 보내느라 2만 달러를 지출한 계좌 거래명세서를 보여줬는데, 내가 간 적이 없는 곳이었다. 키이라는 내가 재정에 거의 신경을 쓰지 않는다는 사실을 알고 신뢰를 악용했다.

"셰리든, 당신이 그녀에게 따져야 해요." 피터가 강요했다. "이건 횡령이에요!"

순회공연 직전에 키이라와 싸우는 데 신경을 쓸 수 없어서 나는 지금까지 아무 대응도 하지 않았다. 그녀가 내 돈으로 BMW SUV를 사고, 새집 부동산 중개업자 비용을 냈다는 사실도 알고 있었지만 가만히 있었다. 마커스에게 이야기하고 조언을 구하는 게 나을까.

"알았어." 내가 다른 때와 달리 물러서지 않으리라는 걸 눈치챈 키이라가 포기했다. "그러면 재스퍼와 마지막 날을 멋지게 보내. 내일 만나자."

"그래." 나는 토론을 더 길게 하지 않아도 된다는 데 안도했다. "내가 전화할게."

심장을 두근거리며 계단을 뛰어올라가 보니 재스퍼는 큰 욕실에 있었다. 그가 짐을 싸는 모습을 보고 나는 몸이 차가워졌다.

"뭐 하는 거야?" 나는 문간에 그대로 멈춰 섰다. 우리 시선이 거울에서 만났다.

"산에서 온 남자는 떠나." 그가 냉소적으로 대답했다. "당신 마음을 두고 벌인 경쟁에서 음악 황제가 이겼어."

"왜 그런 말을 해? 그 사람들이 그런 기사를 쓰는 게 내 책임은 아니잖아."

"아니, 책임이 있어." 재스퍼가 파우치 지퍼를 획 닫았다. 그러고는 나를 지나쳐 침실로 가서 옷장에서 보스턴백을 꺼내 침대에 던졌다. 나는 그를 따라갔다.

"당신은 그 남자 소유의 집에 살아." 재스퍼가 하나하나 꼽았다. "계속 그 남자와 전용기를 타고 돌아다니지. 당신 아버지 결혼식에도 그를 끌고 왔어. 카메라 앞에서 그 남자와 붉은 양탄자를 걷고 있어. 그러면 사람들은 둘 사이에 뭔가 있다는 인상을 받게 되지."

"마커스와 나는 그냥 친구야!" 내가 대답했다. "당신이 그에게 질투할 이유가 없어."

"셰리든, 오해하는군. 나는 질투하는 게 아니야. 그저 나 자신이 바보처럼 느껴질 뿐이지. 그건 완전히 달라!"

내 신경이 곤두서기 시작했다. 몇 달 만에 드디어 로스앤젤레스에 온 그는 이곳의 내 생활에 적응하는 게 아니라 온갖 것들에 대해 불평했고, 냉소적이고 오만하게 행동해서 나를 실망하게 했다.

"당신이 여기 자주 온다면 나는 영화 시사회와 파티에 당신이랑 갈 거야." 내가 싸늘하게 대답했다. "지금 나에게는 그런 행사도 중요해. 그리고 나는 그런 곳에 혼자 가지 않아서 다행이라고 생각해."

"내가 왜 못 오는지 알잖아!" 재스퍼가 말했다.

"그럼 나에게 직업적인 관심만 있는 누군가가 나와 동행하는 걸 반기지 못할 이유가 뭐야?"

우리는 서로 빤히 바라봤다. 나는 그가 화가 난 것도, 싫어하는 것도, 질투하는 것도 아니라는 사실을 깨달았다. 나와 마찬가지로 이 모든 상황이 불안하고 부담스러운 거였다.

"재스퍼, 내 말을 믿어줘." 나는 대화 방향을 바꾸었다. "나도 이모든 게 쉽지 않아. 집을 나서기만 하면 사람들이 소리를 지르며쫓아오리라고는 상상하지 못했어. 사람들의 관심이 집중되는 것도 원하지 않았고. 내가 언제나 원하던 건 음악이었어. 무대에 서는 것, 노래를 만드는 것, 녹음 스튜디오에서 작업하는 것. 사람들이 계속 나를 둘러싸고 나에게 뭔가 설득하려는 거, 나도 짜증나."

"그러면 바꿔." 재스퍼가 말했다. "당신이 보스야! 마음에 들지않으면 바꿔야 해."

"그럴 생각이야. 사람들이 나를 지원하기 위해 뭐든 하니까 쉽지않지만……."

"말도 안 되는 소리! 그 사람들은 '돈을 받기 때문에' 그 일을 하는 거야." 재스퍼가 내 말을 가로챘다. "당신은 황금알을 낳는 거위야. 그들은 당신을 잃지 않으려 해. 그 음악 황제가 갈등을 피하려하고 사람들이 자기에게 '화를 내는 걸' 두려워했다면 지금처럼 권력이 커졌을 거라고 생각해?"

재스퍼가 옳았다. 점점 더 누군가에게 독점당하지 않게 나 자신을 관철해야 했다. 그러나 정말 마음이 아프지만 재스퍼에 대해서도 마찬가지였다.

"내가 도대체 여기서 뭘 하는 거지?" 그가 우울한 표정으로 어깨를 으쓱했다. "나는 이 따위 일들에 관심이 없다고!"

"당신이 말하는 이 따위 일이 우연히도 내 삶이야!" 나는 마음이상해서 대꾸했다.

"셰리든, 지난 며칠 동안 내가 경험한 바로는 이건 '당신의' 삶이아니야!" 재스퍼가 눈을 번뜩이며 나를 바라봤다. "다른 사람들이 이게 당신의 삶이라고 속이려는 거지. 그 사람들은 나를 멍청이로 취급하고, 당신은 그들이 그렇게 행동하게 내버려두고 있어!"

"말도 안 돼!" 내가 반박했다. "모두 친절한데 당신은 그들에게 상처를 주고, 그들을 바보 같고 피상적이라고 생각한다고 티를 내고 있어. 그런데 어떻게 그 사람들이 당신을 좋아하리라고 기대하지?"

"그 간신들에게 알랑거리는 건 완전히 시간 낭비야." 재스퍼가 손사래를 치고 셔츠를 입었다. "난 그 사람들에게 관심 없어. 오히려 반대야! 난 당신의 관심과 시간을 빼앗으니 그들에게 방해가되고 그래서 그들 마음에 들지 않겠지."

"당신은 참 편하구나." 나는 그를 비난했다. "나와 나를 위해 일하는 사람들을 비판하고, 내가 사는 집과 대중을 대하는 방식을 비판하잖아! 당신에게 뭔가 말만 하면 바로 기분 상해하고."

"그건 사실이 아니야." 재스퍼가 우겼지만 약간 방어적인 기미가 묻어났다.

"아니, 사실이야. 내가 당신 목장에서 그렇게 행동했다고 상상해봐! 당신도 나에게 내줄 시간이 별로 많지 않았지만 나는 투덜거리는 대신 당신을 도왔어. 함께 일하고, 당신 어머니와 그곳 사람들과 거기 생활을 배우고 적응했어! 그런데 당신은 여기 오자마자 처음부터 프리마돈나처럼 행동하고 있어. 왜 그래? 뭔가 긍정적인 말은 한마디도 하지 않고 왜 모든 걸 헐뜯기만 하지?"

재스퍼는 충격을 받은 얼굴로 나를 빤히 바라보다가 말을 더듬으며 대답했다.

"나…… 나는 그저 당신을 도우려던 건데."

"지속적인 비판과 조소로는 나를 돕지 못해." 내가 대답했다. "그저 내가 모든 걸 잘못하고 있다는 느낌만 들게 한다고. 난 그런 기분을 느끼고 싶지 않아. 그리고 당신이 사람들에게 어떻게 해야 더 잘할 수 있는지 계속 말하는 것도 원치 않고. 당신은 음악 사업을 전혀 모르고, 알 필요도 없어! 내 연인이지 매니저가 아니잖아."

나는 그에게 더 가까이 다가가 양손을 그의 어깨에 얹고 부드럽게 말했다.

"재스퍼, 우리 제발 싸우지 말자. 난 여기 이 모든 게 당신에게 어떤 느낌일지 상상할 수 있어. 나도 다르지 않아! 하지만 우리 마음을 상하게 하는 이런 멍청한 기사가 계속 나온다고 해도 잘 헤쳐나가야 해. 모든 걸 빈틈없이 하려고 노력하지만 나도 스타였던 적은 없어! 나에게도 이 모든 건 새롭고 긴장되고 너무나 불안해. 그래서 마커스 같은 사람이 언제나 내 말에 귀를 기울여주는 게 다행이라고 생각해. 무슨 말인지 알겠어?"

"그래, 알아. 정말이야." 재스퍼는 풀이 죽은 얼굴로 침대 끝에 걸터앉았다. 불현듯 그의 눈에 눈물이 고였다. "빌어먹을, 셰리든. 당신은 어마어마한 일을 해내고 있는데 나는 쓰레기처럼 굴고 있구나. 정말 미안해."

나는 그에게 다가가 머리카락을 쓰다듬었다. 그가 나를 안고 내 배에 이마를 댔다. 재스퍼가 너무 슬프고 가련해 보여 나는 마음이 무너졌다. 1년 전에 만났더라면 우리 둘은 지금 아마 클라우드 피크 목장에서 행복하게 지냈을 거고, 내가 녹음 스튜디오에 가는 일은 없었을 터였다. 하지만 시간을 되돌릴 수는 없었다.

"괜찮아." 내가 속삭였다.

"아니, 그렇지 않아." 그가 잠긴 목소리로 말했다. "난 당신을 잃고 싶지 않아. 자기, 사랑해. 당신은 내가 만난 여자들 중에 가장 놀라운 사람이야. 하지만…… 우리가 전혀 다른 두 세계에서 산다는 느낌이 들어. 여기 이 세계에는 나를 위한 자리가 없어. 당신이 나를 배려하려고 하니까 나는 오히려 방해가 될 뿐이야. 하지만 그럴 필요 없어."

그 말에 내 심장이 쪼그라들었다. 헤어지자는 말인가? 나는 예전처럼 도주 반응에 굴복하여 모든 걸 내던지고 재스퍼와 함께 와이오밍으로 가고 싶은 유혹에 잠깐 빠졌지만, 도망치던 시절은 이제 영원히 지나가버렸음을 깨달았다. 온갖 어려움에도 내 꿈은 이루어졌다. 수백만의 사람들이 내 음악을 사랑했다. 나는 전 세계를 두루 다닐 첫 번째 순회공연을 무척 기쁘게 기다렸다. 재스퍼가 그 길을 나와 함께 가길 원하지 않는다면 나는 슬프고 마음이 다시 한번 무너질 테지만 견뎌낼 터였다. 재스퍼의 감정을 배려하지 않아도 되고 정신 나간 누군가가 아무거나 휘갈겨 썼을까 봐 매일 아침 걱정하지 않는 게 어쩌면 더 나을지도 몰랐다.

"당신 순회공연이 지나서 스트레스가 이렇게 심하지 않게 되기를 기다리는 게 좋겠다." 재스퍼가 내키지 않는 표정으로 제안했다.

"순회공연은 내년 5월까지 계속돼." 내가 이의를 제기했다. "그리고 당신 목장 성수기는 9월 말까지고. 그러니 1년이 걸려!"

"1년쯤이야 뭐." 그가 나지막하게 속삭이고 나를 바라봤다. "셰리든, 나를 아직 사랑해?"

나는 대답 대신 그의 목에 팔을 감고 내 뺨을 그의 뺨에 대고 오래전부터 머릿속을 맴돌던 노래를 부르기 시작했다.

"베이비, 날 위해 불을 켜둬. 당신이 문을 닫기 전에 내가 그곳에 갈 테니(Baby, please leave a light on for me, I'll be there before you close the door)." 나는 작은 소리로 노래했다.

재스퍼가 눈물을 흘렸고, 나도 함께 울었다.

"당신을 위해 언제나 불을 켜둘게. 약속해." 그가 잠긴 목소리로 말했다. "절대 잊지 마."

우리는 한참이나 그렇게 포옹한 채 침대 가장자리에 걸터앉아 있었다. 우리의 두 세계가 언젠가 하나가 될 수 있을지 그 여부는 둘 다 알지 못했다.

로스앤젤레스, 2002년 1월

마커스 골드스타인은 사무실에 앉아, 자신의 엄격한 축소 재정과 셰리든 그랜트의 첫 번째 앨범이 거둬들인 엄청난 성공 덕분에 성적이 아주 좋았던 지난 사분기 수치를 만족스럽게 들여다보고 있었다. 여름 이후로 주가는 열 배 올랐고, 〈폭풍의 시간〉의 전국적인 광고와 순회공연 지원에 지출된 엄청난 비용은 처음엔 비판에 부딪혔지만 이미 오래전에 다시 회수했다. 진행 중인 순회공연은 모든 기록을 깨며 CEMC 회사 금고에 돈 무더기를 몰고 왔다. 셰리든은 북아메리카와 오스트레일리아, 동남아시아와 유럽의 대형 경기장에서 공연했는데, 매번 수만 명이 환호하고 음악 저널리스트들은 감격하여 비평을 썼다. 성공의 끝은 보이지 않았다. 오히려 반대였다. 그러나 마커스는 망상을 품지 않았다. 셰리든 그랜트의 앨범들이 지금 경험하는 엄청난 판매는 음악 사업 전체의 이별가였다. 사람들이 자기가 좋아하는 아티스트의 앨범을 사던 시절은 지나갔다. 앞으로는 음악을 언제나 다운로드할 수 있게 제공하는 인터넷 플랫폼에서 자기가 듣고 싶은 노래만 받을 테니까. 다양한 스타트업에 대한 마커스의 투자는 이미 성과를 냈고 이런 식으로 계속된다면 그는 더욱 부유해질 터였다. 놀랍게도 그는 예전과는 달리 이미 오래전부터 부를 그다지 중요하게 생각하지 않았다.

책상 인터폰이 울렸다. 섀넌이 키이라 제닝스가 도착했다고 알렸다. 약속시간에 딱 맞춰 온 것이다. 마커스는 그녀를 급하게 불렀고, 그를 자기편이라고 생각한 그녀는 바로 응했다.

셰리든과 그녀 사이의 불화는 9월에 《내셔널 인콰이어러》에 실린 뻔뻔한 기사에서 시작됐다. 셰리든은 자기 매니저가 그 기사와 뭔가 관련이 있다고 생각했다. 제닝스는 인정하지 않았지만 셰리든은 확신했고 그래서 그 의심은 둘 사이를 갈라놓았는데, 이는 마커스가 지극히 원하던 바였다. 경험이 없는 대부분의 아티스트들과 마찬가지로 셰리든도 처음에 자기 친구를 믿었다. 아버지나 어머니, 삼촌과 사촌 또는 형제들이 '매니저' 역할을 하는 경우도 흔했다. 그들은 한동안 얼치기로 일하는데, 대부분은 성공이 시작되고 돈이 들어올 때까지였다. 그 후에는 경험이 모자라고 일의 부담과 불신으로 잘못된 결정을 내리고, 99퍼센트는 가족이나 오랜 친구와 다퉈서 돌이킬 수 없는 사이가 됐다. 마커스는 키이라 제닝스가 자기 무덤을 파는 모습을 끈기 있게 지켜봤다. 그러나 사흘 전에 셰리든의 충실한 개인 비서 피터 노스에게서 탐욕스러운 제닝스 양이 셰리든의 돈을 횡령하고 재무회계 상태가 완전히 대재난이라는 말을 듣고는 자기가 나서기로 결정했다. 그가 문제를 해결하겠다고 하자 셰리든은 마음을 놓았고, 골드스타인 크리에이티브 아티스트 에이전시와 계약을 맺는 데 바로 동의했다.

마커스는 키이라 제닝스를 10분 동안 기다리게 했고, 다른 때와 달리 문간에서 맞는 게 아니라 그대로 책상 앞에 앉아 있었다. 그러나 그녀는 신경쇠약에 시달리느라 다른 점을 전혀 눈치채지 못했다. 지난 10개월 동안 몇 년은 더 늘어 보였고 산만하고 신경이 날카로웠다. 어쩌면 코카인을 자주 흡입하는지도 모른다.

"골드스타인 씨, 셰리든과 이야기 좀 해보세요!" 그녀가 과장된 표정으로 말하며 아마도 셰리든의 돈으로 로데오 드라이브의 부티크에서 샀을 값비싼 외투를 의자 팔걸이에 걸쳤다.

"난 셰리든이 하는 일을 이제 더는 통제할 수 없어요." 키이라 제닝스는 회의 탁자에 앉자마자 바로 불평했다. "셰리든은 완전히 달라졌어요! 가끔 휴대폰을 그냥 꺼두기도 해요! 크리스마스에서 12월 31일까지는 단 한 번도 연락이 안 되더군요!"

"런던 조부모님 댁에 있었지요." 마커스가 차분하게 대답했다.

"세상에, 그랬군요!" 그녀는 모욕을 당한 표정이었다. "셰리든이 나에게는 말할 수 없었을까요? 걔가 지금 무슨 짓을 하는지 아세요? 이것만 이야기하지요. 카슨 던! 지미-리 밴크로프트! 퀸 테스티노! 황색 신문에 사진이 잔뜩 실렸어요! 그런데 나한테는 한마디도 안 하더군요. 응? 내가 자기 '매니저'인데도!"

몇 주 전에 황색 언론은 셰리든과 퀸 테스티노 감독이 연애 중이라고 소설을 썼는데, 두 사람이 함께 점심을 먹는 모습이 두 번 목격됐기 때문이다. 그 얼마 후에 셰리든이 자기보다 서른 살 더 많은 배우 지미-리 밴크로프트와 그의 새 블록버스터 시사회에 모습을 드러내자 또 억측과 쑥덕공론이 일어났다. 《피플 매거진》이 얼마 전에 '당대의 가장 섹시한 남자'로 선정했고, 또 그에 만만찮게 유명한 케이트 피르미노와 막 헤어진 카슨 던과 함께 찍은 셰리든의 흐릿한 사진도 마찬가지였다. 마커스는 밴크로프트와 던을 개인적으로 알고 있었는데, 두 사람은 셰리든과 그저 좋은 시간을 보냈을 뿐이라고 신뢰할 만한 이야기를 털어놓았다.

"그 말은 셰리든이 당신을 이제 더는 믿지 않는다는 것처럼 들리는군요." 마커스가 말했다. "솔직하게 말하자면 이상한 일도 아닙니다."

키이라 제닝스가 뭔가 반박하려고 숨을 들이쉬는데 마커스가 조용히 하라고 손짓했다.

"당신은 아티스트 매니지먼트란 그저 계약을 맺고 의뢰인에게 지시를 내리는 것보다 훨씬 더 많은 일을 의미한다는 사실을 아직도 이해하지 못했어요." 그가 말을 이었다. "매니저, 에이전트, 부커, 변호사, 음반회사의 직원들은 아티스트를 위한 서비스 제공자입니다. 어느 정도의 성공 단계부터 이들은 의뢰인이 무슨 일을 해야 할지 '결정'하는 게 아니라, 정중하게 '조언'하지요. 셰리든은 하룻밤 사이에 전 세계적으로 유명해졌어요. 그녀에게는 당신이나 내가 누리는 평범한 사생활이 이제 더는 없습니다. 그런 상황에서 셰리든은 계속 권한의 힘겨루기나 다툼을 일으키는 사람이 아니라, 자기편에 서서 안전과 자유 공간과 방향을 제시할 사람이 다급하게 필요합니다. 셰리든의 일정표를 보고 나는 할 말을 잃었어요! 일주일에 80개의 일정을 강요하고, 당신은 오후 다섯 시면 퇴근하고 주말마다 쉬면서 셰리든 혼자 순회공연에 다니게 하다니, 도대체 무슨 생각을 한 겁니까?"

"셰리든에게는 캐리와 벨린다, 피터와 순회공연 팀이 있잖아요." 키이라는 도발하듯 고개를 목덜미로 휙 젖혔다.

"제닝스 양, 여기서 중요한 사람은 '당신'이 아닙니다. 당신은 전혀 중요하지 않고, 언제든 교체될 수 있어요. 모르시겠어요?"

그러자 자칭 매니저는 눈물을 쏟았다.

"셰리든은 고마운 걸 몰라요! 나는 자기를 위해 모든 걸 포기하고 로스앤젤레스로 왔는데 말이에요." 그녀가 흐느끼자 마커스는 하마터면 웃음을 터뜨릴 뻔했다. 그는 제닝스가 퍼시픽 펠리세이즈에 있는 방 열 개짜리 자신의 전원주택으로 셰리든과 함께 들어오기 전에 시카고의 초라한 근교 트레일러하우스 주차장에 살았다는 걸 우연히 알고 있었다.

"셰리든은 자기 계획이 뭔지 왜 더는 나에게 말하지 않을까요?" 키이라 제닝스가 손을 분주하게 놀리며 코를 풀었다. "왜 나를 모든 일에서 제외시키지요? 우린 친구 사이인데!"

마커스는 이 여성이 대담하면서도 순진하게 자기 사무실로 들어와 뻔뻔한 요구를 할 때부터 이런 순간이 오리라고 예상하고 있었다.

"예전에는 친구였지요." 그가 싸늘하게 대꾸했다. "지금은 서로 사업 관계입니다. 그리고 셰리든은 당신에 대한 신뢰를 잃었습니다. 당신이 그녀의 이익이 아니라 당신 자신의 이익을 추구한다는 걸 알았으니까요."

"그게 무슨 소리예요?" 키이라가 울어서 충혈된 눈으로 그를 바라보며 물었다. "셰리든이 당신에게 그런 말을 했나요?"

"전혀 아닙니다. 내가 상황을 그렇게 판단한 거지요."

"이제 내가 어떻게 해야 하죠?"

'여긴 아마추어의 놀이터가 아니라는 사실을 드디어 깨닫는 거지, 이 멍청한 아가씨야.' 마커스는 이렇게 생각했지만 겉으로는 다르게 말했다. "둘의 우정을 구하고 싶다면 셰리든의 매니지먼트를 전문가에게 넘기세요. 이 모든 일은 이제 당신이 감당하기에는 너무 커졌어요. 요트를 조종하기에는 그럭저럭 괜찮은 사람이 갑자기 유람선을 조종하려는 것과 비슷해요. 그런 일은 제대로 이루어질 수 없지요."

"상상했던 것과 다르긴 해요." 키이라는 풀이 죽어 인정했다. 쭈그리고 앉아서 새빨개진 눈으로 앞을 멍하니 바라봤다.

"셰리든의 매니지먼트를 골드스타인 크리에이티브 아티스트 에이전시가 할 수도 있을 겁니다." 마커스는 그 말을 제안처럼 들리게 했지만, 계약서가 이미 준비됐고 셰리든의 요구대로 할아버지가 검토할 수 있게 법무팀이 그에게 이미 팩스도 보냈다.

"흥, 그렇겠죠!" 키이라 제닝스가 코웃음을 쳤다. "그게 처음부터 당신 계획이었어요. 안 그래요?"

"아니, 그렇지 않아요. 하지만 나는 당신이 이렇게 충고를 듣지 않을 거라고는 생각하지 못했고, 사업이 어떻게 이루어지는지 배울 수 있을 거라고 믿었지요."

아주 지독한 공격이었다.

"셰리든과 나는 계약을 맺었어요." 키이라가 그에게 경고했다. "그렇게 간단하게는 안 될 거예요!"

"아, 당신이 선한 의지만 보여준다면 아주 간단합니다." 마커스는 느긋하게 대꾸했다. "내가 알기로, 그 계약서에는 해지 조항이 있어요."

"그건 토니와 이야기해봐야겠군요. 그가 계약서를 작성했으니까요." 키이라가 손등으로 눈을 비비자 아이라이너가 번졌다.

"제닝스 양, 되도록 빨리 그렇게 해야 할 겁니다. 오늘 바로 하는 게 제일 좋겠지요." 마커스는 셰리든에게서 받은 계좌 거래명세서 복사본을 꺼냈다. "당신이 심각한 법적 책임을 져야 할지도 모르는 일이 있으니까요."

"아하." 키이라 제닝스의 눈길이 의혹으로 가득 찼다. "그게 도대체 뭔데요?"

"BMW 한 대. 로스엔젤레스에서 헬리콥터 서비스로 출발하여 라스베이거스 호화 리조트에서 보낸 주말. 산타 모니카 방갈로 계약금." 마커스가 하나씩 꼽으며 그녀에게 복사본을 내밀었다. "로데오 드라이브에서 한 다양한 쇼핑 투어. 2인 저녁식사인데 셰리든은 없었음. 쇼파드 목걸이."

키이라 제닝스는 반사적으로 목에 걸고 있는 목걸이를 쥐었다. 아름다운 얼굴이 분노로 일그러졌다.

"무슨 소리예요? 셰리든과 다 그렇게 하기로 한 거라고요!"

"셰리든이 한 말은 완전히 다르던데요. 나에게 일을 처리해달라고 부탁했습니다. 자기가 하기에는 너무 불편하다고요. 난 당연히 우리 아티스트가 당신의 무능력 때문에 세금 문제로 신문 머리기사에 나지 않도록 하는 데 아주 관심이 많아요. 당신은 지금까지 CMP 세무부서에 단 한 장의 자료도 제출하지 않았더군요. 세금 포함과 세금 제외의 차이를 이해하지 못한다면, 당신 친구 토니가 분명히 설명해줄 겁니다."

키이라 제닝스는 자신이 들켰다는 사실을 서서히 깨달았다.

"음험하고 더러운 인간 같으니라고." 그녀가 쉿소리를 냈다. "난 당신이 처음부터 싫었어요."

"그거야 피차 마찬가지랍니다." 마커스가 싸늘하게 대답했다. "이제 어떻게 해야 할지 말하지요. 셰리든과의 계약은 1월 1일 자로 소급되어 해지됩니다. 당연히 양측에서 모두 동의하는 것으로요. 그리고 늦어도 모레까지 CMP에 작년의 모든 회계 서류를 넘기세요. 또 모레까지 불법으로 취득한 돈을 돌려주셔야 합니다. 그렇게 한다면 셰리든은 횡령과 사기 고소를 하지 않을 겁니다."

"셰리든더러 나에게 직접 말하라고 해요!" 키이라가 분노하며 자리에서 벌떡 일어났다. "그 배은망덕한 겁쟁이……."

"제닝스 씨, 말을 가려서 해요." 마커스가 그녀의 말을 가로막았다. "당신은 셰리든 덕분에 엄청난 돈을 벌었어요. 앞으로 계속 음악 사업 분야에서 일하거나 로스앤젤레스에 머물고 싶다면 입을 다무는 게 좋을 겁니다. 안 그러면 나의 다른 면을 알게 될 거예요. 알아들었습니까?"

"어디 마음대로 해보시든가!" 키이라 제닝스는 가방과 외투를 집어 문 쪽으로 갔다.

"당신은 어차피 사기꾼입니다." 마커스의 말에 그녀가 얼어붙었다. "나는 재미로 사설탐정을 고용해서 당신 과거를 자세히 캐봤지요. 당신이 법학도라고 자기소개를 했을 때 의심이 들었기 때문입니다. 법학을 공부한 적이 없더군요! 서배너대학교에 등록하긴 했지만 그곳에서 당신을 아는 사람은 아무도 없었고, 졸업하지도 않았어요. 디트로이트 링컨파크고등학교 말고는 졸업한 곳이 없습니다. 누스바움 레빈슨 스미스 일자리는 위조 서류로 얻었고요."

젊은 여자의 얼굴이 백지장처럼 하얘졌다.

"그래서 뭘 원하는 거야, 이 개자식아?" 키이라 제닝스가 소리를 질렀다.

"아무것도." 마커스가 양손을 포개어 배에 얹고 미소를 지었다. "내가 방금 요청한 일을 하고 나서 셰리든의 인생에서 그냥 사라지기만 하면 됩니다. 영원히 말이지요."

키이라 제닝스가 분노에 차서 그를 노려봤다.

"내가 지금 고함을 지르면서 성추행당했다고 말하면 당신이 곧

란해질 텐데요."

"아니, 그렇지 않을 겁니다." 마커스는 재킷 안주머니에서 딕터 폰을 꺼내 탁자에 내려놓았다. "난 당신 같은 유형의 여자와 두 번 결혼한 적이 있지요."

"더러운 자식." 키이라가 증오에 가득 차서 중얼거렸다.

"제닝스 양, 잘 먹고 잘 사시길." 마커스가 차분하게 대꾸했다. "잊지 마세요. 모레 18시까지 모든 서류를 CMP에 제출하십시오. 주차장 영수증 한 장도 빠지면 안 됩니다."

로스앤젤레스, 4주 후

집요하게 웅웅거리는 소리가 의식으로 밀려와 나를 깨웠다. 나는 힘겹게 눈을 뜨고 휴대폰을 찾아 더듬었지만 나이트테이블에 없었다. 그러다가 조용해졌다. 덧문 틈새로 들어오는 밝은 햇살에 눈이 부셨다. 머리가 너무 아파서 당장이라도 터질 것 같았다. 입이 바짝 마르고 죽을 만큼 상태가 안 좋았다. 지난 몇 달 동안 숙취로 고생한 적이 많았지만 오늘은 그 어느 때보다도 더 끔찍했다. 몸을 돌려 이불을 머리 위로 쓰려고 하다가 여기는 침대가 아니라 소파라는 걸 깨달았다. 캔자스시티 톰의 녹음 스튜디오에서 2주 동안 새 앨범에 들어갈 노래들을 여러 곡 녹음하고 어제 오후 늦게 돌아왔다는 사실이 어렴풋하게 떠올랐다. 공항 일등석 라운지 앞에서 리무진을 타고 집으로 갔다가 그곳에서……. 아이고! 나는 한숨을 내쉬었다. FBI 하딩 박사가 나를 기다리고 있었다. 3주 후면 스콧 앤드루를 면회한 지 1년이 되는 날이었다.

"하루만 시간을 내시죠." 하딩이 애원했다. "아무도 모를 겁니다. 그러고 나면 당신은 1년 동안 편하게 지낼 수 있어요."

"3월에 다시 순회공연이 잡혀 있어요." 나는 그의 부탁을 거절했다. "3월 19일에는 마이애미에서, 22일에는 뉴올리언스에서 콘서트를 해요."

"우리 제트기를 마이애미로 보내겠습니다." 하딩이 제안했다. "저녁에는 당신이 원하는 곳이 어디든 모셔다 드리지요."

"거절하면 어떻게 되죠?" 내가 물었다.

"당신은 지금 미국에서, 아니 아마도 전 세계에서 가장 성공을 거둔 아티스트입니다. 911 노래를 통해 미국의 초상이 됐어요." 그가 이렇게 대답하고 억지 미소를 지었다. "모두 당신을, 그리고 미움받던 입양아에서 메가 스타가 된 당신의 신데렐라 이야기를 사랑합니다. 명성에 흠잡을 곳이 없어요. 하지만 중범죄 해결 지원을 거절했다는 걸 대중이 알게 되어도 과연 그럴까요?"

"협박인가요?" 나는 어이가 없어서 그에게 되물었다.

"아닙니다. 그저 무슨 일이 벌어질까 고민해보라는 거지요. 당신이 자유롭게 결정할 일입니다. 마음이 바뀌면 전화하세요."

그가 자동차에 올라 출발했다. 나는 너무 흥분하고 화가 나서 파티에 갔다가 밴드 동료 제이비와 레이를 만났다. 보드카를 꽤 많이 마시고 약도 좀 했다. 그 후에는 아무것도 기억나지 않았다. 필름이 끊겼다. 아무것도 없었다. 기억에 검은 구멍이 뚫려버렸다. 집에는 어떻게 온 거지? 웅웅거리는 소리가 다시 시작됐다. 나는 욕설을 내뱉으며 빌어먹을 휴대폰을 찾아 헤맸다. 너무 어지러워서 네 발로 기어서 움직여야 했다. 바닥을 기어 다니다가 내가 자던 소파 밑에서 드디어 전화기를 찾았다. 하지만 내 눈은 아직 액정에 쓰인 작은 글자를 알아볼 수 있는 상태가 아니었다.

"여보세요?" 나는 분명하지 않은 발음으로 전화를 받았다.

"셰리든, 나 캐리예요!" 졸음기라고는 하나도 없는, 무척 화가 난 목소리가 들렸다. "도대체 지금 어디죠?"

"어…… 집인가?"

"퍼시픽 펠리세이즈 집을 말한다면, 당신은 지금 그곳에 없어요." 캐리가 반박했다. "에스포지토 부인이 친절하게도 나를 들여보내줬으니까요."

"도대체 무슨 일이죠?" 내가 중얼거렸다. "지금 몇 시예요?"

"낮 12시가 다 됐어요!" 캐리가 비난이 가득한 목소리로 대답했다. "오늘 9시 반에 벤이랑 약속이 있었고, 지금쯤 당신은 이미 스타일리스트와 드레스를 입어보러 갔어야 해요."

"무슨 드레스요?" 나는 관자놀이를 마사지하며 물었다.

"오늘 저녁 그래미상 수여식 때 입을 옷."

"빌어먹을." 중얼거리던 나는 그제야 이곳이 캐리 말대로 집이 아니라는 사실을 깨달았다. 거칠게 회칠한 하얀 벽과 보기 흉한 선풍기가 달린 천장은 처음 보는 공간이었다. 지저분한 양탄자에 여기저기 흩어져 있는 옷들도 처음 보는 것이었다. 옷장을 짚고 힘겹게 몸을 일으켜 비틀거리며 섰다.

"아, 빌어먹을." 침대에 잠들어 있는 한 커플을 보고 나는 다시 한번 중얼거렸다. 내 몸을 내려다본 후에 부츠만 빼고는 완벽하게 옷을 다 입은 걸 확인하고 안도했다. 무슨 일이 벌어졌는지는 몰라도 낯선 남자와 섹스를 하지 않았다는 건 확실했으니까.

"셰리든? 여보세요?" 캐리의 목소리가 전화기에서 꽥꽥 울렸다. "전화 아직 안 끊었죠? 고집 센 어린아이처럼 행동하는 거, 제발 좀 그만둘래요? 지금 어디 있는지 말해줘요. 내가……."

나는 전화기를 닫고 내 물건을 찾기 시작했다. 쓰레기통 같은 거실에 몇 명이 코를 골며 잠들어 있었다. 두 명은 소파에, 다른 몇 명은 바닥에 있었다. 차갑게 식은 담배연기와 대마초 냄새, 발 냄새와 땀 냄새가 났다. 빈 병과 담배꽁초로 가득 찬 재떨이가 사방에 널브러져 있고, 소파용 유리 탁자에는 하얀 가루 남은 것도 보였다. 한 번도 못 본 지저분한 부엌의 의자 팔걸이에 내 외투와 가방이 걸려 있고 카우보이 부츠는 현관문 옆 복도에 놓여 있었다. 옷걸이에 걸린 지저분한 다저스 야구모자를 휙 낚아채서 쓰고 머리카락을 그 아래로 밀어 넣었다. 아무도 깨우지 않으려고 부츠를 겨드랑이에 낀 채 최대한 소리를 내지 않고 낯선 집을 빠져나왔다. 복도에서 부츠를 신는데, 균형을 잡기 어려워 신기가 힘들었다. 가방에서 선글라스를 꺼내 쓰고 처음 보는 거리를 멍하니 걸었다. 휴대폰이 쉴 새 없이 진동했다. 그러다가 거리 표지판을 발견한 후에 전화를 받았다. 이번에는 피터였다.

"셰리든, 다행이에요!" 그가 흥분해서 소리쳤다. "지금 어디죠? 모두 흥분해서 제정신이 아니에요!"

"알아요. 캐리가 전화했어요." 내가 대답했다. "톨루카 레이크, 리버사이드 드라이브 1136번지. 건너편에 세븐 일레븐이 있어요."

"거기 어딘가에 앉아 있어요. 응?" 피터는 쓸데없는 질문을 하지 않고 이렇게만 부탁했다. "내가 당장 출발할게요."

"알았어요." 나는 중얼중얼 대답한 후에 거리 표지판 옆의 낮은 담에 주저앉았다. 두통이 점점 더 심해졌다. 목구멍이 바짝 말랐고, 흐르는 콧물을 훌쩍일 때마다 코카인의 쓴맛이 입천장에서 느껴졌다. 젠장, 이렇게 끔찍한 느낌이었던 적은 없는데. 외투 주머니에 구겨진 담뱃갑과 라이터, 50달러짜리 지폐뭉치가 들어 있었다. 갑자기 얼음처럼 시원한 콜라를 마시고 싶어 미칠 지경이었다.

담뱃불을 붙이고 거리 표지판 기둥에 의지하여 몸을 일으켜 세븐일레븐 쪽을 향해 비틀거리며 도로를 건넜다. 불현듯 바퀴가 멈추는 소리가 요란하게 들려서 눈을 들었다. 다가오는 걸 미처 보지도 못한 하얀색 밴의 범퍼가 내 왼쪽 허벅지와 겨우 몇 센티미터 떨어진 곳에 서 있었다. 운전자가 유리창을 내렸다.

"눈 좀 뜨고 다녀, 술주정뱅이 창녀야!" 그가 화가 나서 고함을 질렀다.

내가 차가운 콜라만 생각하느라 그냥 계속 비틀거리며 걷는 바람에 오른쪽에서 오던 차도 급브레이크를 밟고 섰다. 갑자기 바로 옆에서 경찰 사이렌 소리가 나더니 가죽옷으로 온몸을 휘감은, 콧수염과 선글라스 차림인 오토바이 경찰이 길을 막아 나는 어쩔 수 없이 걸음을 멈췄다. 로스앤젤레스에서는 자동차를 타지 않으면 그 자체로 의심을 받았다. 여기서 걸어 다니는 사람은 가난한 사람 중에서도 가장 가난한 극빈자이거나 운전면허를 상실했거나 뭔가 잘못을 저지른 사람들이었다.

"이봐요, 아가씨! 교통에 방해가 되잖아요!" 그가 무뚝뚝하게 소리쳤다. "머리에 눈이 안 달렸어요? 건널목은 저쪽이에요!"

"죄송합니다." 나는 순식간에 정신이 돌아와서 입에 물었던 담배를 발밑 하수구에 버렸다. 지금 경찰과 문제까지 생긴다면 정말 큰일이었다.

"술 마셨습니까?" 경찰이 물었다. 조금 전에 낯선 집 욕실 거울을 슬쩍 보았기에 그의 눈에 비친 내 꼴이 과연 어떨지 깨달은 나는 무척 창피했다. 번진 화장과 새빨간 토끼 눈 아래 드리운 보라색 다크서클, 손가락에 끼운 담배 한 개비.

"네, 어제저녁에요." 나는 솔직하게 인정했다. "좀 많이 마셨어요.

죄송합니다. 누군가를 위험에 처하게 할 의도는 없었어요."

"오케이." 그는 선선하게 말했지만, 경찰은 절대 믿으면 안 된다. "신분증 있습니까? 운전면허증? 사회보장카드?"

"어…… 아뇨, 없어요." 가방에는 신분증과 신용카드가 들어 있는 지갑이 있었지만, 지금 '가장 끔찍한 일'은 경찰이 도로 무단 횡단을 한 내가 누구인지 알아내어 큰 사건으로 만드는 것이었다.

"그러면 현금 200달러는요?" 그가 경멸하듯 히죽거렸다. "도로를 무단 횡단한 벌금이 그렇답니다."

내가 외투 주머니에서 돈다발을 꺼내 50달러짜리 네 장을 세어 건네자 그의 얼굴에서 미소가 사라졌다. 돈을 받아 꺼지는 게 아니라 오토바이 모터를 끄고 내려서 내 앞에 떡 버티고 섰다.

"돈이 어디서 그렇게 많이 났지요?" 그가 의심이 가득한 말투로 물었다.

"현금인출기에서 찾았어요."

경찰은 돈을 받는 게 아니라 어깨 마이크로 지원을 요청했다. 아이고, 이럴 수가!

"아니요, 그러실 필요 없어요!" 내가 애원했다. "나…… 나는 셰리든 그랜트예요. 오늘 저녁에 그래미상 수여식에 가야 해요. 비서가 바로 나를 데리러 올 거예요."

"그럼 오늘 저녁에 만납시다. 나는 마이클 잭슨이니까요." 그가 비웃었다. "그리고 저기 내 비서들이 오네요. 보이죠?"

순찰차 두 대가 은행 습격이라도 벌어졌다는 듯이 요란하게 사이렌을 울리며 다가왔다. 나는 운전면허증을 그의 코앞에 내밀고 모자도 벗을까 잠깐 고민했지만 생각을 제대로 할 수 없었다. 긴급 구조도 기대할 수 없었다. 피터가 퍼시픽 펠리세이즈에서 여기까지 오려면 최소한 45분은 걸릴 터였다.

1분 후에 나는 다시 순찰차의 닳고 닳은 뒷좌석에 앉아 있었다. 물론 경찰은 내 휴대폰과 가방을—무기와 마약을 찾느라 뒤져봤지만 허사였다— 압수했다. 나는 눈을 감고 지저분한 옆 유리창에 머리를 기댔다. 그래미상 여덟 개 부문에 후보로 올랐고 실제로 받을 확률도 높았다. 게다가 오늘 저녁에 새 앨범의 노래 한 곡을 처음으로 부를 예정이었다. 하지만 지금대로라면 그 행사는 나 없이 진행될 터였다. CEMC는 탁자 하나를 많은 비용을 지불하고 빌렸고 기대되는 우승을 제대로 축하하기 위해 카사 델 마르에서 뒤풀이 파티도 계획했지만, 내가 술에 취해 비틀거리며 도로를 건너다가 하마터면 사고를 낼 뻔하는 바람에 내 자리는 빈 채로 남게 될 것이다. 다른 날 같으면 아무 문제도 되지 않을 일이었다. 피터와 캐리는 몇 달 전부터 내 모험을 성공적으로 숨겨줬지만, 이제 그래미상 수여식 때문에 마커스도 무슨 일이 벌어졌는지 불가피하게 알게 됐다. 하딩과의 대화는 최근의 내 추락에 대한 이유가 아니라 그저 계기에 불과했다. 사업 면에서는 키이라가 내 삶에서 사라진 뒤로 모든 게 예전보다 훨씬 나아졌다. 그녀가 남겨놓은 대혼란을 수습하느라 골드스타인 크리에이티브 아티스트 에이전시 회계 담당자들이 몇 주일이나 골치를 썩었지만 어쨌든 이제 나는 어느 날 갑자기 세무관청에 시달림을 받게 될 일은 걱정하지 않게 됐다. 마커스는 에이전시에서 가장 경험이 많은 매니저 벤 부처드를 나에게 붙여줬다. 벤은 키이라와 완벽하게 반대였다. 언제나 쾌활하고 의연했고 30년 전부터 음악 사업에 발을 담그고 있었다. 피터 노스는 내 개인 비서로 남았고, 캐리 웨이츠는 예전과 마찬가지로 음반회사에서 내 담당자였고 우리 팀의 팀장이었다. 이들 모두는 나를 위해 온갖 노력을 다했지만 내 친구가 아니라 내 성공에서 이익을 얻고 보수를 많이 받는 전문가들이었다. 키이라는 스트레스를 주고 나를 속였지만 그래도 내가 대화를 나눌 누군가가 필요할 때 늘 옆에 있었다. 그리고 그녀가 없을 때는 재스퍼와 통화하곤 했다. 이제 이 둘은 내 삶에서 사라졌다. 나에게 남은 유일한 사람은 마커스였다…….

내 목구멍이 쪼그라들었다. 네브래스카에서 돌아오고 몇 주 지났을 때, 재스퍼와 다투고 얼마 지나지 않았을 무렵 마커스가 나를 자기 집으로 초대했다. 그 끔찍한 저녁을 잊을 수 있다면 얼마나 좋을까? 그 굴욕을! 멍청한 나는 그가 사랑 고백을 하려고 나를 초대했다고 진심으로 믿었다. 그가 테러 공격 이후에 서부 해안으로 이사 온 자기 여자친구 리즈 하트그레이브를 소개했을 때 나는 얼마나 큰 충격을 받았던가. 전혀 비교 대상이 아니긴 하지만, 그 상황은 크리스토퍼 핀치의 아내가 그의 뒤쪽 현관에서 나타나던 모습을 떠오르게 했다. 리즈 하트그레이브와 마커스는 50년도 넘는 세월 동안 아는 사이였고, 나는 그 둘을 처음 본 순간부터 두 사람 사이의 자연스러운 신뢰에 질투를 느꼈다. 객관적으로 볼 때 나는 질투할 권리도 없었다. 하지만 세련되고 처세에 능하며 동부 연안 억양이 묻어나는 그 사람과 비교해보니 현실 그대로의 나를 자각하게 됐다. 나는 중서부 출신이고 세상사에 서툰 스물두 살짜리였다. 그날 저녁 이후로 나는 마커스가 나를 영리한 방식으로 배신했다는 느낌 때문에 괴로웠다. 아빠 결혼식 전날 저녁에 그는 애정을 고백했고, 그래서 나는 재스퍼가 떠나면 그가 나에게 남을 거라고 왠지 모르게 믿었던 것이다. 하지만 이제 그가 사랑하는 여자, 그가 저녁에 함께 침대에 들고 아침에 함께 눈을 뜨는 그 여자를 만나고 나니 그게 얼마나 바보 같은 생각이었는지 깨달았다. 그와의 대화를 속으로 몇 번이고 되풀이하고 그의 말과 태도를 분석한 결과, 내가 그의 친절에 너무 큰 의미를 두었다는 충격적인 깨달음을 얻었다. 참 우스운 느낌이었다. 전 세계 수백만 명이 내 음악을 사랑했고 몇만 명씩 내 콘서트에 밀려왔다. 파파라치가 숨어서 기다리다가 내 사진을 찍어 엄청난 돈을 받고 언론에 넘겼다. 나를 위해 일하는 사람이 내 주위에 쉰 명이나 있었지만 내 심장은 텅 비고, 외롭고, 불행했다. 키이라와 마커스와의 친밀함이 사라졌고 재스퍼도 그리웠다. 우리는 가끔 통화를 하고 문자를 보내긴 했지만 어려운 주제는 모두 피했고, 그래서 대화는 그저 피상적이기만 했다. 그가 나에게 작별을 고했더라면 더 편했을 터였다.

순찰차 문이 열렸다. 나는 차에서 내려 경찰 옆에서 노스 할리우드 경찰서로 터덜터덜 걸어갔다. 군소리 없이 지문을 찍고 유전자 샘플 채취 검사도 받았다. 휴대폰을 돌려받지는 못했지만 술이 깰 때까지 유치장에 갇히기 전에 공중전화로 한 군데 전화할 수는 있다고 했다. 유감스럽게도 이번에도 마커스의 전화번호만 기억났다.

∞

"셰리든이 어디 있는지 압니다!" 캐리 웨이츠가 지난 몇 시간 동안 재난 대응 센터로 바뀌었던 CEMC 건물 4층 마케팅 부서 회의실에 들어서며 안도하는 목소리로 말했다. "피터가 지금 그녀를 데리러 톨루카 레이크로 가는 중이에요."

열두어 명이 회의 탁자로 모여들었다. 긴장한 분위기였다. 다섯 시간 후에 스테이플스 센터에서 그래미상 수상식이 시작되는데 셰리든을 찾을 수 없었기에.

"거기서 뭐하는 거죠?" 벨린다가 의아해했다.

"모르죠." 캐리 웨이츠가 빈 의자에 털썩 주저앉으며 물병으로 손을 뻗었다. "셰리든이 왜 저러는지 이유를 캐는 걸 전 이미 오래 전에 그만뒀어요. 오늘 저녁까지는 어느 정도 제대로 몸을 추슬러야 할 텐데. 전화상으로는 끔찍한 상태였어요."

"무슨 뜻이지요?" 마커스가 놀라서 묻자 캐리가 대답했다.

"또 밤새 파티를 즐기고 엄청난 숙취에 시달리는 것 같았어요."

"여기 지금 도대체 무슨 일이 벌어지고 있는지 설명 좀 해주시겠습니까?" 마커스는 화가 났다. "내가 뭔가 중요한 걸 놓친 모양인데 말이지요."

난처한 침묵이 이어졌다. 캐리 웨이츠와 벨린다 바르가스와 홍보 팀장 수지 응우옌이 당혹스러운 눈길을 주고받았다.

"셰리든은 계속 그렇게 행동하고 있어요." 결국 캐리가 피곤한 표정으로 말을 꺼냈다.

"어떻게?"

"사라지고, 파티를 즐기고, 할리우드 패거리들과 클럽을 돌아다니고, 술에 취하고, 코카인을 하고, 약을 삼킵니다. 그 외에도 뭔가 또 하겠지요."

"뭐라고요?" 마커스는 어이없는 얼굴로 그를 노려봤다. "할리우드 패거리?"

"퀸 테스티노, 카슨 던, 마테오 디플라비오, 조니 피네건 등등입니다." 캐리 웨이츠가 대답했다.

"셰리든은 3주 전에 피네건이랑 던과 함께 베이거스 MGM 그랜드 로비 피아노에서 즉흥 콘서트를 열었어요." 홍보 팀장이 끼어들었다. "세 명 모두 취할 대로 취해서 사인을 나눠줬는데, 어떤 팬의 맨 엉덩이에 써준 것도 있어요! 이 사건이 언론에 알려지지 않게 막느라 너무 힘들었어요."

"며칠 전에는 레돈도 비치에서 마약을 한 서퍼들과 파티를 즐기는 걸 찾아냈고요." 캐리 웨이츠가 보충 설명했다. "그때는 디플라비오가 같이 있었죠."

"하지만 셰리든은 그때 열흘 동안 스튜디오에서 앨범 녹음을 거의 다 마친 상태였어요." 후안 델가도가 끼어들었다. "그러니 어떤 식으로든 스트레스를 좀 풀긴 했어야지요."

"스트레스를 푼다고요? 그렇게 말하기는 쉽죠!" 캐리 웨이츠가 흥분했다. "나는 셰리든이 스튜디오에 가는 것도 몰랐어요! 나에게는 가족에게 간다고 말했으니까요! 그녀가 뭘 하는지 전혀 모르는데 내가 어떻게 돌볼 수 있나요?"

"당신이 셰리든을 이 속도로 계속 일하게 내버려둔다면 얼마 지나지 않아 완전히 번아웃 될 겁니다." 후안 델가도가 경고했다.

"지금 나를 비난하시는 겁니까?" 캐리가 흥분해서 화를 냈다. "새 앨범 작업을 한다는 말도 지금 처음 듣는데요! 도대체 어디서 녹음했다는 건가요?"

"캔자스시티에서." 벤 부처드가 대답했다. "조금 전에 톰 헤이즐우드와 통화했습니다. 그는 오늘 저녁 시상식 때문에 이미 여기 시내에 와 있습니다."

"밴드와도 문제가 있습니다." 캐리가 말했다. "셰리든이 쉴 시간을 주지 않는다고 두 멤버가 불만을 토했어요. 곧 그만두게 될까봐 걱정입니다."

마커스는 지금 듣는 말을 믿을 수 없었다. 지난 2주 동안 그는 리즈와 몇몇 오랜 친구들과 함께 텔류라이드에 있는 그의 별장에서 지내며 스키를 탔고, 제나와 조에도 며칠 그를 방문했다. 셰리든과 두세 번 짤막하게 통화했는데 그녀의 목소리는 평소와 다름없었다. 녹음 스튜디오에 있다고 말은 했지만 새 앨범 이야기는 하지 않았고, 마커스는 당연히 셰리든의 팀이 그녀가 어디에 있는지 알 거라고 생각했다. 마커스가 듣기에 이 모든 일은 도무지 심상치 않았다. 도대체 뭐가 잘못된 걸까?

"언제부터 이런 상황입니까?" 그가 물었다.

"9월 말에 시작됐습니다." 캐리가 지친 표정으로 얼굴을 비볐다. "셰리든이 왜 그러는지 정말 모르겠어요. 언제나 모든 일이 최고라는 듯이 행동하고, 또 일에 있어서는 그게 사실이기도 합니다. 엄청난 순회공연을 하고, 절도 있고, 믿을 만하지요. 하지만 이야기를 하려고 하면 철저하게 방어막을 칩니다."

"남자친구는 어떻게 됐지요?" 마커스가 물었다.

"무슨 남자친구요?" 캐리가 눈썹을 치켜세웠다. "혹시 산에서 온 남자 말씀이라면, 셰리든은 그 사람 이야기를 다시는 꺼내지 않습니다."

마커스는 머리를 한 대 맞은 것 같았다. 어떻게 이런 일이 벌어졌을까? 〈폭풍의 시간〉 순회공연 처음 몇 주 동안 그는 몇 번이나 셰리든에게 전화해서 어떻게 지내는지 물었다. 그녀는 흥분한 목소리로 모든 게 얼마나 대단한지 얘기했고, 재미있고 기이한 사건들을 열광적으로 전했다. 재스퍼 이야기도 하지 않았던가? 지나가는 말로라도? 아니면 내 기억이 잘못된 걸까?

"내가 왜 이 모든 걸 알지 못하는 겁니까?" 마커스가 캐리 웨이츠에게 물었는데, 미처 대답도 듣기 전에 휴대폰이 울렸다. 마커스는 복도로 나가서 전화를 받았다.

"마커스?" 쉰 목소리가 들렸다.

"셰리든!" 그가 나지막하게 외쳤다. "어디야?"

"노스 할리우드 경찰서예요." 셰리든이 또렷하지 않은 목소리로 말했다. "피터에게 전화 좀 해주시겠어요? 경찰이 내 휴대폰을 빼앗았는데, 그 사람 번호를 외우지 못해서요."

"무슨 일이야?" 마커스는 셰리든이 마약 소지나 그보다 더 나쁜 일로 체포된 게 아니기를 간절히 바랐다.

"그냥 도로를 건너다가 오토바이 경찰에게 잡혔어요." 다행스럽게도 그녀가 이렇게 대답했다. "현금으로 벌금을 내려고 했는데 나를 체포해서 여기로 데려왔어요."

"우리가 당장 꺼내줄게." 마커스가 대답했다. "정확하게 어디지?"

"버뱅크 대로 11649. 마커스, 그냥 피터에게 전화해주세요. 그가 지금 어차피 여기로 오는 중이에요. 당신이 직접 올 필요는 없어요."

"아니, 내가 가야 해." 마커스는 시계를 확인했다. 이제 곧 1시 30분이었다. 갈라 시작까지 네 시간밖에 남지 않았다. 지금은 셰리든을 훈계하기에 적절한 시간이 아니었지만 어쨌든 대화를 나눠봐야 했다.

휴대폰을 닫고는 자제력을 잃고 멍청이들의 면전에 대고 분통을 터뜨리지 않도록 열까지 셌다. 이 망할 회사의 내부 의사소통을 위해 1년 내내 일했지만 모든 노력이 허사인 듯했다. 은폐와 비밀이라는 오랜 시스템이 여전히 작동 중이었고, 그는 자기 등 뒤에서 일어나는 일을 전혀 모르는 바보가 되어 있었다.

그가 어두운 표정으로 회의실에 돌아오자 직원들의 대화가 멎었다.

"셰리든은 노스 할리우드 경찰서에 있습니다. 내가 가서 데려오지요. 수지와 에릭, 나와 함께 갑시다."

홍보 팀장과 법무팀 부장이 고개를 끄덕였다.

"저도 가겠습니다!" 캐리 웨이츠가 벌떡 일어났다.

"아니, 여기 남아요." 마커스가 싸늘하게 대답했다. "피터 노스에게 셰리든이 어디 있는지 알려줘요."

"하지만 제가……." 웨이츠가 다시 입을 열었다.

"내가 폭발하기 전에 그 입 다물어요." 마커스가 그에게 호통을 치고 직원들을 둘러봤다. 아무도 그를 쳐다볼 엄두를 내지 못했다. "이일의 책임을 반드시 묻겠습니다! 여러분 모두에게 해당합니다."

노스 할리우드로 가는 동안 마커스는 한마디도 하지 않았다. 직원들에게 분노했고, 셰리든의 부족한 신뢰에 깊이 실망했다. 지난 몇 달 동안의 통화와 대화에서 그녀는 그를 속였다. 도대체 왜? 재스퍼와 문제가 있다는 걸 왜 말하지 않았을까?

모든 게 잘 돌아간다고 믿었기 때문에 셰리든에게 너무 신경을 쓰지 않았나? 뭐가 됐든! 이번에는 그녀의 태도를 그가 어떻게 생각하는지 아주 명확하게 말하고 비난을 아끼지 않을 작정이었다. 셰리든이 오늘 저녁 음악 세계에서 가장 중요한 수상식에 적절한 상태로 나타나지 않는다면 그 결과에 책임을 져야 했다.

그들이 경찰서에 도착해보니 피터 노스가 이미 와서 셰리든을 유치장에서 꺼낸 후였다. 경찰서 안의 나무 벤치에 쪼그리고 앉아 있는 셰리든을 본 마커스는 연민과 걱정으로 마음이 약해져서 훈계할 생각을 잊어버렸다. 그는 셰리든 앞에 쪼그리고 앉아 그녀의 얼굴을 자세히 살피다가 깜짝 놀랐다. 끔찍한 모습이었다. 6주 전에 마지막으로 봤던 생기 있고 맑은 아가씨의 모습은 온데간데없고 그림자뿐이었다. 마커스는 마약의 명백한 증상인 부은 눈두덩과 멍한 눈빛과 붉은 콧구멍을 확인했다. 세상에, 어쩌다가 이 지경이 됐을까?

"어이, 어때?" 그가 부드럽게 물으며 손을 잡았지만 셰리든은 순식간에 손을 잡아 빼며 눈길을 돌렸다.

"안녕하세요." 그녀는 상태를 묻는 그의 질문을 무시하고 자리에서 일어났다. 모든 동작이 방어를 의미했다. "직접 오실 필요는 없었지만 어쨌든 감사해요."

마커스는 그런 셰리든의 태도를 인정했다. 아마 이런 모습을 보인 게 수치스러운지도 모른다.

"에릭과 수지는 여기 이 일이 언론에 알려지지 않게 하세요." 마커스가 직원들에게 지시했다. "피터, 두 사람을 태워갈 수 있을까요? 나는 셰리든을 집으로 데리고 가겠습니다. 여기 일을 처리하고 나서 다들 거기서 만나지요."

모두 고개를 끄덕였다. 마커스는 셰리든과 함께 경찰서를 나왔다. 잠시 후에 둘은 틴팅한 리무진 뒷자리에서 중간 팔걸이를 사이에 두고 양쪽 끝에 각자 앉아 있었다. 마커스는 미니바에서 5백 밀리리터짜리 차가운 미네랄워터를 꺼내 셰리든에게 건네며 부드럽게 말했다.

"마셔. 숙취에 도움이 될 테니."

"고맙습니다." 셰리든이 플라스틱 물병 뚜껑을 돌려 열고 몇 모금 만에 다 비웠다. 마커스가 말없이 한 병을 더 건네자 그녀는 그것도 즉시 다 마셨다.

"시작하세요." 셰리든이 이렇게 말하고는 그의 눈길을 피했다. "그러실 만하니까요."

"뭘 시작하라고?" 마커스가 물었다.

"욕하시라고요."

"아이고, 셰리든." 마커스는 걱정스러운 표정으로 고개를 저었다. "내가 왜 그래야 하지? 난 방금 캐리와 수지에게서 들은 말에 그저 충격을 받았을 뿐이야. 우리가 서로에게 언제나 솔직하자고 약속하지 않았던가?"

"흐음."

"어떻게 지내는지 왜 말하지 않았어?" 마커스가 물었다.

"말할 게 없으니까요. 난 잘 지내요. 순회공연도 아주 멋지게 진행됐고요. 새 앨범 녹음도 거의 다 마쳤어요. 퀸 테스티노는 지미-리와 카슨이 출연하는 새 영화에 나를 여주인공으로 삼으려고 해요. 나더러 살인범 역할을 하고 영화음악도 쓰라고 했어요!"

"아주 괜찮은 것처럼 들리네. 하지만 모든 게 그렇게 최상이라면 왜 자기가 어디에 있는지도 모를 정도로 술을 마시고, 팬의 맨 엉덩이에 사인을 하지?"

"그건 딱 한 번 일어난 일이에요." 셰리든은 목소리에 슬쩍 고집을 얹어 말하며 직접적인 대답을 회피했다.

"셰리든, 무슨 고민이 있어? 왜 마약을 하지? 내가 도울 수 있을까?" 왜 그녀에게 다가갈 수 없는 걸까?

"아니요. 도울 수 없어요." 셰리든이 창밖을 내다봤다. "콘서트가 끝나면 텅 빈 호텔 객실에서 혼자 있는 것, 누구나 기다리는 사람이 있는데 나는 아니라는 사실은 스스로 해결해야 할 문제지요."

"그런 상황이 얼마나 힘든지 나도 알아." 마커스가 대답했다. "꼭 대기에 오르면 끔찍할 만큼 외롭지. 내가 언제나 당신 옆에 있겠다고 자주 말했잖아. 진심으로 한 말이야."

"흐음."

"재스퍼랑은 어때?" 마커스가 물었다. "지금 어디 있지?"

"아마 목장에 있겠지요." 셰리든이 뻣뻣하게 대답했다.

"둘이 다퉜어?"

"직접은 아니에요. 하지만 우리가 사는 세상은 서로 어울리지 않아요. 그는 여기 이 야단법석에 적응하지 못해요. 그리고 나는 그 사람을 따라갈 수 없고요." 셰리든은 씁쓸한 웃음을 터뜨렸다. "사랑은 어차피 완전히 과대평가되지요."

"그러니까 당신이 술에 취하고 클럽을 전전하는 게 재스퍼 때문이 아니라는 거야?" 마커스는 이 확신을 질문처럼 했다. 그럴 수도 있다고 생각했으니까. "그러면 이유가 뭐지? 캐리 때문인가? 방금 들었는데, 둘 사이에 문제가 있는 것 같더군."

"우린 가끔 의견 차이가 있긴 하지만 매일 함께 일하는 사람들에게 그런 건 일상이지요."

"왜 그 말을 한 번도 나에게 하지 않았어?" 마커스가 물었다.

셰리든이 처음으로 그를 똑바로 바라봤다.

"말했더라면 당신은 키이라나 브라이언 램처럼 그 사람도 즉시 해고했을 테니까요. 그건 싫었어요." 그녀가 대답했다. "캐리와 내가 문제가 있긴 하지만 그는 힘들게 일하고 노력해요. 일자리를 잃는다면 새로운 일을 빨리 찾기 힘들 거예요. 그는 얼마 전에 집을 지었고 아내와 아이 세 명이 있어요. 아이들은 나 때문에 아빠를 거의 만나지 못하니 아마 나를 미워할 거예요."

마커스는 셰리든이 한 말을 알아듣는 데 시간이 좀 걸렸다. 그녀가 옳았다. 그는 눈도 깜짝하지 않고 캐리 웨이츠를 해고했을 것이다. 직원들의 가족이나 갚아야 할 은행 대출을 생각해본 적이 단 한 번도 없었다. 그가 보기에 해고란 개인적인 감정이 아니라 사업상의 필요일 뿐이었다. 그의 위치에 있는 사람은 이성적인 결정을 내려야 했다.

"캐리는 다른 직업을 찾을 수도 있어." 그의 말에 셰리든이 고개를 저었다.

"마커스, 아니에요. 캐리는 자기 일에 엄청난 자부심을 느껴요! 나는 공식적으로 절대 그 사람에 대해 불평하지 않을 거예요. 난 살면서 이미 많은 걸 파괴했어요."

마커스는 자신에게는 전혀 발달하지 않은 재능, 셰리든의 사회적 능력을 알아보고 놀랐다. 양심을 소유한 이 스물두 살짜리에게 진심으로 존경심이 솟고 스스로가 부끄러웠다.

셰리든의 휴대폰이 짧게 진동했다. 그녀가 전화기를 열어 읽었다. 마커스는 답장을 입력하는 셰리든의 입가에 살짝 미소가 비치는 모습을 바라봤다.

"퀸이 오늘 저녁에 나와 동행해요. 괜찮아요?"

퀸 테스티노! 하필이면 이런 정신 나간 사람이라니! 셰리든은 그의 어떤 점이 좋은 걸까? 혹시 두 사람이 그렇고 그런 사이인가? 마커스는 음악 세계에서 가장 중요한 행사에 원래 자신이 직접 셰리든과 동행하려고 했으므로 약간 실망했다.

"물론이지." 그가 실망을 감추고 대답했다. CEMC의 홍보 부서는 환호성을 지를 터였다. 오스카 수상자가 같은 탁자에 앉아 있는 거야 늘 좋은 일이고 이미 관심이 집중될 대로 집중된 그곳은 더 많은 관심을 끌 것이다.

"그런데 밤새 술을 마셨는데 오늘 저녁에 상태가 괜찮을까?" 그가 셰리든을 떠봤다.

"걱정 마세요. 난 프로니까요." 그녀가 그에게 몸을 돌렸다. 얼굴에서 미소가 사라지고 표정이 거의 싸늘하다 싶을 만큼 닫혔다. "세상은 오늘 저녁에 그들이 원하는 쇼를 보게 될 거예요. 행복에 겨운, 신곡을 부르는 셰리든 그랜트를 말이지요."

마커스는 그녀의 말을 들으면서 기묘한 느낌이 들었다. 예전에 없던 이 거리감은 어디서 온 걸까? 지난 몇 달 동안 드물게 만났으므로 더 일찍 알아채지는 못했다. 셰리든은 전 세계를 다녔고 그는 늘 그렇듯이 일이 엄청나게 많았다. 셰리든이 그를 신뢰하지 않는다는 것은 이제 확실했다. 도대체 왜? 무슨 일이 있었나? 혹시 그가 키이라 제닝스를 다룬 방식에 화가 난 걸까? 마커스는 자기를 대하는 셰리든의 태도가 언제부터 달라졌는지 기억해내려고 애썼다. 그러다가 9월 말에 리즈를 소개하려고 셰리든을 저녁식사에 초대한 그날이 불쑥 떠올랐다. 그날 저녁에 셰리든은 무척 이상했다. 식사가 끝나자마자 뭔가 핑계를 대며 사라졌다. 마커스는 그 전에 그녀에게 리즈 이야기를 한 적이 없었지만 그에 대해 괘념치 않았다. 혹시 셰리든이……? 아니, 그녀의 행동에서 그를 우정 이상으로 대하는 낌새는 전혀 없었다. 하지만 어쩌면? 불현듯 9월 11일 저녁이 기억났다. 셰리든의 아버지 집에서 나눈 대화가, 위스키가 생각났다. 아이고. 오해를 풀기 위해 셰리든과 단둘이 이야기를 해봐야 하는데, 지금은 적절한 시간이 아니었다.

"오늘 저녁에 부를 노래 제목이 뭐지?" 그는 일부러 가벼운 말투로 물었다.

"〈프로즌〉이에요." 셰리든이 대답했다.

"흥미롭네." 마커스는 그냥 대화를 이어가려고 아무 말이나 했다. "상당히…… 차갑게 들려."

그러자 셰리든이 그에게 다시 몸을 돌렸다. 그러고는 한동안 아무 말도 없이 그저 그를 바라보기만 했다.

"내가 지금 느끼는 감정이에요." 그녀가 쉰 목소리로 작게 중얼거렸다. "얼어붙었어요."

∞

내 인생 최초 그래미의 밤은 나의 압도적인 승리로 끝났다. 후보에 올랐던 모든 부문에서 상을 받은 것이다. 베스트 앨범, 베스트 송, 베스트 신인상, 베스트 여성가수, 베스트 솔로 공연, 베스트 뮤직비디오. 톰 헤이즐우드는 〈폭풍의 시간〉으로 올해의 베스트 프로듀서상을, 브래디 매나키는 베스트 녹음상을 받았다. 우리 탁자에는 도금한 여덟 개의 작은 축음기가 놓였고, 나는 마커스에게 예고한 대로 내 역할을 완벽하게 해냈다. 〈프로즌〉 세계 초연은 대성공이었고, 참석자들 대부분은 아마도 부러워서 토할 지경이었겠지만 어쨌든 몇 분 동안이나 박수갈채를 보냈다. 앙코르곡으로는 또 하나의 신곡인 〈리브 어 라이트 온 포 미〉를 불렀다. 나는 저녁 내내 웃고 지극히 행복하게 반짝거렸으며, 언제나 똑같은 질문에 참을성 있게 미소를 지으며 대답했고, 이 세상에서 이보다 더 좋은 건 없다는 듯이 카메라 앞에서 지치지 않고 포즈를 잡으며 플래시 세례를 받았다. 내 옆에 아주 즐겁게 딱 달라붙어 있는 퀸 덕분에 걱정했던 것만큼 힘들지 않았다. 이건 그저 대중이 나에게서 원하는 대로 하는 비즈니스였고, 이제 나는 이 게임을 상당히 잘 해냈다. 저녁 내내 샴페인 한 잔만 홀짝였고, 대규모 뒤풀이 파티에서도 마비시키는 알코올의 효력을 그리워하면서도 술을 멀리했다. 웃음소리와 잔들이 부딪히는 소리와 음악이 머릿속에서 강력한 색깔 폭발을 일으켜 어지러울 지경이었다. 새벽 4시 반에 드디어 사람들이 안 보는 틈을 타서 옷 보관소에서 외투를 꺼내 카사 델 마르의 테라스를 통해 바깥으로 도망치는 데 성공했다. 이 시각에는 해변에 사람도 없을뿐더러 어차피 밤에는 폐쇄되어 있었다. 나는 신을 벗고 맨발로 서늘한 모래를 밟으며 걸었다. 어둠과 파도 소리가 심하게 들뜬 내 감각을 차분하게 가라앉혔다. 모래사장에 뒤로 벌렁 누워 팔을 벌리고 심호흡을 했다. 믿기지 않는 밤이었다! 나보다 앞서서 여덟 개의 그래미를 한꺼번에 수상하는 데 성공한 사람은 마이클 잭슨과 카를로스 산타나밖에 없었다! 1년 사이에 내 삶은 완전히 바뀌었다. 늘 꿈꾸던 일을 드디어 할 수 있게 되고 이루 말할 수 없이 성공했으며 재정적으로도 독립했지만 행복하지도, 만족스럽지도 않았다. 나는 몬티 아저씨의 충고를 들었다. 나를 괴롭히고 혹사할 준비가 되어 있었고, 목표를 눈앞에서 잃지 않았다. 하지만 성공의 대가는 너무 컸다. 지금처럼 조용한 순간이 오면 곧장 심장이 텅 빈 것처럼 느껴졌다. 내가 경험한, 나를 감동하게 한 일들을 나눌 사람이 없었다. 몇 시간이나 이어지던 재스퍼와의 통화도, 키이라와 한밤중에 월풀에서 나누는 대화도 없었다. 마커스와의 대화는 이제 직업적인 것뿐이었다. 모든 것을 소화해내기 위해 남은 것은 이번에도 음악뿐이었다.

다시는 남자 때문에 다치지 않겠다고 굳게 결심했지만 또 이런 일이 벌어졌다. 재스퍼도, 마커스도 나를 실망시켰다. 그리고 아마 그들도 나에게 실망했을 것이다. 픽업 적재함에 누워서 별이 엄청나게 빛나는 밤하늘을 보며 경솔하게도 나는 재스퍼에게 내가 변하지 않을 거라고 약속했었다. 하지만 그 약속을 지키지 못했다.

그리고 어제 경찰서에서 나는 마커스가 나에게 얼마나 실망했는지 목격했다. 차라리 그가 나를 비난하고, 고함을 지르고, 뭔가 '인간적인' 태도를 보였더라면 더 좋았을 테지만 그는 물론 거의 언제나 그렇듯이 완벽한 자제력을 보여줬다. 테러가 일어났던 그날, 그때 단 한 번만 자신의 약한 면을 보였을 뿐이다.

내가 두 사람 중에 누구를 더 그리워하는지는 나 스스로도 몰랐다. 정열적이고 목표지향적인, 눈동자가 새파랗고 심장이 뜨거운 재스퍼일까. 아니면 재스퍼와 완벽하게 정반대인, 의중을 알 수 없고 수수께끼 같으며 강력한 힘이 있는 마커스 골드스타인일까. 나는 무뚝뚝한 그의 특성 뒤편에 민감한 영혼이 숨어 있다는 걸 알고 있었다. 그는 어떻게 그런 식으로 전혀 예고도 없이 자기 여자친구를 소개하여 내 마음에 상처를 줄 수 있었을까? 나는 며칠 사이에 나에게 의미 있던 두 남자를 모두 잃었다는 사실을 견디지 못했다. 재스퍼와의 사이가 좋았다면 의심할 여지 없이 마커스를 위해 기뻐했겠지만, 그 끔찍한 저녁은 나를 회의와 불안의 음울한 심연으로 밀어 넣었다.

하지만 마커스는 어제 점심에 퀸이 나에게 연락했을 때 정말 질투하는 것처럼 보였다. 도대체 왜? 나는 그가 당연히 리즈 하트그레이브와 함께 행사에 올 거라고 생각했지만 혼자 왔다.

양손에 고운 모래를 움켜쥐었다가 손가락 사이로 흘려보냈다. 아버지는 실수에서 미래를 위한 교훈을 얻으려면 언젠가는 과거를 놓아주어야 한다고 말한 적이 있다. 나는 지난밤처럼 나 자신에 대한 통제를 잃어버리는 일이 다시는 없기를 바랐다. 앞으로 무슨 일이 있어도 알코올과 마약이 유일한 출구라고 판단하도록 나를 심리적 곤경에 빠뜨리면 안 된다!

몸을 일으켜 앉은 다음 클러치를 뒤져 휴대폰을 꺼냈다. 지난 몇 시간 동안 서른 통이 넘는 문자가 들어와 있었다. 가족 모두 축하를 보냈고, 카슨과 지미-리와 또 다른 사람들도 메시지를 보냈다. 니컬러스와 조던 오빠와 하딩 박사, 그리고 놀랍게도 키이라가 보낸 축하 문자도 있었다! 문자와 최근 기록을 내려 보다가 마음이 무거워졌다. 재스퍼에게서는 소식이 없었다. 텔레비전 시상식 중계를 보긴 했을까? 두 번째 노래를 부르기 전에 내가 했던 말을 듣기는 했나? 아마 못 들었을 것이다. 내 뒤편 동쪽에서 서서히 아침이 밝아왔다. 가벼운 바람이 태평양에서 불어와 몸이 으스스 떨렸다. 남부 캘리포니아도 3월 밤에는 추웠다. 일어나서 천천히 터벅터벅 걸어 호텔로 돌아가, 테라스 나무 계단 앞에서 망설이며 서 있었다. 파티는 오래전에 끝났고, 끝을 모르는 술 취한 사람 몇 명만 남아 있을 터였다. 해변을 지나 거리로 나가서 택시를 잡으려고 몸을 막 돌리는데 누군가 나를 불렀다. 놀라서 돌아보니 불 꺼진 테라스에 혼자 앉아 있는 마커스가 눈에 들어왔다. 심장이 두근거렸다.

"어, 여기서 뭐하세요?" 내가 물었다. "이미 집에 가신 줄 알았는데요."

"당신을 찾았지." 그가 대답했다. "캐리가 당신이 해변으로 가는 걸 봤다고 하더군."

아무도 안 보는 줄 알았더니 그랬군. 나는 천천히 계단을 올라가, 그의 맞은편에 놓인 안락의자의 넓은 손잡이에 걸터앉았다. 마커스는 나비넥타이를 푼 차림이었고 그의 앞쪽 낮은 유리 탁자에는 빈 위스키 잔이 놓여 있었다.

"당신이 정말 자랑스러워." 그가 또 나를 혼란에 빠뜨리는 기묘한 시선으로 바라봤다. "정말 최고야."

"고맙습니다."

우리는 서로 마주 봤다.

"셰리든, 왜 나에게 화가 나 있지? 내가 뭘 잘못했나?" 그가 물었다. 나는 그가 취했다는 걸 알아챘다. 평소라면 이런 질문을 결코 하지 않을 테니까. 나는 잠시 망설였다. 이걸 어떻게 설명해야 할까?

"곰곰이 생각해봤어." 내가 대답하지 않자 그가 말을 이었다. "당신에게 리즈를 소개한 그날 저녁과 관계가 있는 것 같아. 안 그래? 그때 이후로 우리 사이가 달라졌어."

나는 그의 섬세한 감각에 놀라 고개를 끄덕였다.

"당신에게 여자친구가 있다는 게 정말 기뻐요." 나는 드디어 입을 열었다. "하지만 그날 저녁에는 너무…… 놀랐어요. 그전에 한번도 여자친구 이야기를 하지 않았으니까요. 두 분 사이는 너무나 조화롭고, 너무나…… 자연스러워 보였어요. 두 사람의 개들이 식탁 밑에 누워 있고, 리즈는 당신 부엌에서 자연스럽게 돌아다니며 일했고, 당신이 위스키를 어떤 방식으로 즐기는지, 그리고 당신은 리즈가 마티니를 어떻게 즐기는지 정확하게 알고 있었죠……. 나 자신이 바보 같고 침입자처럼 느껴졌어요. 발밑 바닥이 완전히 사라지는 기분이었지요. 그리고…… 나는 순회공연을 갔는데…… 이제 더는 내 문제로 당신을 귀찮게 하고 싶지 않았어요. 그러니까…… 멋진 여자친구가 있는데…… 내 수다를 듣는 것보다는 더 나은 일을 하고 싶을 테니까요."

"아이고, 셰리든!" 마커스가 한숨을 내쉬었다. "왜 그 말을 한 번도 하지 않았어?"

"왜 해야 하죠? 당신…… 사생활은 나랑 아무 관계도 없는데요."

"다 오해야." 그가 말했다. "리즈는 가장 오래되고 가장 친한 친구라고 말했잖아. 우리는 거의 오누이처럼 함께 자랐어. 한 번도 연인이었던 적이 없고 지금도 마찬가지야. 내가 뉴욕에 가면 리즈를 방문하고, 리즈가 서부 연안에 오면 나를 방문하지. 예전에 우리 부부 두 쌍이 함께 그랬던 것처럼 지금도 이따금 함께 여행하기도 해. 그때 우리 가족은 휴가를 함께 보내는 일이 잦았거든."

그의 말에 나는 지금까지 느껴보지 못한, 소름 끼치게 달아오르는 부끄러움을 느꼈다. 세상에, 내가 또 엄청난 오해를 했구나! 쥐구멍으로 숨고 싶었다. 이제 마커스는 자기가 나에게 얼마나 중요한지 알았을 테고, 어쩌면 내가 질투한다고 생각하겠군.

"이리 와봐." 그가 말했다. 나는 잠깐 망설이다가 몸을 일으켜, 도망치고 싶은 충동을 억누르고 탁자를 빙 돌아 그에게 다가갔다. 심장이 흉곽에서 쿵쿵 뛰었다. 이제 무슨 일이 일어날까? 그가 나에게 키스할까? 내가 그걸 원하나? 마커스가 내 손을 잡아 부드럽게 자기 무릎에 앉히고 양팔로 나를 안았다. 그러고는 한참 동안 아무 말도 하지 않았다.

"나는 예순한 살이고, 직업적인 면에서는 모든 걸 이루었어. 하지만 사생활은 완전히 대혼란이야. 네 번 결혼하고 네 번 이혼했으니 말 다 했지." 이번에는 그의 목소리 색깔과 말하는 내용이 일치했다. "내 딸은 서른여섯, 서른네 살이야. 네 번째 아내는 제나보다 한 살 어렸어. 9년 전에 이혼한 뒤로 나는 혼자이긴 해도 잘 지내. 그러다가 셰리든, 당신을 만났어. 다른 많은 남자들처럼 나도 첫눈에 당신에게 반했지." 그가 조용히 웃으며 내 등을 쓰다듬었다. 나는 아무 말도 하지 않고 그의 품에서 느껴지는 편안함을 즐겼다.

"나는 당신이 하룻밤 사이에 유명해지고, 당신이 그 갑작스러운 명성과 부작용을 어떻게 다루는지 곁에서 지켜보는 경험을 했어. 셰리든, 나는 당신이 감탄스럽고, 함께 있는 게 좋아. 당신은 탁월한 아티스트인 동시에 마음이 따뜻하고 친절하며 현명한 사람이지. 엄청난 성공을 거두었는데도 겸손해. 어제 차에서 캐리에 대해 하는 말을 듣고 놀랐는데, 당신 말이 옳았어. 나는 그의 가족이나 미래를 생각하지 않고 그를 당장 해고했을 테지. 아까 캐리와 오랫동안 이야기했는데, 이제 당신과 그 사람 사이가 좀 나아질 거야." 그는 깊은 한숨을 내쉬고 말을 이었다. "셰리든, 내가 서른 살, 아니 스무 살만 젊었더라도 당신을 독차지하려고 분명히 별 짓을 다 했을 거야. 하지만 당신의 믿음직한 친구일 수 있다는 게 얼마나 만족스러운지 깨달았어. 나는 이 특권이 자랑스러워. 우리 사이가 다시 예전처럼 된다면 좋겠어."

그의 말은 상처 입은 외로운 내 영혼에 향유와도 같았다.

"나도 그래요." 나는 안도하여 작게 속삭였다. "당신이 너무나 그리웠어요."

"나도 그리웠어." 그가 대답했다.

"당신이 마흔 살 더 많아도 내가 상관없다고 한다면요?" 내가 물었다. "당신 생각이 뭔가 달라질까요?"

마커스는 바로 대답하지 않았다. 그러다가 나를 조금 밀어냈다. 우리는 아침 여명 속에서 서로 마주 봤다. 그가 부드럽게 내 뺨을 어루만졌다.

"당신 심장은 다른 남자의 것이지." 그가 말했다. "아까 그를 위해 〈리브 어 라이트 온 포 미〉를 불렀잖아. 당신의 삶에서 아주 특별한 사람을 위해 노래를 부르겠다고 말했을 때 그게 내가 아니라는 건 알았고, 또 정말 괜찮아. 셰리든, 나는 당신이 잘 지내길 바라. 하지만 나 자신을 생각할 만큼 이성적이기도 하지. 여자에 관해서라면 나는 평생 실수를 충분히 저질렀어. 이제 더는 상처받고 싶지 않아. 그리고 우리 우정이 너무나 소중해서 그걸 위태롭게 하고 싶지도 않고. 무슨 말인지 이해하겠어?"

나는 마커스 말의 진실성을 속으로 약간 의심했다. 그러다가 니컬러스와 나눴던, 지금 이것과 아주 비슷한 대화가 떠올랐다. 한 번은 아버지 맹장이 터져서 수술했을 때 매디슨 병원에서 돌아오는 길이었고, 다른 한 번은 캔자스시티에서 돌아올 때였다. 그때 나는 그에게 사랑을 고백했다가 거절당했는데, 한 여자가 사랑에 빠진 남자에게 어떤 힘을 행사할 수 있는지 당시에 막 알게 됐기에 처음에 심한 모욕감을 느꼈다. 하지만 우리는 그렇게 친구가 됐고 지금까지도 친구로 남았다. 그에 비해 호레이쇼 버넷은 나 때문에 머리가 돌아버렸고, 그 결과 우리 둘 모두에게 번민과 걱정과 고통을 안겼다.

"네, 이해해요." 나는 머리를 그의 어깨에 기댔다.

"엊그제 왜 그렇게 추락했는지 말해주겠어?" 그가 물었다. "나랑은 관계없는 일 같은데. 안 그래?"

"네." 나는 한숨을 내쉬었다. "그 FBI 프로파일러가 찾아왔었어요. 나더러 3주 후에 콜로라도 교도소로 다시 가야 한다고 말하더군요."

"당신은 그렇게 하기 싫은 거고."

"나도 모르겠어요."

"셰리든, 잘 들어봐." 마커스가 말했다. "FBI 국장은 나랑 학교

동창이야. 내가 그 친구에게 전화해서 프로파일러에게 중단 명령을 내리라고 부탁할 수 있어. 내가 그러길 바라?"

"아니요."

"당신 오빠가 또 뭐라고 했어?"

"그 일 때문은 아니에요."

"당신 오빠가 혹시 FBI로 가려는 야망이 있는지 니컬러스 워커에게 알려달라고 부탁했어." 마커스가 말했다. "그는 아니라고 하더군. 그러니까 당신 오빠는 정말로 범죄를 해결하는 것만 중요하게 생각하는 것 같아."

"그런다고 뭐가 달라지나요?" 내가 물었다. 이상한 일이었다. 이제 마커스와 이 일에 대해 말을 하니 스콧 앤드루와 다시 마주 앉는다는 상상이 밤에 잠들지 못하고 혼자 외롭게 침대에 누워 있을 때 하던 생각만큼 기괴하거나 위협적으로 느껴지지 않았다. 내가 정말 두려워하는 게 뭘까? 플로렌스 최고보안교도소에 가면 무슨 일이 기다리고 있을지 이미 알고 있었다. 또 내가 앤드루와 마주할 수 있다는 것도 알았다.

"달라진다고 생각해." 마커스가 내 얼굴에서 머리카락을 걷어냈다. "왜 가지 않으려고 하는지 한번 잘 생각해봐. 당신 어머니의 살해범을 만나서, 그가 어떤 끔찍한 일을 했는지 듣는 걸 정말 견디지 못해서인가? 아니면 사실은 전혀 다른 게 문제일까?"

"무슨 뜻이에요?"

"흐음." 마커스가 어깨를 으쓱했다. "어쩌면 자존심과 관계있는지도 모르지. 오빠가 당신을 속인 것에 화가 나서 다시는 그곳에 가지 않으려는 것일 수도 있잖아."

나는 문득 그의 말이 옳다는 걸 깨달았다. 사실 FBI와 앤드루

희생자의 유족들을 돕는 데는 아무 문제도 없었다.

"무엇보다도 도덕적으로 협박을 받고 싶지 않았던 것 같아요."
나는 그의 말을 인정했다. "조던 오빠와 하딩이 나에게 뭔가 하라
고 요구하는 방식에 화가 났어요. 물론 정중하게 부탁하긴 했지만
경찰이 부탁하는 방식이었죠. 거절할 기회가 없는 부탁. 내가 안
가면 어떻게 되냐고 하딩에게 물었더니 그가 나를 협박하며 중범
죄 해결에 도움을 주는 걸 거절했다는 사실이 알려지면 나에게 해
가 될 거라고 말하더군요."

"아이고, 나쁜 놈." 마커스가 어이없다는 표정을 지었다.

"언젠가 재스퍼가 나랑 같이 가주겠다고 말한 적이 있어요. 그러
자 그 일이 아주 끔찍하게 생각되지는 않더군요."

"흐음." 마커스가 내 손을 쓸었다. "내가 동행한다면? 그러면 당
신 결정이 좀 쉬워질까?"

"그렇게 해주실 거예요?" 나는 믿을 수 없었다.

"물론이지." 그가 가볍게 웃다가 금방 다시 진지해졌다. "친구 좋
다는 게 뭔데."

"오, 마커스. 고마워요!" 나는 그의 목에 팔을 감고는 한없는 안
도와 감사를 느꼈다. 아버지가 목련 저택 내 방을 보여주었을 때,
걱정과는 달리 내가 고향을 잃어버렸던 적이 한 번도 없다는 사실
을 알게 됐던 그날처럼, 진정한 친구는 그저 전화 한 통만 걸면 되
는 거리에 있다는 걸 지금 깨달았다.

"자, 그럼 다 해결됐군." 마커스가 헛기침을 했다. "함께 해돋이
를 본 후에 어딘가에 가서 아침을 먹는 게 어떨까?"

"여기서는 해돋이가 보이지 않아요." 나는 이렇게 대답하고 눈을
비볐다.

"내가 완벽한 장소를 알아." 마커스가 말했다. "저 건너편 말리부 포인트 듄이야."

"좋아요." 나는 어깨를 으쓱했다. "그런데 어떻게 가지요?"

"내 차로."

"운전하시면 안 될 텐데요."

"그렇지." 그가 싱긋 웃으며 자리에서 일어났다. "하지만 당신은 안 마셨잖아. 내가 제대로 봤다면 말이야. 자, 가자고!"

그가 내 손을 잡았다. 우리는 테라스를 건너 호텔로 들어갔다. 나를 위해 치른 첫 번째 뒤풀이의 잔해를 호텔 직원들이 치우는 동안, 뻔뻔한 사람 몇 명만 아직 바에 서 있었다. 우리는 내 그래미를 보호하듯 팔을 그 위에 얹은 채 구석 소파에서 잠든 캐리를 발견했다. 마커스가 가볍게 그의 어깨를 흔들었다.

"웨이츠 씨, 집에 가세요." 캐리가 깨어 멍하니 바라보자 마커스가 말했다. "오늘은 이만 퇴근해도 좋습니다."

"아, 네." 캐리가 하품을 했다. "여기 이건 어떻게 할까요?"

"하나는 당신에게 선물할게요. 추억으로 말이에요." 내가 미소를 지으며 말했다.

"정말요? 오…… 정말…… 좋아요." 그가 말을 더듬었다.

"캐리, 고마워요. 그동안 너무 힘들게 해서 미안해요. 이제 그런 건 다 끝났어요." 나는 몸을 숙여 그의 뺨에 입을 맞추었다.

캐리는 여전히 몽롱한 표정으로 실실거리며 자기 뺨을 검지로 쓰다듬었다.

"베스트 송 그래미를 가져도 될까요?"

"물론이죠." 나는 그에게 윙크하고 나머지 트로피를 집어 들고는 마커스를 따라 바깥으로 나갔다. 그가 호텔 바로 앞 VIP주차장에서 있는 포르쉐 열쇠를 나에게 건넸다. 나는 그래미와 내 가방을 보조석에 던진 후에 운전석에 앉았고, 마커스는 조수석에 앉았다. 차 시동을 켜고 루프를 열었다. 5분 후에 우리는 오션 애버뉴를 따라 달리다가 산타 모니카 피어에서 퍼시픽 코스트 고속도로를 탔다. 도로가 아직 텅 비고 공기가 맑았으며, 해안을 따라 북쪽으로 달리는 동안 지난 몇 주와 몇 달간의 긴장이 떨어져나갔다. 마커스와 나는 라디오에서 흘러나오는 이기 팝의 〈와일드 원〉을 크게 따라 부르며 웃었다. 나는 방금 그래미상 여덟 개를 거머쥐었고, 음악의 올림포스산에 마침내 다다랐다. 새 앨범도 거의 다 녹음했다. 여름에 순회공연이 끝나면 카슨 던이나 지미-리 밴크로프트 같은 스타와 함께 처음으로 영화도 찍을 것이다. 나는 부모가 누군지 알았고, 혹시 연쇄살인범의 유전자를 물려받은 건 아닌지 더 이상 걱정하지 않았다. 또 재스퍼와의 사이가 힘들긴 해도 내 유명세를 서서히 잘 다룰 수 있게 됐다. 난 이제 혼자가 아니니까. 마커스는 다시 내 편에 서 있는 친구이자 조언자가 됐다. 지금 이 순간 나는 그저 한없이 행복하기만 했다.

7개월 후

9월 어느 따뜻한 날 오후에 나는 새집으로 이사한 기념으로 친구와 이웃 몇 명과 소박하고 편안한 집들이를 했다. 우리는 멕시코 맥주를 병째 마시고, 스테이크와 석쇠에 구운 새우를 먹고, 느긋하게 이것저것 수다를 떨었다. 초여름에 카슨 던이 자기 옆집이 매매로 나왔다고 넌지시 알려줬다. 멀홀랜드 드라이브 위쪽 로렐 캐년에 위치한 방 여섯 개와 욕실 세 개, 풀장과 정원이 있는 그 랜치 하우스는 첫눈에 바로 내 마음에 들었다. 색 바랜 참나무 널빤지 바닥과 유리창의 나무 덧문, 지붕이 있는 대형 테라스와 탁 트인 시골풍 주방은 너무나도 안락했다. 내 이웃은 유명 영화배우와 뮤지션과 운동선수들이었고, 나와 마찬가지로 사생활 영역을 모두 중요하게 여겼다. 마커스는 방이 아주 많은 퍼시픽 펠리세이즈의 집이 나에게는 너무 크다는 걸 이해했다. 그도 그 집을 더는 사용할 일이 없어서 매매했고, 글로리아 에스포지토는 도우미로 나를 따라왔다. 새집에서 노스 비버리 파크에 있는 마커스의 전원주택까지는 이제 별로 멀지 않아서 멀홀랜드 드라이브를 통해서 가면 15분밖에 걸리지 않았다. 내가 8주 동안 〈더 브라이드〉 촬영 때문에 애리조나와 일본과 멕시코에 머무는 동안, 피터는 집 개축 공사를 감독하고 피아노를 샀으며 반지하에 완벽한 녹음 스튜디오를 만들어 앞으로는 내가 집에서도 작업할 수 있게 준비했다.

마테오와 조니는 번갈아가며 지난 영화 촬영 중에 생긴 재미있는 일화를 설명했고, 퀸은 〈더 브라이드〉 후반 작업의 어려움을 말하며 끝없이 참견하고 언제나 끼어드는 20세기 폭스사 책임자들을 아주 똑같이 흉내 냈다. 우리는 그의 기교에 고함을 지르며 웃음을 터뜨렸다. 그런 다음 서로 내기하듯 정신 나간 팬들 때문에 겪은 일화를 털어놓았는데, 월마트 탐폰 이야기와 헬리콥터 구출 사건을 이야기한 내가 모든 사람들을 압도했다. 아마 우리가 다들 같은 부류라서 분위기가 그렇게 느긋했을 것이다. 또 다른 이유는 내가 이 집단에서 유일한 여자였기 때문일 수도 있다. 그들은 나를 완전히 받아들였다. 내가 자기들의 유머를 함께 나누었으므로 내 앞에서도 말조심을 하지 않았다. 나는 남자들이 무척 많은 세상에서 성장했으니 이상한 일도 아니었다. 마커스와 나의 친밀한 관계는 당연히 비밀이 아니었고, 우리가 연인이라는 소문이 끈질기게 돌았으므로 남자들은 나를 가만히 내버려뒀는데 덕분에 나는 편해졌다. 내 마음과 내 삶에 이제 새로운 남자를 위한 자리는 없다. 11시쯤에 모두 자리를 떴고, 마지막으로 카슨이 우리 둘의 대지를 서로 연결하는 정원 문으로 나갔다. 글로리아는 이미 퇴근했으므로 내가 접시와 잔을 집 안으로 나르고 부엌을 정리했다. '내' 집에 있는 '내' 부엌이었다. 재스퍼를 마지막으로 본 지 거의 정확하게 1년이 되었다. 그는 언젠가 다시 나를 만나러 올까? 이 집은 그의 마음에도 들 텐데. 그건 확실했다.

재떨이를 비우고 빈 병을 차고로 나른 다음 진 토닉을 한 잔 만들어 테라스로 다시 나가서 한숨을 내쉬며 안락의자에 편하게 주저앉았다. 지난 몇 달은 마치 빨리감기처럼 지나갔다. 그래미 수상식에서 승리하고 겨우 일주일 후에 발매된 싱글 〈프로즌〉은 열흘 만에 골드와 플래티넘이 됐다. 3월 초에 〈폭풍의 시간〉 순회공연이 다시 시작됐다. 내가 플로렌스로 가던 날, 재스퍼가 문자를 보냈다. 우리가 바로 1년 전에 주차장에서 만났다고. 그가 나를 생각한다는 사실, 그리고 저녁마다 매진된 홀에서의 아드레날린 러시는 나에게 날개를 달아줬다. 마커스를 지원군과 보호자로 하여 두 번째로 스콧 앤드루를 찾아가니, 1년 전과 달리 거의 끔찍하지 않았다. 이번에는 어떤 일이 나를 기다리고 있는지 미리 알고 있었고, 앤드루는 약속대로 대화 말미에 1974년 4월에 뉴멕시코 샌타페이 근처에 젊은 여자를 묻었다고 알려줬다. 실제로 FBI는 앤드루가 설명한 장소에서 27년 동안 실종됐던 젊은 여성의 시신 잔해를 발굴해냈다.

4월 초에 나는 보스턴에서 폴 서튼과 다시 만났다. 피터에게 시디와 콘서트 표 두 장과 무대 뒤편 통행권을 그에게 보내라고 부탁했는데, 그는 청소년 시절 여자친구이자 나보다 훨씬 더 잘 어울리는 의사 새러와 함께 찾아왔다. 그와의 재회는 친근하고 가볍게 이루어졌고, 나는 그가 날 용서했으며 지금 행복하다는 사실에 마음이 놓였다. 하지만 내가 왜 이 남자를 사랑했고 그와 하마터면 결혼까지 할 뻔했는지는 여전히 이해되지 않았다.

5월에 샌프란시스코에서 〈폭풍의 시간〉 순회공연이 끝났다. 그 공연은 솔로 아티스트로서 CEMC 역사에서 상업적으로 가장 큰 성공을 거둔 공연으로 기록됐다. 두 번째 앨범 〈곤, 베이비, 곤〉은 비평가와 팬들을 동시에 감동시키고 〈폭풍의 시간〉보다 더욱 판매가 늘어났으며, 이 앨범에 앞선 두 번째 싱글 〈리브 어 라이트 온 포 미〉가 그랬던 것처럼 순식간에 1위에 올랐다.

순회공연이 끝난 직후에 밴드 동료들과 공연 팀이 모두 휴가를 떠날 때 나는 〈더 브라이드〉 촬영이 시작됐기에 애리조나로 바로 날아갔다. 살인범 역할을 위해 힘겨운 피트니스와 스포츠 프로그램을 마쳤는데 이는 무대 공연에도 도움이 됐으며, 스물세 번째 생일 파티는 애리조나 사막에서 영화 팀 전체와 함께 치렀다.

참 기이했다. 할리우드에서 가장 인기 좋은 남자들이 내 친구였고 그중에 최소한 두 명은 마커스 골드스타인을 존경하기 때문에 단지 그 이유로 나에게 사랑 고백을 하지 않았다. 그러나 나는 자존심 강하고 고집 센 와이오밍 출신의 한 남자를, 자신의 자유와 원칙을 포기하고 내 삶을 공유하기를 끈질기게 거부하는 그 남자, 내 삶에서 자기 자리를 찾지 못한 그 남자를 사랑했다. 이런 태도는 우리 둘 모두에게 고통스러웠지만 나는 재스퍼의 고집을 존중했고, 어쩌면 그의 이런 확고부동함을 사랑하는 건지도 몰랐다. 하지만 그가 언제까지 나를 기다릴 수 있을까? 그냥 와이오밍으로 그를 만나러 날아갈까 생각하기도 했지만 내 일정표에는 빈틈이 거의 없었고, 형편이 안 좋을 때 분주한 상태로 나타날 마음은 더더욱 없었다. 그래서 이따금 전화만 하고는 밤마다 홀로 잠들었고, 재스퍼와 내가 이 딜레마의 해결책을 찾아낼 수 있기를 기다리고 또 기대했다. 우리가 마지막으로 만난 지 이제 곧 1년이 되어간다. 그 후에는 어떻게 될 것인가?

새 앨범에서 나는 재스퍼가 그를 향한 내 사랑을, 내 그리움을 알도록 신경을 썼다. 〈곤, 베이비, 곤〉에 담긴 모든 노래는 오직 그를 위해 만든 것이었고, 퀸이 내 각본에 따라 촬영한 〈프로즌〉과 〈리브 어 라이트 온 포 미〉, 〈비하인드 블루 아이즈〉와 〈올 도즈 론리 나이츠〉, 〈롱 디스턴스 러브〉 비디오에서는 카슨이 재스퍼 역할을 연기했다. 비디오는 모두 재스퍼와 내가 함께 경험한 상황을 다루었으므로 그가 이 비디오들을 본다면 아마……

집 안 어딘가에서 휴대폰이 울렸다. 아마 마커스일 것이다. 그는 사업차 며칠 아시아에 갔는데, 이따금 말도 안 되는 시간에 전화를 걸었다. 전화기를 찾아다니다 부엌 식탁에서 발견했다. 전화는 끊어졌지만 액정에 부재중 전화가 아홉 번 표시되어 있었다. 모두 매디슨 카운티 지역번호였는데, 누군가 그곳에서 아홉 번이나 나에게 연락을 하려다가 실패한 것이다! 한밤중인 15분 전 1시에 도대체 누가 전화한 걸까? 가족에게 안 좋은 일이 일어난 게 아니기를! 나는 안 좋은 예감을 느끼며 발신 버튼을 눌렀다. 한 번 울리자마자 누군가 전화를 받았다.

"셰리든." 아버지 목소리였다. "잠을 깨운 게 아닌가 모르겠구나."

"아, 아빠. 아니에요. 아직 안 잤어요." 아버지 목소리가 어딘지 이상했다. "무슨 일이 생겼나요?"

"그래, 잘 듣고 내가 말하는 대로 하겠다고 약속해다오." 아버지 목소리가 너무 심각해서 나는 불안해졌다.

"알겠어요." 나는 가슴이 꽉 막힌 채 대답했다.

"올해 여름은 지독하게 건조했다." 아버지가 무슨 말씀을 하시려고 이러는 걸까. "너무 건조해서 엘크혼 습지대 중에서 몇 에이커가 다 말랐지. 3주 전에 토지 관리국 생물학자들이 그곳에서 시신한 구를 발견했다. 경찰 시신이었어."

나는 그 일을 너무도 철저하게 밀어내 그때 이후로 내가 선 얼음판이 얼마나 얇은지를 잊어버리고 지내왔다. 이제 아버지 말의 의미를 깨닫게 되자 그 살얼음이 수천 조각으로 깨졌다. 몇 초 동안 나는 무중력상태였다. 그러다가 내 영혼이 검은 허공으로 쓰러졌다. 모든 게 잘되어간다고 느끼는 순간에 늘 그랬듯이, 이럴 때마다 어김없이 무슨 일인가 일어나 내 삶은 산산조각 폐허로 변해버렸다. '끔찍한 일'을 영원히 해결했다는 망상은 7년 동안 지속됐다. 과거가 나를 따라잡았다는 사실을 깨닫자 무릎이 고무처럼 흐물거리고 온몸이 떨리기 시작했다.

"하지만…… 하지만 아주 오래전 일이에요! 아무것도…… 남아있지 않을 텐데!" 심장이 거친 스타카토로 쿵쿵거리고, 그 일이 벌어진 다음 날 니컬러스가 부엌에서 나에게 이제 아무도 그놈을 찾지 못할 거라고 말하던 게 떠올랐다.

"아니, 남았어. 시신이 습지에서 미라가 됐다." 아버지의 말에 나는 아주 잠깐 이 모든 게 꿈일 거라는 정신 나간 생각을 했다. "시신의 신원이 확인됐고, 실종사건은 살인사건으로 바뀌었어."

나는 이 소식 자체도 끔찍했지만 이 일 뒤에 뭔가 더 많은 게 도사리고 있으리라는 걸 깨달았다.

"아빠, 어떻게…… 이 소식을 아셨어요?" 내가 떨리는 목소리로 물었다.

"니컬러스가 체포됐다." 아버지의 말에 나는 경악했다. "시신에서 니컬러스의 지문과 유전자 흔적이 발견됐어. 일레인에게 들어서 알게 됐다. 물론 비공식적으로 말이야. 일레인은 링컨 수사팀과 함께 일하고 있어." 아버지가 수화기 저편에서 한숨을 내쉬었다. "조던이 주 경찰 살인사건 전담반 팀장으로 수사를 지휘하는 중이야."

얼음 같은 냉기가 내 핏줄을 타고 흘렀다. 하필이면 아버지의 아들, 니컬러스의 친구, 내 오빠, '나의 적'인 조던 오빠라니! 오빠는 이 사건이 해결되기 전까지 절대 중간에 그만두지 않을 터였다. 그리고 내가 그 남자를 죽였다는 걸 알게 되면 날 법정으로 끌고 가기 위해 무슨 짓이든 하겠지.

"오빠가 니컬러스 아저씨를 체포했어요?"

"그래." 아버지가 상심하여 대답했다.

나는 잠시 눈을 감았다. 7년 전 핼러윈 밤의 공포가 불과 며칠 전에 일어난 일처럼 갑자기 너무나 생생해졌다. 매디슨 다목적 강당 뒤쪽에서 그놈이 나를 잔인하게 성폭행할 때의 경악과 통증과 소름 끼치는 죽음의 공포가 다시 떠올랐다. 그리고 성폭행을 당하는 동안 아프게 내 등을 파고들던 돌덩이로 그 개자식의 머리를 내리친 기억도. 두개골이 깨지는 둔탁한 소리가 지금도 내 귀에 들려왔다. 그 소리를 듣고 난 다음에야 그의 얼굴에서 가면을 벗겼고, 몇 달 전부터 나를 따라다니며 추근거리던 경찰임을 알았다.

"이제 어떻게 하지요?"

"셰리든, 넌 아무것도 하지 마. 이런 범죄와 연관되면 네 경력은 끝이다. 언론은 너 같은 사람이 실수하기만 기다렸다가 큰 파장을 일으킬 보도를 하니까." 아버지가 말했다. "니컬러스와 내가 이미 말을 다 끝냈다. 니컬러스가 그놈과 싸웠다고 말하기로 했어. 레드 부츠 뒷마당에서……."

"절대 안 돼요!" 나는 아버지의 말을 가로막았다. "아저씨가 그러면 안 돼요! 내가 아저씨를 이 일에 끌어들였어요. 내가 해명할 거예요! 내가 한 일 때문에 니컬러스 아저씨가 벌을 받게 그냥 둘 수는 없어요. 내일 아침 일찍 갈게요."

"아니, 셰리든. 너는 빠져라." 아버지가 애원했다. "네가 이 일과 관련이 있다는 증거는 하나도 없어."

"하지만 아빠! 그건 살해가 아니었어요!" 나는 흥분해서 고함을 질렀다. "정당방위였다고요!"

"두개골에 난 구멍에서 그걸 볼 수는 없는 법이다." 아버지가 냉정하게 대답했다.

그 끔찍했던 날 밤에 나는 공포로 제정신이 아니었고, 믿을 수 있는 유일한 사람이었던 니컬러스에게로 도망갔다. 그는 당장 경찰서로 가자고 했지만 내가 거부했다. 의사가 나를 진찰하고, 구역질 나는 벤턴 보안관이 성적인 질문을 던지고, 그 끔찍했던 순간을 계속 반복해서 떠올려야 하고, 페어필드와 매디슨 사람들이 그 일을 모두 알게 된다고 상상하니 견딜 수 없었다. 니컬러스는 나를 도우려고 시신을 처리했다. 안 그래도 나를 위해 한 일이 아주 많았던 그가 나를 보호하려고 자신이 저지르지도 않은 죄를 뒤집어쓰는 걸 나는 그대로 두고 볼 수 없었다.

아버지는 내가 그냥 로스앤젤레스에 있는 게 낫다고 설득하려 했지만 내 결심은 확고했다. 에스라 오빠가 살인 광란을 일으킨 후에 나는 도망치는 실수를 범해 불안과 거짓말의 악순환에 빠져들었다. 이제 그런 실수를 더는 저지르지 말아야 했다. 내 위에서 계속 대롱거리는 다모클레스의 칼과 함께 살고 싶지 않았다.

"아빠! 아빠, 내 말 좀 들어보세요! 내일 아침 일찍 가서 자수할 거예요. 무슨 일이 있었는지 조던 오빠에게 설명할게요. 시신도 내가 치웠다고 말할 거예요."

"그 말을 믿지 않을 거다." 아버지가 반박했다. "그 남자는 분명히 70킬로그램은 됐을 텐데, 너는 겨우 열여섯 살이었어."

"조지프 오빠가 도와줬다고 말할 수도 있죠." 내가 제안하자 아버지가 다시 반박했다.

"조지프는 그때 이미 해군 군부대에 있었다."

"그러면 라일이나…… 에스라 오빠가!" 이미 죽은 사람은 생전에 살인사건에 연루됐다고 해도 괜찮지 않을까.

"셰리든, 안 돼." 아버지가 차분하게 말했다. "네가 정말 자수하겠다고 마음먹었다면 진실을 말해야지, 새로운 거짓말을 세상에 또 내놓으면 안 된다. 거짓말이 어떤 일을 불러일으키는지 너도 잘 알지 않니."

"하지만 니컬러스 아저씨의 삶을 파괴하기 싫어요!" 나는 다급하게 말했다. "그리고 아빠의 삶도요! 죄를 지은 사람은 나 혼자예요. 내가 그때 경찰서에 가서 자수하지 않았으니까요!"

"니컬러스는 자기가 한 일에 대해 책임을 지려고 해." 아버지가 대답했다. "넌 그때 그에게 부탁하지 않았어. 그가 자발적으로 한 일이지."

나는 니컬러스를 어떻게 이 사건에서 꺼내야 할지 필사적으로 해결책을 찾느라 머리가 깨질 것 같았지만 아무 생각도 나지 않았다.

"조던 오빠가 우리를 미워할 거예요." 나는 우울하게 말했다.

"우리가 왜 그렇게 행동할 수밖에 없었는지 이해할 거야."

나는 그렇게 예상하지 않았다. 조던 오빠는 경찰이니 경찰처럼 생각할 터였다.

전화를 끊은 후에 피터의 자동응답기에 내일 아침 일찍 노퍽으로 가야 해서 전용기를 타고 싶다는 부탁을 남겼다. 그런 다음 마커스에게 연락했지만 휴대폰이 꺼져 있었다. 어쩌면 그게 나을지도 몰랐다. 그는 나를 이 일에서 손을 떼게 하려고 시도하거나, 최소한 변호사 군단을 당장 보낼 텐데 그러면 상황이 더욱 복잡해질 터였다. 내 결심은 확고했다. 지금 중요한 사람은 내가 아니라 니컬러스였다. 할리우드 힐스 밤하늘 높이 떠 있는 눈썹 같은 달을 올려다보니 별이 총총한 와이오밍의 밤하늘이 저절로 떠올랐다. 1995년 핼러윈 저녁에 일어난 끔찍한 사건을 재스퍼에게도 말하지 않았는데, 그가 언론을 통해 알기 전에 내가 먼저 말해야 하는 게 아닐까? 나는 손에 들고 있는 휴대폰을 노려봤다. 아니, 지금은 아니야. 한밤중이잖아. 내일도 시간은 있어.

∽

호커 비치크래프트는 예정보다 30분 이른 11시 15분에 노픽의 작은 공항에 착륙했다. 아침 6시에 나를 반 누이스 공항으로 데려다준 피터는 내가 무슨 일로 이렇게 급하게 집에 가야 하는지 당연히 물었지만, 나는 다음 며칠 일정을 모두 취소해달라고 부탁하고 나중에 연락하겠다고 약속했다. 두 조종사에게는 나를 기다리지 말고 바로 로스앤젤레스로 돌아가도 된다고 말했다. 비행기 세우는 위치에 도착하여 트랩이 내려가자마자 나는 보스턴백을 어깨에 메고 비행기에서 내렸다. 작은 지방 공항은 평소와 마찬가지로 별로 분주하지 않았다. 세 개의 격납고 중 하나 앞에 단발 프로펠러기 두어 대만 있었다. 나는 공항 행정 건물 옆의 작은 문을 지나서 바깥으로 나왔다. 결심을 굳힌 다음부터 무척 자유로워져 거의 희열을 느낄 정도였다. 앞으로 어떤 일이 닥칠지 예감하긴 했지만 그놈이 7년 전에 내 몸과 영혼에 입힌 상처, 내가 내면 깊숙한 곳에 세심하게 감춰두었던 그 상처가 드디어 치유되기 위해 빛과 공기를 쐬게 됐다는 사실에 안도

했다. 과거의 악령이 힘을 떨치는 한 그 비밀을 지켜야 하므로 내 인생은 가능성을 펼칠 수 없었다.

아름다운 늦여름 날씨였다. 구름 한 점 없는 새파란 하늘에 대지는 텅 비고 공기가 아주 맑았는데, 로스앤젤레스는 거의 언제나 노란 스모그에 에워싸여 있어서 이런 풍경이 이제 낯설 지경이었다. 그러나 가장 아름다운 건 정적이었다. 멀리서 들려오는 트랙터 소리가 유일한 소음이었다. 오랜만에 처음으로 내 뇌의 뉴런들이 평온을 누렸다. 대도시의 지속적인 소음 때문에 늘 일어나던 색깔과 형태의 폭풍이 잠잠해졌다. 나는 주차장 가장자리의 진입방지용 말뚝에 걸터앉아 휴대폰을 꺼내 클라우드 피크 목장 전화번호를 눌렀다. 재스퍼는 손님들과의 아침 승마가 끝나고 점심식사 전인 이 시간에 대부분 사무실에 있었다. 신호음이 들려서 나는 심호흡을 했다. 두어 번 울리고서 그가 전화를 받았다.

"어, 셰리든!" 수화기 저편에서 들리는 재스퍼의 목소리에 나는 기쁨으로 몸이 따뜻해졌다. "당신이 전화를 하다니 정말 좋다! 어떻게 지내?"

"안녕, 재스퍼. 난 잘 지내. 당신은?"

"나도. 토요일에 마지막 손님들이 떠나면 시즌이 끝나. 그럼 여긴 다시 조용해지겠지. 지금 어디야? 이제 새집에서 살아?"

"응, 며칠 전부터. 지금 방금 노픽에 착륙했어. 아빠가 곧 마중 나올 거야."

"응?" 그 말은 설명을 기대하는 질문처럼 들렸다. 자동차 한 대가, 또 한 대가 지나갔다. 점심 무렵, 노픽과 매디슨 사이의 러시아워가 최고조에 달했다.

"재스퍼, 당신에게 할 말이 있어. 잠깐 시간 돼?"

"심각한 일인 것 같네." 그가 말했다. "그래, 당신이 필요한 만큼 시간이 많아."

그가 빅혼 산맥의 탁월한 경치가 내다보이는 사무실의 낡은 가죽 소파에 몸을 기대고 앉아, 먼지 묻은 카우보이 부츠를 책상 모서리에 올리고 있는 모습이 상상됐다. 책상 옆에는 작년 4월에 내 계약서 초안을 뿜어내던 팩스 기계가 있을 것이었다. 재스퍼 헤이든이 갑자기 너무나 그리워 심장이 부서질 것 같았다.

"7년 전에 난 끔찍한 일을 겪었어." 나는 용기를 잃기 전에 얼른 이야기를 시작했다. "아무에게도 그 말을 하지 않았지만, 오늘 해야 할 거야. 당신이 그걸 텔레비전이나 신문에서 알게 되기 전에 나에게서 듣는 게 좋겠어."

"그래……."

"지금 자세한 이야기는 할 수 없지만, 당신이 원한다면 나중에 그렇게 할게."

"당신이 비밀리에 결혼했고 아이가 셋이라는 말만 아니라면 뭐든지 괜찮아." 그가 캔자스시티에 나를 데리러 왔던 날처럼 농담을 했다.

나는 1995년 핼러윈 때 무슨 일이 벌어졌는지, 그리고 그 결과 내가 어떤 일을 겪었는지 이야기했다. 재스퍼는 내 말을 중단하는 일 없이 끝까지 귀를 기울였다.

"아, 셰리든. 너무나 마음이 아파서 무슨 말을 해야 할지 모르겠어." 내가 이야기를 마치자 그가 충격에 빠진 목소리로 말했다. "당신이 내내 그 사실을 품고 지내며 아무에게도 말하지 못했다니 정말 끔찍해. 하지만 왜 그랬는지 이해할 수 있어."

그는 나를 판단하지 않았고, 내가 그동안 그 사실을 숨겼다며 기분 나빠하지도 않았다. 나는 안도감에 현기증이 날 지경이었다.

"조던 오빠가 니컬러스를 체포했는데, 난 그냥 두고 볼 수 없어. 니컬러스는 그저 날 도우려던 거야. 어쩌면 모든 게 망가질지도 모르지만 오빠에게 진실을 말해야겠어."

"조던은 절대로 이 수사를 계속할 수 없어." 그가 냉철하게 말했다. "당신 오빠니까, 관계자라서 기피되지."

"아, 그렇지." 나는 생각에 잠겨 아랫입술을 깨물었다. 이게 나에게 장점이 될까, 아닐까? 상관없었다. 사실 누가 수사를 지휘하든 차이는 없었다. "내가 하려는 일이 옳다고 생각해?"

"그럼, 완벽하게 옳아." 재스퍼가 나를 응원했다. "당신 행동은 정당방위였어. 그리고 사람들 생각에 신경 쓰지 마. 셰리든, 중요한 건 당신이야! 내면의 강인함, 기억나?"

"당연히 나지." 나는 저절로 미소가 지어졌다. "불안을 극복할 수 있는 건 내면의 강인함과 자의식뿐이라고 했잖아."

"그랜트 양, 아주 잘 들었어요." 재스퍼가 미소를 짓는 게 전화로도 느껴졌다. "그래도 사람들은 당신 음악을 사랑할 거야. 마커스는 이 일에 대해 뭐라고 말해?"

지나가듯 질문하는 것 같았지만, 나는 내 대답이 그에게 얼마나 중요한지 알고 있었다.

"마커스는 아무것도 몰라. 피터도, 캐리도 모르지. 내가 말한 사람은 당신뿐이야."

트레일러 두 대를 매단 대형 트랙터가 일직선 국도에서 다가오고 그 뒤에 옥수수 수확 농기계가 따라왔다. 그 뒤에 아버지의 은색 픽업이 보였다.

"셰리든, 내가 당신에게 갈까?" 재스퍼가 물었다.

나는 숨이 멎었다. 이 질문을 1년 전부터 기다렸다. 당장 '응!'이라고 소리치고 싶었지만 그럴 수 없었다. 이 전투는 나 혼자 치러야 했다.

"재스퍼, 그럴 필요 없어. 하지만 그렇게 말해줘서 고마워. 나에게 무척 소중한 말이야."

나는 도로에서 몸을 돌리고 재스퍼의 대답을 들으려고 왼쪽 귀를 막았지만, 바로 그 순간 옆을 지나가는 빈 트레일러의 덜컥거리는 소음에 그의 목소리가 묻혔다.

"여보세요?" 나는 전화기에 대고 외쳤다. "재스퍼? 아직 안 끊었어?"

아버지가 방향지시등을 켜고 주차장으로 들어섰다. 그러고는 차를 세우고 주위를 둘러봤다. 나는 그제야 아버지가 로스앤젤레스 변장을 한 나를 한 번도 못 봤다는 데 생각이 미쳐 손을 들어 올렸다. 재스퍼와의 통화는 끊어졌다. 아마 공항 행정 건물 지붕의 송신탑에서 너무 멀리 떨어진 모양이었다. 이제 곧 무슨 일이 일어나든 재스퍼는 이미 그 사건을 알게 되었고, 나에게 중요한 것은 이사실이었다. 나는 휴대폰을 어깨에 멘 가방에 넣고 아버지 차로 다가갔다. 아버지는 유리창을 내리고 낯선 사람에게 하듯 정중하게 고개를 숙여 인사했다. 잿빛을 띤 금발 단발머리 가발과 도수 없는 둥근 안경을 이용한 변장은 완벽했다.

"안녕하세요, 그랜트 씨. 혹시 매디슨으로 가시나요?" 내가 물었다.

그제야 내 목소리를 알아챈 아버지의 얼굴에 미소가 스치고 지나갔다.

"훌륭한 변장이구나!" 아버지가 인정한다는 어투로 말했다. "자,

타렴! 안 좋은 소식이 있다."

8

매디슨은 야단법석이었다. 평소에는 잠에 취한 듯한 이 소도시가 자극적인 것에 대한 쾌감과 흥분으로 들끓었다. 전직 로데오 챔피언 니컬러스 '퀵-닉' 워커가 살인 혐의로 체포됐다는 소식은 큰 파문을 일으켰다. 아버지가 매디슨 경찰서를 운전해 지나가는데 내 심장이 목까지 올라와 뛰고 배가 텅 빈 느낌이었다. 윌로크릭 대학살 직후에 수사할 때처럼 주 경찰은 임시 수사본부를 설치했고, 일레인은 조던과 그의 팀원들에게 1층에 비어 있는 사무실을 사용할 수 있게 했다. 이 건물이 나를 성폭행한 범죄자의 예전 일터라는 게 운명의 아이러니였다. 은행 지점과 매디슨 경찰서 건너편 상점들 앞의 주차 구역에는 지붕에 위성접시와 라디오 안테나를 설치한, 전국에서 몰려든 텔레비전 중계차들이 서 있었다. 구경꾼들이 무리를 지어 서 있고, 기자와 카메라 팀이 입구 앞쪽에서 어슬렁거렸다. 보안관보 두 명이 지키는 정문 바로 앞에 유리창에 창살이 달린 '네브래스카 교정국'의 노란 버스가 서 있는 걸 보니 아버지가 오늘 아침에 일레인에게서 들은 말, 니컬러스가 주립교도소로 이송된다는 말은 사실이었다. 그러니 시간이 없었다.

"정말 이렇게 하길 원하니?" 아버지가 경찰서와 법원 건물 사이 뒤쪽 주차장으로 들어가면서 물었다. "조던에게 집으로 오라고 부탁할 수도 있어."

"안 돼요, 아빠." 내가 대답했다. "이 일은 공식적으로 해명해야 해요. 어떤 식으로든……." 나는 깜짝 놀라 갑자기 입을 다물었다.

"왜 그래?" 아버지가 물었다.

"FBI가 왔어요." 나는 당황해서 대답하고는 뒷문 앞에 주차된 똑같이 생긴 검은 서버번 두 대를 가리켰다. "왜 왔을까요?"

"어쨌든 일레인에게 전화를 할까?"

"네." 나는 단호하게 고개를 끄덕였다. "끝을 봐야죠."

"좋다." 아버지가 시동을 끄고 휴대폰을 들었다.

"내가 체포되면 마커스에게 전화를 해주세요." 내가 아버지에게 부탁했다. "그가 다른 사람에게서 그 소식을 듣는 건 싫어요."

"알았다." 아버지가 약속하고 일레인의 전화번호를 눌렀다.

일레인이 전화를 받기까지는 시간이 좀 걸렸다.

"당신이 지금 무척 바쁘다는 거 잘 알아." 아버지가 그녀에게 말했다. "하지만 잠깐 주차장으로 나와줘. 급한 일이야."

우리는 입을 다문 채 차 안에 앉아 있었다. 3분 후에 뒷문이 열리자 아버지와 나는 차에서 내렸다. 일레인이 긴장한 표정으로 우리에게 다가왔다. 그러고는 당황한 얼굴로 자기 남편과 나를 번갈아 바라봤다. 변장이 그녀에게도 통한 것이다. 그러다가 나를 알아보고는 눈을 둥그렇게 떴다.

"일레인, 할 말이 있어요." 내가 말했다.

"나중에 하면 안 될까? 지금 검사와 조던이 니컬러스를 링컨으로 이송하려는 걸 말리는 중이야. 헤퍼넌 판사도 있고, 한 시간 전에 FBI 직원도 네 명이나 나타났어."

"왜?" 아버지가 물었다. "FBI가 이 일과 무슨 상관이 있지?"

"버넌, 제발 좀! 난 정보를 줄 수 없어."

일레인이 초조한 표정으로 고개를 저었다. "나 이제 다시 들어가야 해. 나중에 말……."

"니컬러스 아저씨는 그 경찰을 쳐 죽이지 않았어요!" 내가 막아서며 한 말에 일레인은 깜짝 놀랐다.

"쳐 죽인 걸 어떻게 알았어?" 그녀가 눈을 가늘게 뜨고 나를 바라봤다.

"내가 쳐 죽였으니까요. 핼러윈 파티가 끝나고 그가 나를 성폭행한 후에 벌어진 일이에요."

"오, 세상에. 셰리든!" 일레인이 당황한 얼굴로 나를 빤히 바라봤다. 내 말을 소화하는 데 몇 초쯤 시간이 걸렸다.

"그런데 니컬러스는 무슨 관계가 있지? 시신에 왜 그의 DNA가 묻어 있어?"

"난 그날 밤에 니컬러스 아저씨에게 갔어요." 내가 대답했다. "아저씨는 경찰서에 가서 그 사건을 신고하라고 했지만 나는 그럴 용기를 내지 못했어요. 벤턴 보안관에게 그 일을 진술하는 걸 견디지 못했을 테니까요. 그리고 아빠와 레이첼 이모와 모든 사람이 알게 되는 것도 싫었어요. 수치스러웠어요. 일어난 일을 그냥 잊고 싶었고, 그래서 집으로 갔어요. 다음 날 아침에 니컬러스 아저씨가 아무도 찾지 못할 장소에 시신을 숨겼다고 그랬어요."

일레인의 휴대폰이 울리기 시작했지만 그녀는 받지 않았다. 이마를 찌푸리고 아랫입술을 깨물며 곰곰이 생각에 잠겼다.

"그래." 그러다가 침착하게 말했다. "이제 어떻게 하지?"

"검사와 헤퍼넌 판사에게 그 사건을 모두 설명할게요." 내가 말했다.

"그게 무슨 뜻인지 알지?" 일레인이 경고했다. "언론이 달려들 거야."

"상관없어요."

"당신도 알았어?" 일레인이 아버지에게 물었다.

"응. 하지만 아무에게도 말하지 않겠다고 셰리든에게 약속했어."

일레인이 고개를 저으며 한숨을 내쉬었다.

"조던이 FBI에게 알렸어. 링컨 범죄 연구실이 데커의 시신을 부검한 후에 그의 DNA를 평소 관례대로 데이터뱅크의 온갖 자료들과 비교하다가 1989년에서 1995년 사이에 일어난 미제 성폭행 살인사건 중에서 최소한 열한 건과 연관되었음을 확인했기 때문이지."

그에게 선수를 치지 않았더라면 내가 열두 번째 희생자가 될 뻔했다는 걸 깨닫자 소름이 끼쳤다.

"혹시 행동분석팀의 하딩 박사도 왔나요?" 내가 물었다. "키가 큰 대머리이고 콧수염을 길렀고, 뱀 가죽 부츠를 신은 사람이에요."

"응." 일레인이 놀라며 고개를 끄덕였다. "그 사람을 어떻게 알아?"

"콜로라도에서 만났어요. 그의 전문분야는 연쇄살인범이에요. 그가 여기 와 있다는 게 나한테 유리할 수도 있겠네요."

일레인은 생각에 잠긴 얼굴로 나를 바라봤다. 그러다가 드디어 결정을 내렸다.

"잘 들어." 그녀가 바지 주머니에서 열쇠 꾸러미를 꺼내 아버지에게 건넸다. "사냥개 같은 언론이 앞문에 버티고 있으니 두 사람은 법원으로 가서 법정 2층석에서 기다려. 나는 매디슨 카운티의 보안관으로서 청문을 먼저 하지 않으면 니컬러스의 이송을 거부할 권한이 있어. 조던과 지방 검찰이 서두르고 있으니 내가 지금 바로 비공개 사법 청문회를 요구할게."

"일레인, 고마워." 아버지가 말했다.

"감사하기에는 아직 너무 일러." 일레인이 경고했다. "어떻게 될지 모르니까."

그녀가 경찰서로 돌아갔다. 아버지와 나는 자갈이 깔린 주차장을 지나서 법원 건물 옆문으로 들어가, 법정에서 2층석으로 이어지는 계단을 올라갔다. 오래전에 정치 과목 수업 때 반 아이들과 이곳에 온 적이 있었다. 헤퍼넌 판사의 지도하에 모의재판을 한 적이 있기 때문이다. 법정은 장식이라고는 하나 없이 간결하고 나무 널빤지가 빙 돌아간 공간이었는데, 큰 관심을 불러일으킨 레이첼 이모의 살인사건 재판으로 전국적으로 유명해졌다. 방청석과 2층석에는 1백 명 정도 앉을 수 있었다. 낮은 난간 뒤쪽 판사석 맞은편에는 검사와 변호사를 위한 책상이 있고 왼쪽에는 배심원석이, 오른쪽에는 증인석이 있었다. 판사석 뒤쪽 벽에는 성조기와 네브래스카주의 깃발이 걸려 있었다.

몇 분이 흘러갔다. 아버지와 나는 말없이 앉아 있었다. 노픽에서 매디슨으로 오는 차 안에서 모든 것에 대해 상세히 대화를 나눴으므로 이제 더는 할 말이 없었다. 드디어 가까워지는 발소리와 목소리가 들려왔다. 법정 여닫이문이 열렸다. 아버지가 내 손을 잡고 꼭 쥐었다. 나는 심장을 두근거리며 마이크 헤퍼넌 판사와 그 뒤에 조던 오빠와 일레인, 그리고 재색 양복에 넥타이 차림인 적갈색 머리 남자가 방청석 사이의 중앙 통로를 따라 걸어오는 모습을 지켜봤다. 그들 뒤에서 양쪽에 보안관보 두 명과 함께 니컬러스가 걸어왔다. 나는 수갑을 찬 그를 보고 화가 나서 숨을 헐떡였다. 마지막으로 데이비드 하딩 박사가 법정에 들어섰다.

"보안관님, 이제 뭡니까?" 적갈색 머리 남자가 물었다. "왜 이런 야단법석을 떨어야 하지요? 왜 당신 사무실에서 말하면 안 됩니까?"

"검사님, 당신과 블라이스톤 씨는 일단 자리에 앉으시지요." 일레인 대신 마이크 헤퍼넌 판사가 대답했다. 그는 판사석에, 니컬러스는 피고인석에, 하딩 박사는 배심원석 의자 하나에 앉았다.

"워커 씨 수갑을 벗겨요." 일레인이 보안관보 두 명에게 지시했다. "그리고 두 사람은 바깥에서 기다리고요. 아무도 들어와서는 안 됩니다. 알았습니까?"

두 사람은 고개를 끄덕이고 사라졌다. 니컬러스는 손목 관절을 문질렀다. 일레인이 팔짱을 끼고 그의 옆에 섰다.

"자, 보안관님." 판사가 일레인에게 말했다. "이제 당신이 원한 것처럼 우리 모두 여기 모였습니다. 내가 제대로 이해했다면 워커 씨가 링컨 주립교도소로 이송될지 여부를 나더러 결정하라는 거지요?"

검사가 조던 오빠에게 뭔가 말하자 오빠는 고개를 저었다. 판사나 검사는 조던 오빠와 니컬러스의 관계를 모르는 것 같았다. 안다면 기피 대상이어서 분명히 제외됐을 테니까.

"판사님, 검찰이 워커 씨를 상대로 낸 고발을 무효로 할 수 있는 증인이 나타났습니다." 일레인이 대답했다. "판사님이 그 증인의 말을 들어보시기 바랍니다."

"이의 있습니다!" 검사가 벌컥 화를 냈다. "이건 그저 형식상의 문제일 뿐입니다. 워커 씨는 자백을 했고, 우리는 여기서 증인의 말을……."

"이의 기각합니다." 헤퍼넌 판사가 그의 말을 끊었다.

"비공식적 청문이긴 하지만 지금 이건 '내' 재판이니 여기서 뭘 하고 뭘 하지 않을지 여부는 '내가' 결정합니다. 자, 보안관님. 증인은 어디 있습니까?"

검사와 조던 오빠는 일레인을 미심쩍다는 듯 힘을 줘 노려보았다.

"쇼 타임!" 나는 아버지에게 속삭이고 심호흡을 한 후에 가발과 안경을 벗어 두 개 모두 가방에 넣었다. 우리는 계단을 내려갔다. 아버지 옆에 서서 중앙 통로를 따라 걸어가는데 심장이 터질 것처럼 세차게 뛰었다. 조던 오빠와 검사, 니컬러스, 하딩 박사와 헤퍼넌 판사가 당혹스러운 표정으로 우리를 바라봤지만 나는 어느 쪽도 바라보지 않았다. 일레인이 우리에게 난간 문을 열어줬다.

"버넌, 안녕하십니까? 안녕, 셰리…… 그랜트 양." 헤퍼넌 판사가 인사했다. "깜짝 놀랄 일이군요."

"마이크, 안녕하세요." 아버지도 화답했다.

"안녕하세요, 판사님." 나는 니컬러스를 흘낏 건너다봤다. "안녕하세요, 니컬러스 아저씨."

그는 고개를 저으며 소리 없이 '안 돼!'라는 입 모양을 만들었다.

"헤퍼넌 판사님." 나는 작년 여름에 아버지와 일레인의 주례를 보고 그전에는 내 양엄마에게 사형선고를 내린 재색 머리카락의 판사에게로 돌아섰다. "경찰이 자기 친척의 일은 수사할 수 없다는 게 사실인가요?"

"네, 사실입니다." 그가 대답했다. "기피라고 말하지요."

"셰리든, 왜 이래?" 조던 오빠가 화를 내며 끼어들었다. "무슨 쇼를 하려는 거지?"

오빠를 마지막으로 본 건 아버지 결혼식에서였다. 오빠는 상태가 안 좋아 보였다. 눈 밑에 보라색 다크서클이 끼었고 몸집도 말라 보였다.

"검찰과 하딩 박사님에게 거래를 제안하려고 왔어." 내가 대답했다.

"거래라니? FBI와 거래를 하겠다고? 네가 도대체 누구라고 생각하는 거야?" 조던 오빠가 경멸하듯 웃음을 터뜨렸지만 그 웃음에서 신경질적인 긴장감이 묻어났다.

"오빠는 언젠가 나에게 절대 잘못을 저지르지 말라고, 그랬다가는 야심에 찬 시골 경찰이 무슨 짓을 하는지 경험하게 될 거라고 위협했지." 내가 싸늘하게 대꾸했다. "그러니까 나는 뭔가 진술하기 전에 안전을 확보해야 돼."

조던 오빠는 머리카락 뿌리까지 새빨개졌다.

"그랜트 양, 어떤 종류의 거래를 생각하고 있습니까?" 프로파일러가 묻기에 나는 그에게 몸을 돌렸다. 그의 호의적인 미소도 목소리의 색깔과 마찬가지로 나를 속일 수는 없었다. 겉으로 보기에는 자제력을 발휘했지만 그의 표정 뒤에는 사냥 열기가 들끓었다. 데이비드 하딩 박사는 내가 만난 사람들 중에 의심할 여지 없이 가장 집착이 심한 사람이었다. 제대로 미끼만 던지면 그는 덥석 물 터였다.

"필요하다면 나는 언제든지 스콧 앤드루를 면회하러 가겠습니다." 내가 대답했다. "그리고 에릭 마이클 데커 사건이 완전히 해결될 정보를 검찰에게 줄 거고요. 그 대가로 니컬러스 워커가 고발당하지 않는다는 확약을 원합니다."

하딩과 헤퍼넌 판사가 눈길을 주고받았다. 판사가 자기는 상관없다는 중립의 표시로 어깨를 으쓱했다.

"잠깐만." 조던 오빠가 흥분해서 끼어들었다. "네가 여기서 내 사건과 중요한 연관이 있는 어떤 사실을 말하고 싶다면 침묵할 권리와 변호사를 선임할 권리가 있다는 걸 미리 알려준다."

"조던 오빠, 이건 이제 더는 '오빠' 사건이 아니야." 내가 싸늘하게 대답했다. "오빠는 나랑 아버지가 같으니까 기피 대상이잖아.

여러분이 내 제안을 받아들이지 않으면 나는 아무 진술도 하지 않 겠어요. 하지만 밖으로 나가서 FBI가 중범죄 해결을 도우라며 나 를 어떤 식으로 강요했는지 기자들에게 말할 수는 있어요."

2월에 내 집 앞에서 나눈 짤막한 대화를 잘 기억하고 있을 법한 하딩이 미소를 지었다.

"협박인가요?" 내가 그때 그랬던 것처럼 그가 물었다.

"아니요." 나도 그가 했던 말을 되풀이했다. "그저 무슨 일이 벌 어질까 고민해보시라는 거지요. 당신이 결정할 일이에요. 생각할 시간을 1분 드릴게요. 그 후에 나는 갈 테고, 그러면 당신은 알고 싶어 하던 걸 결코 알 수 없게 될 거예요."

"넌 그냥 허풍을 떠는 거야." 조던 오빠가 흥분해서 말했다. "경 찰 작업을 방해하려고 네 유명세를 이용하는 거라고."

"난 그랜트 양의 말을 믿습니다." 하딩 박사가 나에게서 눈을 떼 지 않은 채 오빠에게 반박했다. "검사님, 어떻게 생각하십니까?"

적갈색 머리 검사는 입술을 삐죽거리며 생각에 잠긴 채 나를 뚫 어지게 바라봤다. 오른손 손가락으로 책상을 두드리다가 드디어 입을 열었다.

"호기심이 생겼습니다. 그러니 나도 동의합니다."

"말도 안 돼요!" 희망이 사라지고 있음을 깨달은 조던 오빠가 항 의했다. "무슨 일인지 우린 전혀 알지 못합니다!"

하딩은 오빠에게 신경 쓰지 않았다. 그가 자리에서 일어나 나에 게 다가왔다.

"그랜트 양, 내 말만으로 충분할까요? 아니면 뭔가 문서로 남기 길 원하시나요?"

"당신의 말과 여기 증인들만으로 충분해요."

"좋습니다." 그가 손을 내밀어 악수를 청했다. "그러면 거래가 성립된 겁니다."

나는 그의 손을 잡았다.

"흥미진진하구먼." 조던 오빠가 기분이 상해서 투덜거렸지만 나는 오빠를 본 척도 하지 않았다.

"블라이스톤 씨, 조용히 하세요." 판사가 오빠를 나무라고 나를 바라봤다. "그랜트 양, 당신이 오늘 왜 여기 왔는지 이제 설명해주겠어요?"

"1995년 10월 31일, 학교 핼러윈 파티 후에 나는 어떤 남자를 돌로 쳐 죽였습니다. 그가 숨어 있다가 다목적 강당 뒤편에서 나를 성폭행한 후의 일이었어요." 나는 또렷한 목소리로 말했다.

아버지가 고통스러운 신음을 냈다. 헤퍼넌 판사는 당혹감과 연민과 충격이 뒤섞인 눈길로 나를 바라봤다.

"그 남자를 그전에 본 적이 있습니까?" 그는 쉽지 않을 것임에도 전문적인 태도를 유지했다.

"네." 나는 고개를 끄덕였다. "그가 경찰이라는 건 알았어요. 여름에 미들 오브 노웨어 축제 때부터 나를 따라다니며 치근거렸어요. 하지만 그의 이름은 나중에 신문에서 보고 알게 됐습니다. 그는 몇 번이나 숨어서 나를 기다렸어요. 언젠가 주유하는 걸 잊어버려서 매디슨과 페어필드 사이에서 모페드가 서버린 적이 있는데, 그때 그가 다가왔어요. 내 이름을 묻기에 대답하지 않았더니 배낭을 낚아채서 운동복 티셔츠를 가지고 갔어요. 몇 주 후에 티셔츠를 봉투에 넣어 돌려줬는데, 정액이 잔뜩 묻어 있었어요. 그래서 나는 그가 나를 다시 알아보지 못하기를 바라며 머리카락을 짧게 자르고 염색했는데, 아무 소용없었어요."

그 끔찍한 밤의 모든 세부사항이 내 기억에 각인되었기에 성폭행의 전말을 상세히 설명하는 것은 어렵지 않았다.

"그날 저녁에 그 남자가 어떤 옷을 입고 있었습니까?" 검사가 물었다.

"뭔가 어두운색이었는데, 자세히는 몰라요." 내가 대답했다. "하지만 그가 쓰고 있던 가면은 정확하게 기억나요. 영화 〈스크림〉에 등장하는 것과 같은 해골 가면이었어요."

"워커 씨는 이 일과 무슨 관계가 있지요?" 판사가 물었다.

"남자가 죽었다는 걸 깨달은 나는 공황상태에 빠져 차를 타고 도망쳤어요. 집에 아무도 없기에, 당시에 레드부츠 뒤쪽에 살던 친한 친구 워커 씨에게 갔어요. 워커 씨는 경찰서로 가라고 권했지만 나는 거부했어요. 너무 수치스러웠고, 부모님과 페어필드 사람들이 그 일을 모두 알게 될까 봐 두려웠어요. 그 사건을 그냥 다 잊고 싶었어요. 다음 날 아침에 워커 씨가 시신을 치웠다고 나에게 말했어요. 그는 나를 보호하려고 그렇게 한 거예요."

"워커 씨, 사실입니까?" 판사가 니컬러스에게 물었다.

"네, 판사님." 그가 대답했다. "그랜트 양의 진술은 완벽하게 사실에 부합합니다."

"그런데 왜 당신이 에릭 마이클 데커를 살해했다고 자백했습니까?" 검사가 물었다.

"셰리든을 보호하려고요." 니컬러스가 인정했다. "수사가 최대한 빨리 종결되기를 바랐습니다."

"믿을 수 없어요!" 조던 오빠가 당황해서 소리쳤다. "그랜트 양을 보호하려고 살인사건으로 유죄 판결을 받을 위험을 감수했다는 말입니까?"

조던 오빠와 니컬러스가 처음으로 서로 마주 봤다.

"그래요." 니컬러스가 무표정한 얼굴로 대답했다. "나는 셰리든이 이런 이야기를 법정에서 진술하는 걸 막고 싶었습니다."

"말도 안 돼." 조던 오빠는 갑자기 속수무책으로 보였다. 법정을 이리저리 두리번거리며 고개를 저었다.

"그런데 그게 끝이 아니었어요." 나는 말을 이었다. "넉 달 후에 나는 임신이라는 걸 알게 됐어요. 니컬러스가 다른 주에 사는 어떤 의사에게 데리고 갔는데, 자기 집 지하실에서 태아를 낙태하는 사람이었어요. 그 무면허 의사가 나에게 내부 손상을 입히는 바람에 며칠 후에 하마터면 출혈로 죽을 뻔했어요. 일주일 이상 여기 매디슨 병원에 입원해 있었지요. 그래서 아버지도 그 일을 알게 됐어요. 하지만 아버지는 그 말을 절대로 말하지 않겠다고 약속했고, 그 약속을 지켰어요."

아무도 입을 열지 않았다. 넓은 법정에는 당혹스러운 침묵뿐이 있다.

"버넌, 사실입니까?" 판사가 물었다.

"네, 그렇습니다." 아버지가 잠긴 목소리로 대답했다. "셰리든은 수혈을 받고 수술도 했습니다."

조던 오빠의 얼굴이 창백해졌다. 자기에게 의미 있던 사람들, 자기가 알고 있다고 믿었던 사람들이 자기에게 말하지 않은 비밀을 가지고 있었다는 사실을 서서히 깨닫는 것 같았다. 오빠의 눈빛이 원망과 씁쓸함을 드러냈다. 자기가 맡았던 사건은 공중으로 분해되고, 그가 직접 부른 하딩과 그의 팀은 언제나 그랬듯 모든 것을 덮을 터였다. 내면에는 절망과 분노가 들끓었지만 다른 모든 경찰처럼 조던 오빠도 일단은 자신의 감정을 억누르는 훈련이 되어 있었다.

"그랜트 양, 고맙습니다. 이곳에 와서 스스로에게 불리한 일을 진술한다는 것은 무척 용감한 행동입니다." 헤퍼넌 판사가 말했다.

"나도 감사드립니다." 검사도 이렇게 말하고 자리에서 일어났다. "범죄 행위 은폐를 돕는 건 유죄이지만, 전체적인 이야기로 볼 때 그랜트 양의 행동은 분명히 정당방위였습니다. DNA 감식 결과 에릭 마이클 데커는 열한 명의 여성을 성폭행하고 살해했으니, 당신도 죽이려 했다고 가정할 수 있겠지요. 그의 죽음의 경위가 설명됐으니 이 거래는 나에게 문제가 되지 않습니다." 그가 조던 오빠에게 물었다. "형사님은요?"

"나도 동의합니다." 오빠는 결국 항복하고, 손상된 위엄을 복구하려고 애썼다. 자제하는 목소리로 덧붙였다. "우린 바로 짐을 싸서 링컨으로 돌아가겠습니다."

"하지만 그전에 워커 씨를 왜 체포했는지 언론에 논리적으로 해명해야 할 겁니다." 헤퍼넌 판사가 상당히 무뚝뚝하게 지시했다.

"알겠습니다."

"좋습니다. 우리도 출발하지요." 하딩에게 이 사건은 종결됐다. 그는 얻고 싶은 것을 얻었다. "그랜트 양, 고맙습니다. 우리 서로 연락하지요."

"네, 물론입니다, 하딩 박사님."

우리는 악수로 작별했다. 하딩 박사와 헤퍼넌 판사와 검사가 나가고, 조던 오빠도 그 뒤를 따랐다. 오빠는 니컬러스와 아버지와 나에게 눈길 한 번 주지 않았다. 나는 니컬러스에게 다가갔다. 우리는 서로 마주 봤다.

"너는 내가 아는 사람 중에 가장 용감한 아가씨야." 그가 잠긴 목소리로 말했다. 그러다가 눈물을 글썽이며 나를 세차게 끌어안았다. "셰리든, 고마워."

"고마워할 필요 없어요." 내가 속삭였다. "아저씨는 나랑 가장 친한 친구예요. 아저씨가 하지도 않은 일 때문에 교도소에 가는 걸 두고 볼 수 없어요."

일레인이 우리 뒤에서 헛기침을 하고 말했다.

"가자. 나 잠깐 사무실에 가야 해."

나는 니컬러스를 놓아줬다.

우리는 중앙 통로를 따라갔다. 남자들은 먼저 나갔지만 일레인은 법정 문 앞에서 다시 가발을 쓰느라 멈춰 선 나를 기다려줬다.

고개를 들어보니 조던 오빠가 보였다. 오빠는 복도의 나무 벤치에 앉아 있었다.

"셰리든, 잠깐 시간 되니?" 오빠가 물었다.

일레인이 눈썹을 치켜세우고 어떻게 하겠는지 묻는 눈길로 나를 바라봤고, 나는 고개를 끄덕였다.

"니컬러스와 아버지와 네가 왜 나에게 그 얘기를 전혀 하지 않았지?"

"오빠가 양심의 갈등을 겪지 않게 하려고." 내가 대답했다. "오빠는 경찰이잖아. 우리가 말했더라면 수사할 수밖에 없었겠지. 그러면 모든 게 파괴됐을 거야."

"하지만 어차피 이렇게 다 망가졌는걸." 오빠가 손가락으로 머리카락을 훑다가 고개를 들었다. "니컬러스가 그놈과 레드부츠에서 싸운 뒤에 실수로 죽였다고 진술했어. 셰리든, 이해가 돼? 난 그를 체포할 수밖에 없었다고! 그의 DNA가 시신에서 발견됐어! 내가 달리 어떻게 할 수 있었겠어?"

조던 오빠가 절망하는 목소리로 말했다. 나는 오빠가 면죄를 원한다는 걸 깨달았다. 낙담하여 불행하게 앉아 있는 오빠를 보니 마음이 아렸다. 모든 힘과 분노가 오빠에게서 사라졌다. 나는 팔을 뻗어 오빠 머리를 쓰다듬었다. 오빠는 내 손을 쥐고 위로를 구하듯 자기 뺨에 가져다 댔다.

"내가 뭘 잘못했을까?" 오빠가 중얼거렸다. "왜 아무도 나를 믿지 않지?"

"오빠가 솔직하지 않았으니까." 내가 대답했다. "우리에게도, 오빠 자신에게도."

"그게 무슨 뜻이야?" 오빠가 충혈된 눈으로 나를 빤히 바라봤다.

"니컬러스 아저씨를 사랑한다고 밝히지 않고 왜 헤어졌어?" 내가 물었다. "동성애자는 경찰 일을 할 수 없어서? 단지 그 이유로?"

오빠가 아랫입술을 깨물다가 의기소침하게 대답했다.

"그것 때문은 아니야. 아니, 어쩌면 약간의 이유가 됐을지도 모르겠다. 니컬러스와 나는 미래가 없었어. 윌로크릭 농장에는 내 자리가 없었고, 니컬러스는 자기가 할 일이 없는 도시에서는 살기 싫어했지. 하지만 지금 와서는 어차피 의미 없는 말이야."

오빠에게 현명한 조언을 해줄 수 없었다. 재스퍼와 나도 똑같은 상황 아닌가?

우리는 한동안 아무 말도 하지 않았다. 들리는 소리라고는 유리창에 계속 부딪치는 파리가 내는 소음뿐이었다.

"나는 처음부터 그랜트 가족에게서 진심으로 환영받지 못했어." 조던 오빠가 말했다. "맬러키와 하이럼은 나를 못 견뎌 했지. 내가 형인데도."

"누군가를 좋아하려면 피를 나눴다는 것만으로는 부족해." 내가 대꾸했다. "상대방을 존중하고, 그들에게 관심이 있다는 걸 보여줘야지. 맬러키와 하이럼 오빠가 왜 오빠에게 거리를 두는지 고민해본 적 있어?"

"아니, 오래 생각해본 적은 없어." 오빠가 순순히 인정했다.

"그 둘이 보기에 오빠는 자기 어머니를 사형수 감방에 보낸 사람이야." 나는 오빠에게 그 사실을 지적했다. "오빠가 사형을 종신형으로 바꾸기 위해 애쓴다면 화해를 시도하는 하나의 신호가 될 수도 있겠지."

"그러면 달라질 거라고 생각해?"

"어쨌든 첫 발걸음은 될 거야. 맬러키와 하이럼 오빠는 이성적인 사람들이라서 자기 어머니가 벌 받을 죄를 지었다는 걸 알아."

조던 오빠의 휴대폰이 울렸다.

"나 이제 가야겠다. 언론이 기다리고 있어." 오빠가 내 손을 놓고, 노인처럼 힘겹게 벤치에서 일어났다. 하지만 바로 가지 않았다. 뭔가 꼭 할 말이 있는 듯했다.

"셰리든, 너 조금 전에 엄청나게 용감했어." 오빠가 조용한 목소리로 말했다. "너에게 그런 끔찍한 일이 벌어진 거, 정말로 안타깝다. 그토록 끔찍했는데도 네가 어떻게 이토록 용감할 수 있는지 감탄스러워. 넌 두려움이라고는 없어. 안 그래?"

"아, 아니야. 나는 뭐든지 두려워." 내가 대답했다. "하지만 나에게 중요한 일이라면 아무리 두렵더라도 해."

오빠는 한숨을 내쉬었는데, 문득 무척이나 외로워 보였다.

"난 너한테 아주 안 좋은 말을 했고 너를 부당하게 대했어." 오빠가 나에게 눈길을 주지 않은 채 말했다. "셰링엄 씨 일은 내가 아주 잘못한 거야. 난 너에게 샘을 냈어. 미안하다." 오빠가 얼굴을 들었다. "언젠가 나에게 다시 만회할 기회를 줄래?"

나는 고개를 끄덕이고 미소를 지으며 약속했다.

"당연하지. 로스앤젤레스로 와. 할리우드 힐스에 아름다운 집이 있어. 바로 옆집에는 카슨 던이 살아."

"멋지게 들린다." 조던 오빠의 입가에 미소가 살짝 나타났다가 금세 사라졌다. "셰리든, 몸조심하고."

"그럴게." 내가 대답했다. "오빠도 잘 지내."

오빠가 고개를 끄덕이고 몸을 돌렸다. 나는 고개를 숙이고 양손을 바지 주머니에 넣은 채 천천히 복도를 따라가는 오빠의 뒷모습을 바라봤다. 오빠가 가고 나서 나는 옆문을 통해 바깥으로 나왔다. 아버지와 니컬러스가 기다리고 있었다.

"하룻밤 자고 가지 않을래?" 픽업에 올라타는데 아버지가 물었다.

"아니에요." 나는 고개를 저었다. "여기서 아무도 날 못 보는 게 나아요."

"어떻게 돌아가려고? 비행기는 이미 갔잖아. 안 그래?"

그 생각은 아직 안 해봤는데 갑자기 좋은 아이디어가 떠올랐다.

"옛날 내 셰비가 아직 있어요?" 내가 물었다.

"그럼, 있고말고. 간이 차고에 있다." 아버지가 싱긋 웃었다. "하이럼이 올해 초에 정기 점검도 마쳤고, 나도 이따금 타고 다니지. 범퍼도 갈았단다."

"잘됐네요! 그걸 타고 갈게요. 시간이 있으니까요."

우리는 페어필드까지 37킬로미터를 달렸다. 구름 한 점 없는 푸른 하늘 아래 도로 좌우로 추수를 마친 경작지가 펼쳐졌다. 나는 마음이 아주 가벼웠다. 이곳으로, 내 가족에게로, 니컬러스에게로 다시 돌아오리라는 걸 알았으니까. 삶이 나를 어디로 이끌더라도 이곳은 영원한 내 고향이었다. 이사벨라 고모할머니가 오래전에 하신 말씀, 사랑하고 사랑받는 곳이 고향이라는 그 말은 옳았다.

∞

카프리스는 바로 시동이 걸렸다. 나는 일레인에게 인사를 전해 달라고 아버지에게 부탁하고, 긴 일정으로 조만간 다녀가겠다고 약속했다.

페어필드를 벗어나자마자 가발을 벗어 뒷좌석에 던졌다. 81번 고속도로를 타고 북쪽을 향해 달리면서 내비게이션에 목적지를 입력했다. 유리창을 내리고 머리카락에 불어오는 주행풍을 즐겼다. 피터가 다음 주의 모든 일정을 취소했으니 나는 1년 반 만에 시간이 생겼다. 지역 라디오 방송국에서 내보내는 감상적인 컨트리 송을 목청껏 따라 불렀다. 그러다가 어느 순간 휴대폰이 울렸다. 마커스였다!

"마커스, 안녕하세요?" 나는 크게 소리쳤다. "중국에서 돌아오셨어요?"

"안녕, 셰리든. 오늘 아침에 도착했지."

그는 여행에 대해 들려줬고, 우리는 잠시 이것저것 이야기를 나눴다.

"캐리 말로, 당신이 급하게 집으로 갈 일이 생겼다던데." 마커스가 말을 꺼냈다. "무슨 일이 생겼어?"

"아니, 아니에요." 나는 그를 안심시켰다. "그냥 일주일 쉬려고요."

"아주 잘 생각했어!" 마커스가 말했다. "당신은 지난 몇 달 동안 정말 너무 많이 일했지. 모두에게 안부 전하고 좋은 시간 보내."

"네, 그렇게 할게요." 내가 대답했다. "마커스, 고맙습니다. 돌아가는 대로 연락할게요."

나는 전화를 끊고 깊은 안도의 한숨을 내쉬었다. 악몽이 이제 영원히 끝났다는 사실을 믿을 수 없을 지경이었다. 나를 억누르던 끔찍한 부담이 사라져서 드디어 불안감 없이 앞을 바라볼 수 있게 되었다. 아버지도, 니컬러스도, 나도 이제 더는 그게 발각될 거라고 두려워할 필요가 없었다. 조던 오빠와 나 사이에도 언젠가는 새로운 시작이 생길 터였다. 어쩌면 우리 오빠들도 조던 오빠를 언젠가 용서해줄지 모른다. 모든 게 가능했다.

90번 주간고속도로에서 서쪽으로 달리는데, 태양이 지평선으로 넘어가면서 사우스다코타의 넓은 하늘을 새빨갛게 물들였다. 나는 휴대폰을 집어 들어 최근기록을 불러내어 엄지로 두 번째 전화번호를 눌렀다. 신호음이 세 번, 네 번 울렸다. 다섯 번 울린 후에 그가 전화를 받았다.

"안녕, 셰리든." 재스퍼의 목소리에 내 심장이 쿵쾅거렸다.

"안녕." 내가 대답했다.

"어떻게 됐어?"

"잘 됐어. 게다가 아주 잘 됐지."

"다행이다." 재스퍼가 말했다. "정말 너무 기뻐. 당신 아직 네브래스카에 있어?"

"아니, 사우스다코타." 나는 미소를 지었다. "당신에게 갈까 해. 물론 당신이 괜찮다면 말이야."

몇 초 동안 그는 아무 말도 하지 않았고, 다시 말을 꺼냈을 때는 목소리가 달라져 있었다.

"자기, 괜찮고말고." 그가 거친 목소리로 대답했다. "도착하려면 대강 얼마나 걸릴까?"

"지금 래피드 시티에 조금 못 미쳤어. 내비게이션에 따르면 안 막힌다면 1시 반에 도착할 거야."

"괜찮아. 나는 여기 있으니까." 재스퍼가 애정 어린 목소리로 말했다. "셰리든, 당신이 얼마나 오래 걸리든 상관없어. 당신을 위해 불을 켜둘게."

〈끝〉

후 기

셰리든 그랜트의 동화 같은 이야기가 이제 끝났습니다. 여러분의 마음에 들었기를 바랍니다. 오랜 친구들을 떠나보내는 것처럼 조금 슬픕니다. 이 이야기 구상은 대학입학 자격시험이 끝나고 제일 친한 친구 가비와 함께 로스앤젤레스에서 여름을 보내고, 이로써 큰 꿈을 이룬 1986년에 이미 시작됐어요. 우리는 젊고 호기심 많고, 돈은 적고 두려움은 없는 채로 그 나라와 사람들을 알아갔습니다. 그 시기에 내 삶을 위해 얻은 것은 자신의 꿈을 꽉 쥐고 있으면 뭐든지 다 이룰 수 있다는 느낌이었지요. 이 정신은 나와 동행했고, 그 후 오랜 기간 일만 하고 거의 여행하지 못하는 동안, 온갖 어려움에도 목표를 눈앞에서 잃지 않는 셰리든의 이야기가 머릿속에서 만들어졌습니다.

《폭풍의 시간》을 쓰기 시작하고서 음악 사업이 어떻게 작동하는지 이해하기 위해 조사를 많이 했어요. 조사가 어느 정도 성공했기를 기대합니다. 사랑하는 독자 여러분, 여러분이 이 분야 전문가라면 제가 실수했더라도 관대히 봐주시기 바랍니다. 셰리든의 세계와 경험을 잘 묘사하기 위해 조사를 정말 많이 해야 했답니다. 뉴욕과 매사추세츠와 콜로라도를 여행하면서 깊은 인상을 받았고 그것을 이 책에서 소재로 사용했지만, 그 외에는 늘 그렇듯이 인터넷이 큰 도움이 됐지요.

글쓰기 자체는 8개월이 걸렸습니다. 이 시기에 글쓰기에 완전히 정신이 집중되어 있어서 코로나19의 영향을 많이 받지는 않았어요. 남편 마티아스와 의붓딸 조에의 인내심과 배려에 가장 큰 감사를 전합니다. 에이전트 안드레아 빌트그루버의 격려와 지원, 텍스트 작업과 구성에서 편집자 마리온 비히만의 소중한 피드백에 감사드립니다. 자매인 클라우디아 뢰벤베르크-코헨과 카밀라 알트파터, 친구인 지모네 야코비와 루트 라이헤르트와 울슈타인 출판사의 린다 보그트에게도 감사드립니다. 녹음 스튜디오 작업이 어떻게 이루어지는지, 그리고 노래가 어떻게 만들어지는지 생생한 정보를 제공한 요헨 벤케도 고맙습니다.

그러나 셰리든 그랜트 3부작의 첫 두 권을 즐겁게 읽음으로써 제가 3권을 즐겁게 쓸 수 있게 해준 사랑하는 독자 여러분께 무엇보다 감사드립니다. 책을 읽는 동안 즐거운 시간을 보내셨기를, 그리고 이제 셰리든과 그녀의 세계를 조금은 그리워해주시기를 기대합니다.

글을 쓰면서 음악을 많이 들었는데, 몇몇 곡은 무척 마음에 들어서 셰리든에게도 빌려줬답니다. 예를 들어 다음과 같은 곡입니다.

- 〈소서러〉, 마릴린 마틴. 〈스트리트 오브 파이어〉의 사운드트랙인데, 극장에서 최소한 열 번쯤 본 영화입니다.
- 〈프로즌〉, 마돈나

- 〈아이 윌 올웨이즈 러브 유〉, 돌리 파튼과 휘트니 휴스턴
- 〈와일드 원〉, 이기 팝
- 〈스탠드 바이 유어 맨〉, 태미 와이넷
- 〈더 리버〉, 브루스 스프링스틴
- 〈온리 타임〉, 엔야
- 〈더 키스〉, 트레버 존스. 영화 〈라스트 모히칸〉 사운드트랙
- 〈호텔 캘리포니아〉, 이글스
- 〈올모스트 러버〉, 어 파인 프렌지
- 〈할리우드 힐스〉, 선라이즈 애버뉴
- 〈땡큐 베이비〉, 샤니아 트웨인
- 〈하트 오브 아메리카〉, 댄 루카스
- 〈투나잇 이즈 왓 잇 민즈 투 비 영〉과 〈노웨어 패스트〉, 파이어 인코퍼레이티드. 두 곡 모두 〈스트리트 오브 파이어〉 사운드트랙

그러나 나에게 가장 중요한 노래는 벨린다 칼라일의 〈리브 어라이트 온〉이었어요. 가사를 읽어보신다면 셰리든이 이 노래로 재스퍼에게 무슨 말을 하고 싶었는지 아시게 될 거예요.

2020년 5월 바트조덴에서
넬레 노이하우스

참 고 문 헌

《음악 사업에 대해 당신이 알아야 할 모든 것(Alles, was Sie über das Musikbusiness wissen müssen)》, Donald S. Passman, 셰퍼-푀셀 경제 출판사, 2011, 2쇄

《우리는 폐허에서 섹스를 하고 꿈을 꾸었지(Wir hatten Sex in den Trümmern und träumten)》, Tim Renner, Sarah Wächter, 피퍼 출판사 내 베를린 출판사, 2013, 2쇄

《음악으로 하는 사업(Das Geschäft mit der Musik)》, Berthold Seliger, 티아마트 출판사, 2015, 7쇄

《친구들을 죽여라(Kill your friends)》, John Niven, 빌헬름 하이네 출판사, 뮌헨, 랜덤하우스 출판 그룹, 2008, 10쇄

옮긴이 전은경

한양대학교 사학과를 졸업하고 독일 튀빙엔 대학교에서 고대 역사 및 고전문헌학을 공부했다. 출판 편집자를 거쳐 현재 독일어 전문 번역가로 활동하고 있으며 《여름을 삼킨 소녀》, 《끝나지 않는 여름》, 《리스본행 야간열차》, 《16일간의 세계사 여행》, 《철학의 시작》, 《청소년을 위한 사랑과 성의 역사》, 《데미안》 등 많은 책을 우리말로 옮겼다.

폭풍의 시간

초판 1쇄 인쇄 2021년 6월 25일
초판 2쇄 발행 2021년 11월 30일

지은이 넬레 노이하우스
옮긴이 전은경
펴낸이 신경렬

편집장 유승현
기획편집부 최장욱 최혜빈 김정주
마케팅 장현기 **홍보** 박수진
디자인 박현경
경영기획 김정숙 김태희
제작 유수경
편집 박은경

펴낸곳 (주)더난콘텐츠그룹
출판등록 2011년 6월 2일 제2011-000158호
주소 04043 서울특별시 마포구 양화로 12길 16, 7층(서교동, 더난빌딩)
전화 (02)325-2525 | **팩스** (02)325-9007
이메일 book@thenanbiz.com | **홈페이지** www.thenanbiz.com

ISBN 979-11-5879-164-3 03850